RIEN N'EST TROP BEAU

Née en 1931 à New York et décédée à Londres en 2005, Rona Jaffe est l'auteur de seize romans. Le premier d'entre eux, *Rien n'est trop beau* (1958), lui a été inspiré par sa propre expérience, puisqu'elle a travaillé pendant quatre ans dans une maison d'édition. Ce livre a été adapté au cinéma en 1959.

RONA JAFFE

Rien n'est trop beau

ROMAN TRADUIT DE L'ANGLAIS (ÉTATS-UNIS) PAR JEAN ROSENTHAL

PRESSES DE LA CITÉ

Titre original :

THE BEST OF EVERYTHING

Cet ouvrage a été publié par les Éditions Robert Laffont en 1960. Les Presses de la Cité ont choisi de le republier en 2011 dans une traduction intégrale, revue et corrigée par Jean Rosenthal, le traducteur d'origine.

ISBN : 978-2-253-16427-2 – 1re publication LGF

A Phyllis, Bob, Jay, Jerry et Jack.

RIEN N'EST TROP BEAU POUR VOUS :
Une belle situation, dans une ambiance agréable, un salaire élevé, des relations intéressantes : tout cela est à votre portée…

Extrait d'une petite annonce du
New York Times.

Avant-propos de l'auteur

La façon dont tout cela est arrivé ressemble à un roman. A New York, dans les années cinquante, j'étais un jeune auteur vivant péniblement de sa plume et qui écrivait depuis l'âge de deux ans et demi. A neuf ans, j'adressais au *New Yorker* des nouvelles qu'on me renvoyait par retour du courrier : on me prenait pour une adulte qui ne savait pas écrire.

A dix-neuf ans, sortant de Radcliffe, je travaillai pendant près de quatre ans dans une maison d'édition, Fawcett Publications, comme documentaliste d'abord puis comme éditrice junior. Durant cette période, je parvins enfin à voir plusieurs de mes nouvelles publiées dans des magazines importants et, en fin de compte, je quittai Fawcett pour écrire à plein temps, dans l'espoir de terminer un roman. Je n'avais pas d'argent et j'habitais toujours chez mes parents.

Je me trouvais un jour dans les bureaux de Simon & Schuster où je rendais visite à une amie d'université, Phyllis Levy, alors secrétaire du directeur littéraire, Jack Goodman. Jerry Wald, le célèbre producteur de Hollywood, avait justement rendez-vous avec lui.

« Un de ces jours, lui déclara Goodman, Rona écrira un roman formidable.

— Que nous publierons », ajouta Phyllis.

Wald, qui recherchait à New York des sujets sur lesquels prendre une option pour le cinéma, expliqua alors :

« Je cherche un *Kitty Foyle* moderne, un roman sur des filles qui travaillent à New York. »

Poussée par la curiosité, j'allai à la bibliothèque et je lus le roman de Christopher Morley porté à l'écran en 1940, avec Ginger Rogers en vedette. Je trouvai le livre consternant et je me dis : cet homme ne connaît rien aux femmes. Moi, je les connais et, de plus, je travaille dans un bureau. Là-dessus, je laissai tomber l'idée, jusqu'au jour où, en vacances à Hollywood avec Phyllis, Jerry nous invita à déjeuner. Cherchant un sujet de conversation qui puisse l'intéresser, je lançai :

« Je vais écrire ce livre sur les filles qui travaillent.

— Je le produirai », me répondit-il.

Dans le train qui nous ramenait de Californie à New York, j'eus la vision du début du livre : ces filles se rendant par centaines à leur travail. Ce matin-là, je trouvai aussi le titre, une phrase que j'avais relevée dans les offres d'emploi du *New York Times* et qui commençait par : « Rien n'est trop beau pour vous ».

Ne sachant pas si tout ce qui nous arrivait, à mes amies et à moi, constituait une exception, j'enquêtai auprès de cinquante femmes : avaient-elles connu dans leur travail des expériences identiques avec les hommes ainsi que toutes ces choses dont on ne parle jamais entre gens bien élevés ? A cette époque, les filles ne confiaient pas qu'elles n'étaient plus vierges, qu'elles sortaient avec des hommes mariés. Elles ne parlaient ni d'avortement ni de harcèlement sexuel – le terme n'existait d'ailleurs pas en ce temps-là. Après avoir interviewé ces femmes, je me rendis compte que tous ces problèmes faisaient également partie de leur vie ; je me dis alors que, si je réussissais à aider une jeune femme assise dans son petit appartement en train de penser qu'elle était toute seule et qu'elle se conduisait mal, alors le livre vaudrait la peine d'être écrit. Je ne me doutais absolument pas de l'écho qu'il rencontrerait chez des millions de lecteurs.

Jack Goodman fut emporté par une crise cardiaque et remplacé par la jeune étoile montante de Simon & Schuster, Robert Gottlieb. Il me conseilla de « jeter sur tout cela un regard horrifié et d'écrire », ce que je fis. Nous nous parlions régulièrement au téléphone et je le tenais au courant de la progression du roman. Pendant ce temps, Jerry Wald lançait une énorme campagne de publicité pour un livre que je n'avais pas encore écrit et qu'il n'avait pas lu : bref, c'était une période surréaliste et, nerveusement, quelque peu éprouvante.

Durant cinq mois et cinq jours, je tapai du lundi au dimanche sur ma vieille machine à écrire et rédigeai ainsi un manuscrit de 775 pages qui me laissa les deux doigts dont je me servais pour frapper les touches en sang. Mon éditeur ne fit aucune correction, grammaire et orthographe exceptées, ce dont je fus très fière. Comme je n'avais pas fait de copie au carbone et que, à cette époque, les photocopieuses n'existaient pas, il fallut confier la dactylographie à un service de secrétariat. L'éditeur étant pressé, il engagea toute une équipe et répartit les chapitres du manuscrit entre les dactylos. Je pressentis rapidement le succès du roman en discutant avec les employées qui s'étaient procuré mon numéro de téléphone. Passionnées par les parties sur lesquelles elles travaillaient et trop impatientes pour attendre la sortie du livre, elles me téléphonaient pour connaître la suite. Je pensai alors : voilà mon public.

Le livre fut publié moins d'un an après mon départ de chez mes parents pour emménager dans mon propre appartement où je commençai à écrire le roman. J'avais vingt-six ans.

Dès sa parution, ce fut un énorme best-seller. Des femmes arrivaient à des séances de signature avec leur exemplaire défraîchi en me demandant de le dédicacer à « toutes les filles du quarante-neuvième étage ». Aujourd'hui encore, des lectrices me déclarent que le livre a changé leur existence : après l'avoir lu, elles ont décidé de venir à New York pour travailler dans l'édition. J'étais un peu surprise car j'avais cru que *Rien n'est trop beau* équivalait plutôt à une mise en garde. Mais, bien sûr, une vie excitante est préférable à une existence morne, même si elle est parfois difficile, même si elle vous change à jamais.

La publicité fut telle et tout cela se passa si vite que la situation me paraissait totalement irréelle. On trouvait constamment des interviews et des photos de moi dans la presse et on m'envoya même plusieurs fois à

Hollywood pour collaborer au tournage du film. Plantée devant une librairie, je contemplais en vitrine les exemplaires de mon premier roman avec ma photo en couverture et je me demandais ce que je penserais de cette personne soudainement devenue une célébrité s'il s'était agi de quelqu'un d'autre. Il était clair en tout cas que j'étais maintenant un écrivain professionnel et qu'une carrière s'offrait à moi.

Les accents sincères qu'on percevait dans *Rien n'est trop beau* ouvrirent la voie à d'autres auteurs. Et, à bien des égards, le livre reste d'actualité. Certaines choses n'ont pas bougé, d'autres sont revenues dans les mœurs. *Rien n'est trop beau* est un document sociologique, mais il parle aussi de ce qui change – rêves, existence –, et comment tout changement en entraîne un autre.

Et cela, ça ne change pas.

Rona Jaffe, 2005.

1

On les voit chaque matin à neuf heures moins le quart, émergeant des bouches de métro, sortant de Grand Central Station, traversant Madison Avenue, Park Avenue ou la Cinquième Avenue, on les voit par centaines. Les unes ont l'air pleines d'ardeur et les autres ont un air chagrin, et il y en a qui ne semblent même pas encore tout à fait réveillées. Celles qui habitent en banlieue sont debout depuis six heures et demie. Elles portent des sacs à main bourrés et ont les journaux du matin glissés sous le bras. Les unes ont des manteaux roses ou jaunes et des chaussures à bride démodées depuis cinq ans. D'autres arborent d'élégants tailleurs noirs (qui sont peut-être de l'année dernière, mais allez donc savoir), des gants de peau et leur déjeuner enveloppé dans des sacs à rayures violettes de chez Bonwit Teller. Mais elles ont toutes un trait commun : aucune d'elles n'a assez d'argent.

A neuf heures moins le quart donc, le mercredi 2 janvier 1952, une jeune fille de vingt ans qui s'appelait Caroline Bender sortit de Grand Central Station et se dirigea vers le centre, du côté des immeubles de Radio City. Elle était mieux que jolie, avec ses cheveux sombres, ses yeux clairs et son visage à l'expression tout à la fois douce et intelligente. Elle était vêtue d'un tailleur de tweed gris et serrait sous son bras un petit porte-documents contenant un portefeuille avec cinq dollars, une carte hebdomadaire de chemin de fer, quelques produits de maquillage et trois magazines intitulés respectivement *La Foi*, *Ma vie intime* et *Femmes d'Amérique*.

C'était un de ces matins d'hiver froids et brumeux comme en connaît New York, un de ces jours qui sentent la bronchite. Caroline suivait la foule, sans faire attention à personne, elle était un peu nerveuse et impatiente aussi. C'était son premier jour de travail dans la première place qu'elle avait trouvée, et elle ne s'imaginait pas finissant dans la peau d'une femme chef d'entreprise. Un an plus tôt, elle aurait cru qu'à cette date elle serait mariée. Comme elle était fiancée, c'était assez logique. Aujourd'hui, elle n'avait plus de fiancé, personne à qui s'intéresser, et cet emploi qu'elle avait accepté n'était pas seulement utile du point de vue financier, c'était sur le plan affectif une nécessité. Elle n'était pas sûre qu'être secrétaire dans un bureau de dactylos pût être très absorbant, mais elle allait tout faire pour que cela le devînt. Sinon, elle aurait du temps pour penser, et elle se rappellerait trop de choses…

Les Editions Fabian occupaient cinq étages de bureaux climatisés dans un des bâtiments modernes de Radio City. En cette première semaine de l'année nouvelle, on avait procédé au recrutement annuel de personnel. Trois secrétaires étaient parties, l'une pour se marier, les deux autres parce qu'elles avaient trouvé des situations plus intéressantes. On avait donc engagé trois nouvelles employées pour les remplacer à dater du 2 janvier, et l'une d'elles était Caroline Bender.

Il était neuf heures moins cinq quand Caroline arriva à l'étage où se trouvait le bureau des dactylos, et elle fut surprise de voir la grande salle plongée dans l'ombre et toutes les machines à écrire encore bien rangées sous leur housse. Elle qui avait peur d'être en retard, voilà qu'elle était la première. Elle découvrit l'interrupteur qui commandait l'éclairage du plafond et se mit à arpenter les lieux en attendant l'arrivée de quelqu'un. Il y avait une grande salle avec des rangées de petites tables pour les secrétaires et, autour de cette pièce, les portes fermées des bureaux des chefs de service. Des décorations de Noël pendaient encore à quelques portes, effilochées et tristes maintenant que la période des fêtes était terminée.

Elle examina quelques-uns de ces bureaux et constata qu'ils semblaient aller en progressant suivant l'importance de leur occupant, depuis les petits réduits avec deux tables de travail accolées jusqu'à ceux qui n'en contenaient qu'une seule, pour arriver enfin à deux vastes bureaux au sol recouvert de moquette, aux gros fauteuils de cuir et aux murs lambrissés de bois. D'après les livres et les magazines qu'elle y trouva, Caroline en conclut que l'un de ces bureaux était celui du directeur de la collection Derby et l'autre, celui du rédacteur en chef de *La Foi*.

Puis elle entendit des voix dans la grande salle, et prise d'un brusque accès de timidité, elle revint lentement sur ses pas.

Il était neuf heures, et la pièce s'emplissait soudain de filles dont aucune ne semblait remarquer sa présence. La préposée au télétype passait de table en table, recueillant les verres vides et prenant les commandes de cafés. On ôtait les housses des machines, on accrochait les manteaux, on étalait les journaux pour les lire, et chaque nouvelle arrivante était accueillie par des exclamations ravies comme si cela faisait quatre semaines et non quatre jours que toutes ces filles ne s'étaient pas vues. Caroline ne savait pas où elle devait s'installer et, craignant de prendre la place de quelqu'un d'autre, elle restait debout, avec l'impression d'être une étrangère dans un club privé.

Un homme entra, d'un pas vif, l'air mi-amusé, mi-gêné, comme s'il faisait irruption au milieu d'un thé de dames. En le voyant, quelques filles se redressèrent et firent mine de travailler. Il avait la quarantaine bien sonnée, il n'était pas très grand, mais assez sec, si bien qu'il paraissait encore plus petit, avec un visage pâle dont la fatigue se remarquait d'autant plus qu'on devinait qu'il avait été très beau. Il portait un manteau en poil de chameau dont le revers était marqué d'une large brûlure de cigarette. Il traversa la salle et disparut dans un des deux grands bureaux du fond.

— Qui est-ce ? demanda Caroline à la fille la plus proche d'elle.

— Mr Rice, le directeur de *La Foi*. Vous êtes nouvelle, n'est-ce pas ? dit l'autre. Moi, je m'appelle Mary Agnes.

— Et moi, Caroline.

— J'espère que vous vous plairez ici, dit Mary Agnes.

C'était une fille maigre sans beauté, aux cheveux bruns et ondulés, vêtue d'une jupe de lainage noir qu'elle portait avec un corsage en nylon blanc transparent. Elle avait très peu de poitrine.

— J'espère aussi, dit Caroline.

— Si vous voulez poser vos affaires, vous pouvez prendre un de ces deux bureaux. Vous allez travailler pour Miss Farrow cette semaine, parce que sa secrétaire l'a lâchée. Elle arrive en général vers dix heures. Elle vous présentera à tout le monde. Vous voulez du café ?

— Volontiers, dit Caroline.

Elle posa son porte-documents et ses gants dans le tiroir d'un des bureaux vides, et pendit sa veste sur le dossier de la chaise.

Mary Agnes fit signe à la fille qui prenait les commandes de cafés.

— Brenda, voici Caroline.

— Salut, fit Brenda.

C'était une très jolie blonde potelée, mais quand elle souriait, on s'apercevait qu'il lui manquait une dent sur le côté, ce qui lui donnait un air de loup-garou.

— Comment voulez-vous votre café ? Vous feriez mieux de prendre une tasse plutôt qu'un gobelet de carton : c'est plus agréable.

— D'accord, merci, fit Caroline.

Brenda s'éloigna en tortillant de la hanche.

— Faites attention, expliqua Mary Agnes d'un ton de conspiratrice. Elle vous fait payer la consigne de la tasse, mais après, on a beau les lui rapporter, elle garde l'argent. Ne vous laissez pas faire.

— J'essaierai, dit Caroline.

— Vous avez une clé des toilettes ?

— Non.

— Alors vous pourrez utiliser la mienne en attendant. Vous n'aurez qu'à me demander. Vous avez vu ses dents ?

— A qui ?

— A Brenda. Elle va bientôt se marier, et elle se fait arracher toutes ses mauvaises dents pour que son mari soit obligé de lui en payer des neuves. Croyez-vous !

Mary Agnes, en gloussant, introduisit du papier à lettres et des feuilles de carbone derrière le rouleau de sa machine à écrire.

— Et Mr Rice, c'est bien son nom ? Comment est-il ? demanda Caroline.

Elle aimait bien les manteaux en poil de chameau pour les hommes : elle trouvait que cela faisait grand journaliste.

Une expression de sincère pitié se peignit sur le visage de Mary Agnes.

— C'est très triste, dit-elle. Je le plains beaucoup. Si seulement quelqu'un pouvait l'aider.

— Qu'est-ce qu'il y a ?

— Attendez d'avoir lu le magazine qu'il dirige. C'est écœurant.

— Vous voulez dire qu'il écrit ces choses-là parce qu'il y croit ?

— C'est bien pire, dit Mary Agnes. Il écrit ça parce qu'il ne croit à rien. Tous ces articles paraissent peut-être très pieux, mais ce ne sont que des mots. Je plains les pauvres âmes qui y croient, mais je plains encore plus Mr Rice. Je pense souvent à lui : il doit être très seul.

Elle eut un sourire mélancolique.

— Enfin, ne me lancez pas sur ce sujet : le manque de foi de Mr Rice me peine beaucoup, et pour l'instant, j'ai toutes ces lettres à taper.

— Nous pourrions peut-être déjeuner ensemble toutes les deux, proposa Caroline.

— Oh, j'aurais été ravie… mais je ne peux pas. Je déjeune toujours avec mon fiancé. Un jour, il apporte son déjeuner et mange ici avec moi, une autre fois c'est moi qui vais manger mes sandwichs avec lui. Il travaille dans une usine de meubles. Nous faisons des économies pour nous marier : ce sera pour l'année prochaine, en juin.

— Cela fait longtemps à attendre, observa Caroline.

— Je sais, dit Mary Agnes d'un ton détaché. Mais ça aurait pu être encore plus long.

— En tout cas, je vous souhaite bonne chance, dit Caroline.

Elle alla s'asseoir à son bureau. Elle était venue ici pour fuir les idées de mariage, et les deux premières filles qu'elle rencontrait étaient fiancées. Elle se dit qu'elle allait ranger les tiroirs de son bureau ; après cela, Miss Machin allait arriver et lui donner sans doute plus de travail qu'elle n'en pourrait faire, nerveuse comme elle était le premier jour, et elle aurait bientôt l'esprit occupé de problèmes professionnels, si bien qu'il n'y aurait plus de place pour tout ce qu'elle voulait oublier…

Elle s'attelait maintenant à une tâche difficile, à savoir chasser de son esprit tout ce qui ne représentait pour d'autres que de simples détails de la vie quotidienne, mais qui, pour elle, dominait ses pensées. Les garçons prénommés Eddie ; Paris ; presque toutes les chansons de Noël Coward ou encore les nouvelles et les romans de Fitzgerald ; trois ou quatre restaurants bien précis ; le chianti ; Yeats ; les transatlantiques à destination de l'Europe, les transatlantiques revenant d'Europe.

Elle ne souhaitait pas vraiment oublier tout cela parce que ces souvenirs illustraient, sur le moment, le bonheur. Elle aurait seulement voulu pouvoir se les rappeler sans que ce fût douloureux. C'était cela l'astuce : conserver tous les bons côtés du passé et rejeter ceux qui faisaient mal.

Elle était étudiante de première année à Radcliffe quand elle avait fait la connaissance d'Eddie Harris, qui, lui, terminait ses études à Harvard. C'était un garçon merveilleux, drôle, séduisant, excellent pianiste de jazz, il lisait des livres dont personne n'avait même entendu parler, et il avait un sens de l'humour qui pouvait la faire rire pendant des heures. Il avait ses moments d'humeur aussi quand, par exemple, il écoutait au phonographe des chansons de Noël Coward en arpentant sa chambre pieds nus, vêtu d'un chandail à col roulé et d'un pantalon en gabardine ou que, des jours durant, il refusait d'adresser la parole à quiconque, elle excepté. Il réussissait brillamment à l'université, sans effort apparent, et sa famille avait de l'argent. Elle n'osait pas croire qu'une chose pareille lui arrivait, à elle, une fille de dix-huit ans qui n'avait encore jamais eu d'amoureux. Or, Eddie Harris était amoureux d'elle et elle l'adorait.

Elle était convaincue qu'elle l'aimait plus que lui ne l'aimait mais, après tout, c'était un homme et les hommes avaient d'autres préoccupations.

Ils devaient se marier en automne quand il serait sorti de Harvard. En attendant, elle suivrait des cours d'été pour obtenir son diplôme. Ses parents insistaient beaucoup là-dessus : elle n'avait que dix-neuf ans et, lui répétaient-ils, elle regretterait un jour de n'avoir pas poursuivi jusqu'au bout ses études. A dix-neuf ans, on a le temps de se marier, disaient-ils, ce qui ne les empêchait pas d'être aussi ravis qu'elle à l'idée de cette union. Eddie aussi l'y incitait et, bien sûr, elle était prête à tout pour lui faire plaisir, même si elle ne comprenait pas bien ce que lui apporteraient ces quelques mois supplémentaires à l'université, alors que le seul fait d'être auprès d'Eddie lui faisait mieux apprécier tout ce qu'elle lisait, entendait et voyait, au point qu'elle se sentait quelqu'un de différent. L'université était censée vous faire réfléchir, n'est-ce pas ? Eh bien, Eddie la faisait réfléchir et elle ne demandait à la vie rien d'autre que d'être pour lui une bonne épouse, intéressante, et de le rendre heureux ; en tout cas pas d'ingurgiter quelques centaines de vers de Shakespeare supplémentaires.

Elle alla donc suivre les cours d'été et les parents d'Eddie offrirent à leur fils un voyage en Europe. Elle pensa que ç'aurait été plus agréable d'attendre, qu'Eddie et elle auraient pu y aller en voyage de noces, mais cette idée lui parut si égoïste qu'elle ne l'évoqua même pas. Depuis quelques années, à Harvard comme à Radcliffe, il fallait voyager à travers le monde ; leur génération, celle de l'après-guerre, devait faire cette expérience, et Caroline était déjà fatiguée de ces perpétuelles conversations dans les cocktails qui consistaient essentiellement à glisser des noms de pays ou de capitales. Elle se taisait et on ne manquait pas de lui demander : « Vous êtes déjà allée en Europe, n'est-ce pas ? » Elle s'amusait beaucoup en imaginant ces garçons, tout juste sortis de l'université, assis à la terrasse d'un café parisien, regardant passer les petites Américaines qu'ils connaissaient chez eux. Elle savait qu'Eddie retirerait beaucoup plus de son voyage.

Elle l'accompagna jusqu'au bateau et lui offrit la bouteille de champagne traditionnelle en souriant crânement ; mais, pendant qu'ils échangeaient leurs baisers d'adieu, elle avait envie de crier : « Emmène-moi avec toi, ne me laisse pas seule. » Il lui dit que ce n'était que l'affaire de six semaines, que cela passerait vite et qu'il penserait à elle tout le temps. Il lui dit (avec un petit sourire) : « Il faudra que je te manque quand même un peu », alors qu'ils savaient très bien tous les deux que c'était à elle qu'il manquerait terriblement, qu'il le lui demandât ou non. Sur le pont, il découvrit les parents d'une jeune fille qu'il avait connue au lycée des années auparavant, Helen Lowe, et il s'accrocha littéralement au père de Helen. Tu vois, semblait-il dire à Caroline, tandis que le navire appareillait, tu vois comme je suis en sûreté avec ce charmant monsieur d'un certain âge.

Helen aussi était à bord, elle fêtait son départ dans sa cabine avec quatre camarades d'université. C'était une grande fille, mince mais avec une forte poitrine, et ce genre de cheveux blond cendré qui ont l'air presque gris et qui ne devinrent à la mode que par la suite. Elle se promenait avec un caniche blanc et avait pris des leçons de français avant d'embarquer.

Les six semaines écoulées, Caroline reçut une lettre le jour où le bateau qui devait ramener Eddie arriva sans lui à New York.

« Je ne sais pas comment te dire ça, écrivait-il. C'est la quatrième fois que j'essaie de te l'expliquer, et les trois lettres précédentes ont fini à la corbeille à papier. » Il avait plutôt l'air navré d'être obligé de lui annoncer la nouvelle. Quel gâchis, devait-il penser, quel gâchis. Il était bien plus facile de déclarer qu'on aimait que d'annoncer qu'on n'aimait plus, surtout à quelqu'un pour qui on avait encore beaucoup d'affection. Il était bien plus navré du pétrin dans lequel il s'était fourré que de sa situation à elle – qui n'avait qu'à lire sa lettre, et voir son avenir et son bonheur se briser discrètement. Eddie avait toujours eu horreur des choses désagréables. Peut-être estimait-il que son mariage avec Helen Lowe arrangerait tout : elle était mondaine et raffinée, intelligente et jolie, et son père possédait des puits de pétrole. Des puits de pétrole, c'est quelque chose. Peut-être Caroline l'avait-elle surestimé. Helen et ses parents reprirent donc le bateau pour l'Amérique avec lui et, un mois plus tard, leur mariage fut fastueusement célébré à Dallas.

Ayant terminé ses cours d'été, Caroline n'avait plus d'autre certificat à préparer pour s'occuper, aussi suivit-elle des cours de sténographie et d'enseignement commercial et, à peine son diplôme obtenu, prit-elle le premier emploi qu'on lui proposait. Cela lui était à peu près égal, en fait, dès l'instant qu'elle était occupée de neuf heures du matin à cinq heures de l'après-midi, ce qui signifiait que pendant huit heures en tout cas elle n'aurait pas le temps de penser à ce qui lui arrivait. Et puis elle était plutôt contente de travailler dans l'édition. Elle acheta trois des magazines publiés par Fabian et les lut de la première à la dernière page, dans la nuit qui précéda son entrée dans la maison ; elle se demanda ce qui était le plus extraordinaire : qu'il y eût des gens pour lire une pareille littérature ou qu'il y en eût pour la publier. Mais, bizarrement, depuis quelque temps, chaque fois qu'elle lisait une histoire qui finissait bien, elle se mettait à pleurer.

— C'est vous, la nouvelle secrétaire ? Je suis Amanda Farrow.

Caroline se leva d'un bond, brusquement tirée de sa rêverie. La femme plantée devant son bureau avait trente-cinq ans passés, elle était grande et mince, avec des cheveux d'un roux flamboyant coiffés en chignon. Elle était soignée et élégamment vêtue. Elle portait même un petit chapeau, en fait deux plumes duveteuses avec une minuscule voilette noire.

— Je m'appelle Caroline Bender.

— Vous pourrez venir dans mon bureau d'ici un moment. Numéro 9.

Elle vit Amanda Farrow disparaître dans le bureau 9 et trouva dans son tiroir un bloc-notes et des crayons. Sa visite d'exploration matinale lui avait appris qu'Amanda Farrow occupait un des bureaux de « cadres », juste avant les bureaux à moquette. Elle vit la lumière s'allumer dans le bureau 9, attendit encore quelques instants, puis ouvrit la porte et entra.

Amanda Farrow était assise derrière un grand bureau. Elle avait toujours son chapeau sur la tête et se mettait du vernis sur les ongles. Il y avait un grand classeur métallique contre un mur, et deux fauteuils devant le bureau.

— D'abord, vous pourrez me faire monter un café noir sans sucre, déclara Amanda Farrow. Tout ce qu'il y a à classer se trouve dans cette corbeille. Ma secrétaire est partie la semaine dernière et tout est en désordre. Le courrier est distribué quatre fois par jour, vous l'ouvrez et vous placez dans cette corbeille tout ce qui exige une réponse personnelle. Vous pouvez répondre vous-même à certaines lettres, aux lettres de fous, par exemple. Mais montrez-moi tout ce que vous écrivez avant de le poster. Avez-vous une carte de protection sociale ?

— Pas encore.

— Eh bien, il faudra vous en occuper pendant votre heure de déjeuner. Mr Fabian tient beaucoup à être en règle avec la protection sociale. Vous avez une heure pour déjeuner, et il faut que vous soyez rentrée à temps pour pouvoir répondre si on me téléphone.

Oh, et si vous avez le temps, achetez-moi donc de la poudre chez Saks.

Caroline commençait à prendre cette femme en grippe : elle parlait si vite que c'était difficile de la suivre. Elle s'assit dans un des fauteuils auprès du bureau d'Amanda Farrow et décrocha le téléphone pour appeler la cafétéria.

— Pas ici ! fit Miss Farrow avec agacement, en rebouchant son flacon de vernis à ongles. Quand vous avez à téléphoner, utilisez votre poste. Et dites toujours : « Bureau de Miss Farrow. » Ensuite, vous reviendrez ici : j'ai du courrier à vous dicter.

Caroline s'empressa de regagner son bureau ; elle commanda le café, puis revint rédiger un courrier. Elle se mit ensuite à faire du classement, mais Miss Farrow l'interrompit pour lui dicter une autre lettre ; et, comme elle commençait à taper son courrier, elle fut de nouveau interrompue pour classer d'autres papiers. Amanda Farrow n'avait pas, semblait-il, le sens de l'organisation ; dès l'instant où elle pensait à une chose, elle voulait que ce fût fait sur-le-champ. Chaque fois que le téléphone sonnait, Caroline devait se précipiter pour répondre sur son poste. De temps en temps, Miss Farrow sortait de son bureau et venait regarder par-dessus l'épaule de Caroline. La première fois, Caroline en fut si agacée qu'elle fit deux fautes de frappe.

— Je croyais que vous étiez bonne dactylo, observa Miss Farrow.

A midi sonnant, après avoir passé deux heures à son bureau, Miss Farrow sortit déjeuner.

— Qu'est-ce que vous pensez de votre nouvelle patronne ? demanda Mary Agnes.

— J'espère que je ne resterai pas longtemps dans son service ! rétorqua Caroline d'un ton soucieux.

— Elle a eu douze secrétaires en trois ans, expliqua Mary Agnes.

Elle prit dans un tiroir de son bureau un sandwich enveloppé de papier et passa un cardigan d'orlon blanc orné de perles de verre.

— Si vous voulez profiter de mon ascenseur, proposa-t-elle.

— Pouvez-vous me dire où je peux me procurer une carte de protection sociale ?

— Il y a un bureau tout près. Mais vous feriez mieux de déjeuner d'abord : vous allez attendre des heures.

— Oh, mais je n'ai qu'une heure pour déjeuner, dit Caroline.

— Elle ne revient pas avant trois heures et demie. Elle n'en saura rien. Il suffit que vous soyez de retour pour trois heures.

— Comment parvient-elle à accomplir un travail quelconque ? interrogea Caroline. Ou bien est-ce une question très naïve que je pose là ?

— Ce ne sont pas les cadres qui font le travail, déclara Mary Agnes. Plus haut on est dans la hiérarchie, moins on en fait. A moins d'être tout en haut de l'échelle et d'avoir à prendre les décisions, et ça c'est dur. Les mieux lotis sont ceux qui se trouvent directement au-dessous du grand patron.

Quand Mary Agnes se fut éloignée en direction du métro, Caroline déambula dans la Cinquième Avenue en regardant autour d'elle. Tous les gens avaient l'air pressés de faire quelque chose, d'arriver quelque part, de retrouver quelqu'un. Les filles, profitant de leur pause, se précipitaient pour faire des courses dans les grands magasins. Les coursiers se faufilaient pour apporter une enveloppe ou un colis à son destinataire avant que celui-ci ne fût parti déjeuner, les cadres se dépêchaient d'avaler leur premier Martini. Sur les marches de la cathédrale St Patrick, quelques touristes se mitraillaient, tout sourires, leurs appareils protégés dans un étui de cuir. Le soleil avait percé les nuages et faisait étinceler l'ensemble.

Caroline se sentit soudain joyeuse. C'était son premier jour de travail, et elle allait gagner cinquante dollars par semaine, ce qui lui semblait une fortune. Elle habitait encore avec ses parents à Port Blair, dans la banlieue de New York, et elle n'avait pratiquement aucune dépense en dehors de ses frais d'habillement, de déjeuner et de train. Peut-être d'ici l'été serait-elle augmentée et pourrait-elle louer un appartement en ville avec une autre fille. Elles doivent être des centaines à travailler chez Fabian, se dit-elle, et j'en trouverai sûrement une qui soit sympathique et qui accepte de partager un appartement avec moi. Toute à sa rêverie, elle se laissait entraîner par le flot des passants, et elle s'aperçut qu'elle avait dû sourire car un petit télégraphiste en blouson de cuir lui sourit en disant :

— Bonjour, beauté.

Il se croit effronté, songea-t-elle, mais si je me retournais pour lui répondre « Bonjour, toi-même », il tomberait sans doute dans les pommes. Cela la fit rire. Elle n'avait pas encore perdu les manières amicales et décontractées que requiert une petite ville universitaire où, sur le trajet – un quart d'heure – entre les dortoirs et les salles de cours, on risquait des crampes au visage à force de distribuer des sourires à de vagues connaissances. Sans compter qu'à Port Blair, tous les habitants se connaissaient, sinon personnellement, au moins de réputation.

Elle repéra l'immeuble gris à l'air sinistre qui abritait les bureaux de la protection sociale et, en montant l'escalier, elle se rendit compte qu'elle n'avait pas pris le temps de déjeuner ; de toute façon, elle était trop excitée pour manger quelque chose. Dans la petite salle s'entassaient des gens assis, l'air morne, sur des rangées de chaises en bois. Elle prit place à l'extrémité de la file et regarda autour d'elle.

Tous paraissaient accablés, tous paraissaient attendre là pour déverser leurs malheurs dans quelque courrier du cœur. Peut-être était-ce seulement parce qu'ils faisaient la queue depuis longtemps et que l'ennui a tendance à faire ressortir le pire dans l'expression d'un visage. Elle regarda la façon dont ils étaient habillés : la plupart portait des vêtements élimés et elle se sentit gênée avec son col en castor et ses gants de chevreau. Où étaient passés les gens joyeux et sans problèmes d'argent ? Il se pouvait aussi que ceux qui attendaient dans cette salle fussent sans emploi depuis un certain temps. Aurait-elle choisi le bureau de la protection sociale des ratés ? En existait-il un autre en ville pour les gens qui avaient réussi ?

Je n'aurai jamais cette allure-là, se jura-t-elle. Quoi qu'il arrive. Puisque je dois travailler, alors j'en tirerai quelque chose. Ces personnes ont l'air d'avoir… seulement un emploi, qu'elles n'apprécient pas particulièrement. Je n'ai pas envie de leur ressembler, je veux que mon travail soit une des joies de mon existence.

« Suivant », lâcha d'un ton morne l'employé derrière son guichet. La file avança d'une place. Comme au jeu des chaises musicales, se dit Caroline, sauf que personne n'a l'air de s'amuser et qu'ils ont tous envie de sortir rapidement d'ici pour ne pas se faire congédier à cause d'un retard au bureau. Elle regarda sa montre et commença à feuilleter une brochure que sa voisine avait laissée sur sa chaise.

Protégez votre avenir, proclamait la brochure. La retraite pour les femmes : soixante-cinq ans. Cela semblait bien loin à Caroline qui avait déjà du mal à s'imaginer quelle serait sa situation à vingt-cinq ans. L'an dernier, et même six mois plus tôt, elle en était sûre. Désormais, l'avenir s'avérait un mystère.

Elle rentra à deux heures au bureau, avec son déjeuner dans un sac de papier, sa carte de protection sociale dans son portefeuille et la boîte de poudre pour Miss Farrow bien emballée. Mary Agnes était assise à sa table, l'air radieux. Brenda discutait avec animation au téléphone, aux frais de la maison. Sur la table voisine de celle de Caroline, qui était restée inoccupée toute la matinée, se trouvaient maintenant un sac de paille avec des fleurs cousues dessus, et une paire de gants de coton dont un doigt était troué.

— Salut, fit Mary Agnes. Vous avez eu le temps de tout faire ?

— Oui, dit Caroline. Miss Farrow est là ?

— Vous plaisantez.

Elle s'assit et se mit à mordre dans son sandwich. Le café avait un peu coulé et avait fait deux ronds sur son sous-main neuf. Il lui sembla tout à coup qu'elle était depuis très longtemps à ce bureau.

— La troisième nouvelle a fini par arriver, expliqua Mary Agnes en désignant la table voisine. Elle a raconté à Mr Rice qu'elle avait été malade ce matin, et il a été très gentil. Mais elle m'a dit, à moi, qu'elle avait oublié de mettre son réveil ! Quelle cervelle d'oiseau, croyez-vous ! Moi, je n'ai pas fermé l'œil avant d'aller à ma première place.

— Oh, elle n'a jamais travaillé non plus ?

— Non, et elle n'est à New York que depuis quelques semaines. Elle arrive de Colorado Springs. Elle a passé deux ans à l'université.

Mary Agnes, la commère du trente-cinquième étage, songea Caroline.

— Elle s'appelle April Morrison, reprit Mary Agnes. C'est un joli nom, vous ne trouvez pas… April. Tenez, c'est celle qui a les cheveux longs.

Elle désignait une jeune fille qui traversait le bureau des dactylos, un bloc-notes à la main. C'était une des créatures les plus extraordinaires que Caroline eût jamais vues. April Morrison avait un visage d'une beauté à couper le souffle, et, à part un rouge à lèvres très pâle, elle n'était absolument pas maquillée. Ses cheveux, d'un blond fauve, ruisselaient en cascade jusqu'entre les omoplates. Elle portait un tailleur de gabardine bleu ciel. Elle avait de grands yeux bleus, et des taches de rousseur parsemaient son nez délicatement modelé.

— C'est une chance pour elle qu'elle n'ait pas votre travail, murmura Mary Agnes tandis qu'April disparaissait dans un bureau. Miss Farrow la dévorerait vivante.

— Vous voulez dire, répliqua Caroline, que j'ai l'air de taille à pouvoir tenir tête à Miss Farrow ?

— J'en suis convaincue. Mais si elle vous propose d'être mutée du bureau des dactylos pour devenir sa secrétaire particulière, n'hésitez pas à refuser.

Qu'est-ce que je deviendrais si je n'avais pas quelqu'un pour me prodiguer des avis et des conseils le premier jour ? songea Caroline.

— Vous avez déjà été sa secrétaire ? demanda-t-elle.

— Oh, j'ai travaillé de temps à autre pour elle, c'est tout. Mais tout le monde sait qu'elle est une véritable terreur.

— Comment étaient ses secrétaires précédentes ?

— Cultivées, répondit Mary Agnes. Un peu comme vous. Diplômées. Généralement jolies. Elle engage toujours des secrétaires dotées de toutes les qualités pour faire carrière, puis elle les prend systématiquement en grippe, les pauvres.

— J'imagine que travailler pour Miss Farrow constitue une sorte de période d'initiation pour être admise au club, non ?

— Hé, fit Mary Agnes, jolie formule.

— Personne d'autre n'a besoin de secrétaire en ce moment ?

— Ma foi, non. Les autres tiennent à leur place. Vous comprenez, être secrétaire particulière ici, c'est bien, parce que de là on peut accéder à la rédaction. Si ça vous intéresse, bien entendu. Moi, je ne voudrais pas être lectrice, et pourtant on débute à soixante-quinze dollars par semaine. J'aime bien lire des magazines, mais quand il s'agit de critiquer, je ne sais plus par quel bout commencer.

Moi si, pensa Caroline. Je commencerais par *Ma vie intime*, et je leur dirais que « Deux jours dans un grenier avec un satyre » est de l'exécrable journalisme. Et je suis sûre qu'ils feraient de plus grosses ventes s'ils évitaient des couvertures illustrées que les lecteurs sont obligés de cacher.

— Attention, souffla Mary Agnes en se penchant sur son travail avec un air appliqué.

Miss Farrow, les joues roses et l'air souriant, entrait d'un pas rêveur dans son bureau. Caroline prit le paquet de poudre et la suivit.

— Voici votre poudre, Miss Farrow. Je l'ai fait mettre sur votre compte.

— Comment, vous n'aviez pas d'argent ?

De toute évidence l'euphorie postprandiale de Miss Farrow n'intervenait pas dans sa façon de traiter le personnel du bureau.

— Justement, non.

Miss Farrow haussa les sourcils.

— C'est drôle. J'aurais cru, à vous voir, que vous étiez encore une de ces étudiantes toutes fraîches émoulues de Vassar qui veulent devenir rédactrices parce qu'elles ont passé un certificat de littérature.

— J'étais à Radcliffe. Mais j'ai en effet un certificat de littérature.

— Et vous estimez sans doute que c'est très facile de travailler à la rédaction.

— Je ne suis même pas sûre que ce soit facile d'être secrétaire.

Miss Farrow la dévisagea pour voir si elle disait cela sérieusement ou pour se moquer d'elle. Caroline s'efforça de garder une expression impénétrable encore qu'un peu soumise, et de ne pas avoir l'air intimidée.

— Ce n'est pas facile en effet d'être ma secrétaire, dit enfin Miss Farrow.

— Je ferai de mon mieux en attendant que vous en ayez trouvé une.

— Combien gagnez-vous ?

— Cinquante dollars par semaine.

— Vous n'avez aucune expérience, n'est-ce pas ?

— Je viens de terminer un cours commercial de six semaines. Je suis donc meilleure sténo qu'une fille qui est restée quelque temps sans travail.

— Les secrétaires particulières débutent ici à soixante-cinq dollars, vous savez. Etes-vous ambitieuse ?

Quel air méfiant et antipathique cette femme peut avoir, pensa Caroline avec surprise. Qu'est-ce qu'elle s'imagine donc que je pourrais lui faire ?

— Evidemment, soixante-cinq dollars valent mieux que cinquante, répondit posément Caroline.

L'expression de Miss Farrow s'adoucit quelque peu.

— Je n'ai pas encore cherché de remplaçante à ma secrétaire. Peut-être ne sera-ce pas utile. Nous verrons si vous faites des progrès en dactylographie.

J'en ferai sûrement si tu cesses de regarder par-dessus mon épaule, se dit Caroline.

— J'ai sur mon bureau quelques lettres à vous faire signer, déclara-t-elle tout haut. Je vais vous les apporter. Vous n'avez plus besoin de moi ?

— Non, répondit Miss Farrow avec son petit sourire. C'est tout pour le moment.

Le reste de l'après-midi s'écoula aussi rapidement que la matinée : Miss Farrow ne cessait de donner des instructions contradictoires à Caroline qui s'efforçait de les exécuter. Elle éprouvait le même sentiment que celui qu'éprouve une fille qui sait qu'elle va se faire inviter à danser par le héros de l'équipe de football, doté d'une solide réputation de coureur de jupons, et qui doit décider si elle va accepter ou non. Elle ne savait pas ce qu'elle voulait. Une situation agréable, certes, mais pas un travail monotone comme celui de Mary Agnes, non. Quelque chose entre les deux serait l'idéal, mais elle commençait déjà à comprendre que le monde du travail était plus compliqué qu'elle ne l'avait imaginé. Pour le moment, la routine du bureau lui paraissait excitante, mais seulement parce que c'était nouveau, et elle savait que, dans quelques semaines, cela lui semblerait ennuyeux. Elle aspirait à un travail plus créatif. Surtout parce que si elle se retrouvait empêtrée dans un poste assommant, elle penserait à Eddie, à ce qui aurait pu être ; or c'était précisément ce qu'elle avait fui en se présentant ici.

A cinq heures moins le quart, Miss Farrow sortit de son bureau en enfilant ses gants.

— Il y a un rapport de lecture sur ma table, annonça-t-elle. Vous me le taperez en double interligne. C'est tout pour aujourd'hui, à moins qu'il ne vous reste autre chose à faire. Bonsoir.

— Bonsoir, Miss Farrow.

— Et puis quoi encore ? chuchota Mary Agnes, vibrante d'une vertueuse indignation. Elle est la seule à ne pas taper elle-même ses rapports de lecture. Elle a sans doute peur d'écailler son vernis à ongles !

Caroline éclata de rire et passa dans le bureau de Miss Farrow. Dehors, il faisait déjà sombre et, par la baie vitrée qui formait le quatrième mur de la pièce, Caroline apercevait les lumières de New York. Elle releva le store et resta là un moment. Chaque carré lumineux était un bureau, et dans chaque bureau de la ville, il y avait des filles comme elle, heureuses ou déçues, ambitieuses ou ennuyées, qui posaient rapidement la housse par-dessus leur machine à écrire pour s'en aller retrouver des gens qu'elles aimaient, ou au contraire retardant l'heure de partir, car rentrer signifiait connaître la solitude d'une longue soirée d'hiver. La gorge soudain serrée, elle se tourna vers le bureau de Miss Farrow pour prendre le manuscrit.

C'était un gros manuscrit, dont les feuilles étaient réunies par un large élastique. Elle feuilleta le début avec curiosité. Sur la première page, on pouvait lire *Derby Books, Rapport de lecture*.

Elle lut les observations de Miss Farrow, griffonnées d'une écriture orgueilleuse et envahissante. C'était un commentaire enthousiaste : « Habilement écrit ; l'intrigue m'a tenue en haleine du commencement à la fin. » Elle tapa soigneusement ce commentaire sur une feuille de rapport et l'agrafa au manuscrit. Dehors, les cloches de St Patrick sonnaient cinq heures.

Mary Agnes ouvrit la porte du bureau. Elle avait déjà passé son cardigan et son manteau, et elle avait son sac à main.

— Bonsoir, Caroline, dit-elle.

— Bonsoir.

— Ne passez quand même pas la nuit là, fit Mary Agnes en riant.

Elle s'en allait, mais Caroline la rappela :

— Mary Agnes…

— Oui ?

— Pensez-vous que je pourrais emporter ce manuscrit chez moi ce soir pour le lire ? Ce n'est pas défendu, non ?

— Vous voulez le lire pendant vos heures de loisir ?

— Je crois que ça doit être passionnant… de lire un livre aussi bon, avant même qu'il soit publié.

Mary Agnes haussa les épaules.

— Ne vous gênez pas. Il y a de grandes enveloppes rouges dans cette armoire.

— Merci.

— A demain.

La porte se referma, Caroline prit une enveloppe et y glissa avec précaution le manuscrit. Puis elle rassembla ses affaires et se dirigea vers l'ascenseur. A cinq heures cinq, la salle des dactylos était déserte ; elle s'était vidée aussi rapidement que si une alarme avait retenti. En passant dans le couloir, elle entendit le cliquetis d'une machine à écrire esseulée dans un bureau. La journée avait été longue, et Caroline commençait à se rendre compte qu'elle était fatiguée. Elle se souvint, en descendant, que Miss Farrow ne lui avait pas fait visiter les bureaux comme l'avait promis Mary Agnes. Peu importait. Elle en avait déjà beaucoup vu. Et elle avait hâte de lire le roman qu'elle venait de prendre. Elle serra le manuscrit sous son bras et s'éloigna d'un pas vif pour ne pas manquer le train de cinq heures vingt-cinq.

2

New York est une ville dont l'architecture change sans cesse : on y abat des maisons, on en élève de nouvelles à la place, on défonce des rues, on en barre d'autres et, un peu partout, des panneaux proclament poliment : EXCUSEZ-NOUS, NOUS OUVRONS LA VOIE AU NEW YORK DE DEMAIN. La plupart des New-Yorkais vivent dans des maisons récemment transformées : anciennes résidences particulières, anciennes villas rococo transformées en immeubles à appartements de deux ou trois pièces et en toutes les variétés de ce que l'on appelle par euphémisme « studios ». C'est dans l'un de ces derniers, où elle venait d'emménager, que se réveilla un jeudi matin de janvier, à sept heures, April Morrison. La maison se trouvait à côté de Columbus Circle.

Cet appartement, au troisième étage d'un immeuble sans ascenseur, donnait sur ce que le propriétaire appelait pompeusement un « jardin d'hiver » – en réalité, une sorte de petite cour intérieure où s'entassaient des chaises métalliques en train de rouiller et offrant un carré de terre où on pourrait un jour planter des fleurs.

April occupait une grande chambre, une cuisine aménagée dans un placard et un lit qui pendant la journée s'encastrait dans le mur et avait un ressort cassé, ce qui obligeait April à dormir dans la position d'un fœtus. Cela ne troublait d'ailleurs en rien son sommeil, car April était une fille très saine et détendue. L'appartement comportait aussi une salle de bains, avec une douche de fortune dans la baignoire, et une penderie assez grande.

A l'instant où le réveil sonna, ce matin-là, April bondit hors de son lit. La veille avait été le premier jour de son premier emploi à New York et, dans son excitation, elle avait oublié de mettre son réveil et était arrivée au bureau à midi. Elle ne voulait pas recommencer.

Tout en chauffant de l'eau pour y délayer son café en poudre dans une casserole bon marché, April fredonna une petite chanson qui ne lui était pas revenue en mémoire depuis des années. C'était une chanson qu'elle avait apprise à l'école du dimanche. Ses deux sœurs aînées avaient toutes deux enseigné à l'école du dimanche avant de se marier, très jeunes, et quand April leur avait annoncé qu'elle avait l'intention de suivre des cours d'art dramatique, elles avaient ri. Elles avaient dit à April qu'il y avait des milliers de jolies filles aux longs cheveux d'or qui rêvaient d'aller à Hollywood, que le fait d'avoir tenu tous les premiers rôles dans les pièces du lycée ne devait pas lui monter à la tête, et qu'elle ferait mieux de penser à des choses plus sérieuses. « Pourquoi ? avait dit son père. Pourquoi April ne deviendrait-elle pas actrice ? » Mais les pères avaient toujours tendance à penser que leurs filles cadettes n'étaient pas n'importe qui.

A l'université, April avait étudié la diction, la danse et le chant et, pour apaiser sa famille, la dactylographie et la sténographie. Comme cadeau, lorsqu'elle avait obtenu son diplôme, ses parents lui avaient offert un billet pour New York et cinq cents dollars. Ils lui avaient dit qu'elle pouvait rester à New York aussi longtemps que durerait l'argent et y faire ce que bon lui semblerait : aller au théâtre, visiter la ville, les musées, aller voir une ancienne camarade de classe de sa mère qui avait épousé un garçon de Brooklyn et vivait là-bas maintenant. April était arrivée juste après Thanksgiving et elle avait fait toutes ces choses pendant trois jours. Le quatrième jour, elle lut dans une petite annonce que l'on demandait des danseuses pour une comédie musicale. Elle se présenta, pleine d'espoir et de terreur à la fois, auditionna en même temps que cinq cents autres filles au moins, et s'entendit dire poliment qu'on lui écrirait. On ne lui écrivit jamais. A la fin de la seconde semaine de son séjour à New York, elle répondit à une annonce qui demandait des chanteuses.

Elle constata avec un secret espoir que la plupart des candidates chanteuses étaient bien moins jolies que les filles qui s'étaient présentées pour danser. Pourquoi les chanteuses n'étaient-elles jamais aussi jolies dans les comédies musicales que les danseuses ? Elle ne tarda pas à connaître la réponse. Ces filles avaient du métier et, quand on les écoutait, on n'avait pas besoin de les regarder de tellement près. Avec le peu de pratique qu'elle avait (c'est-à-dire son passé de choriste à l'église et ses deux ans d'études de chant à l'université), April n'avait aucune chance. On la remercia poliment d'être venue et on lui dit qu'on lui écrirait. Le lendemain, elle se présenta comme girl au Copacabana. Elle était sûre, au moins, de savoir marcher droit.

Quand elle arriva au Copa, elle eut l'impression d'être naine. Toutes les filles faisaient au moins un mètre quatre-vingts, en tout cas, elle en eut l'impression. April mesurait un mètre cinquante-huit pieds nus. On ne lui demanda même pas de montrer ses jambes, ce dont elle fut assez contente d'ailleurs car elle se rendit compte, à la dernière minute, qu'elle ne pourrait jamais expliquer à ses parents qu'elle était devenue une girl. Chez elle, on était persuadé, en effet, que toutes les girls de boîtes de nuit étaient des femmes entretenues.

Que faire alors ? Les cinq cents dollars ne duraient pas aussi longtemps qu'April l'aurait cru : il y avait cette promenade en fiacre tellement plus chère qu'elle se l'était imaginé, la séance dans un institut de beauté, le parfum qu'elle n'avait pu s'empêcher d'acheter, et puis tous ces taxis. Elle avait le sentiment que les chauffeurs lui faisaient toujours faire des détours. Mais elle décida une chose en tout cas, c'était qu'elle allait prendre le métro, manger au self-service et rester à New York, même si elle devait travailler comme vendeuse. L'hôtel était trop cher, elle trouva le studio.

Comme elle aimait New York ! Elle n'avait jamais rien vu de pareil. Le problème, pour elle, n'était pas de devenir actrice ou de mourir. Lorsqu'elle était encore chez ses parents, à Colorado Springs, devenir actrice lui avait semblé à la fois merveilleux et possible, parce que cela faisait partie d'un monde de rêve. Elle avait lu toutes les pièces d'Eugene O'Neill, de J. M. Barrie, de Kaufman et de Hart, et elle en avait déclamé à voix haute des tirades dans la solitude de sa chambre. Elle s'en rendait compte, cela ne lui donnait pas plus de droits de réussir comme actrice que découper des recettes ne l'autorisait à devenir chef cuisinier au Waldorf. Etre comédienne avait fait partie d'un rêve où figuraient de grands immeubles se découpant sur le bleu du crépuscule ; le Plaza avec la fontaine sur le devant ; Marlene Dietrich achetant des mouchoirs chez Bonwit Teller ; Frank Sinatra sortant du restaurant Chez Lindy, et de jolies femmes dont personne n'avait jamais entendu parler, couvertes de diamants et enveloppées de vison blanc escortées par des hommes d'un certain âge avec beaucoup d'allure. La réalité même de ce fantasme existait bien, elle s'y promenait, elle le contemplait, le souffle coupé. Mais l'actrice dans tout cela ? Ce n'était qu'en arpentant enfin elle-même les rues de New York qu'April avait pris conscience de sa propre petitesse. Par où pourrait-elle jamais attaquer cette forteresse ? Elle n'en avait même pas le désir. Tout ce qu'elle voulait, c'était rester ici jusqu'au jour où elle aussi deviendrait partie intégrante de la ville, où elle serait une de ces New-Yorkaises si belles et si soignées ; mais cela aussi, c'était presque du domaine du rêve. April n'avait qu'à monter les deux étages qui menaient à sa triste chambre pour comprendre combien elle était loin du but. Elle était heureuse, cependant, et chaque instant lui apportait quelque chose de nouveau et de passionnant.

Elle lut un jour une annonce d'un bureau de placement dans le *New York Times*. Elle se rendit à l'adresse indiquée et on l'envoya aux Editions Fabian. Au départ, elle avait brigué un des emplois à quatre-vingt-dix dollars par semaine, mais c'était sa première place et on lui conseilla de prendre ce qu'on lui proposait et de profiter de l'expérience qu'elle allait pouvoir acquérir. Toutes ses amies de classe lisaient avidement *Ma vie intime*, et elle-même n'avait cessé de le faire que trois ans plus tôt. A la vérité, elle était assez excitée à l'idée de travailler à la source même d'un magazine qui avait contribué pour une grande part à lui donner toutes les idées fausses qui l'habitaient actuellement. Sa grand-mère lisait *La Foi*. April écrivit aussitôt une lettre à ses parents pour leur annoncer qu'elle avait trouvé cet emploi et aussi pour leur dire qu'elle ne comptait pas revenir avant longtemps.

Elle but son café debout et s'habilla en hâte. Il était déjà huit heures et demie et elle s'était de nouveau laissée aller à rêvasser. Quand elle sortit dans la rue, elle vit son reflet dans la vitrine d'un magasin proche de chez elle. Son manteau n'était-il pas trop court ? Elle pensa à la fille en tailleur de tweed à col de fourrure qui travaillait hier à la table voisine de la sienne, chez Fabian. Comme cette fille était sophistiquée ! Tout, en elle, faisait… bien. Etait-ce parce qu'elle portait des gants de cuir ? Des gants de coton, en janvier, ce devait être affreux. April les avait jusqu'alors considérés comme ses plus beaux gants : elle les regarda et remarqua pour la première fois qu'ils avaient un trou. Elle les ôta, les fourra dans son sac et se dirigea rapidement vers le métro.

Elle n'avait pas encore maîtrisé sa peur du métro et elle était incapable d'imiter les autres voyageurs et de courir pour attraper une rame, tant elle craignait qu'une portière ne se refermât sur elle et ne la laissât à moitié dedans, à moitié dehors, terrorisée tandis que le wagon l'emporterait vers une mort mystérieuse et horrible dans les ténèbres du tunnel. Elle regardait les gens courir et se bousculer en entendant enfler le grondement de la rame et elle s'arrêta un moment devant le guichet pour compter la monnaie de son billet.

— Bonjour, dit-elle aimablement à l'employé derrière les barreaux.

Il était une des rares personnes à New York qu'elle avait vues à plusieurs reprises et elle éprouvait une certaine amitié pour lui, cela lui donnait le sentiment d'être moins seule.

— Comment ça va aujourd'hui ? lui demanda le guichetier.

— Très bien, répondit-elle après avoir pris son billet, s'apprêtant à repartir.

— Attendez une minute, chuchota-t-il. (Jetant un coup d'œil autour de lui, il lui saisit le poignet avec des doigts d'une force surprenante.) J'ai quelque chose à vous montrer.

— A me montrer ?

— Regardez, dit-il en lui glissant sous la vitre une photographie, face cachée.

Elle lui lança un regard étonné. Tout d'abord, elle ne comprit pas ce que cela représentait : on aurait dit deux personnages dans une position inhabituelle, l'air un peu crispé, des lutteurs peut-être. Puis elle vit qu'il s'agissait d'un homme et d'une femme et, lorsqu'elle découvrit ce à quoi ils s'employaient, elle sentit son visage s'empourprer et sa main trembler si fort qu'elle eut du mal à pousser la photographie par le guichet pour la lui rendre. Elle tourna les talons et s'enfuit.

— Hé ! lui cria-t-il.

Elle se retourna.

— Qu'est-ce qu'il y a ? s'indigna-t-il d'une voix plus forte. Je croyais qu'on était copains. Ha, ha, ha, ha ! fit-il avec un rire rauque, furieux, se sentant insulté et désireux de la blesser. Où est-ce que vous allez ?

Elle poussa de toutes ses forces le tourniquet et, pour la première fois de sa vie, elle bondit dans un wagon au moment où les portières allaient se refermer. Un gros homme la tira vers l'intérieur tandis que les mâchoires bordées de caoutchouc se rejoignaient avec un bruit mat.

— Qu'est-ce qui vous presse comme ça ? lui dit-il. Vous vous ferez tuer un jour. Ces petites New-Yorkaises, elles sont toutes folles !

Ces New-Yorkaises, songea-t-elle, et, du coup, sa peur la quitta. Si cet homme la qualifiait de New-Yorkaise, cela voulait donc dire qu'elle avait l'air d'en être une ? Elle se fraya un chemin jusqu'à une place assise, se glissant entre deux hommes qui visaient la place comme elle. Elle reçut un coup de coude dans les côtes, mais s'assit triomphalement et, quand elle vit les deux passagers se heurter violemment, elle eut du mal à s'empêcher de sourire. Elle tâtonnait encore, mais cela viendrait. Aujourd'hui, au bureau, elle allait engager la conversation avec la fille au col de fourrure, et peut-être un jour pourraient-elles même déjeuner ensemble.

Elle était occupée à taper des adresses destinées à être collées sur des manuscrits à renvoyer, et elle cherchait Caroline des yeux, lorsque Miss Farrow sortit de son bureau et se dirigea vers elle. April était secrètement fascinée par Miss Farrow : elle se demandait si celle-ci avait été mariée et quel genre d'hommes elle voyait en dehors du bureau.

— Vous allez travailler avec Mr Shalimar aujourd'hui, lui dit Miss Farrow sans même la saluer. Sa secrétaire est malade. C'est le grand bureau à la porte fermée. Vous n'avez qu'à remettre votre liste d'adresses au service des manuscrits qui terminera votre travail.

— Bien, mademoiselle, dit April, essayant de dissimuler sa joie derrière un masque de dignité professionnelle.

Elle ramassa ses feuilles d'adresses et les porta en courant presque dans la pièce où les manuscrits étaient enregistrés et distribués aux lecteurs. Mr Shalimar était le directeur de Derby Books ! Elle n'avait fait que l'apercevoir par une porte entrouverte : c'était un homme d'un certain âge, au visage pâle et aux traits accusés et April n'espérait même pas avoir la chance de lui adresser la parole un jour. Mary

Agnes lui avait dit que Mr Shalimar avait connu Eugene O'Neill.

— Je ne peux pas en faire plus aujourd'hui, dit-elle d'un ton excité à la fille du service des manuscrits. Je vais travailler chez Mr Shalimar.

La jeune fille la considéra d'un air impassible et, changeant son chewing-gum de place dans sa bouche, elle dit enfin :

— On a tous nos problèmes.

April la regarda avec étonnement, puis haussa les épaules et se hâta vers le bureau à la porte fermée. Elle frappa timidement. Pas de réponse. Elle demeura un moment l'oreille contre la porte, pour s'assurer qu'il n'y avait pas une réunion à l'intérieur puis, n'entendant rien, elle ouvrit la porte et entra.

C'était une grande pièce luxueuse, avec un épais tapis par terre, un canapé de cuir noir et des rangées de bibliothèques pleines de livres brochés. Devant le panneau entièrement occupé par une baie vitrée se trouvait un grand bureau. Les stores étaient baissés pour protéger la pièce des rayons du soleil matinal. Dans le fauteuil qui faisait face au bureau, Mr Shalimar, les pieds croisés sur le buvard et le menton posé sur sa poitrine, ronflait doucement. April demeura sur le seuil, ne sachant que faire. Mr Shalimar grogna dans son sommeil, agita furieusement la tête comme un chien qui se secoue, et se réveilla.

— Qu'est-ce qu'il y a ? Qu'est-ce qu'il y a ? bredouilla-t-il.

Il ôta ses pieds de la table, fit tourner son fauteuil, et tira le cordon des stores, inondant la pièce de lumière.

— Je suis désolée de vous avoir dérangé, dit April timidement.

— Oh, je me repose de temps en temps. Une minute seulement.

Il la regarda plus attentivement.

— Approchez.

Elle vint se placer devant l'énorme table, avec l'impression qu'on allait une fois de plus l'interroger, comme on l'avait fait avant de l'engager.

— Vous êtes nouvelle, n'est-ce pas ?

Elle acquiesça.

— Comment vous appelez-vous ?

— April Morrison.

Il croisa les doigts sur la table devant lui.

— Est-ce que vous savez que nous avons refusé quinze autres jeunes filles avant de vous donner cet emploi ?

— Non, monsieur.

— Qu'est-ce que vous voulez faire : vous marier ? devenir lectrice ?

— Je… je ne sais pas encore.

Il fronça les sourcils.

— Qu'est-ce qui vous fait croire que vous avez plus de droits d'être ici que n'importe laquelle des quinze autres jeunes filles ?

Elle cacha ses mains derrière son dos pour qu'il ne les vît pas trembler.

— Je ne sais pas, monsieur, dit-elle. Je ne les ai pas vues.

— Qu'est-ce qui vous fait croire que vous devez être ici plutôt que, disons, vendeuse dans un magasin de confection ?

En cet instant, elle aurait préféré de beaucoup être vendeuse dans un magasin de confection, mais elle dit courageusement :

— Je ne crois pas que je ferais une très bonne vendeuse.

— Pourquoi pas ?

— Parce que cela ne m'intéresse pas.

— Et les livres vous intéressent ?

— Oui.

Il se renversa en arrière, mit ses mains derrière sa tête, et éclata de rire. Un instant, elle crut que c'était d'elle qu'il riait et ses yeux s'emplirent de larmes de colère.

— Ne faites pas attention, dit-il. Je pose la même question à chaque nouvelle employée. J'aime voir ce qu'elles pensent. Vous seriez étonnée de la stupidité de certaines de leurs réponses.

— Ah oui ? dit April.

Elle était tellement soulagée qu'elle ne put s'empêcher de sourire.

— J'espère que ma réponse à moi n'est pas stupide.

— Pas du tout, dit-il. Vous êtes aussi sensée que jolie.

Ce compliment la fit se sentir plus à son aise.

— En tout cas, j'estime que ce n'était pas très juste de votre part, dit-elle. Après tout, je n'ai été engagée que comme dactylo.

— C'est cela, votre ambition dans la vie ?

— Non. En fait, je… voulais devenir actrice.

— Vous aimez lire des pièces ?

— Beaucoup.

Il se pencha en avant et une expression lointaine se peignit sur son visage.

— Je disais toujours à Eugene O'Neill... je l'ai bien connu, vous savez. Autrefois. Avant qu'il devienne célèbre. C'était un de mes protégés.

— Vous ne semblez pas si âgé.

— Mais il respectait mes avis. Je l'encourageais.

Il sourit à April.

— Je vous raconterai des histoires un jour. On me considérait comme un jeune éditeur génial, vous savez. Mais vous n'étiez pas née à l'époque.

— J'aimerais bien entendre vos histoires, dit April.

— Un jour, quand nous aurons plus de temps, dit-il doucement. J'ai énormément de travail aujourd'hui. Qu'est-ce que vous faites cet après-midi ? Pouvez-vous rester jusqu'à... six heures s'il le faut ? Ma secrétaire tombe malade juste le jour où je comptais faire le rapport sur tous nos livres. Est-ce que vous pouvez rester ?

— Avec plaisir.

— Si cela se prolonge au-delà de six heures, je vous paierai votre dîner. Cela vous va ?

— Très bien.

— Maintenant, fermez ma porte, voulez-vous ? A clé. Il y a une chose que vous devez apprendre tout de suite, c'est à éloigner les gêneurs.

J'éloigne les gêneurs du bureau de Mr Shalimar, songea-t-elle, et cela lui sembla tellement plus noble que de coller des adresses sur des manuscrits refusés que son cœur en battit de joie. Ce n'était vraiment pas mal du tout pour un second jour de travail !

Comme c'était passionnant de répondre au téléphone et de reconnaître, dans le nom qu'on lui donnait, celui d'un auteur célèbre. Pour la plupart, elle ne les connaissait que vaguement, pour les avoir entendus ailleurs, mais elle se les rappela tous instantanément. Lorsque Mr Shalimar partit déjeuner à l'Algonquin avec un scénariste de Hollywood, elle ferma la porte de son bureau et lut tout ce qui se trouvait sur sa table. Puis elle descendit à la cafétéria qui se trouvait au rez-de-chaussée de l'immeuble.

Cette cafétéria, qui le soir devenait un bar, était pour le moment brillamment éclairée et pleine de jeunes filles et de femmes qui semblaient toutes parler à la fois et à très haute voix. Elles étaient entassées par six dans une niche, penchées sur leurs hamburgers, et elles disséquaient les autres employées avec une frénésie mi-venimeuse, mi-amusée. Quatre ou cinq serveuses harassées se frayaient un chemin à travers cette foule avec des plateaux alignés le long de leurs bras du poignet jusqu'à l'épaule. On aurait dit des jongleuses. Tous les sièges qui bordaient le comptoir étaient occupés, principalement par des jeunes filles, et il n'y avait là que deux ou trois hommes qui se tassaient, comme pris au piège, derrière leurs journaux et leurs plateaux graisseux. April vit l'un des hommes se lever pour partir, et elle manœuvra vite pour occuper son siège vide, comme elle avait fait tout à l'heure dans le métro. La vue du comptoir devant elle, avec la serviette de papier sale jetée en boule dans l'assiette, une traînée de ketchup à l'endroit où elle voulut poser son coude et des pièces de monnaie baignant dans de l'eau renversée, lui fit presque perdre l'appétit. Elle tourna la tête et vit que la jeune fille assise à côté d'elle était Caroline Bender.

Elle portait un tailleur noir aujourd'hui, et elle avait l'air d'un mannequin dans un magazine de mode. Ses cheveux noirs étaient coupés juste au-dessous des lobes de ses oreilles et gracieusement roulés vers l'intérieur ; elle portait une frange sur le front et du fard bleu sur les yeux. April essaya de trouver quelque chose à lui dire. Comme elle a l'air triste, songea-t-elle. Caroline regardait sans la voir la rangée de tartes aux pommes alignée devant elle. Soudain, elle tourna la tête.

— Tiens, bonjour, lança-t-elle, comme si elle était vraiment contente de voir quelqu'un qu'elle connaissait, ne fût-ce que vaguement. Je vous ai déjà vue.

— Nous sommes l'une à côté de l'autre au bureau, et maintenant ici, dit April. Nous devrions au moins nous présenter. Je m'appelle April.

— Et moi, Caroline.

Caroline tendit la main et elles échangèrent une poignée de main, en riant un peu, pour cacher leur embarras et leur soulagement.

— Qu'est-ce que vous faites au bureau ?

La serveuse vint nettoyer le comptoir devant elles avec un air encore plus écœuré que les clients. Elle leur tendit deux menus tachés de sauce.

— Je crois que je suis dactylo, dit April. Mais pour le moment, je sers de secrétaire à Mr Shalimar.

— C'est bien, ça. Vous voulez devenir lectrice ?

— Pourquoi tout le monde me demande-t-il ça ? dit April. J'ai pris cet emploi parce que j'avais besoin d'argent et à la minute où j'ai mis le pied dans le bureau de Mr Shalimar, il a commencé à me cuisiner. Est-ce vrai que tant de filles se sont battues pour avoir ma malheureuse place ?

— C'est ce qu'on m'a dit au bureau de placement. Ce sont toutes des jeunes filles qui ont une bonne instruction secondaire mais aucune expérience pratique, et elles sont prêtes à travailler pour une bouchée de pain. C'est pour ça que Fabian peut se permettre de payer si peu ses employés. Cinquante dollars, c'est encore bien pour ce que nous faisons. La plupart des maisons ne paient que quarante aux débutantes.

— Et vous, est-ce que vous voulez devenir lectrice ?

Caroline sourit.

— Tout le monde me le demande, à moi aussi. Je travaille provisoirement chez Miss Farrow et elle me regarde comme si j'allais lui sauter dessus d'un instant à l'autre et lui trancher la gorge. Mais je crois que je commence à comprendre pourquoi. C'est assez contagieux, l'ambition.

La serveuse leur apporta leurs sandwichs et, pendant une minute ou deux, elles mangèrent en silence.

— Vous êtes de New York, n'est-ce pas ? dit April.

— De Port Blair. C'est à une quarantaine de minutes d'ici.

— C'est comme la campagne ?

— La plupart des villes du Westchester sont très campagnardes, sauf Port Blair. On a tous les désavantages d'un long voyage en train et, quand on arrive, on a tous les désavantages d'une petite ville sale.

— Vous habitez chez vos parents ?

— C'est la seule raison qui me fasse rester à Port Blair.

— Moi, je suis du Colorado, dit April.

— Je sais.

— Ah oui ? Comment le savez-vous ?

— C'est Mary Agnes qui me l'a dit.

— Oh, elle est drôle, celle-là. Elle sait tout sur tout le monde.

April rejeta en arrière, de la main, ses longs cheveux emmêlés.

— J'ai cru d'abord que vous l'aviez deviné parce que je n'étais pas comme les autres. Les filles de New York sont tellement sophistiquées.

— Mary Agnes ? dit Caroline en souriant. Ou Brenda ?

— Non… pas elles. Mais vous. Pour moi, vous êtes la New-Yorkaise type.

— Merci, dit Caroline. Dois-je le prendre comme un compliment ?

— Mais oui, dit April. C'en est un.

Elles réglèrent leur addition et prirent l'ascenseur ensemble pour remonter.

— Vous faites quelque chose demain après le bureau ? demanda Caroline.

— Je ne crois pas.

— Nous pourrions peut-être dîner ensemble et aller voir un film. Cela vous dirait ?

— Beaucoup !

— Entendu alors. A très bientôt.

April entra dans le bureau vide de Mr Shalimar, ferma la porte derrière elle, ôta ses chaussures et exécuta une petite danse sur le tapis moelleux. Elle était très heureuse. Elle sortit sa glace de poche de son sac et, de l'autre main, tira ses cheveux en arrière, puis elle se regarda, en tournant la tête d'un côté puis de l'autre. Comment avait-elle pu ne pas remarquer jusqu'à ce jour qu'elle avait l'air d'un ours à longs poils ? Et le tailleur qu'elle portait était bizarre, lui aussi. Sa mère disait toujours que les filles aux yeux bleus devaient porter du bleu ciel et que le noir était pour les enterrements et pour les vieilles dames. Mais elle ne se sentait pas d'une humeur d'enterrement, elle se sentait parfaitement bien, et ce soir, quand Mr Shalimar lui donnerait de l'argent pour aller dîner, elle s'en servirait pour se rendre dans un institut de beauté. Et vendredi, quand elle serait payée, elle s'achèterait un tailleur noir comme celui de Caroline.

Dans deux jours, Mr Shalimar ne la reconnaîtrait même plus. Son cœur se mit à battre. Quelle chance elle avait ! Elle prit le cendrier du bureau, le vida dans la corbeille à papier du couloir et le rinça au distributeur d'eau. Ce ne fut qu'en voyant l'expression choquée de Mary Agnes qu'elle se rendit compte qu'elle avait oublié de se rechausser.

La nuit vient vite en janvier et, à cinq heures, quand les filles commencèrent à recouvrir leurs machines à écrire et à nouer leurs foulards, le ciel, dehors, était déjà noir. Mr Shalimar dictait la seconde page du rapport mensuel qui devait en comporter dix. Il avait permis à April de s'asseoir sur son canapé pendant qu'il dictait : elle avait de nouveau enlevé ses chaussures et ramené ses jambes sous elle, et elle écrivait rapidement sous la dictée. Elle avait toujours détesté la sténo à l'école, mais maintenant elle était si heureuse de l'avoir apprise que cela l'amusait presque. Elle voyait bien que Mr Shalimar était content, lui aussi, parce qu'il n'avait jamais besoin de s'arrêter pour lui permettre de le rattraper. Par-dessus le son de sa voix, April entendait vaguement de l'autre côté de la porte le bruit des départs, des talons qui claquent et des au revoir que l'on crie. Bientôt, il n'y eut plus que le silence total. April se leva pour prendre un crayon mieux aiguisé.

— Nous pouvons nous arrêter un instant, dit Mr Shalimar. Vous devez être fatiguée.

— Oh, non, je ne suis pas fatiguée.

— Où en sommes-nous ? A la moitié ?

— Presque.

— Vous avez faim ?

— Non, monsieur.

Il se pencha et prit une bouteille de scotch dans le tiroir du bas de son bureau, ainsi que deux petites timbales d'argent. Il versa du scotch dans les timbales.

— Vous voulez prendre un verre ?

Elle n'avait jamais bu d'alcool pur de sa vie.

— Je ne voudrais pas gâcher votre scotch, dit-elle timidement.

Il reversa dans la bouteille la moitié de ce qu'il avait mis dans sa timbale.

— Tenez, dit-il, lui tendant le reste.

Qui l'aurait cru ? Elle était là, incapable de dire un mot, buvant du scotch au bureau avec le directeur de Derby Books. La pièce n'avait d'ailleurs pas l'air d'un bureau, mais ressemblait plutôt au petit salon d'une luxueuse demeure, comme on en voit au cinéma.

— A votre santé, ajouta-t-il.

Il vida sa timbale d'un trait, se versa un peu d'eau de sa carafe et but sans même la regarder. Ma foi, cela ne faisait pas très mondain, mais elle était là et c'était quelque chose.

Elle trempa ses lèvres dans le scotch, se força à en avaler un peu et sentit la chaleur lui descendre dans la gorge.

Mr Shalimar se servit un autre verre et, pour la première fois, la regarda.

— Vous voulez ajouter de l'eau ?

— Je crois, oui.

Pendant qu'il la servait, elle examina, embarrassée par cette proximité, les cheveux bruns striés de gris et aperçut au passage un grain de beauté sur son oreille. Elle remarqua chacun de ses traits, la moindre marque sur son visage, d'abord avec curiosité parce qu'il s'agissait d'un personnage important dont elle savait peu de chose et puis avec une sorte de sentiment d'intimité, car il lui semblait que ses rides, ses taches de naissance et ses petites imperfections faisaient partie de sa vie privée. Elle se laissait juste aller au culte du héros, se dit-elle avec lucidité avant de s'y abandonner simplement.

— Merci, dit-elle en regagnant le canapé.

Mr Shalimar remplit sa propre timbale et la vida de nouveau d'un trait, puis se renversa dans son fauteuil et croisa ses longues jambes. Il avait le hâle d'un homme qui prend souvent un bain de soleil à son club à l'heure du déjeuner et il portait une alliance. April se dit qu'il avait un peu l'air d'un armateur grec ou d'un magnat du Proche-Orient. Sur son bureau, il y avait des photos des membres de sa famille dans des cadres d'argent.

— Vous savez, dit-il, très peu de gens comprennent qu'il y a un grand avenir pour les livres de poche. Est-ce que vous vous rendez compte que pour tous nos livres nous faisons un premier tirage de deux cent cinquante mille ? Combien d'exemplaires de livres reliés croyez-vous qu'on vende en moyenne ?

— Je ne sais pas.

— Quelques milliers si c'est un échec. Une centaine de milliers peut-être si c'est un best-seller. Cent mille lecteurs pour l'Amérique tout entière. Ce n'est pas beaucoup, n'est-ce pas ?

— Non, dit-elle.

— Savez-vous qu'il y a des villes, en Amérique, qui n'ont même pas une bibliothèque ? Même pas une librairie ! Le seul endroit où les habitants de ces villes puissent trouver un livre, c'est le drugstore. Et que lisent-ils, ces gens-là ? Nos livres.

— Dieu du ciel ! dit April.

— Nous sommes responsables des variations du goût littéraire de l'Amérique, poursuivit-il. Il faut que les gens apprennent à ramper avant de pouvoir marcher. Au début, ils ne veulent rien lire d'autre que les récits d'aventures les plus vulgaires et les plus corsés. Peu à peu, nous leur glissons un bon livre ou deux. Nous les formons. Un jour, tous nos livres seront aussi bons ou même meilleurs que les meilleurs livres reliés soi-disant littéraires. Croyez-vous que tous les livres reliés soient de la bonne littérature pour la simple raison qu'ils coûtent quatre dollars ? La plupart sont infects.

April sourit un peu devant cette véhémence et but quelques gorgées de son verre. Cela lui donna confiance et elle vida le tout.

— Ce sont *nos* livres, *nos* couvertures accrocheuses, *nos* bas prix qui apprennent à lire aux Américains. Que les gens qui n'y connaissent rien disent que les Derby Books sont bons à mettre à la poubelle. Ils verront.

— Je n'ai jamais réfléchi à tout ça, dit-elle.

Mr Shalimar lui fit signe de venir remplir sa timbale. Cette fois, ils trinquèrent avant de boire. Elle revint vers le canapé, brusquement très contente. Pas étonnant que tout le monde ici considérât avec curiosité ses ambitions éditoriales. Ce ne serait pas mal de se trouver au début d'un… d'un mouvement littéraire. Voilà ce que c'était.

— Avez-vous déjà lu nos livres ? demanda Mr Shalimar quand April eut regagné sa place sur le divan.

— Oh, quelques-uns, oui.

Il ouvrit un tiroir de son bureau, en sortit quatre livres et les plaça dans une enveloppe.

— Tenez, lisez ceux-là cette semaine et dites-moi ce que vous en pensez. L'opinion d'une jeune fille m'intéresse.

— La mienne ?

Elle n'en croyait pas ses oreilles.

— Ne vous fiez qu'à votre instinct. Votre instruction ne m'intéresse pas. Parmi les gens qui achètent nos livres, certains ont fait des études secondaires, mais la plupart non. Ils aiment un livre ou ils ne l'aiment pas. Dites-moi seulement si vous les aimez ou pas, et dites-moi pourquoi.

— Très bien.

Quand elle se leva pour aller prendre les livres, elle se rendit compte qu'elle n'aurait pas dû boire si rapidement sa seconde rasade de scotch. Elle voyait un peu trouble, et elle avait les joues brûlantes. Quand elle prit l'enveloppe, les mains de Mr Shalimar frôlèrent les siennes et elle se sentit pleine d'affection filiale pour lui.

Il regarda sa montre.

— Il est tard. Vous devez être affamée. Tenez... Nous allons descendre au restaurant d'en bas manger un morceau, puis nous reviendrons et nous terminerons le rapport mensuel. Allez chercher votre manteau.

Elle se dirigea vers son bureau, se retenant à la porte en passant. Ce scotch était plus fort qu'elle ne l'avait cru, et il était tard. Elle ne voulait pas que Mr Shalimar remarquât qu'elle était un peu ivre. Quelque chose à manger et un peu de café, voilà ce dont elle avait besoin. Tandis qu'elle repoudrait son visage fiévreux, elle entendit Mr Shalimar parler au téléphone dans son bureau. Elle ne comprenait pas ce qu'il disait, mais il parlait d'un ton las et semblait s'excuser. Elle pensa qu'il appelait sa femme, pour lui dire qu'il ne rentrerait pas dîner. Elle eut pitié de sa femme, qui avait probablement attendu toute la journée le moment d'être de nouveau avec lui, et elle eut pitié de lui aussi, qui était obligé de manger un sandwich dans une cafétéria graisseuse puis de remonter à son bureau pour dicter deux heures de plus à sa secrétaire. Il n'y avait que d'elle qu'elle n'avait pas pitié.

— Bonsoir, Mr Shalimar, dit la serveuse aimablement, comme s'il était un habitué.

Il y avait des petites tables du côté bar, qui était maintenant plongé dans l'obscurité tandis que la partie principale où April avait déjeuné était brillamment éclairée et fermée. Mr Shalimar la guida vers une table d'angle.

— Deux scotchs, de l'eau et deux steaks, dit-il. Cela vous va, April ?

— Oui, monsieur, très bien.

Elle y voyait moins trouble dans le noir. De la musique douce venait de quelque part près du plafond. Mr Shalimar était assis à côté d'elle sur la banquette et il se pencha, la regardant attentivement.

— Vous êtes très jolie, vous savez ?

— Merci, dit-elle, gênée.

— Vous avez beaucoup de soupirants ? Quel genre d'hommes aimez-vous ?

— Je n'ai pas de soupirants ici à New York, avoua-t-elle. Je ne connais personne. A la maison, je sortais pas mal.

— Toujours avec le même jeune homme ?

— Oh, non.

— Quel est votre idéal masculin ? Quel genre d'homme aimeriez-vous épouser ?

Elle avait à maintes reprises discuté de ce problème avec ses camarades de pension, pendant les longues conversations intimes qu'ont les jeunes filles la nuit, aussi récita-t-elle sa réponse sans hésiter :

— Un homme compréhensif. Quelqu'un de bon et d'intelligent. Il n'a pas besoin d'être beau du moment qu'il me plaira à moi. Je crois que lorsqu'on aime quelqu'un on le trouve beau et que lorsqu'on n'aime pas quelqu'un ou qu'il est méchant avec vous, on le trouve laid quelle que soit sa beauté.

— Très bonne réponse, murmura-t-il.

Il leva son verre.

— Je souhaite que vous rencontriez l'homme de vos rêves.

— Moi aussi, dit-elle.

Elle but son scotch et se sentit soudain l'envie de rire.

— Vous avez un sourire qui doit faire des ravages. Quand ce garçon vous verra, il sera vaincu d'avance.

Cette fois, elle rit carrément.

— Puissiez-vous dire vrai. Je n'ai jamais été amoureuse… j'ai eu des flirts, mais je savais bien chaque fois que ce n'était pas pour de bon. J'espère que je tomberai amoureuse de quelqu'un qui m'aimera aussi.

— Et l'amusement ?

Il la regarda plus attentivement.

— N'auriez-vous pas envie de rencontrer quelqu'un avec qui vous pourriez vous amuser, sans forcément l'aimer ?

— Oh si… dit-elle.

Elle ne voyait pas très bien ce qu'il voulait dire. Ses paroles, certes, étaient innocentes, c'étaient un peu celles d'un père à une fille impatiente et trop romanesque, mais il avait une façon de dire « amuser » qui faisait paraître la chose très différente et infiniment plus mystérieuse que les amusements qu'elle avait connus avec des garçons ou avec qui que ce fût.

— Si, bien sûr, dit-elle.

Il lui lança un regard perçant.

— Quel genre de choses les garçons disent-ils aux filles de nos jours ? Que disent-ils quand ils ont envie de… de vous ?

— Eux ? fit-elle. Ils ne disent rien. Le plus souvent, ils parlent avec leurs mains, c'est tout.

Il rit.

— Ce doit être très désagréable.

Comme il était compréhensif !

— Oh oui, dit-elle, soulagée. Je déteste ça.

— Comment les étudiants font-ils la cour ?

Cela la gênait de parler de baisers et de caresses avec cet homme : d'abord elle n'avait jamais de sa vie discuté sexe avec un homme, pas plus qu'avec son père bien évidemment, et ensuite Mr Shalimar appartenait à un monde si éloigné du sien qu'elle n'arrivait pas à imaginer qu'il pût s'intéresser à ses petits combats de pelotage sur la banquette d'une voiture.

— On ne peut pas dire que je sois une autorité dans ce domaine, fit-elle en souriant.

— Une femme est toujours une autorité en ce qui concerne sa propre vie, déclara-t-il.

— Il n'est pas étonnant que vous soyez éditeur : vous connaissez si bien les gens.

— Je les connais parce que je pose des questions. J'interroge. Je nourris une curiosité insatiable pour les gens, expliqua-t-il. D'après vous, comment puis-je savoir ce que chaque Américaine a envie de lire ?

Parce que je parle avec les femmes, parce que je découvre leurs rêves secrets, ce qu'elles redoutent.

Elle se sentit rassurée. A ce moment, la serveuse arriva avec les steaks, et April découvrit qu'elle avait très faim. Elle commença à dévorer le contenu de son assiette et elle en avait vidé la moitié quand elle se rendit compte que Mr Shalimar n'avait même pas touché à la sienne.

— Mon Dieu, dit-elle, ne laissez pas perdre un si bon steak.

Il découpa une petite bouchée de viande puis, de la pointe de sa fourchette, poussa le reste sur le bord de son assiette. Sans doute était-il habitué à une cuisine plus raffinée ; pour sa part, elle trouvait le steak merveilleux.

— Je vous le donne si vous voulez, dit-il.

— Oh, je ne pourrais pas le manger.

— Mais si, mais si.

Il plaça la viande sur l'assiette d'April.

Elle se sentit comme une enfant tendrement aimée.

— Mon père fait toujours ça aussi, dit-elle.

— Je suppose que vous êtes sa préférée.

— Non, ce n'est pas pour ça. C'est simplement que mes sœurs sont beaucoup plus âgées que moi et qu'elles étaient déjà installées dans la vie alors que je n'étais encore qu'à l'école. Mon père avait donc plus de temps à me consacrer, je suppose. Je crois aussi que les parents sont plus doux avec leurs benjamins.

— Hmm, hmm, dit-il. Je suppose que votre père vous donnait aussi des conseils sur la manière de vous conduire avec les garçons.

— Je ne lui faisais pas beaucoup de confidences, vous savez.

Il fronça le front.

— Ah ? Vous aviez des secrets ?

— Pas vraiment.

— Dites-moi, qu'est-ce que vous faisaient les garçons qui flirtaient avec vous ?

— Vous voulez que je vous le dise ?

— Naturellement.

Elle sentit le rouge lui monter au visage. Non pas qu'elle eût une confession intéressante à faire ou un complexe de culpabilité, mais simplement parce qu'on ne parlait pas de ces choses avec un homme plus âgé que vous, surtout quand il était votre patron. Il n'était même pas son médecin de famille, lequel, d'ailleurs, n'abordait jamais ce sujet.

— Oh, vous savez, dit-elle d'un ton détaché, espérant qu'il n'insisterait pas, c'est toujours un peu la même chose.

— Ça m'a l'air assez ennuyeux, fit-il avec une note d'amusement dans la voix.

— Oh, ça l'est ! répondit-elle, heureuse d'en finir. C'est *très* ennuyeux.

Il posa un instant sa main sur celle d'April, d'un geste paternel.

— Mademoiselle ! L'addition, je vous prie.

Il n'y avait qu'un ascenseur en service après les heures de bureau et ils l'attendirent, sans un mot. Elle constata avec satisfaction que manger l'avait dégrisée ; elle se sentait capable maintenant de prendre du courrier en sténo sans faire de fautes. Si on ne faisait pas attention, il devenait en effet presque impossible de déchiffrer ce qu'on avait noté la veille. Ils réussiraient probablement à terminer le rapport en une heure, se dit-elle en suivant Mr Shalimar dans son bureau non sans avoir jeté au passage un coup d'œil à la pendule du pool des dactylos. Curieux effet que de lire dix heures et de se dire qu'il était dix heures du soir et non du matin.

Mr Shalimar avait laissé la lampe de son bureau allumée, ce qui donnait une lumière douce à la pièce. Quel agréable living-room cela ferait, s'il n'y avait pas la table de travail. A travers les jalousies entrouvertes, April voyait s'étaler la grande cité mystérieuse. New York… Cité des plaisirs, des promesses, lieu de réunion de tous ces inconnus passionnants qu'elle espérait rencontrer un jour. Elle la contemplait, le souffle coupé, appuyée contre la table.

— A quoi pensez-vous ? demanda Mr Shalimar, juste derrière elle.

— Je ne sais pas, murmura-t-elle. Je ne sais pas comment vous le dire.

Il se colla contre elle si vite qu'elle n'eut même pas le temps de le sentir approcher, et il l'enlaça. Ses bras l'enserraient comme des courroies, de sorte qu'elle avait du mal à respirer, et sa bouche se posa sur celle d'April, brûlante, autoritaire. Le premier instant d'incrédulité passé, April sentit la terreur l'envahir. Elle secoua la tête dans tous les sens, essayant d'échapper à ces lèvres et à ces dents qui la dévoraient, puis elle poussa un petit cri étouffé. Il la lâcha.

— *Mr Shalimar !* dit-elle, et cela lui parut si stupide dans cette pièce tranquille, et tellement semblable à ce qu'on lisait dans les pires magazines de Fabian, qu'elle se mit à pleurer.

Il la regardait en souriant, l'air plus amusé qu'en colère. Il lui tendit un mouchoir qui sentait la lavande.

— Ce n'est pas si terrible, dit-il, souriant toujours.

Elle s'essuya les yeux et la bouche (la bouche rapidement pour qu'il ne le remarquât pas) puis lui rendit le mouchoir. Elle était trop gênée pour fuir d'indignation, et elle essaya de trouver quelque chose à dire, mais elle se sentait l'esprit complètement vide. Un vieillard, d'au moins cinquante ans ! Un homme marié ! Devant la photo même de sa femme ! Mr Shalimar hocha la tête comme quand on gronde un enfant, s'essuya la bouche avec beaucoup d'application, regarda le rouge à lèvres sur son mouchoir propre, replia celui-ci et le plaça soigneusement dans sa poche de veston.

— Venez, dit-il. Je vais vous mettre dans un taxi.

Elle resta à une bonne distance de lui aussi bien dans le couloir que dans l'ascenseur et, enfin, dans la rue. Il héla un taxi et ouvrit la portière. Elle monta aussi vite qu'elle put et, la main sur la poignée intérieure, elle dit :

— Bonne nuit.

— Attendez, dit-il.

Il lui tendit deux billets d'un dollar.

— Pour la course. J'espère que vous n'habitez pas dans le Bronx.

Elle secoua la tête.

— Prenez-les.

Il lui fourra l'argent dans la main et elle se recroquevilla à ce seul contact.

— Vos livres, dit-il.

Il avait emporté l'enveloppe, ce qu'elle n'avait pas remarqué.

— N'oubliez pas de les lire, dit-il d'un ton léger.

Il salua et referma la portière du taxi. Il fallut un moment à April pour se rappeler sa propre adresse.

Dans l'obscurité du taxi, elle se sentit mieux. Elle repoussa aussi loin d'elle qu'elle put l'enveloppe contenant les livres, comme si c'était un animal mort, et se cacha la tête dans les mains. C'était drôle… elle n'avait plus envie de pleurer, elle n'avait même plus envie de chasser le souvenir de ce baiser interdit, inattendu, qui l'avait tellement terrifiée. En fait, maintenant qu'elle était seule et en sécurité, le souvenir de ce baiser lui revint, d'abord terrifiant, puis vaguement excitant et merveilleux. Mr Shalimar l'avait embrassée. Mr Shalimar… Elle savait qu'elle aurait dû frémir de ressentiment et de colère. Mais une sensation nouvelle l'envahissait, une sorte d'ivresse romanesque qui l'accompagna tout le long de son retour chez elle.

3

Port Blair, où Caroline Bender vivait avec ses parents, est une ville située sur la ligne de chemin de fer de New Haven et qui se distingue par un manque total de ce qui fait le charme des agglomérations de banlieue. Elle se résume à peu près à une fabrique de bonbons et à une rue bordée de petits bars modernes et de quelques anciens bordels. Le soir, la population augmente : des visiteurs arrivent des environs plus huppés, pour la plupart des domestiques et des chauffeurs venant des propriétés voisines de Scarsdale, Port Chester et Larchmont. Des voitures de police patrouillent pour ramasser les individus suspects et, le lundi matin, surtout après de longs week-ends comme celui du 4-Juillet ou de Memorial Day, les tribunaux font salle comble. Au cœur de cette ville se trouve une oasis de forme à peu près carrée, composée de vastes et belles demeures, de rues bordées d'arbres et de jardins jalousement entourés de murs, tout cela formant l'ancien Port Blair, celui qui n'était pas encore envahi par les bistrots éclairés au néon et l'usine de bonbons avec tous ses ouvriers et petits employés.

Dans cette oasis habitent les médecins, les avocats, les industriels et les gros commerçants de la ville. Ils dissimulent leurs maisons derrière des haies et des murs et envoient leurs enfants dans des camps de vacances et des stations de villégiature en été, et à l'université quand ils sont grands. Mais quand ces enfants sont encore jeunes, leurs parents commencent toujours par les envoyer au lycée de Port Blair, car sans cela ils seraient considérés comme snobs, ce qui leur ferait le plus grand tort. Le père de Caroline était médecin, et il avait hérité de la vaste demeure de style colonial où il habitait avec les siens, ainsi que de la clientèle de son père. La mère de Caroline était originaire d'une famille de la petite bourgeoisie de New York. Elle avait rencontré son mari à un bal universitaire alors qu'il faisait ses études de médecine, elle-même n'ayant pas terminé ses études supérieures. Ils s'étaient fiancés immédiatement et mariés aussitôt après que le jeune homme eut obtenu son diplôme et, lorsqu'il avait achevé son internat, ils étaient allés habiter Port Blair. Au début, la nouvelle Mrs Bender fut ravie d'habiter ce qui lui semblait être la campagne, mais elle ne tarda pas à changer d'avis. La vie étroite, le nombre réduit d'amis proches, la laideur de la petite ville déprimèrent bientôt la jeune femme, et elle décida que sa fille et son fils deviendraient des New-Yorkais comme elle-même, ou qu'en tout cas ils iraient vivre dans une partie plus agréable du Westchester. Ce fut Mrs Bender qui insista pour que Caroline allât à Radcliffe (où elle serait près des garçons de

Harvard) et ce fut elle aussi qui passa des soirées entières à faire étudier ses verbes latins à Caroline (dont c'était le point faible) afin qu'elle eût une bonne moyenne générale et pût passer l'examen d'entrée. Son fils, Mark, avait six ans de moins que Caroline, elle n'avait donc rien à faire pour lui pour le moment, mais elle projetait en secret de l'arracher au lycée de Port Blair et de lui faire passer au moins la dernière année d'études secondaires à Lawrenceville. Non pas qu'elle eût des ambitions mondaines. Simplement, elle considérait que la vie à Port Blair n'offrait pratiquement rien de tout ce qui rend la vie agréable et excitante, et elle ne voulait pas voir ses enfants y prendre goût. Rien pourtant n'eût été plus facile, car les jeunes s'y plaisaient : ils avaient leurs amis, leurs soirées, leurs moments de pelotage teintés de romantisme. Mais Mrs Bender avait d'autres aspirations, à ses yeux infiniment plus désirables.

Bien qu'elle déplorât la rupture des fiançailles de sa fille avec Eddie Harris, ce n'était pas pour les mêmes raisons que Caroline. Elle n'était pas sentimentale et, comme sa fille était belle et douée et qu'elle n'avait que vingt ans, Mrs Bender était persuadée qu'un autre fiancé se présenterait au moment voulu. Qu'était-ce donc qu'un Eddie Harris ? Un étudiant de dernière année comme les autres, tous incultes et dont l'avenir se devinait sans mal. Certes, Eddie avait beaucoup de charme pour un garçon de son âge, il était posé et savait parler aux gens plus âgés comme s'il appréciait vraiment leur conversation. En revanche il n'avait aucun talent musical : il jouait du piano de la même manière que les garçons jouaient de la mandoline au temps de sa jeunesse. Elle l'imaginait volontiers dans les relations publiques ou dans la publicité. Il était d'une bonne famille, séduisant et, avec son éducation et son ambition, elle l'aurait bien vu comme mari pour Caroline. Lorsque Eddie Harris avait envoyé à Caroline cette fameuse lettre, Mrs Bender avait décidé immédiatement qu'il était puéril, volage et égoïste. Mais ce qu'elle regrettait surtout, c'était que Caroline eût passé tant de temps avec lui à l'université, alors qu'elle aurait pu rencontrer d'autres garçons intéressants. Ce ne serait pas si facile de rencontrer des « amis » (euphémisme pour de « bons partis ») à Port Blair, une fois les études terminées. Quand Caroline exprima le désir de trouver un emploi à New York, Mrs Bender fut fière de la voir prendre si bien cette malheureuse affaire. Elle savait que Caroline n'avait pas d'ambitions professionnelles particulières mais, de nos jours, une jeune fille devait travailler, même si elle n'avait pas besoin de son salaire. On ne restait pas à la maison à moisir – et moisir était le mot – quand on habitait un endroit comme Port Blair.

Le docteur Bender était l'image même du médecin de petite ville, même si Port Blair n'avait rien d'une petite ville type. Il aimait bien les gens, les gens l'aimaient bien, et ils venaient lui exposer leurs ennuis familiaux aussi bien que physiques. C'était le genre d'homme qui est plus apprécié de ses amis que de sa famille. Les femmes qui venaient lui raconter leurs maux et leurs douleurs, réels ou imaginaires, s'en allaient en enviant secrètement l'heureuse Mrs Bender, la femme du docteur. C'était un homme si doux, si indulgent, et il donnait tant de lui-même à ses malades et à leurs problèmes stupides et ennuyeux qu'il n'avait plus grand-chose à donner à sa famille. Il n'emmenait jamais son fils à un match de football. Il s'endormait souvent tout de suite après le dîner, devant la télévision ou avec un journal médical entre les mains et, très souvent, il était réveillé une heure plus tard pour une urgence. Sa fille Caroline était presque la seule jeune fille de la ville qui ne se confiât pas au docteur Bender. Elle faisait ses confidences à sa mère et celle-ci en vint à préserver ce privilège avec un sentiment qui ressemblait beaucoup à de la jalousie. Elle disait : « Ton père ne connaît rien à ces choses. » Et le docteur Bender, qui aimait et respectait beaucoup sa femme, en vint à dire de plus en plus souvent : « Demande à ta mère, elle saura », jusqu'au jour où il n'eut même plus besoin de le dire.

Lorsque Caroline rapporta le manuscrit à la maison, le soir de sa première journée aux Editions Fabian, ce fut à sa mère qu'elle l'annonça. Et lorsqu'elle eut lu le manuscrit et découvert à sa grande surprise que, loin d'être d'accord avec les commentaires d'Amanda Farrow, elle trouvait ce roman ennuyeux en dépit d'une certaine facilité dans le style, ce fut encore sa mère qu'elle consulta.

— J'ai lu un livre hier soir, maman, un manuscrit plutôt. On va probablement le publier parce que Miss Farrow a dit qu'il était formidable. Je l'ai lu et je l'ai trouvé carrément ennuyeux. Je croyais que je m'y connaissais en littérature, mais ce livre m'a réellement endormie. Il y a peut-être un secret pour les livres de poche.

— Tu as toujours eu bon goût, lui déclara fermement sa mère. Un livre, c'est toujours un livre. Chacun a le droit d'avoir son avis. Pour ma part, je n'ai jamais pu supporter *La Lettre écarlate*, et pourtant c'est un classique !

Se rappelant alors un cours de littérature anglaise qu'elle avait suivi à l'université et ce que lui avait dit le professeur, Mrs Bender se lança dans une de ces interminables anecdotes pleines de nostalgie concernant ses études, qui étaient une des façons pour elle d'échapper provisoirement à sa vie à Port Blair.

Caroline se replongea dans ses pensées. Ce manuscrit serait très probablement publié… et pourtant il était si mauvais à son avis ! Est-ce que cela la regardait ? Mais elle l'avait lu… Le manuscrit devait aller maintenant sur le bureau du directeur de la collection, Mr Shalimar, et c'était elle qui devait l'y apporter. Si elle tapait une feuille de rapport avec son opinion personnelle, le pire que pourrait faire Mr Shalimar serait de jeter ce rapport et de dire à Caroline de rester à sa place. Il ne la renverrait pas pour autant ; il comprendrait cet enthousiasme de novice. Et il y avait une chance pour qu'elle eût raison, ou que son opinion valût au moins d'être discutée. Peut-être lui confierait-il d'autres manuscrits à lire. Du moment qu'elle avait une opinion aussi contraire à celle de Miss Farrow, elle devait savoir si elle était sur la bonne voie… autrement c'était trop déroutant : ses espoirs de devenir lectrice, son sentiment de responsabilité naissant vis-à-vis de la maison…

— Je suis en retard, dit-elle, déposant un baiser sur la joue de sa mère.

Elle prit l'enveloppe et se dirigea vers la porte.

— Oh, j'oubliais. Je ne rentrerai pas dîner. Je sors avec une fille du bureau.

— Ah oui ? Intéressante ?

— Je l'espère, dit Caroline en souriant. A ce soir.

Elle avait dix minutes d'avance pour le train et elle attendit sur le quai, regardant les bouffées de vapeur que faisait sa respiration dans l'air froid. Plus haut, là où s'arrêterait le wagon des fumeurs, il y avait les hommes qui faisaient le voyage tous les jours : ils n'étaient pas nombreux, car la plupart des gens qui habitaient Port Blair travaillaient à Port Blair. Il y avait là Stan Rogers, appuyé contre un des piliers de la gare, les paupières lourdes, le visage encore rose et luisant d'avoir essuyé le feu du rasoir. Il avait un an d'avance sur Caroline pendant leurs études, car il avait l'âge d'Eddie Harris, et il avait épousé une jeune fille de Port Blair tout de suite après sa sortie du lycée. Ils avaient maintenant quatre enfants, dont l'aîné était âgé de trois ans et demi. Les chaussures de Stan Rogers étaient si usées que cela se voyait de loin et Caroline reconnut sa guimbarde dans le parking de la gare, la voiture qui impressionnait tellement les jeunes filles de dernière année, au lycée. Il y avait aussi les sœurs Litchfield, la grosse et la maigre, qui s'habillaient toujours de façon identique, comme si elles étaient jumelles, ou comme si elles avaient sept ans et non trente, et qui travaillaient comme mécanographes dans une compagnie d'assurances. Caroline leur fit un petit bonjour, puis elle se mit à marcher dans la direction opposée.

Elle vit alors quelqu'un qu'elle ne s'attendait certes pas à rencontrer dans un train de banlieue : Mrs Nature, une amie de sa mère et la femme du roi de la teinturerie local. « VOS VÊTEMENTS NETTOYÉS FAÇON NATURE » disaient leurs affiches, et les gens qui les lisaient s'imaginaient qu'il s'agissait de quelque procédé nouveau, plus sain. En fait, le propriétaire des teintureries (il y en avait quatre) s'appelait Francis P. Nature. Il était l'un des hommes les plus riches de la ville.

— Caroline ! Hou ! hou ! cria Mrs Nature.

Caroline alla vers elle.

— Je suis ravie de vous voir, Caroline. Je comptais vous téléphoner ce soir, mais maintenant je n'aurai pas besoin de le faire. J'ai pris la liberté de dire à un jeune homme de vous téléphoner.

— Ah ?

— Il sortait avec Francine autrefois ; oh, pas régulièrement, une fois de temps en temps, c'est tout. Elle disait qu'il était très gentil.

Depuis que Mrs Nature avait marié sa fille unique, elle s'était radoucie au point d'envoyer tous les anciens soupirants de celle-ci aux autres amies de son groupe. Caroline n'avait jamais beaucoup aimé Francine, une fille extrêmement bruyante et nerveuse, et elle n'était pas particulièrement ravie à la perspective d'hériter d'un de ses laissés-pour-compte.

— Il s'appelle Alvin Wiggs, poursuivit Mrs Nature. Peut-être allez-vous vous détester… je n'en sais rien et je ne promets jamais rien. Je dis toujours aux jeunes filles : « Pour vous, ce n'est jamais qu'une soirée à passer, et je ne vous envoie pas un mari. » Bien sûr, si cela marche, et si vous devenez fous l'un de l'autre, j'en serai ravie.

Alvin Wiggs ! songea Caroline. Mrs Alvin Wiggs. Dieu du ciel !

— Est-ce qu'il est beau garçon ? demanda-t-elle.

— Dans un sens, oui. Francine, elle, le trouvait très beau. Moi, je dis toujours que la beauté, c'est comme le reste, c'est une question de goût. Il va vous appeler à votre bureau. Peut-être même le fera-t-il aujourd'hui, car je lui ai donné votre numéro hier soir. Comme je dis, je ne promets jamais rien et peut-être allez-vous vous détester. Mais je trouve que c'est un charmant garçon.

— Vous avez été gentille, en tout cas, de penser à moi, dit Caroline poliment.

Elle songea que Mrs Nature aurait été encore plus gentille si elle avait eu l'idée de lui demander d'abord si elle avait envie de recevoir un coup de téléphone de qui que ce fût.

— Qu'est-ce qu'il fait dans la vie ?

— Il travaille avec son père, dans leur affaire familiale, dit Mrs Nature. Ils sont dans le commerce des mannequins.

Le train de huit heures cinq entra en gare. Comme toujours, il s'arrêta beaucoup plus loin que le quai et tout le monde dut courir pour l'attraper. Caroline et Mrs Nature coururent l'une à côté de l'autre, pas vraiment ensemble, pas vraiment séparées non plus.

— Oh, j'ai horreur de ce train, dit Mrs Nature d'une voix haletante. Mais j'ai besoin d'aller à New

York pour acheter des cadeaux de mariage. Je ne peux plus remettre ces courses. Tant d'amies de ma fille se sont mariées.

— Je vais monter dans le compartiment des fumeurs, annonça Caroline.

— Ah… bien, à un de ces jours alors. Je ne supporte pas la fumée. Appelez-moi pour me dire si Alvin vous a plu.

Elles se quittèrent et Caroline se glissa à la dernière place du wagon, près de la fenêtre. Tout en regardant défiler le paysage par la vitre, elle songea que six mois auparavant, elle croyait être à jamais sortie de l'humiliante position de « fille à marier » et des trois conséquences qui en découlaient : solitude au jour le jour, personne pour vous protéger, rendez-vous arrangés avec des inconnus. Et voilà que tout recommençait.

Mais quand elle se retrouva aux Editions Fabian, Caroline oublia totalement Alvin Wiggs et replongea dans l'atmosphère de sa vie nouvelle, passionnante et complexe à la fois. En passant dans l'antichambre, elle remarqua une fille qui avait à peu près son âge, avec un chapeau sur la tête et assise au bord d'un des divans. Elle doit chercher une place, songea Caroline. Le chapeau la trahissait. Dans l'entourage de Caroline, les jeunes filles ne portaient de chapeau qu'en deux occasions : pour aller à un mariage ou pour chercher un emploi. Dès qu'elles étaient engagées, elles remettaient leur chapeau dans leur penderie et ne s'en coiffaient plus pour aller au bureau… à moins d'accéder au poste éminent d'une

Miss Farrow, auquel cas elles ne se montraient plus jamais sans chapeau.

Je me demande si cette fille sera la nouvelle secrétaire de Miss Farrow, se dit Caroline en glissant une feuille de rapport dans sa machine à écrire. Parce que j'espère bien que ce ne sera pas moi.

Elle se hâta de poser le manuscrit avec le rapport de Miss Farrow et le sien sur le bureau de Mr Shalimar, avant de perdre son courage, puis elle retourna à sa table. Les filles du pool des dactylos célébraient le rituel matinal de la pause-café. Elle se demanda si au moins l'une d'entre elles, surtout quand elles étaient mariées, prenait son petit déjeuner chez elle ; peut-être n'avaient-elles même pas le temps de le préparer pour elle et pour leur mari avant de partir travailler. Brenda, qui était en train d'acheter son trousseau, avait apporté le dernier en date de ses achats, une chemise de nuit de dentelle blanche, qu'elle avait étalée dans sa boîte ouverte sur la table pour que les autres filles puissent la voir.

— Regardez-moi ça, murmura Mary Agnes. Elle doit en être à sa quarante-cinquième chemise de nuit. Elle achète quelque chose tous les jours à l'heure du déjeuner et elle le met toujours sur la table pour que les autres puissent le reluquer. Si elle s'imagine qu'on s'intéresse tellement à son trousseau...

Mon Dieu, se dit Caroline, que d'achats frénétiques, de rangements et de préparatifs. Il ne lui restera plus un sou après son mariage, mais elle a probablement passé toute sa vie à organiser cet événement sans jamais penser à ce qui adviendrait ensuite. Des filles comme Brenda, elle en avait connu à Port Blair, des filles qui pensaient que la vie s'arrêtait le jour de leur mariage, dans ce moment de parfait accomplissement, à l'instar des personnages de l'ode à une urne grecque de Keats. Elle songea un instant à la fille qu'Eddie avait épousée et se demanda à quoi s'occupait Helen à cet instant. Elle chassa cette pensée de son esprit : elle n'allait pas penser à Eddie et à Helen ; pour elle c'était fini, cela ne la regardait plus. Qu'ils fassent ce dont ils avaient envie – se réveiller, s'endormir, faire l'amour… Elle n'allait pas se laisser entraîner à se poser des questions : Quelle heure était-il à Dallas ? Qu'étaient-ils en train de faire ? C'était un excellent moyen de sombrer dans des idées morbides. Elle avait maintenant sa vie à elle et elle se donnait du mal pour obtenir un travail plus intéressant. Elle s'assiérait là en attendant l'arrivée de Mr Shalimar ; elle contemplerait la nouvelle chemise de nuit de Brenda, si peu à sa place entre sa machine à écrire et son classeur, et s'amuserait à imaginer pour quel genre d'homme Brenda achetait toutes ces fanfreluches. Probablement un abruti sans intérêt.

C'était maintenant le défilé habituel des retardataires. Mr Rice arrivait, dans son splendide manteau en poil de chameau, avec son beau profil qui commençait à s'estomper un peu sur les bords. Ses yeux n'étaient que des fentes ce matin et il avait une petite coupure avec du sang séché au coin des lèvres. Il s'arrêta comme d'habitude pour boire une longue gorgée à la fontaine d'eau avant de gagner son bureau d'un pas de somnambule.

— Psst… regardez ça ! murmura Mary Agnes, choquée, en poussant Caroline du coude.

— Notre éminent rédacteur religieux après un combat contre le diable, fit Caroline sur le même ton.

Elle se demanda aussitôt pourquoi elle avait été ainsi poussée à se moquer. En réalité, il la fascinait un peu. C'était peut-être même pour cela qu'elle avait fait cette plaisanterie.

— Le diable ? rétorqua Mary Agnes. Il traîne dans les bars de la Troisième Avenue la nuit entière, à réciter des vers et à discuter avec tous les inconnus qu'il rencontre. L'un d'eux a dû lui donner un coup.

— Est-ce qu'il n'a pas une maison ? demanda Caroline. Une femme ?

— Il avait une femme, mais elle l'a quitté. C'est très triste. Il vit dans un hôtel miteux du West Side. Il est divorcé et il a une fille de dix ans qu'il ne voit jamais. Il lui écrit tout le temps. Je le sais parce que sa secrétaire me l'a dit. Il lui dicte des longues lettres sur la vie, l'amour, les gens et tout ça. Des conseils pour plus tard à l'usage de la petite. Parce qu'il croit qu'il ne la reverra jamais. J'imagine le genre de conseils qu'un type comme lui peut donner à un enfant.

— Dix ans, cela paraît jeune pour sa fille, dit Caroline.

— Quel âge lui donnez-vous ?

— A peu près quarante-huit ans.

— Il en a trente-huit. Il a l'air plus vieux parce qu'il mène une vie très malsaine, dit Mary Agnes d'un ton désapprobateur. S'il était marié et s'il vivait avec sa femme et son enfant, il n'aurait pas cet air-là.

— Le mariage résout donc tous les problèmes ? demanda Caroline.

— Vous êtes drôle de dire ça.

— Pourquoi suis-je drôle ?

— Parce que, dit Mary Agnes, il n'y a que deux manières de vivre, la bonne et la mauvaise. Si on choisit la bonne, on est heureux, et si on choisit la mauvaise, on est malheureux. Si on se marie, ça ne veut pas dire qu'on sera forcément heureux, mais si on se marie et qu'on s'en va, on ne peut pas être heureux. On sait à jamais qu'on n'a pas fait face à ses responsabilités.

— Et si c'est l'autre qui s'en va ?

— Mr Rice aurait dû se donner plus de mal.

— Comment savez-vous qu'il ne s'en est pas donné ?

— Vous êtes drôle de croire ça, dit Mary Agnes. Vous ne le connaissez même pas.

— Je sais, dit Caroline. Il a peut-être été monstrueux. Ce que je connais, c'est ce que cela fait quand on vous abandonne.

Mary Agnes la regarda avec stupéfaction.

— Vous avez été mariée ?

— Non. Fiancée.

Mary Agnes jeta un coup d'œil vers la main gauche de Caroline.

— Oh, c'est terrible. C'est terrible.

— Ne vous en faites pas, surtout, dit Caroline en souriant.

— Ma pauvre petite, dit Mary Agnes. Je ne parlerai plus jamais de ça, à moins que vous ne mettiez vous-même le sujet sur le tapis. Si vous avez envie d'en discuter, dites-le-moi, tout simplement.

Et vous le répéterez à tout le trente-cinquième étage, songea Caroline, amusée. L'expression tragique de Mary Agnes lui rappelait que ses problèmes n'étaient pas si terribles, après tout. Il en est souvent ainsi quand quelqu'un vous montre une sympathie exagérée : cela incite à penser que le problème n'en vaut peut-être pas tellement la peine. Peut-être l'amusement ressenti par Caroline devant la sollicitude peinée de Mary Agnes, ce matin-là, était-il un premier signe de guérison.

Ce fut une journée reposante parce que Miss Farrow disparut tout de suite après le déjeuner et ne reparut pas de l'après-midi ; Caroline ne cessait cependant de jeter des coups d'œil nerveux vers la porte fermée de Mr Shalimar, s'attendant presque à le voir surgir en rugissant, comme un taureau dans l'arène, brandissant avec fureur son rapport de lecture. Elle se demanda pourquoi elle pensait à lui comme à un taureau, mais peut-être était-ce parce que les quelques aperçus qu'elle avait eus de Mr Shalimar lui avaient évoqué un matador vieillissant. Il y avait la raideur de sa contenance, sa peau sombre et, le plus étrange de tout, cet air qu'il avait de quelqu'un qui en a beaucoup vu et qui continue à être mû par une passion intérieure à laquelle il ne peut plus répondre. Il avait fait à Caroline l'impression d'un homme accablé de soucis, et pas seulement à cause des responsabilités qu'il assumait au bureau et qui suffiraient par moments à donner un air troublé à n'importe qui. C'est drôle, songea-t-elle. Avant d'avoir un emploi, elle imaginait en effet une entreprise comme un endroit où on venait travailler ; en fait, lui semblait-il maintenant, c'était un lieu où on apportait sa vie privée pour que tout le monde pût l'examiner sur toutes les coutures, la commenter et en profiter. Le pool des dactylos, au trente-cinquième étage des Editions Fabian, évoquait plutôt une place de village entourée de maisons habitées : les bureaux. En fin d'après-midi, elle passait devant l'un d'entre eux quand elle remarqua par la porte entrouverte quelque chose qui l'étonna : une fille plaquait contre la cloison de la pièce voisine un verre sur le fond duquel elle collait son oreille avec, sur son visage, l'expression de profond ravissement de quelqu'un qui écoute aux portes et qui vient d'entendre ce à quoi il s'attendait. Caroline s'aperçut alors que la fille occupait le bureau voisin de celui de Mr Shalimar. Elle ne se souciait manifestement pas de savoir si on la remarquait, sans doute parce qu'elle avait l'intention plus tard de mettre toutes ses collègues au courant. Caroline se demanda si c'était la politique du service, des secrets concernant le travail ou bien la vie privée de Mr Shalimar qui la tenaient ainsi en haleine.

A cinq heures, April sortit du bureau de Mr Shalimar et commença à ranger ses affaires.

— Où voulez-vous aller manger ? demanda-t-elle à Caroline.

— Et vous ?

— J'aimerais bien aller chez Sardi, dit April. J'en ai beaucoup entendu parler.

Caroline regarda April. Elle portait de nouveau son tailleur de gabardine bleu ciel, tout lustré, et comme elle sortait ce soir, elle avait mis un chapeau, un affreux petit chapeau de feutre blanc qui lui donnait un air très sortie de messe du dimanche matin. Caroline ressentit une gêne terrible à l'idée d'être vue avec cette fille dans un bon restaurant. C'était déjà bien assez désagréable de devoir y aller sans garçons, mais avec April dans cette tenue, avec ses cheveux…

— Oh, dit Caroline, je parie que vous n'êtes jamais allée à l'Automat.

— Vous n'aimeriez pas aller plutôt chez Sardi ? dit April, visiblement déçue.

— C'est un peu trop cher pour moi, mentit Caroline.

— Ah, je comprends.

Le visage d'April exprima aussitôt une vive sympathie.

— Moi-même je ne devrais pas y aller, il ne me reste que quatre dollars environ jusqu'au jour de la paie. Je suis si écervelée que je mourrais de faim, je crois, si des gens comme vous ne me surveillaient pas.

— L'Automat vous plaira sûrement, dit Caroline d'un ton encourageant.

Mr Shalimar sortit de son bureau avec un bras passé autour de l'épaule de Mr Rice. Ils riaient tous les deux. Ils s'arrêtèrent en passant devant les tables de Caroline et d'April.

— Vous venez prendre un verre en bas, April ? demanda Mr Shalimar.

Il regarda Caroline.

— Vous aussi.

April rougit aussitôt.

— Oh, avec plaisir, dit-elle très doucement. N'est-ce pas, Caroline ?

— Alors à tout de suite, à l'Irlandais Morose, dit Mr Rice. Dépêchez-vous, toutes les deux.

Les deux hommes se dirigèrent ensemble vers l'ascenseur, et April se mit à ranger dans son sac ses produits de maquillage, en en faisant tomber une partie sur le parquet dans sa hâte.

— L'Irlandais Morose, dit-elle. C'est comme ça qu'il appelle le bar du rez-de-chaussée. C'est vraiment un personnage, non ?

C'était la première fois que Caroline pénétrait dans le bar et elle essaya de percer la demi-obscurité pour voir si elle reconnaissait quelqu'un. La pièce était aux deux tiers pleine de gens qu'elle avait vus dans les ascenseurs et les couloirs de la maison. C'était, semblait-il, le bar attitré des Editions Fabian, le refuge, le lieu de réunion et le club de cinq heures. Mr Shalimar et Mr Rice étaient assis à une table d'angle avec des verres devant eux et ils avaient avancé des chaises pour Caroline et pour April.

— Qu'est-ce que vous prenez, toutes les deux ? demanda Mr Shalimar.

— Un scotch, dit Caroline.

C'était la première chose qui lui venait à l'esprit.

April parut livrer un combat intérieur.

— Moi aussi, dit-elle enfin, très vite et d'une voix à peine perceptible.

Elle se mit à grignoter un bretzel, en rougissant jusqu'à la racine des cheveux.

— Dites-moi, qu'est-ce que vous faites ici ? demanda Mr Rice à Caroline.

— Cette semaine, répondit-elle, je travaille pour Miss Farrow.

— La semaine d'initiation, fit-il en prenant un air horrifié, pour être admise au club. Réservée à celles qui ont vraiment de la chance.

C'est drôle, songea Caroline, ce sont exactement les termes que j'ai utilisés quand j'en parlais à Mary Agnes.

— Alors, c'est vous, Caroline Bender ? dit Mr Shalimar.

— Oui.

Caroline sentit sa gorge devenir sèche.

— J'ai trouvé un petit rapport de vous sur mon bureau, dit-il.

— Je sais.

Pourquoi sa voix tremblait-elle ? Elle but une gorgée.

— J'ai lu le manuscrit en question cet après-midi, poursuivit-il.

Il s'arrêta pour la regarder.

— Vous voulez que je vous dise, Miss Bender ?

— Oui…

— Il se trouve que je suis d'accord avec vous.

— Oh, mon Dieu, dit Caroline, éperdue de soulagement.

— Je crois que je ne vais pas prendre ce livre, dit-il.

Puis il ajouta, d'un ton presque sévère :

— Ne vous y trompez pas. Je suis le directeur : je prends ce qui me plaît et je rejette ce qui ne me plaît pas, quoi que me disent mes lecteurs. Mais j'aime avoir une jeune lectrice intelligente qui est d'accord avec moi, cela me remonte un peu le moral.

— J'espère devenir lectrice un jour.

— Parfait. Pendant la quinzaine qui vient, je vous donnerai un manuscrit tous les soirs à emporter et à lire chez vous. Vous me ferez un rapport sur chacun. Quand j'aurai vu de quoi vous êtes capable, je vous laisserai peut-être devenir lectrice.

— Oh, ce serait formidable !

Mr Rice eut un faible sourire qui, d'ailleurs, ne changea pas grand-chose à l'expression de son visage.

— L'enthousiasme de la jeunesse, dit-il. Si le vieux Fabian savait cela, il ne se donnerait pas la peine de payer tous ces gamins pour travailler ici. Il les ferait payer, au contraire.

Mr Shalimar continuait à examiner attentivement Caroline.

— L'enthousiasme, dit-il, est la valeur la plus précieuse qui soit dans les affaires, de nos jours, mais les gens ne s'en rendent pas toujours compte. Je ne m'intéresse pas aux gens blasés. Ils vous ressortent perpétuellement les mêmes banalités, plus rien ne les intéresse. Je veux des éditeurs qui estiment que chaque livre que nous publions est un ouvrage important. Peu m'importe que ce soient les pires foutaises ; si l'auteur qui l'a écrit y croit et que les éditeurs qui l'aident à le corriger y croient aussi, alors les gens qui l'achèteront s'y intéresseront. Ainsi, la grande erreur de l'auteur du manuscrit que vous avez lu hier soir a été de tricher. Il a cru qu'il pourrait tromper ses lecteurs. Il ne m'a pas trompé, moi. Ni vous. Vous avez envie d'acquérir de l'expérience ?

— Oui, dit-elle.

— Je vous en donnerai. Il y a quarante ans que je suis dans l'édition. J'ai donné des leçons aux meilleurs écrivains. J'ai connu Eugene O'Neill dans le temps et il écoutait mes conseils.

Un soupir à peine audible échappa à April, comme si elle venait enfin d'atteindre le moment de ravissement qu'elle attendait depuis longtemps. Mr Shalimar se tourna vers elle pour l'inclure elle aussi dans ses déclarations. Elle le regardait avec des yeux brillants. Quant à Mr Rice, il ne paraissait absolument pas prendre part à la conversation et se contentait de boire son whisky.

A neuf heures, Caroline se rendit compte brusquement qu'ils n'avaient rien mangé les uns ni les autres à part des bretzels, et encore Mr Rice n'y avait-il même pas touché. April semblait être dans une sorte de transe ; elle buvait les paroles de Mr Shalimar, accompagnant toutes les histoires qu'il contait de petits rires extasiés. Caroline s'intéressait davantage à Mr Rice… Mike, comme elle l'appelait maintenant. L'attention qu'il portait aux propos de Mr Shalimar relevait manifestement plus de la loyauté que de l'intérêt et elle commença à soupçonner Mike Rice d'avoir déjà entendu un certain nombre de fois les histoires de Mr Shalimar. Il buvait tranquillement, régulièrement, aimablement, sans manifester le moindre signe d'ivresse. De temps à autre, il souriait à Caroline, ou faisait un signe d'acquiescement, pour indiquer qu'il suivait tout de même la conversation. C'était Mr Shalimar qui semblait avoir du mal à tenir l'alcool.

La première indication qu'en eût Caroline fut la sensation d'une main osseuse sur son genou. La voix et le visage de Mr Shalimar, de l'autre côté de la table, étaient si assurés, il était tellement l'image du Patron, qu'un instant la pensée stupide traversa Caroline qu'il y avait quelqu'un sous la table. Cette main fureteuse ne paraissait pas reliée au bras et à l'épaule de Mr Shalimar. Mais Caroline entendit bientôt la voix de celui-ci s'épaissir ; il se pencha vers elle, la regarda dans les yeux.

— Mike, vous avez remarqué combien cette fille est jolie ? dit-il.

Elle fut horrifiée. Elle éloigna sa jambe avec un geste brusque qui fit chanceler son verre.

— Hé là, dit Mike en souriant.

Il remit le verre debout et commença à éponger la jupe de Caroline avec son mouchoir. Il n'y avait rien de personnel dans son geste, ce dont elle lui fut reconnaissante.

— Mademoiselle, lança-t-il en faisant signe à la serveuse. Mademoiselle !

Mr Shalimar ne paraissait rien avoir remarqué de la scène, il continuait à parler, d'un ton de plus en plus pâteux, s'extasiant sur la beauté de Caroline. April commença à perdre contenance. Elle leva les yeux brusquement et regarda Mr Shalimar avec une expression d'horreur et de ravissement mêlés. Il a dû tenter sa chance sur la jambe d'April maintenant, songea Caroline, et elle fut prise de fou rire. Elle s'excusa précipitamment et courut vers les lavabos.

April ne tarda pas à l'y rejoindre.

— Oh, Caroline, ça va ? J'ai eu peur que vous ne soyez malade, dit-elle d'un ton soucieux.

— Non, je vais très bien, dit Caroline, les yeux brillants.

Rien de tout cela n'était vraiment drôle, mais elle était si heureuse de pouvoir rire alors que, pendant près de quatre heures, elle avait été nerveuse et tendue.

— Croyez-vous que nous puissions partir dîner maintenant ? demanda-t-elle à April.

— Je me demandais… s'ils ne nous inviteraient pas ? Vous croyez qu'ils le feront ?

— Vous avez envie de dîner avec eux ?

— Nous n'avons pas tellement d'argent, ni l'une ni l'autre. Cela nous avancerait sûrement pour le reste de la semaine s'ils nous payaient à dîner ce soir.

— Nous pourrions revenir et dire que nous avons faim ; nous verrons bien ce qu'ils feront.

— Cela ne vous gêne pas ?

— Non… cela ne me gêne pas.

Elle se repoudra et se remit du rouge à lèvres.

— Si vous, cela vous est égal, moi aussi.

April la regarda avec une certaine surprise.

— C'est de lui que vous riiez, n'est-ce pas ?

— Reconnaissez qu'il était drôle.

— Drôle ? En quoi ? Je trouve que c'est l'homme le plus intéressant que j'aie jamais vu.

— Vraiment ? dit Caroline d'un ton peu convaincu.

— La vie qu'il a eue… les gens qu'il connaît. Je pourrais l'écouter parler la nuit entière.

Caroline ne put s'empêcher de répondre :

— Et il vous laisserait faire, pourvu que votre jambe tienne bon.

April rougit violemment.

— Oh, Seigneur… dit-elle.

Elle se couvrit le visage de ses mains.

Caroline lui passa un bras autour des épaules.

— Il est un peu éméché, voilà tout. N'en parlez pas, et lui n'en parlera pas non plus.

April eut un sourire un peu penaud.

— J'espérais que nous pourrions dîner seules toutes les deux. J'avais tant de choses à vous dire. J'espérais que nous pourrions faire plus ample connaissance. Est-ce qu'il faut absolument que vous rentriez à Port Blair ce soir ? Vous pourriez passer la nuit chez moi.

Avec le scotch qu'elle avait bu, Caroline se sentait bien et heureuse, et elle regardait la terre entière avec tendresse.

— Cela m'amuserait beaucoup, dit-elle.

Elle n'avait encore jamais vu l'appartement d'une fille qui travaillait et vivait seule à New York, mais elle avait son idée là-dessus d'après les articles de magazines de mode qu'elle avait lus ; elle se voyait déjà bavardant agréablement avec April jusqu'à quatre heures du matin dans un petit appartement, pas luxueux mais très chic, du genre de celui qu'elle-même espérait avoir bientôt.

— C'est un trou, dit April, mais je l'aime bien.

— Je serais contente de le voir. Venez, allons nous jeter dans la gueule des loups.

Elles quittèrent les lavabos et retournèrent à leur table. Mike Rice y était seul.

— Mr Shalimar a dû rentrer chez lui, annonça-t-il.

— Oh, quel dommage, dit April. Nous n'avons même pas pu le remercier.

Caroline regarda Mike. Elle s'attendait à lui trouver un regard un peu amusé, ou tout au moins cynique, comme d'habitude, aussi fut-elle surprise de lire dans ses yeux une certaine méfiance.

— Vous pourrez le faire demain, dit-il.

— Bien sûr, murmura April.

Elle se rassit et se mit à jouer avec ses gants, ne sachant pas très bien si elles devaient partir maintenant ou rester.

Mike fit un signe à la serveuse et désigna leurs verres. Caroline s'assit à son tour. Pendant un moment, ils ne trouvèrent rien à dire ni les uns ni les autres.

— Il faut comprendre Mr Shalimar, dit enfin Mike.

Il y avait quelque chose en Mike Rice qui plaisait à Caroline : elle sentait qu'elle pouvait lui dire n'importe quoi sans qu'il fût choqué ni qu'il la trouvât insolente.

— Je me trompe peut-être, dit-elle, mais j'ai l'impression qu'il a subi un échec dans sa vie et qu'il en a honte. C'est cette façon qu'il a de toujours faire allusion au passé et à ce qu'il était.

— Autant que vous le sachiez tout de suite, dit Mike, puisque vous allez être longtemps parmi nous, je pense. Il n'a pas subi un échec. Il n'a jamais rien eu à entreprendre.

— Mais tous ces gens qu'il a connus… dit Caroline. Les histoires qu'il raconte… Il n'arrête pas de parler d'Eugene O'Neill.

Il n'y avait pas trace de sourire sur le visage de Mike, mais seulement l'expression d'une grande pitié.

Caroline s'étonna en elle-même qu'un homme dans cet état plaignît quelqu'un comme Mr Shalimar.

— Vous savez ce que c'est quand les gens parlent tout le temps d'une célébrité, dit-il. Mr Shalimar connaît Eugene O'Neill, mais Eugene O'Neill ne le connaît pas.

— Dieu du ciel, dit April, se mordant le pouce.

— Soyez gentilles, dit Mike. Oubliez ce que je viens de vous dire. Mais traitez Mr Shalimar avec tout le respect que vous pourrez. C'est un homme très amer, mais il a ses raisons. C'est affreux de penser qu'on a cinquante ans et qu'on doit avoir peur tout le temps de perdre une place qui n'est même pas assez bonne pour vous.

— Pourquoi perdrait-il sa place ? demanda Caroline.

— A cause de jeunes gens intelligents. Des gens comme vous, par exemple. Des gamins qui ont de l'ambition, qui font des rapports brillants par pur instinct. Un homme qui est obligé de vivre dans un passé qui n'a jamais vraiment existé a peur d'un tas de choses.

— Mais pas de moi, quand même ? dit Caroline, incrédule.

— Pas de vous, non, pas maintenant. Pour le moment, vous n'êtes rien pour lui. Mais vous dans deux ans… ça, c'est autre chose. Ecoutez-le. Ecoutez-le et rappelez-vous bien tout ce qu'il vous enseignera sur l'édition. Ne vous croyez pas plus intelligente. Contentez-vous d'écouter et de vous souvenir.

Il commençait à bredouiller, et Caroline comprit qu'en fin de compte il était ivre, très ivre. Il tira de sa poche une poignée de billets froissés et les laissa tomber sur la table.

— Voilà qui paiera les verres et probablement un sandwich pour vous deux, dit-il.

Il posa ses mains bien à plat sur la table pour s'aider à se lever.

— A demain.

— Oh, merci beaucoup, Mr Rice, dit April.

— Oui, merci, murmura Caroline.

Elle était pensive. Elle n'avait pas envie de réussir si cela devait l'obliger à tenir compte de gens au passé obscur qui auraient peur d'elle pour des raisons tout aussi obscures. Ce matin encore, elle n'aurait pas osé adresser la parole à Mr Shalimar ; voilà que ce soir il lui caressait la jambe et, en outre, elle apprenait qu'un jour il aurait peur d'elle. Elle se demandait si elle ne détestait pas carrément le monde du travail et, pourtant, elle était assez excitée par cette ambiance.

Mike Rice se pencha vers elle et posa les doigts sur son front plissé par la réflexion. Il avait les doigts très doux.

— Ne vous inquiétez pas de ce que je vous ai dit, fit-il gentiment. Parce qu'en fin de compte, vous savez ce que je pense ? Je pense que vous êtes une fille intelligente. Rudement intelligente. Le tout, c'est de ne pas leur faire comprendre que vous vous en doutez.

Il lui donna une tape amicale sur la joue, puis s'en alla d'un grand pas aussi digne que possible, son manteau en poil de chameau jeté sur une épaule comme une cape.

— Que veut-il dire ? demanda April, le suivant des yeux.

— Je ne sais pas... dit Caroline. Pas encore.

Elles dînèrent au bar même, puis Caroline téléphona à sa mère, acheta une brosse à dents et se rendit avec April chez celle-ci. Dans l'entrée de l'immeuble, il y avait une voiture d'enfant, deux poubelles et une rangée de boîtes à lettres sur le mur. En grimpant l'escalier, Caroline entendit le bruit d'un téléviseur dans un appartement, des cris venant d'un autre où avait lieu une soirée et dont la porte était entrouverte.

— Regardez, fit April en donnant un coup de coude à Caroline. Les occupants de cet immeuble sont si accueillants ! Vous pourriez carrément entrer : il y a tant de fumée là-dedans que personne ne vous remarquerait.

Dès qu'elle eut allumé la lumière dans son appartement, April courut vers la fenêtre.

— Regardez mon jardin, Caroline !

C'était la pièce que Caroline regardait. Elle était petite et jonchée de vêtements. Sur la table pliante, une tasse avec un reste de café froid voisinait avec une pile de magazines de mode. Il y avait deux portes, dont une menait peut-être à une autre chambre puisqu'on ne voyait de lit nulle part. En fait, il n'y avait pratiquement pas de meubles, et pas de tapis du tout. C'était miteux, il fallait le reconnaître, mais Caroline n'en sentit pas moins son cœur battre plus fort. Cela pouvait s'arranger si facilement, et, en fait, c'était charmant. Comme ce serait merveilleux d'avoir un appartement à soi... avec des choses à soi, son goût à soi partout.

— Le lit est dans le mur, dit April. Je vais prendre le sommier et vous, vous dormirez sur le matelas. Voilà la salle de bains, et ça, c'est la penderie. Ce placard-là, c'est la cuisine. Venez voir mon jardin, Caroline !

Caroline regarda par la fenêtre et, deux étages plus bas, elle aperçut vaguement des silhouettes d'arbres. Ce n'étaient que de pauvres arbres citadins, et on pouvait difficilement parler du « jardin d'April », mais dès qu'elle le vit, Caroline fut conquise.

— J'adore votre appartement. Vous en avez de la chance.

— Vraiment ?

April paraissait ravie.

— J'avais peur que vous ne trouviez ça sordide.

— Je ne m'attendais pas à vous voir habiter dans un appartement somptueux avec un salaire de cinquante dollars par semaine.

— Oh, je sais. C'est terrible de ne pas avoir assez d'argent. Quand j'ai fini de payer mon loyer, mon téléphone et ma nourriture, il ne me reste même plus de quoi aller au cinéma le soir. Je suis obligée de passer toutes mes soirées ici à lire des magazines. J'ai rencontré une autre jeune fille qui habite la maison et qui travaille aussi chez Fabian. Elle s'appelle Barbara Lemont. Elle est la secrétaire de la directrice du service beauté de *Femmes d'Amérique*, et elle m'a promis de me passer tous les magazines de mode quand elle aurait fini de les lire. Elles les ont tous gratuitement là-bas. J'en ai déjà commencé quelques-uns.

Elle eut un sourire timide et presque enfantin.

— Je m'instruis, vous savez. Vous voulez du chocolat ?

— Je veux bien.

April se mit à s'affairer dans son placard-cuisine, pour faire du chocolat.

— Je n'aurais jamais rencontré Barbara chez Fabian, puisqu'elle ne travaille pas au même étage. C'est un autre monde, là-bas. Ils ont une vraie cuisine, au trente et unième étage, et ils y font toutes les recettes qu'ils photographient pour les magazines. Ils ne peuvent même pas manger la plupart des plats, parce qu'ils mettent des colorants dessus pour que cela fasse de plus belles photos. C'est un drôle de gâchis, vous ne trouvez pas ? Mais quelquefois, ils donnent des choses formidables à emporter aux employées, comme une dinde rôtie. Je me demande si je ne vais pas demander à y être transférée. J'ai toujours faim ces temps-ci, c'est pour ça que la nourriture m'intéresse tellement. Je n'ai pas l'habitude de me contenter d'une boîte de dattes pour dîner. Chez moi, les repas étaient énormes.

Elle plaça les deux tasses de chocolat sur la table pliante, débarrassa une des chaises des vêtements dont elle était encombrée, ôta ses chaussures et s'assit. Caroline prit l'autre chaise.

— J'aimerais bien rencontrer un garçon qui m'emmènerait dîner dehors et qui serait gentil avec moi, dit April. A vrai dire, cela me serait égal s'il ne m'emmenait jamais dîner dehors, à condition que nous nous plaisions beaucoup. Vous savez que Barbara Lemont, qui n'a que vingt ans – notre âge –, a déjà été mariée et divorcée et qu'elle a un bébé d'un an ? Vous avez vu la voiture d'enfant en bas ? C'est à elle. Elle voudrait la vendre. Elle n'a pas d'argent, non plus. Aucune des personnes que je connais n'a d'argent.

— C'est triste, cette histoire de voiture d'enfant, dit Caroline. La plupart des gens gardent les leurs pour l'enfant suivant. C'est un peu comme si elle pensait ne plus jamais se remarier.

— N'est-ce pas ? dit April. Mais je crois que c'est surtout parce qu'elle n'a pas de place. Il n'y a que de petits appartements ici. Elle habite avec sa mère et le bébé : son père est mort. Je suis sûre qu'elle doit avoir du mal à trouver quelqu'un. D'avoir déjà été mariée, vous comprenez, c'est un handicap.

— Je comprends, dit Caroline.

Elle était confortablement installée, les mains enserrant ses genoux. Elle commençait à avoir ce sentiment qu'on éprouve après minuit, lorsque vos pensées s'épanouissent, en quête d'on ne sait quelle découverte, d'une vérité nouvelle aussi vieille en fait que les confidences qu'échangent depuis des siècles les filles dans l'intimité de la nuit.

— Les garçons sont bizarres. Ils ont l'air de croire que les filles qui ont déjà été mariées ne peuvent pas vivre sans faire l'amour. Je me demande si c'est vrai. Vous le croyez ?

— Je me le demande aussi… dit April.

Elle se perdit dans la contemplation des roses peintes sur sa tasse, comme si c'était un spectacle fascinant.

— Vous êtes vierge ?

— Oui, je dois bien l'avouer. Et vous ?

— Oh, bien sûr. Pourquoi dites-vous : « Je dois bien l'avouer » ? Chez moi, une fille n'avouera jamais qu'elle ne l'est pas... si c'est le cas, ce que j'ignore.

— Je n'en suis pas tellement fière, dit Caroline. C'est juste une chose que je n'arrive pas vraiment à abandonner. Si ma mère m'entendait parler de cela avec une telle décontraction, elle en aurait une attaque. Elle ne m'a inculqué que deux grands principes dans la vie : ne pas laisser les garçons me toucher, et devenir membre du Radcliffe Club.

— La mienne, dit April en souriant, ne m'a rien enseigné de pareil parce qu'à la maison on ne parle tout bonnement pas de sexe. On suppose simplement qu'une fille qui n'est pas mariée est vierge. Ma mère ne me recommanderait pas plus de coucher avec un garçon que de voler une voiture. L'idée ne lui en viendrait même pas.

— Mais qu'est-ce que vous en pensez ?

— Moi, je ne pense qu'à ça. Tout le temps.

— Quand j'aurai vingt-six ans, si je ne suis pas encore mariée, je prendrai un amant, dit Caroline.

— C'est vrai ? dit April, un peu choquée.

Elle réfléchit un moment, puis dit :

— Je crois que vous avez raison. Quand on atteint cet âge-là, on a le droit de vivre.

— J'avais envie de coucher avec Eddie, raconta Caroline. Il était mon fiancé à l'université. J'en avais vraiment envie, mais au moment de passer à l'acte, j'avais toujours peur. Je crois que c'était en partie parce que je craignais de le perdre, et en partie parce que je craignais qu'en fin de compte ce ne soit pas aussi formidable que je l'avais toujours imaginé. Je crois que les gens imaginent quelque chose de merveilleux ; ils attendent et attendent, et puis ça en vient à prendre trop d'importance. Comme le premier baiser ou le premier n'importe quoi. Ça doit arriver accidentellement, ne pas être prévu avec trop de soin, sinon on risque d'être déçu.

— Vous allez me trouver terriblement naïve, dit April, mais moi quand j'essaie de m'imaginer couchant avec quelqu'un, je me demande toujours où sont les draps et les couvertures. Est-ce que cela se passe sous la couverture, ou est-ce qu'on l'enlève ?

Caroline ne put s'empêcher de rire.

— Vous n'avez jamais flirté sur un lit ?

— Ciel, non. Pas sur un lit.

— Soyez sûre que quand le moment viendra, votre partenaire, quel qu'il soit, saura quoi faire de la couverture.

Elles se turent un moment, chacune d'elles demeurant plongée dans ses pensées.

— Si vous deviez prendre un amant la semaine prochaine, dit April, supposez-le seulement… qui voudriez-vous que ce soit ? Quel genre d'homme aimeriez-vous comme premier amant ?

— Quelqu'un que j'aimerais, dit Caroline. Et, avant tout, quelqu'un de prévenant, qui saurait ce qu'il fait.

— Je crois que j'aimerais que ce soit quelqu'un de plus âgé que moi, dit April.

— Mais pas trop âgé.

— Oh, non. Mais qui n'ait pas vingt et un ans non plus. Supposez que vous puissiez choisir qui vous voulez et que vous ayez décidé d'avoir une aventure. Qui choisiriez-vous ? Ce pourrait être une vedette de cinéma, ou quelqu'un du bureau, n'importe qui.

— Bien sûr, dit Caroline.

— Vous savez qui ?

— Hmm, hmm.

Brusquement, elle sut qui, en effet, et le choix lui parut aussi naturel que si elle l'avait toujours connu, et aussi excitant que si c'était follement, improbablement possible.

— Il est bien entendu que nous ne faisons que supposer.

— Bien sûr.

— Alors, Mike Rice, dit Caroline.

4

Le mois de janvier était terminé. Caroline avait emporté un manuscrit à lire chez elle tous les soirs. La rédaction des premières notes de lecture lui parut si difficile qu'elle pensa que jamais elle ne deviendrait éditrice. Au début, elle fut obligée de retravailler plusieurs fois ses rapports, comme une dissertation, pour les rendre suffisamment brefs et précis. Lorsqu'elle acquit la technique, elle ne fut même plus obligée de faire de brouillon. Au bout de trois semaines, elle avait fait une découverte aussi stupéfiante qu'encourageante : une tâche a priori mystérieuse peut devenir presque machinale. Et à la fin de ce mois de janvier, elle commençait à en vouloir un peu à Mr Shalimar d'accepter ainsi son travail supplémentaire sans jamais lui donner le moindre signe d'encouragement, ni lui laisser entendre qu'elle pourrait devenir officiellement lectrice.

Elle avait pris l'habitude trois soirs par semaine de ne prendre le train pour Port Blair qu'à sept heures. Ces soirs-là elle s'arrêtait au bar du rez-de-chaussée pour boire un verre avec Mr Shalimar, Mike, April, et une, deux ou trois autres filles du bureau que Mr Shalimar avait réussi à entraîner. Elle était certaine maintenant que Mr Shalimar l'aimait bien, car April et elle étaient ses seules invitées régulières. Elle, elle ne l'aimait pas particulièrement. Elle n'arrivait pas à surmonter la peur qu'il lui inspirait, la peur de ne plus montrer une admiration éperdue lorsqu'il commençait à raconter les mêmes vieilles anecdotes pour chaque nouvelle venue. Les deux raisons qui faisaient qu'elle acceptait ses invitations étaient qu'elle continuait à nourrir le désir de faire partie intégrante de la maison et que, d'autre part, elle éprouvait beaucoup de plaisir à la compagnie de Mike Rice. Elle s'arrangeait toujours pour s'asseoir en face de Mr Shalimar, et non à côté de lui, pour qu'une autre qu'elle-même subisse ses assauts de tendresse. Elle se trouvait ainsi à côté de Mike. Elle le regardait souvent à la dérobée et elle éprouvait à son sujet le même sentiment qu'à propos de l'appartement d'April la première fois qu'elle l'avait vu : on pouvait faire beaucoup pour améliorer cette façade délabrée. Mike avait ce genre de visage aristocratique et bien construit, et ce corps athlétique bien que sec qui sont difficiles à détruire. Il semblait pourtant faire tout son possible pour cela.

En dépit de sa conversation nocturne avec April, Caroline n'avait jamais réellement envisagé d'avoir une aventure avec Mike. Elle ne savait pas très bien ce qu'elle voyait en lui. Elle espérait qu'il pourrait un jour devenir son ami. Elle savait qu'elle avait confiance en lui, et qu'il représentait un genre de vie et un monde qui étaient un mystère pour elle, et un mystère qui la fascinait. Elle ne le comparait jamais à Eddie, pas plus qu'elle ne pensait à Eddie pour se défendre contre Mike. Eddie était pour elle une plaie qui n'avait pas encore guéri, comme si une partie importante d'elle-même avait été arrachée. Un autre garçon, elle n'aurait pas pu s'empêcher de le comparer à Eddie, mais avec Mike Rice elle n'en éprouvait pas le besoin. En fait, il n'existait personne dans son petit milieu qui aurait pu raisonnablement soutenir la comparaison.

Bien qu'elle fût très occupée de ses propres sentiments dans cette situation qui demeurait nouvelle pour elle, Caroline ne pouvait s'empêcher de remarquer le lent changement qui s'opérait en April. Ce changement se manifesta pour la première fois le lendemain du jour de paie : ce jour-là, April apparut triomphalement avec sa chevelure dorée coupée court, ondulée et laquée. L'effet, ou plutôt le contraste, était un peu affolant, comme de voir le portrait d'une princesse de l'Egypte antique sans sa coiffure. A cinq heures, April coinça Caroline qui allait partir.

— Ce n'est pas ça, n'est-ce pas ? lui dit-elle. Ce n'est pas tout à fait ça.

— C'est un peu rigide, dit Caroline gentiment.

— Je voulais être comme vous, dit April. Dites-moi où vous vous faites coiffer.

Le lendemain, April était devenue une étrangère, avec des cheveux courts et flous, des sourcils faits au crayon qui lui donnaient une expression mutine et un fond de teint très pâle qui cachait ses taches de rousseur. Caroline avait oublié combien le visage d'April était beau, mais maintenant, cela sautait aux yeux. April portait une robe de jersey noir très simple dont elle avait vu la photo dans un des magazines de mode que lui prêtait sa voisine.

— Regardez-moi notre vedette ! s'exclama Mr Shalimar.

April savait encore rougir, malgré son fard.

— J'ai acheté deux autres robes, des chaussures, un sac et un manteau, le tout à crédit, confia-t-elle à Caroline. Il me faudra bien l'année pour payer.

— Cela en valait la peine. Vous êtes ravissante, vraiment ravissante.

Ses nouveaux sourcils – ou, peut-être, sa coupe de cheveux – donnaient à April lorsqu'elle souriait un air un peu insolent.

— Avez-vous entendu ce qu'il a dit ?

— Qui ça ? Shalimar les mains pâles ?

— Oh, vous êtes vraiment terrible, murmura April en riant avant de se précipiter dans le bureau de Mr Shalimar, son bloc de sténo dans une main et lissant un pli de sa jupe de l'autre.

Miss Farrow avait une secrétaire provisoire, la jeune fille que Caroline avait vue, timidement assise dans l'antichambre, quelques semaines auparavant. « Ils ont bien raison d'engager une fille provisoirement, avait dit Mike à Caroline. De toute façon, aucune secrétaire n'est jamais restée avec elle plus de quelques mois. » La jeune fille en question s'appelait Gregg Adams, et elle était comédienne. Caroline comprit qu'il devait y avoir des milliers de ces filles qui gagnaient peut-être deux cents dollars par an à faire de la figuration à la télévision ou à jouer des bouts de rôle dans des petits théâtres et qui, le reste du temps, faisaient de vagues tournées ou couraient à la recherche d'inévitables remplacements dans les bureaux. Gregg était une fille de taille moyenne, très mince, avec un visage de fillette de quatorze ans. Elle avait de longs cheveux blonds raides mais souples qui ondulaient à chacun de ses mouvements. Elle avait tout le visage maquillé sauf les lèvres, ce qui ajoutait à son air d'adolescente. Caroline fut stupéfaite d'apprendre qu'elle avait vingt-trois ans. Gregg avait une bouche qui faisait qu'elle semblait commettre un péché chaque fois qu'elle fumait une cigarette.

Miss Farrow traitait sa nouvelle secrétaire comme on traiterait un cheval ou un chien avant d'avoir été dénoncé à la société protectrice des animaux. Elle méprisait les remplaçantes, car elle estimait que, lorsque enfin on leur avait enseigné quelque chose, elles s'en allaient, et que c'était donc une perte de temps.

— Caroline, vous savez ce qu'a fait Miss Farrow vendredi dernier ? chuchota Mary Agnes. Elle a invité Gregg à un cocktail qu'elle donnait et, en fait, la pauvre a passé toute la soirée à distribuer les canapés, à vider les cendriers et à préparer les verres. Comme une domestique ! Quel toupet !

— Gregg n'a pas réagi ?

— Pas le moins du monde.

— Vous êtes folle, Gregg, se fâcha Caroline lorsqu'elle la rencontra plus tard aux toilettes. Si vous la laissez vous traiter de cette façon, ce sera pire la prochaine fois.

— Oh, ça n'a pas d'importance, répondit doucement Gregg de sa voix de petite fille. Quand ça a été fini, avant de rentrer chez moi, j'ai chipé deux bouteilles de scotch.

Caroline aimait bien Gregg, et elles se mirent à déjeuner ensemble presque tous les jours, souvent avec April. Gregg venait de Dallas, d'une famille de la bonne bourgeoisie, et Caroline ne put s'empêcher de lui demander immédiatement si elle connaissait Helen Lowe. Elle ne la connaissait pas, mais elle avait entendu parler de sa famille, bien sûr. Gregg était la plus jeune de trois sœurs, et elle avait passé la majeure partie de son temps seule, dans des pensions, car sa sœur la plus proche par l'âge était son aînée de cinq ans, de sorte qu'elle était déjà à la faculté quand Gregg avait commencé ses études secondaires. Ses parents avaient chacun divorcé plusieurs fois.

— Si jamais je me marie, confia Gregg à Caroline, je resterai mariée. J'ai passé ma vie à dire adieu à des gens, et j'en ai assez.

A vingt-huit ans, sa sœur cadette en était à son troisième mariage. L'aînée était également divorcée.

— Nous ne sommes pas très fidèles dans la famille, résuma Gregg. Sauf moi. J'ai tout le côté collant qu'on a oublié de distribuer aux autres : dommage que je n'aie personne à qui en faire profiter !

Ni Caroline, ni Gregg, ni April ne connaissaient beaucoup de garçons à New York. Caroline sortait à peu près tous les quinze jours avec un garçon que quelqu'un lui présentait et qu'elle n'avait plus jamais envie de revoir, ni même de repasser à une amie ; quant à Gregg, elle connaissait quelques camarades de son cours d'art dramatique, mais ils avaient aussi peu d'argent qu'elle. La mère de Gregg lui envoyait de quoi payer le loyer de son minuscule appartement, sa nourriture et quelques vêtements, mais cela ne couvrait pas les cours d'art dramatique ou de danse que Gregg prenait le soir ; c'était pour cela qu'elle était obligée de subir Miss Farrow chez Fabian.

— Ecoutez, dit Gregg à Caroline, si vous avez envie d'habiter New York, pourquoi ne deviendrions-nous pas colocataires ? J'ai deux divans chez moi et nous pourrions nous partager le loyer, qui est de cent dollars par mois. Vous ne trouverez jamais rien de convenable à cinquante dollars pour vous seule.

— Quand je serai nommée lectrice et qu'on m'augmentera, je pourrai me le permettre, dit Caroline.

— Bravo ! Vous n'aurez plus à cirer les souliers de Miss Farrow ! Une année loin de cette sale bique, c'est comme cinq minutes loin de n'importe qui d'autre.

Gregg habitait au premier étage, au-dessus d'une blanchisserie chinoise, dans une maison respectable quoique délabrée d'un quartier paisible. Aimant l'air frais, le propriétaire de la blanchisserie laissait toute la journée la porte de son établissement grande ouverte, été comme hiver. Les jours d'hiver, les nuages de vapeur qui s'élevaient de la blanchisserie donnaient à quiconque pénétrait dans l'appartement de Gregg l'impression qu'il montait dans un train. Caroline aimait cependant bien cet appartement, car il y avait d'immenses fenêtres, qui allaient du plancher au plafond, avec le haut en forme de dôme, comme les vitraux des églises. Devant chaque fenêtre, il y avait un tout petit balcon, juste assez grand pour le chat de gouttière de Gregg qui y faisait sa promenade quotidienne.

Caroline avait plus de raisons que jamais de vouloir monter en grade et elle commençait à se faire du souci à ce sujet. La secrétaire de Mr Shalimar était revenue depuis longtemps, de sorte qu'April était de nouveau dans le bureau des dactylos et qu'elle ne pouvait pas dire à Caroline si Mr Shalimar envisageait ou non de faire quelque chose à propos de ses rapports de lecture. Tous les après-midi, il s'arrêtait un instant auprès de la table de Caroline et lui disait : « Merci pour vos rapports ; ils me sont très utiles. » De temps à autre, il ajoutait : « J'ai lu votre note avec intérêt, et je prie le ciel que vous ayez tort. » Elle ne voulait pas lui forcer la main, ni avoir l'air trop pressée, mais elle commençait à se demander avec inquiétude s'il ne lui faisait pas remplir deux fonctions pour le salaire de la moins bien payée et elle ne savait pas très bien comment réagir.

Entre-temps, elle tapait tout ce que personne n'avait le temps de taper, aidait les autres filles et passait devant le bureau de Mr Shalimar chaque fois qu'elle trouvait une bonne excuse pour le faire, non pas parce qu'elle espérait en tirer profit, mais parce que cela lui remontait le moral. Bientôt, elle commença à trouver sur sa table un afflux de travail venant du bureau de Miss Farrow. Pendant quelque temps, elle ne dit rien et puis, un jour, elle demanda à Gregg :

— Tout cela vient de chez vous. Non pas que cela m'ennuie, mais j'ai déjà tellement à faire.

— C'est Miss Farrow qui l'a déposé elle-même, répondit Gregg. Pourtant, la moitié du temps, je suis inoccupée. Ou bien elle me trouve vraiment idiote, ou simplement elle a un faible pour votre façon de taper.

— Un faible ? dit Caroline. Voyez-vous ça.

Caroline avait désormais énormément à faire et elle arrivait épuisée à la fin de la journée, de sorte que la lecture des manuscrits devenait pour elle un ennui plus qu'un plaisir. Elle aurait bien remis à plus tard le travail de Miss Farrow, mais chaque pile était accompagnée d'une note manuscrite disant : « Urgent » ou « Pour aujourd'hui s'il vous plaît » ou encore « A taper immédiatement ». Caroline savait qu'elle n'était pas meilleure dactylo que les autres et elle en vint bientôt à se demander pourquoi c'était toujours elle qui était choisie pour ces besognes supplémentaires. Un jour, à cinq heures moins le quart, alors que Caroline allait terminer son travail, Miss Farrow sortit de son bureau et posa un paquet de lettres sur la table de Caroline.

— Je viens de les corriger. Voulez-vous me les taper et les mettre sur ma table avant de partir, Miss Bender ?

— Je ne crois pas que je pourrai les finir aujourd'hui, Miss Farrow.

Miss Farrow plissa le front. Elle prit une profonde inspiration :

— Ecoutez-moi, ma petite, dit-elle. Vous vous croyez une lectrice, mais vous vous trompez. Vous êtes ici une dactylo comme les autres, et je vous conseille de ne pas l'oublier. Vous ne faites pas partie de la rédaction.

Elle tourna les talons et rentra d'un pas vif dans son bureau.

— Qu'est-ce qu'elle a dit ? demanda Mary Agnes. Qu'est-ce qu'elle a dit ? A vous voir, on croirait qu'elle vient de vous gifler.

Tout d'abord, Caroline fut si stupéfaite qu'elle ne ressentit rien, puis elle eut envie de pleurer ; et, un instant plus tard, quand elle eut réfléchi, elle fut prise de l'envie de rire.

— Je crois, dit-elle à Mary Agnes, je crois qu'elle a dit que j'allais quand même devenir lectrice.

C'est curieux, songea-t-elle, cette rapidité avec laquelle on devient sensible aux ambiances de bureau – les peurs, les jalousies, les connivences et les paniques cachées –, et il ne faut surtout pas s'imaginer que quiconque est capable d'y échapper. Ainsi Miss Farrow, tout comme Mr Shalimar, se méfiait des jeunes ambitions. Les femmes telles que Mary Agnes, dont les aspirations se résumaient à un travail accompli de façon satisfaisante et qui disparaissaient à cinq heures pile, constituaient l'ossature du bureau qui, sans elles, ne pouvait pas fonctionner. Mais l'entreprise ne gagnerait pas d'argent si tous ses employés se comportaient comme Mary Agnes, et tout le monde le savait, de Mr Fabian jusqu'à Mary Agnes elle-même. C'était la recrue pleine d'ardeur, la rebelle, qui déclenchait la panique, et les gens comme

Miss Farrow l'identifiaient avant même que la nouvelle en eût pris conscience. J'étais bien naïve, continua en elle-même Caroline, de croire que je pourrais devenir une éditrice sans marcher sur les pieds de quelqu'un – ou peut-être sur ses épaules ; je n'ai pourtant pas la moindre envie de commencer, ni même la moindre idée de la façon dont m'y prendre.

— Ça alors, c'est formidable, dit Mary Agnes. Et il y a si peu de temps que vous êtes là ! Vous savez, si vous devez devenir lectrice, vous n'avez pas besoin de faire tout le travail supplémentaire de Miss Farrow. Vous n'aurez même plus le temps de lire pour Mr Shalimar si elle continue à entasser les piles sur votre bureau. Vous devriez aller le lui dire à lui. Moi, je ne la laisserais pas faire.

Mary Agnes, elle, sait s'y prendre mieux que moi, songea Caroline.

— Vous avez raison, dit-elle. Merci.

Elle réfléchissait à ce qu'elle allait dire à Mr Shalimar le lendemain, tout en descendant, avec son manuscrit sous le bras. Elle aurait bien aimé lui parler tout de suite, mais son bureau était fermé, et elle était pressée d'aller retrouver le jeune homme de Mrs Nature, qui avait finalement appelé. Elle en voulait vaguement à ce garçon, Alvin Wiggs, car son existence était comme une barrière entre Caroline et quelque chose qui était peu à peu devenu très important dans sa vie. La voix hésitante qu'elle avait entendue au téléphone cet après-midi-là ne l'avait pas émue, et ne lui avait apporté aucune promesse, alors que le manuscrit qu'elle serrait sous son bras promettait tant de choses.

« Il ne faut pas que tu travailles tous les soirs, lui avait dit sa mère à plusieurs reprises. Il faut que tu sortes aussi. Toujours travailler et ne jamais se distraire, ce n'est pas bien, tu sais…

— Je sortirais, si quelqu'un m'invitait », avait-elle dit.

Et voilà que quelqu'un l'avait invitée et l'attendait devant l'immeuble de son bureau. Elle le reconnut tout de suite bien qu'elle ne l'eût jamais vu auparavant. Il était la seule personne dans cette foule qui n'avait pas l'air de savoir où elle allait : il entrait et sortait nerveusement par la porte tournante et regardait avec anxiété toutes les jeunes filles qui passaient. Il avait une trentaine d'années, il était de taille moyenne et à demi chauve.

— Caroline Bender ? dit-il à voix haute aussitôt qu'elle s'arrêta auprès de lui. Vous êtes Caroline ?

Plusieurs filles de chez Fabian se retournèrent pour les regarder. Caroline aurait voulu rentrer sous terre.

— Oui, dit-elle d'une voix calme.

Elle le prit par le bras et s'engagea dans la rue avec lui.

Il la regardait de la tête aux pieds. Il avait des yeux humides et angoissés et il semblait terrifié. Elle lui lâcha le bras.

— Vous êtes Alvin Wiggs, n'est-ce pas ? dit-elle aimablement.

— Oui, c'est moi.

— Très bien, dit-elle.

Il avait hâté le pas et c'était lui qui la conduisait maintenant.

— Nous allons dîner chez Schrafft, dit-il.

Schrafft ? pensa-t-elle. Là où je déjeune tous les jours avec April et Gregg ? Une tomate surprise et une glace aux fraises avec ces demoiselles et Alvin Wiggs.

— Oh, c'est un de vos restaurants préférés ? dit-elle.

Il parut troublé.

— Je… je n'y ai jamais mis les pieds. Mais ma mère y va tout le temps. Vous ne voulez pas aller là ?

— Oh, je préférerais un endroit un peu plus… un peu plus sombre, avec de la musique. Si cela vous est égal.

— Je croyais que les jeunes filles aimaient bien Schrafft, dit-il d'un ton hésitant. Car, vous savez… on n'y sert pas des portions énormes. Mais nous irons où vous voudrez.

Il n'a peut-être pas d'argent, songea-t-elle. Mais si. Mrs Nature avait dit qu'il travaillait avec son père. Ils se dirigèrent vers Madison Avenue et, après être passés devant plusieurs restaurants que Caroline aimait bien, ils s'arrêtèrent enfin. Ils étaient devant un petit établissement peu éclairé dont Caroline avait entendu parler parce qu'on était censé y manger bien pour pas cher.

— Et celui-ci ? dit-elle.

— Très bien.

Ils entrèrent, longèrent le petit bar, et on les conduisit à une table. Ils étaient les seuls clients dans la salle du restaurant.

— Un cocktail ? demanda la serveuse.

— Oh, non, dit Alvin. Pas pour moi. Vous n'en voulez pas, n'est-ce pas ?

— Il n'est que cinq heures un quart, dit Caroline. Je prendrais bien un verre d'abord, à moins que vous n'ayez faim.

Elle commanda un scotch avec de l'eau et Alvin Wiggs ne commanda rien. Elle était un peu gênée de boire seule, mais elle savait que si elle ne buvait pas elle ne serait jamais capable de passer une heure avec ce garçon. Elle le regarda et eut un large sourire.

— J'aurais dû vous apporter nos derniers livres, dit-elle. Vous avez lu quelque chose de bon ces temps-ci ?

— Je n'aime pas les livres, dit-il. Il me faut près de sept mois pour lire un roman. J'aime les revues financières.

Elle ne se découragea pas pour autant.

— C'est dommage que vous n'ayez pas trouvé de livres qui vous plaisent. Quel est le dernier que vous avez lu ?

— Je ne m'en souviens pas.

Comme ces cubes de glace qu'elle avait dans son verre étaient intéressants ! Il y avait des petites bulles dedans. Jamais encore des cubes de glace n'avaient à ce point attiré son attention.

— Mrs Nature est une femme très gentille, n'est-ce pas ? dit-il.

— Oui, c'est vrai.

— Elle est très gentille. Je l'aime bien.

— Vous connaissez le mari de Francine ?

— Non, dit-il. Il est gentil, paraît-il. J'aime bien Francine.

— Oui, dit-elle.

— Francine est gentille, dit-il.

Oh, mais nous avons oublié Mr Nature ! songea Caroline. Elle avait envie de pouffer. Il était cinq heures et demie à peine.

— Puis-je avoir un autre scotch, s'il vous plaît ?

— Est-ce que c'est bon ?

— Oui, très bon.

— Je vais peut-être en prendre un alors. Je ne bois pas beaucoup.

— Alors, ne commencez pas.

— Si, je vais en prendre un, dit-il.

Il n'est peut-être que timide, pensa-t-elle avec un vague espoir en voyant Alvin avaler son scotch d'un trait, puis faire la grimace.

— Vous habitez Port Blair ? lui demanda-t-elle.

— Oui. Chez mes parents.

— Cela vous plaît ?

— Oh, ça m'est égal. Mes parents sont très gentils. Ils ne me demandent même plus à quelle heure je rentre le soir, dit-il fièrement.

— Quel âge avez-vous ? Je ne crois pas que Mrs Nature me l'ait dit.

— Trente ans.

Elle avait besoin d'un autre scotch pour avaler ça, juste un, et il but avec elle. Après cela, ils commandèrent le dîner. Le scotch avait donné assez d'audace à Caroline pour qu'elle se sentît capable de jouer la prima donna et elle décida d'avoir une migraine terrible tout de suite après le repas.

— J'ai rencontré un écrivain célèbre pendant que j'étais en Europe, dit-il d'un ton enjoué, comme si cela lui était tout juste revenu à l'esprit.

Voilà, songea-t-elle, je me suis trompée. J'aurais dû lui donner une chance, à ce garçon. Il a peut-être tout un passé européen passionnant que je n'ai même pas soupçonné.

— Ah oui ? Qui cela ?

— Euh… euh, comment s'appelle-t-il donc ? Ah oui, Ernest Hemingway. J'étais dans un café en Espagne avec des amis et il était à une autre table.

Il rougit un peu.

— Je… je lui ai demandé un autographe.

— Et alors ?

— Il me l'a donné.

Elle le regarda, attendant le reste, mais il n'y avait rien d'autre, l'histoire s'arrêtait là. Bonté divine, songea-t-elle, Mr Shalimar lui-même fait mieux que ça.

Malheureusement pour eux, le service était assez rapide, dans ce restaurant fréquenté principalement par une clientèle qui allait au théâtre ensuite. De plus, ils avaient été les premiers dans la salle à manger. Alors qu'ils prenaient le café, Caroline jeta un coup d'œil à sa montre, s'attendant à ce qu'il fût au moins neuf heures (de la semaine suivante) et découvrit à sa grande horreur qu'il n'était que six heures et demie. L'effet du scotch était passé et elle n'avait plus tout à fait le courage de jouer les malades. Pouvait-elle dire : « Oh, j'ai tout juste le temps d'attraper le train de sept heures » ?

— Je suis sûr que la personne qui a le bonheur de vous employer a beaucoup de chance, reprit Alvin, les yeux mouillés d'admiration.

Prise de pitié, Caroline ne parvenait pas à le trouver antipathique ou à se moquer de lui.

Elle ne voulait qu'une chose, rentrer à la maison, rentrer à la maison, rentrer à la maison – la maison lui semblait être un lieu de refuge, un endroit merveilleux où elle n'était pas allée depuis tellement longtemps –, et c'était si simple de rentrer à la maison, mais tellement impossible pour elle en ce moment.

— J'aimerais prendre un cognac, dit-elle.

— Ah ?

Il parut surpris. Puis il lui emboîta le pas.

— Deux cognacs, mademoiselle.

Ils servaient les cognacs dans des verres ballons.

— Et maintenant, parlez-moi de votre affaire de mannequins, dit-elle. J'ai assez parlé d'édition.

On aurait dit qu'elle lui avait demandé de se lever et de faire un discours devant une foule hostile. Il parut fouiller fiévreusement dans son esprit.

— Oh, c'est l'affaire de la famille, dit-il enfin. C'est une… affaire de famille. La famille, c'est tout.

— Mais qu'est-ce que vous y faites ?

De l'espionnage ? Vous leur mettez des microfilms dans le cou ? pensa-t-elle.

— Nous fabriquons des mannequins pour des vitrines. Cela doit vous paraître très ennuyeux.

— Pas du tout.

— Vous… vous avez une vie tellement passionnante. Avec tous ces écrivains.

— Tout ce qu'on aime vraiment est passionnant, observa-t-elle.

— Tenez-vous vraiment à faire cela toute votre vie ou bien aimeriez-vous vous marier ?

— Et pourquoi pas les deux ?

Cela parut le déconcerter.

— En effet. Je n'ai jamais vu les choses de cette façon.

— J'aimerais un autre cognac, dit-elle. Après, il faut que je rentre parce que j'ai un manuscrit à lire pour demain.

— Mais il est très tôt, protesta-t-il.

— C'est un très gros manuscrit.

— Un cognac, s'il vous plaît, mademoiselle, et l'addition.

S'il y a une chose dont j'ai horreur, songea-t-elle, c'est de boire seule en face de quelqu'un qui me regarde comme ce garçon fait en ce moment. S'il y a une chose plus pénible que de boire avec quelqu'un qui ne vous plaît pas, c'est de boire seule et d'être observée par quelqu'un qui ne vous plaît pas.

— Vous ne voulez pas en prendre un avec moi ? Je vous en prie.

— Oh… si vous voulez.

Il vida son verre en trois gorgées, avec le même air de prendre un médicament que tout à l'heure puis, soudain, il cessa de faire la grimace et cligna des yeux plusieurs fois.

— Le second n'est pas si mauvais, dit-il. On s'habitue au goût.

Il leva le bras et, avec une assurance subite, fit claquer ses doigts pour appeler la serveuse.

J'ai horreur des gens qui font ça, songea-t-elle, soulagée de pouvoir lui reprocher quelque chose qui était vraiment de sa faute et non simplement un accident imputable à sa personnalité ou à son éducation.

— Il faut que je parte maintenant pour attraper mon train, dit-elle.

— Je n'ai jamais rencontré quelqu'un d'aussi charmant, répondit-il. Vous êtes vraiment la fille la plus charmante que j'aie jamais rencontrée.

La serveuse était apparue d'on ne savait où avec deux autres cognacs et il but le sien.

— Je n'en veux pas, dit Caroline en enfilant ses gants.

— Nous allons partir, dit-il. Nous allons partir.

Il vida aussi le verre de Caroline, d'un air un peu gêné.

— … pas le gâcher, murmura-t-il.

Puis, brusquement, il fut pris d'un fou rire. Elle se leva.

— Nous y allons ?

Il se débattit avec la monnaie, puis suivit Caroline vers la porte ; il marchait presque sur ses talons, comme un saint-bernard ivre.

— Ne trébuchez pas, dit-il en la prenant par le bras, alors que c'était lui qui marchait d'un pas mal assuré.

Au moment où ils quittaient la salle à manger, Caroline constata, à son très grand embarras, que Mike Rice était installé au bar, tout seul, fixant la glace d'un regard solennel. Elle baissa la tête, espérant qu'il ne la verrait pas avec Alvin Wiggs… le seul garçon avec qui il l'eût jamais croisée. Quel exemple ! Trop tard. Il l'avait aperçue dans la glace et se retournait lentement sur son tabouret de bar, l'air stupéfait.

— Salut, dit-il.

Sur quoi, il reprit sa position devant le bar. Cependant, Caroline voyait bien qu'il continuait à les observer, le visage aussi impassible que de coutume, mais avec une petite lueur d'amusement dans les yeux.

— ... c'est ça ? demanda Alvin.

— Chut.

— Qui ?

— Un écrivain.

— Oh, présentez-moi ! J'ai envie de connaître vos amis écrivains.

Il la tirait en arrière pour la faire revenir vers le bar.

— Alvin, je vous en prie !

— Je vous paie un verre, les gamins ? dit Mike.

Son ton enjoué et sa façon de les appeler « les gamins », Alvin et elle, enlevaient un peu ce qu'il y avait de pénible pour Caroline dans le fait d'être là avec un homme de dix ans son aîné qui s'était enivré avec quatre cognacs et jouait au petit garçon.

Alvin lui tendit la main.

— Je veux rencontrer un auteur connu. Je suis Alvin Wiggs.

Mike laissa sa main lui servir de poteau et lança à Caroline un regard interrogateur.

— Je vous présente Scott Fitzgerald, annonça-t-elle après avoir pris une profonde inspiration.

— Scott Fitzgerald ? répéta Alvin dont le visage s'illuminait lentement. Oh, nous avons étudié votre œuvre à l'université. Vous avez écrit... à propos des années vingt et quelques. Je suis très heureux de vous rencontrer.

— Très heureux également, affirma Mike.

— Vous savez, balbutia Alvin, je vous croyais mort. C'est affreux, non ?

— Scandaleux, dit gravement Mike. Vous devriez avoir honte de me dire une chose pareille. Je suis offensé.

— Oh, je suis absolument désolé, s'excusa Alvin. Tenez, permettez-moi de vous offrir un verre. Cela me fait un tel plaisir de vous rencontrer.

Mike commanda à boire pour eux trois. Il était visiblement un habitué de la maison. Caroline se demanda quand il commencerait cette tournée des bars de la Troisième Avenue dont Mary Agnes avait parlé ; après minuit, probablement.

— Vous êtes de vieux amis, tous les deux ? demanda Mike.

— Nous nous voyons pour la première fois ce soir, dit Caroline. Nous avions pris rendez-vous par téléphone, ajouta-t-elle en regardant Mike d'un air significatif.

— Quelle chance, hein ? dit Alvin, tout heureux.

Il vida son verre, dit d'un ton pâteux « S'cusez-moi » et partit dans la direction des toilettes, heurtant un couple sur son passage.

— Oh, je n'en peux plus, dit Caroline, je n'en peux vraiment plus.

En dépit de sa gêne, elle était soulagée de voir Mike, c'est-à-dire un être normal et agréable, soulagée au point qu'elle éclata de rire.

— Comment allez-vous vous en débarrasser ? Vous vous en sortirez ?

— C'est ma faute, expliqua-t-elle. C'est moi qui l'ai fait boire. Je me sens responsable. Il faut que je m'assure qu'il rentre chez lui sans problème.

— C'est lui qui doit prendre soin de vous. S'il en est incapable, larguez-le.

— Ce serait manquer d'égards.

— Ah oui ? Et il ne vous a pas manqué d'égards en se comportant comme il le fait ?

— Je crois qu'il ne peut pas s'en empêcher. Il a un tel complexe d'infériorité que je crois lui avoir fait peur.

Mike lui sourit, d'un sourire qui, cette fois, s'étendit à son visage tout entier. Caroline eut l'impression d'avoir en face d'elle quelqu'un qu'elle ne connaissait pas.

— Vous trouvez toujours des excuses à tout le monde, n'est-ce pas ?

Elle ne savait pas si c'était là un compliment ou tout le contraire.

— Ce n'est pas si mal, non ? demanda-t-elle.

— Si, pour vous.

— Pourquoi ?

— Si vraiment vous avez besoin d'aimer un pauvre type, ne vous racontez pas d'histoires. Ne vous dites pas qu'il est pitoyable, qu'il a besoin de vous ou que c'est vous qui le faites mal se conduire… Reconnaissez que vous aimez un pauvre type, mais ne vous donnez pas de mauvaises raisons.

Elle leva les yeux et elle vit Alvin venir vers eux du fond de la pièce : il avait le visage très pâle. Elle se rendit compte qu'elle avait déjà oublié de quoi il avait l'air.

— Je vous approuve, dit-elle. Mais ce que vous venez de dire ne s'applique en rien à Alvin et à moi. Il n'est entré dans ma vie qu'accidentellement, et il va en sortir dès ce soir.

— Je ne pense pas spécialement à vous et à lui, dit Mike. Je pense à vous et n'importe qui. Ce pourrait être quelqu'un à qui vous tiendriez plus. Quelqu'un qui serait plus proche de vous.

Il la regardait intensément et, soudain, elle sentit un frisson la parcourir. Non pas un frisson de peur, mais d'excitation plutôt, d'attente devant l'inconnu.

— Qui ? dit-elle. Qui ?

— C'est une bonne chose que je ne sois pas aussi ivre qu'Alvin, dit Mike. Sinon, je pourrais vous le nommer et me rendre ridicule.

Elle demeura un instant à le regarder avec étonnement, mais Alvin les rejoignit bientôt et se glissa joyeusement entre eux. Les paroles de Mike résonnaient encore aux oreilles de Caroline, et cela lui suffisait. Elle était surprise et émue de ses propres sentiments. Car enfin, qu'avait-il dit ? Rien. Et pourtant, ce pouvait être beaucoup.

Pendant tout le chemin du retour, dans le train, assise à côté d'Alvin, Caroline songea à Mike. Il avait près de deux fois son âge, il était amer et las. Comme chez tous les êtres qui mènent une existence dissolue, il devait sûrement y avoir dans sa vie passée des choses qui éveilleraient la sympathie de Caroline : une déception sentimentale, un échec, des événements et des infortunes qui ne méritaient peut-être pas la sympathie mais qui attireraient quand même celle de Caroline parce qu'ils seraient, pour elle, nouveaux, frappants et, par là même, poignants. C'était contre cela qu'il avait essayé de la mettre en garde, elle en était certaine. Et, parce qu'il tenait assez à elle pour l'avertir, elle se trouvait totalement désarmée.

L'intérêt qu'il lui portait devait dépasser le cadre de l'amitié, supposait-elle, sinon il n'aurait rien dit. La possibilité d'une aventure amoureuse entre Mike et elle était la chose la plus étrange qui lui fût jamais arrivée, et pourtant cela commençait à lui paraître la chose la plus naturelle au monde.

Elle ne pouvait s'empêcher de comparer Mike, et sa façon subtile de comprendre ses pensées les plus secrètes, à tous les garçons assommants qu'elle avait fréquentés depuis sa sortie de l'université. A chaque fois se dressait, lui semblait-il, entre elle et eux une barrière parce qu'elle était une femme et qu'ils étaient des hommes, et que chacun cherchait à obtenir quelque chose de l'autre. Une sorte de compétition juvénile. Curieusement, avec Mike, c'était parce que lui était un homme et elle une femme que chacun avait quelque chose à donner à l'autre. Il ne lui faisait pas peur. Pour elle, le danger impliquait qu'elle fût blessée. Or elle ne voyait pas le moindre danger dans le fait de s'attacher à lui.

5

Gregg Adams, sous sa douche, était plus agréable à regarder qu'à entendre ; mais elle était heureuse (ce qui, pour elle, voulait dire qu'elle ne se sentait pas déprimée ce soir-là), alors elle fredonnait une chanson du temps de sa mère, tout en se frictionnant pour se rincer avant que la ration quotidienne d'eau chaude fût épuisée. Elle avait réussi à obtenir un petit rôle – douze lignes – dans un feuilleton matinal financé par une marque de lessive pour la semaine prochaine, et on lui avait promis mieux bientôt. Comme d'habitude, elle jouerait une adolescente à la voix douce et enfantine. Elle soupçonnait que son accent provincial dont elle n'avait pas réussi à se débarrasser ajoutait à son charme, du moins c'est ce que les producteurs devaient penser.

Ce soir, elle allait chez des gens avec Tony, qui appartenait au même cours dramatique qu'elle et qui était un de ses amis semi-platoniques. Ils se prêtaient mutuellement de l'argent et s'emmenaient à tour de rôle à des soirées où, moyennant le minimum de charme, on pouvait manger et boire gratis. Il était plus jeune qu'elle, il avait de longs cheveux qui lui tombaient dans les yeux quand il secouait la tête, et il parlait par phrases courtes et à peine audibles. Si on lui posait une question, il se tortillait et se grattait la tête en regardant par terre comme s'il réfléchissait à ce qu'il allait répliquer, pour finir par marmonner une formule aussi bouleversante que « Oui, allons donc au ciné ». Un numéro, elle le savait, parce que, quand il était très excité ou épuisé, il usait de la diction shakespearienne la plus superbement modulée qu'elle eût jamais entendue. Tous les garçons du cours dramatique de Gregg étaient comme ça : ceux qui la sortaient, ceux qui étaient mariés, même les tapettes. Elle en avait assez d'eux tous.

Dans sa penderie en désordre, elle trouva une robe rouge qu'elle aimait et dont elle avait oublié l'existence. C'était tout ce qu'il fallait pour ce genre de soirée : une fille blonde dans une robe rouge n'avait généralement besoin de personne pour faire les présentations. Non pas d'ailleurs qu'elle espérait rencontrer là-bas autre chose que des raseurs : en fait, elle n'y allait que parce qu'il y aurait un buffet, du scotch, et puis que ce serait un moyen de ne pas être seule. Lorsqu'elle était seule dans son appartement, montait en elle une sensation étouffante qu'elle avait appris à redouter : tout allait bien et puis, d'un coup, un poids s'abattait sur sa poitrine ; elle avait alors du mal à respirer ou à avaler sa salive. Si un disque de jazz sur le phonographe et un doigt d'un vermouth bon marché la soulageaient un peu, ou mieux, quelques conversations téléphoniques avec des amis, ce n'étaient là que des calmants pour atténuer cette panique et alléger le poids qui l'écrasait ; ils ne parvenaient pas à faire disparaître les symptômes. Dissimulées hors du cercle de lumière qui entourait son lit, des ombres attendaient, qui l'envelopperaient dès qu'elle aurait raccroché le téléphone et coupé le contact avec la voix rassurante à l'autre bout du fil.

Parfois son chat venait se frotter contre sa cheville ; elle le regardait et ressentait pour lui une immense affection. Mon petit chat. Avec lui, elle se sentait moins seule, moins oppressée, moins effrayée par ce quelque chose qu'elle n'arrivait pas à définir vraiment. On pouvait mourir à New York dans son appartement sans que personne s'en aperçût, jusqu'au jour où les voisins se plaignaient de l'odeur. « C'est vrai, disaient alors vos amis, je n'avais pas entendu parler d'elle depuis quelque temps, mais je croyais qu'elle faisait la tête, ou qu'elle avait trouvé du travail et qu'elle était très occupée. » Occupée ? Ha, se dit Gregg, occupée à chercher du travail, oui.

Tony avait une heure de retard, ce qui lui ressemblait bien. Quand il arriva enfin, elle se sentait si seule qu'elle fut contente de le voir.

— Tiens, dit-il, je me souviens de cette robe.

Il se pencha vers Gregg et l'embrassa sur la joue.

Elle se souvint alors avec quelque gêne qu'elle portait cette robe la première et la seule fois où elle avait couché avec lui. Sans doute rappelait-elle à Tony de bons souvenirs. Quant à Gregg, elle comprenait maintenant pourquoi elle l'avait rangée tout au fond de sa penderie : c'était une nuit, et une robe, qu'elle préférait oublier. Il y avait des amants d'un soir qu'on ne voulait pas revoir. Non parce qu'ils étaient maladroits ou sans égards, en général ils l'étaient. Mais parce qu'on se retrouvait enlacés par peur de la solitude, par curiosité, désir, ou avec l'espoir que cette fois-là, on découvrirait quelque chose de magnifique. Mais le lendemain matin, il n'y avait que les draps froissés, peut-être un cendrier renversé sur la descente de lit, et aucun indice qui puisse faire penser à l'amour.

— Viens, dit-elle en lui prenant la main. Sinon ils auront tout bouffé.

La soirée avait lieu chez une actrice entre deux âges que connaissait Tony. La pièce était sombre et déjà pleine de fumée et de gens : on aurait cru voir les derniers badauds regardant les restes d'un incendie. Gregg toussa et se dirigea vers le bar. Quand elle eut dans la main un verre glacé, elle commença à se sentir mieux. Tony lui fourra dans l'autre main une cigarette allumée. Elle avait les accessoires, la pièce pouvait commencer.

— Tu vois ces trois types là-bas ? chuchota-t-il. Tu vois le plus grand ? Tu sais qui c'est ?

Tony devait être très excité pour avoir prononcé ainsi trois phrases complètes l'une à la suite de l'autre.

— Non.

— C'est David Wilder Savage.

David Wilder Savage était l'une des premières personnes dont elle avait entendu parler en arrivant à New York. C'était un nom excentrique qui convenait bien au personnage. Il avait été l'un des jeunes prodiges de Broadway, produisant sa première pièce à vingt et un ans, un succès qui avait tenu l'affiche près de deux ans. Toutes les pièces qu'il avait montées après cela avaient été des triomphes, jusqu'à celle qu'il avait fait jouer au début de la saison et qui n'avait pas dépassé trente représentations. Le nom magique de David Wilder Savage avait seul réussi à la faire tenir aussi longtemps.

La pièce n'avait guère ce qu'il fallait pour être un succès. Très intellectuelle, portant sur un sujet assez mince, elle avait été écrite par un homme qui était des rares amis de David Wilder Savage. Comme beaucoup de gens qui se fraient sans pitié un chemin dans le monde des affaires et des boudoirs, David Wilder Savage avait un ami auquel il était très attaché et qu'il protégeait, et avec qui il avait partagé une chambre à l'université. Depuis quatorze ans qu'il avait terminé ses études, l'auteur avait travaillé sur cette pièce tout en exerçant divers métiers pour vivre. Ce simple fait aurait dû mettre en garde n'importe quel producteur. Surtout David Wilder Savage, car, si quelqu'un sentait d'avance la réussite ou l'échec d'un projet, c'était bien lui. Puis, au printemps dernier, l'ami s'était tué dans un accident d'automobile, et à l'automne, contre l'avis de tous ceux qui avaient osé le lui donner, David Wilder Savage avait monté la pièce à Broadway. Non qu'il fût désemparé par le chagrin. Il savait exactement ce qu'il faisait. C'était un des rares gestes de sentimentalité – d'affection même – d'un homme connu pour sa dureté. L'ironie du sort avait voulu que cet élan du cœur se soldât par un échec, mais David Wilder disait lui-même que si d'aventure un escroc, dans un mouvement de pure bonté, essayait de sauver un enfant en train de se noyer, il pouvait être sûr qu'il allait se faire dévorer par un requin.

— Tu le connais ? chuchota Gregg.

— J'ai fait une lecture pour lui une fois. Il ne se souvient probablement pas de moi.

— Est-ce que je me risque à aller lui parler ?

— Pourquoi pas ? fit Tony sans enthousiasme.

— Viens avec moi.

Il lui planta un baiser léger sur la tempe.

— Pour quoi faire ? Les jolies filles se débrouillent bien mieux toutes seules.

Elle était soulagée qu'il eût refusé de l'accompagner, mais quand elle se fut frayé un chemin à travers la foule jusqu'à l'endroit où se trouvait David Wilder Savage, elle fut prise de panique. Que pourrait-elle lui dire ? Bonjour, je suis comédienne. Autant lui tendre carrément la main en demandant l'aumône. Cela ferait le même effet.

Quel homme séduisant ! Satanique, c'était l'épithète qui lui convenait. Trente-cinq ans, célèbre, avec un visage intelligent et fin qui toisait les arrivistes comme elle essayant de trouver quelque chose d'original à lui dire. Elle baissa les yeux vers son verre en regrettant de ne pas s'en être débarrassée.

— Qui êtes-vous donc ? demanda-t-il d'un ton aimable.

Elle le regarda avec surprise.

— Gregg Adams.

— Je m'appelle David Wilder Savage. Et, comme on dit dans les cocktails, qu'est-ce que vous faites dans la vie ?

— Je suis assistante d'un dentiste.

— Tiens, fit-il en souriant. Je vous aurais prise pour une pensionnaire libérée sur parole.

— J'ai été pensionnaire. Et très sophistiquée. Rouge à lèvres très foncé, et cetera.

— Avez-vous lu *Many Faces* ?

Elle en avait entendu parler, l'auteur était portugais.

— J'ai lu des critiques.

— Ça n'aide pas beaucoup.

— Vous seriez surpris, rétorqua-t-elle, par le brio avec lequel je suis capable de parler d'un livre dont je n'ai lu que les critiques.

— Et aussi d'un film d'après la distribution que vous avez vue à l'entrée du cinéma ? C'est dommage que vous n'ayez pas lu *Many Faces*, reprit-il. J'aurais aimé savoir si cela vous avait plu aussi. Je suis producteur et je crois qu'il y a là un bon sujet de pièce.

Il y avait quelque chose chez lui, une façon de baisser la voix comme pour faire une confidence, qui donnait à Gregg l'impression que son opinion comptait beaucoup pour lui. En vérité, pourquoi s'intéresserait-il à ce qu'elle – une petite secrétaire rencontrée à une soirée – pensait d'un livre ? Parce que, à ses yeux, elle représentait le public moyen, bien sûr, une fille qui venait tous les jours du Queens par le métro avec son sandwich au thon dans un sac en papier, qui habitait chez ses parents, se lavait les cheveux tous les jeudis et allait chaque samedi soir au cinéma avec son petit ami. Et pourtant, cet air sincère…

— Je le lirai demain, promit-elle. Ce sera trop tard pour vous dire ce que j'en pense, mais maintenant j'ai envie de le lire de toute façon.

— Vous allez adorer.

N'importe qui d'autre, songea-t-elle, pourrait dire « Vous allez adorer », et ce ne serait qu'une façon de parler. Avec David Wilder Savage, la phrase sonnait comme un cadeau. Comme s'il voulait lui donner le petit plaisir de découvrir quelque chose. Le charme, se dit-elle. Un simple mot, mais dont je sais maintenant ce qu'il recouvre : chaque parole de cet homme.

Il la prit par le coude.

— Vous voyez ce couple là-bas ? Ils se sont trompés de soirée. Il y a une autre réception à l'étage en dessous, et c'est là qu'ils devaient aller. Lui veut partir, elle dit qu'elle s'amuse et qu'elle a envie de rester. Ils se disputent.

C'était un jeune couple, elle, une fille au corsage généreux et à l'expression boudeuse, lui, manifestement un faible.

— Regardez leurs gestes et leur air furieux, dit Gregg en riant. On dirait un récepteur de télévision quand on a coupé le son.

— Ça vous arrive aussi de couper le son ? Surtout pour la publicité. On dirait un vieux film muet.

— Je sais. Je le fais depuis des années.

— Regardez, dit-il, amusé. Il s'en va, elle va rester.

— Et sans même un verre à la main.

Gregg avait cru que David Wilder Savage lui ferait un peu peur et elle était tout étonnée de constater qu'il ne l'effrayait pas du tout. Elle avait au contraire le sentiment, tandis qu'elle était là à rire avec lui et à observer les gens, d'être « dans le coup » alors que les autres, eux, n'étaient pas dans le coup.

— Où avez-vous acquis cette diction ? lui demanda-t-il.

— Dans un cours.

— Vous voulez être comédienne ?

— Je suis comédienne. Enfin, si l'on peut dire.

— Alors, vous n'êtes pas assistante d'un dentiste.

— Non, fit-elle en riant. Seulement je ne voulais pas arriver la bouche en cœur en vous disant que je faisais du théâtre. Ç'aurait été assez ridicule.

— Comme quand une personne vous aborde à un cocktail en prétendant : « Nous avons quelque chose en commun », comme si c'était censé vous la rendre sympathique.

— Exactement, fit-elle. Exactement !

— Vous êtes venue seule ?

Tony comprendrait, se dit-elle ; s'il avait l'occasion, il en ferait autant.

— Oui, répondit-elle. Je suis seule.

— Pas de dentiste ?

— Non.

— Vous ne trouvez pas qu'on s'ennuie ici ?

Elle leva les yeux vers lui.

— Pas dans ce coin.

— Emportons ce coin avec nous, dit-il en lui prenant le bras.

— Je vais chercher mon manteau.

Elle s'éclipsa vers la chambre de la maîtresse de maison, cherchant Tony du coin de l'œil, mais espérant qu'elle ne le trouverait pas. Elle s'arrêta un instant devant la glace, pour se regarder. Combien ses yeux étaient sombres et combien ils révélaient de choses ! se dit-elle. Elle avait remarqué chez David

Wilder Savage un trait de caractère qui n'apparaissait pas au premier abord, une sorte de cruauté cachée. On aurait dit qu'au fond il était très dur, mais qu'il avait un côté tendre qu'il ne voulait révéler qu'à quelqu'un à qui il tenait. A le voir si charmant, elle se disait que ce quelqu'un pourrait bien être elle, mais son bon sens lui soufflait que c'était un mensonge, un piège, dans lequel elle ne serait pas la première à tomber. Bien qu'il lui fût pratiquement étranger, et réciproquement, elle avait perçu ce mélange provocant de tendresse et de cruauté. Elle vit tout cela en un instant, comme on voit, paraît-il, sa vie défiler devant ses yeux quand on se noie. Elle enfila son manteau et souleva ses longs cheveux par-dessus le col, puis elle quitta le havre de la chambre pour plonger vers le vestibule où il l'attendait.

C'était curieux : en temps normal, elle aurait été ravie du murmure qui les accueillit lorsqu'il l'emmena au restaurant pour dîner. Elle aimait bien arriver quelque part avec une personnalité connue, cela lui donnait confiance. Et, au fond, elle avait toujours l'espoir de faire la connaissance de quelqu'un qui pourrait l'aider dans sa carrière. Mais, avec David, elle en voulait à tous ces gens qui l'accaparaient, qui monopolisaient son attention. Chacune de ses paroles lui semblait importante ; aussi, chaque fois qu'il se détournait pour parler à quelqu'un d'autre, avait-elle le sentiment de perdre un instant la sécurité du « cercle intime » ; elle se rappelait alors qui elle était et la solitude dans laquelle elle se retrouverait dans une heure ou deux.

Il était minuit passé quand ils eurent fini de dîner.

— Venez chez moi, proposa-t-il.

Elle essaya de trouver une remarque idiote, n'importe quoi pour gagner du temps.

— Pourquoi ?

Il la regarda avec le plus grand calme et dit :

— Parce que j'ai envie de faire l'amour avec vous.

— Je… je ne veux pas, balbutia-t-elle.

— Très bien, dit-il.

Il l'aida à passer son manteau, et dans la rue il héla un taxi.

— Où habitez-vous ?

Elle le lui dit, puis se rencogna dans le fond du taxi, de plus en plus déprimée à mesure que les rues défilaient. Il la raccompagnait chez elle, et elle n'avait pas envie de rentrer. Comme une enfant, elle avait peur de la nuit, de la solitude et, comme une enfant, elle se cramponna à sa manche. Il lui prit la main. Elle savait qu'elle ne le reverrait jamais, et elle ne pouvait supporter cette idée. Un personnage étrange et fascinant avait fait irruption dans son existence, juste pour un soir – quelques heures, en vérité. Qu'était-elle pour lui ? Quelqu'un avec qui il avait plaisanté, dont il se rappellerait peut-être le nom si on le mentionnait en sa présence.

— Je n'ai pas envie de rentrer, dit-elle.

— Où voulez-vous aller alors ?

— Ça m'est égal. Je ne veux pas vous quitter comme ça.

Cela ne lui parut pas une phrase idiote ; il se pencha et donna au chauffeur sa propre adresse, puis il se carra sur la banquette et passa le bras autour des épaules de Gregg, comme pour la consoler, mais sans jouer la grande passion. Elle eut soudain l'impression qu'elle venait de lui dire quelque chose de romanesque et de grave.

Elle n'avait jamais vu un appartement comme ça. Elle avait toujours eu le sentiment qu'un coup d'œil chez les gens permettait d'en apprendre davantage à leur sujet qu'une heure de conversation avec eux. Certains se fichaient éperdument de leur maison, d'autres s'y intéressaient mais n'avaient rien à y ajouter. Dans l'appartement de David, il y avait des livres partout : sur les sièges et les rayonnages qui occupaient un panneau entier du living-room. Une douzaine de manuscrits s'étalaient sur la table ronde. Des magazines emplissaient un énorme panier de vannerie. Il la débarrassa de son manteau et mit en marche l'électrophone. Elle remarqua alors ses disques : des 33 tours, sur plus d'un mètre de hauteur, d'un bout à l'autre de la cloison.

Au fond de la pièce, entre les étagères de livres, il y avait une cheminée au manteau noirci par la fumée, avec un pare-feu, des pinces et des bûches qui attendaient d'être brûlées. Il alla pendre son vêtement dans un placard et vint s'agenouiller devant l'âtre. Un long divan noir était disposé en face de la cheminée : elle l'imaginait assis là dans le noir, regardant les flammes, l'air plus satanique que jamais.

— Un cognac ?

— Oui, volontiers.

Il apporta une bouteille, des verres, les posa sur la table basse placée devant le canapé puis s'assit auprès d'elle. Le phonographe jouait un morceau classique qu'elle n'avait jamais entendu ; il avait mis le son assez fort, comme s'il aimait vraiment cette œuvre, et non comme s'il s'agissait uniquement d'une musique de fond destinée à accompagner une opération de séduction.

— Vous avez vraiment lu tous ces livres ? demanda-t-elle en les désignant d'un geste large.

— Oui.

— Et ces magazines ? Et ces manuscrits ?

— Oui. Je cherche toujours quelque chose de neuf.

Sur une petite table auprès d'un fauteuil, il n'y avait aucun livre, mais seulement une grande photographie dans un cadre argenté représentant deux hommes sur un voilier en été, souriant et clignant des yeux au soleil, en pantalon et sweat-shirt blancs et qui se tenaient par les épaules. Elle s'approcha. L'un des deux était David, de pas mal d'années plus jeune, avec un visage plus doux, aux contours plus vagues, et l'autre était un jeune homme assez beau, à l'air intelligent, et bâti comme un joueur de tennis.

— Qui est-ce ?

— Gordon McKay.

— Oh… fit-elle. Celui dont vous venez de monter la pièce.

— Exactement.

Sa voix semblait un peu crispée.

Elle ne savait pas quoi dire. Elle ne pouvait pas dire : « Je suis désolée de la mort de votre ami », et pas davantage : « Je suis navrée du four de votre ami » ; elle avait l'impression confuse que si elle disait quelque chose de ce genre, cela briserait l'intimité qu'elle sentait en ce moment entre David et elle.

— Je regrette de n'avoir jamais eu l'occasion de voir la pièce, dit-elle enfin.

— Encore un peu de cognac ? proposa-t-il en remplissant son verre sans attendre la réponse.

Elle se souvint de quelque chose que Tony lui avait dit un jour à propos de David Wilder Savage et de Gordon McKay, ce genre de ragot méprisable que les ratés colportent volontiers sur le compte de ceux qui ont réussi. Qu'était-ce donc déjà ? Ah, oui… « Personne n'est absolument sûr qu'ils aient été amoureux l'un de l'autre. Mais on va bien voir maintenant s'il est encore capable de faire un succès ou bien s'il est fini. » C'était ce qu'elle avait entendu de plus méchant à propos de David Wilder Savage ; en général, la plupart des élèves de son cours dramatique discutaient plutôt de son génie du théâtre et de sa réputation de don Juan. Pourquoi raconter que deux hommes étaient amoureux l'un de l'autre alors qu'ils s'aimaient tout simplement ? Les gens ne pouvaient-ils comprendre ce qu'il y avait de rare et de miraculeux dans l'intimité entre deux êtres sans essayer de la salir ? Elle eut soudain le sentiment que le monde regorgeait d'individus cruels et stupides, à l'instar de sa famille et de Tony, de l'interminable cortège de filles qu'elle avait connues en classe et de garçons qui l'avaient pelotée – tous esseulés, malveillants et ne se résolvant pas à s'aimer les uns les autres.

Comme une somnambule, elle s'approcha du divan où David était toujours assis, immobile. La pièce était dans l'obscurité, et les flammes allumaient des reflets rougeoyants sur le tissu du divan. Très doucement, elle posa les doigts sur le visage de David.

Au lieu de l'attirer à lui sur le divan, il se leva d'un bond, la prit dans ses bras et la déposa auprès de lui parmi les coussins. Elle éprouva une légère surprise au premier baiser, comme cela lui arrivait toujours quand un homme l'embrassait pour la première fois, car le dessin des lèvres semblait n'avoir jamais de rapport avec la sensation du baiser. Cette fois, elle fut étonnée qu'une bouche aussi cruelle pût se montrer aussi douce et aussi tendre.

— Vous avez les lèvres les plus douces au monde, murmura-t-il.

— Vous aussi.

Il la dépouillait de sa robe, de sa combinaison et de ses bas, sans cesser de l'embrasser, et comme si ses mains agissaient indépendamment, avec une habileté qui, un instant, lui fit penser : Mon Dieu, à combien de femmes déjà a-t-il dû faire ça ! Et puis ses mains n'eurent plus rien de désincarné et elle apprécia leur habileté comme si elles n'avaient attendu qu'elle. Soudain, la peur – de la grossesse ou du déshonneur – la prit, et elle détesta sa voix craintive de petite fille pour poser cette fichue question qui la ramenait brutalement sur terre :

— Vous avez… quelque chose ?

— Pas vous ?

— Je ne savais pas…

— Bon…

Il l'abandonna quelques instants pendant lesquels, frémissante, elle garda les yeux fermés ; puis il revint et la prit dans ses bras.

Elle sentit la fraîcheur de la peau de David, mêlée à la chaleur du feu, comme si tout cela n'était qu'un rêve, elle entendit les mots, toujours les mêmes, pressants, presque brutaux, et qui dans sa bouche à lui semblaient des mots d'amour. Il les prononçait, elle les prononçait, tous deux un peu haletants, scrutant le visage du partenaire, tremblants, jusqu'à l'ultime instant où la passion les sépara.

Quand ce fut fini, il ne s'éloigna pas, il ne la laissa pas s'en aller : il la garda au creux de ses bras, la regardant intensément. La musique du tourne-disque s'était tue depuis longtemps, et l'on n'entendait plus que le cliquetis de l'aiguille sur le dernier sillon. Elle le serrait contre elle, comme si c'était lui l'enfant cette fois, et elle une femme, et elle lui caressait les cheveux en souhaitant pouvoir rester toujours ainsi. Ce fut lui qui finit par s'écarter le premier.

— Ce foutu truc, dit-il, tout à la fois amusé et agacé. Je ne m'en suis pas servi depuis mes seize ans.

— Vous parlez de ce dixième de millimètre qui me sépare du foyer des filles mères ?

— La prochaine fois, tu apporteras ta contribution.

— Ça alors, à quoi t'attendais-tu ? Tu crois que je vais à tous les cocktails prête à un dénouement de ce genre ?

— Serait-ce notre première scène ?

Dans l'ombre derrière eux, la sonnerie grêle du téléphone retentit. Gregg regarda sa montre.

— Fichtre ! On te téléphone à deux heures du matin ?

Il se leva.

— Bois ton cognac, dit-il affectueusement en lui ébouriffant les cheveux.

Puis il alla répondre.

Abandonnée à elle-même, elle sourit aux flammes de la cheminée, elle sentait encore dans sa gorge la brûlure de l'alcool, et sur ses jambes nues les rugosités du tissu. Elle entendait David rire au téléphone. Elle vida son verre et se leva, un peu étourdie par l'amour et par l'obscurité complice de la pièce surchauffée ; elle s'approcha de l'électrophone et mit le disque sur l'autre face, en sourdine pour ne pas déranger David. Sur l'appui de la fenêtre, il y avait un cendrier plein ; elle le prit et l'emporta dans la cuisine pour le vider. Elle entendait sa voix au téléphone, masculine, rieuse et indépendante, et elle se souvint de celle qu'il avait quand ils faisaient l'amour ; elle lui était destinée, à elle et à elle seule. Elle ne se rappelait pas avoir jamais été aussi heureuse.

Elle se demanda s'il n'y avait pas de rideaux dans la cuisine parce que David n'en possédait pas ou bien parce qu'ils étaient chez le teinturier. Il ne devait pas en avoir : un célibataire aussi occupé que lui ne faisait même pas attention à ces détails. Quelle surprise ce serait pour lui, si elle lui faisait des rideaux ! Elle pourrait choisir le tissu demain…

De retour dans le living-room, elle regarda le feu mourir lentement, et le niveau du cognac descendre dans la bouteille tandis que David parlait toujours au téléphone. D'après la conversation, elle devinait que c'était une discussion d'affaires, et elle ne s'en étonna pas outre mesure car les gens de théâtre veillaient jusqu'aux heures les plus indues. Sa montre marquait deux heures vingt-cinq. Elle sentait en elle une douce chaleur à l'idée qu'elle était avec lui, dans cette paisible intimité, à l'attendre dans l'ombre.

— Entendu, mon vieux, dit-il. Bonsoir. Merci d'avoir appelé. Tout va s'arranger.

Il raccrocha et revint vers le divan où Gregg était assise. Elle leva les yeux vers lui.

— Je crois que je t'aime, murmura-t-elle.

Il lui sourit tendrement et se pencha pour l'embrasser sur le front.

— Oui, je t'aime, dit-elle.

Il la reprit dans ses bras.

6

Quittant les bureaux de Fabian, à cinq heures, Barbara Lemont s'arrêta une minute devant la porte tournante pour laisser s'écouler le flot bruyant des jeunes filles qui s'en allaient, dans le noir, vers leurs bus, leurs métros et leurs trains. C'était un soir de la fin février et l'air était étonnamment doux, comme une fausse promesse de printemps. La jeune femme flâna devant les vitrines de Rockefeller Plaza, brillamment illuminées, s'imaginant qu'un homme riche allait lui offrir d'y choisir quelque chose. Comme on était en février, Barbara avait tapé dans l'après-midi des articles pour le numéro de juin de *Femmes d'Amérique*, consacré au mariage. Toutes les jeunes mariées des photos étaient si ravissantes, si éthérées que l'on se demandait ce qu'avait été leur existence et qui elles aimaient et allaient épouser, oubliant que ce n'étaient que des mannequins. La blonde de la couverture avec ses pâquerettes dans les cheveux et ses yeux extasiés d'enfant au matin de Noël venait juste de se séparer de son mari et elle avait bouleversé tout le programme du photographe la semaine avant la prise de vue parce qu'elle était au lit, pour se remettre d'un avortement. Peut-être l'expression qu'elle arborait pour la couverture était-elle une imitation de celle qu'elle avait le jour de son propre mariage : bien que les choses eussent tourné à l'aigre pour elle, elle se rappelait qu'il n'en avait pas toujours été ainsi. Comme moi, songea Barbara.

Elle s'était réveillée très lentement ce matin-là, avec le sentiment de quelque chose qu'elle ne voulait pas se rappeler. Puis la mémoire lui était revenue et, alors, elle s'était rendu compte que ce n'était pas une chose si terrible après tout. Simplement, ç'aurait dû être aujourd'hui son anniversaire de mariage.

Trois ans… ce qui était un record, en fait, pour quelqu'un d'aussi jeune qu'elle. La plupart des filles de son bureau n'étaient pas mariées, et encore moins mariées depuis trois ans. Les filles mariées, elle ne les voyait plus guère, c'étaient ses camarades de lycée. Elles s'appelaient encore au téléphone de temps en temps, ses vieilles amies et elle, depuis son divorce, et les épouses disaient : « Si tu as un ami, amène-le donc à la maison un soir », et elle disait merci mais n'en faisait jamais rien. Elle s'était aperçue que l'on ne pouvait pas amener un garçon pour passer une soirée avec un jeune couple marié : cela le faisait fuir. Il sentait le piège se refermer sur lui, même si ce n'était qu'un piège imaginaire, et il avait l'impression qu'on voulait lui montrer les plaisirs du mariage. Elle s'intégrait avec beaucoup d'aisance aux conversations des couples mariés ; aussi, parfois, au beau milieu d'une discussion à propos de recettes ou de problèmes domestiques (« Je sais, les hommes sont terribles avec leurs chaussettes trouées »), si elle levait les yeux vers le garçon qu'elle avait amené, surprenait-elle dans son regard une expression qui oscillait entre l'ennui et l'affolement.

Elle s'arrêta dans une boulangerie de la Sixième Avenue afin d'acheter des beignets au miel pour sa mère. Dans son élan, elle prit aussi des gâteaux en forme d'animaux pour le bébé. Elle essaierait d'apprendre à Hillary comment dire *lapin* en croquant les biscuits, ce qui lui laisserait probablement une représentation du lapin plus durable qu'une image dans un livre. Depuis quelque temps, elle songeait à remplacer le prénom de sa fille par un surnom qu'elle utiliserait quand elle irait à l'école. Barbara l'avait baptisée Hillary en souvenir de la défunte mère de son mari et, sur le moment, elle l'avait fait en témoignage d'affection. Elle ne l'avait pas connue, et comme aujourd'hui elle ne voyait presque jamais son mari, elle ne tenait plus guère au prénom de Hillary devenu un fardeau : il lui rappelait des gens et une époque qui avaient perdu leur signification. Elle était contente, en revanche, que le bébé n'eût pas été un garçon, car il aurait porté le prénom de son père et *ça*, ç'aurait été ennuyeux.

C'était drôle, songea-t-elle, comme une chose qui avait paru si importante, et même presque sacrée, pouvait devenir rien du tout. Si l'idée lui était venue au début que tout son amour pour cet homme qui était son mari et tout ce qu'ils partageaient allaient disparaître dans l'oubli, cette pensée lui aurait brisé le cœur. Aujourd'hui, elle était contente d'avoir pu oublier. Mac avait été son premier soupirant au lycée : le premier soupirant réel, mis à part les garçons qui l'invitaient à des soirées. Elle avait seize ans alors, et il en avait vingt. Elle était un peu nerveuse à l'idée qu'il était si vieux, mais quand ils eurent passé une soirée ensemble, elle eut l'impression qu'elle le connaissait depuis toujours. C'était l'amour. L'amour tel qu'il est dépeint dans les chansons et les magazines. Barbara n'était pas extrêmement jolie, elle avait des traits assez ordinaires, mais elle avait du charme et le fait que Mac l'aimât lui donnait l'impression qu'il devait y avoir en elle quelque chose de spécial. C'était le plus beau garçon qu'elle eût jamais vu, et la différence d'âge entre eux fit qu'elle lui attribua plus d'intelligence qu'il n'en avait en réalité. Soldat, tout juste de retour d'Allemagne, il faisait figure d'homme d'expérience comparé aux camarades de classe de Barbara. La troisième fois qu'ils sortirent ensemble, il la demanda en mariage, et bien qu'ils n'en eussent rien dit à leurs parents, ils se considérèrent dorénavant comme fiancés.

Etre fiancée, surtout en secret, avait quelque chose d'excitant et de presque irréel. Barbara suivait sa routine quotidienne – ses études, ses cours de gym, ses devoirs, les verres de limonade avec les filles – comme dans un rêve. Elle était Fiancée, elle était Amoureuse. Elle flottait sur un nuage sans jamais s'arrêter pour se demander ce qu'elle ressentait vraiment. Ils annoncèrent leurs fiançailles dès que Barbara eut terminé ses études au lycée et, en février, ils se marièrent et quittèrent New York pour l'université de l'Ohio, où Mac achevait ses études avec sa bourse de vétéran.

Là, Barbara tint leur maison, ou plutôt leur chambre, avec son canapé-lit, sa table pliante presque toujours couverte de livres, de papiers et des reliefs du repas précédent. En dehors de cette chambre, il n'y avait qu'une penderie, bourrée de leurs vêtements. Barbara essayait de continuer ses études dans une faculté voisine. Quand elle commença à avoir des nausées le matin, et parfois dans l'après-midi, elle pensa que c'était parce qu'elle faisait encore mal la cuisine. Mac lui-même avait souvent des brûlures d'estomac pendant ces trois premiers mois. Puis elle découvrit que son problème n'était pas du tout digestif, mais quelque chose dont elle aurait dû se douter tout de suite.

Au début, elle n'arrivait pas à y croire. Non pas qu'elle fût organiquement anormale, mais elle ne pouvait pas croire qu'elle, Barbara Lemont, fût capable de faire quelque chose d'aussi compliqué et d'aussi adulte que de concevoir un enfant. Elle allait produire un autre être humain, qui finirait par aller à l'université, tomber amoureux et se marier comme elle l'avait fait. Incroyable ! Elle qui n'avait jamais possédé un chien, elle allait être responsable d'un être humain pendant les quinze années à venir au moins. Son incrédulité cessa, cependant, et se transforma en terreur.

Barbara grossit et s'alourdit. Elle n'était pas jolie, mais son charme tenait à son air sain, à son caractère chaleureux et à son côté piquant. Comment elle, qui avait l'air d'une grosse araignée, pouvait-elle encore avoir du piquant ? Elle avait honte d'aller aux cours, estimant qu'une fille de dix-huit ans devait être comme les autres, avec leurs cardigans et leurs jupes étroites, et non pas avoir l'air d'une matrone boursouflée.

Les lectures exigées pour ses cours, qu'elle s'imposait consciencieusement, agissaient sur elle à la fois comme une évasion et un rappel. Bien que plongée dans un roman de Thomas Mann, elle levait les yeux en entendant les rires des étudiants qui passaient sous sa fenêtre. Son appartement était situé au rez-de-chaussée, juste en face du campus de l'université où étudiait Mac. Les voix discutaient du dernier cours avec une ardeur où perçait souvent un soupçon de flirt. Un des garçons proposait : « Allons prendre un café. Tu as le temps ? » Et une voix féminine répondait : « Merveilleuse idée. » Arrachée à sa lecture, Barbara regardait la chambre autour d'elle et remarquait la poussière sous le canapé-lit, la vaisselle sale, les affaires de Mac qui traînaient par terre attendant d'être envoyées à la blanchisserie ou rangées dans la penderie. Elle se levait pesamment, de nouveau nauséeuse, et reposait son livre. Dès qu'elle avait fini de nettoyer leur appartement, elle était obligée de tout déranger de nouveau pour préparer le dîner, c'était drôle comme un appartement d'une pièce avait l'air sale dès qu'on y déplaçait une ou deux petites choses. Dehors, la nuit tombait et Barbara attendait le retour de Mac avec impatience, comprenant qu'elle n'avait que lui à attendre au monde.

Aucun des deux ne se rendait bien compte de ce qui leur arrivait, à eux et à leur mariage, ni ne savait comment l'éviter. Mac croyait qu'il fallait laisser chacun vivre sa vie et, bien que l'idée lui fût certainement venue de chercher à savoir pourquoi Barbara était si triste, il ne le lui demanda jamais. Pendant le week-end, il l'emmenait boire de la bière chez des copains d'université et parfois, en semaine, il l'entraînait à la brasserie du campus où les étudiants, dévalant les couloirs, allaient s'entasser à six dans des alcôves prévues pour quatre. Les relents de bière répandue et de cigarettes mal éteintes lui donnaient mal au cœur, et se trouver face aux filles, si minces et insouciantes, qui sortaient avec les amis de Mac ne faisait qu'accroître son malaise. Si elle avait pu avoir une seule raison de se réjouir : une promenade en voiture à la campagne par une belle journée, une femme de ménage pour nettoyer leur chambre, une robe neuve qui lui irait, une amie à qui se confier, tout aurait été bien. Ni sa mère à elle ni le père de Mac n'avaient assez d'argent pour leur envoyer plus que de quoi payer leur loyer, et même cela ne leur était pas facile. Barbara remettait de jour en jour la lettre où elle annoncerait à sa mère qu'elle était enceinte.

Au bout d'un certain temps, elle annonça qu'elle n'avait plus envie d'aller à la brasserie, et Mac commença à s'y rendre seul. Ses études et son mi-temps de plongeur à la cafétéria de l'université pendant l'été ne lui laissaient pas souvent l'occasion de sortir. Il voulait mettre de l'argent de côté pour payer l'hôpital, les frais qui viendraient après, et pour trouver un appartement plus grand. Quant à Barbara, elle n'avait plus l'impression de porter un bébé, mais plutôt d'être affligée d'une énorme grosseur, d'une tumeur, dont elle ne pensait qu'à être enfin débarrassée à l'hôpital au terme des neuf mois. Faire l'amour ne représentait plus un plaisir, ni même une évasion. Pour avoir envie de s'offrir à celui qu'on aimait, il fallait pouvoir prendre soin de son propre corps ; aussi, quand on se sentait une étrangère monstrueuse, comment cette offrande pouvait-elle être autre chose qu'embarrassante ?

Enfin, Barbara eut son enfant, et du jour au lendemain, tout changea. Le soir de l'accouchement, elle souffrit et hurla, et souhaita être revenue chez elle auprès de sa mère. Mais, le lendemain matin, pour la première fois de sa vie, elle eut l'impression d'être une adulte. Dès son réveil, elle remarqua son ventre plat et éprouva le sentiment d'avoir retrouvé son identité. Elle était Barbara, bien sûr, comment avait-elle pu l'oublier ? Ensuite, elle vit la tête ronde et duveteuse de son bébé, son corps minuscule si délicat au toucher, ses tout petits membres enveloppés de doux vêtements blancs.

Elle n'avait pas imaginé une seconde à quel point elle aimerait sa fille jusqu'au moment où elle la toucha de ses propres mains. En un instant, elle se trouva récompensée de ses peines, largement. Comment avait-elle pu être assez puérile, assez ignorante pour ne pas avoir su combien d'amour elle avait en réserve dans le cœur ? Les larmes lui en venaient aux yeux. Elle aimait son enfant, elle aimait Mac, comme elle l'aimait ! Pendant tous ces mois, elle l'avait abandonné, le pauvre ange, et il ne s'était jamais plaint. Elle allait rattraper le temps perdu, elle allait rendre Mac heureux. Ils auraient un vrai foyer.

Barbara rentra de la clinique dans un appartement de deux pièces que Mac avait trouvé. Elle travailla plus qu'elle ne l'avait jamais fait de sa vie ; elle avait abandonné toute idée de poursuivre ses études. Elle nettoya la maison, fit les biberons du bébé et s'occupa de porter les vêtements de Mac chez le teinturier quand il le fallait. Elle se mit du vernis aux ongles, suivit un régime et chercha dans les magazines féminins des recettes de cuisine économiques qui pourraient plaire à Mac. A Noël, ils allèrent dans leur famille pour la première fois, avec la petite Hillary. Ils logèrent chez le père de Mac, et Barbara, Mac et l'enfant couchèrent dans l'ancienne chambre de Mac, au milieu de ses photos de lycée, de ses médailles et de ses albums de timbres. Peut-être était-ce l'étrangeté de leur présence à tous les trois dans cette pièce si pleine des souvenirs du passé, ou peut-être Barbara avait-elle changé d'attitude trop tard ; ou peut-être leur amour était-il trop fragile pour supporter tout cela…

— Ecoute, Barb, dit Mac, se passant la langue sur les lèvres et jouant avec un vieux canif qu'il avait retrouvé la veille dans le tiroir de la table de nuit. Ecoute, Barb, je ne sais pas comment te le dire.

— Me dire quoi, mon ange ?

— Ne m'appelle pas ton ange ! C'est encore pire.

— Pourquoi ?

Il se leva et se mit à arpenter la pièce avec une sorte de colère.

— Je ne compte pas retourner dans l'Ohio.

— Ça ne fait rien, mon chéri, ça m'est égal. Nous pouvons laisser Hillary chez ma mère et aller chercher nos vêtements et nos cadeaux de mariage là-bas.

Le reste ne vaut pas grand-chose et nous pourrons le vendre.

— Ce n'est pas ce que je veux dire.

— Quoi, alors ?

Il appuyait la lame du canif contre son pouce et Barbara avait peur de le voir se couper. Il avait la bouche un peu crispée et il prit une profonde inspiration.

— Ce que je veux dire, c'est que je ne suis pas…

Il hésita, puis se décida brusquement à parler net.

— Je ne veux pas retourner dans l'Ohio et je ne veux pas non plus rester avec toi ici. Je crois que toi et moi, nous devrions cesser de nous voir pendant quelque temps.

— Quoi ? Mais nous sommes *mariés* !

— Je ne veux pas être marié.

Il s'était mis à crier, brusquement.

— Je ne veux pas être marié ! Nous n'aurions jamais dû nous marier, d'ailleurs ! Je suis désolé, je suis désolé…

Ils se regardèrent en silence, comprenant enfin que les mots avaient été prononcés, et qu'ils étaient vrais depuis très, très longtemps.

— Je suis désolé, répéta-t-il doucement.

— Je t'en prie, implora Barbara, ne me quitte pas.

— C'est un service que je te rends.

Barbara ne pensait pas pleurer, mais elle pleurait comme une folle : les larmes roulaient sur son visage, ses mains demeuraient immobiles, elle ne cherchait même pas à les lever pour cacher son émotion.

— Ne me quitte pas, dit-elle au milieu de ses larmes. Ne me quitte pas ! Je t'aime.

Mais, alors même qu'elle sanglotait et qu'elle le suppliait, elle savait au fond d'elle-même qu'elle serait soulagée quand il serait parti.

Il la serra dans ses bras et lui caressa les cheveux.

— C'est simplement parce que nous détestions tous les deux l'Ohio et cet appartement, dit-elle, plus calmement maintenant. Nous allons revenir à New York, tu trouveras une bonne situation, nous aurons de l'argent. Tu pourras terminer tes études ici.

— Tu ne comprends donc pas ? dit-il.

— Non, je ne comprends pas. Nous sommes mariés. Nous avons un enfant. Même si toi, tu ne m'aimes plus…

Il lui tournait le dos à présent, il était debout et comptait de l'argent qu'il plaça sur la table. Quand il parla, ce fut d'une voix vidée de toute émotion.

— Je t'aime, Barb. Je ne sais pas ce que j'ai. Je devrais peut-être consulter un psychiatre. Peut-être n'étais-je pas fait pour me marier. Ou toi. Ou peut-être n'aurions-nous pas dû nous marier ensemble.

Il passa rapidement devant elle, évitant la main qu'elle avançait pour le toucher.

— Je t'enverrai de l'argent, dit-il.

Puis il partit. Le lendemain, Barbara alla s'installer chez sa mère avec Hillary. Elle ne savait pas où joindre Mac et, pendant une quinzaine de jours, l'attente fut pour elle un cauchemar. Puis cela cessa, comme une fièvre. Elle se sentit curieusement soulagée et commença à se demander ce qui allait se passer.

Elle revit Mac chez l'avocat, pour leur divorce, et il la regarda à peine. Il leva les yeux, comme s'il la voyait pour la première fois, et dit :

— Tu es belle. Je ne connaissais pas cette robe.

— Merci, répondit-elle poliment, comme s'il était un étranger.

— Très belle, dit-il.

Ce furent les derniers mots qu'ils échangèrent en tant que mari et femme. Barbara se les rappelait maintenant, comme cela lui arrivait souvent, tout en se dirigeant vers l'appartement qu'elle partageait avec sa mère et l'enfant. Oui, se répéta-t-elle, je devrais changer le prénom du bébé. Barbara, peut-être ? Ou le prénom de ma mère. Mais qu'est-ce que je raconte ? se dit-elle, la gorge soudain serrée. Je ne changerai jamais le prénom de mon bébé ni quoi que ce soit qui la concerne. C'est la seule chose qui me reste de lui. C'est trop tard… Je ne pensais qu'à moi, je me sentais désemparée, je grossissais, et l'idée ne m'est jamais venue que Mac pouvait éprouver les mêmes sentiments. Nous ne nous comprenions pas vraiment. Comment avons-nous pu nous marier ? Autant sauter du haut d'un immeuble en se donnant la main. Pensions-nous que ce serait plus facile parce que nous nous tenions la main ? Et maintenant, il est trop tard.

Ni l'un ni l'autre ne s'était encore remarié, mais aucun n'avait envie de revoir l'autre. Ils se rencontraient une fois par mois, lorsque Mac venait voir Hillary. Ils parlaient de l'enfant, se creusant la tête pour trouver tout ce qu'ils pouvaient en dire, puis ils échangeaient des phrases banales, et Mac s'en allait.

Tout de suite après son départ, Barbara regrettait sa présence, mais elle savait bien que ce n'était pas Mac lui-même qui lui manquait. C'était autre chose, quelque chose d'intangible : une vie différente, un bonheur qu'ils n'avaient connu que très peu de temps.

Tandis qu'elle montait l'escalier qui menait à son appartement, Barbara se sentit, comme souvent, prise au piège. Elle appelait cet appartement « la Maison des Femmes » car il y manquait visiblement une présence masculine. Sa mère était veuve. Elle-même, divorcée. Hillary était une petite fille, qui compléterait le cercle. Quant aux voisins… il y avait les deux hommes d'un certain âge qui partageaient un studio au même étage qu'elle et qui avaient plus l'air de vieilles dames que de messieurs. Il y avait aussi l'étrange jeune homme à l'air studieux qui vivait dans l'appartement à côté avec sa mère infirme. Un jour, Barbara s'était trouvée seule avec lui dans l'ascenseur et il l'avait regardée avec une telle animosité qu'elle avait eu peur. Et puis, il y avait April Morrison. April, au moins, était normale, et c'était un soulagement d'entendre son accent du Colorado et de la voir rougir de confusion chaque fois qu'elle avait l'impression d'avoir commis un impair.

Barbara se préparait à passer une soirée de plus devant le poste de télévision, à attendre qu'il soit assez tard pour aller se coucher. Et dire qu'elle avait trouvé que le mariage était ennuyeux !

Elle entendit le bruit que faisait la télévision à travers la mince paroi de la porte. Elle entra avec sa clé et posa ses paquets sur la table de la petite salle à manger. Elle vit sa mère assise dans un fauteuil devant le téléviseur, vêtue d'un long peignoir. Sa mère regardait la télévision toute la journée ; souvent elle ne mettait pas le pied dehors et ne prenait pas la peine de s'habiller.

— 'soir, maman.

— Regarde, c'est un bon film, dit sa mère en guise de salut. *Lifeboat*. Nous ne sommes pas allées le voir quand il passait dans le quartier.

— J'ai apporté des beignets au miel, dit Barbara.

— C'est gentil.

— On les mangera au dessert. Qu'est-ce qu'il y a pour le dîner ? demanda Barbara.

— Oh, dit sa mère, je ne suis pas descendue faire les courses, aujourd'hui. Je ne me sentais pas très bien.

— Qu'est-ce que tu as ?

— Je ne sais pas. J'ai eu mal à l'estomac. Ce n'était rien.

— Tu as appelé le médecin ?

— Non, ce n'était rien.

— Qu'as-tu fait aujourd'hui ? demanda Barbara, bien qu'elle connût déjà la réponse.

Sa mère haussa les épaules.

— Qu'est-ce que je fais d'habitude ?

— Tu es restée assise dans ce fauteuil à regarder la télévision. A regarder n'importe quoi, tous tes feuilletons favoris et même les émissions pour les enfants, je parie. Et tu te plains d'avoir mal à l'estomac ! Tu veux savoir pourquoi tu as mal à l'estomac ?

— Pourquoi ?

— Parce que tu restes assise toute la journée. Pourquoi n'es-tu pas sortie te promener ?

— Me promener ? Pour aller où ?

— Voir une de tes amies.

— Mrs Oliphant est venue un moment. Elle a regardé la télévision avec moi. Puis elle est sortie promener la petite. Elle est folle de Hillary.

— Je vais la voir.

Barbara alla dans la pièce qui était jadis sa chambre de jeune fille et qu'elle partageait maintenant avec son enfant, un berceau, une autre commode, une petite baignoire et un assortiment d'animaux en peluche, de cubes et de poupées. Hillary était dans son berceau, vêtue de son pyjama bleu. A la vue de sa mère, elle se leva et essaya de grimper par-dessus les barreaux. Barbara la prit dans ses bras et l'embrassa.

— Bonjour, mon ange. Comment va mon bébé ? Comment va mon petit amour ?

Elle posa Hillary par terre et elles allèrent toutes deux, main dans la main, dans le living-room. La mère de Barbara suivait avec passion une émission publicitaire. Barbara continua jusqu'à la cuisine et assit l'enfant sur la paillasse de l'évier, tout en lui parlant.

— Tu vas me regarder faire le dîner, tu veux ? Et je te raconterai ce que nous avons fait aujourd'hui. Nous sommes en train de préparer le numéro de juin, celui des mariages, tu te rappelles ? C'était très drôle parce qu'ils sont allés photographier les mannequins sur le toit, dans des chemises de nuit blanches vaporeuses et des déshabillés, contre un fond de ciel, pour faire romantique… et le photographe a été obligé de se servir d'un filtre pour qu'on ne voie pas qu'elles avaient la chair de poule.

La petite, assise au bord de l'évier, mâchonnait un croûton de pain, l'air concentré.

— Voyons, ce soir, ce sera encore des raviolis en boîte. Il n'y a rien d'autre puisque Nana n'est pas allée faire les courses. Tu aimes bien les raviolis, n'est-ce pas, mon ange ? Tu sais, je crois que je vais avoir une nouvelle augmentation en juin. Ma chef de service a déclaré que j'étais la seule du bureau à avoir le toupet de demander une augmentation pour l'été, un mois après en avoir eu une pour le nouvel an, mais elle souriait en disant cela. Je sais qu'elle trouve que celle du mois dernier était trop faible. Cinq dollars par mois ! Une vraie plaisanterie, tu comprends ? Tu te rends compte de ce que ça fait par semaine ?

L'enfant, réconfortée par la douceur de cette voix qu'elle connaissait si bien et par les mots qu'elle ne comprenait pas, se coucha en boule sur la paillasse de l'évier et s'endormit, un pouce dans la bouche. Le morceau de pain qu'elle était en train de mâcher tomba par terre. Barbara regarda sa fille et sourit avec tendresse. Elle prit l'enfant et la reporta dans son berceau. Dans le living-room, la mère de Barbara continuait à regarder la télévision, entourée de nuages de fumée de cigarette.

Barbara retourna dans la cuisine et se mit à ouvrir des boîtes de conserve. Elle entendit le tic-tac du réveil de la cuisine, le cliquetis d'une cuillère contre une casserole. Elle entendit une voix parler à l'intérieur d'elle-même et elle sut que c'était sa propre voix qui s'adressait à elle.

— Parle-moi, disait cette voix. Parle-moi.

— Je veux bien, dit-elle tout haut.

— Personne dans cette maison ne me parle jamais, dit la voix.

— Je sais, répondit Barbara. A moi non plus.

— Je parierais que maman a eu une charmante conversation avec Mrs Oliphant cet après-midi. Mrs Oliphant a dû dire : « Quel dommage que Barbara ne se soit pas remariée. C'est une jeune femme si charmante. » Et maman a répondu : « Oh, ce n'est pas faute d'avoir eu des propositions. C'est simplement que, pour le moment, ça ne l'intéresse pas. Quand elle en aura envie, elle se remariera. — Oh, bien sûr, avait dit Mrs Oliphant. Bien sûr. »

— Des dizaines de soupirants, dit Barbara. Tous ont demandé ma main. Tu parles.

— Après quoi Mrs Oliphant est partie et elle a rencontré une de ses amies, reprit la voix. Et l'amie lui a dit : « Comment va Barbara ? » Et Mrs Oliphant a dit : « Je crois qu'elle n'est pas très heureuse. Je parie qu'elle regrette maintenant d'avoir envoyé promener ce petit Mac Lemont. Je parie qu'elle aimerait bien le voir revenir. »

— Je l'entends d'ici, dit Barbara.

— Et c'est vrai ? demanda la voix. C'est vrai que tu aimerais le voir revenir ?

— Cesse de m'ennuyer, dit Barbara.

— Le voudrais-tu ?

— Non. Je voudrais seulement… quelqu'un à qui parler. Quelqu'un qui me parlerait. Quelqu'un à qui je puisse m'attacher. Et je le trouverai, alors cesse de m'importuner. Je le trouverai, tu verras. Et plus vite que tu ne penses.

— Pour reprendre ta propre expression, dit la voix, tu parles que tu le trouveras !

7

En juin, il y eut une vague de chaleur : les trottoirs devinrent collants ; dans les restaurants, les clients demandaient : « Et alors, cet air conditionné, vous l'installez quand ? » Dans les bureaux climatisés des Editions Fabian, la vie se poursuivait comme d'habitude. Mike Rice et Caroline avaient pris l'habitude de se rencontrer à cinq heures près de la fontaine d'eau glacée, de se faire un signe, de se séparer et de se retrouver plus tard dans un bar de la Troisième Avenue. C'était difficile de garder un secret au bureau. Tout le monde savait que Miss Farrow avait une liaison avec un des vice-présidents, tout le monde sauf Mary Agnes, qui le savait mais refusait de le croire. Bien que Mary Agnes fût toujours la première à être informée d'un potin et à le rapporter, elle ne parvenait jamais à croire vraiment que les gens allaient jusqu'à « faire ça ». Elle souriait, prenait un air choqué mais, au fond, elle n'était jamais convaincue, sans doute parce que le comportement sexuel des autres était très éloigné de ce qu'elle pouvait envisager pour elle-même. Brenda s'était mariée et, une semaine avant le mariage, il y avait eu une petite fête au bureau : les filles avaient donné un dollar chacune pour le cadeau et elles s'étaient toutes un peu enivrées en buvant un whisky au bar du rez-de-chaussée. Après son voyage de noces, Brenda était revenue au bureau avec un immense album de photos en cuir blanc intitulé « Notre Mariage » et elle avait tenu à ce que toutes les filles le regardent et l'admirent.

Grâce à l'intervention de Mr Shalimar, Caroline avait obtenu une augmentation de dix dollars par semaine et le titre de « lectrice », et elle avait emménagé avec Gregg. Elle avait, la plupart du temps, tout l'appartement à sa disposition parce que Gregg était sortie avec David Wilder Savage, arrangement que Caroline trouvait très commode. Gregg rentrait en général vers trois heures du matin car David avait un principe : aucune fille ne devait passer une nuit entière chez lui.

— Pourquoi ? demanda Caroline à Gregg. Il a peur de sa bonne ?

— Il aime être seul, répondit Gregg. C'est un ours.

Caroline s'abstint de tout commentaire. Cette liaison ne lui plaisait pas tellement. Non qu'elle fût prude, en dépit de l'éducation rigoureuse qu'elle avait reçue et des mensonges vertueux que ses camarades de classe et elle avaient échangés sur leurs vies privées. Mais elle sentait que David Wilder Savage n'aimait pas Gregg, bien que Gregg voulût croire le contraire. D'abord, il n'avait jamais dit qu'il l'aimait. Et puis il y avait sa réputation. Pourquoi un homme tel que lui, qui avait tout ce qu'il voulait – à l'exception d'un cœur –, irait-il se pâmer devant une fille comme Gregg ? Jamais il ne l'appelait, jamais il ne la raccompagnait chez elle : il lui donnait toujours rendez-vous à son bureau ou dans un restaurant. A trois heures du matin, il descendait avec elle en bas de son immeuble et la mettait dans un taxi. Pouvait-on appeler cela de l'attachement ? Cependant, il lui téléphonait tous les jours et la voyait presque un soir sur deux, ce qui ressemblait malgré tout à une sorte d'attachement.

— Il y a des gens qui sont faits pour souffrir, dit Caroline à Mike un soir. Il n'en faut même pas beaucoup pour qu'ils y arrivent. Gregg est de ces gens-là et voyez avec qui elle se lie !

— Vous ne croyez pas qu'elle l'a choisi pour cette raison même ? demanda Mike.

— Pour souffrir ? Pas Gregg.

— Ne croyez-vous pas qu'elle l'aurait évité, sans cela ?

— Pas David Wilder Savage. Moi-même j'aurais eu du mal à l'éviter.

— Vous l'avez rencontré ?

— Deux fois. Gregg et moi prenions un verre dans un restaurant avant qu'il vienne la rejoindre. Il vous parle comme s'il n'y avait que vous au monde.

— Vous aimeriez coucher avec lui ? demanda Mike avec une curiosité tranquille.

— Mike ! Je ne pense pas à ça quand je vois un homme.

— Pourquoi pas ?

— Parce qu'aucune fille ne le fait.

— Mais si, bien sûr, dit Mike, terminant ce qui devait être son huitième ou neuvième verre. Les femmes ressentent exactement la même chose que les hommes, mais elles ne veulent pas se l'avouer. Quand un homme voit une jolie fille dans la rue, ou qu'il en rencontre une quelque part, il se dit simplement : j'aimerais coucher avec elle, sans avoir pour autant l'intention d'aller plus loin. Cela ne veut même pas dire qu'il essaiera d'engager la conversation avec cette fille. Mais il accepte ses désirs pour ce qu'ils sont.

— Pourquoi buvez-vous autant ? demanda Caroline.

— Vous changez de sujet ?

— Peut-être pas. J'ai du mal à croire qu'on puisse boire autant simplement parce que le goût plaît.

— Vous avez raison, acquiesça-t-il avec entrain.

— Je vous observe tous les soirs. Vous buvez et vous parlez sans donner le moindre signe d'ivresse et puis, tout d'un coup, vous vous levez et vous semblez prêt à vous casser la figure.

— J'aime le whisky, dit-il. Je le préfère aux gens.

— Pourquoi ?

— C'est simple. Pas de problèmes, pas de responsabilités, pas de reproches. Prenez vous et moi, par exemple. Ce matin, quand je me suis réveillé, je pensais à vous, comme d'habitude. Et brusquement, j'ai su que j'étais amoureux de vous.

Il le dit avec une telle tranquillité, son visage demeurant sans expression, comme d'habitude, que Caroline mit un moment à comprendre le sens des paroles qu'elle venait d'entendre. Elle reprit son souffle. Il était là à boire le verre qu'on venait une fois encore de lui remplir, et il ne s'attendait pas à une réponse, il ne demandait pas à Caroline si elle l'aimait aussi, il faisait simplement une remarque qui pouvait avoir ou ne pas avoir d'importance pour eux deux. Elle fut touchée, et elle comprit à quel point elle avait confiance en lui. Il veillerait à tout, tout irait bien.

— Alors, qu'est-ce que vous avez fait ?

— Je me suis levé pour prendre une serviette, et puis je me suis recouché en pensant encore à vous.

— Oh, Mike, vous êtes terrible, vraiment terrible ! Quelle façon de parler !

Et pourtant, même si elle était gênée, Caroline était touchée.

— J'aimerais que nous devenions amants, dit-il, mais je crois que si vous devenez ma maîtresse, cela gâcherait votre vie.

Il avait posé son verre et il était penché sur la table et regardait intensément Caroline. Il ne la toucha pas.

— Ayons donc une liaison étrange, une liaison amoureuse privée, à nous seuls. Une liaison mentale, par procuration.

— Que voulez-vous dire ? Je ne comprends pas bien.

— Nous nous dirons l'un à l'autre toutes nos pensées. Nous serons absolument francs l'un avec l'autre. Je vous dirai tout ce que je veux vous faire, et vous me direz tout ce que vous voulez me faire. Nous aurons une véritable affaire de cœur. Vous comprenez, maintenant ?

— Mais pourquoi ? demanda Caroline.

— Parce que moi j'ai mon expérience et mes idées, et que vous, vous avez votre jeunesse et votre avenir.

C'est un marché de dupes, Caroline, tout le bénéfice est pour moi.

— Je pense à vous la plupart du temps, murmura Caroline. Je pense à tout ce que je veux vous dire et je me souviens de tout ce que vous m'avez dit. Je me préoccupe énormément de ce qui vous arrive.

— Il y a longtemps, je vous avais mise en garde, dit-il. Vous vous rappelez ?

— Oh oui, fit-elle en riant. Le soir où j'avais rendez-vous avec ce garçon qui m'avait téléphoné… Comment s'appelait-il déjà ? Alvin Wiggs.

— Qu'est-il devenu ? demanda-t-il en souriant.

— Il a épousé une fille charmante. Ça arrive, vous savez.

Lentement, lentement, leurs mains avancèrent l'une vers l'autre par-dessus la table et se rencontrèrent. Il lui caressa doucement le bout des doigts avec son pouce.

— N'épousez pas un idiot, répondit-il. Ne vous retrouvez pas coincée avec un « garçon très bien » dont votre famille vous vante les mérites. Vous avez de la cervelle, un avenir. N'épousez quelqu'un que si vous l'adorez, quelqu'un dont vous ne pouvez pas vous passer. Mais surtout n'épousez quelqu'un que si vous le respectez. Si vous épousez un homme pour qui vous n'avez pas assez de respect, ça vous tuera.

Elle pensa alors à Eddie et son cœur se serra, mais elle ne retira pas sa main. Celle de Mike était réconfortante et elle avait envie qu'il reste près d'elle.

— J'ai connu quelqu'un comme ça autrefois, dit-elle. Il est marié maintenant. Je ne sais pas si je trouverai jamais quelqu'un qui me touche de cette façon…

— Attendez, dit Mike. Rien ne presse. Vous avez le temps, beaucoup de temps. Je regrette de ne pas vous avoir épousée moi-même.

— Vous ?

— Oh, il y a vingt ans, quand j'avais votre âge. Mais vous veniez tout juste de naître alors. Quel mariage nous aurions pu faire ! Et aujourd'hui, je suis différent et il y a toute une vie entre vous et moi. Nous n'arrêtons pas de prendre des décisions, tous les jours, la moitié sans réfléchir, la moitié contre notre gré. Si nous ne résistons pas, si nous nous laissons changer, alors, une fois que ce sera fait, nous aurons d'autres choses à exécuter et encore d'autres jusqu'au moment où la personne que nous voulions être sera si loin dans le passé que nous ne nous en souviendrons plus qu'avec nostalgie, comme un étranger bien-aimé.

— C'est affreux, dit Caroline. Je ne veux surtout pas que ça m'arrive.

Pendant une minute, il ne dit rien, puis il prit la main de Caroline et l'embrassa.

— J'ai peur pour vous, dit-il. Vous êtes trop intelligente, trop jolie, vous voulez trop de choses. Vous savez, il y a, en Italie, un mur couvert de bouts de plumes et de sang parce que, chaque année, des milliers et des milliers de moineaux se jettent contre ce mur et se tuent. Pourquoi le font-ils ? Nul ne le sait. Vous voulez que je vous dise qui sont les gens heureux ? Ce sont les Mary Agnes d'ici-bas. Mary Agnes a toute sa vie tracée : se marier en juin prochain, faire des économies, piétiner dans son travail, ne jamais attendre rien de plus de l'existence. Elle est le pauvre petit produit de l'ignorance et de l'habitude, et elle est plus maligne que vous toutes.

— J'ai eu les mêmes projets qu'elle jadis, dit Caroline.

— Peut-être avons-nous tous une chance d'être comme Mary Agnes. On la perd, et c'est fini, on est lancé sur une autre voie. Mais, voyez-vous, si vous étiez une véritable Mary Agnes, vous trouveriez une seconde chance, même si elle n'était pas aussi bonne que la première.

— C'est justement ce que vous m'avez dit de ne pas faire, dit Caroline.

— Je suis ivre, dit Mike.

Il se leva.

— Partons, je vous ramène chez vous.

Il la reconduisit jusque devant sa maison et demeura un instant au pied de l'escalier.

— Pensez à notre liaison, dit-il.

— Entendu.

Il regarda sa montre.

— Il est onze heures. Je serai rentré à mon hôtel et couché vers onze heures et demie. Je penserai à vous à ce moment-là. Et vous, penserez-vous à moi ?

— Oui, dit-elle.

— Pensez à moi de onze heures et demie à minuit, dit-il. Et, demain, quand nous nous verrons, vous pourrez me dire ce que vous aurez pensé et ce que vous aurez fait.

— Que voulez-vous que je fasse ? demanda-t-elle, intriguée.

— Ce que vous voudrez, dit-il d'un ton très grave.

Puis il lui envoya un petit baiser en guise de salut et s'éloigna rapidement dans la nuit.

Chez elle, Caroline mit son pyjama et but un verre de lait. Elle garda sa montre-bracelet sur elle, y jetant un coup d'œil de temps en temps. Elle s'était assise au bord de son divan. Il doit être chez lui maintenant, pensa-t-elle, dans cet hôtel sinistre où Mary Agnes dit qu'il vit. Peut-être s'arrêtait-il pour prendre un dernier verre au bar. Caroline n'avait absolument pas sommeil et elle se dit qu'elle pourrait attendre le retour de Gregg, lire un magazine, écouter la radio ou prendre un bain. Elle était censée penser à Mike, mais que pouvait-elle penser ? Elle n'avait pas l'habitude qu'on lui dise de penser à quelqu'un à un moment bien déterminé, et elle se rendit compte tout à coup que ce n'était pas facile. Elle trouvait plus facile de penser à elle-même.

L'aimait-elle ? Non, pas de la façon dont elle avait aimé Eddie, ou qui que ce fût d'autre dans sa vie. Il la fascinait, et elle se disait qu'elle pourrait être heureuse si elle tombait amoureuse de lui, en dépit des avertissements qu'il lui avait prodigués. Elle ne connaissait pas d'autre homme qui, comme lui, la comprenait. Mike était capable de voir jusqu'au fond de son cœur et non seulement d'y découvrir ce qui la préoccupait, mais aussi de trouver des réponses aux questions qu'elle se posait. Elle entendait encore sa voix quand il lui avait dit « j'ai su que j'étais amoureux de vous ». Elle se répétait ces mots et y trouvait à la fois une excitation et un réconfort. Elle savait que si elle pouvait aimer Mike, ce serait la seule chose passionnante dans sa vie actuelle, et sachant cela, elle l'aimait déjà à demi.

Elle n'aurait pas osé songer à tomber amoureuse, encore moins à essayer, de n'importe quel autre homme, mais elle se sentait totalement sous le charme. Mike était plus âgé qu'elle, perspicace, et ne l'abandonnerait jamais comme l'avait fait Eddie. Il ne l'épouserait jamais non plus, mais elle était si jeune – vingt ans seulement – et elle avait largement le temps de penser sérieusement au mariage. C'était un soulagement d'envisager des émotions inconnues et des sentiments nouveaux sans avoir à se préoccuper d'attachement durable.

Elle ne pensait jamais réellement à Mike sur un plan physique, elle n'arrivait même pas à s'imaginer l'embrassant sur la bouche. Ce qui l'intéressait, c'était le défi qu'il présentait en tant que personne, en tant que compagnon, comme ami le plus cher et comme amant, à un niveau dont elle ne commençait qu'à percevoir l'existence.

Elle ne pouvait parler de tout cela à Gregg, ni même à April. Elles ne la comprendraient pas. Caroline n'était d'ailleurs pas très sûre de bien se comprendre elle-même.

Il était minuit. Caroline n'avait plus envie d'attendre le retour de Gregg : elle voulait s'endormir le plus vite possible afin de garder pour elle toutes ses pensées. Elle aurait eu du mal à échanger des propos anodins avec quelqu'un en ce moment, fût-ce avec une amie aussi intime que Gregg. Elle éteignit la lumière et se roula en boule dans son lit plein de bosses ; elle se surprit à rêver de Mike, sans bien savoir si elle était éveillée ou vraiment endormie.

Dès lors, il lui devint plus facile de jouer leur jeu, de poursuivre leur liaison, comme l'appelait Mike. Bientôt, l'idée de faire surgir son image à un moment bien déterminé ne parut plus bizarre du tout à Caroline. Si, un soir, Mike omettait de lui dire de penser à lui, Caroline se sentait un peu abandonnée et, s'imaginant qu'il l'avait simplement oubliée, elle se demandait alors pourquoi. Quand Mike lui avait appris que, en pensant à elle, il réagissait physiquement, elle avait été horrifiée.

« Pourquoi donc ? avait-il demandé.

— Mais c'est si… c'est pour les enfants. Les adolescents.

— Caroline, quand admettrez-vous que rien de ce que font deux personnes qui s'aiment n'est mal ?

— Justement : il ne s'agit pas de deux personnes, vous êtes tout seul. C'est terrible. C'est si solitaire.

— Pas du tout, puisque cela me rapproche de vous.

— Comment est-ce possible, quand cela me gêne même de vous imaginer le faisant ?

— Si nous avons une aventure, avait-il insisté, rien ne devra vous gêner. Il faudra que vous acceptiez vos sensations et les miennes aussi.

— Je me demande parfois s'il ne serait pas mieux que nous ayons *vraiment* une aventure, avait-elle rétorqué.

— Faites-moi confiance, avait-il répondu d'un ton désabusé, ce ne sera pas le cas. De cette façon, rien ne peut vous toucher, ou vous blesser. Mon unique préoccupation est de ne pas vous faire de mal. »

Sur le moment, Caroline n'avait pu protester ; au contraire, elle ne pouvait que lui en être reconnaissante.

Mike n'emmenait jamais Caroline dans sa chambre, et il n'allait jamais chez elle. Ils se rencontraient dans des bars : des cafés de la Troisième Avenue au sol couvert de sciure, dans le coin le plus sombre du bar de chez Fabian, quelquefois dans celui, plus luxueux, de Radio City. Souvent, ils tombaient sur des gens qui travaillaient chez Fabian et que Mike connaissait et, bientôt, Caroline comprit qu'au bureau on était persuadé que Mike et elle étaient amants. C'était assez risible, se dit-elle, et pourtant, il y avait entre eux une intimité croissante qu'on ne pouvait pas qualifier simplement d'amitié.

— Vous savez, lui dit-elle un soir, si on pouvait dire qu'un esprit couche avec un autre esprit, on devrait le dire de nous.

— Tout est possible. Dites-moi ce que vous voulez que je vous fasse.

— Vous savez que je déteste ce genre de conversation.

— Dites-moi. Sinon, comment voulez-vous que je le sache ?

— Ça me gêne.

— Voulez-vous que je vous embrasse ?

— Oui, fit-elle.

— Alors, dites-le.

— Je veux que vous m'embrassiez. Et vous ne le faites jamais, vous savez ! Juste un bonsoir comme un vieil oncle.

Il se pencha par-dessus la table et l'embrassa légèrement au coin des lèvres.

— Voilà.

— Recommencez, dit-elle sans pouvoir s'empêcher de sourire.

— Si je me mettais à vous embrasser – à vous embrasser vraiment –, je serais incapable de m'arrêter là. Vous me donnez l'impression d'être une enfant. Voyons, reprit-il, que voulez-vous que je vous fasse ?

— Embrassez-moi.

— Vous l'avez déjà dit.

Elle regarda ses mains crispées sur le plateau de la table, très blanches dans la pénombre du bar. Dans cette semi-obscurité, Mike paraissait plus jeune, on lui aurait presque donné trente ans. Et quel mal y avait-il à en avoir trente-huit ? Ce n'était pas si terriblement vieux pour une fille de vingt ans…

— Voulez-vous que je vous touche ?

— Où ça ?

Dans ces moments-là, il agaçait tellement Caroline qu'elle était certaine de ne pas l'aimer et, pourtant, elle se sentait incapable de se lever et de partir. Sa voix et ses paroles la retenaient prisonnière parce qu'il s'agissait de mots d'amour devenus importants pour elle parce qu'ils venaient de lui. Après tout, peut-être l'aimait-elle vraiment. En tout cas, si elle évoquait les garçons qu'elle avait rencontrés après la rupture de ses fiançailles, elle se prenait à les comparer à Mike, et ce n'était jamais à leur avantage.

Tous tellement assommants et aucun n'éveillant quoi que ce fût de comparable à cette façon qu'il avait de simplement lui toucher la main. Car maintenant, enfin, elle pensait à Mike sur le plan physique ; elle aurait souhaité qu'il flirte avec elle, qu'il la caresse comme Eddie le faisait et qu'il cesse ses discours graves au sujet des liaisons et des vies gâchées.

— Il faut que vous me teniez la main pendant que je vous l'explique, dit-elle.

Il chercha la main de Caroline et la serra très doucement. Le frisson qui la parcourut atteignit sa poitrine.

— Vous nuisez à mon vocabulaire, ajouta-t-elle en souriant. Je commence à choquer les gens sans m'en rendre compte.

— Qui donc ? Cette petite écervelée avec qui vous partagez un appartement ?

— Non, pas Gregg. Ma mère et mon père. Le week-end dernier, je suis rentrée à Port Blair. Pendant le dîner, nous discutions simplement – pas si simplement, en fait, parce que chaque conversation que nous avons, ma mère et moi, est pleine de sous-entendus – et je l'ai vue prendre un air horrifié. Elle ne sait pas très bien ce que je fais à New York ; elle me dit sans cesse : j'espère que tu rencontres des garçons bien, j'espère que tu t'amuses. Et toujours avec la petite inflexion à la fin d'une phrase qui fait qu'il s'agit plus d'une question que d'un commentaire. Et puis je lui ai répété quelque chose que vous m'aviez dit, je ne me rappelle même plus quoi, en tout cas quelque chose qui me semble naturel quand nous parlons tous les deux. Ma mère a haussé les sourcils, repris son souffle et dit : « Caroline ! Où prends-tu ces idées ? »

— Je suppose que votre mère aimerait vous voir mariée le plus tôt possible, répondit-il tranquillement. Alors elle vous saurait enfin en sécurité.

— Oui, mais seulement à « un beau parti » selon ses idées ; ma mère ne veut pas que j'épouse n'importe qui pour le plaisir d'être mariée.

— Et l'amour ?

— Oh, il y a ça aussi. Mais ma mère croit qu'une fille raisonnable tombera amoureuse de quelqu'un qui lui convient.

— C'est si facile, n'est-ce pas ? fit-il. Montrer à sa fille ce qui, selon elle, est bien. Pas question de sentiments, et on distingue nettement le bien et le mal.

— Comme Mary Agnes, résuma Caroline.

— Savez-vous comment je vous vois ? demanda-t-il. J'aperçois une petite fille assise sur un rocher au milieu d'une clairière à la lisière de la forêt. Le joueur de flûte arrive en jouant sa petite musique et toutes les autres petites filles quittent la sécurité de leur foyer pour aller danser derrière lui, loin, très loin, dans un autre pays. Le pays du mariage et de la respectabilité et, qui sait ? peut-être de la déception pour certaines. Toutes, ou presque, suivent le joueur de flûte, mais pas vous. Sur ces entrefaites surgit Pan, velu, grisonnant, un air paillard sur le visage, et qui joue la douce musique de sa flûte à lui. Il s'enfonce dans la forêt et quelques petites filles comme votre amie Gregg lui emboîtent le pas : celles qui ont le courage de rompre avec la tradition, de vivre aussi librement qu'elles le souhaitent. Vous les regardez disparaître dans la forêt mais vous ne suivez pas Pan non plus. Vous avez envie de penser ce qui vous plaît et de vivre librement, mais aussi de vous marier, de mener une vie conventionnelle et d'avoir une famille. Alors, vous restez assise là, sur votre rocher, en vous disant : que va-t-il advenir de moi ?

— C'est vrai, demanda Caroline. Que vais-je devenir ?

— Vous me prenez pour un prophète ? répliqua-t-il avec un petit sourire.

— Presque, parfois.

— Je crois que vous aurez beaucoup de succès, dit-il, songeur. Je vous crois capable de beaucoup aimer un homme. Je regrette que ce ne soit pas moi.

— Ce sera peut-être vous, répliqua Caroline. Cela vous ferait peur ?

— Juste un instant. Ensuite, je crains d'être assez égoïste pour en être ravi.

D'un geste spontané, elle se pencha dans la pénombre pour lui poser un baiser sur la main.

— Caroline, je vous aime. Je voudrais qu'on soit en 1932.

— Alors, je ne serais pas là, remarqua-t-elle en souriant.

— Vous voyez ? Nous sommes perdus.

— Pourquoi ne pourrions-nous pas nous aimer quand même ? Je connais à Port Blair une veuve qui a épousé un homme de vingt ans son aîné, et ils sont très heureux ensemble.

— Et quand elle aura soixante ans et lui quatre-vingts, elle lui tiendra la main pour l'aider à monter dans un taxi, elle lui fera chauffer son verre de lait le soir en lui racontant éternellement la même histoire parce qu'il l'oublie aussitôt.

— Quatre-vingts ans ? rétorqua Caroline. Avec votre façon de vivre, vous n'atteindrez jamais cet âge-là.

— J'espère bien, lança-t-il gaiement en terminant son verre d'une gorgée avant de boire ce qui restait de celui de Caroline.

— Vous savez, fit-elle, j'ai vraiment changé. Je m'en aperçois à de petites réactions, au fait que je commence à accepter les idées – qui ne me ressemblent pas – de gens qui m'impressionnaient terriblement. Et tout cela depuis six mois, depuis que nous sommes amis.

— Dire, fit-il, que sur cinq de ces six mois nous aurions pu être mariés si nous avions eu plus de chance…

C'était la première fois qu'il parlait mariage et Caroline sursauta. Il m'aimait bien avant que je ne l'aime, songea-t-elle, surprise. Depuis plus longtemps que je ne m'en doutais. Elle essaya de s'imaginer mariée à Mike Rice : faisant des choses pour lui, l'amenant à moins boire, lui donnant un vrai foyer… Allons, se dit-elle, revoilà la petite fille sur le rocher qui rêve de domestiquer ce renégat. Je le vois très bien dans le salon de Port Blair, dînant avec ses beaux-parents.

— Qu'est-ce qui vous fait rire ? demanda Mike, intrigué.

— Moi-même, avoua-t-elle. Je rêvasse.

A la fin de juin, tous les gens qui travaillaient chez Fabian, depuis les vice-présidents jusqu'aux employés aux écritures, s'en allèrent à la campagne dans des cars spécialement loués à cet effet, pour la fête annuelle de la maison. Le vieux Clyde Fabian avait institué une tradition qui voulait que la chose eût lieu à son club de golf, au bord de l'Hudson, et bien que le vieillard fût maintenant malade et invalide, il insistait pour que la tradition fût maintenue. La fête eut donc lieu un vendredi, à partir de dix heures du matin, le dernier jour ouvrable de la semaine, afin que tout le monde puisse avoir la gueule de bois tranquillement le lendemain. Il y avait, sur place, des jeux de ballon, une piscine, un golf, un immense buffet dressé, de quoi boire, un orchestre pour danser, et le retour à New York était prévu pour six heures du soir. Caroline y alla avec Gregg, April et Mary Agnes.

— Vous savez, dit Mary Agnes, au bureau d'une de mes amies, ils ont une très jolie idée : ils invitent aussi les maris, les épouses et les enfants à la fête de fin d'année ; ainsi ils sont tous ensemble.

— Quelle idée ! fit Gregg. Et faire perdre ses moyens à tout le monde ?

Les filles éclatèrent de rire, sauf Mary Agnes.

— Ce serait mieux, protesta-t-elle. L'an dernier, quand j'ai mis mon costume de bain, Mr Shalimar m'a tellement répété que j'avais de jolies jambes que j'ai cru mourir de gêne. Cette année, j'ai failli ne pas le prendre.

— Imaginez, dit April. C'est la première fois que je vais à une fête de bureau.

— Nous en sommes toutes là, dit Caroline.

— J'ai hâte de voir un vrai country-club, dit April.

— Est-ce que la boisson est gratuite ou est-ce qu'il faut payer ses consommations ? demanda Gregg.

— C'est gratuit, dit Mary Agnes. Et tout le monde s'enivre tellement que c'est affreux.

— Je suis folle d'impatience, dit Gregg. Cette fête est mon chant du cygne. Je vais prendre les trois jours de vacances qui me sont dus et puis je pars.

— Vous partez !

— David m'a trouvé un engagement dans une troupe d'été. J'aurai le rôle de l'ingénue dans au moins quatre pièces. Non seulement je serai payée en bon argent, mais encore je ne jouerai que dans le Connecticut, de sorte que je pourrai continuer à voir David.

— C'est merveilleux, dit Mary Agnes.

— Jamais je ne lui aurais demandé quoi que ce soit, dit Gregg. Mais c'est lui-même qui l'a proposé. Il est chou, non ?

— Imaginez, David Wilder Savage vous mettant le pied à l'étrier ! s'exclama April. Vous en avez de la chance. C'est merveilleux.

Il n'y avait pas trace de jalousie dans sa voix, mais seulement de l'admiration et du plaisir devant la bonne fortune de Gregg. S'il y avait une fille complètement dépourvue d'envie et de rancœur, se dit Caroline, c'était bien April.

Des cris d'enthousiasme s'élevèrent parmi les occupants du car lorsque celui-ci s'engagea dans l'allée de gravier du club. Caroline et Gregg, qui étaient assises dans le fond, furent les dernières à en descendre.

Devant elles, April et Mary Agnes se hâtaient de rejoindre la foule. Gregg regarda Caroline.

— Je me demande pourquoi nous sommes venues, observa Gregg.

— C'est vrai. Je déteste la cohue. Tant d'inconnus, et Shalimar qui insistera certainement pour jouer une des scènes de sexe de notre dernier manuscrit.

— Vous croyez qu'il en est capable ? demanda Gregg.

— J'aurais préféré qu'ils nous donnent l'argent plutôt que de le dépenser pour cette fête, dit Caroline.

— Et moi donc.

Elles se dirigèrent lentement vers une longue table dressée sous un groupe d'arbres au lourd feuillage : c'était visiblement le bar, car les employés de Fabian s'y pressaient sur quatre rangs, comme des fourmis au bord d'un fromage.

Un peu à l'écart de la foule, Caroline vit Mike qui bavardait, un verre à la main, avec deux journalistes d'autres magazines qu'elle n'avait encore jamais rencontrés. Il lui parut si imposant qu'un instant, elle eut la bizarre impression qu'elle ne le connaissait pas. Elle avait devant elle trois hommes qui parlaient probablement affaires, ou qui échangeaient le genre de plaisanteries qu'ils n'aimaient pas faire devant les femmes. Elle se sentit très jeune et intimidée, et elle s'accrocha au bras de Gregg.

— Peut-être que votre ami a de l'influence, dit Gregg en désignant Mike de la tête. Le seul endroit où je pourrais avoir un verre dans cette foule, c'est sur mon corsage.

— Je n'ai vraiment pas envie de boire.

— Mais si, répliqua Gregg. Comment pourrez-vous jouer à colin-maillard avec les garçons du courrier si vous ne prenez pas des forces avant ?

Caroline se mit à rire ; elle avait les mains glacées : la brise la faisait frissonner et elle ne savait pas pourquoi. A cet instant, Mike la regarda, d'un air à la fois grave et légèrement amusé, comme s'il s'était trompé de réunion. Son regard liait Caroline à lui, elle eut le sentiment qu'il venait de jeter un pont par lequel elle pouvait le rejoindre et se trouver en sécurité auprès de lui. Elle se fraya un chemin à travers la foule et, un peu hors d'haleine, alla retrouver le cercle de Mike sous l'arbre.

Il les présenta, Gregg et elle, à ses compagnons. Un des hommes donna à Gregg le verre qu'il tenait à la main et elle le remercia avec ravissement.

— Vous vous amusez ? demanda Mike à Caroline.

Il la prit par le bras et s'éloigna habilement du groupe.

— Je suis si contente de vous voir.

— Je ne sais pas pourquoi je viens à ces fêtes, dit-il. C'est inoffensif, je suppose… on a un peu d'air frais…

Il respira profondément.

— Vous aimez la campagne, n'est-ce pas ? dit Caroline.

— Je l'adore. J'ai grandi dans une ferme.

— Mon Dieu ! On ne s'en douterait pas.

— Pourquoi ? Est-ce qu'on n'a pas la même tête que les autres quand on vient d'une ferme ?

Elle haussa les épaules.

— Non, c'est moi qui ai, une fois de plus, des idées provinciales.

— Vous auriez dû la voir, cette ferme. Elle était faite pour les garçons de quatre à quatorze ans qui n'avaient pas de foyer ou qui auraient encombré leurs familles. Le vieux salaud qui la dirigeait nous fouettait tous les samedis soir pour que nous ayons une raison de pleurer à l'église le dimanche.

— Mon Dieu ! Pourquoi n'avez-vous pas écrit pour vous plaindre chez vous ? s'écria Caroline.

— Les jeunes gens sont impayables, dit-il. Mon père était mort et ma mère avait quatre enfants plus jeunes à élever à la maison. J'étais l'aîné, c'est pourquoi on m'avait choisi pour m'envoyer dans cette merveilleuse ferme à la campagne. Je sentais que ma mère se moquait pas mal de ce que je devenais, car sans cela elle m'aurait laissé rester à la maison.

— Je trouve ça affreux, dit Caroline.

Ils avaient laissé les autres loin derrière eux et ils marchaient seuls. Mike s'assit, jambes croisées, sur l'herbe et fit une petite place dans la terre pour son verre de whisky. Caroline s'assit à côté de lui, serrant sa jupe autour de ses genoux.

— Je trouve assez amusant, dit-il, le fait que je travaille maintenant dans un magazine religieux. Mon souvenir le plus vif des dimanches où j'allais à l'église, c'est que, chaque fois, avant d'y aller le matin, je faisais des plans où je me voyais m'élançant au milieu de l'allée en plein service et ôtant mes vêtements pour montrer à tous les paroissiens les traces de la correction que ce salaud m'avait donnée la veille. Dans mes rêves, le pasteur me sauvait toujours, il était très paternel, et il disait : « Il ne faut pas que ce garçon retourne à la ferme. » Mais, bien sûr, je n'ai jamais eu le courage de faire une chose pareille.

— Je trouve ça terrible, dit Caroline. J'ai horreur des gens qui sont méchants avec les enfants et je les méprise.

— Moi aussi. Je n'ai jamais giflé ma fille, je n'ai même jamais élevé la voix pour lui parler. Je n'en ai jamais eu envie. C'était un des sujets de dispute entre ma femme et moi ; elle voulait corriger la petite de temps en temps, et moi je ne la laissais pas faire. Maintenant, elle a obtenu la garde de l'enfant, et moi, je suis le père indigne et ivrogne.

Il n'y avait pas d'amertume dans sa voix, ni de pitié pour lui-même, mais seulement cette tranquillité qu'il avait quand il parlait de ce qui lui semblait important pour Caroline ou pour lui-même.

Cette tranquillité émouvait plus Caroline que n'aurait pu le faire une explosion de colère. Elle était partagée entre les sentiments les plus divers : pitié, amour, tendresse, remords. Pour la première fois depuis qu'elle le connaissait, elle comprenait combien cet homme était seul et, plus encore, quelle douceur était en lui. Il avait toujours été tendre, mais il avait été tendre et fort, guide et maître. Brusquement, Caroline n'avait plus envie de lui dire qu'une seule chose.

— Je vais vous chercher à boire, dit-il. Vous n'avez pas soif ? Moi si, en tout cas.

Il se mit à genoux, pour se lever, mais aussitôt Caroline fut à genoux, elle aussi, les mains posées sur les épaules de Mike.

— Je vous en prie, faites-moi l'amour, je vous en prie, dit-elle.

Il couvrit les mains de Caroline avec les siennes et, tendrement, les enleva de ses épaules.

— Non, chérie.

— C'est moi qui vous le demande, et pas vous qui me le demandez.

— Vous êtes vierge. Restez-le.

— J'ai toujours voulu que ma première histoire d'amour arrive spontanément, dit-elle. Si vous commencez à discuter, ce ne sera plus spontané et vous gâcherez tout.

Il la regarda un long moment sans parler.

— S'il faut qu'il y ait un premier, dit-il enfin, ce sera au moins quelqu'un qui vous aime. Venez.

Il lui prit la main et l'aida à se lever.

Ils descendirent en courant vers le bâtiment du club, se tenant par la main, ne se parlant pas mais se regardant de temps en temps en souriant. Il lui pressait la main pour la rassurer et elle sentait le sang battre à ses oreilles.

— Je vais appeler un taxi, dit-il. Je n'ai pas de voiture, et vous ?

— Moi non plus.

Ils passèrent devant un groupe qui jouait au ballon. Elle reconnut Brenda en maillot de jersey blanc moulant, une casquette de base-ball posée crânement sur la tête, maniant une batte avec le garçon qui lui apportait son courrier le matin. Parmi les spectateurs, Caroline vit Mary Agnes et l'amie d'April, Barbara Lemont. Les cris de joie de ceux qui regardaient et de ceux qui jouaient lui parurent très lointains, comme des voix qu'elle aurait entendues à travers une vitre. Elle se sentait complètement en dehors de tout cela, isolée dans son petit monde à elle, avec cet événement sur le point de lui arriver, et contente d'être séparée des gens qu'elle connaissait, de ce qui comptait pour eux et absolument pas pour elle.

Mike alla téléphoner dans la cabine, derrière le bar du club, et Caroline resta à l'attendre dans la pièce fraîche, plongée dans la pénombre. On avait poussé les chaises contre les tables et le tic-tac de la pendule résonnait très fort. L'invasion du club par les employés de chez Fabian avait pratiquement chassé les habitués. Dans la quasi-obscurité, à l'autre bout de la pièce, Caroline vit une haute silhouette vêtue de blanc et une autre, plus petite, derrière. Elle reconnut April en compagnie d'un jeune homme qu'elle n'avait jamais vu. Il lui parut très important qu'April ne se retourne pas et ne la reconnaisse pas. Elle tapa sur la vitre de la cabine téléphonique et Mike ouvrit la porte.

Elle se glissa dans la cabine à côté de lui. Mike raccrocha.

— Le taxi sera là dans cinq minutes, dit-il.

Il l'embrassa sur la tempe et ajouta :

— Nous irons chez vous et, si vous changez d'avis en chemin, je vous emmènerai dans un bar.

Elle lui mit les bras autour du cou et il l'embrassa, vraiment, pour la première fois. Il lui caressa les épaules et le dos, puis l'embrassa de nouveau. Elle l'aima d'avoir dit ces mots, de lui avoir donné la possibilité de choisir à la dernière minute, et pour cela même, elle sut qu'elle ne changerait pas d'avis.

Dans le taxi qui les ramenait à New York, ils n'échangèrent pas un mot. Ils se tenaient par la main et se regardaient, chacun plongé dans ses propres pensées et n'éprouvant pas le besoin de parler. Maintenant qu'elle avait pris sa décision, Caroline se sentait très proche de Mike. Elle éprouvait une impression d'irréalité et sentait à peine la brise qui lui fouettait le visage par la vitre ouverte, pas plus que les cahots. Lorsqu'ils arrivèrent devant la maison où elle habitait, elle demeura au pied de l'escalier pendant que Mike payait la course. La maison lui parut différente, probablement parce qu'elle n'était jamais venue là un jour de semaine à midi. La blanchisserie chinoise était fermée pour les vacances et il n'y avait ni bruit ni vapeur. Assises sur la première marche, deux femmes surveillaient chacune un landau. Caroline leur jeta un coup d'œil et pour un moment éprouva un pincement de tristesse qu'elle ne pouvait s'expliquer. Mike vint la rejoindre et ils montèrent.

Dans l'appartement, les volets étaient clos et il faisait sombre et frais. Mike ne la prit pas immédiatement dans ses bras pour l'embrasser, ce dont elle lui fut reconnaissante ; il regarda l'appartement, qu'il n'avait jamais vu.

— C'est très agréable ici, dit-il.

— Vous voulez prendre un verre ?

— Je vais vous en préparer un.

Il s'approcha du petit bar métallique, dans le coin, et versa du whisky dans deux verres, puis il les porta dans la cuisine et Caroline l'entendit sortir les cubes de glace du réfrigérateur.

Il revint et ils s'installèrent tous les deux pour boire sur l'un des divans.

— C'est celui-ci, votre lit ? demanda-t-il.

— Oui.

— J'ai souvent essayé de me l'imaginer.

— Maintenant, vous le voyez.

— Un petit lit étroit d'une personne.

Il sourit.

— Il est exactement tel que je me l'imaginais.

— Je devrais changer les draps. C'est que je ne pensais pas…

— Ne vous inquiétez pas. Vous croyez que ça me gênerait de dormir dans vos draps… ?

Ils vidèrent leurs verres et les posèrent par terre, au pied du divan. Caroline fut brusquement prise de crainte, elle eut envie soudain d'un instant de solitude.

— Je reviens tout de suite, murmura-t-elle en se levant.

Elle alla dans la salle de bains et ferma la porte, mais sans pousser le loquet car elle ne voulait pas que Mike entende le déclic et sache qu'elle avait peur. Elle s'assit au bord de la baignoire et appuya son front contre la porcelaine froide du lavabo. Mike serait-il déçu quand il la verrait nue, la trouverait-il plate, trop maigre ? Ses mains, ses cuisses tremblaient et, pourtant, elle n'avait jamais autant éprouvé l'envie de faire l'amour. Elle avait conclu un marché et il n'était pas question de reculer, non pas parce qu'il ne le lui pardonnerait pas, mais parce qu'*elle* ne se le pardonnerait pas.

Oh, mon Dieu, se dit-elle, si seulement j'avais épousé Eddie. Pourquoi suis-je ici, au lieu d'être mariée avec Eddie ? Ce n'est pas juste. Et puis elle pensa : Idiote. Tu aimes Mike et tu as envie de lui. Cesse de faire l'enfant.

Elle se leva, ouvrit la porte et entra lentement dans le living-room où Mike l'attendait. Il avait enlevé le dessus-de-lit et l'avait posé, soigneusement plié, au bout de l'autre divan. Quand elle vit les draps blancs, Caroline se sentit plus à son aise. Mike avait enlevé sa veste et sa cravate, mais, à part cela, il était entièrement vêtu. Il était debout, le dos à la fenêtre, sa silhouette se découpant dans l'ombre, et le cœur de Caroline battait si violemment qu'elle avait de la peine à voir devant elle.

— Vous êtes bronzée par le soleil, chérie ? demanda-t-il d'un ton aimable, détaché.

Elle acquiesça.

— Montrez-moi votre bronzage.

Elle fit glisser les épaulettes de sa robe. Il passa les bras autour d'elle et embrassa les traces blanches des épaulettes, puis ses lèvres allèrent vers la gorge, puis la bouche. Un moment, Caroline demeura rigide, puis la passion l'envahit et elle se sentit réchauffée, docile, pleine de sentiments. Elle passa les bras autour du cou de Mike comme une plante grimpante et ouvrit la bouche pour recevoir ses baisers, avec l'impression qu'elle voudrait à jamais être soudée à lui.

Il s'éloigna d'elle alors et elle entendit le léger froissement de ses vêtements qu'il laissait tomber par terre. Pendant une seconde, elle eut peur d'ouvrir les yeux, puis elle le fit et elle ne fut pas déçue. Elle referma les yeux, comme si cela devait en quelque sorte la rendre invisible, et elle se défit de sa robe, de son jupon, de sa culotte, puis elle ôta ses chaussures d'un geste du pied : elle fut alors debout devant lui, sans rien sur elle, les poings serrés pour s'empêcher d'avoir un geste stupide comme de tenir ses mains devant elle.

— Comme vous êtes belle, dit-il.

Elle ouvrit les yeux.

— Vous ne me trouvez pas plate ?

— Vous avez juste ce qu'il faut.

Il la prit par la main et la conduisit vers le lit, et ils s'y allongèrent, enlacés et s'embrassant toujours. Elle constata avec un frisson de plaisir qu'elle n'avait pas oublié à quoi ressemblait la peau d'un homme, et pourtant celle de Mike était différente de celle d'Eddie : il avait davantage de poils sur la poitrine. Quelle merveille de sentir ce contact un peu rugueux, plus agréable que de la soie, que des draps propres, que tout ce qu'elle pouvait imaginer.

Il commença à embrasser son corps et elle le laissa faire tout ce qu'il voulait, sans bouger, sans le toucher, juste les doigts doucement posés sur sa nuque.

— Serre-moi dans tes bras, lui enjoignit Mike.

Caroline lui obéit.

— Maintenant, dit-il.

Il ne s'agissait ni d'une question ni d'un ordre, mais de la constatation que le moment était arrivé où le mystère n'en serait plus un et où un nouveau mystère, plus profond, prendrait sa place.

Elle ferma les yeux et attendit, sentant qu'elle était tout entière en attente, au bord de la passion.

Elle ne croyait pas que quelque chose pût faire aussi mal. Malgré elle, elle poussa un cri.

— Je vous fais mal. Je vais arrêter.

— Non.

Elle haletait de douleur et elle savait que Mike l'entendait, mais elle ne pouvait s'en empêcher. Brusquement, il n'y eut plus rien pour lui faire mal, rien, et Mike la tenait dans ses bras, le visage enfoui dans son cou.

— Pardon, dit-il.

— Ça ne fait rien, ça ne fait rien, murmura-t-elle un grand nombre de fois. Je suis contente que vous vous soyez arrêté.

Mais elle n'était pas contente, et elle savait qu'il le savait.

— Ça ira bien dans une minute, dit-elle en le serrant contre elle.

Mais elle savait que ce n'était pas vrai.

— Je n'ai pas pu supporter l'idée de vous faire mal, dit-il.

Elle l'embrassa au coin des lèvres, très doucement, comme il le faisait.

— Les hommes sont compliqués, n'est-ce pas ? dit-elle.

Il eut un petit rire, dénué d'humour.

— Oui.

Il se leva et se dirigea vers la salle de bains. Caroline poussa le coussin vers la tête du lit pour s'appuyer dessus, et s'assit, les genoux serrés contre elle. Elle regarda son genou et le lécha. Cela avait un goût légèrement salé, le goût de la peau, d'un corps. Elle se sentit très sensuelle, et étrange.

Etait-elle vierge ou ne l'était-elle plus ? Mike l'avait pénétrée, mais jusqu'où ? Elle n'était donc plus vierge, mais il ne l'avait fait qu'un instant et il n'était pas allé jusqu'au bout, alors peut-être l'était-elle encore ? Jamais elle ne pourrait le lui demander. Il en serait mortifié ; alors, comment savoir ?

Et que lui était-il arrivé ? Ce grand acte, ce franchissement du seuil de la féminité… ce n'était rien, rien du tout. Et pourtant, elle ne se sentait plus la même. Elle était une femme, elle savait qu'elle était une femme maintenant parce qu'elle connaissait la solution du mystère qui lui avait paru si complexe et qui toutefois était si simple. Elle ne se poserait plus jamais la question, elle était donc devenue une femme. Elle avait quitté le continent des filles pour un autre monde. Elle pourrait chercher de meilleurs amants, rechercher l'extase, mais elle le ferait comme le fait une femme. Maintenant que ce mystère était résolu, elle savait qu'il ne lui serait plus jamais aussi difficile de se mettre au lit avec un homme. Que c'était étrange ! Elle se sentait vieillie de dix ans.

Mike sortit de la salle de bains et commença à se rhabiller.

— Venez, dit-il. Je connais un endroit agréable où nous pourrons déjeuner. Vous devez mourir de faim, il est deux heures.

Elle s'habilla. Ils ne se regardaient pas et, quand ils descendirent dans la rue tranquille, Caroline prit Mike par la main, mais comme elle aurait fait pour un ami, sans éprouver de désir. Elle se demandait si elle le désirerait encore un jour.

Il siffla pour appeler un taxi et l'aida à y monter, et ils baissèrent les vitres, ils firent des plaisanteries et rirent ensemble ; il alluma une cigarette pour lui-même et une pour elle. Comme c'était curieux, songea Caroline, que cet homme viril, blasé pût changer à ce point, dans une situation dans laquelle il était censé être à l'aise. Elle sut alors que les contes de bonnes femmes sont parfois vrais, que l'innocence totale est en soi une protection… mais que cela ne jouait que pour certaines gens.

8

Quand on change de caractère, cela se produit lentement et de façon presque imperceptible, et bien que beaucoup de gens aient tendance à regarder en arrière et à dire : « *Ce jour-là* a changé ma vie entière », ce n'est jamais tout à fait vrai. Aussi lorsque, par la suite, April Morrison en vint à dire : « Le jour de la fête de chez Fabian, en 1952, est celui qui changea toute ma vie », elle se trompait. Le jour où elle coupa ses cheveux parce qu'elle voulait ressembler à Caroline Bender, le jour où elle décida de renoncer à tenter une carrière théâtrale pour travailler chez Fabian, le jour où elle vit son premier film et rêva de New York… tous ces jours-là changèrent aussi sa vie, et s'ils n'avaient pas existé, jamais April n'aurait connu Dexter Key.

Le country-club de Hudson View était totalement différent de tout ce qu'April connaissait. Dès que tous les autres employés du bureau furent occupés à jouer au ballon ou à boire systématiquement, April s'en alla toute seule explorer les lieux. Il y avait la piscine, la plus vaste qu'elle eût jamais vue et dont l'eau était turquoise, vraiment turquoise. Et, tout autour, des petites tables protégées par des parasols aux rayures vives et des serveurs en veste blanche dressant un buffet sur une table dont la longueur lui rappela le mariage de sa sœur. Il y avait les vestiaires où les employés de chez Fabian viendraient plus tard mettre leurs maillots de bain, et un peu plus loin, sur la hauteur, le bâtiment du club même. Les employés de chez Fabian n'avaient pas été invités à pénétrer dans ce bâtiment, mais on ne leur en avait pas non plus interdit l'accès, et April décida d'aller y faire un tour.

L'entrée l'emplit d'admiration, tant elle était imposante, comme si un maître d'hôtel allait surgir d'un instant à l'autre pour lui demander son nom. Devant la porte étaient rangées d'un côté une Mercedes-Benz bleu pâle et de l'autre une Jaguar blanche décapotable. Dieu du ciel, songea April, on dirait un décor de cinéma. Elle aperçut une petite entrée latérale donnant sur un patio et une sorte de petit bar, et elle s'y engagea.

A cette heure de la matinée, l'endroit était désert et il n'y avait même pas de barman. La chaleur et l'excitation avaient donné soif à April et, voyant une caisse de bière sur le bar, elle se dit qu'elle pouvait bien se servir. On ne s'apercevrait certainement pas de l'absence d'une malheureuse petite bouteille de bière, car les membres de ce club pouvaient sûrement se permettre de se baigner dans de la bière s'ils en avaient envie. April avait déjà mis de la glace dans un verre et elle cherchait un décapsuleur quand un jeune homme entra dans la pièce.

— Je vais en voler une aussi, dit-il.

— Vous croyez qu'ils nous tueront ? demanda April.

Elle leva les yeux et vit que le jeune homme lui souriait. Il était grand, brun et très beau, les contours de son visage étaient arrondis plutôt qu'anguleux, de sorte qu'il paraissait avoir environ vingt et un ans. Il était vêtu d'un short blanc et d'un gros pull-over de tennis blanc à encolure en V, et ses jambes étaient si bronzées que, tel qu'il se tenait là devant le bar obscur, il paraissait ne pas avoir de jambes du tout.

— Nous tuer ? dit-il. De la bière ?

— Pas la bière, dit-elle. *Eux*.

Il la regarda d'un air amusé.

— Vous êtes ivre ?

— Pas du tout.

Il posa sa raquette de tennis sur le comptoir, ouvrit deux bouteilles et versa la bière dans des verres avec de la glace. Il fit mine de porter un toast à April, puis vida son verre d'un trait.

— C'est la première fois que je vous vois, dit April. Vous devez être dans la publicité.

Il éclata de rire, franchement, cette fois.

— Vous devez vraiment être ivre.

Quel dommage, pensa-t-elle, qu'un joli garçon ait l'air d'être aussi stupide en fin de compte. Il devait être au courrier, pourtant elle croyait connaître tous les petits jeunes gens du courrier. Il était peut-être nouveau.

— Vous avez eu raison d'apporter votre raquette, dit-elle, la désignant.

— C'est plus commode, en effet, répondit-il en la regardant d'un air perplexe comme si c'était elle qui était idiote.

— Vous êtes bon joueur ?

— Assez. J'essaie de jouer tous les jours après mon travail.

— Ah ? dit April. Où ? Au parc ?

— Pourquoi, suis-je si mauvais que ça ?

— Quoi ?

Il lui donna une petite tape sur le crâne.

— Vous ne devriez vraiment pas rester si longtemps au soleil.

— Je sais, dit-elle. Ça me donne des taches de rousseur terribles.

Elle venait de découvrir un verre contenant des cuillères à cocktail sur lesquelles était gravé en lettres d'or « Hudson View Club ».

— Vous croyez qu'on m'en voudrait si j'en prenais une ?

— Elles sont là pour ça.

— C'est gentil de leur part !

— Très gentil, confirma-t-il. Ils sont pleins d'attentions.

Elle glissa deux cuillères à cocktail dans son sac et soudain se sentit mieux.

— Vous êtes nouveau ici ? demanda-t-elle aimablement.

— Non, dit-il. Mais vous, vous devez être nouvelle. C'est la première fois que je vous vois.

— Moi non plus je ne vous avais encore jamais vu.

Il lui tendit la main.

— Je m'appelle Dexter Key.

— Moi, April Morrison. Je travaille au trente-cinquième étage.

— Et que faites-vous au trente-cinquième étage ? demanda-t-il, ayant visiblement du mal à garder son sérieux.

— Je suis au bureau des dactylos. Et vous, où travaillez-vous ?

— Chez Merrill Lynch, Pierce, Fenner and Beane.

— Oh, mon Dieu ! dit April.

— Quoi ?

— Je croyais que vous étiez… Je croyais que vous travailliez chez Fabian. Vous devez être un membre du club.

Il se mit à rire, en se retenant au bar pour ne pas s'écrouler, riant au point que les larmes lui vinrent aux yeux.

— Vous êtes si jolie, murmura-t-il. Si jolie.

Elle se mordait le pouce, comme elle faisait toujours quand elle était gênée ou décontenancée, et lorsqu'il dit qu'elle était jolie, elle faillit vraiment se mordre jusqu'au sang.

— Je me disais, cette pauvre jolie fille, elle doit s'être donné un coup sur la tête dans le fond de la piscine, continua-t-il, riant encore. Ouvrons une autre bouteille pour boire à votre santé retrouvée… Dites-moi, est-ce que vous détestez les fêtes de bureau autant que moi ?

— Je ne sais pas. C'est la première fois que je suis invitée à une fête de ce genre.

— Alors, laissez-moi vous prévenir. Vous détesterez ça. J'ai une meilleure idée. Pourquoi ne déjeuneriez-vous pas avec moi ?

— Au club ?

— Dans la salle à manger, oui. Il y a une très belle vue sur l'eau.

— Merveilleux !

Il lui tendit un bras et elle le prit, se sentant un peu ébahie et très heureuse. Quel joli nom, Dexter Key ! Très homme du monde. Et comme il était bien bronzé, ce garçon. Il était aussi bien de profil que de face. Une seconde, elle eut la tentation de lui demander ce que c'était que Merrill Lynch, Pierce, Fenner and Beane, mais elle réprima cette tentation. La manière dont il avait débité ces noms prouvait que tout le monde, ici, savait à quoi ils correspondaient, et April ne voulait pas passer pour plus ignorante encore qu'elle n'était. Elle était là avec exactement le genre de garçon qu'elle avait espéré rencontrer à New York… Elle n'avait qu'une peur, c'était de se réveiller d'un instant à l'autre et de se retrouver dans sa petite chambre étouffante, son drap enroulé autour de ses jambes.

— N'est-ce pas que la vue est belle ? demanda-t-il.

— Oh, très belle !

— Vous prenez un apéritif avant le déjeuner ?

— Je ne sais pas.

Il lui sourit en hochant la tête.

— Un Martini, peut-être, fofolle ?

— Si vous voulez.

Dexter montra deux doigts au garçon qui se hâta vers le bar. Il la regardait, le menton appuyé sur son poing.

— Aimez-vous – cochez les bonnes réponses – le tennis, la Bourse, la voile, le ski, le théâtre, Louis

Armstrong, ne pas vous mettre sur votre trente et un, vous promener quelque part où vous n'êtes jamais allée ?

— Oui, je ne sais pas, je ne sais pas, oui, après, je ne sais plus.

— Louis Armstrong.

— Oui.

— Ne pas vous mettre sur votre trente et un.

— J'adore.

— Vous promener quelque part où vous n'êtes jamais allée ?

— Je le fais tout le temps. Je ne vis à New York que depuis six mois et, quelquefois, le dimanche, je parcours des kilomètres, rien que pour regarder ce qui m'entoure… et je me perds.

— Je n'en doute pas, dit-il, mais si gentiment qu'elle ne pouvait pas s'en vexer.

Après coup, elle aurait été incapable de dire exactement de quoi elle avait parlé ou ce qu'elle avait mangé durant ce long et passionnant déjeuner. Elle se rappelait très bien tout ce qu'il avait dit, lui, ainsi que la ligne de sa mâchoire et le mouvement de sa bouche quand il parlait. Elle se rappelait ses mains, très bronzées, avec une ampoule provoquée par la raquette sur le pouce droit et une chevalière en or au petit doigt de la main gauche. Les fréquents changements de ton dans la voix de Dexter, tantôt aimable, tantôt courtoise ou encore irritée comme celle d'un petit garçon, renforçaient l'affection qu'elle lui portait déjà, car cela illustrait sa personnalité. De quelqu'un d'autre, elle ne l'aurait certainement pas supporté mais, à lui, elle pardonnait déjà tout. Elle aurait cru qu'un garçon ayant eu son éducation, c'est-à-dire qui était allé à Yale et, avant cela, dans une école privée très élégante, et qui, en plus, possédait son propre bateau, serait gâté, mais Dexter lui raconta qu'un été pendant les vacances, il avait travaillé dans une aciérie, et elle en fut stupéfaite.

— J'ai décrit ce que j'avais vécu et j'ai essayé de vendre les articles à un magazine, continua-t-il, mais ça n'a pas marché. En fait, je ne sais pas écrire. Mais ça valait quand même la peine d'être vécu, et j'ai gagné plus d'argent dans cette aciérie que je n'en gagne à travailler chez mes courtiers.

— Je trouve ça formidable.

— Tout a commencé comme une espèce de gag, c'est ça qui est drôle.

Ils ne finirent de déjeuner qu'à quatre heures. Il faisait si frais dans la salle à manger climatisée et la vue était si étonnante qu'ils traînèrent tant qu'ils purent. Dexter fumait une cigarette après l'autre et April suivait avec admiration tous ses mouvements tandis qu'il allumait chaque cigarette avec un briquet en or à ses initiales qu'il remettait négligemment dans une poche de son short. Elle avait presque oublié que c'était le jour de la fête de Fabian, qu'elle n'avait encore jamais assisté à une fête de ce genre et qu'elle était en train de manquer totalement celle-là.

— Comment êtes-vous venue ici ? demanda Dexter. En voiture ?

— Ils ont loué des cars, dit April.

— Et après, vous faites quelque chose ?

— Non.

— Je pourrais vous reconduire en voiture à New York et vous n'auriez pas besoin de prendre le car. Je pourrais me changer et nous pourrions aller prendre un verre quelque part. Cela vous dit ?

— Ce serait très gentil à vous... dit April.

Il se leva.

— Il faut de toute façon que je rentre à New York. J'y habite.

— Nous sommes voisins... dit April dans un souffle.

— C'est commode, non ?

Quand il la conduisit vers la Jaguar décapotable blanche rangée devant le club, April crut que son cœur allait cesser de battre. Il baissa la capote, puis ouvrit la portière pour April et l'aida à monter dans la petite voiture basse. Au moment où le moteur démarra, April jeta un regard en arrière et elle regretta de ne pas avoir une grande écharpe blanche à agiter. Elle regrettait qu'il n'y eût personne qu'elle connaissait pour la voir partir dans cette voiture de rêve avec ce garçon incroyable. Il avait gardé son short et son chandail de tennis – quelle assurance il fallait pour aller à New York dans cette tenue, songea April – mais, de toute évidence, Dexter Key pouvait se permettre de porter n'importe quoi.

Dexter alluma la radio de la voiture, et la musique se mêla au bruit du vent dans les oreilles d'April.

— J'ai presque peur, dit-elle. J'ai l'impression que nous allons très vite.

— C'est simplement parce que vous êtes près du sol, dit-il. Je ne fais que du cent dix.

— Du cent dix ?

— Regardez comme le ciel est bleu, dit-il.

Elle appuya sa tête contre le cuir du coussin et regarda le ciel bleu sans nuages qui demeurait toujours le même alors qu'ils avançaient si vite. La radio passait une chanson d'amour et April la fredonna, lançant ses bras en avant et sentant le vent les repousser. Elle était tellement heureuse, heureuse, heureuse… Et que l'Hudson, à leurs pieds, était bleu, étincelant de reflets blancs et or sous le soleil de fin d'après-midi ! C'était sans nul doute la plus belle vue possible à ce moment de la journée. Comment avait-elle pu penser que le Plaza au crépuscule symbolisait New York ? Voilà ce qu'était le vrai New York, avec, auprès d'elle, Dexter Key ; et toutes ces choses merveilleuses que faisaient en secret les gens à l'intérieur de ces grands immeubles sous la lumière flamboyante du soleil à l'heure des cocktails, Dexter les faisait tous les soirs et, ce soir, tout cela s'offrait à elle.

Lorsque Dexter arrêta la voiture dans une rue tranquille bordée d'arbres, devant sa maison, ce fut comme s'ils avaient pénétré dans un monde nouveau. C'était une rue où il n'y avait que d'anciens hôtels particuliers : elle était vide de gens, ombragée et fraîche. Il y avait quelques autres voitures de sport rangées le long du trottoir, dont une rouge vif et une verte. April pensa que tous les gens qui habitaient cette rue devaient être jeunes et riches. Dexter prit sa raquette, puis il aida April à descendre.

— Vous préférez monter ou m'attendre ici ?

Normalement, elle aurait trouvé une excuse pour rester dans la rue plutôt que d'entrer seule dans l'appartement d'un homme, mais comme il avait eu l'élégance de penser à l'avance qu'elle refuserait de l'accompagner, elle se sentit en sécurité avec lui.

— Je monte, dit-elle doucement.

Son appartement, situé au deuxième étage, consistait en une vaste pièce, une petite cuisine, une penderie et une grande salle de bains. La fenêtre du séjour ouvrait sur un jardin à l'arrière de l'immeuble où trônait une statue sur un carré de pelouse délimité par une allée en gravier sur laquelle jouait un petit chat gris.

— Oh, qu'il est mignon ! A qui appartient-il ?

— Aux deux tapettes qui habitent au rez-de-chaussée.

— Aux deux quoi ?

Dexter la regarda et sourit jusqu'aux oreilles.

— Aux fées qui hantent le jardin, comme le dit la chanson.

Il prépara un verre pour April, le déposa sur la table basse de marbre blanc devant la cheminée et passa dans la salle de bains.

— Mettez-vous à l'aise ! cria-t-il.

April regarda autour d'elle. L'ameublement était moderne, très neuf, propre, d'aspect confortable et visiblement très cher. Le tableau aux couleurs vives qui surmontait la cheminée était un vrai, et non une reproduction. Il y avait une commode contre un mur avec dessus une petite statue de bronze représentant une jeune femme nue. La statue avait une cravate rayée drapée autour du cou, comme si Dexter l'avait jetée là le matin au moment de passer sa tenue de tennis, et April en sourit alors que, d'ordinaire, elle aurait été un peu gênée de se trouver seule dans l'appartement d'un garçon avec un nu en face d'elle. La cuisine avait l'air de ne jamais servir. April jeta un coup d'œil dans le réfrigérateur et n'y vit que deux bouteilles de vin couchées, du jus d'orange et un morceau de pain dur comme une pierre. Elle s'assit sur le divan et se mit à siroter son gin tonic, tout en écoutant le bruit étouffé de la douche de Dexter. Malgré elle, elle ne pouvait s'empêcher de l'imaginer sous cette douche, tout nu, et à cette idée elle éprouvait à la fois de l'excitation et de la peur. Elle était là, assise sur le lit (le divan en réalité, mais qui pouvait se transformer en lit en un instant) d'un garçon qu'elle connaissait à peine, et lui-même était à quelques pas de là, complètement nu et chantant comme si c'était la situation la plus naturelle du monde. Elle se demanda s'il gardait sa chevalière sous la douche.

Le bruit de la douche cessa et April entendit Dexter marcher et ouvrir et fermer des tiroirs. Elle prit un magazine sur la table basse et fit semblant de lire afin que, lorsqu'il reviendrait, il ne se doute pas qu'elle avait été occupée à penser à lui.

— April ? cria-t-il. Hé, April, est-ce que j'ai laissé ma cravate bleue là-bas ?

Elle leva les yeux.

— Celle avec des rayures rouges et blanches ?

— Oui, celle-là.

— Elle est ici, cria-t-elle.

Elle regarda la statuette et se mordit la lèvre.

— Lancez-la-moi, voulez-vous, mon chou ?

Mon chou ! Elle alla jusqu'à la commode et ôta la cravate du cou de la jeune personne nue. Par la porte entrouverte de la salle de bains, elle vit une glace et, dans la glace, le reflet d'une chemise blanche. Elle ouvrit la porte complètement et tendit la cravate à Dexter.

Il avait revêtu une chemise blanche propre et un pantalon de flanelle gris sombre repassé de frais. Ses cheveux étaient encore mouillés par la douche et on distinguait les traces que venait d'y laisser le peigne.

— Merci, dit-il.

Il passa la cravate autour de son cou et entreprit de la nouer devant la glace.

April se dit qu'elle allait retourner s'asseoir sur le divan, mais elle demeurait clouée sur place, fascinée. Jamais encore elle n'avait vu un garçon s'habiller, et elle était là, avec Dexter Key, le garçon le plus extraordinaire qu'elle eût jamais rencontré, en train de le regarder dans cette situation si intime mais pas du tout terrifiante. Il se tourna vers elle.

— Je suis bien ?

— Mmm-hmm.

Il lui mit les bras autour des épaules et, avant qu'elle eût compris ce qui lui arrivait, il l'embrassait. Cela ne ressemblait pas au dernier baiser qu'elle avait reçu, du répugnant Mr Shalimar, ni à aucun des baisers des garçons qui l'avaient embrassée chez elle, à la maison. C'était magique, cela tenait à la fois de la soie et de la chaleur. Elle sut qu'elle lui rendait son baiser, qu'il recommençait, puis elle sentit les mains de Dexter descendre sur son corps et cela la ramena à la réalité.

— Non ! dit-elle, le repoussant.

— Quoi ?

Il avait encore les yeux à demi fermés, un peu comme s'il était endormi.

— C'est assez, dit-elle d'une voix tremblante.

Elle recula de deux pas et tenta de sourire.

Il la regarda alors avec une expression qu'elle essaya d'interpréter. Etait-il agacé ? Il ne voudrait jamais la revoir, il était vexé, il penserait qu'elle était une petite oie. Il sortait probablement avec des filles sophistiquées qui allaient jusqu'au bout et qui riaient après. Mais elle, elle ne pouvait pas… elle ne pouvait pas. Il saurait qu'elle n'était pas sophistiquée, il penserait qu'elle était facile, voilà tout. Elle voulait le garder, maintenant qu'elle l'avait trouvé ; elle ne pouvait supporter l'idée qu'il la prenne pour une « fille à ça » et la rejette après. Oh, mon Dieu, se demanda April, que pense-t-il ? Dites quelque chose, Dexter, je vous en prie, parlez-moi.

Il alla vers la glace et se regarda, puis il essuya soigneusement les traces du rouge à lèvres d'April avec une serviette en papier. Enfin il se repeigna. Il semblait attacher plus d'intérêt à son aspect physique qu'au fait qu'April eût repoussé ses avances, et celle-ci ne savait pas si elle devait en être vexée ou soulagée. Je ne lui plais plus, songea-t-elle, prise de panique.

— Vous êtes fâché contre moi ? demanda-t-elle doucement.

— Fâché ? Pourquoi ?

Elle haussa les épaules, se sentant rougir.

— Allons donc, April, dit-il d'un ton assez sec. Ne faites pas l'enfant. Pourquoi serais-je fâché contre vous ? Je n'oblige jamais quelqu'un à faire quoi que ce soit. Je n'en ai aucun besoin.

— Bien sûr que non, dit-elle.

Il se radoucissait, mais essayait de ne pas le montrer. Elle sentit son cœur battre de joie.

— Ce n'est pas que vous ne me plaisez pas, dit-elle. Au contraire, vous me plaisez beaucoup.

— Et vous aussi, vous me plaisez, dit-il.

Il sortit sa veste de sa penderie et la mit, puis disposa soigneusement une pochette de soie dans la poche de poitrine. Il jeta un dernier regard dans la glace.

— Vous êtes prête ? demanda-t-il d'un ton aimable.

— Oui.

Elle sortit de l'appartement devant lui et attendit pendant qu'il fermait la porte derrière eux. C'était un peu comme s'il écrivait le mot *Fin* au bout d'un chapitre, mais elle avait la certitude que ce n'était que la fin d'un chapitre et pas celle de toute l'histoire. Qu'il était beau garçon et qu'il sentait bon ! C'était drôle : quand Dexter l'avait embrassée pour la première fois, elle avait pensé à Mr Shalimar comme à « ce vieux cochon ». Déjà tout ce qui lui était arrivé avant cette journée lui paraissait loin et sans importance. Comment avait-elle pu trouver du chic à Mr Shalimar ? Elle se félicitait d'avoir repoussé ses avances et de l'avoir toujours évité quand il se trouvait seul dans son bureau. Ne comptaient plus désormais que le présent et l'avenir, avec Dexter Key, comme si sa vie démarrait aujourd'hui.

— Cela vous dirait de dîner dehors ? demanda-t-il. Je connais un endroit très bien.

Il la prit par le bras pour aller jusqu'à la voiture. Il n'était pas agacé, elle lui plaisait. Il ne voyait pas d'inconvénient à ce qu'elle fût un peu prude. Peut-être même finirait-il par l'aimer. Elle-même l'aimait déjà. Maintenant, elle savait ce qu'elle était venue chercher à New York. Non pas une carrière, mais l'amour. Le succès en amour était tout aussi important que le succès dans une carrière… plus important encore pour une femme. S'il y avait une chose au monde plus importante que l'amour, songea April en jetant un regard furtif à Dexter, elle ne savait vraiment pas ce que cela pouvait être.

9

L'été est le pire moment de l'année à New York. Le vent chaud souffle des particules noires et collantes dans les maisons aux fenêtres ouvertes, les bureaux fonctionnent avec la moitié du personnel, les trottoirs mollissent et les caractères durcissent et, le long des rues qui mènent hors de la ville, les gens, penchés à leurs fenêtres, regardent d'un air morne le long défilé des voitures qui passent, pare-chocs contre pare-chocs, à partir de cinq heures, heure de fermeture des bureaux.

Times Square, à l'heure du déjeuner, c'est le carnaval. Les manteaux d'hiver dissimulent bien des secrets : défauts dans la silhouette, fautes de goût ; mais la chaleur de l'été révèle tout. Jambes et bras nus, dos parfois aussi, la peau d'un blanc hivernal, les filles en tenues légères attendent leurs deux semaines de vacances au soleil. Les bureaux non climatisés sont une torture l'été, mais dans les bâtiments modernes de Radio City, où sont situées les Editions Fabian, les filles portent des cardigans au bureau, même l'été, tant il y fait frais, et elles ont souvent des rhumes.

Dans les vieux immeubles où les locataires n'ont pas le droit ou pas les moyens d'installer des appareils de climatisation, les nuits d'été se passent à aller dans un cinéma climatisé de plus, à traîner des heures dans un restaurant frais, à rester assis sur un balcon ou sur un escalier à frotter ses yeux irrités en attendant le sommeil ou le jour qui apportera un soleil de nouveau brûlant et pas de repos. Pendant ces nuits étouffantes de l'été 1952, cinq jeunes filles, au moins, demeuraient éveillées à penser à l'amour et à leur carrière et à se poser mille et une questions, chacune à sa manière.

Dans le Bronx, Mary Agnes Russo pensait à son mariage, qui était maintenant éloigné de moins d'une année. Elle se demandait où elle louerait un appartement et si son mari et elle pourraient se permettre de prendre trois pièces. Ce serait bon d'avoir un living-room à soi, une chambre et une cuisine. Une chambre… Un frisson passa dans le dos de la jeune fille, malgré la chaleur de la nuit, quand elle songea aux choses que, depuis des mois, elle s'efforçait de chasser de son esprit. Elle avait un peu peur, mais elle savait que tout irait bien dès que Bill et elle seraient seuls tous les deux. On lui avait raconté une histoire épouvantable : à cause de l'excitation du mariage et tout ça, la mariée pouvait avoir ses règles lors de sa nuit de noces. Quelle horreur après avoir attendu presque deux ans ! Mais il y aurait toutes les nuits qui suivraient, et puis il y aurait les enfants, un intérieur avec des meubles, des repas à préparer et des tas de choses à faire en couple, et tout cela valait bien la peine d'attendre. Si on devait se marier pour toujours, pour toute la vie et pour l'éternité, on pouvait bien attendre deux ans, n'est-ce pas ? Elle serra les poings et se déplaça une fois de plus sur son drap froissé pour essayer de trouver un endroit frais où elle ne s'était pas encore allongée. Elle ne dormait plus depuis quelque temps, et elle était épuisée. Le matin, elle avait des cernes noirs sous les yeux. Une fille devait se marier : c'était ennuyeux d'être célibataire, et c'était triste. Elle avait horreur d'être obligée de dire bonne nuit devant sa porte, puis de revenir en courant pour un dernier baiser, puis d'avoir à enlever les mains de son fiancé de là où elles ne devraient pas être. « Je sais », disait-il, et il remettait ses mains dans ses poches. Après cela, quand Mary Agnes montait dans sa chambre sur la pointe des pieds pour ne pas réveiller son père qu'elle entendait ronfler, elle ne désirait rien de plus que de redescendre en courant et de rattraper Bill avant qu'il ait eu le temps de partir. Mais elle serrait les dents et continuait à se diriger vers sa chambre et, lorsqu'elle y parvenait, elle s'apercevait qu'elle était si fatiguée qu'elle ne pouvait rien faire d'autre qu'aller se coucher. Et, une fois au lit, elle n'arrivait pas à dormir…

Allons, songea Mary Agnes, l'été prochain, à cette époque, nous serons mariés. Et, quand la chaleur nous empêchera de dormir, nous irons nous asseoir près de la fenêtre pour bavarder, boire un verre de lait ou, éventuellement, une bière bien fraîche. Et nous aurons une chambre toute blanche avec un grand lit, une double penderie ou, peut-être, une commode pour moi et une armoire pour lui. Ce sera bizarre d'avoir un lit pour deux personnes. Quand elle allait rendre visite à des amies de lycée aujourd'hui mariées et qu'elle voyait un grand lit dans la chambre à coucher, elle se sentait un peu gênée. Comme si elles disaient : maintenant, tu sais ce que *nous* faisons. Peu importe, se dit Mary Agnes, quand on est marié, on s'habitue à ces choses-là. Je parie qu'au bout d'un moment, ça devient aussi banal que, pour moi maintenant, d'aller me coucher le soir. Après tout, ce n'est pas ce qui a le plus d'importance dans le mariage, c'est la moindre des choses. Ce qui compte, c'est de former un couple, d'être une épouse, d'être mariée et de pouvoir dire : Mon mari. Mon mari dit…

Si je n'arrive toujours pas à dormir ce soir, se dit Mary Agnes, je ne sais pas ce que je vais faire.

Dans la chambre qu'elle partageait avec sa fille d'un an et demi, Barbara Lemont restait éveillée à regarder le plafond. De temps en temps, une voiture passait dont les phares éclairaient un instant la pièce. Barbara se demandait qui était dans cette voiture et où elle allait. Un garçon et une fille, peut-être, qui se promenaient en amoureux. Elle n'avait pas fait assez de ces promenades avec des garçons de son âge, elle n'en avait jamais eu l'occasion, et maintenant, ce n'était plus la même chose. Si seulement je pouvais rencontrer quelqu'un d'intéressant, songea-t-elle. J'en ai tellement assez d'aller dans ces bars où la lumière tamisée me donne envie de dormir et de rester là avec la mâchoire endolorie à force de m'empêcher de bâiller, à écouter un quelconque imbécile qui me raconte des histoires salées parce qu'il croit que cela va m'exciter. Un crétin qui s'imagine que parce qu'il me racontera des histoires de coucheries, je me mettrai à haleter. Est-ce qu'ils s'imaginent, ces types, qu'une femme qui a été mariée est une machine à faire l'amour ? Ces athlètes en chambre ont sans doute une vie sexuelle plus remplie comme célibataires que moi, je n'ai jamais eue pendant mon mariage. Ils ne savent donc pas que, quand on ne s'entend pas avec son mari, faire l'amour est la dernière chose dont on ait envie ? Et ne se rendent-ils donc pas compte que, s'ils m'ennuient à mourir au dîner, je n'irai certainement pas m'ennuyer ensuite dans leur lit ?

Barbara sourit en évoquant certaines scènes de ce genre particulièrement ridicules. En tout cas, je suis encore capable d'en sourire, se dit-elle, c'est donc que je ne suis pas battue, quoi qu'il arrive. N'est-ce pas, Hillary, que nous ne sommes pas battues ? Elle sortit de son lit et alla sur la pointe des pieds se pencher sur le berceau de sa fille, contemplant le petit visage paisible, écoutant la respiration régulière. Quelle responsabilité ! se dit-elle. Bientôt, tu seras assez grande pour parler, et pour me poser des questions sur l'amour, sur les garçons, pour me demander pourquoi il n'y a pas de papa dans ta maison. Et il faudra que je te dise que l'amour est une chose merveilleuse, que les petites filles sages se marient et sont heureuses toute leur vie, et que Nana et moi n'avons simplement pas eu de chance. Je me demande si tu me croiras ou si tu seras assez maligne pour comprendre que je ne le crois pas moi-même. Tous les garçons que je rencontre semblent confondre l'amour avec autre chose, que les gens ne mentionnent pas en bonne compagnie.

Si seulement, si *seulement* je pouvais rencontrer quelqu'un d'intéressant !

Vêtue d'un peignoir de nylon blanc, Caroline Bender était assise sur son balcon ; ou plutôt, comme il n'y avait pas de place sur le balcon pour mettre une chaise, elle était assise sur le rebord de la fenêtre avec les pieds sur le balcon, et elle tenait le chat de Gregg endormi sur ses genoux. Il était une heure du matin et elle n'était pas assez fatiguée pour dormir et trop pour faire quelque chose de constructif comme de lire un autre manuscrit. Les manuscrits s'empilaient sur sa commode à côté des flacons de parfum, lui rappelant sa chambre d'étudiante. Elle avait toujours du travail à faire, non pas parce que les Editions Fabian obligeaient ses employés à travailler chez eux, mais parce qu'elle le voulait bien. Elle se souvenait du sentiment de culpabilité qui l'envahissait le soir quand elle regardait la télévision les premières semaines après l'obtention de son diplôme universitaire, et de la prise de conscience qu'on l'avait tellement habituée à faire ses devoirs après le dîner qu'il lui faudrait quelque temps pour accepter cette sensation de liberté. Et aussi la découverte que les murs de livres sans frontières sont en réalité un cloître.

Les rapports entre Mike et elle n'avaient plus été les mêmes depuis l'après-midi où ils avaient quitté la fête... Il n'y avait pas une grande différence, mais tous deux en étaient conscients. C'était comme un éloignement lent, graduel, et qui se faisait très doucement parce que chacun avait peur que la séparation ne le fît trop souffrir lui-même. Ils ne sortaient plus aussi souvent ensemble, et ils s'entouraient de gens du bureau qu'ils trouvaient autrefois très ennuyeux, mais qu'ils étaient plutôt contents de voir maintenant. Caroline se sentait toujours de l'affection pour Mike, mais plus de désir. Lorsqu'elle lui prenait la main dans un geste de tendresse, elle en éprouvait maintenant un peu de surprise, car lui s'en trouvait excité autant qu'avant. Pour elle, il n'était plus son amant. Non pas qu'il lui eût failli : il lui avait donné quelque chose, en fait, dont elle lui était reconnaissante. Elle était contente que c'eût été Mike, et pas un autre. Et pourtant, Caroline ne pouvait s'empêcher de penser, avec remords, qu'il lui avait failli, en réalité, qu'ils s'étaient failli mutuellement. Il avait modelé son esprit et il s'attendait à ce que le corps suivît. Mais comment cela aurait-il été possible ? Leur aventure purement mentale, leur amour et le moment de passion final... l'ensemble n'avait été qu'une comédie. Il l'avait changée, il l'avait laissée tremblante, curieuse et à demi satisfaite. Il disait lui avoir rendu service et elle en convenait. Mais il lui avait fermé tout un domaine, et il avait beau dire qu'il lui avait encore rendu service, Caroline se demandait ce qu'il allait advenir d'elle maintenant.

Il y avait une chose dont elle était sûre. C'est qu'elle allait faire une carrière dans l'édition. Elle savait que Mr Shalimar se fiait de plus en plus à ses rapports, qu'il avait plus de confiance en son opinion à elle qu'en celle de Miss Farrow. S'il suffisait de persévérance et de travail, Caroline était sûre de sa carrière.

Mais il y avait des difficultés, des difficultés avec Miss Farrow. Par exemple, celle-ci avait envoyé la liste des nouvelles promotions chez Fabian au *Publishers Weekly*, la bible du monde de l'édition, en omettant son nom. Caroline n'avait jamais entendu parler de *Publishers Weekly*, néanmoins elle avait été blessée que Miss Farrow l'en ait écartée. Au lieu d'en faire tout un plat, Caroline avait envoyé à l'hebdomadaire un petit mot poli expliquant l'« erreur », et la semaine suivante le magazine lui avait consacré un entrefilet. Caroline comprit que Miss Farrow se méfiait d'elle : l'éditrice ne prenait plus que deux heures pour déjeuner au lieu de trois et elle regardait toujours les manuscrits empilés sur la table de Caroline pour s'assurer que celle-ci n'avait rien d'important en sa possession. A la fin d'août, Caroline s'était vu attribuer un bureau à elle, le plus petit de tous, au bout de la rangée, et elle s'était mise dès lors à qualifier la visite quotidienne de Miss Farrow de Patrouille Farrow.

C'était satisfaisant de pouvoir s'intéresser autant à son travail. Un sentiment qu'éprouvaient certainement les hommes, se disait Caroline, sauf qu'ils devaient aussi se préoccuper d'argent. Ce qui la fascinait, elle, c'étaient la compétition et la réussite. Mais elle commençait également à s'intéresser à l'argent. Qu'était-ce que soixante dollars par semaine ? Une secrétaire de direction débutait à soixante-cinq. La secrétaire de Mr Shalimar en gagnait quatre-vingt-cinq. Puisque Caroline était lectrice, et qu'elle faisait prendre des livres qui rapportaient de l'argent à la maison, n'aurait-elle pas dû être payée davantage ?

Les cinquante dollars qui lui avaient paru une fortune en janvier lui semblaient à présent dérisoires. Que restait-il, une fois déduits les impôts et les cotisations de protection sociale ? Et le loyer, et la nourriture, et une bouteille d'alcool par-ci par-là, et les produits de beauté, et les bas et les chaussures et le linge qu'il fallait renouveler, et le coiffeur, et le restaurant tous les jours pour le déjeuner... Elle avait à peine les moyens d'aller à Port Blair chaque week-end. Quand elle y allait, sa mère lui glissait dans la main l'argent du billet de retour et elle n'éprouvait qu'un scrupule momentané à l'accepter. Cela valait toujours mieux que de le prendre à un homme, comme le faisait April.

Oh, April avait toujours l'intention de le rendre. Dexter Key lui prêtait dix dollars quand l'épicier du coin refusait de continuer à lui faire crédit, il lui en avait prêté cinquante pour qu'elle pût faire un geste vis-à-vis du grand magasin qui lui avait envoyé un dernier avertissement commençant par : « Nous savons que vous ne voudrez pas avoir chez vous la visite gênante d'un encaisseur... » Dexter était assez riche pour se permettre de faire ces petits dons, et April les considérait comme autant de signes de la permanence de leurs rapports. Selon l'éducation d'April, un homme ne se chargeait des dettes d'une femme que lorsque celle-ci était un membre de sa famille, sa femme ou sa maîtresse. Comme elle n'était rien de tout cela pour Dexter, elle était livrée à sa propre imagination, et l'imagination d'April était une des plus romanesques du monde.

Caroline, en bougeant légèrement pour trouver une position plus confortable sur l'appui de la fenêtre, réveilla le chat qui sauta de ses genoux. Ce n'était pas la chaleur qui l'empêchait de dormir, car, en restant parfaitement immobile, on avait moins chaud, mais de nombreux sujets de préoccupation. Le premier – auquel elle s'attaquerait dès le lendemain matin en arrivant au bureau – était cette lettre que Mr Shalimar lui avait demandé d'écrire à un auteur pour lui suggérer des corrections à apporter à son livre (cette première responsabilité vraiment importante la terrifiait). Il y avait aussi tous ces fichus westerns qu'elle n'avait toujours pas lus et qui prenaient la poussière sur un coin de son bureau. Découvrir quelque chose de valable dans la pile de manuscrits arrivés par la poste lui ferait faire un grand pas en avant parce que l'auteur travaillerait exclusivement avec elle et, s'il s'avérait capable d'écrire d'autres livres publiables, elle ne serait pas loin de devenir éditrice. Peut-être l'an prochain, à cette époque, aurait-elle droit à des notes de frais, modestes, assurément, mais qui lui permettraient d'inviter ses auteurs à déjeuner. Moi, signant une addition pour un homme ? Caroline se mit à sourire à cette seule idée. Cela n'avait rien d'impensable, pas plus en tout cas que tout ce qui lui était arrivé ces huit derniers mois. L'avenir, se dit-elle, dépend de la chance et des autres. Quand on a eu une vie protégée, on n'arrive même pas à imaginer tout ce qui peut réellement nous arriver.

Pour la première fois, April Morrison détesta le ressort saillant de son lit. Il faisait déjà bien assez chaud sans qu'il fallût encore se rouler en boule pour éviter d'avoir les côtes enfoncées par ce ressort. Elle retira son drap du lit, l'étala par terre, prit son oreiller et s'allongea là. Elle se sentit mieux. N'était-ce pas drôle que… l'amie de Dexter Key dût coucher par terre ! Que dirait-on dans la chronique mondaine des journaux ? Elle rêvait de voir leurs deux noms accolés ! Dexter lui avait dit que Walter Winchell parlait parfois de lui dans ses chroniques et depuis elle les lisait toujours, mais elle n'y avait encore jamais vu un paragraphe à son sujet.

April ferma les yeux et évoqua le visage de Dexter. Dans son rêve éveillé, il était tout près d'elle, il lui tenait la main et il lui disait : « Je vous aime chaque jour davantage. Marions-nous. » Etait-ce cela que disait un homme quand il vous demandait en mariage ? Cela ne lui était encore jamais arrivé, à elle, et elle espérait que le jour où cela lui arriverait, ce serait très romanesque. Quelle blague ! se dit-elle. Si seulement Dexter disait : « Je n'ai rien à faire aujourd'hui, marions-nous », je serais folle de joie.

Ils pourraient avoir trois enfants, d'abord un garçon qui porterait le nom de son père à lui, bien sûr, puis une fille qu'ils appelleraient Christina. Christina Key… c'était un peu dur à l'oreille, ce C et ce K. Il fallait trouver autre chose. Bonita était un joli nom, avec Bonnie pour diminutif… Le rêve éveillé se transforma peu à peu en vrai rêve. Dexter chuchotait, il enlaçait les doigts d'April. Elle s'endormit, perdue dans un rêve de son choix, et très contente.

Gregg Adams était réveillée, appuyée sur un coude au-dessus de David Wilder Savage endormi, l'écoutant respirer, contemplant son visage. Comment pouvait-il dormir avec cette chaleur ? Elle-même était si excitée et fatiguée d'avoir joué au théâtre, puis d'avoir conduit pendant deux heures la voiture qu'elle avait empruntée au régisseur pour rentrer à New York voir David qu'elle ne pensait même pas à dormir. Demain, elle serait probablement épuisée, et elle serait obligée de refaire le chemin en voiture en sens inverse. David ne pouvait pas venir la voir aussi souvent qu'elle l'avait espéré ; le pauvre chou, il montait une nouvelle pièce. Ils se voyaient en tout et pour tout trois fois par semaine seulement, et vivre sans lui était un enfer pour Gregg. Elle pensait à lui tout le temps, elle se remémorait leurs conversations, essayait de voir si elle avait dit ce qu'il fallait, si lui avait laissé échapper quelque chose d'important. Comme il cachait bien ses sentiments ! Elle ne savait pas que l'amour pouvait être cela : douter de soi-même et s'accrocher, être tantôt réconfortée, tantôt perdue suivant l'humeur de l'homme qu'on aimait.

Il était si doux après lui avoir fait l'amour : il lui posait un baiser sur le front ou sur les yeux et ne roulait pas, comme certains hommes, de l'autre côté du lit avec l'air d'en avoir terminé avec elle. Il lui tenait la main quelques minutes et puis, quand le besoin de sommeil leur donnait envie de se retirer chacun dans son monde à soi, cela n'avait rien d'un adieu. Bien qu'il ne lui eût jamais dit « Je t'aime », même dans les moments où elle avait cru que la passion et les questions répétées le feraient céder, elle était certaine qu'il l'aimait en fait. Ce n'était pas possible d'être si tendre, si affectueux, sans amour.

C'est terrible d'être une femme, pensa Gregg ; de vouloir tant d'amour, de ne se sentir que la moitié d'un être humain, d'avoir besoin de tant d'attention. Que disait donc Platon ? Un homme et une femme ne sont chacun que la moitié d'un être humain tant qu'ils ne se sont pas unis. Pourquoi n'avait-il pas convaincu davantage les hommes de cette réalité ?

10

L'automne est à New York la saison du renouveau. De nouvelles pièces de théâtre se créent à Broadway, les grands magasins changent leurs vitrines, la ronde des déménagements et des chasses à l'appartement recommence, ainsi que les cocktails. Les téléphones sonnent, le courrier se fait plus abondant, les gens se retrouvent : « Comment se sont passées vos vacances ? » demande chacun jusqu'au moment où l'on se lasse de débiter les superlatifs attendus.

Caroline Bender avait passé ses trois jours de vacances à Port Blair, sur la plage, et elle espérait perdre son hâle à temps pour pouvoir porter les nouvelles robes d'automne plus sombres. Gregg Adams avait passé ces trois jours dans l'appartement de David Wilder Savage, concession qu'il lui avait faite comme cadeau d'adieu avant le départ de Gregg en tournée d'été. April Morrison avait partagé ces trois jours entre des journées ruineuses passées chez Bonwit Teller à s'acheter une garde-robe de plage et de jardin, et des promenades en bateau et des parties de tennis avec Dexter Key. Barbara Lemont avait confié Hillary à sa mère et avait passé ses vacances – elle avait une semaine entière – dans une station balnéaire où elle avait rencontré plusieurs jeunes gens, tous épousables et tous aussi intéressés à l'idée de l'entretenir avec son enfant qu'ils auraient pu l'être par la perspective de faire un voyage sur la Lune sans masque à oxygène. Mary Agnes, qui, elle, avait deux semaines, avait vainement essayé de les faire reporter jusqu'à l'été suivant afin d'avoir quatre semaines pour sa lune de miel ; mais elle s'était résignée finalement à passer ces deux semaines chez elle, à regarder de la vaisselle, de l'argenterie et du linge de table dans les magasins et à faire de rares excursions sur la plage avec son fiancé, Bill. Mr Shalimar était allé à Cape Cod avec sa femme et ses enfants. Mike Rice avait songé à aller en Floride voir son ex-femme et sa fille, mais avait changé d'avis à la dernière minute pour aller séjourner chez des amis qui avaient une ferme dans le Connecticut. Dans l'ensemble, chacun était heureux d'être de retour et pas mécontent d'en avoir fini jusqu'à l'année prochaine avec ses histoires de vacances.

Au début d'octobre, Caroline fut invitée à un cocktail donné par une de ses anciennes camarades de lycée, qui était maintenant mariée et habitait New York avec son mari, un étudiant en médecine. Caroline éprouvait toujours une certaine répugnance à se rendre à ce genre d'invitation : elle avait horreur d'entrer seule dans une pièce pleine d'inconnus, et elle aurait préféré amener un cavalier, n'importe qui, mais Kippie lui affirma qu'il y aurait des dizaines de célibataires et qu'elle aurait besoin de toutes les filles seules qu'elle pourrait trouver. Bien que l'on considérât le Célibataire comme l'élément indispensable à une soirée réussie, une jolie femme d'une vingtaine d'années sans attaches et munie d'un travail intéressant avait tout autant de valeur et, à cette époque où on se mariait de bonne heure, était presque aussi rare.

La soirée se donnait dans un appartement de l'un de ces grands immeubles un peu vieillots occupés depuis des années par les mêmes familles d'autant moins pressées d'en partir que les loyers en sont contrôlés ; de tels logements sont donc rares. Kippie Millikin et son mari avaient eu la chance de trouver un trois-pièces sur cour. Le locataire précédent, qui avait des enfants, avait fait protéger les fenêtres par des barreaux dont les Millikin ne s'étaient pas débarrassés. Ajoutés aux carreaux encrassés et à la cour plutôt sombre, ils donnaient l'impression à Caroline de se retrouver prise au piège. L'appartement avait été provisoirement aménagé avec de vieux meubles récupérés chez les parents du jeune couple : un canapé-lit vert foncé avec un trou sur un des accoudoirs, une table basse en rotin et plateau de verre qui avait dû jadis servir dans une véranda et tout un assortiment de lampes, modernes et dix-huitième. Comme si les deux familles, qui payaient le loyer, étaient mariées ensemble, avait songé Caroline, et que leurs enfants respectifs jouaient au papa et à la maman. C'était un investissement pour l'avenir, avait rétorqué la mère de Caroline quand celle-ci lui avait fait part de ses réflexions, se hâtant d'ajouter qu'elle espérait que sa fille tomberait amoureuse d'un homme à la situation déjà bien établie.

Kippie, qui était enceinte de cinq mois et avait abandonné son poste de secrétaire, accueillit Caroline sur le pas de la porte et lui déposa sur la joue un baiser léger.

— Je suis contente que tu sois venue de bonne heure, dit Kippie. Nous avons une foule de célibataires.

Caroline ôta son manteau et le pendit dans le placard du vestibule, tout en regardant son amie. Kippie portait une robe de maternité avec des plis en accordéon qui la faisait paraître plus grosse qu'elle n'était en réalité, et un décolleté plongeant censé donner de l'allure à la robe. Elle avait les cheveux coupés court et portait une frange. Ses bras, très maigres, étaient pâles, et elle portait un bracelet en plaqué or dont on discernait déjà le métal verdi. Elle avait les ongles taillés court et ronds comme ceux d'un petit garçon, sans vernis. Elle doit avoir beaucoup à faire chez elle, songea Caroline, et préparer cette réception a dû lui donner du mal.

— On nous a offert un nouveau couvre-lit pour notre anniversaire, dit Kippie. Viens le voir, et puis je te conduirai au buffet.

Caroline imaginait peu de choses moins intéressantes qu'un nouveau couvre-lit, mais elle suivit docilement Kippie dans la chambre.

— Ce que je voulais te dire en fait, c'est qu'il y a ici un garçon que je tiens à te faire rencontrer, annonça Kippie d'un ton confidentiel. Il s'appelle Paul Landis. Il est avocat, et il est très gentil.

— Il est de New York ou de Port Blair ?

— De New York. Sa belle-sœur est une de mes amies, je l'ai rencontrée à des cours d'accouchement sans douleur. Puis elle nous a invités chez elle le mois dernier et c'est là que j'ai fait la connaissance de Paul. Dès que je l'ai vu, je me suis dit : j'aimerais bien lui trouver une gentille fille.

— Tu aimerais trouver à tout le monde une gentille fille, dit Caroline en souriant.

— Ma foi, dit Kippie en souriant à son tour, j'aime bien voir mes amis installés. Tu sais, ça te paraît sans doute très amusant de travailler, mais dans quelques années tu en auras assez. Et puis, je crois qu'une femme doit avoir des enfants quand elle est jeune, de façon à pouvoir profiter de la vie ensuite quand elle est un peu plus âgée et que son mari commence à vraiment gagner de l'argent.

— Je ne vois pas du tout pourquoi une femme devrait cesser de travailler parce qu'elle se marie, dit Caroline. Moi, mon travail m'intéresse, il me plaît.

— Peut-être que tu épouseras Paul, déclara Kippie d'un ton maternel.

— Je ne l'ai même pas encore vu !

— Je suis sûre qu'il te plaira. Il est gentil. Il plaisante toujours en disant que je suis sa petite amie. C'est une vieille plaisanterie entre nous.

— Oh, mon Dieu.

— Non, il est drôle, dit Kippie. Attends de l'avoir vu.

Caroline, tout en se recoiffant, jeta un coup d'œil à l'assortiment de flacons posés sur la commode.

— Ah, tu te servais déjà de tout cela au lycée. Je n'avais encore jamais rencontré une fille utilisant du parfum et non de l'eau de toilette. Je te trouvais très raffinée. Et je me rappelle qu'en première, c'est toi qui as inauguré le rasage des jambes. Je ne sais pas pourquoi, ça m'avait paru un peu choquant.

Kippie leva sa jambe et contempla son mollet d'un air désabusé.

— Je n'en ai pratiquement plus le temps maintenant.

— Pourquoi ?

— Parce qu'il y a mille choses à faire dans une maison dont je ne me rendais pas compte avant de me marier. Les cours d'accouchement sans douleur, les cours de cuisine, recevoir mes beaux-parents chaque dimanche ou bien aller déjeuner chez eux, les courses pour le bébé… Tout ça n'a peut-être pas l'air de grand-chose, mais je m'active beaucoup, parce que ça me plaît.

— Dès l'instant que tu es heureuse, commenta Caroline, c'est le principal.

— Je suis heureuse. J'ai toujours détesté mon travail et, quand j'ai su que j'étais enceinte, j'ai été ravie de pouvoir l'abandonner. Viens, reprit-elle en prenant la main de Caroline, je veux te présenter Paul.

Caroline jeta un dernier regard à la chambre. Le dessus-de-lit neuf avec son volant assorti semblait déplacé en regard du parquet usé, sans tapis. Les deux chaises de la pièce étaient dépareillées et il y avait de simples voilages aux fenêtres et non des stores vénitiens. Caroline se souvenait très bien de la maison où habitait Kippie à Port Blair, confortable et jolie, un peu comme celle de ses parents. Kippie avait laissé tout le charmant mobilier de sa chambre à sa sœur cadette qui allait encore au lycée. Le grand lit était neuf, la commode également, mais le reste devrait attendre. Un bébé occasionnait des frais, les inscriptions à la faculté de médecine coûtaient cher, sans parler du loyer et de la nourriture. Kippie et son mari espéraient trouver une maison en banlieue où il pourrait se faire une clientèle. Peut-être qu'elle a raison et que c'est moi qui ai tort, se dit Caroline, mais je ne pourrais pas supporter le genre de vie qu'elle a maintenant. Rien qu'une petite heure ici me déprime. Et elle voit à peine son mari, toujours à l'hôpital ou à la fac.

En aurais-je été capable pour Eddie ? s'interrogea Caroline. Et elle repensa à lui, comme à une part du passé qu'elle avait connu avant ces neuf derniers mois si importants chez Fabian. Ces souvenirs la faisaient encore un peu souffrir. Bien sûr que j'en aurais été capable pour Eddie, songea-t-elle. Je serais probablement aussi assommante que Kippie avec ses histoires de maison à tenir. Non… pas tout à fait aussi assommante. J'y aurais mis un peu d'imagination. Et puis Eddie était différent de tous les autres parce que lui aussi faisait preuve d'imagination, d'humour et de vivacité.

— Caroline, dit Kippie, je te présente Paul Landis. Paul, voici Caroline Bender, une amie de lycée, je vous ai souvent parlé d'elle.

— En effet, dit Paul.

Caroline et lui échangèrent une poignée de main, et elle l'examina plus attentivement. Il mesurait un peu plus d'un mètre quatre-vingts, ses cheveux étaient noirs et drus, son nez droit chaussé de lunettes à monture d'écaille sombre. Caroline trouva qu'il ressemblait à un grand oiseau impatient. Il portait un complet de flanelle grise très foncée, une chemise blanche avec un petit col au bord arrondi et une cravate en tricot noire maintenue par une épingle. Le complet venait certainement de chez un bon tailleur et l'épingle de cravate avait l'air d'être en or.

— Puis-je aller vous chercher de quoi boire ?

— Oui, s'il vous plaît, un Martini, dit Caroline.

— Oh, nous n'avons pas de Martini, dit Kippie. Mais Paul peut t'en préparer un !

— Avec plaisir, dit Paul. Avez-vous un grand verre ?

— Nous avons même un shaker. C'est un cadeau de mariage. Attendez-moi, je vais le chercher.

— C'est vous qui travaillez dans une maison d'édition, dit Paul. Ce doit être très intéressant.

— Quand j'ai un bon livre à lire, oui, répondit Caroline. Dans ces moments-là, je me dis : est-ce vraiment pour cela que l'on me paie ?

Paul se mit à rire.

— Avez-vous déjà publié des livres que j'aurais pu lire ?

— Je ne sais pas. Avez-vous lu *Corps au soleil* ? Ou bien *La Colline au tabac* ?

— Cela sent plutôt le plagiat que la haute littérature, observa-t-il.

En temps normal, Caroline aurait été la première à reconnaître que les Derby Books aimaient bien utiliser des titres qui soit ressemblaient à des titres déjà connus, soit semblaient promettre des récits épicés. Mais l'air réprobateur de Paul la fit se dresser sur ses ergots.

— Justement, dit-elle.

— Vous voulez dire que c'est ce que les gens demandent.

— Plusieurs millions de lecteurs, dit-elle.

— Eh bien, j'aimerais que vous m'en envoyiez quelques-uns. Cela m'intéresserait d'en lire. Je pense que vous feriez mieux de les expédier sous un emballage discret, comme on dit.

— Pourquoi n'en achèteriez-vous pas ?

— Très bien, c'est ce que je vais faire. Où les trouverai-je ?

— Dans n'importe quel drugstore.

— Entendu, dit Paul.

— Me voici avec mon shaker, annonça gaiement Kippie en s'immisçant entre eux. Maintenant, Paul va pouvoir t'impressionner.

Si voir quelqu'un préparer un cocktail est censé m'impressionner, songea Caroline, alors je devrais être amoureuse de tous les barmen de New York. Mais je ne vais pas me laisser influencer par Kippie : c'est ridicule de trouver ce garçon antipathique simplement parce que quelqu'un fait des efforts aussi visibles pour nous faire tomber dans les bras l'un de l'autre. Au fond, ce n'est pas un mauvais type, simplement il est un peu coincé.

— Laissez-moi vous analyser, dit Paul Landis en agitant le shaker. Ne croyez pas que ce soit des renseignements que je tienne de Kippie : je devine simplement en vous regardant. Voyons, vous sortez de Radcliffe ou de Wellesley.

— De Radcliffe, dit Caroline. Et ce n'est pas du tout la même chose.

— Toutes les anciennes élèves de Radcliffe disent ça. Vous habitez dans l'East Side, entre la 15e et la 18e Rue.

— A peu près, dit Caroline.

— Vous partagez votre appartement.

Cela l'agaçait un peu de se voir classer ainsi, bien qu'il ne se trompât pas. Il ne me regarde pas vraiment, se dit Caroline. Ce qui l'intéresse, c'est l'idée qu'il se fait de moi.

— Exact encore, dit-elle. Je le partage avec Gregg Adams.

— Gregg ?

Il haussa les sourcils, non parce qu'il croyait vraiment que Gregg fût un homme – chose absolument inconcevable pour lui –, mais parce qu'il ne pouvait pas laisser passer l'occasion d'un sous-entendu, aussi médiocre fût-il.

— Gregg avec deux « g », dit Caroline. C'est une comédienne.

— Vous vous entendez très bien toutes les deux, car elle n'est presque jamais là, reprit-il.

— Et aussi parce que nous nous aimons bien.

— Evidemment.

— C'est un véritable interrogatoire, dit Caroline. Je peux vous dire, moi, que vous êtes avocat.

— Ça vous ennuie ?

— Pas particulièrement. Mais j'aimerais bien un autre Martini.

— Voilà quelqu'un selon mon cœur ! Je vais en boire un avec vous.

Il se pencha sur le shaker, mesurant soigneusement le gin et le vermouth alors que Caroline jetait un regard circulaire. Elle aperçut Dan, le mari de Kippie, qui, plein d'entrain, passait un bras autour du cou de ses copains. Tout le monde à Port Blair le considérait comme un génie et parlait du bel avenir qui s'offrait à lui. Peut-être bien, se dit Caroline, et je parierais qu'il est parfait au chevet de ses malades. Parfait pour eux, pourtant je n'arrive pas à l'imaginer couchant avec Kittie, même si cela a manifestement été le cas. Il me fait penser à un gros nounours sans fourrure.

— Qu'est-ce que vous aimez ? s'informa Paul en lui tendant sa boisson. Le théâtre ? Le ballet ? Faites attention, j'ai rempli votre verre à ras bord.

Il se saisit d'une petite serviette à cocktail et essuya rapidement le pied du verre

— Voilà. J'espère que vous ne vous êtes pas tachée.

— Non, pas du tout.

— Vous avez une bien jolie robe. J'aime les femmes qui s'habillent en noir. Pour moi, c'est la seule couleur.

Il n'aurait pu en être autrement ! se dit Caroline, un brin sarcastique. N'empêche, il était gentil, prévenant, observateur. Après tout, s'il avait pu étiqueter si facilement son mode de vie, ses sentiments et ses idées, s'ils étaient si prévisibles, au lieu de l'en blâmer, peut-être devrait-elle plutôt s'interroger sur elle-même.

— Je crois que toutes mes robes d'hiver sont noires ou grises.

— Et puis c'est du bon tissu. Je fais attention aux tissus parce que mon père est dans le textile. Alors, j'ai fini par glaner quelques connaissances.

— Je suis heureuse d'avoir l'approbation d'un connaisseur, fit Caroline en souriant.

— Oh, ce n'est pas à ce point-là. Mon père voulait me faire entrer dans son affaire quand j'ai obtenu mon diplôme à l'université Columbia, mais j'ai refusé et j'ai fait mon droit.

— Vous plaidez souvent ?

— Non. Je suis avocat d'affaires. Il y a beaucoup d'argent à gagner dans ce domaine.

— Je me représentais toujours l'avocat comme un personnage très romanesque, en train de mettre le tribunal dans sa poche, dit Caroline. Voilà ce que c'est que d'être allée trop souvent au cinéma. Mais je suis un peu déçue que vous ne soyez pas de ces gens qui font des effets de manches. J'ai toujours voulu en rencontrer.

— J'ai eu la chance d'entrer dans un des meilleurs cabinets, développa Paul. Plein d'avenir. Et j'adore ce travail. Si vous aimez les livres, certaines affaires devraient vous intéresser : il y a parfois de quoi en faire un roman, ou du moins une nouvelle.

— Ah, oui ? répondit Caroline tout en espérant qu'il ne s'apprêtait pas à lui en raconter une.

Sans raison précise, elle se sentait fatiguée, très fatiguée. Elle avait eu une dure journée : Miss Farrow était perpétuellement sur son dos ; Mr Shalimar, ayant décidé de céder au désir qui le tourmentait depuis des mois, avait essayé de l'embrasser derrière son meuble à classement ; le préposé à la réception du courrier avait perdu un de leurs manuscrits les plus importants, déclenchant une panique dans tous les bureaux jusqu'à ce qu'on l'eût retrouvé.

— Si nous allions dîner en sortant d'ici ? proposa Paul. Je mangerais bien un bon steak. Et vous ?

— C'est très gentil de votre part. Mais je suis si fatiguée que je comptais rentrer me coucher.

— Mais il faut dîner ! Vous n'allez pas vous coucher sans dîner ?

— Je vous donnerais envie de dormir aussi. C'est contagieux, vous savez.

— Vous n'avez pas besoin de me parler. Je vous ferai la conversation. Je vous offre un steak et un autre Martini, et puis je vous raccompagne.

Il était vraiment gentil, que pouvait-elle lui dire ? A la vérité, elle avait faim, et cela faisait bien longtemps qu'elle n'avait pas mangé un bon steak. Il aimait bien parler et elle pourrait écouter, ce qui, de toute évidence, lui suffirait. Peut-être n'avait-il personne pour lui tenir compagnie, peut-être se sentait-il esseulé. Peut-être malgré la froideur qu'elle lui témoignait la trouvait-il sympathique. Peut-être s'était-elle montrée injuste envers lui et, si elle devait faire plus ample connaissance, ne le regretterait-elle pas.

— Alors, avec plaisir, si vous promettez vraiment de me raccompagner de bonne heure.

— C'est promis.

— Alors, je suis prête à vous suivre, dit-elle en souriant.

Il termina son verre et ils allèrent tous les deux faire leurs adieux à leurs hôtes.

Paul prit Kippie par la taille et lui plaqua un baiser sonore sur la joue.

— Puisque vous embrassez ma femme, s'exclama Dan, alors moi aussi je veux donner un baiser d'adieu à Caroline.

Et, les bras tendus, il s'avança vers elle, qui détourna la tête, pas assez vite néanmoins : Dan l'embrassa sur la bouche. Elle sentit ses dents derrière ses lèvres et sa langue tenter d'aller plus loin. Elle se libéra et fit un grand sourire à Kippie.

— Merci pour cette charmante réception.

— Merci d'être venue, dit Kippie. Amuse-toi bien avec mon ami Paul.

Elle prit son mari par la taille et leva vers Paul et Caroline un visage radieux.

— Il faudra revenir, dit le mari.

— Mais oui, renchérit Kippie. Nous pourrons faire un bridge tous les quatre un soir. N'est-ce pas que ce serait amusant ? Je te téléphonerai bientôt, Caroline, fit-elle avec un regard lourd de signification.

— Bonsoir.

— Bonsoir.

L'air frais de la rue réveilla un peu Caroline. Elle se dégagea du bras de Paul qui lui encerclait la taille et fit passer son sac de son côté pour l'empêcher de lui prendre la main. Apercevant, par la fenêtre d'un appartement éclairé, des personnes probablement réunies elles aussi pour un cocktail, elle se demanda s'il y avait dans l'assistance une fille à laquelle on voulait présenter un garçon qui pourrait l'épouser ou bien un mari qui embrassait en cachette l'amie de lycée de sa femme. Elle se sentait seule et, sans trop savoir pourquoi, un peu triste.

Le restaurant où Paul l'emmena était un de ces établissements cossus mais au décor simple et où l'on est toujours surpris de trouver une addition aussi élevée. On leur servit des steaks parfaitement grillés, bien rouges à l'intérieur, et qui ne devaient pas peser loin d'un kilo chacun. Le Martini qu'elle avait bu avant le repas lui avait agréablement tourné la tête. Elle savait que ce sentiment de dépression qu'elle avait éprouvé dans la rue rôdait quelque part derrière cette euphorie temporaire, mais, en se concentrant, elle savait aussi qu'elle pourrait le chasser, du moins pour un moment. Elle sourit à Paul en se penchant vers lui pour qu'il lui donne du feu.

— Vous ne mangez pas beaucoup, observa-t-il. Pas étonnant que vous soyez si maigre. J'aime bien les femmes qui ont un peu plus de… hum…

— De formes ?

— Non, vous avez une jolie silhouette. Je trouve simplement que vous pourriez être un peu plus ronde.

— Vous avez des goûts vieux jeu.

— C'est possible, dit Paul. J'aime la bonne vie, les dîners qui durent trois heures, une maison toujours pleine de fleurs et une femme aux formes généreuses. J'aurais dû naître au début du siècle.

— Pour savourer des repas de quatorze plats et avoir une femme qui pèse quatre-vingt-dix kilos.

— Pouah ! Certainement pas quatorze plats. Simplement un repas où l'on ne se presse pas, suivi d'un digestif et avec beaucoup de temps pour bavarder. A propos de digestif, quelle est votre liqueur préférée ?

— J'ai honte de vous le dire, mais je ne connais pas la différence.

En réalité, elle n'avait pas honte du tout : elle s'en moquait éperdument.

Il commanda deux cognacs et se renversa en arrière pour allumer une cigarette.

— Je vous ai posé la question et vous ne m'avez pas répondu : aimez-vous le théâtre ?

— Je l'adore.

— Si vous voulez venir avec moi, je prendrai des billets pour samedi prochain.

Avait-elle envie d'y aller ? Pourquoi pas ? Il était gentil avec elle et elle aimait le théâtre, alors elle serait bien bête de ne pas accepter, et pourtant, quelque chose en elle lui soufflait de faire attention. Attention à quoi, elle ne savait pas exactement, ce n'était qu'un vague pressentiment qu'elle s'empressa de chasser de son esprit.

— Ça me plairait beaucoup.

— Bon. Alors nous souperons après plutôt qu'avant, nous aurons moins à nous bousculer.

Comme tout était prévu avec lui, comme tout était bien calculé ! Il était le Savoir-Vivre personnifié. A Radcliffe, le savoir-vivre était le mot d'ordre et un sujet de plaisanterie pour les étudiantes. Faire preuve de savoir-vivre signifiait, entre autres, porter une robe et non un pantalon pour dîner, et offrir du café dans une tasse à moka au salon après le repas… A Caroline et ses amies, ces contraintes superficielles qu'il fallait maintenir coûte que coûte, même si le monde autour s'effondrait, semblaient totalement ridicules. Tasse à moka et bavardage forcé alors que vous veniez de rater trois examens ; tasse à moka et conversation anodine quand le garçon dont vous étiez amoureuse n'avait pas téléphoné depuis dix jours ; tasse à moka et discussion sans intérêt alors que vous aviez du retard dans votre cycle et que des nausées avaient fait leur apparition le matin au réveil... Elle était là avec Paul Landis, dans un restaurant cher, en train de parler des diverses façons de se rendre la vie agréable, et tout ce qu'elle avait envie de faire, c'était de lui crier : « Dites-moi donc quelque chose qui ait un sens pour moi, n'importe quoi, je ne sais même pas moi-même. Regardez-moi dans les yeux comme le faisait Mike ou Eddie, et dites quelque chose pour montrer que vous êtes ici avec moi, Caroline Bender, et non pas simplement une fille mince dans une robe noire et qui aime le théâtre. »

C'était trop demander pour une première sortie, et pourtant son instinct lui disait que ce serait toujours ainsi. Je vais bien m'amuser, se dit-elle. Il est parfaitement bien élevé. Il est gentil. Qu'est-ce que je demande, un névrosé comme Mike, comme Eddie ? Alors que voilà un charmant jeune homme équilibré qui de toute évidence me trouve sympathique.

— Voudriez-vous marcher un peu ? proposa Paul.

— Volontiers. J'ai besoin de me remettre de ce dîner pantagruélique.

— Je vous enverrai une boîte de bonbons demain. Et vous les mangerez. Vous en avez besoin.

Elle se mit à rire.

Tandis qu'il reprenait son chapeau au vestiaire, Caroline le considéra d'un œil critique. Il avait bien le genre à porter un chapeau, mais c'était un chapeau à bord étroit et qu'il portait assez cavalièrement ; du moins ne ressemblait-il pas à ceux que portait le père de Caroline. Son nez brillait un peu, après la chaleur du restaurant, mais il avait un teint clair et coloré, rayonnant de santé. Elle était certaine qu'en semaine il se couchait toujours avant minuit et qu'il ne buvait jamais trop. Il portait un costume impeccablement coupé qui, des épaules à la carrure irréprochable, descendait jusqu'à des chaussures anglaises parfaites. Il était grand et devait peser dans les quatre-vingts kilos, mais c'étaient des détails qu'elle devait évoquer délibérément, comme si elle s'efforçait de le situer dans une catégorie pour le faire exister. Peut-être lui fais-je la même impression, se dit Caroline : il a besoin lui aussi de me cataloguer pour que j'existe à ses yeux.

Dans la rue, elle reprit soudain conscience des bruits et des couleurs qui l'entouraient. Ce fut à peine si elle remarqua que Paul avait fini par se lancer dans un long récit concernant une affaire dont il s'était occupé et qui « ferait une excellente histoire ».

— Votre travail doit vous passionner, dit Caroline. C'est merveilleux.

— Oui. Je suppose que pour vous, c'est la même chose. Et pourtant, je ne comprends pas pourquoi vous perdez votre temps avec ce genre de littérature. Vous avez l'air d'une fille intelligente, qui a fait de solides études. Vous n'auriez pas pu trouver quelque chose de mieux ?

— Pas sur le moment. Une agence m'a proposé cette situation et cela m'a paru une bonne occasion. Tout ce que je voulais, c'était être occupée, peu m'importait à quoi. Il y avait quelque chose que je tenais beaucoup à oublier.

— Vous n'avez pas une tête à avoir besoin d'oublier quelque chose.

— Mais si, dit Caroline. La vie n'est pas si parfaite. Et vous, vous n'avez rien à oublier ?

Il réfléchit un moment.

— Non… à première vue, il ne me semble pas. J'ai eu de la chance. J'ai toujours eu assez d'argent, j'ai fait les études que j'avais envie de faire, j'aime bien mes amis. Je m'entends avec ma famille, je n'ai jamais eu d'autres maladies que la rougeole et la varicelle, et mon travail me passionne. Je me suis bien cassé les deux jambes en faisant du ski, mais au fond ce n'était pas si terrible, car cela m'a donné l'occasion de rester allongé et de lire des livres que je n'aurais jamais eu le temps de connaître sans cela.

— Quelle vie merveilleusement unie vous avez eue ! dit Caroline en soupirant. Pas de hauts ni de bas, une vie toute droite. Quelle chance !

— Qu'est-ce que vous racontez ? Et vous ? fit Paul. Ne me dites pas qu'il vous est déjà arrivé quelque chose dont au bout d'un an vous ayez pu dire sérieusement que c'était grave.

— Comme vous êtes sûr de vous ! J'aurais pu aller dans une maison de correction, je pourrais être orpheline. Qu'en savez-vous ? Simplement parce que je suis bien élevée et que j'habite dans un quartier convenable ?

— Je ne sais pas, dit Paul gravement. Peut-être êtes-vous allée dans une maison de correction, puisque vous en parlez. Mais si c'est cela, je ne veux pas le savoir. Je vous aime bien comme vous êtes, ce soir.

— Mais si cela m'est arrivé, dit Caroline, alors cela fait partie de moi. C'est moi.

— Alors, demanda-t-il, les yeux pétillants, êtes-vous allée dans une maison de correction ?

— Bien sûr que non.

— C'est bien ce que je pensais.

— Vous ne comprenez pas, dit Caroline. Vous ne comprenez pas du tout.

Paul héla un taxi et la fit monter.

— Vous voyez ? dit-il. Je vous raccompagne tôt, comme je vous l'avais promis.

— J'avais oublié.

— Tant mieux, dit-il.

Il étendit le bras le long de la banquette, ses doigts effleurant à peine l'épaule de Caroline. Il ôta son chapeau, qu'il posa auprès de lui, du côté de la portière.

— J'aime bien votre façon de discuter, Caroline.

— Merci.

Sa main lui tenait l'épaule maintenant, légèrement, et il s'approcha. Il lui prit la main qu'il serra dans sa main gantée. Elle sentait son haleine sur sa joue.

— C'est un plaisir de rencontrer une femme qui n'a pas la tête vide, dit-il.

Mais vous ne savez pas ce que je pense, avait-elle envie de dire. Elle lui sourit un peu nerveusement. Elle savait qu'il s'apprêtait à l'embrasser et elle ne voulait pas le vexer, mais elle n'avait pas envie de ce baiser non plus. Soudain, l'image de Mike, l'air sagace et un peu triste, vint s'interposer entre eux. Si Paul Landis savait pour moi et Mike, se dit Caroline, il en mourrait. Cela lui paraissait un peu comme une arme à utiliser : Mike, son aventure avec Mike, ses rapports avec Mike, et sa façon de la comprendre que ce garçon plein d'assurance et content de lui ne percevrait jamais.

— Vous êtes très gentil, dit Caroline. Vous êtes quelqu'un de bien.

Elle s'écarta et ouvrit à demi la vitre pour se pencher dehors.

— Regardez comme le parc est beau la nuit, reprit-elle. Quel dommage qu'on ne puisse pas s'y promener sans se faire agresser. J'aimerais bien pouvoir aller une fois au zoo la nuit ; ce doit être bizarre, non ? Les animaux seraient en train de dormir et, de toute façon, il y fait certainement trop sombre pour voir quoi que ce soit.

Elle se rendit compte qu'elle disait n'importe quoi.

— Rapprochez-vous, dit-il.

Il lui prit le visage dans une main et, de l'autre, l'attira à lui. Il avait ôté ses gants et il avait les paumes légèrement moites. Il est aussi nerveux que moi, se dit-elle, et elle ferma les yeux, se laissant aller. Il l'embrassa une fois, ce fut un long baiser, mais un seul… Puis il l'embrassa doucement sur la joue et la lâcha. Caroline eut grand-peine à réprimer un soupir de soulagement. Paul resserra l'étreinte de son bras autour de ses épaules et renversa la tête en arrière contre la banquette, les yeux fermés.

— Je vous emmènerai une fois au zoo la nuit, murmura-t-il. Si vous en avez vraiment envie.

Quand ils arrivèrent devant sa porte, Paul retint sa main un moment, mais ne demanda pas à entrer.

— Merci pour cette excellente soirée, dit-il.

— Merci à vous.

Il serra le poing et lui donna un petit coup amical sur le menton.

— A samedi… n'oubliez pas. Je vous téléphonerai d'ici là.

Il disparut, et Caroline ferma la porte derrière elle. Elle passa dans la salle de bains et se regarda longuement dans la glace. Elle se trouva plus jolie qu'elle ne l'avait été depuis longtemps, ses cheveux bouclés par l'humidité d'une nuit d'automne, la bouche un peu alanguie avec le rouge à lèvres barbouillé, ses grands yeux très bleus dans son visage hâlé. Pourquoi était-ce toujours ainsi, pourquoi avait-on toujours l'air tellement plus jolie quand on sortait avec un garçon qui n'était rien pour vous ? Ce n'était pas juste, à la fin. Mais ce n'était pas étonnant qu'il l'eût trouvée à son goût ; elle était vraiment en beauté. Elle était… séduisante. Voilà. Ou bien se sentait-elle séduisante parce que Paul l'admirait si manifestement ? C'était agréable d'être admirée par quelqu'un qui n'était pas un parfait imbécile, il fallait bien le reconnaître. Cela lui faisait plaisir. Mais elle était contente aussi d'avoir fermé derrière elle la porte de son appartement et de se dire que Paul Landis était quelque part dehors tandis qu'elle était bien tranquille chez elle. Elle avait un peu l'impression d'avoir accompli une mission épuisante et de pouvoir maintenant se reposer et récupérer toute seule.

Caroline se déshabilla, enfila son pyjama et prépara son lit. Après s'être démaquillée, brossé les dents, elle but un verre d'eau. Puis, la main posée sur la lampe qu'elle s'apprêtait à éteindre, elle sentit une vague de mélancolie la submerger. Elle s'assit sur le lit, la gorge serrée. Quelqu'un… elle avait besoin de quelqu'un à qui parler… Pourquoi Gregg n'était-elle pas rentrée ? Il était trop tôt pour elle, voilà pourquoi. Elle savait à qui elle avait besoin de parler, qui elle avait follement envie de voir. Mais elle ne voulait pas l'appeler, à quoi cela l'avancerait-elle ? Que pourrait-il faire pour elle ? Allons, se dit-elle, dors et n'y pense plus ; ça ira mieux demain. Elle savait très bien cependant que, si elle s'allongeait, elle n'arriverait jamais à s'endormir.

Prendre l'annuaire fut déjà un réconfort ; elle le feuilleta, le cœur battant, trouva le nom de l'hôtel de Mike et composa le numéro, se rendant compte au même instant qu'il était trop tôt pour qu'il fût rentré. J'espère qu'il est sorti, se dit-elle, et tout de suite après : Faites qu'il soit là !

— La chambre de Mike Rice, s'il vous plaît.

Il y eut une longue attente. Je sais qu'il n'est pas là, songea Caroline, mais maintenant qu'elle était sûre de ne pas le trouver, elle était contente d'avoir appelé, rien que pour le constater.

— Allô ?

— Oh, Mike !

— Caroline ?

— Oui.

— Où êtes-vous ?

— Chez moi, répondit-elle d'un ton léger. Où voudriez-vous que je sois ?

— Ah.

Il paraissait déçu.

— Où croyiez-vous que j'aurais pu être ?

— Je vous pensais peut-être coincée dans une soirée assommante, voilà tout, lança-t-il, tout aussi désinvolte.

— Non, j'étais à un cocktail et, ensuite, je suis allée dîner avec un garçon que j'y ai rencontré. Un avocat, un certain Paul Landis.

— Sympathique ? s'enquit-il d'un ton toujours aussi nonchalant, mais avec une pointe d'inquiétude qu'il n'arrivait pas à dissimuler tout à fait.

— Gentil, vous voyez ce que je veux dire. Très gentil pour celles qui aiment ce genre, mais ce n'est pas comme cela que moi, je le qualifierais.

— Je vois tout à fait, et je vous comprends.

L'approbation de Mike donna l'impression à Caroline qu'ils ne rendaient pas justice à Paul. Elle se sentit alors obligée de rectifier :

— Mais il est réellement gentil.

— Quel âge a-t-il ?

— Dans les vingt-cinq ans, je pense. Difficile à dire parce qu'il semble sans âge.

— Il a essayé de coucher avec vous ?

— Ciel, non ! Vous avez l'air de croire que tout le monde cherche à me sauter.

— Il essaiera.

— Pas Paul, rétorqua Caroline. Je sais que non. C'est le style mariage, deux enfants et double garage.

— Votre but, en fin de compte, lança Mike.

— Je sais. Mais pas avec lui.

— Eh bien, je suis content que vous ayez passé une bonne soirée, en tout cas.

— Oui.

— Vous allez vous coucher tout de suite ?

— Oui.

— Vous êtes fatiguée ? demanda-t-il avec une certaine hésitation.

— Je le suis maintenant, murmura-t-elle. Je n'arrivais pas à dormir, mais ça m'a fait du bien de simplement parler avec vous.

— Tant mieux.

— Eh bien…

— Caroline ?

— Oui ?

— Bonne nuit. Dormez bien.

— Bonne nuit, chéri, répondit doucement Caroline. Je vous aime.

— Je vous aime aussi.

Après avoir raccroché, Caroline se sentit très fatiguée, une bonne fatigue qui annonçait la détente et le sommeil. Elle remonta les couvertures jusqu'à son menton et éteignit la lumière. Elle se sentait comme lorsqu'elle était enfant et que sa mère lui décrivait une chambre peuplée d'anges veillant sur son sommeil.

Le lendemain après-midi, quand elle rentra du bureau, il y avait une gerbe de roses rouges déposée devant sa porte. « Vous avez besoin de bonbons, lut-elle sur la carte, mais les fleurs sont plus romantiques. Paul. »

Elle mit les fleurs dans un vase et coinça la carte au pied du vase. Non pas qu'elle y attachât de l'importance, mais Paul la remarquerait quand il viendrait la chercher samedi, et peut-être cela lui ferait-il plaisir de constater qu'elle avait conservé sa carte de visite toute la semaine.

11

— Je suis contente d'avoir plu à vos parents, dit April Morrison. J'avais peur.

April et Dexter Key étaient assis sur le petit mur de pierre de la terrasse du country-club de Hudson View. C'était un dimanche matin, à trois heures et demie, et le temps était très clair. Au-dessus d'eux, il y avait les étoiles et, devant eux, les fenêtres éclairées de la salle de danse du club par lesquelles April voyait les derniers danseurs rassemblés en petits groupes pour se dire au revoir tandis que les musiciens rangeaient leurs instruments. April portait la veste de smoking de Dexter sur ses épaules nues et elle ne voyait de Dexter lui-même que la tache blanche que faisait sa chemise et la lueur rouge de sa cigarette dans la nuit. Lorsqu'il sourit, elle vit ses dents blanches.

— Pourquoi ne leur auriez-vous pas plu ? dit-il. Toutes mes amies leur plaisent. J'ai bon goût.

— Oh… je pensais qu'ils seraient peut-être un peu plus difficiles avec moi. Parce que nous nous voyons très régulièrement et tout ça. Et que je ne suis pas… de la haute société.

— La haute société ? dit Dexter. Y a-t-il encore une haute société de nos jours ?

— Bien sûr. Et vous le savez bien.

Les feuilles sèches craquaient tristement sous leurs pieds à chacun de leurs mouvements. April y fourragea avec ses minces sandales du soir, songeant aux grands tas de feuilles qui gisaient le long de la rue, devant sa maison natale.

— Les dernières feuilles de la saison, murmura-t-elle. C'est vraiment le dernier week-end d'automne. Je n'ai jamais passé un aussi bon moment.

— Tu passes toujours de bons moments avec moi, n'est-ce pas ? demanda-t-il en lui mordillant le cou.

— Oui.

— Nous allons rentrer en ville, murmura Dexter, et je te préparerai le petit déjeuner. Je ne l'ai encore jamais fait, n'est-ce pas ?

— Non… cela me fera très plaisir. Tu sais quoi ? Ne nous couchons pas de la nuit et, au matin, nous irons à l'église.

— A l'église ?

— Je n'y suis pas allée depuis que je te connais, dit April. J'avais promis à mon père que j'irais tous les dimanches, à New York, mais tous les dimanches matin, je dors comme une souche.

— Et avant de me connaître, combien de fois y es-tu allée ?

— Deux fois, dit-elle, gênée. Les deux premiers dimanches où j'étais ici. C'était surtout que je m'ennuyais, je crois.

— Alors, ne rejette pas la faute sur moi, dit Dexter, un peu sur la défensive.

— Je ne rejette pas la faute sur toi, mon chou. Simplement, j'ai pensé que ce serait gentil d'aller à l'église ensemble aujourd'hui.

— Je ne t'ai jamais dit ce que tu devrais faire, dit Dexter. Je ne t'ai jamais obligée à faire quelque chose que tu ne voulais pas faire… n'est-ce pas ?

— Non…

— Alors, cesse de m'ennuyer.

Des larmes montèrent aux yeux d'April.

— Dexter, il y a des moments où tu es vraiment dur ! Et je ne sais pas pourquoi.

Elle aurait aimé pleurer pour de bon, lui montrer combien il lui faisait de peine par ses remarques agressives.

— Qu'est-ce que j'ai dit ?

— Tu as dit que je t'ennuyais.

— C'est vrai.

Il se leva.

— Partons, dit-il, non sans douceur. On va fermer les portes et, après cela, nous serions obligés de dormir sur la terrasse.

Elle le suivit à travers la salle de bal au sol brillant et jusqu'au vestiaire. Comme il était beau en tenue de soirée ! Elle était fière de lui. Elle avait vu que sa mère était fière de lui aussi, qu'elle ne le quittait pas des yeux. C'était à peine si elle avait regardé April. Mais elle avait quand même fini par lui serrer la main avec chaleur et par lui dire : « Il faut que vous veniez déjeuner avec moi un de ces prochains jours. » Mon Dieu, pensa April, qu'est-ce que je pourrai bien lui dire ? Je laisserai probablement tomber la salade sur mes genoux. Tout de même… la mère de Dexter voulait déjeuner avec elle. De toute évidence, elle savait qu'April représentait plus pour Dexter que toutes ces autres filles avec lesquelles il sortait ou même parfois couchait.

Dexter releva la capote de la Jaguar, de sorte qu'une agréable chaleur régna dans la voiture. April enfonça les mains dans les poches de son manteau et sourit au jeune homme.

— Je vais aller à l'église quand même aujourd'hui. Toute seule, si tu ne viens pas.

Dexter haussa les épaules.

— Pourquoi ce renouveau de ferveur religieuse, tout à coup ?

— Simplement parce que j'ai eu tellement de chance, ces temps derniers. De venir à New York, de trouver cette place, de te connaître ; et puis il y a tout ce que tu fais pour moi. J'estime que je dois faire quelque chose en retour.

— Fais quelque chose pour moi, en ce cas, dit Dexter.

— Je ferais n'importe quoi pour toi ! Dis-moi quoi.

Il regardait la route, droit devant lui, et il sourit, en secouant un peu la tête.

— Cesse de me repousser.

— Oh, Dexter ! Je ne te repousse pas. Je t'aime.

— Tu as une jolie façon de le montrer.

— Tu sais bien que je te laisse faire certaines choses…

April baissa la tête, se sentant rougir. Elle préférait ne pas penser à ce qu'ils faisaient lorsqu'ils flirtaient de manière poussée.

— Tu as une moralité un peu particulière, je trouve. Crois-tu qu'en me repoussant comme tu le fais, cela m'encouragera à penser plus à toi ?

— Je ne peux pas m'en empêcher.

— Voilà l'argument le plus médiocre que j'aie jamais entendu ! N'importe qui est capable d'être maître de ses actions. Ou en tout cas, il doit faire son possible pour y arriver. Sinon, un individu aussi velléitaire ne mérite pas d'être connu.

— S'il te plaît, ne nous disputons pas. Jusqu'à maintenant, tout s'est tellement bien passé.

— Je ne me dispute pas. Simplement, puisque tu vas finir par céder un jour, pourquoi attendre et nous faire souffrir tous les deux ?

— Je suis désolée.

— Non, tu ne l'es pas, c'est évident.

Tous deux gardèrent le silence pendant un long moment.

— Dexter ? dit enfin April. Est-ce que tu épouserais une fille qui ne serait pas vierge ?

— Bien sûr.

— Je ne parle pas d'une fille qui aurait eu beaucoup d'amants. Je parle… par exemple… d'une fille qui aurait été vierge avant de te connaître.

— Même si elle avait eu beaucoup d'amants, cela me serait égal, dit Dexter. Si je l'aimais et si j'avais envie de passer le reste de ma vie avec elle, je l'épouserais. Un point c'est tout.

April passa sa langue sur ses lèvres et se perdit dans la contemplation d'une de ses mains.

— Tu saurais que si tu étais le premier ce serait parce que cette jeune fille tiendrait beaucoup à toi… n'est-ce pas ? Que ce serait une véritable lutte pour elle…

— C'est pour cela que je déteste coucher avec une vierge, dit Dexter d'un ton ferme. Elles s'imaginent qu'elles vous donnent la chose la plus importante qu'elles puissent vous donner de toute leur vie. Et qu'est-ce qu'elles vous donnent en réalité ? Ça leur fait mal, elles n'ont pas la moindre idée de la façon de se conduire au lit… tout ça est vraiment casse-pieds pour le garçon. Quand je sais qu'une fille est vierge, je n'essaie même pas de flirter avec elle.

— Eh bien, moi, je suis vierge, dit April d'un ton indigné.

Il lui prit la main.

— Ce n'est pas la même chose, dit-il, plaisantant à demi. Je t'aime, alors je suis prêt à supporter les inconvénients.

— Oh, Dexter ! Rien n'est sacré pour toi, n'est-ce pas ?

— Pas ça, en tout cas.

— Quoi alors ?

— L'amour, dit Dexter. Ce que deux êtres possèdent ensemble quand ils se parlent ou qu'ils se taisent ensemble. Le fait qu'ils pensent l'un à l'autre, qu'ils tiennent l'un à l'autre. Si j'aime une fille, je veux que nos rapports soient complets, et non partiels. Je veux être avec elle tout le temps, à chaque minute, de toutes les façons, et non pas avoir à lutter contre quelqu'un qui se débat comme une collégienne chaque fois que je lui dis bonsoir devant sa porte.

— Mais nous ne nous battons pas, dit April, la tête basse.

— Tu appelles peut-être ça sauver ton honneur. Pour moi, c'est d'un ennui mortel.

— C'est que je ne sais pas quoi faire, dit April.

Il répondit d'un ton indifférent, un peu vexé :

— Fais ce que tu veux.

— J'ai peur de faire ce que je veux, dit April doucement.

— Ne me demande pas de te dorer la pilule, dit Dexter. Je ne veux pas que tu me reproches ensuite d'avoir gâché ta vie.

— Mais tu ne la gâcherais pas, Dexter.

— Merci de me le dire, au moins.

— Oh, Dexter.

De nouveau, ils gardèrent le silence, un long moment cette fois. April voyait les lumières de la ville, au loin, et, sans qu'elle comprît bien pourquoi, cette vue l'attrista. C'était la première fois que la vue de New York, la sensation qu'elle revenait dans la ville de ses rêves, ne l'excitait pas. Elle était trop tendue pour avoir sommeil, mais elle était fatiguée. Comme la vie était devenue compliquée !

— Nous nous arrêtons à l'épicerie ouverte la nuit ? demanda-t-elle. Tu as besoin de quelque chose ?

— De pain, je crois, dit-il.

Comme c'était merveilleux, ces petits problèmes domestiques : l'épicerie, les repas, les choses que les gens faisaient ensemble quand ils vivaient ensemble et qu'ils étaient habitués l'un à l'autre. On aurait presque pu croire que Dexter et elle vivaient ensemble, qu'ils étaient mariés. Ils se marieraient un jour, April en était certaine. Avec tout le temps qu'il passait en sa compagnie à elle, il n'avait sûrement pas l'occasion de rencontrer une autre fille. Elle se rapprocha de lui, posa la tête sur son épaule et, au bout d'un moment, il enleva une main du volant et enlaça April, la serrant contre lui.

12

Environ deux semaines avant Noël, l'arbre qui devait être placé dans la salle de réception des Editions Fabian arriva et les secrétaires commencèrent à décorer les bureaux. Leurs patrons, qui avaient des monceaux de choses à terminer avant le long week-end de Noël, les regardaient faire avec des sourires d'amusement feints, tandis qu'intérieurement ils bouillaient d'agacement.

Comme Noël tombait un jeudi cette année-là et que tout le monde voulait passer le réveillon en famille, la fête annuelle du bureau fut fixée au mardi, c'est-à-dire deux jours avant Noël. On avait loué la grande salle de bal de l'hôtel President Hoover pour le repas et le bal qui devait suivre. Comme tout cela avait coûté fort cher, quinze dollars par tête, murmurait-on, les épouses, époux ou amis des employés n'étaient pas invités.

— C'est une façon d'encourager l'inceste, dit Gregg à Caroline lorsque celle-ci lui raconta la chose.

— Je ne sais pas avec qui je vais être incestueuse cette année, dit Caroline. Mike et moi ne sommes plus que… des amis, et les autres types du bureau me donnent à peu près tous la chair de poule.

Elle était assez surprise de s'entendre parler sur ce ton, même en plaisantant. Mais elle se sentait nerveuse et insatisfaite, et y faire allusion de cette façon dans sa conversation avec Gregg était la seule manière qu'elle eût de l'exprimer. Depuis qu'ils s'étaient rencontrés, elle voyait Paul Landis une fois par semaine mais, bien qu'elle éprouvât un certain plaisir à sortir avec quelqu'un qu'elle aimait bien, dont elle pouvait deviner à l'avance toutes les réactions, elle ne parvenait pas à éprouver plus de tendresse pour lui qu'elle n'en avait éprouvé la première fois qu'ils s'étaient vus. Il lui envoyait des fleurs, il l'emmenait dans des boîtes de nuit, ils avaient vu ensemble toutes les bonnes pièces et Caroline mangeait mieux qu'elle ne l'avait fait depuis des mois. En échange, Paul ne lui demandait que de l'embrasser en le quittant (trois ou quatre baisers au lieu d'un, maintenant) et de se montrer une compagne agréable. Il la traitait comme une poupée fragile. Flirter avec Paul représentait pour Caroline une distraction des plus anodines et, quand il s'approchait tout près d'elle et qu'elle se rendait compte que, pour lui, cela représentait bien plus, elle en était un peu choquée : comme si, embrassant son oncle préféré, elle le trouvait soudain haletant.

— D'ailleurs, fit Gregg, ils sont presque tous mariés, non ? Mariés ou pédérastes ou si jeunes et si pauvres qu'ils n'auraient même pas de quoi vous payer un sandwich.

— Je trouve que c'est vraiment jeter l'argent par les fenêtres que d'organiser une si belle réception pour un tas de gens qui ne s'apprécient pas beaucoup. Je n'ai pas besoin de me mettre sur mon trente et un si j'ai envie de boire un lait de poule avec Mary Agnes !

— Sans compter ce superbe orchestre pour vous permettre de danser avec Mr Shalimar... Je suis bien contente de ne plus travailler ici.

— Paul m'a demandé de le retrouver après la fête, dit Caroline, et je me demande si je ne vais pas le faire.

— Est-ce qu'il vous a déjà demandée en mariage ? demanda Gregg, dont le regard s'alluma.

— Il fait des allusions. Vous savez, les comparaisons entre nos intérêts dans la vie, en insistant sur les intérêts domestiques.

— Il y a probablement une brave fille à l'heure actuelle qui ne rêve que de l'épouser.

— Je sais. Je suis idiote. Mais je n'arrive pas à croire que j'aie tout à fait tort.

— Vous continuez à préférer l'amour.

Néanmoins, le jour de la fête, Caroline s'aperçut qu'elle y pensait avec un certain plaisir, après tout. Elle n'avait pas vu grand-chose de la fête d'été et celle-ci serait quelque chose d'entièrement nouveau pour elle. Il y aurait peut-être quelqu'un d'intéressant d'un autre service. Il y aurait peut-être même un vice-président qui oublierait son sens de la hiérarchie après quelques scotchs. Si la rumeur disait vrai, Miss Farrow n'avait rien perdu à se lier avec un vice-président. Elle-même ne pourrait jamais devenir la maîtresse de quelqu'un pour progresser dans sa carrière, mais il y avait d'autres genres de rapports entre les gens, qui n'avaient rien de malséant, et qui l'aideraient quand même à émerger de la foule des petites secrétaires et des lectrices ambitieuses de chez Fabian.

C'était bizarre de se maquiller, de mettre des bijoux et de se parfumer à huit heures du matin. Après avoir essayé et rejeté quelques robes parce qu'elle les trouvait trop habillées, Caroline se décida enfin pour une simple robe de lainage noire, assez chère, qu'elle mettait quelquefois lorsqu'elle allait dîner dehors après le bureau. De sous ses couvertures, Gregg la regardait d'un œil endormi.

— Amusez-vous bien, dit-elle. Enivrez-vous pour moi.

— Je ne compte pas m'enivrer, même pour mon propre compte, dit Caroline.

Mais elle avait l'impression que si elle buvait un tout petit peu, elle s'en sortirait mieux.

Lorsqu'elle arriva au bureau, à neuf heures et quart, elle trouva April qui l'attendait, les yeux brillants d'excitation.

— Admirez le mannequin ! dit-elle à Caroline.

April portait un fourreau de lainage beige clair, qui moulait son corps, et Caroline vit, pendu à son portemanteau, un manteau de cachemire assorti à la robe. C'était une partie de la garde-robe d'hiver qu'April avait achetée à crédit dans les grands magasins, avant même d'avoir fini de payer ses vêtements d'été. La couleur de la robe et du manteau s'alliait aux cheveux dorés d'April et la rendait extraordinairement belle. Caroline se rappela la fille au tailleur bleu usé et aux longues boucles emmêlées qui était arrivée au bureau l'année précédente et elle eut peine à croire que c'était la même personne. Elle se souvenait très bien de cette autre April, mais c'était comme si elle se rappelait une fille qu'elles avaient toutes les deux bien connue, mais qui avait disparu et à laquelle on pouvait penser de temps à autre avec un sourire affectueux et compatissant.

— Il ne faut pas manquer le spectacle, dit April.

Prenant Caroline par la main, elle la conduisit dans le bureau des dactylos. Il y avait là Brenda, assise devant sa table, resplendissante dans une robe de lamé or, très serrée, avec un nœud sous la poitrine, des escarpins mordorés à talons aiguilles et un collier de fausses perles à multiples rangs. Elle buvait son café du matin dans une timbale en carton sur le bord de laquelle elle laissait un demi-cercle de rouge à lèvres et, à côté d'elle, s'entassait une pile de lettres dont elle ne s'occuperait certainement pas aujourd'hui.

— Une call-girl après une rude nuit, murmura Caroline.

— Vous croyez qu'elle a pris le métro dans cette tenue ? demanda April sur le même ton, réprimant avec peine un fou rire.

— Quelle importance ? dit Caroline. Son mari la trouve splendide.

Mary Agnes leur fit signe. Elle portait une robe bleu pâle faite dans une espèce de tissu frisotté qui avait l'air d'angora ou de poil de lapin, avec un petit col montant d'angora blanc. Elle paraissait maigre, plate, et on lui aurait donné seize ans.

— Mais enfin, leur dit Mary Agnes, vous n'allez pas vous habiller pour la fête ?

— Nous sommes habillées, dit Caroline.

Mary Agnes se contenta de hausser les épaules.

Parmi les autres filles, certaines étaient vêtues de façon plus discrète de jupes de velours noir avec des cardigans blancs ornés de perles, ou de robes de taffetas unies avec des jupons importants.

— Où est Miss Farrow ? demanda Caroline.

— Oh, elle ne vient jamais le jour de la fête du bureau, dit Mary Agnes. Elle considère que c'est une perte de temps. Elle se donne congé ce jour-là en disant qu'elle le mérite bien.

— Ça me fait plaisir, dit April, parce que moi, en tout cas, je le mérite. Mais elle aurait quand même pu me prévenir.

Depuis le départ de Gregg, April servait de secrétaire à Miss Farrow en attendant que soit trouvée une véritable remplaçante. En fait, ce n'était pas un travail si désagréable en cette période de Noël, car April passait la plus grande partie de ses journées dans les magasins à acheter des cadeaux pour la famille de Miss Farrow : sa mère, son père, sa sœur, ses deux frères et leurs enfants qui étaient restés à Racine, dans le Wisconsin. Il y avait aussi plusieurs cadeaux chers destinés à des hommes. Comme Miss Farrow avait demandé à April d'apporter ces derniers cadeaux au bureau afin qu'elle puisse les remettre elle-même à leurs destinataires, il était bien certain que ceux-ci n'étaient pas des parents. April et Caroline avaient décidé qu'on n'achetait pas un veston d'intérieur et une robe de chambre de soie au même homme en même temps et que, par conséquent, il devait y avoir deux hommes.

« Mr Bossart doit avoir un rival, avait dit Caroline.

— Vous croyez qu'un des cadeaux est pour lui ? avait demandé April, au comble de la joie.

— S'ils sont amants, j'imagine qu'elle lui offre quelque chose pour Noël. Ne serait-ce… telle que je connais Miss Farrow… que pour être sûre d'avoir quelque chose en retour.

— Vous ne la croyez pas capable d'amour ?

— Peut-être qu'elle l'aime. Mr Bossart est assez bel homme dans le genre un peu âgé.

— Peut-être que c'est l'autre qu'elle aime, avait soufflé April. Le rival. »

Caroline se rappelait cette conversation. En dépit de tous les bruits qui couraient sur le compte de Miss Farrow et de Mr Bossart, elle-même continuait à penser qu'une femme se faisait une place dans une maison malgré une liaison avec un des directeurs, et non à cause de cela. Après tout, Mr Bossart était marié, il avait des enfants et une réputation dans son quartier qu'il ne pouvait se permettre de détruire. Peut-être était-il vrai que, comme le disait tout le monde, personne ne pouvait renvoyer Miss Farrow, quoi qu'elle fît ou qu'elle ne fît pas au bureau, parce qu'elle couchait avec Mr Bossart. Mais Caroline ne pouvait s'empêcher de se demander si, en dépit de leur liaison, Mr Bossart ne serait pas soulagé de voir Miss Farrow disparaître opportunément de sa vue. Des rumeurs avaient dû parvenir jusqu'à lui ; même s'il était maintenant vice-président, il n'était pas si loin de tout cela.

Elle se rappela d'autres bruits qui circulaient dans les bureaux. On disait que Mr Bossart avait un magnétophone caché sous sa table, de sorte qu'il pouvait enregistrer tout ce qu'on disait quand on était dans son bureau. Le vieux Fabian, lui, avait un moyen de contrôler toutes les conversations téléphoniques afin de savoir qui n'était pas loyal vis-à-vis de la maison. Une des femmes de ménage faisait office d'espionne pour le compte de la maison. Caroline avait tendance à n'attacher aucune foi à toutes ces rumeurs… mais comment pouvait-elle être absolument certaine qu'elles étaient fausses ? Nombre d'employés croyaient toutes sortes de choses par ignorance, par crainte et par désir aussi de rendre plus passionnante une existence monotone. C'était évidemment plus excitant de faire une chose aussi banale que de téléphoner à l'imprimerie quand on se disait que Mr Fabian lui-même était en train d'écouter votre conversation.

A trois heures et demie, les filles commencèrent à se rendre aux toilettes par groupes pour se recoiffer, se mettre du parfum et bavarder. A quatre heures et demie commença la migration vers l'hôtel President Hoover, les gens se rassemblant pour partager les taxis, plutôt rares à cette heure de pointe.

Mike, sortant de son bureau, rencontra Caroline.

— Vous voulez partager mon taxi ? lui demanda-t-il.

— Excellente idée. Il faut que nous emmenions April, je lui ai promis que j'irais avec elle.

Caroline, April et Mike Rice eurent, grâce à l'habileté de ce dernier, un taxi pour eux trois seulement.

Caroline avait toujours aimé le genre d'homme capable de prendre les choses en main, de trouver un taxi pendant les heures de pointe, de la guider à travers une foule, d'attirer l'attention d'un garçon dans un restaurant plein, bref d'agir avec assurance. Depuis qu'elle connaissait Mike, elle avait remarqué combien les hommes plus jeunes manquaient souvent de cette aisance : soit ils se montraient exigeants et parlaient très fort, soit ils étaient gênés et s'exprimaient trop bas pour se faire entendre.

Avant de pénétrer dans la salle de l'hôtel President Hoover, on traversait une sorte de galerie aux murs couverts de miroirs dans laquelle se trouvaient un bar et quelques tables rondes. A droite de la salle de bal, il y avait un petit salon où jouait un orchestre de cinq musiciens. La salle de bal elle-même était meublée de tables rondes plus grandes recouvertes de nappes blanches avec des bouquets au centre ; des serveurs en livrée rouge allaient et venaient d'un pas glissant pour déposer des plateaux de canapés et des carafes d'eau glacée sur les tables et apporter une chaise de plus par-ci par-là. Caroline entra dans la galerie entre Mike et April. Elle connaissait beaucoup de gens parmi ceux qui se trouvaient déjà là, et elle se sentait très à son aise. Elle était loin de la jeune fille timide qui s'était rendue à contrecœur à la fête d'été.

Mike se fraya un chemin parmi la foule qui entourait le bar et revint avec des verres pour eux trois. Caroline ne pouvait s'empêcher de se rappeler les sentiments qu'elle avait éprouvés à son égard à l'autre fête, qui paraissait aujourd'hui si éloignée dans le temps, et lorsque son regard croisa celui de Mike, elle vit que lui aussi pensait à ce jour-là. Un instant, l'étincelle jaillit de nouveau entre eux, et le cœur de Caroline se mit à battre plus fort. Elle sentit une douceur mêlée de tristesse l'envahir.

Mike se pencha vers elle et l'embrassa très doucement sur les lèvres.

— Joyeux Noël, dit-il à mi-voix.

Elle eut beaucoup de mal à articuler :

— Joyeux Noël.

— Pour April aussi. Joyeux Noël, April.

Il embrassa April. Des serveurs circulaient au milieu de la foule avec des plateaux chargés de verres de whisky à l'eau et tout le monde buvait comme avant d'embarquer sur un canot de sauvetage. Il vida le sien en une minute et retourna au bar en chercher d'autres. Caroline regarda autour d'elle. Il y avait là Mr Bossart, qui, avec son épaisse chevelure brune tachetée d'argent, rappelait à Caroline un manteau de loutre que portait jadis sa mère ; il avait un visage carré qui avait dû lui donner un air gentil d'enfant de chœur quand il avait une vingtaine d'années mais qui était devenu beau avec la cinquantaine, avec cette illusion de force que l'âge donne quelquefois. Il portait un pantalon de flanelle grise et une veste de tweed brun à petits revers avec deux fentes dans le dos qui le faisait ressembler à un jars. Sa cravate de laine rouge était ornée de petites voitures de sport blanches imprimées. Caroline essaya de le suivre des yeux tandis qu'il se frayait un chemin dans la foule pour saluer tous les gens qu'il connaissait, mais elle le perdit bientôt de vue. Elle aperçut quelques-unes des secrétaires qui, faisant tapisserie, bavardaient avec animation comme si elles venaient de faire connaissance et ne travaillaient pas côte à côte à longueur de journée.

Mike revint avec trois verres de whisky soda et une petite histoire que lui avait racontée quelqu'un pendant qu'il faisait la queue au bar. Caroline commençait à ressentir une agréable chaleur intérieure. April, elle, semblait ne plus y voir très clair, comme cela lui arrivait toujours après son deuxième verre.

— Caroline, murmura-t-elle, venez aux toilettes avec moi.

— Pourquoi faut-il toujours que les filles aillent aux toilettes par deux ? demanda Mike, amusé.

— Pour parler des garçons, bien sûr, dit Caroline. Nous revenons tout de suite, gardez-nous nos places, s'il vous plaît.

Il était encore trop tôt pour qu'il y eût foule aux toilettes. April s'assit sur un banc dans la partie cabinet de toilette et s'examina dans la glace avec un regard un peu vague.

— Dites-moi, demanda-t-elle d'une petite voix, vous croyez qu'une fille n'a plus le même air qu'avant quand elle a un amant ? Est-ce que ça se voit ?

— J'espère que non, dit Caroline.

— Je me demandais.

— Quelle drôle d'idée ! Qu'est-ce qui vous a fait penser à ça, tout d'un coup ?

— Oh, Caroline, dit April, j'ai eu envie de vous le dire tout de suite, mais comment dit-on ces choses à quelqu'un ?

— Dexter et vous ? dit Caroline.

April rougit.

— Nous couchons ensemble depuis deux semaines.

Caroline essaya de ne pas sourire.

— A vous entendre, on croirait que c'est depuis deux années.

— Ça vous choque ?

— Bien sûr que non.

— Je me souviens de nos discussions à ce sujet, dit April. Vous vous rappelez ?

— Je pense bien.

— Et que je me demandais si on faisait cela sur ou sous la couverture ?

— Tout à fait.

April regarda ses ongles et haussa les épaules en souriant.

— Eh bien… la première fois… en pleine action, je me suis dit tout d'un coup : Maintenant, je sais. Et j'ai pensé : Il faudra que je le raconte à Caroline. Vous êtes ma meilleure amie. Je ne le dirais jamais à quelqu'un d'autre.

— Je suis contente que vous me l'ayez dit.

— Ce n'est pas une simple aventure, reprit April d'un ton rêveur. Nous allons nous marier. Je le sais. Ces choses-là, on les sent.

— Vous avez envie de l'épouser ?

— Bien sûr ! s'exclama April, choquée.

Puis elle sourit et se mordit la lèvre.

— Je dois vous paraître terriblement naïve, mais je n'aurais jamais pu coucher avec Dexter s'il n'était pas le seul homme qui existe au monde pour moi. Je meurs d'envie de l'épouser.

— J'espère que vous le ferez, et bientôt, dit Caroline avec chaleur.

— Il est si gentil avec moi, Caroline, dit April en soupirant. Il est si doux ; il m'aime, j'en suis certaine. Il va venir à Colorado Springs à Noël pour faire la connaissance de ma famille.

— C'est merveilleux !

— Ce n'est pas encore absolument sûr qu'il puisse venir avec moi. Il va essayer d'échapper à des réunions de famille. Sa mère fait toujours un grand repas de Noël, avec toute la famille depuis le grand-père de quatre-vingt-dix ans jusqu'aux petits-enfants. Mais il va essayer… et si ma famille lui plaît et s'il plaît à ma famille…

— Autrement, vous pourriez peut-être aller à son repas de famille à lui, dit Caroline. D'ailleurs, je me demande où vous trouverez l'argent pour le voyage.

— Il me l'a donné, dit April. Il m'a offert une adorable chaussette de feutrine rouge avec un billet d'avion aller et retour dedans. Il m'a dit qu'il savait que je m'ennuyais de mes parents et que nous avions quatre jours de congé pour Noël.

— Il est vraiment gentil avec vous !

— Ce qu'il y a d'affreux, avoua April, c'est que je ne m'ennuie pas du tout de mes parents. Je m'ennuierai plus pendant ces quatre jours si lui reste ici que pendant toute l'année que j'ai passée seule à New York. Mais je n'ai pas eu le courage de le lui dire, après qu'il a été si généreux pour mon billet. Franchement, j'espérais plutôt aller dans sa famille à lui parce que je n'ai jamais vu que son père et sa mère, et encore je ne les connais pas bien du tout. Mais enfin, maintenant que j'ai mon billet et que je sais que je vais vraiment aller chez moi, je suis follement impatiente.

— Vos parents ne vont pas vous reconnaître.

— Je sais, dit April. Je suis restée réveillée toute la nuit à penser à ce que je pourrais faire pour les épater à ma descente d'avion. L'idée m'est venue d'acheter deux caniches blancs et d'en porter un sous chaque bras, de mettre mon manteau neuf, de me faire coiffer par Claude…

— Allons, pas de folies, dit Caroline. Pour autant que je connais les mères, la première chose que dira la vôtre, c'est « Comme tu as maigri ! » et elle ne remarquera même pas le reste.

— J'ai l'impression d'être partie de chez moi depuis des années. J'aimerais tellement que Dexter puisse venir avec moi.

— Il viendra probablement, dit Caroline pour la rassurer.

— C'est ce que je continuerai à croire tant que le contraire ne sera pas arrivé, dit April. Sinon, je souffrirais doublement. Si je crois qu'il viendra et qu'ensuite il ne peut pas, je ne souffrirai qu'une fois.

Voilà bien résumée la philosophie de la vie d'April, songea Caroline avec, pour la première fois, une vague pointe de malaise.

— Retournons auprès des autres, dit-elle. Mike ne pourra pas garder nos places beaucoup plus longtemps et il croira que nous l'avons abandonné.

Elle sortit des toilettes derrière April, regardant son dos bien droit, les cheveux d'un blond cuivré puis, April tournant la tête, son profil de mannequin, et elle se dit : c'est presque un crime qu'elle soit si jolie et si chic. On s'imagine toujours qu'une fille dans son genre est quelqu'un de solide et qui a de la chance avec les hommes. Quelle ânerie ! Elle a l'air de porter une armure en papier cadeau.

Lorsqu'elles revinrent dans la galerie, celle-ci s'était déjà à demi vidée et les tables de la salle de bal commençaient à être occupées. Caroline chercha Mike à leur table, puis dans le bar, mais il avait disparu. Elle le vit alors debout devant une table, au centre de la salle de bal ; il essayait d'attirer leur attention.

— Sa façon de s'occuper de nous n'est-elle pas merveilleuse ? demanda-t-elle à April.

Elles se frayèrent un chemin entre les tables jusqu'à celle où Mike les attendait.

— Nous sommes à la même table que Mr Bossart ! murmura April.

La table était, en fait, juste assez grande pour six personnes, mais on avait glissé une septième chaise. Il y avait là Mr Shalimar et Barbara Lemont, Mr Bossart, qui se leva lorsque les deux jeunes filles approchèrent, deux chaises vides et Mike Rice, un bras passé d'un geste protecteur autour des épaules de Mary Agnes. Mary Agnes avait l'air très impressionnée, comme si elle se demandait ce qu'elle faisait en si noble compagnie.

— Vous connaissez tout le monde ? demanda Mike. Vous connaissez Mr Bossart, n'est-ce pas ? Caroline Bender, April Morrison.

Mr Bossart tendit la main à Caroline. C'était une main très dure, à la peau soyeuse, que Caroline n'aima pas du tout. Elle eut la sensation de serrer un morceau de bois. Mr Bossart lui sourit aimablement, de toutes ses dents de collégien, elle lui rendit son sourire et s'assit à côté de lui.

— Vous permettez ?

— Je vous en prie, dit Mr Bossart.

April prit place sur l'autre chaise vide, entre Caroline et Mike. Il y avait sur la table une bouteille de whisky, un seau à glace, une carafe d'eau et deux bouteilles de soda. Mike servit à boire à Caroline et à April.

— C'est ma petite lectrice, dit Mr Shalimar, se penchant sur la table et désignant Caroline.

Il avait la voix un peu épaisse et un ton agressif qui firent comprendre à Caroline que c'était lui qui avait déjà vidé à demi la bouteille de whisky posée sur leur table.

— Ah oui, dit Arthur Bossart.

Il regarda Caroline avec un intérêt nouveau.

— Cigarette ?

— Merci.

— Elle n'est chez nous que depuis un an, et elle est lectrice, insista Mr Shalimar. Un an seulement… Elle est très ambitieuse. Très ambitieuse.

— Et douée aussi, je présume, dit Mr Bossart.

— Douée ? Qu'est-ce que cela veut dire ? demanda Mr Shalimar.

Son ton était devenu plus agressif encore.

— La formation, c'est ce qui fait tout. L'expérience et la formation. Je vois arriver des petites étudiantes qui s'imaginent qu'elles vont dire à tout le monde ce qu'il faut faire. Elles s'imaginent qu'elles ne feront qu'une bouchée du monde. Elles ne savent pas le temps qu'il faut pour devenir éditeur.

— Je suis sûr qu'avec vous Miss Bender profite de la meilleure formation qui soit, plaça aimablement Mr Bossart.

— Le talent, marmonna Mr Shalimar. Elle croit qu'elle peut arriver simplement avec du talent.

Caroline serra les poings sous la table et prit une profonde inspiration, tout en souriant à Mr Shalimar d'un air qu'elle espérait plein d'une charmante innocence.

— Je crois que la première fois que j'ai pensé pouvoir devenir éditrice, c'est grâce à ce que vous m'avez dit à mon arrivée, Mr Shalimar, commença-t-elle en le regardant avant de se tourner vers Mr Bossart. Je me souviens que nous étions tous au bar… Mike était là, vous vous rappelez ? Vous m'avez dit que l'instinct était ce qu'il y avait de plus important pour un éditeur. Ça et l'enthousiasme. Il me semble que cet instinct est une forme de talent, vous ne pensez pas ?

— J'en ai l'impression également, acquiesça Mr Bossart en hochant la tête.

Mr Shalimar, l'air renfrogné, resta silencieux.

— Voilà le potage, dit Mike. Attention, mesdemoiselles, c'est chaud.

Il s'écarta un peu pour laisser le garçon placer sur la table les assiettes de soupe fumante et, lorsque Caroline le regarda, il lui lança un petit clin d'œil presque imperceptible.

Il se souvient, se dit Caroline. Et il sait très bien que ce n'était pas Shalimar qui a dit que l'instinct était ce qu'il y a de plus important, mais lui, Mike. Mais c'était ce que pensait Mr Shalimar. Que Mr Shalimar doit me trouver antipathique, et dire que je ne m'en étais jamais rendu compte !

Mr Bossart se mit à remuer sa soupe pour qu'elle refroidisse. Mr Shalimar se laissa momentanément distraire par l'absorption d'un nouveau verre de whisky, qu'il avait préféré au potage, et Barbara Lemont le regarda avec un mélange de curiosité et d'amusement. Coincée entre Mr Shalimar et Mike, Mary Agnes avalait machinalement le contenu de son assiette. Le tintement des cuillères contre la porcelaine emplissait la salle.

— Où avez-vous fait vos études, Miss Bender ? demanda Mr Bossart.

Il possédait le don de donner à une simple question une résonance d'intimité.

— Appelez-moi Caroline, je vous en prie.

— Caroline.

— J'ai fait mes études à Radcliffe.

— Ah oui ?

La plus jeune des filles de Mr Bossart essayait justement d'entrer à Radcliffe cette année. Caroline le savait, mais elle était certaine qu'il n'en ferait pas mention, pas plus que de sa fille d'ailleurs. Il n'en dit rien, en effet.

Mr Shalimar, de son côté, parlait avec Barbara, qu'il regardait intensément. Sans pouvoir lire sur ses lèvres ce qu'il disait, Caroline était persuadée qu'il parlait de sa gloire passée. Barbara, qui entendait les histoires de Mr Shalimar pour la première fois, les écoutait avec un intérêt respectueux, mais sans l'espèce de fascination dont avait fait preuve April.

Elle avait surtout l'air de se rendre parfaitement compte que son interlocuteur était ivre et elle se demandait comment était cet homme quand il n'avait pas bu.

— Vous habitez en ville ? demanda Mr Bossart.

— Oui, depuis quelque temps seulement. Mes parents habitent Port Blair.

— Ah oui ? Vous y allez pour les week-ends ?

— Pas toujours, dit Caroline.

— Vous avez une vie mondaine trop remplie ici, je suppose ?

Caroline eut un charmant sourire.

Le serveur avait remplacé les bols de soupe par des assiettes de poulet accompagné de petits pois et de pommes de terre minuscules. Mr Bossart tira de sa poche un objet – un couteau suisse probablement – en or de quatorze carats et s'en servit pour découper son poulet.

— Un cadeau de Noël, expliqua-t-il à Caroline avec simplicité.

— Il est magnifique.

Il essuya sur sa serviette la lame qu'il avait utilisée.

— Regardez, il a trois lames de tailles différentes, un ouvre-bouteille, une lime à ongles et un burin. Vous n'avez encore jamais vu de canif avec un burin, n'est-ce pas ?

— Je n'en ai jamais vu non plus en or.

— J'ai chez moi soixante-douze couteaux, déclara Mr Bossart. Je les collectionne depuis des années.

— Seigneur, vous pourriez déclencher une révolution.

— Et je possède aussi trente-cinq fusils anciens, une paire d'authentiques pistolets de duel du dix-septième siècle ainsi qu'un des tout premiers revolvers à un coup. Mais vous ne savez probablement pas de quoi je parle.

— C'est très intéressant.

— Collectionner des armes et des couteaux est un passe-temps purement masculin, les femmes meurent d'ennui quand j'aborde ce sujet. Vous êtes gentille de faire semblant de vous y intéresser, conclut-il avec un petit air complice teinté d'un rien de condescendance.

Quel drôle d'oiseau, songea Caroline.

— J'avoue que cela me dépasse un peu, admit-elle tout haut.

— Cela fait longtemps que je pense à lancer un magazine pour hommes, reprit Mr Bossart. J'en avais discuté avec Clyde Fabian avant son attaque, et il était intéressé. Il existe une foule de magazines, mais il s'agit surtout de publications avec des photos sexy de filles en négligé. Même ceux qui passent de bons articles et des nouvelles de qualité penchent toujours du côté sexe. Ce que je veux faire, c'est quelque chose de nouveau. Un vrai magazine pour hommes, qui ne parle pas de femmes, mais seulement de chasse, de pêche, de voitures de sport, d'alpinisme, de tauromachie et d'exploits virils.

— Et vous pensez que la plupart des hommes aimeraient cela ? interrogea Caroline d'un ton dubitatif.

— Pourquoi pas ? Rien dans ce magazine ne s'adresserait aux étudiants ou aux athlètes en chambre. Nous proposerions des rubriques de divertissement concernant le théâtre, les livres susceptibles d'intéresser les hommes et, bien sûr, une section sur les alcools et les vins.

— Et la cuisine ?

— Pas de ces photographies en couleur de bocaux d'apothicaire pleins de macaronis crus, riposta Mr Bossart avec mépris. Nous suggérerions, par exemple, des façons de préparer et de cuisiner les canards sauvages qu'on aurait abattus, de cuire au barbecue du gibier, de l'antilope et ainsi de suite.

Et en décembre un numéro de Noël relié en fourrure, se dit Caroline.

— Cela semble en effet différent, reconnut-elle.

— C'*est* différent.

Le serveur retira le plat principal et apporta de la glace avec une sauce au chocolat. Caroline se retourna un moment et April lui fit un signe de tête avec un petit sourire comme pour dire : Eh bien, toi, tu as l'air de bien t'en tirer.

— Nous n'aurions pas une seule femme parmi le personnel. Les femmes ne savent pas ce que les hommes veulent. Vous savez que la moitié des magazines pour hommes sont dirigées par des harpies ?

Il fit un petit clin d'œil à Caroline.

— En tout cas, elles ne savent pas ce que les hommes veulent dans un magazine. Nous laisserons les femmes à la cuisine et au bureau des dactylos. C'est là leur place.

— Et aux Derby Books ? demanda Caroline.

Il parut un peu démonté, mais un instant seulement.

— Pour les Derby Books, ce n'est pas mal d'avoir une femme ou deux parce que la clientèle est féminine. Une femme ne devrait jamais essayer de penser comme un homme, parce qu'elle ne le pourra pas. La grande arme de la femme, c'est sa féminité.

Ce n'est pas l'arme de Miss Farrow, songea Caroline.

— Vous avez parfaitement raison, dit-elle.

— C'est amusant de vous parler, dit-il. Encore un café ?

— Non, merci.

— Si nous dansions, alors ?

— Avec plaisir.

Il se leva, tira la chaise de Caroline, puis fit un petit salut aux autres et conduisit Caroline vers le petit espace qui avait été laissé libre pour danser au milieu de la salle de bal. Elle avait l'impression de se laisser enlacer par un morceau de bois habillé. Caroline se dit qu'elle ne pouvait pas les imaginer, Amanda Farrow et lui, dans le rôle d'amants. Elle avait rarement vu deux êtres aussi peu doués pour l'amour.

Ils dansèrent sans parler. Regardant subrepticement autour d'elle, Caroline vit Brenda qui la considérait avec des yeux ronds, puis poussait du coude sa voisine. Elle imagina ce qu'on lui dirait lundi : « On vous a vue danser avec Mr Bossart ! » Les garçons, qui avaient hâte de débarrasser les tables pour rentrer chez eux, emportaient des cafetières, des assiettes encore remplies de petits-fours et des bouteilles de whisky à demi pleines. Caroline aperçut Mike Rice qui se dirigeait vers le salon, une bouteille sous chaque bras, suivi d'April.

— Il y a plus de place au salon, dit Mr Bossart. Voulez-vous que nous y allions ou préférez-vous le bar ?

— Il y a peut-être un bar dans le salon. Voyons.

Caroline était contente de se montrer au bras de Mr Bossart, mais elle ne voulait pas qu'on la vît partir seule avec lui. Les commérages iraient aussitôt bon train au bureau, et à quoi cela servirait-il d'avoir la réputation de Miss Farrow sans jouir des privilèges de celle-ci ?

Il était neuf heures passées et les employées qui avaient d'autres rendez-vous ou des maris à rejoindre commençaient à s'en aller. Caroline vit Mary Agnes se diriger vers les ascenseurs. Mr Bossart trouva une table dans un coin du salon d'ailleurs presque vide et avança une chaise à Caroline.

— Il y a un bar, en effet, dit-il. Nous avons de la chance. Que voulez-vous boire ?

— Un scotch, s'il vous plaît.

Il apporta les verres, rapprocha sa chaise de celle de Caroline et l'enlaça étroitement.

— Est-ce que je peux vous raccompagner quand nous partirons ?

— J'ai un rendez-vous à dix heures et demie du côté de la 50e Rue. Si c'est votre chemin, je serais ravie, mais je suis sûre que vous ne passez pas par là si vous prenez l'autoroute.

— Vous allez retrouver votre ami ?

— Un ami, oui.

Mr Bossart sourit.

— Si ç'avait été une amie, j'aurais peut-être fait le détour. Dommage que vous ne puissiez pas voir ma petite voiture de sport. Elle vous plairait.

— J'en suis certaine.

— Une autre fois, alors.

— Une autre fois.

Elle eut un sourire mélancolique dans sa direction, mais elle savait qu'il n'y aurait pas d'autre fois, du moins pas pour elle. Essayer de lui plaire, sourire et se donner du mal pour trouver la chose à dire était amusant parce qu'il s'agissait de Mr Bossart, le grand personnage, l'impénétrable, la célébrité. Mais cet homme l'ennuyait. Elle en était surprise, d'ailleurs. Quand elle s'était assise à côté de lui, au début de la soirée, elle avait pensé que ce pourrait être le début d'une aventure. Elle aurait pu imaginer qu'il la repousserait, mais jamais qu'elle-même s'ennuierait en sa compagnie. Ils n'étaient vraiment pas faits pour s'entendre, cependant, car ni l'un ni l'autre n'était le genre de personne que l'autre avait envie de mieux connaître. Quand elle vit Mr Shalimar et Barbara venir vers leur table, Caroline fut presque contente.

— Vous connaissez Miss Lemont ? demanda Mr Shalimar.

Sa voix s'était encore considérablement épaissie depuis le dîner et Caroline en fut étonnée. Elle ne l'avait encore jamais vu dans cet état, mais elle savait que cela n'avait rien d'extraordinaire.

— Mais oui, dit Mr Bossart aimablement.

Mr Shalimar attendit que Barbara fût assise, prit place à côté d'elle et mit sa main sous la table.

— Je n'avais encore jamais vu Miss Lemont, dit-il. J'ai fait sa connaissance ce soir. Elle est ravissante, vous ne trouvez pas ?

— En effet, dit Mr Bossart.

Barbara avait un air bizarre, on ne savait trop si elle était gênée ou si elle réprimait une envie de rire. Elle s'agita un peu sur sa chaise, évidemment pour essayer d'empêcher Mr Shalimar de poursuivre trop avant certaines tentatives.

— On dirait la Joconde, s'exclama Mr Shalimar. Regardez-moi ce sourire.

C'est vrai, se dit Caroline, Barbara ressemble un peu à la Joconde. Ses cheveux châtains étaient tirés derrière ses oreilles et ses traits, réguliers. La simplicité de son visage avait quelque chose de séduisant et elle semblait se donner du mal pour ne révéler aucun de ses sentiments. Seule la légère courbure des lèvres un peu retroussées la trahissait. Elle devait être, songea Caroline, de ces femmes qui paraissent plus jolies quand elles sont heureuses et moins dans leur sommeil.

— Ma petite Monna Lisa, ânonna Mr Shalimar.

Barbara tressaillit, sourit doucement et s'écarta légèrement.

— Je boirais bien une bière, dit-elle d'un ton un peu désespéré après avoir carrément éloigné sa chaise.

— Nous allons appeler un garçon.

— Il n'y en a pas, dit-elle d'un ton plus désespéré encore. Je crois qu'il faut nous lever et aller nous servir.

— Je vais aller en chercher, dit Mr Bossart tranquillement. Moi-même, je reprendrais bien quelque chose.

Il alla au bar et revint avec des verres pour eux tous.

— C'est agréable, cette fête, n'est-ce pas ? dit Caroline, à court de conversation.

— Très agréable, convint Mr Bossart.

— Je suis ravi d'avoir fait la connaissance de Miss Lemont, dit Mr Shalimar.

Il avait les yeux à demi clos mais, au lieu de sembler avoir sommeil, il faisait penser à un animal prêt à fondre sur une proie.

— Elle est intelligente. Et jolie en plus. Vous savez, elle subvient aux besoins de sa fille et de sa mère avec ce qu'elle gagne ici. Qu'est-ce que vous en dites, Art ?

— Faut-il vous féliciter pour votre aptitude à gagner de l'argent ou pour la façon dont vous en tirez parti ? demanda Mr Bossart à Barbara.

— Pour la façon dont j'en tire parti, sûrement, répondit celle-ci.

— Voyons, vous êtes à *Femmes d'Amérique*, n'est-ce pas ? dit Mr Bossart.

— Oui, je suis adjointe à la directrice de la rubrique « Beauté ». Avant j'étais secrétaire, mais je viens de monter en grade.

— Ah oui… je me souviens maintenant. Barbara Lemont. On est très content de vous, là-haut.

— Tant mieux, dit Barbara.

— Elle a un avenir devant elle, murmura Mr Shalimar.

Il se pencha et déposa un léger baiser sur la joue de Barbara. Elle le regarda comme si elle avait envie de s'essuyer la joue, mais elle n'en continua pas moins à arborer son petit sourire indéchiffrable.

— Quel âge avez-vous, si je puis me permettre cette question ? demanda Mr Bossart.

— Vingt et un ans.

— Mon Dieu ! Et quel âge a votre fille ?

— Deux ans.

Cette fois, le sourire de Barbara devint vraiment chaleureux.

— Elle a eu deux ans la semaine dernière.

— N'est-ce pas qu'elle est ravissante, Art ? insista Mr Shalimar en posant sa main sur la nuque de Barbara. Allons, un petit baiser de Noël.

Caroline décela chez Barbara un frisson à peine perceptible. Il y eut un long moment gênant pendant lequel Mr Shalimar, plongeant sur Barbara, l'embrassa longuement, lui remuant la tête d'un côté à l'autre. Barbara avait le cou et les épaules si crispés qu'ils paraissaient sur le point de se briser. Caroline regarda Mr Bossart en se demandant ce qu'il pourrait faire, mais il ne paraissait pas particulièrement surpris ni mécontent. Sans doute est-il témoin de ce genre de numéro chaque année, se dit Caroline, écœurée. Que les patrons se défoulent un peu, c'est Noël après tout.

Quand Mr Shalimar mit fin à son baiser, Barbara se tourna vers son verre de bière comme si de rien n'était et en but une gorgée, les yeux baissés. Mais la peau autour de ses lèvres était livide.

— Un autre verre, dit Mr Shalimar. Un autre verre.

Il se mit debout lentement et, à son tour, alla au bar. J'espère qu'il va s'écrouler, ivre mort, songea Caroline, car elle venait de se rendre compte à quel point il lui déplaisait. Le peu de respect qu'elle avait eu pour lui disparaissait et il n'était plus à ses yeux qu'un vieux débauché. Elle regarda sa montre : il n'était que neuf heures et demie, c'est-à-dire trop tôt pour aller retrouver Paul, et Caroline n'aimait guère l'idée d'attendre seule dans un bar d'hôtel.

— Il fête vraiment Noël, dit Mr Bossart.

Il y avait une note à peine perceptible d'excuse dans sa voix.

— Oui, dit Barbara.

— J'imagine que vous allez fêter Noël avec les vôtres.

Barbara acquiesça.

— Je vais décorer l'arbre ce soir en rentrant. C'est surtout pour ma fille. Je crois qu'elle est assez grande maintenant pour que cela lui fasse plaisir. Et aussi pour ne pas arracher les boules.

Elle sourit.

— Elle a deux ans ? dit Mr Bossart. Elle doit être avancée pour son âge.

— Vous devriez l'entendre parler, dit Barbara.

Mr Shalimar revint avec deux verres pleins. Il les posa sur la table mais resta debout devant Barbara, se retenant au bord de la table.

— Vous me plaisez, dit-il de sa voix épaisse. Vous êtes jolie. Vous avez un visage bien construit. Je parie que vous avez de jolies jambes. J'aime les jambes des femmes. C'est la partie la plus importante de leur corps. Est-ce que vous avez de jolies jambes ?…

Barbara le regarda sans rien dire.

— Bon… je vais voir tout seul, dit-il.

Il se mit maladroitement à quatre pattes par terre et se glissa sous la table. Son corps était caché par la nappe blanche, mais ses jambes, en pantalon noir, et ses chaussures impeccablement cirées étaient bien en vue pour quiconque se trouvait dans la pièce. Caroline regardait ces jambes et ces chaussures avec une sorte de fascination, ne sachant pas si elle devait rire ou se mordre les ongles. Il y eut un grognement sous la table et quelques mots marmonnés. Puis, lentement, Mr Shalimar rampa de dessous la table et reparut, le visage empourpré. Il se remit debout.

— Vous avez de *très* belles jambes, dit-il.

Dans la petite pièce un bruit monta alors qui n'était au début qu'un soupir ou le bruit d'une respiration qu'on reprend mais qui, très vite, se transforma carrément en un rire qui ne pouvait plus être contenu. Les gens avaient de toute évidence regardé ce que faisait Mr Shalimar sous la table, et ils avaient entendu ce qu'il venait de dire. Caroline vit deux filles et deux hommes à une table voisine de la leur qui pouffaient en désignant Mr Shalimar. Quand ils remarquèrent qu'elle les regardait, ils cessèrent de rire et portèrent leurs verres à leurs lèvres pour cacher leurs sourires. Mr Shalimar, lui, ne se rendait compte de rien. Il était maintenant penché vers Barbara par-dessus la table et il essayait de l'embrasser. Cette fois, Barbara devança carrément le geste en détournant la tête et Mr Shalimar embrassa le vide.

Il perdit l'équilibre, se raccrocha à la nappe déjà froissée. Il était furieux.

— Garce, dit-il, puis il répéta plus fort : Garce !

Barbara ne pouvait pas se lever pour s'en aller car elle était coincée entre Mr Shalimar et Mr Bossart, lequel la regardait d'un air vraiment inquiet.

— Je voulais seulement vous embrasser, continua Mr Shalimar d'une voix encore plus aiguë. Qu'est-ce que vous vous imaginiez, que je voulais vous violer ?

Un silence total régnait dans la pièce.

— Petite garce ! cria Mr Shalimar, étouffant de rage. Vous êtes renvoyée. Ne vous avisez surtout pas de venir au bureau lundi. Je vous avertis !

Mr Bossart se leva vivement et prit Mr Shalimar par le bras. Il regarda Barbara et Caroline comme s'il allait dire quelque chose, n'importe quoi, puis il hocha la tête avec une expression de dégoût impuissant et il emmena Mr Shalimar hors de la pièce.

Barbara regardait droit devant elle, des larmes brûlantes emplissant ses yeux.

— Ne vous faites pas de souci, dit Caroline en lui entourant les épaules de son bras. Il n'a pas le pouvoir de vous renvoyer. Vous n'êtes même pas dans son service. D'ailleurs, Mr Bossart lui rira probablement au nez et vous décorera pour votre bravoure.

Barbara tourna la tête pour regarder Caroline. Pour la première fois depuis le début de cette soirée, ses sentiments réels se peignaient sur son visage : la résolution, la colère et le désespoir.

— J'ai *besoin* de cette place, dit-elle. Il ne me la prendra pas même si je dois aller voir Mr Fabian lui-même. Je pense bien que Mr Shalimar ne me fera pas renvoyer. Ce vieux salaud !

13

Barbara Lemont demeura assise à la table où elle venait d'être publiquement humiliée. Elle serrait les poings. Ce qu'elle aurait vraiment voulu faire, au moment où Shalimar était sous la table à regarder ses jambes, c'était lui envoyer son pied dans la figure. Il avait été si près d'elle qu'elle avait senti son souffle lui chauffer les tibias. Avec tout l'alcool qu'il y avait dans ce souffle, elle était surprise de ne pas avoir vu fondre ses bas nylon. Quel dommage que la délicieuse idée de lui envoyer un coup de pied ne lui fût venue que maintenant, alors qu'il était trop tard ! Ma foi, peut-être y a-t-il un fond de vérité dans l'adage « Le ciel protège la femme qui travaille », car, si elle lui avait vraiment donné un coup de pied, il aurait été en droit de la licencier.

Elle vit Mr Bossart revenir, seul. Il la faisait penser à un mannequin de magasin de confection ou à un de ces hommes qui posent pour les photos de mode masculine dans les magazines. Il s'assit à côté d'elle, croisa les mains comme un diacre et se mit à contempler ses ongles parfaitement manucurés. Il s'éclaircit la gorge.

— Il se produit toujours un incident ou deux dans les fêtes de ce genre, même les mieux organisées, dit-il.

Il regarda Barbara et eut un sourire engageant.

— Vous m'avez l'air d'une jeune femme équilibrée et raisonnable. Je suis certain que vous ne ferez pas de cette histoire plus de cas qu'elle ne le mérite et que vous mettrez fin aussi vite que possible aux commérages de bureau en n'ajoutant pas à ce que l'on dira après ce soir.

— Je ne fais jamais de commérages, dit Barbara froidement.

Malgré elle, des larmes lui venaient aux yeux. Rien ne la démontait davantage que de s'entendre traiter de garce. Elle avait toujours réagi ainsi, et « petite garce » lui semblait même encore pire.

— Je suis sûr que demain Mr Shalimar ne se souviendra plus de rien, déclara Mr Bossart. Et si jamais il se le rappelait, il en serait confus.

Mr Bossart sourit de nouveau.

— Vous lui pardonnerez, n'est-ce pas ?

— Pourquoi le défendez-vous ? demanda-t-elle avec curiosité.

— Je l'aime bien.

— Ah.

— Ne dites pas « ah » sur ce ton, Barbara. Je pense que vous êtes une jeune femme charmante et fine. Vous aussi, je vous aime bien. Je ne me donnerais pas la peine de faire des excuses pour Mr Shalimar ni d'essayer d'arranger les choses si je vous prenais pour une petite dactylo comme les autres qui ne verrait dans un incident de ce genre qu'une source de plaisanteries entre camarades de bureau.

— Excusez-moi, dit Caroline Bender en se levant. J'ai un rendez-vous. Bonsoir.

— Bonsoir, dit Mr Bossart.

Caroline prit son sac à main et mima des lèvres un petit baiser à Barbara. Derrière le dos de Mr Bossart, elle serra le poing et prit une expression de fureur feinte qui se transforma en sourire. Barbara ne put s'empêcher de sourire aussi tandis que Caroline s'éloignait.

— Parfait, dit Mr Bossart, remarquant ce sourire. Vous êtes déjà en train d'oublier.

Barbara ne répondit pas.

— Allons prendre un verre quelque part pour nous changer les idées.

Ainsi donc, il lui demandait de sortir avec lui. Il l'avait évidemment proposé d'abord à Caroline, car c'était avec elle qu'il avait été toute la soirée, mais Caroline avait dit non parce qu'elle avait un autre rendez-vous. Maintenant, sous prétexte de réparation, il se rabattait sur Barbara. Est-ce qu'elle avait envie de sortir avec lui ? Pourquoi pas ? Mr Bossart était trop pénétré de sa dignité pour essayer de jouer les Shalimar, même de façon plus discrète, et Barbara n'avait certes pas envie de rester plus longtemps dans ce salon. Les gens des autres tables continuaient à la regarder, attendant ce qui allait se passer.

— Volontiers, dit-elle aimablement.

Tandis que Mr Bossart allait lui chercher son manteau, Barbara s'appuya avec lassitude contre le comptoir du vestiaire. Quelle déception cette fête avait été pour elle ! Elle n'avait fait la connaissance de personne, et Mr Shalimar, dont la réputation et les souvenirs l'avaient un moment intéressée, s'était trouvé n'être qu'un coureur de jupons de la plus basse espèce. Elle se l'imagina courant le long d'une rangée de filles en porte-jarretelles qu'il dégrafait fébrilement et elle en rit toute seule.

— Bien ! Vous n'êtes plus la même, constata Mr Bossart en l'aidant à enfiler son manteau.

Il n'était pas si mauvais après tout, songea-t-elle, il faisait de son mieux. Et elle avait un bon travail, une nouvelle promotion avec un meilleur salaire. Elle serait chic et oublierait tout. Mr Bossart s'en souviendrait la prochaine fois qu'elle lui demanderait une augmentation, ce qui ne saurait tarder…

Mr Bossart emmena Barbara dans un petit bar faiblement éclairé et assez luxueux du côté de Madison Avenue. Barbara reconnut instantanément ce bar comme appartenant à l'espèce que ses amies et elle appelaient le « bar pour hommes mariés » parce que personne de connaissance ne pouvait rencontrer là Mr Bossart, et que, de toute façon, il y faisait trop sombre pour qu'on risque d'y reconnaître qui que ce fût.

— Je viens souvent ici quand je reste tard en ville, dit Mr Bossart. C'est très agréable.

— Oui, dit Barbara.

Elle se laissa aller contre le dossier de cuir de la banquette et se mit à boire à petites gorgées. Trois musiciens hawaïens parcouraient la salle, s'arrêtant à chaque table pour jouer de leurs étranges instruments : s'il y avait de la musique sur la lune, songea-t-elle, elle aurait cette sonorité-là.

— Hé, Sidney ! appela Mr Bossart doucement en se penchant en avant.

Barbara leva les yeux. L'homme qui venait de passer devant leur table pour se rendre au bar s'arrêta et se retourna.

— Tiens, Art !

Il sourit, du sourire le plus attachant que Barbara eût jamais vu. Ce sourire avait en lui tant de douceur, de plaisir sincère et de malice mêlés qu'il vous faisait oublier complètement le reste du visage. Non pas que ce visage fût laid. Il était assez avenant, en fait, et très jeune pour être celui d'un homme aux cheveux entièrement gris argent. L'homme ne semblait pas avoir plus de quarante ans.

— Tout seul ? demanda Mr Bossart.

— Oui. Je suis venu prendre un verre ou deux avant d'aller attraper mon train.

Il regarda Barbara et fit mine de repartir dans la direction du bar.

— Venez vous asseoir avec nous, dit Mr Bossart, lui faisant déjà une place.

— Bon.

L'homme s'assit à côté de Barbara et fit à son intention une version modifiée du fameux sourire ; Barbara se redressa sur sa banquette.

— Barbara Lemont, Sidney Carter, dit Mr Bossart.

— Je suis enchanté de vous connaître.

— Moi de même, répondit Barbara doucement.

— Nous venons du grand raout annuel de chez Fabian, dit Mr Bossart, comme s'il voulait rassurer

Sidney Carter en lui faisant comprendre que Barbara n'était en sa compagnie que pour des raisons professionnelles.

— Nous, nous n'avons rien fait cette année au bureau, dit Sidney Carter. Je me suis aperçu que tout mon personnel redoutait en fait la chose autant que moi, alors j'ai donné à tout le monde des gratifications plus importantes et je m'en suis tenu là. Nous avons la chance de tous bien nous entendre dans l'ensemble, mais dans certaines sociétés je me demande comment ils s'en tirent sans bagarre ou quelques coups de poing.

Barbara se mit à rire.

— Qu'est-ce que vous faites chez Fabian ? lui demanda Sidney Carter.

— En dehors des bagarres ?

— Oui.

— Je suis adjointe à la directrice de la rubrique « Beauté » à *Femmes d'Amérique*. Depuis hier, pour être précise.

— Vous pouvez lui parler de Wonderful, dit Mr Bossart.

— Le parfum Wonderful ? C'est vous qui le fabriquez ?

— Oh, non. Nous essayons de le vendre, c'est tout, dit Sidney Carter. C'est un de nos clients.

— L'Agence Sidney Carter, dit Barbara. Bien sûr, je me souviens maintenant.

Sidney fit semblant de renifler dans le cou de Barbara.

— Je ne sens pas de Wonderful sur vous.

— Attendez, je vais vous étonner, dit Barbara.

Elle ouvrit son sac et là, ainsi qu'elle venait de se le rappeler, se trouvait le flacon de Wonderful qu'elle emportait avec elle quand elle sortait. Il en restait seulement quelques gouttes au fond.

— Vous voyez, j'en ai dans mon sac.

— C'est formidable ! s'écria Sidney. Mais vous n'en avez presque plus. Je vous en enverrai un grand flacon la semaine prochaine.

— Merci.

— Heureusement que je n'ai pas parlé de notre client qui fabrique des clubs de golf, dit Sidney. Vous en auriez probablement eu de cachés dans votre manche !

Mr Bossart sourit, puis il se leva pour s'absenter un instant.

Demeurée seule avec Sidney Carter, Barbara ne trouva plus rien à lui dire. Elle se mordit les lèvres. Toutes les choses qu'elle disait habituellement aux jeunes gens de son âge avec qui elle sortait, elle ne pouvait les dire à cet homme parce qu'il était visiblement marié, qu'il avait une situation importante et qu'il aurait probablement dû prendre le train qui le ramenait chez lui, en dehors de la ville, deux heures plus tôt. Les phrases polies et forcées qu'elle aurait faites à une relation de travail, elle ne pouvait pas les faire non plus, car Sidney Carter avait une lueur dans les yeux et un sourire contagieux qui, en l'espace de dix minutes, avaient transformé la désespérante soirée de Barbara en quelque chose de délicieux.

— Je pourrais faire passer de la publicité pour Wonderful dans *Femmes d'Amérique*, dit-il. Vous croyez que ce serait une bonne idée ?

— Bien sûr.

— Non, mais sérieusement. Ne me dites pas oui simplement parce que vous y travaillez et que vous êtes sortie ce soir avec un des vice-présidents. Je veux savoir ce que vous en pensez en tant que journaliste et que femme.

Elle était tellement embarrassée qu'elle se rendait compte qu'elle disait ce qu'elle n'aurait pas dû dire, mais elle ne pouvait pas s'en empêcher.

— Je ne suis pas « sortie » avec Mr Bossart de la manière que vous croyez. Et je ne suis pas journaliste, je suis adjointe dans un service, c'est tout, et je ne suis même pas vraiment une femme ; j'ai vingt et un ans.

— Alors, répondez-moi en fonction de tout cela.

Elle réfléchit un instant.

— Franchement, dit-elle enfin, je crois que Wonderful est trop cher pour nos lectrices. Ce sont en général de jeunes ménagères qui font leurs courses en traînant leurs bébés avec elles parce qu'elles n'ont que des femmes de ménage à la demi-journée, et encore. Elles achètent de l'eau de Cologne au drugstore et, dans les grandes occasions, comme Noël ou un anniversaire, leurs maris leur offrent quelquefois du parfum ; mais ils leur achètent plus volontiers un appareil ménager important, comme une machine à laver, dont elles ont un bien plus grand besoin.

Sidney Carter acquiesça.

— Mais vous, vous portez Wonderful. Parlez-moi de vous.

Elle s'arrêta de nouveau pour réfléchir. Que pouvait-elle dire qui puisse l'intéresser ?

— Je suis une femme qui travaille, dit-elle enfin. J'ai commencé des études que je n'ai jamais terminées puis j'ai suivi des cours de secrétariat ; j'ai trouvé mon emploi par une agence de placement. C'est ma première place. Je ne gagne pas beaucoup d'argent, mais j'attache de l'importance à mon aspect extérieur, en partie pour des raisons de vanité et de bon moral et en partie à cause de ma profession. Je serais capable de dépenser pratiquement jusqu'à mon dernier cent en produits de beauté et en parfums si on ne me les offrait pas. Je n'ai aucune envie d'acheter un parfum ordinaire parce que je suis obligée de le sentir, moi aussi.

— Ce petit flacon de Wonderful, on vous l'a offert ?

— Non, je me le suis acheté.

Elle sourit.

— C'est pourquoi il est si petit.

Il s'appuya d'un coude sur la table et, le menton contre son poing, il observa Barbara.

— Quel genre de cadeaux recevez-vous des jeunes gens qui vous sortent ?

— Je les reçois *eux*, dit Barbara.

Elle ne sentit combien son ton était amer que lorsqu'elle se fut entendue parler et alors c'était trop tard.

Sidney sourit. Mais cette fois, ce n'était pas un sourire dévastateur, mais un sourire plein de compréhension et un peu triste.

— Vous n'avez jamais rencontré quelqu'un qui vous plaisait ? demanda-t-il doucement.

Brusquement, elle eut envie d'ouvrir son cœur et de tout avouer à cet étranger.

Elle vit qu'à l'autre bout du bar Mr Bossart parlait avec un gros homme, le bras passé autour de ses épaules, et qu'il semblait engagé dans une longue conversation. Je déteste ce Sidney Carter, se dit-elle. Pourquoi est-il si gentil ? Il me donne envie de m'apitoyer sur mon sort.

— Pas encore, répondit-elle d'un ton détaché.

— Vous devriez vous marier, dit Sidney Carter.

— J'ai été mariée.

— Vous êtes divorcée ?

Il y avait tant de compassion dans sa voix que toute la scène avec Mac revint à l'esprit de Barbara, comme si elle s'était déroulée le soir même.

— Oui, dit-elle.

— Et vous vivez seule ?

— J'ai une fille.

— Oh…

Elle voyait très bien sur son visage ce qu'il était en train de penser : cette pauvre fille, si jeune, pas étonnant qu'elle n'ait jamais assez d'argent, comme elle doit se sentir seule, comme elle doit s'inquiéter pour l'avenir.

— Personne ne s'occupe de vous ? Vous n'avez pas de famille ?

— Je m'occupe de ma mère et elle s'occupe du bébé. Mon père est mort quand j'avais neuf ans. Mon ex-mari nous envoie un peu d'argent, bien sûr.

— Vous trouverez quelqu'un qui s'occupera de vous, dit-il.

Venant de la part de n'importe qui d'autre, cette affirmation l'eût remplie de méfiance. Elle se serait dit : parle toujours, papa gâteau ! Mais Sidney s'exprimait d'un ton si impersonnel, il semblait si sincèrement s'inquiéter pour elle, qu'elle sut qu'il imaginait l'apparition dans sa vie d'un charmant jeune célibataire ; ce contraste entre ce qu'il croyait qu'elle méritait et ce qu'elle obtenait en réalité fit s'écrouler pour de bon le mur de réserve dont Barbara s'était soigneusement entourée depuis son retour à New York.

— Oh ! non, je ne trouverai personne ! dit-elle à voix basse, au bord des larmes.

— Il faut que vous ayez quelqu'un pour s'occuper de vous, dit-il. Qu'est-ce qu'ils fabriquent donc, tous ces garçons ?

— Ils débutent tout juste dans leurs carrières, comme moi. S'ils ont des enfants dans les quelques années à venir, ils veulent au moins que ce soient les leurs.

Il secoua lentement la tête, regardant Barbara avec des yeux troublés.

— Je me dis tout le temps : et ma fille à moi ? reprit Barbara. Elle est là. Elle a le droit d'être heureuse, d'avoir un foyer et un père. Qu'est-ce que je dois faire, oublier qu'elle existe ? Ce soir, à la fête du bureau, un vieux dégoûtant s'est précipité sur moi et m'a fait des avances. C'était quelqu'un de très important dans la maison et je savais que je ne pouvais pas faire de scène en présence des autres invités.

Elle surprit le regard étonné de Sidney et se hâta d'ajouter :

— Oh ! non, ce n'était pas Mr Bossart. C'était quelqu'un d'autre, je ne vous dirai pas qui. Pendant tout le temps où il me passait la main sur la jambe et où il essayait de m'embrasser, j'étais malade d'écœurement, mais je me disais sans cesse : qu'arrivera-t-il à ma fille si je perds ma place ? Je me rends compte maintenant que c'était de la panique, que je pourrais partir demain en expliquant clairement à mon patron pourquoi ou bien le menacer de le faire et garder ma place – mais, sur le moment, je n'ai pas raisonné : je n'ai pensé qu'à mon enfant.

Sa voix se brisa soudain et elle sut que les larmes venaient de jaillir, mais elle ne pouvait les retenir un instant de plus. Et d'ailleurs, sans qu'elle sût pourquoi, devant Sidney elle ne se sentait pas ridicule du tout.

— Je suis comme un homme, reprit Barbara. Il faut que je travaille comme un homme, que je me batte comme un homme pour conserver ma situation. Mais je n'ai pas envie d'être un homme. Je veux être une femme – et je sais fichtrement bien que je n'en suis pas une, même dans mes meilleurs moments, je ne suis qu'une jeune fille avec tellement de responsabilités que j'en perds la tête.

Sidney sortit sa pochette et la déplia pour la lui tendre. Elle s'essuya les yeux, essayant de sourire, et elle vit que son rimmel avait laissé des traces noires sur le mouchoir.

— Je suis navrée… dit-elle.

— Je suis content que cette pochette ait au moins servi à quelque chose, dit-il. Ce n'était qu'un élément décoratif.

— Je suis contente de vous avoir rencontré, dit Barbara sincèrement.

— Je ne vois pas pourquoi. Depuis que je suis avec vous, vous vous sentez malheureuse comme les pierres.

Il lui sourit alors, de son sourire à demi ironique.

— Cela m'a soulagée. Mais cela a dû être mortellement ennuyeux pour vous.

— Ne soyez pas sotte.

— C'est que j'ai eu une dure soirée, dit Barbara pour s'excuser. Je ne suis pas comme ça d'habitude. Et je dois avoir un peu trop bu, en plus.

— Barbara…

— Quoi donc ?

— Ne rentrez pas dans votre coquille. Quand je vous ai rencontrée, ce soir, je ne comprenais pas bien quel genre de femme vous étiez. Vous paraissez si jeune et si réservée à la fois. Ce n'est pas chez vous de la timidité, mais une sorte d'amertume. Maintenant, je comprends pourquoi vous êtes amère, bien sûr : vous avez eu affaire à des garçons dénués de sensibilité. Ce ne sera pas toujours ainsi.

— Je le sais, dit Barbara. Mais je ne le sais que dans ma tête.

— Quand on se sent malheureux, dit Sidney, on a l'impression qu'on l'a toujours été et on se souvient de toutes les choses mauvaises et décevantes qui vous sont arrivées. Et quand tout marche bien, alors on a l'impression soudain que la vie n'a jamais vraiment été si pénible que cela.

— Qu'en savez-vous ?

Il rit.

— Vous croyez donc que le cafard est exclusivement réservé aux jeunes ?

Elle ne put s'empêcher de rire avec lui.

— Je suis ravi de voir que vous vous amusez si bien, tous les deux, dit Mr Bossart, revenant vers eux.

Il se rassit à côté de Barbara.

— J'ai manqué quelque chose ?

— Une centaine de verres, dit Sidney.

— Alors, je vous ai battu au bar. Vous savez sur qui je suis tombé ? Ce vieux George, le meilleur joueur de poker de la ligne de New Haven.

— Il ne semble pas avoir beaucoup de partenaires ce soir, constata Sidney en regardant le gros homme affalé au bar.

— Oh, ce soir, il reste à New York, précisa Mr Bossart en regardant sa montre. Bon, il est peut-être temps de partir ?

— Oui, murmura Barbara à regret.

Dehors, la nuit était claire et il y avait dans l'air cette fraîcheur qui fait croire qu'on est quelque part à la campagne alors même qu'on respire les vapeurs enfumées de la ville. Un taxi libre arriva et Mr Bossart le héla. Il ouvrit la portière.

— Prenez le premier, Barbara, dit-il.

Il lui donna une petite tape sur l'épaule.

— Bonne nuit, rentrez bien et joyeux Noël !

— Barbara et moi pouvons partager un taxi, dit Sidney d'un ton dégagé. Nous allons dans la même direction.

— Vous ne prenez pas le train ? demanda Mr Bossart.

— Un de mes clients a organisé un réveillon chez lui. Je me dis que puisqu'il est déjà si tard, je peux aussi bien faire une apparition là-bas et puis prendre le premier train du matin. Mon client sera vexé si je ne me montre pas.

— Bonne nuit, Sid.

Mr Bossart passa un bras autour des épaules de Sidney Carter puis lui serra vigoureusement la main.

— Soyez sage.

— Vous aussi.

— Bonne nuit, Mr Bossart, dit Barbara.

Sidney l'aida à monter dans le taxi, qui démarra. Barbara regarda par la vitre arrière et elle vit que Mr Bossart retournait dans le bar. Elle donna son adresse au chauffeur d'une voix tendue, puis se tourna vers Sidney.

— Jusqu'où allez-vous ? lui demanda-t-elle.

— Je vais simplement vous laisser chez vous, puis j'irai prendre le train. Je ne pouvais pas laisser notre boy-scout vieillissant vous abandonner toute seule à cette heure de la nuit.

— Il n'y a donc pas de réveillon ?

— Pas que je sache.

— Vous êtes vraiment gentil, dit Barbara. Vous savez… Mr Bossart n'est absolument rien pour moi, vous vous en doutez, et pourtant quand je l'ai vu, à l'instant, retourner là-bas et que j'ai compris qu'il avait voulu se débarrasser de moi au plus vite pour aller retrouver son ami, j'ai eu une impression bizarre. Je me suis dit : en ce moment même, dans New York, il y a des tas de gens qui essaient de se débarrasser d'autres gens parce qu'ils s'ennuient avec eux. Et cette pensée m'a déprimée.

— Mais les gens dont on s'est débarrassé sont peut-être soulagés d'être de nouveau libres. Vous n'avez pas songé à cet aspect de la question ?

Barbara réfléchit un instant.

— Vous avez parfaitement raison. Moi-même je suis soulagée, c'est vrai.

Sidney prit la main de Barbara dans la sienne.

— Je peux ?

— Oui, dit-elle à voix basse.

Elle fut surprise de sa réaction lorsqu'il lui prit la main : un peu d'appréhension et un peu de ce qu'elle reconnut soudain comme un mélange d'excitation et de désir. Elle garda les doigts crispés dans les siens et, quand il les pressa, elle ne répondit pas.

— Je ne vous drague pas, dit-il doucement. C'est simplement le système braille que ceux qui voient ont inventé pour les choses qu'ils ne peuvent pas voir.

Barbara regardait droit devant elle : elle lisait le numéro du chauffeur et son nom sur la carte affichée juste devant eux, mais elle aurait été incapable de répéter ce numéro ou ce nom si on les lui avait demandés une seconde après. Elle sentait intensément la pression de la main de Sidney sur la sienne, bien que cette pression fût très légère, et elle avait l'impression que son bras tout entier était devenu de bois. Au bout d'un moment, il la laissa aller, son bras reprit vie et sa main, seule et abandonnée sur le siège de la voiture, devint froide.

— Je suis arrivée, dit-elle à regret.

Il paya le taxi et accompagna Barbara jusqu'à sa porte. Il s'arrêta sur la dernière marche du perron.

— Ça va aller ?

— Oui. Merci.

Il leva les yeux pour regarder les fenêtres de la maison.

— Où sont vos fenêtres à vous ? Est-ce qu'on les voit d'ici ?

Barbara les lui désigna.

— Oui, vous voyez celle avec l'arbre de Noël ?

— Les lumières sont allumées. C'est agréable de retrouver ça quand on rentre.

— Ma mère veille tard devant la télévision.

Sidney demeura encore un moment à contempler les lumières. Puis il regarda de nouveau Barbara, gravement cette fois.

— Si je vous téléphonais pour vous demander de dîner avec moi un soir, accepteriez-vous ?

Elle lui répondit d'une voix étrange qu'elle reconnut à peine :

— Vous êtes marié, n'est-ce pas ?

— Oui.

Elle l'avait su, bien sûr, depuis l'instant où il avait dit qu'il avait un train à prendre, depuis l'instant où elle avait vu qu'il avait plus de trente-cinq ans ; mais tout de même, entendre Sidney le lui confirmer, irrévocablement, fut un choc pour elle. Elle essaya de trouver quelque chose à dire, très vite, pour cacher sa déception.

— Combien… d'enfants avez-vous ?

— Un fils de douze ans.

— Ah.

Il attendait, le visage fermé. Elle regarda fixement son nœud de cravate.

— Ne m'appelez pas, dit-elle. Je vous le dis sans méchanceté aucune, je vous demande simplement de ne pas m'appeler, s'il vous plaît.

— C'est pour ça que je vous ai posé la question, dit Sidney d'un ton tranquille.

— Vous me plaisez, dit-elle. Vous me plaisez beaucoup. J'ai passé une soirée comme je n'en avais pas passé depuis... je ne sais plus combien de temps. Vous savez qui je suis. Je suis Barbara Lemont, la fille qui veut se remarier. Je ne peux pas ne penser qu'à moi. Alors... ne m'appelez pas, s'il vous plaît.

— Très bien, dit-il doucement.

Il la regarda en souriant mettre sa clé dans la serrure et ouvrir la porte. Elle se retourna vers lui avant d'entrer.

— Bonne nuit.

— Bonne nuit, Barbara.

Il prit une profonde inspiration, comme s'il allait ajouter quelque chose, mais il ne dit rien, tourna les talons et descendit l'escalier. Barbara entra rapidement et referma la porte derrière elle pour ne pas avoir à entendre le bruit des pas de Sidney qui s'éloignait.

Habiter un immeuble où l'ascenseur est en panne, c'est comme habiter un village : chaque appartement a ses bruits, ses odeurs. On avait fini par renoncer à l'ascenseur qui ne fonctionnait qu'épisodiquement. En montant, Barbara retrouva un par un tous ces signes de vie, familiers et chacun pourtant conservant ses secrets. Les Goldstein, au premier, qui se faisaient livrer d'énormes quantités de provisions et qui cuisinaient toujours du poulet le vendredi soir ; les Kean, au deuxième sur cour, qui avaient huit enfants et laissaient toujours leur porte ouverte pour permettre aux gamins du voisinage d'aller et venir ; les jeunes mariés au fond du couloir qui promenaient fièrement tous les soirs leur caniche comme s'il était leur premier enfant ; les deux homosexuels d'une quarantaine d'années et leur porte constamment fermée. Tous retrouvaient quelqu'un à la maison. Elle avait une famille, elle aussi, mais pas du genre qu'elle aurait souhaité. L'amour existe sous différents aspects, se disait Barbara – l'amour pour un parent, pour un enfant, pour un ami –, mais aucun ne remplace l'autre. Aucun ne ressemble à l'amour pour un homme qui vous aime aussi.

Elle se trouvait toute seule dans un couloir désert, entourée de portes fermées derrière lesquelles il y avait des gens qui s'aimaient. Elle se souvint des paroles de Sidney : quand les choses vont mal, on a l'impression qu'il en a toujours été ainsi. Que pouvait-elle lui dire d'autre que de ne pas appeler ? Il était marié, il vivait avec sa femme, il n'avait aucun droit de fréquenter une autre fille. Elle aurait été folle de lui dire qu'elle le reverrait. Il connaît mon adresse, songea-t-elle. Il appellera peut-être quand même.

Elle s'arrêta sur son palier, hésitant avant de s'engager dans le couloir qui menait à son appartement. Il est marié, se dit-elle. Il est marié et c'est le seul homme parmi ceux que j'ai rencontrés que je pourrais aimer. Que je pourrais aimer ? Je crois que je l'aime déjà. On ne vit qu'une fois. Tant de choses me sont arrivées que je n'ai pas vécu du tout. Combien de temps puis-je continuer à être amère, terrifiée, solitaire ? Oh, appelez-moi, Sidney, je vous en prie, je vous en prie, appelez-moi !

Il n'appellera pas. Je lui ai dit de ne pas le faire. Il est assez grand pour comprendre. Et c'est mieux ainsi car comment réussirais-je à le repousser une nouvelle fois ? Il ne m'appellera jamais, songea-t-elle, je peux donc penser à lui comme je veux. On ne risque absolument rien à rêver. Je l'aime. C'est une simple attirance, mais je la sens. J'ai envie de lui parler, de le regarder, de le laisser me prendre encore la main et même… Elle savait ce qui arrivait à celles qui aimaient des hommes mariés. Les hommes restaient mariés et celles qui les aimaient repoussaient leurs soupirants jusqu'au moment où il ne s'en présentait plus un seul. Oh, quelquefois, bien sûr, des hommes divorçaient pour épouser des filles plus jeunes, mais ce n'était arrivé à personne de l'entourage de Barbara. Sa propre patronne, une séduisante femme de quarante ans qui en paraissait trente, ne s'était jamais mariée. Un jour, alors qu'elles déjeunaient ensemble, elle avait déclaré à Barbara, après un Martini : « Ne tombez jamais amoureuse d'un homme marié. » Maintenant Barbara savait pourquoi une femme aussi charmante était encore seule. A quoi servait un amour qui se terminait avec le dernier train de banlieue et des cadeaux de Noël qu'il fallait offrir la veille du 25 décembre parce que les fêtes étaient une affaire de famille ? Barbara savait ce que c'était que ces histoires avec des hommes mariés, elle n'était pas sotte à ce point.

Sidney Carter était probablement dans son train maintenant, et bientôt il s'engagerait dans le chemin qui mènerait à la porte de sa maison, à la campagne. Il entrerait avec sa clé. Il serait chez lui. Même s'il s'ennuyait beaucoup – et s'ennuyait-il vraiment ? –, il n'était pas seul. Il allait se coucher avec sa femme et oublier Barbara. Il désirait peut-être Barbara, mais il n'avait pas besoin d'elle. Il ne m'appellera jamais, songea Barbara. Mais peut-être le fera-t-il, mon Dieu ; et s'il le fait, je me conduirai comme une idiote et cela m'est égal.

14

Le 14 février 1953, jour de la Saint-Valentin, Caroline Bender reçut une douzaine de roses rouges de Paul Landis, avec une carte humoristique. Mary Agnes Russo reçut une boîte de chocolats en forme de cœur de son fiancé Bill. Gregg Adams ne savait pas que c'était la Saint-Valentin, car elle avait la gueule de bois et elle essayait de récupérer suffisamment afin de pouvoir se rendre à une audition pour un rôle d'ingénue dans une pièce qui devait se monter à Broadway. Barbara Lemont s'arrêta sur le chemin du bureau pour acheter des bonbons en forme de cœur pour sa fille Hillary. Et April Morrison s'évanouit sur le trottoir devant Rockefeller Plaza.

Quand elle reprit connaissance, elle était allongée sur un banc dans une agence de voyages. Elle crut d'abord qu'elle était morte et qu'elle gisait sur une dalle de marbre. Puis elle se dit que jamais elle ne s'était sentie aussi nauséeuse et que, si tous ces inconnus ne s'en allaient pas et ne cessaient pas de la dévisager, elle vomirait devant eux.

— Ça va mieux maintenant, mon chou ? demanda une femme au visage rond et blanc avec plein de mascara sur les cils.

April se concentra sur ces cils raidis par le rimmel, comme ceux de Betty Boop, et ses nausées se calmèrent. Elle inspira profondément.

— C'est bien, mon chou, respirez à fond. Et buvez encore un peu d'eau.

— Il faut que j'aille à mon bureau maintenant. Quelle heure est-il ?

— Il n'est que neuf heures vingt-cinq. Buvez un peu d'eau.

— Non… non. J'ai horreur de l'eau.

Pourquoi ne s'était-elle pas rendu compte avant que le goût de l'eau lui faisait mal au cœur ?

— Merci de vous être occupée de moi. Il faut que j'aille travailler.

— Vous êtes terriblement pâle, mon chou.

Vous aussi, avait envie de dire April.

Elle avait chaud, se surprenait à avoir envie de rire sous cape, se sentait bizarre, cachottière, et surtout éloignée de cette femme bienveillante qui lui tendait un verre d'eau, de tous ces gens qui regardaient par la vitre, loin des bruits de la Cinquième Avenue qu'elle entendait quand on poussait la porte.

— Merci encore, dit-elle. Ça va bien maintenant.

Dans l'ascenseur qui l'emmenait au trente-cinquième étage, April croisa machinalement les bras sur son ventre. Un réflexe stupide puisqu'elle savait que ce qu'il abritait n'était pas plus gros qu'une tête d'épingle. Mais elle devait le protéger. C'était à elle.

Tout d'abord, quand elle avait soupçonné qu'elle était enceinte, elle avait été terrifiée. Elle ne savait pas ce qui lui avait donné la présence d'esprit de déjeuner avec Barbara et de lui demander (négligemment, très négligemment, bien sûr) quel était le médecin qui s'occupait maintenant de Hillary. Elle avait cru qu'un pédiatre ferait aussi bien l'affaire qu'un gynécologue, mais quand elle était arrivée chez le médecin, il l'avait envoyée chez un autre spécialiste. Elle n'avait pas osé dire qu'elle s'appelait Mrs Key. Quelqu'un aurait pu connaître Dexter, lui poser des questions ou bavarder. Elle avait essayé de trouver un nom qui fasse femme mariée, et elle avait fini par penser à Mary Agnes, la fille la plus irréprochable qu'elle connût. Elle avait dit qu'elle s'appelait Mrs Russo. Le docteur n'avait aucune raison de ne pas la croire.

« Vous devez être enceinte d'environ six semaines, Mrs Russo.

— Je vous remercie, dit April. Voudriez-vous me donner la note d'honoraires maintenant, je la réglerai tant que nous avons encore de l'argent. »

Elle avait eu un petit rire gêné, pour que le médecin ne fût pas blessé d'avoir à parler d'argent.

« Mon infirmière va s'en occuper, avait-il répondu. Voici une ordonnance pour vos vitamines, et en sortant prenez rendez-vous pour le mois prochain. »

Comme il avait l'air de trouver cela facile, lui ! Revenez le mois prochain, Mrs Russo. Et le mois suivant, et le mois d'après. Elle ne le reverrait jamais. Car la prochaine fois, elle ne pourrait pas lui dire : « Je ne suis plus Mrs Russo, je suis Mrs Key. » Elle devrait donc changer de médecin. Ce ne serait pas difficile.

Quand elle serait Mrs Key, elle pourrait demander à sa belle-famille.

Elle avait tout d'abord voulu annoncer la nouvelle à Dexter aussitôt, elle ne pouvait pas attendre. Mais le soir qui avait suivi sa visite chez le médecin, Dexter devait aller à une soirée sans elle, et elle ne pouvait pas lui dire cela au téléphone. Elle était restée seule chez elle, à réfléchir à la meilleure façon de lui annoncer la nouvelle, et une grande sérénité l'avait envahie. Au fond, elle était assez fière d'elle. Etait-ce mal ? Ne devrait-elle pas avoir peur ? Mais April éprouvait une grande paix et un grand calme. Ce matin, quand elle s'était évanouie dans la rue, ç'avait été son premier malaise.

En sortant du bureau, elle retrouva Dexter chez lui. Elle s'assit sur le divan et accepta le verre glacé qu'il lui tendit, tout en savourant ce dernier instant de secret avant de lui faire partager la nouvelle. Elle était incapable d'imaginer ce qu'il allait dire, mais elle savait qu'il s'occuperait de tout. Dexter savait toujours ce qu'il fallait faire.

— Je voudrais te faire entendre un disque que je viens d'acheter, dit Dexter. Attends un peu !

— Dexter…

Il était déjà agenouillé auprès du phono, le disque à la main ; il se retourna.

— Quoi ?

— Comment s'appelle-t-il ?

— C'est un vieux classique. Un disque de Bix Beiderbecke. Je l'ai déniché sous une couche de poussière au fond d'un magasin.

Elle voulait bien écouter le disque. Même si elle mourait d'envie de lui annoncer la nouvelle, elle prendrait le temps nécessaire, car cette nouvelle ne pouvait être dite qu'une fois et le moment devait être parfait. Ce fut à peine si elle entendait la musique. Elle lui parvenait à travers une brume, par bouffées. Je vais avoir un bébé, Dexter, je vais avoir un bébé.

— Comment le trouves-tu ?

— Magnifique, murmura-t-elle.

Il posa un autre disque sur le phonographe et vint s'asseoir auprès d'elle. Il posa sa tête sur l'épaule d'April. Elle l'entoura de ses bras et posa le menton sur la tête de Dexter en regardant dans le vague. Elle se sentait détachée de lui, tout occupée qu'elle était par ce secret, cette merveilleuse nouvelle qui aurait dû lui faire peur et qui pourtant ne l'effrayait pas du tout. Elle se dégagea.

— Dexter…

— Quoi donc, chérie ?

— Redresse-toi, s'il te plaît.

— Pourquoi ?

— Redresse-toi, c'est tout. Je veux te dire quelque chose.

Il lui obéit, la regardant avec l'air de dire : J'espère que c'est pour m'annoncer quelque chose d'important que tu fais toutes ces simagrées. Cela agaça soudain April, car c'était vraiment important, et elle déclara tout à coup :

— Dexter, je suis allée chez le médecin hier, et il dit que je suis enceinte.

Il la regarda, les yeux ronds, bouche bée, les mains pendant mollement sur ses genoux. Il avait l'air d'un petit garçon effrayé.

— Il est sûr ?

— Evidemment.

— Oh, il y en a qui sont ravis de vous faire peur. Il a fait un test ?

— Bien sûr.

Il se contenta de la regarder, sans rien ajouter.

— Je… je voulais te l'annoncer tout de suite, dit April.

— Très bien, dit-il d'un ton qu'elle trouva un peu nerveux. Ne t'inquiète pas.

Elle voulait que ce fût lui qui en parlât le premier. Elle ne voulait pas dire : « Quand allons-nous nous marier ? » Elle attendait, et Dexter restait là, l'air soucieux et affolé, sans rien dire.

— Qu'allons-nous faire, Dexter ?

— Ne t'inquiète pas, dit-il. Ne t'inquiète pas. Je réfléchis.

— Ce n'est que pour l'automne prochain, tu sais.

Il prit une profonde inspiration qui avait l'air d'un soupir.

— Alors, le plus tôt sera le mieux, je crois. Es-tu libre pour le prochain week-end ?

Elle sentit son cœur bondir dans sa poitrine. Des larmes de bonheur lui montèrent aux yeux.

— Nous allons nous enfuir, c'est merveilleux !

— Nous enfuir ? fit-il, ahuri.

— Il faudra prévenir mes parents d'abord. Ça va être une surprise pour eux. Je leur avais parlé de toi quand j'étais allée passer Noël avec eux, et je sais qu'ils seront ravis.

— Nous ne pouvons pas nous marier, déclara Dexter.

— Que veux-tu dire ?

— De quoi aurions-nous l'air de nous marier maintenant pour avoir dans sept mois et demi un poupon de huit livres ? Nous ne pourrions pas dire qu'il est né avant terme.

— Je ne mangerai rien, s'empressa de dire April. Ce sera vraiment un tout petit bébé.

Et déjà elle plaignait son bébé qui serait affamé avant même de venir au monde.

Dexter secoua la tête.

— Non, ma chérie, il ne s'agit pas de rêver. Nous partirons vendredi.

— Où ça ? Pour quoi faire ?

Il avait l'air si désinvolte qu'on aurait cru qu'il parlait d'une corvée mondaine à laquelle ils ne pouvaient échapper.

— Pour arranger cela.

Elle serra les genoux et s'éloigna à l'autre bout du divan, comme s'il allait déjà lui faire quelque chose d'affreux.

— Tu ne ferais pas ça !

— Chérie, voyons… que pouvons-nous faire d'autre ?

Elle se mordit les lèvres pour empêcher les mots de sortir, mais c'était plus fort qu'elle. Elle ne pouvait pas attendre qu'il la demande en mariage. Elle avait l'impression d'être morte.

— Nous pourrions nous marier.

— Nous marier ! Comment ça ? Autant faire peindre un calicot que nous accrocherions au haut d'un mât avec la mention *mariage précipité*.

— Je veux garder cet enfant, dit April d'une petite voix. Il y a des femmes qui meurent en se faisant avorter, murmura-t-elle.

— Ecoute, fit doucement Dexter, tu ne te sentiras même pas malade. C'est très propre, c'est comme un cabinet de médecin. Je t'accompagnerai.

— Comment en sais-tu si long sur… sur les avorteurs ? Tu envoies donc toutes tes maîtresses là-bas ?

Elle était furieuse et vexée.

— Non. Non.

— Alors, comment le sais-tu ? As-tu jamais emmené une fille chez un avorteur ?

— Non.

— Vrai ?

— Je t'assure.

— Tu n'as jamais… jamais mis une fille enceinte ?

— Pas que je sache.

— Pas que tu saches ! s'écria April. Tu veux dire qu'une de tes petites amies a été enceinte et qu'elle ne te l'a pas dit ?

— Il y a des femmes qui n'en parlent pas, dit-il calmement.

— Mais *comment* peuvent-elles ne pas te le dire ?

— Elles ne sont peut-être pas sûres que je croirais que l'enfant est de moi.

— Tu sais bien que celui-ci est de toi ! dit April. N'est-ce pas ?

— Oui.

April s'enfouit le visage dans ses mains.

— Oh ! Dexter, ne parlons pas comme ça, ça me rend malade. J'ai l'impression que ce n'est pas nous qui parlons. Nous avons changé.

— Tout va s'arranger, mon petit, dit-il. Calme-toi. Je vais te donner à boire.

— Tu crois que je devrais boire ? Ça n'est pas sain pour le bébé.

Dexter la regarda comme si elle était folle et qu'il venait juste de s'en apercevoir.

— Je ne crois pas que cela change grand-chose maintenant, dit-il.

Il s'approcha du bar et lui prépara un verre qu'il lui tendit.

— Tiens, bois. Ça va te faire du bien.

April tendit la main comme si elle était en état d'hypnose et prit le verre. Il était dur, lisse et froid dans sa main. Elle le regarda comme si c'était du poison et le porta lentement à ses lèvres. Ce n'était que du scotch avec de l'eau de Seltz. Mais elle regretta que ce ne fût pas du poison. Elle aurait voulu que ce fût de la ciguë, pour qu'elle puisse mourir et ne jamais revoir le jour.

April ne se serait jamais doutée de l'empressement avec lequel des forces étrangères allaient se mobiliser pour l'aider. Ce qu'il fallait, disait-on, c'était ne pas perdre de temps. On aurait dit que les gens parlaient d'une crise d'appendicite. Il fallait opérer, opérer vite. Et, au fond d'elle-même, April se sentait frustrée, elle avait l'impression qu'on allait lui dérober quelque chose que, elle le savait, elle n'avait aucun droit de garder ; mais une petite voix lui soufflait que si elle ne le gardait pas, quelque chose en elle, quelque chose de bien plus important, mourrait en même temps.

Comme elle savait qu'il n'existait pas la moindre chance qu'on lui permît d'avoir ce bébé (à moins qu'elle ne s'enfuie, et pour aller où ?), chaque instant était précieux. Elle avait le sentiment de passer ces derniers jours avec quelqu'un qu'elle aimait et qu'elle ne reverrait plus jamais. Elle ne ferait jamais la connaissance de ce bébé, elle ne saurait jamais si c'était un garçon ou une fille. Il aurait peut-être été quelqu'un de talentueux, qui aurait agi pour le monde.

Mais tout cela, c'étaient des idées folles, et elle se répétait sans cesse : Tu ne te rends pas compte de la chance que tu as. Que pouvais-tu faire d'autre ? Ce sera bientôt fini. Tu n'y penseras plus et tu seras contente que Dexter se soit occupé de tout.

C'était étrange. Alors qu'elle n'avait plus à craindre d'être enceinte puisqu'elle l'était déjà, elle ne supportait pas que Dexter la touchât. Quelle idiote tu fais, argumentait le côté logique de son esprit, c'est la meilleure période pour faire l'amour, puisqu'on n'a pas à se préoccuper des conséquences. Laisse-moi tranquille, Dexter, espèce de destructeur, répondait la part d'elle-même qui régissait son cœur.

Dexter se montrait gentil et semblait presque craindre d'essayer de lui faire l'amour. Elle refusait ses avances timides, alors il renonçait. Ils ne parlaient ni du bébé ni de leur rendez-vous pour le week-end suivant.

Il devait passer la prendre le vendredi soir chez elle pour l'emmener chez un médecin dans le New Jersey.

Du moins espérait-elle que ce serait un médecin. Elle s'imaginait un petit homme desséché, en blouse blanche, avec de longs ongles sales, assisté d'une grosse femme sentant la graisse, avec un visage rond et bouffi. Tous les deux la détesteraient. Ils penseraient tous les deux qu'elle allait faire quelque chose de dangereux et de gênant pour eux, peut-être mourir, et ils la mépriseraient à cause de cela. Quant à ses parents, April préférait ne pas penser à eux. Chaque fois qu'elle pensait à sa mère et à ce que ce serait si sa fille mourait mystérieusement, elle avait l'impression que son cœur allait s'arrêter de battre.

Elle aurait voulu rentrer chez elle, se réfugier dans les bras de sa mère et tout lui raconter, mais elle savait qu'il n'en était pas question. Sa mère ne comprendrait jamais cet acte épouvantable. Elle n'avait pas le droit de gâcher l'avenir d'une famille tout entière : elle s'était mise dans ce pétrin avec Dexter et elle réglerait cela avec lui. Du moins ne s'était-il pas enfui. Il fallait le dire à sa décharge, depuis qu'elle le lui avait annoncé, il ne l'avait pas quittée un instant.

La seule personne qu'April avait mise au courant, à part Dexter, c'était Caroline. Et le dévouement de Caroline était le seul élément réconfortant dans toute cette triste situation. Caroline ne s'était pas affolée. « Qu'est-ce que je peux faire ? » avait-elle demandé. Et quand April lui avait dit que Dexter avait pris ses dispositions pour l'avortement, Caroline avait paru comprendre tout de suite ce qu'April pensait de tous les hommes en ce moment.

— Demandez-lui de vous conduire en voiture chez moi, à Port Blair, pour le week-end, proposa

Caroline. Il ne faut pas que vous restiez seule chez vous après une opération. Vous n'aurez qu'à rester à la maison et nous nous occuperons de vous. Vous vous reposerez, vous mangerez bien et je vous tiendrai compagnie. Dexter peut rester aussi, ou bien il peut venir vous prendre dimanche soir si vous préférez.

— Croyez-vous qu'il sera vexé si je lui dis que je préfère rester seule avec vous ? demanda April.

— Vexé ? demanda Caroline d'une voix vibrante d'émotion. Vexé ? Mais quel droit a-t-il, lui, de se vexer pour quoi que ce soit ?

— C'est drôle, reprit April, je l'aime, mais je ne peux pas supporter l'idée de rester avec lui après. Je sais qu'à un moment quelconque j'aurai une phrase malheureuse, ou bien ce sera lui. Je me sens si bizarre.

— Bien sûr, c'est stupide de vous dire que tout ira bien, dans l'état où vous êtes, dit Caroline, mais croyez-moi, je suis convaincue que tout ira bien. Toutes vos amies vous aiment bien. J'ai beaucoup d'affection pour vous. Nous nous soucions toutes beaucoup de ce qui vous arrive. S'il y a quelque chose que des amis puissent faire pour vous maintenant, nous le ferons.

— Je sais, répondit doucement April. Je vous remercie.

Pour la première fois de son existence, elle avait l'impression d'avoir franchi un pont sans possibilité de retour. Elle avait vingt et un ans mais elle n'était plus une jeune fille et elle ne pouvait pas s'adresser à sa famille ni à des amis de sa famille, seulement à des gens de son âge. Ses amies comprenaient ce qu'elle ressentait et n'étaient pas choquées, seulement indignées qu'April dût tellement souffrir face à un désastre de cette ampleur au lieu d'avoir le mari et l'enfant, deux choses qu'elle souhaitait plus que tout au monde.

Et, instinctivement, April savait que si elle se confiait à Barbara, Barbara réagirait comme Caroline.

— Vendredi, en sortant du bureau, je rentrerai avec vous et je resterai jusqu'à ce que Dexter arrive, dit Caroline. Nous prendrons un verre ou deux et je vous aiderai à faire votre valise.

— J'ai peur de votre famille, dit April. Votre père est médecin. Croyez-vous qu'à me voir il ne réalisera pas tout de suite qu'il m'est arrivé quelque chose ?

— Vous vous imaginez que les médecins voient tout ? fit Caroline en riant. Mon père vous regardera deux minutes et puis s'empressera de nous laisser seules pour que nous puissions parler tout à notre aise de nos flirts.

— Oui… dit April. C'est sûrement ce que ferait mon père… Dieu merci. Mon pauvre papa…

Le vendredi, April fut à peu près incapable d'effectuer le moindre travail. Elle se concentra de toutes ses forces sur les lettres qu'elle avait à taper tout en se disant qu'il était stupide d'essayer d'éviter de faire des fautes puisque, lundi matin, Miss Farrow devrait sans doute demander une nouvelle secrétaire. Ces lettres, son travail au bureau prenaient soudain une importance démesurée. Elle voulait laisser une trace quelque part. Mue par une impulsion incontrôlable, elle sortit de son sac un mouchoir à ses initiales et le coinça sous le sous-main placé sur son bureau.

Quelqu'un le trouverait lundi matin. Mais à dix-sept heures, au moment de la ruée vers les ascenseurs, alors qu'elle avait déjà atteint la porte du bureau, April revint sur ses pas et remit le mouchoir dans son sac. Après réflexion, il était impensable de laisser quelque chose lui appartenant, fût-ce un mouchoir, sans surveillance ni protection.

April n'habitait pas loin du bureau, mais Caroline insista pour prendre un taxi et pour payer la course. En arrivant, April s'effondra dans son fauteuil et contempla le mobilier d'un œil vague. Caroline pendant ce temps prenait une chemise de nuit et du linge dans un tiroir de commode et cherchait la valise d'April. Elle avait apporté une bouteille de gin.

— Vous n'arriverez jamais à vous enivrer suffisamment avec du scotch, déclara Caroline. Où rangez-vous votre jus d'orange, ou bien est-ce que vous n'en avez pas ?

— Je ne sais pas.

— Je vais descendre en acheter. Restez ici. Ne bougez pas.

— Où pourrais-je aller ? demanda April d'un ton désespéré.

Caroline remonta quelques minutes plus tard avec une bouteille de jus d'orange qu'elle mélangea au gin dans une casserole trouvée sur le réchaud.

April but une gorgée, se forçant à avaler malgré sa gorge serrée. Et, en cet instant, alors qu'elle savait que tout était réglé et pratiquement fini, elle pensa soudain que le jus d'orange était bon pour les femmes enceintes. Elle se demanda si un condamné sur le point de passer à la chaise électrique auquel on sert son dernier repas se retiendrait de prendre un dessert sous le prétexte d'un régime. Moi, si, se dit-elle. Mais je suis une idiote.

On sonna et April sursauta. Caroline alla ouvrir.

— Bonjour, Dexter, dit-elle aimablement, comme s'il était venu chercher April pour l'emmener au cinéma.

Dexter était affable, courtois. Il sourit en demandant de ses nouvelles à Caroline. Celle-ci lui expliqua comment trouver la route de Port Blair, et il acquiesça gravement.

— Nous serons peut-être un peu en retard, dit-il. Je sais que nous serons retenus longtemps après le dîner.

Le cocktail, se dit April amèrement, durera peut-être plus longtemps que prévu. Elle avait les paumes des mains moites et le cœur qui battait à se rompre. Peut-être, songea-t-elle, peut-être que je vais faire une fausse couche tout de suite, ce qui nous évitera toute cette peine.

Dexter aida April à passer son manteau et s'empara de sa valise. Mais quand April descendit l'escalier, ce fut Caroline et non pas Dexter qui lui tint le bras. April ne s'était jamais sentie aussi près d'éclater en sanglots.

Ils sortirent dans la pénombre d'un soir d'hiver. Les réverbères étaient allumés et un petit groupe d'enfants du quartier faisait cercle autour d'une longue Cadillac noire étincelante garée devant la maison d'April. Le chauffeur descendit de voiture en les voyant approcher. C'était un petit homme sec, en livrée grise, avec des bottes de cuir. Dexter lui tendit la valise et alla prendre sur la banquette un énorme bouquet de roses.

— Pour toi, dit-il en déposant le bouquet dans les bras d'April.

— A qui est cette voiture ? chuchota April.

— Je l'ai louée. Nous y allons ?

Il tendit la main à Caroline.

— Au revoir, Caroline. Je vous déposerais bien à la gare, mais nous avons un rendez-vous et il ne faut pas que nous soyons en retard. A tout à l'heure.

— Entendu, dit Caroline.

Elle embrassa April sur la joue.

— A tout à l'heure. Vous avez l'air d'une vedette qui revient de la première d'un film, avec toutes ces fleurs.

Ne me quittez pas, aurait voulu dire April, mais elle se contenta de sourire en disant :

— Au revoir.

Elle laissa Dexter l'aider à monter dans la limousine tandis que le chauffeur leur ouvrait la portière. Elle n'était jamais montée dans une telle voiture et, malgré sa nervosité à l'idée de ce qui allait se passer, elle se sentit de nouveau d'humeur joyeuse. Une commande dans l'accoudoir de la banquette permettait d'allumer la radio et Dexter, installé auprès d'elle, mit de la musique douce avant d'allumer une cigarette.

Tandis que la limousine s'engageait dans le flot de la circulation, April voyait des gens se retourner pour les regarder, et quand la voiture s'arrêtait à un feu rouge, les gens dans les automobiles voisines essayaient de voir qui se trouvait dans une aussi somptueuse Cadillac. Peut-être croyaient-ils qu'elle était vraiment une vedette, avec ses roses, le chauffeur et Dexter qui avait l'air si beau et si blasé, assis auprès d'elle dans son manteau noir, une cigarette au coin de la bouche. En se forçant un peu, elle pourrait s'imaginer qu'ils allaient tous les deux à une réception à la campagne.

— Ça te plaît ? demanda Dexter en souriant.

— Je suis impressionnée.

— J'ai encore autre chose pour toi.

Il tira de la poche de son manteau un flacon d'argent. Il dévissa le couvercle qui devint une petite timbale.

— Du bourbon.

— Je viens de boire du gin.

— Ça ne fait rien. Ça n'est pas le mélange qui rend les gens malades, c'est la quantité. Bois.

Elle accepta la petite timbale et en vida le contenu d'une gorgée, comme si c'était un médicament. Elle frissonna et se sentit mieux. Ils roulaient maintenant vers le New Jersey, et la voiture filait bon train. D'ordinaire, on louait ce genre de limousine pour les mariages et les enterrements. Cela s'était-il déjà fait pour un avortement ? En ce moment, elle aurait dû se rendre à son mariage et elle allait peut-être à son enterrement. Elle jeta un coup d'œil à Dexter en se demandant s'il l'avait vraiment jamais aimée.

Dexter, lui, buvait directement au goulot. Peut-être en avait-il besoin autant qu'elle pour se calmer. Peut-être, après tout, n'était-il pas trop tard.

— Dexter…

— Quoi ?

— Nous pourrions nous marier secrètement dans le New Jersey, et puis raconter aux gens que nous nous sommes mariés en secret il y a six semaines. Personne ne s'en apercevrait.

Mais, dans le fond de son cœur, April savait que c'était un pauvre prétexte, une chance de plus qu'elle voulait donner à Dexter de prouver qu'il l'aimait réellement.

— Dexter ?

— Ça ne tient pas debout, dit Dexter. Tu le sais. Personne n'y croirait une seconde. Les gens rigoleraient.

— Pas une fois que nous serions mariés. Quand on est vraiment mariés, les gens ne rient pas.

— Nous n'allons pas discuter maintenant, mon petit, tout est arrangé.

April se tordit les mains, elle sentait ses ongles lui mordre la peau sans éprouver réellement la moindre douleur. Tout s'écroulait, tout, si bien qu'elle ne pouvait même plus croire aux promesses de Dexter. Il la trahissait maintenant, alors, plus tard, ne serait-il pas capable de l'abandonner ?

— Tu parlais d'avoir d'autres bébés, quand nous serions mariés… dit-elle. Mais les femmes qui ont avorté ne peuvent parfois plus avoir d'enfants.

Une malheureuse excuse, elle le savait, une simple façon de tâter le terrain pour essayer de déterminer si elle pouvait encore croire à ses promesses ou bien si elle devait considérer que le mariage, l'amour et la sécurité appartenaient à un passé qui, on ne sait comment, lui avait échappé.

— Tout ira bien, déclara Dexter avec un rien d'agacement, je te l'ai dit. Si tu veux, nous pourrons nous marier au printemps, ajouta-t-il.

April sentit son cœur se gonfler. Elle renaissait lentement.

— Oh, j'aimerais, dit-elle, puis elle reprit avec conviction : Oh, j'aimerais !

Elle prit à deux mains le bras de Dexter qui se pencha pour l'embrasser.

Au premier abord, l'endroit où Dexter emmena April ne ressemblait pas à un cabinet médical : c'était simplement une porte entre deux magasins dans un quartier commerçant. Si l'on ne faisait pas très attention, on ne la remarquait même pas. Il y avait une petite plaque de cuivre auprès de la porte, brunie par l'âge et sur laquelle on lisait péniblement : Docteur Thomas, Chirurgien. Derrière la porte un étroit escalier montait tout droit comme une échelle. L'escalier et les murs étaient peints en vert pâle. En haut de l'escalier, un couloir menait jusqu'à une porte. Dexter sonna.

Il y eut un déclic et Dexter poussa la porte. Il fit entrer April dans une petite salle d'attente carrée où se trouvaient des gens silencieux. April fut surprise, elle avait cru qu'il n'y aurait que Dexter et elle, et, voyant ces gens, elle faillit tourner les talons et s'enfuir. Il y avait une femme d'un certain âge, très maigre et manifestement beaucoup trop vieille pour avoir le même genre d'ennuis qu'April. Elle avait une grosse excroissance sur le côté du cou. Il y avait également une forte fille de dix-neuf ou vingt ans au nez rouge et aux yeux gonflés, escortée d'un garçon qui n'avait guère l'air plus âgé qu'elle, et endimanché dans un complet marron. Elle, par contre, semblait bien être là pour un avortement. Tous les trois levèrent les yeux en entendant April et Dexter entrer, ils les regardèrent, puis baissèrent de nouveau les yeux. April enfonça ses mains sans alliance dans les poches de son manteau.

La pièce était encombrée de meubles, il y avait un divan et des fauteuils au capitonnage fatigué. Mais tout cela avait l'air très propre. Sur un petit guéridon auprès du divan se trouvait une pile de vieux magazines. April n'osa pas y toucher de crainte d'attraper quelque maladie. Elle s'assit auprès de Dexter sur le divan et déboutonna le col de son manteau.

— Veux-tu enlever ton manteau ? murmura Dexter poliment.

— Non, merci.

Juste devant elle, était accrochée au mur une aquarelle représentant un chien qu'un petit garçon tenait par le cou. Sous la gravure, en petites lettres rouges, on pouvait lire : *Le meilleur ami de l'homme*. April, sans savoir pourquoi, trouva cela amusant, elle sourit en regardant la gravure. Si le docteur pouvait avoir un tableau comme cela dans sa salle d'attente, ce ne devait pas être un ogre.

Elle essaya de trouver un sujet de conversation pour parler à Dexter. Il lisait un magazine. *Il lisait un magazine !* Elle voyait son regard aller de ligne en ligne. Comment pouvait-il être si calme ?

Une infirmière apparut par la porte du fond, vêtue d'une blouse blanche immaculée et chaussée de lourdes chaussures blanches. Elle avait un visage froid et sillonné de rides. Un petit arrosoir bleu à la main, elle traversa la pièce pour arroser une plante posée sur une table devant la fenêtre puis sortit par la même porte. April estima ce geste particulièrement déplacé alors que des patientes tremblantes avaient manifestement plus besoin d'attention qu'une plante en pot. Elle regarda sa montre – six heures et demie – et s'aperçut avec une certaine gêne qu'elle avait faim.

L'infirmière revint et fit un petit signe de tête à April.

— Vous pouvez entrer, dit-elle.

April posa la main sur le bras de Dexter. Il leva les yeux de son magazine en souriant.

— Vas-y, murmura-t-il. Si tu veux laisser ton manteau ici, je vais te le garder.

Elle ôta son manteau qu'elle laissa en tas sur le divan. Les autres patients qui attendaient lui jetèrent un coup d'œil tandis que, terrifiée, elle traversait la pièce. A voir l'expression de leurs visages, elle devinait que tout ce qu'ils éprouvaient, c'était un peu de jalousie, à l'idée qu'elle, la dernière arrivée, était entrée la première, alors qu'ils devaient encore attendre.

C'était étrange qu'après cela April fût pratiquement incapable de se rappeler ce qui s'était passé dans le cabinet du médecin. Elle aurait voulu le raconter à Dexter mais elle ne parvint qu'à dire oui, ça faisait mal, incapable de préciser de quelle façon. Le médecin ressemblait exactement à l'homme qu'elle avait imaginé, sauf qu'il n'avait pas les ongles longs et sales, mais soigneusement limés et très propres. L'infirmière lui avait donné un calmant. Entre cela, le bourbon et le gin qu'elle avait bus, la peur qui la paralysait et le fait qu'elle avait gardé les yeux fermés pendant toute l'opération, elle ne gardait de son passage dans le cabinet du médecin qu'un souvenir aussi confus qu'un rêve. Quand elle se fut rhabillée, le médecin lui donna six enveloppes contenant diverses sortes de pilules. Il y en avait pour la remonter, pour la calmer, pour prévenir l'hémorragie et pour la faire dormir ; à peine lui eut-il expliqué à quoi chacune devait servir qu'elle l'oublia aussitôt. Il avait écrit sur chaque enveloppe combien de comprimés elle devait prendre chaque jour, et cela lui suffisait.

Dexter et elle reprirent le chemin du retour pour Port Blair. April ne sentait qu'une légère gêne, et elle devait se rappeler qu'elle n'était plus enceinte. Peut-être le docteur avait-il fait une erreur et laissé le bébé dans son ventre ? Elle avait lu une histoire de ce genre dans un magazine. Elle espérait de tout son cœur qu'il l'avait bien avortée. Elle ne pouvait imaginer qu'il n'ait pu que blesser le bébé et que l'enfant grandirait en elle, déformé. En la raccompagnant vers la sortie, le médecin lui avait dit : « Tout va redevenir comme avant. » Elle avait compris le sens de ses paroles : oubliez ce qui vient de se passer. Rien ne s'est produit. Demain vous aurez tout oublié. Demain, vous vous sentirez bien.

Quand ils arrivèrent chez Caroline, la lumière était allumée sur le perron. Caroline sortit de la maison en entendant la voiture. Elle scruta anxieusement le visage d'April dans l'ombre et jeta à Dexter un coup d'œil interrogateur.

— Il vaudrait mieux qu'elle aille se coucher, déclara Dexter.

— J'ai envoyé mes parents au cinéma, annonça Caroline.

April ouvrit la bouche pour dire quelque chose, mais aucun mot ne sortit. Elle se sentait droguée. Comme ce serait drôle, comme cela les surprendrait si elle leur demandait le plus naturellement du monde : « Oh ! Quel film sont-ils allés voir ? », mais elle était incapable de parler, elle était trop épuisée. Elle sentit Dexter la soulever dans ses bras. Il monta l'escalier. Elle ferma les yeux, entendit des bruits de pas et des murmures, elle sentit la fraîcheur d'une taie d'oreiller…

Elle rêva d'un garçonnet, âgé de près de trois ans, qui possédait les yeux et les traits de Dexter et sa blondeur à elle. Habillé d'un ensemble en coton bleu clair, il se trouvait à Central Park, au bord du lac, faisant avancer un petit bateau. Elle regardait depuis un banc, lui souriant. Soudain, elle se voyait en train de l'enfoncer dans l'eau ; l'enfant la regardait, étonné de sa trahison. C'est elle qui pleurait, criait, l'enfonçant plus encore. Il ne se débattait pas, elle comprit qu'il était mort et c'est elle qui sentit l'eau envahir ses poumons, le manque d'air, la suffocation, percevant en même temps son corps innocent sous ses mains.

Elle se réveilla en sursaut, les larmes coulant sur ses joues. Elle ne pouvait s'arrêter de pleurer. Je l'ai tué, je l'ai tué, je l'ai tué, je hais Dexter, répétait-elle.

Elle s'assoupit de nouveau, d'un sommeil agité, et dormait encore à midi, quand Caroline vint ouvrir ses volets et lui apporter un verre de jus d'orange.

— Vous avez bien dormi ? demanda Caroline.

— J'ai fait des cauchemars.

— Ça ne m'étonne pas, répondit Caroline. Vous avez eu une dure journée hier. Vous allez vous reposer pendant le week-end. Quels comprimés devez-vous prendre ?

Elle préparait déjà les pilules, les comptant avant de les déposer dans la paume d'April avec l'efficacité d'une infirmière.

— Croyez-vous que vous puissiez descendre déjeuner ?

— Il faut que je fasse ma toilette.

— J'ai défait votre valise hier soir. Vos vêtements sont dans la penderie et votre brosse à dents et vos affaires de toilette sur le lavabo. Les serviettes blanches sont pour vous.

April se leva et se dirigea d'un pas chancelant vers le miroir. Elle était très pâle, et des cernes sombres soulignaient ses yeux. Peut-être avait-elle perdu beaucoup de sang. Cela lui était bien égal.

— Si vous avez l'impression que vous allez vous évanouir, vous n'avez qu'à crier. Je serai dans le hall.

— Merci, dit April.

Quand April eut fait sa toilette, qu'elle se fut habillée et peignée, elle se sentit complètement épuisée. Elle avait l'impression qu'il lui était arrivé quelque chose de très triste, d'inutile et d'inévitable, mais elle n'arrivait pas à comprendre quoi. C'était comme si elle avait chassé de son esprit un lourd secret, mais dont l'empreinte persistait, prête à reprendre les dimensions du redoutable original. Je n'y penserai plus de toute la journée, se promit-elle.

La mère de Caroline était en train d'arranger des fruits dans une coupe quand April entra dans la salle à manger. Elle avait déjà rencontré April une fois, à New York.

— Bonjour, April, dit-elle cordialement.

— Bonjour, Mrs Bender. Comment allez-vous ?

— Très bien.

Ils étaient quatre à table, Caroline, April, et les parents de Caroline. Le jeune frère de Caroline déjeunait chez des amis. La domestique de couleur apporta le bouillon. Le docteur Bender mangeait en silence, observant les femmes d'un air amusé. On aurait dit qu'il se savait en minorité, qu'il était résigné à passer tout le repas à écouter des potins, et qu'au fond cela ne lui déplaisait pas. April fuyait son regard. Elle se demandait s'il la trouvait pâle.

— J'ai vu Kitty aujourd'hui, annonça Mrs Bender à Caroline. Elle a bien des ennuis.

— Pourquoi donc ? demanda Caroline en se beurrant une tartine.

— Tu connais son fils, l'aîné, ce charmant garçon qui sortait de Princeton ?

Mrs Bender se tourna vers April d'un air d'excuse.

— Pardonnez-nous de parler de gens que vous ne connaissez pas, mais depuis qu'elle travaille et qu'elle a un appartement je ne vois plus guère ma fille, alors quand elle nous fait l'honneur d'une visite, j'ai bien du retard à combler.

— Je vous en prie, dit April.

— Je vous demande pardon, dit Caroline en se tournant vers la domestique. April prend du lait.

— Toi aussi, dit Mrs Bender, tu peux très bien prendre du lait, au lieu de tous ces cocktails.

— Oh, maman ! fit Caroline en riant.

— Voilà pourquoi April a de si belles dents, dit Mrs Bender.

Je ne bois jamais de lait, songea April en jetant un coup d'œil à Caroline. C'est seulement aujourd'hui parce que je suis malade. Si seulement elle savait.

— Bon, dit Caroline, bon. Je vais prendre du lait aussi.

— C'est excellent pour toi, déclara sa mère.

Elle prit une tranche de roast-beef froid sur un plat que faisait passer la domestique.

— Pour en revenir à cette pauvre Kitty, tu sais que son fils faisait sa médecine. Figure-toi que cet été il a fait la connaissance d'une fille, qui est mannequin dans un grand magasin. Tu vois le genre. Une petite coureuse de dot. Elle en voulait manifestement à son argent car, pour l'anniversaire de cette fille, il lui a offert une étole de vison. Tu t'imagines ? Tout le monde sentait bien qu'il se passait quelque chose de bizarre.

April coupa sa viande froide en petits morceaux et essaya de manger, mais elle était incapable d'avaler.

— Bref, Kitty se contentait d'espérer, et de fermer les yeux. Comment veux-tu dire à un garçon de vingt et un ans ce qu'il doit faire ? Mais tu peux me croire, cette pauvre Kitty a versé bien des larmes. Et voilà que brusquement, cette fille a trouvé le moyen d'être enceinte et qu'il va l'épouser !

Le docteur Bender leva vers sa femme un regard malicieux.

— Si elle a trouvé le moyen d'être enceinte toute seule, comme tu as l'air de le sous-entendre, j'aimerais faire sa connaissance. Ce serait un cas passionnant à étudier pour un médecin.

— Tu sais très bien ce que je veux dire, répliqua Mrs Bender. Ah, ces filles savent s'y prendre pour mettre le grappin sur un homme. Et ne me dis pas qu'elles ne savent pas comment prendre des précautions.

Elle balaya du regard la table.

— April, ma chérie, vous ne mangez rien. Voudriez-vous de la moutarde avec votre roast-beef ?

— Non, je vous remercie.

— C'est de l'excellente viande. Nous l'avons mangée chaude hier soir. Je regrette que vous soyez arrivée trop tard pour dîner.

— Moi aussi, assura April d'une voix à peine audible.

— Bref, reprit-elle d'un ton enjoué, cette fille est enceinte de deux mois maintenant…

— Maman, l'interrompit Caroline d'un ton un peu sec, nous avons un nouveau livre que nous allons publier et dont je suis sûre qu'il te plairait. J'essaierai d'en prendre un exemplaire pour te l'apporter la prochaine fois que je viendrai.

— C'est très gentil, dit Mrs Bender. Tu viendras probablement d'ici une dizaine de jours pour ce mariage. Tu pourras voir la jeune épousée ravie et son pauvre idiot de mari.

Elle secoua la tête.

— Tu sais, on dit que ces choses-là arrivent tout le temps, mais quand cela concerne quelqu'un que l'on connaît, c'est un tel choc. C'est navrant, un aussi charmant garçon, avec un si brillant avenir devant lui. Maintenant, le voilà marqué pour le restant de ses jours.

— Ne fais pas de mélodrame, maman, dit sèchement Caroline.

Elle se tourna vers April.

— Ma mère est simplement navrée, car elle rêvait de me faire épouser ce garçon.

— Oh, Caroline ! s'exclama sa mère.

April voyait la salle à manger tourner autour d'elle. Elle fixa désespérément son assiette. Le roast-beef avait l'air si sanguinolent à l'endroit où elle avait coupé la tranche qu'elle en avait l'estomac retourné. Elle sentait les sanglots lui monter à la gorge.

— Allons, déclara Mrs Bender d'un ton léger, ne parlons plus de ces horreurs. Soyons heureux de ne pas entendre parler davantage de ce genre de personne, surtout s'il s'agit de quelqu'un que nous connaissons.

Elle sourit à April.

— Vous ne mangez rien, April, je ne m'étonne pas que vous soyez si mince. Ah, Caroline et vous, on croirait vraiment que vous essayez de vous faire mourir de faim.

Ce ne serait pas une si mauvaise idée, se dit April. Elle fit un pâle sourire à Mrs Bender et fixa toute son attention sur le contenu de son assiette, s'efforçant de manger, s'efforçant de ne plus entendre cette voix pépiante et les paroles qu'elle prononçait, les condamnations morales, ce chagrin hypocrite, et cette joie secrète qu'on sentait derrière les mots. Elle se demandait si ce genre de propos l'affecterait désormais ainsi jusqu'à la fin de ses jours.

15

La fin de l'hiver est une mauvaise période pour les comédiens, à New York : toutes les pièces qui devaient être montées dans la saison l'ont été et les rares qui n'ont pas encore été représentées ont déjà été distribuées ; il est trop tôt encore pour les tournées et il ne reste aux comédiens sans emploi que la télévision et la radio. Gregg Adams était parmi les relativement chanceux. Elle trouvait assez de travail pour survivre et, bien que ce ne fût certes pas le succès, elle n'avait pas besoin de chercher un emploi de serveuse ou d'employée aux écritures, comme avaient été contraintes de le faire nombre de ses amies. Elle tenait un rôle d'adolescente dans une émission publicitaire qui passait une fois par semaine à la télévision, et elle touchait un chèque hebdomadaire. Elle avait aussi deux petits rôles dans une émission de radio matinale. Tout cela payait son loyer et sa grosse note de téléphone, et comme elle ne s'était jamais beaucoup passionnée pour la nourriture et que

David Wilder Savage l'emmenait dîner quatre ou cinq fois par semaine, elle s'en tirait assez bien.

Cela faisait longtemps maintenant qu'elle connaissait David Wilder Savage et pourtant il demeurait encore mystérieux pour elle. Elle était persuadée qu'il l'aimait. Cependant, ils étaient parvenus dans leurs rapports à un statu quo dont elle souffrait et dont lui, par contre, semblait satisfait. Que pouvait-elle faire pour y apporter un changement ? Elle se souvenait d'un proverbe chinois – trop cynique peut-être – qui disait : « Il faut six ans pour se faire un ami et six minutes pour le perdre », mais déplorait que personne, pas même les Chinois avec toute leur antique sagesse, n'eût conçu un précepte pour vous expliquer comment transformer un amant affectueux en soupirant incapable de vivre sans vous ? Tous les mois, quand elle découvrait qu'elle n'était pas enceinte, elle faisait une petite prière d'action de grâces intérieure mais, en même temps, et parce qu'elle se sentait hors de danger, elle éprouvait une pointe de déception. Peut-être une chose aussi importante amènerait-elle David à agir, une chose qui demanderait une décision immédiate, qui obligerait David à mesurer combien Gregg lui était précieuse.

Elle faisait, enfin, des rideaux pour la cuisine de David. Bien qu'elle sût à peine coudre et qu'elle n'eût jamais pris la peine de refaire un ourlet quand une petite épingle de sûreté pouvait y remédier, Gregg taillait péniblement des rideaux dans un tissu somptueux dont le prix aurait pu lui permettre de faire toutes ses courses en taxi pendant une semaine. Qui donc faisait encore ses rideaux de cuisine soi-même de nos jours ? Mais cela avait quelque chose de symbolique, cela faisait craquer en quelque sorte le vernis de Broadway, des cocktails et de la foire aux bons mots ; peut-être cela irait-il même jusqu'à faire craquer le vernis de l'homme qu'elle rêvait désespérément d'épouser. Elle avait terminé les rideaux un jour de mars, juste avant la générale de la nouvelle pièce de David en province. Elle décida d'attendre et de lui en faire la surprise lorsque serait passé l'énervement de la générale, des critiques et des corrections possibles. Lorsque David l'invita à l'accompagner à Boston pour la générale, après l'avoir prévenue qu'il ne pourrait pratiquement pas s'occuper d'elle si elle l'accompagnait, elle mit dans une valise sa plus jolie robe de cocktail pour les festivités, un pantalon pour traîner au premier rang de la salle pendant les répétitions de dernière heure, et elle glissa les rideaux tout au fond. Elle éprouvait une certaine joie à simplement regarder ces rideaux, cela lui donnait l'impression d'être vraiment mariée avec David et de s'occuper de leur foyer. Si elle regardait son propre appartement, si peu soigné, c'était vraiment ridicule de songer à toutes les corvées de bonne épouse qu'elle était prête à assumer pour le logement de David – elle qui ne s'intéressait pas du tout au sien, le considérant comme un endroit où dormir, se changer et recevoir des coups de téléphone.

Ils arrivèrent à Boston par un temps froid et neigeux. C'était la première fois que Gregg venait dans cette ville et elle en eut une série d'impressions fugitives : la vue d'une statue de la fenêtre de sa chambre d'hôtel, l'intérieur du théâtre (qui ressemblait à l'intérieur de tous les théâtres), une bouche de métro, une paire de chaussures vertes extraordinairement laides dans la vitrine d'un magasin devant lequel elle passait tous les jours sur le chemin qui menait de l'hôtel au théâtre. Mais, plus que tout, Boston fut pour elle un choc douloureux le jour où elle lut dans les journaux du matin des critiques qui lui donnèrent subitement la sensation qu'elle n'était pas dans un pays qu'elle connaissait mais avait été jetée au milieu des Hottentots.

Le ton des critiques était condescendant. On ne louait pas l'actrice qui tenait le rôle principal, mais on avait pitié d'elle pour les souffrances qu'elle devait endurer. C'était tellement incroyable que, si elle n'avait pas lu dans des articles le titre de la pièce et les noms des acteurs et du producteur, Gregg aurait pu croire qu'il s'agissait de critiques concernant une pièce entièrement différente. Cependant, en son for intérieur, elle devait bien reconnaître qu'elle-même n'avait jamais vraiment aimé le manuscrit, mais qu'elle avait pensé que si David Wilder Savage avait décidé de monter la pièce, celle-ci devait avoir des mérites dramatiques qu'elle, Gregg, était incapable de saisir. Exception faite de la pièce de Gordon McKay, c'était son premier échec. Gregg en voulait déjà à ses amis de New York pour ce qu'ils pourraient dire, ce qu'ils pourraient sous-entendre. Si Tony osait ricaner devant elle et répéter ce qu'il lui avait dit voilà des mois, elle le giflerait. Après tout, tout le monde avait le droit de faire une erreur et, dans le cas de David, l'étonnant était qu'on l'eût attendue si longtemps.

La pièce quitta « temporairement » l'affiche à Boston. Il n'y avait aucune raison d'essayer de la faire représenter à New York. Le matin où les critiques avaient paru, David avait mis son manteau, quitté l'hôtel, et il n'était revenu que huit heures plus tard. Gregg ne savait que faire. Elle l'imaginait arpentant les rues grises de Boston tel un fantôme vengeur, s'enivrant dans un bar, passant sous les roues d'un tramway et se faisant écraser ; elle se demandait si elle devait rester dans sa chambre, à côté du téléphone, ou aller de bar en bar à la recherche de David. Finalement, elle laissa un mot dans la chambre et un message à la réception, et elle sortit. La neige fondue s'était transformée en petite pluie glacée. Elle marcha, parcourant des kilomètres sans savoir où elle allait, car elle se sentait incapable de rester immobile. Elle imagina que David allait venir vers elle et qu'elle allait lui tomber dans les bras avec un grand cri de soulagement. Elle ne craignait pas tant ce qui pourrait lui arriver, car elle le savait un peu lunatique mais pas téméraire, que de se retrouver sans lui. Elle détestait Boston comme jamais elle n'avait détesté aucune autre ville.

Elle finit par porter ses pas vers le théâtre vide et y pénétra par l'entrée des artistes. Elle se disait que c'était sa destinée de le trouver là et elle se demandait pourquoi elle n'y avait pas pensé plus tôt. Il serait assis, tout seul, au centre de l'orchestre, perdu dans ses pensées, ses longues jambes serrées contre le dossier du siège de devant, sa nuque appuyée contre le sien. Mais le théâtre était complètement vide, plongé dans l'obscurité et le silence, et il sentait le vieux tissu.

Parce qu'elle avait été tellement sûre de trouver David là, Gregg comprit enfin que jamais elle ne parviendrait à deviner ses pensées. Il était trop loin d'elle, il vivait dans un monde qui n'appartenait qu'à lui. Et, en cet instant, sa vie personnelle perdit toute son importance.

Lorsqu'elle revint à l'hôtel, épuisée, David était là, dans le drugstore brillamment éclairé ; il était occupé à parler au metteur en scène et il ne semblait pas particulièrement changé. Elle courut vers lui, se glissa sur le siège à côté de lui et demanda, d'une voix haletante :

— Où étais-tu ?

Il la regarda d'un air très vaguement ennuyé.

— Tu veux du café ? lui demanda-t-il gentiment.

— Où étais-tu ? Où étais-tu ?

— Il y a une heure que nous parlons ici, Ivan et moi. Si tu comptes rester avec nous, il faudra te taire et écouter.

Gregg débarrassa ses cheveux des petits glaçons qui y étaient restés collés et se pencha pour voir si David avait les yeux injectés de sang ou s'il y avait quoi que ce fût de changé en lui.

— Elle est complètement trempée, dit Ivan.

C'était un gros homme au visage rougeaud et qui avait une voix aiguë pour quelqu'un de sa stature.

— Prends du café, dit David, réchauffant les mains de Gregg dans les siennes.

Il la regardait avec curiosité car elle était visiblement hors d'elle mais il ne lui demanda pas ce qu'elle avait, se contentant de faire signe à la serveuse d'apporter du café chaud.

— Nous discutons pour savoir si nous pouvons ou non sauver notre pauvre pièce, dit Ivan.

Il avait devant lui sur la table plusieurs feuilles de papier couvertes d'une petite écriture.

Gregg le regarda. Il était aimable. Il était gentil, mais elle avait si désespérément envie de le voir s'en aller qu'elle espéra presque qu'il sentirait son désir et s'en irait, poussé par la force de la transmission de pensée. Elle se tourna vers David, lui serrant les mains.

— Tu vas bien ?

— Oui.

— Je me suis demandé ce qui t'était arrivé. Pourquoi ne m'as-tu pas dit où tu allais ?

— Bois ton café, dit-il gentiment.

Il rapprocha d'elle le sucrier.

— Nous parlerons après, quand j'aurai terminé cette discussion.

Gregg but son café, écoutant les voix des deux hommes mais sans comprendre un mot de ce qu'ils disaient. David savait ce qu'il était pour elle, il lui avait demandé de venir jusqu'à Boston avec lui, et alors même qu'il avait besoin d'elle, il avait fui. Pourquoi ne lui avait-il rien dit ? Il se tenait là, calmé apparemment et essayant de sauver une pièce qui n'en valait manifestement pas la peine. Il ne lui avait demandé ni réconfort ni encouragement, il avait fait comme si elle n'existait pas, tout simplement. Elle aurait tant aimé avoir une occasion de lui montrer combien elle savait se montrer forte dans l'adversité. Peut-être tenait-elle la chance qu'elle avait attendue de le réconforter quand il était dans le malheur.

Ivan se levait et souriait à Gregg.

— A bientôt, dit-il. Je vous verrai dans le train.

— Au revoir.

Elle était si contente de le voir partir qu'elle pouvait même se montrer cordiale avec lui. Dès qu'il fut parti, elle se tourna vers David.

— Tu vas essayer de faire rejouer ta pièce ?

— Tu n'écoutais pas ? demanda-t-il, surpris.

— Si, bien sûr, dit-elle alors que c'était faux.

Elle regarda ses mains qui étaient réchauffées maintenant, et rouges.

— Tu sais que je ferais n'importe quoi pour toi. C'est pour cela que je suis ici. Tu n'as pas l'air de t'en rendre compte.

Il lui caressa doucement les cheveux.

— Je sais.

— Je veux t'aider, dit-elle.

— Mais tu m'aides.

— Je me pose des questions.

Il se leva et laissa de l'argent sur la table.

— Il faut que nous allions faire nos bagages, nous prenons le train de cinq heures. J'ai encore besoin de voir quelqu'un, je te retrouverai en haut.

— Laisse-moi t'accompagner, s'il te plaît. Tu m'as manqué pendant que tu étais parti.

— Tu n'as aucune raison de traîner derrière moi, dit-il d'un ton toujours gentil, comme s'il s'adressait à une enfant de cinq ans. Je serai très vite revenu.

— Qui vas-tu voir ?

Il parut très las brusquement, comme s'il sentait enfin la fatigue de la nuit blanche qu'il venait de passer.

— Très bien, dit-il tranquillement. Sache que je ne vais voir personne. Je vais seulement faire le tour du pâté de maisons. Tu sais ce que représentent pour moi la soirée d'hier et la presse de ce matin. Je veux faire le tour du pâté de maisons pour réfléchir aux décisions que je vais prendre.

Gregg lui saisit la main.

— J'irai avec toi et je ne dirai pas un mot.

Il se dégagea.

— Tu m'as dit que tu voulais m'aider ?

— Mais oui !

— Alors, laisse-moi seul un moment. Il y a des occasions où laisser quelqu'un seul est le plus grand service qu'on puisse lui rendre.

— Reviens vite ! dit Gregg d'une voix qu'elle s'efforça de rendre gaie, mais qui tremblait un peu.

Il lui ébouriffa les cheveux, comme il avait fait le premier soir quand il l'avait quittée pour aller parler au téléphone, puis il sortit dans la rue. Ce geste de tendresse la fit fondre complètement, elle sut qu'il ne pouvait absolument pas être fâché contre elle, et elle sut aussi qu'elle ne pourrait supporter de rester seule dans la chambre d'hôtel, même pour une demi-heure, à se rappeler ce geste et à sentir les murs étrangers l'emprisonner dans leur étreinte. Elle saisit son sac à main et sortit en hâte derrière David, ne prenant même pas la peine de boutonner son manteau.

Elle le vit au bout de la rue, marchant vite, les mains dans les poches, le col de son manteau relevé. Elle le rattrapa sans bruit, puis se cacha derrière une voiture garée au moment où il tourna le coin, pour qu'il ne la vît pas. Il ne paraissait pas avoir de but défini, il marchait tout simplement. Une idée folle la traversa alors : peut-être, après tout, allait-il retrouver quelqu'un et était-il un peu en avance. Mon Dieu, songea-t-elle, mon Dieu. La seule vue de David devant elle la rassura. Elle prit soin qu'il ne remarquât pas qu'elle le suivait tout en espérant un peu qu'il se retournerait, la verrait et la laisserait l'accompagner.

Il entra dans le Common et se mit à marcher plus lentement sur un chemin bordé de verglas. Le parc était désert car le temps était très froid. Les arbres avaient l'air de minces lignes noires se découpant sur le ciel gris et les maisons brunes derrière ; des rangées d'arbres, des rangées de maisons, toutes étrangères pour Gregg et dénuées d'importance, comme si elles n'existaient pas. La seule chose qui existait au monde, c'était cet homme qu'elle suivait et qu'elle s'efforçait de ne pas perdre de vue parce qu'il représentait pour elle la chaleur, la vie et la gaieté même dans ce paysage sinistre et vide. Elle le suivit ainsi pendant une heure entière. David regagna enfin l'hôtel et Gregg s'y précipita derrière lui.

Elle le retrouva dans la chambre qu'il avait occupée, voisine de la sienne, en train de faire sa valise.

— Salut, dit Gregg.

Il ne répondit pas, il était en train de plier sa robe de chambre, avec beaucoup de maladresse.

Elle lui prit le vêtement des mains.

— Laisse-moi faire.

— Nous avons manqué le train, dit-il. Nous prendrons celui de six heures.

— Je sais. Pourquoi es-tu resté dehors si longtemps ?

Il la regarda. Jamais elle ne lui avait vu un visage aussi fermé.

— J'attendais que tu te lasses de me suivre.

Qu'aurait-elle pu dire ? La seule attitude possible était la bravade.

— Comment t'en es-tu aperçu ? demanda-t-elle avec un petit sourire nerveux.

— Je me suis retourné au moins deux fois et je t'ai vue. Tu ne ferais pas un très bon détective.

Les mots étaient aimables, mais son ton était distant, contraint.

— Ça ne t'a pas dérangé ? demanda-t-elle.

— Oh si, plus que tu ne peux te l'imaginer !

— Pourquoi ? Pourquoi ?

— Ecoute, ajouta-t-il en soupirant, quand je veux être seul, *seul*, et que je te demande de me laisser tranquille, est-ce que tu ne peux pas respecter mon désir ? Si tu me demandais de te laisser tranquille, je le ferais immédiatement.

— Mais je ne te l'ai jamais demandé. Je déteste être seule.

— Est-ce que tout le monde doit être exactement comme toi ? demanda-t-il doucement.

— Je suis désolée, dit-elle. Je ne savais pas que cela t'ennuierait à ce point.

— Si, tu le sais, répondit-il. Tu le sais parce que je te l'ai dit. Mais j'ai l'impression que cela t'est égal. Si tu jouais dans une pièce, crois-tu que je resterais dans les coulisses pendant toute la représentation à t'envoyer des baisers et des billets doux pliés en quatre ?

— Ne sois pas sarcastique.

— Je vais t'expliquer encore une fois, mais ce sera la dernière, dit-il, parlant très lentement, comme s'il était fatigué à l'extrême. Il y a des moments où l'on a envie d'être seul, pour penser, ou pour ne pas penser justement. Peut-être suis-je pire que les autres, peut-être ai-je besoin d'être seul plus souvent. Mais même si c'est le cas, je suis comme cela, et je veux que tu essaies de le comprendre. Si tu ne peux pas, je crois que nous devrions cesser de nous voir, toi et moi.

Gregg avait l'impression qu'un couteau la lacérait.

— Non, dit-elle, terrifiée. Non ! Il faut que nous nous voyions.

Il s'assit au bord du lit, sur les vêtements entassés là pour être mis dans la valise.

— Je suis si fatigué, dit-il.

Aussitôt, Gregg vint s'asseoir à côté de lui, lui entoura le cou de ses bras.

— Il faut que nous continuions à nous voir, dit-elle. Il le faut ! Je te promets que je te laisserai tranquille.

Il ne la repoussa pas, il n'essaya pas non plus de se dégager ; il la laissa l'enlacer, sans bouger, les yeux fermés. Il parla enfin, d'une voix sans timbre.

— Alors, commence tout de suite, dit-il.

Pendant tout le chemin du retour dans le train, de Boston à New York, David dormit, la tête appuyée contre le dossier de son siège, le visage gris de lassitude. Gregg essaya de se reposer mais n'y parvint pas. Elle se sentait si fatiguée qu'elle avait l'impression qu'un incident même mineur la ferait craquer. Comme le début de leur relation lui semblait loin... Tout lui paraissait chaque jour plus insupportable. Les premiers temps, la nouveauté de la situation l'avait rendue insouciante, si bien qu'elle avait conservé son sens de l'humour. Désormais, le moindre petit mot, le moindre geste s'enfonçait comme un couteau dans la plaie qui lui rongeait le cœur. Le pire était l'impossibilité d'un retour en arrière ou d'un changement. Elle était ce qu'elle était, et c'était elle qui avait conduit leur relation à ces rapports tendus et fragiles. Elle le savait et elle ne pouvait rien y faire ; alors, tout ce qu'elle disait, tout ce qu'elle faisait, était mal et, à chaque erreur, elle éprouvait le besoin de se faire pardonner, transformant sa vie en cauchemar. Ce n'était plus elle, ce n'était plus David. C'était une mauvaise farce, un horrible tour du destin. Elle ne demandait qu'à aimer et être aimée en retour : c'était cruel.

En descendant sur le quai glacé de Grand Central Station, Gregg se sentit un peu plus rassurée. Ils rentraient et tout irait mieux à présent. Ils se parlaient normalement, ils se souriaient et, une fois qu'ils eurent déposé leurs valises dans l'appartement de David, celui-ci emmena Gregg dîner dans un petit restaurant. C'était un endroit pas cher, dans un sous-sol, fréquenté surtout par des étudiants, avec des nappes à carreaux et le genre de nourriture qui vous donne des brûlures d'estomac avant même qu'on ait fini de manger. C'était un endroit où personne ne reconnaîtrait David Wilder Savage ni ne lui demanderait comment la pièce avait marché ou, pire encore, ne saurait comment elle avait marché, où personne n'essaierait de lui témoigner de la sympathie, vraie ou feinte. Il était onze heures du soir et David et Gregg étaient les seules personnes présentes dans ce restaurant à l'exception du petit serveur qui allait et venait de la cuisine à leur table.

— Je suis contente d'être rentrée à New York, dit Gregg.

— Moi aussi.

David sourit. Gregg le sentit proche d'elle en cet instant et en fut heureuse.

— Quelle heure est-il ?

— Minuit moins cinq.

Gregg plaça sa serviette sous sa tasse, car du café s'était renversé sur la soucoupe.

— Je voudrais que les gens puissent toujours être sûrs les uns des autres, qu'ils n'aient jamais à se demander ce que l'autre pense ou ce qu'il va faire.

— J'espère que ce n'est pas la qualité de tes spaghettis qui t'inspire ces considérations philosophiques, répondit David d'un ton léger. Tu dois être fatiguée.

— Je ne parle pas des autres, je parle de nous, précisa Gregg.

— Ce serait assommant, non ?

— Pas pour moi.

— Non, fit-il d'un ton songeur. Pas pour toi.

— Qu'est-ce que cela veut dire ?

— Je ne fais que répéter ce que tu viens de dire.

— Pouvoir communiquer avec autrui est la chose la plus importante au monde. C'est pour cela que les gens savent parler, pour se consoler mutuellement, s'amuser et appeler au secours.

— Et se raconter des histoires ennuyeuses ou des bobards, dit David en souriant. Tu en oublies.

— Parce que ce n'est pas de cela que je parle.

— Ah bon.

— Pourquoi ne me dis-tu jamais que tu m'aimes ?

La question qui consumait tout, l'accusation, était lancée. Ils se regardèrent un moment sans mot dire, Gregg tendue, terrifiée, révoltée et soulagée tout à la fois, et David plutôt triste.

— Parce que ce n'est pas la réponse à la question que tu poses, dit-il.

— Comment cela ?

— La petite étudiante qui reste trop longtemps avec un garçon dans une voiture demande : « Tu m'aimes ? » et le garçon qui est avec elle répond oui. Mais elle, elle veut dire : « Est-ce que tu me respecteras ? » et lui, il veut dire : « J'ai envie de coucher avec toi. » L'enfant qui demande à sa mère si elle l'aime veut dire : « Est-ce que tu me protégeras ? Est-ce que je me conduis bien ? » Toi, tu me demandes si je t'aime, et ce que tu veux savoir c'est si je te dévorerai, si je t'envelopperai, si j'effacerai toute existence pour toi et, pire encore, si je te permettrai d'en faire autant pour moi. C'est pour cela que je ne te réponds jamais, parce que je t'aime, mais pas de la façon que tu veux, et que je ne t'aimerai jamais de cette façon-là.

Gregg le regarda un moment, stupéfaite.

— Tu m'aimes, murmura-t-elle. Tu m'aimes ?

— Est-ce que tu as entendu le reste ?

— Tu as dit que tu m'aimais.

Il soupira et hocha la tête.

— Dieu du ciel, il faut que je t'aime, en effet.

Elle se leva, courut vers lui, l'embrassa en plein restaurant, les bras noués autour de son cou, les yeux pleins de larmes.

— C'est la dernière réplique avant le rideau, dit-elle, après cela l'orchestre se met à jouer, les spectateurs se lèvent comme s'ils étaient mus par des ficelles et c'est un triomphe !

— Et après, tout le monde s'en va manger une douzaine d'huîtres, dit-il.

Il se leva, se dégagea et posa tendrement le manteau de Gregg sur ses épaules.

— Oh, pourquoi es-tu si cynique ? demanda Gregg en se serrant contre lui.

Elle avait la tête appuyée sur l'épaule de David, et ses cheveux blonds pendaient sur le revers de son veston. Lorsqu'ils passèrent devant la grande glace sur pied du vestiaire, Gregg s'arrêta et dit :

— Regarde-nous.

— Tu as l'air d'une sirène cramponnée au marin qui se noie, dit David Wilder Savage.

Quand ils arrivèrent dans l'appartement de David, celui-ci mit tout de suite un disque sur le phonographe, comme il faisait toujours, puis il alluma le feu dans la cheminée. Gregg jeta son manteau sur un fauteuil et ôta ses chaussures. Ainsi déchaussée, elle alla s'asseoir sur le divan, les genoux ramenés sous le menton. Elle suivait du regard chacun des mouvements de David.

— J'ai un cadeau pour toi, lui dit-elle d'un ton rêveur. Je te le donnerai plus tard.

— Je te conseille de me le donner tout de suite parce que je suis mort de fatigue et que je vais te mettre dans un taxi et aller me coucher.

Elle sentit aussitôt sa bonne humeur vaciller et elle se mit à trembler.

— C'est mon cadeau et je te le donnerai quand j'en aurai envie, dit-elle, blessée.

— Je suis désolé, chérie. L'idée que tu m'offres un cadeau me ravit. Où est-il ?

— Quand quelqu'un vous offre un cadeau, on ne le jette pas dehors après, dit-elle.

— Alors donne-le-moi demain, quand nous ne serons plus si fatigués l'un et l'autre.

— Tu ne le veux pas ?

— Pas si cela doit te mettre dans cet état.

— Si je veux te donner un cadeau, il faut que tu le prennes, dit-elle, que tu en aies envie ou pas.

— Alors, *donne-le*, ce foutu cadeau !

— Tu ne m'aimes donc pas ?

Sa voix était celle d'une petite fille et elle l'entendit résonner dans la pièce silencieuse, comme si elle venait de quelqu'un d'autre.

— Qu'est-ce qu'un cadeau a à voir avec le fait que je t'aime ou non ?

— Tout.

— Gregg, dit-il, je ne compte pas me prêter à tes caprices ce soir.

— Qu'est-ce que le fait de m'aimer a à voir avec mes caprices ?

Il ferma les yeux.

— Je suis si fatigué, dit-il.

— Tu m'aimes ?

— … Oui.

— Alors pourquoi ne veux-tu pas que je reste toute la nuit ?

— Reste toute la nuit. Reste toute la nuit.

— Pourquoi ne m'as-tu jamais laissée rester toute la nuit avant ?

— Je crois qu'il y a une brosse à dents propre dans l'armoire à pharmacie, dit-il. Sur l'étagère du bas.

— Je sais.

— Il y a une chemise de nuit blanche dans le tiroir du bas de la commode, poursuivit-il. Mais je suppose que tu sais cela aussi.

— Non, il n'y en a pas. Je n'en ai jamais vu…

Elle s'arrêta net en voyant la façon dont il la regardait.

— Mets ma veste de pyjama si tu as froid, proposa-t-il.

— Pas du tout. Oh, il y a tant de choses que nous ne connaissons pas l'un de l'autre. Ça me navre, fit-elle en se jetant contre lui. Pourquoi ne m'as-tu jamais laissée rester toute la nuit avant ?

— Tu as passé trois jours ici cet été.

— Ce n'était pas rester toute la nuit, c'était venir en visite.

— Il y a donc une différence ?

— Pourquoi es-tu tellement sadique ?

— Tu es restée d'autres nuits aussi, si je me souviens bien. Tu es restée l'été, quand tu venais en voiture de l'endroit où tu jouais.

— Il n'aurait plus manqué que ça, dit Gregg, furieuse, après avoir fait un tel trajet !

— Oh, mon Dieu ! dit-il. Quelle différence est-ce que cela fait ? Reste toute la nuit, ne reste pas toute la nuit, mais surtout n'en fais pas un tel plat.

— Il le faut, dit-elle. Tu es très bizarre.

— Oui, dit-il. Je suis bizarre.

Elle le regarda un moment, mi-furieuse, mi-terrifiée.

Elle se rappela ce que lui avait dit un jour Tony de David Wilder Savage et Gordon McKay : « Nul ne sait vraiment s'ils étaient amoureux l'un de l'autre ou pas. » Et il semblait avoir tellement peur de l'aimer, elle. Bizarre... bizarre... Il l'était peut-être, mais pas de cette façon-là. Si c'était vrai, elle n'aurait pas peur de regarder la situation en face, car elle avait une assez grande connaissance de ces choses. Mais elle savait que ce n'était pas vrai en ce qui concernait David Wilder Savage, non. D'ailleurs, si cela avait été, elle en aurait entendu parler par d'autres gens que par Tony, car tout le monde savait tout ce qu'il pouvait y avoir de peu reluisant sur les célébrités, et David Wilder Savage était une célébrité dans leur groupe qui vivait pour le théâtre.

— Tu ne devrais pas t'en flatter, dit-elle froidement.

— Je suis bizarre, continua-t-il, de supporter ce que tu me fais. Tu t'accroches, tu m'étouffes, tu exiges, tu n'essaies pas de comprendre. Tu ne te demandes jamais si je suis malheureux, mais seulement si toi tu es malheureuse. Tu me suis, tu fouilles dans mes tiroirs, tu es jalouse de mes amis. Tu m'attends dans des bars... Oh, ne crois pas que je ne le sais pas, ça aussi. Ce n'est pas parce que je te demande toujours de venir t'asseoir avec moi que je suis dupe.

— J'ai le droit d'y être.

— Oui.

— Alors pourquoi es-tu furieux ? s'écria Gregg. Je croyais que tu m'aimais.

— Je ne suis pas furieux, dit-il doucement. J'ai pitié de toi.

— Pourquoi ?

— Parce que tu as besoin de quelqu'un qui t'aime pour toutes ces choses justement et qui en tire de la chaleur, et non de quelqu'un qui les trouve de plus en plus difficiles à pardonner.

La douleur qui s'installa en elle était pire qu'aucune de celles qu'elle avait connues quand elle était seule ; ce fut à travers cette douleur qu'elle parla :

— Tu es obligé de me *pardonner* de t'aimer ?

— L'amour que tu as à me donner n'est pas celui dont j'ai besoin, dit-il.

Il sourit et lui caressa la joue du bout des doigts.

— Nous sommes deux êtres un peu névrosés dont les névroses ne se complètent malheureusement pas. Allons, viens dormir. Tout ira beaucoup mieux demain matin.

— Dormir ? Tu crois que je pourrais dormir maintenant ?

— Je vais te donner un lait chaud et un somnifère. Tu veux bien ? Et j'en prendrai un aussi. Nous sombrerons dans l'inconscience ensemble.

— Nous ne sommes jamais ensemble, dit-elle.

Elle se cacha le visage dans les mains, épaules tendues, attendant que David vienne la consoler. Il ne vint pas. Elle l'entendit sortir de la pièce et regarda, prise de panique ; mais, un instant plus tard, elle le vit revenir avec un flacon rempli de pilules qu'il posa sur la table basse.

— De quel genre d'amour as-tu besoin ? demanda Gregg.

Il continuait à sourire.

— Un amour léger, comme dans la chanson.

— Je parle sérieusement.

— Mais moi aussi.

A quoi ressemblait donc un amour léger ? Gregg s'imagina une fille, une petite souris aux cheveux tout bouclés et sans visage, qui serait ravie de passer son existence dans la périphérie de la vie de David Wilder Savage, à l'admirer, à attendre qu'il remarque sa présence, le genre de fille qui avait toujours fait naître chez Gregg de la compassion. Et pourtant, elle serait la fille la plus chanceuse du monde parce que David Wilder Savage la chérirait et qu'il s'intéresserait à ce qui lui arrivait où qu'elle fût.

— Je vais faire chauffer le lait, ajouta-t-il.

Il se dirigea vers la cuisine. La cuisine sans rideaux. Gregg devait-elle les lui donner maintenant ? Voilà qui lui montrerait qu'elle était la fille douce qui restait à la maison, soir après soir, à ourler ce fichu tissu. Gregg se leva d'un bond et courut vers sa valise, jetant ses vêtements et ses chaussures par terre dans sa hâte de sortir les rideaux.

Elle entra à son tour dans la cuisine, tenant les tentures cachées derrière son dos. David avait placé deux bols sur l'évier et mis une casserole de lait à chauffer sur le feu.

— Surprise ! dit Gregg.

Elle lui montra les rideaux et il la regarda d'un air à la fois content et un peu perplexe.

— Des rideaux ?

— Oui.

— Ils sont ravissants, chérie.

— C'est moi qui les ai faits.

— Vraiment !

Elle comprit brusquement qu'il aurait été tout aussi content si elle lui avait offert un disque ou une bouteille de vin. Les rideaux n'avaient absolument rien de symbolique pour lui, rien. Elle les replia soigneusement et les posa sur la table.

— Nous les suspendrons demain, dit-elle avec un sourire contraint.

— C'est gentil à toi, chérie, de t'être donné tout ce mal.

— Tu ne sais pas quelle bonne petite ménagère je suis, dit-elle d'un ton léger.

Puis elle s'enfuit vers le living-room.

Les flammes du feu de bois lui éclairaient le visage et lui brûlaient les sourcils. Gregg regarda le flacon de pilules que le feu rougissait aussi. Elle pouvait les avaler toutes, comme de l'aspirine, puis se coucher sur le divan pour toujours avant même que David eût fini de réchauffer le lait. Il croirait qu'elle dormait et il ne voudrait pas la déranger. Il poserait doucement son bol de lait sur la table basse et il se pencherait pour prendre le flacon de pilules. Il remarquerait alors seulement que le flacon était vide. Il serait très inquiet, il secouerait Gregg et il téléphonerait à l'hôpital. Pendant tout le chemin, dans l'ambulance qui les mènerait à l'hôpital, il resterait assis auprès d'elle comme elle avait vu des parents affligés rester assis auprès de tas recouverts d'un drap dans nombre d'ambulances qu'elle avait vues passer en hurlant auprès d'elle dans la rue. Il saurait pourquoi elle avait voulu se tuer. Elle n'aurait plus jamais besoin de lui dire combien elle était malheureuse.

Elle entendit le bruit de porcelaine des bols qu'il posait sur la table basse.

— Nous pourrons dormir toute la journée, dit-il.

Ce n'était qu'un effet de son imagination, ce suicide. Gregg savait bien qu'elle ne le ferait jamais. Les gens qui avaient vraiment envie de se tuer se tiraient une balle dans la tête ou se jetaient sous un train, ils ne prenaient pas des somnifères en sachant qu'il y avait des gens tout près pour s'assurer que ce n'était pas trop tard. Cette histoire de somnifères, c'était un truc de femme, de femme délaissée. Cela ne demandait pas de courage. C'était pour vivre qu'on avait besoin de courage.

16

Au début du printemps de cette année-là, en 1953, quand les premiers hardis cavaliers firent leur apparition dans Central Park et que les premiers coureurs frissonnants se mirent à trotter en maillot de corps dans la brume du petit matin, Mary Agnes Russo commença à préparer son mariage. Sa conversation, dont les potins du bureau constituaient jusqu'alors l'essentiel, se concentrait maintenant sur sa propre personne. Si Caroline demandait : « Comment allez-vous aujourd'hui ? », elle répondait : « J'ai choisi le menu de mon dîner de mariage. Nous aurons des jus de fruits, du potage, du poulet, des petits pois, des pommes de terre à la lyonnaise, de la salade, de la glace et une pièce montée. Et une bouteille d'alcool par table. » Le seul sujet qu'elle n'abordât pas avec les autres filles du bureau, c'était celui des invitations, car ses amies allaient les recevoir, et Mary Agnes tenait à ce que ce fût une surprise. Caroline ne pouvait s'empêcher de se demander en quoi un carton d'invitation pouvait être tellement extraordinaire, mais, connaissant Mary Agnes, elle s'attendait à tout.

— Et dire qu'elle se moquait de Brenda ! observa April.

— En tout cas, elle n'apporte pas son trousseau au bureau, répondit Caroline.

Un instant, le sourire d'April disparut, puis elle retrouva son air amusé.

— Je pense que cela nous semble drôle, parce que cela ne nous concerne pas, dit April. Je serais probablement aussi bête s'il s'agissait de mon mariage à moi.

Caroline savait que tous les jours April allait rêver devant les vitrines de chez Saks où paradaient des mannequins en robes de mariée. Dexter n'avait plus jamais parlé mariage depuis ce trajet jusque chez l'avorteur du New Jersey, et April, qui pensait toujours que qui ne dit mot consent, avait au moins eu la sagesse de ne pas acheter de robe de mariée, se contentant d'en essayer pour le cas où. Caroline était persuadée que Dexter n'épouserait jamais April et elle n'osait même pas se risquer à discuter de quoi que ce soit avec lui lors de leurs rares rencontres, de crainte d'en arriver à lui dire tout net ce qu'elle pensait de son comportement : jamais elle n'avait pris personne en grippe à ce point. Caroline imaginait facilement ce qu'éprouvait April lors de ces essayages, car elle avait fait ce genre de bêtises quand elle pensait épouser Eddie Harris – elle au moins avait une promesse. Elle était si navrée de voir April se lancer dans ces excursions solitaires à l'heure du déjeuner qu'elle ne supportait même pas d'y penser.

— Dexter prend ses vacances à l'automne au lieu de les prendre cet été, déclara April. Il dit que l'automne est le meilleur moment pour aller en Europe si l'on ne peut pas y aller au printemps. Nous irons pour notre voyage de noces.

— Mais alors c'est décidé ! s'écria Caroline, soulagée.

— Eh bien… pas la date ni rien. Mais nous en avons parlé.

— Je suis si heureuse ! Qu'avez-vous décidé ?

— Eh bien, j'ai dit que j'avais toujours eu envie d'aller en Europe pour mon voyage de noces et il a dit que lui aussi. Et il a ajouté, comme je vous le disais, que l'automne était une bonne saison et puis il m'a expliqué qu'il prendrait ses vacances à l'automne. Il a dit que l'Europe, c'est merveilleux à l'automne, même si l'on n'est pas en voyage de noces. Il y a des tas de filles là-bas.

Oh, mon Dieu, pensa Caroline.

— Mais il a dit qu'il vous emmènerait ?

— Oh, il n'a pas dit exactement : « Je t'emmènerai. » Mais je sais qu'il le fera. Il en a les moyens.

Caroline essaya de garder un visage impassible, ne sachant pas quoi dire ni comment le dire, ne voulant pas qu'April découvre dans son regard que ce pauvre petit mensonge ne trompait qu'elle-même. Mais soudain le sourire d'April s'effaça, comme cela lui arrivait si souvent ces temps-ci.

— Je *sais* qu'il veut m'épouser, murmura-t-elle d'un ton crispé. Il me l'a dit. Mais il y a sa famille. Ce sont des gens riches, un peu des parvenus, je le reconnais. Dexter prétend que ses parents ont besoin d'un peu de temps pour s'habituer à l'idée que leur fils n'épouse pas une de ces filles avec lesquelles il a grandi.

Les dactylos du pool hésitaient entre organiser un cocktail pour Mary Agnes et faire une collecte pour lui offrir un gros chèque. Comme Caroline et April avaient été ses amies quand elles travaillaient au pool, on les invita à participer. On en discuta beaucoup aux toilettes du trente-cinquième étage et on décida en fin de compte que, puisque Mary Agnes et Bill étaient tous les deux jeunes et commençaient à meubler leur futur appartement, ils préféreraient un chèque à un cocktail.

— Moi aussi, confia Caroline à Mike Rice, parce que je tomberais morte si je devais passer par un de ces déjeuners « surprises » où tout le monde, étouffant des rires, disparaît à midi moins cinq et laisse seule à son bureau, comme une pestiférée, mais ravie, la future épouse revêtue de sa plus belle robe, et où une de ses copines lui propose de déjeuner avec elle pour l'emmener en fait au restaurant où toutes les dactylos, pompettes après un demi-daiquiri, crient en chœur : « Surprise ! Surprise ! »

— Doucement, doucement, s'esclaffa Mike.

— Et les cadeaux censés être plus drôles les uns que les autres – du biberon pour poupée au guide sur le sexe. Puis, après un autre daiquiri qui les achève, les filles se mettent toutes à parler de *leur* petit ami et enfin, vers trois heures, elles regagnent le bureau en titubant. Arrive alors le moment des comptes, et elles divisent l'addition et le pourboire, au centime près.

Le pire est que la fille à l'honneur continuera à travailler quelque temps après son mariage, mais que bientôt elle sera enceinte et qu'il faudra recommencer tout ce cirque !

— Vous êtes bien jeune pour être aussi cynique, remarqua Mike en souriant.

— Pas cynique, pratique. Je vais additionner toutes mes participations à des cadeaux de mariage ou de naissance et, quand je me marierai – si jamais cela m'arrive –, croyez-moi, je compte bien tout récupérer !

— Ce petit moment d'attention peut nous paraître ridicule à vous et à moi, mais il présente certainement beaucoup d'importance pour cette fille. Ecoutez... Demain, demandez-lui de venir prendre un Coca avec vous après le bureau. Et prévenez les autres filles. J'achèterai un peu d'alcool, quelques amuse-gueules, j'emprunterai des verres et nous ferons ensemble une petite fête en son honneur.

— Mike, quel cœur tendre vous êtes !

— J'aime bien Mary Agnes, se justifia-t-il en haussant les épaules. Oh, et demandez-lui aussi d'inviter son fiancé : que je ne sois pas demain le seul homme sans défense au milieu de cette horde de filles.

Mary Agnes eut donc et sa petite fête et son cadeau. Son fiancé arriva vers la fin du cocktail, timide, mal à l'aise, vêtu d'un manteau de tweed de mauvaise qualité. Impressionné par toutes ces femmes qu'il ne connaissait pas et qui le jaugeaient, il essayait de masquer sa gêne sous un sourire plein d'une fausse assurance.

— N'est-ce pas qu'il est mignon ? dit Mary Agnes en se tournant vers Caroline.

Ses cheveux sont trop longs et il est trop costaud à mon goût, songeait Caroline, mais il a une bonne tête.

— Oui, très mignon, approuva-t-elle.

— C'est une belle fête, constata Mary Agnes, ravie. C'était rudement gentil de la part de Mr Rice de faire ça pour moi. Il me connaît à peine.

— Il vous aime bien, dit Caroline

— Oh, moi aussi. Ça me navre de voir la façon dont il vit et tout, mais je l'aime bien. Et maintenant qu'il a été si gentil avec moi, je le plains encore davantage.

— Ne déprimez pas pendant votre fête, fit Caroline en souriant.

— Pas question, répondit Mary Agnes en grignotant une chips. Vous venez au mariage, j'espère. J'ai déjà envoyé votre invitation.

— Ce sera avec plaisir.

— J'en ai envoyé une aussi à Mr Rice. S'il accepte, vous pourrez venir avec lui, ajouta-t-elle d'un ton coquin. A moins que vous ne vouliez emmener quelqu'un d'autre.

— Je ne viendrai avec personne.

— Vous trouverez bien quelqu'un, ne vous inquiétez pas.

— Je ne m'inquiète pas, maman, plaisanta Caroline.

— Bien, fit Mary Agnes en se léchant les doigts. Je vous admire. La plupart des filles de notre âge sont terrifiées si personne ne se présente à l'horizon, et c'est stupide. Parce que si vous regardez les filles qui ont cinq ans de plus que moi, je n'en connais pas une qui ne soit pas mariée.

— Moi, si.

— Elles sont horriblement laides, sans doute ?

— Pas du tout : j'en ai rencontré à des soirées qui sont très jolies, intelligentes aussi, avec de belles situations.

Mary Agnes ouvrit de grands yeux.

— Alors, suggéra-t-elle, quelque chose cloche peut-être chez elles sur le plan psychologique.

Caroline se mordit les lèvres pour ne pas éclater de rire et brandit son verre vide.

— Je vais me resservir, parvint-elle à dire en s'enfuyant vers le bureau qui faisait office de bar.

Quelle conversation ridicule ! Mary Agnes si contente d'elle maintenant qu'elle avait décroché un mari et elle, dans le rôle de l'aventurière séduisante et célibataire. Les commentaires de Mary Agnes la faisaient rire et pourtant, inexplicablement, ils la blessaient quand même un peu. Caroline lui avait menti car, en réalité, elle s'inquiétait de ne pas être déjà mariée. C'était idiot, mais c'était comme ça. Elle se demandait si toutes les filles pensaient comme elle ou si elle réagissait d'une façon stupide.

Les derniers jours précédant le mariage de Mary Agnes se passèrent dans la fièvre. La plupart du temps, elle arrivait en retard au bureau ou partait de bonne heure, et les puissances qui présidaient aux destinées du bureau des dactylos, toujours respectueuses de l'amour et du romanesque, fermaient les yeux. Bill et Mary Agnes devaient aller aux Bermudes en voyage de noces, et son bureau était encombré de prospectus d'agences de voyages montrant des plages de sable rose et des couples en short faisant de la bicyclette. Un jour, Mary Agnes rentra de déjeuner avec un carton contenant un voile de mariée. C'était un court voile blanc fixé à un diadème de fleurs d'oranger aux couleurs cireuses et, quand elle l'essaya devant la glace après s'être fait très peu prier, elle avait vraiment l'air d'une mariée. C'est curieux, se dit Caroline, nous pensons depuis si longtemps au mariage de Mary Agnes que c'est presque devenu un mythe et maintenant que je la vois avec ce voile, je me rends compte que cela va bien avoir lieu. Mary Agnes avait choisi son alliance assortie à sa bague de fiançailles et à l'alliance de son mari. Pour la première fois, April s'approcha du bureau de Mary Agnes.

— Oh... vous voulez bien me laisser essayer votre bague de fiançailles, murmura-t-elle. A moins, bien sûr, que cela ne vous ennuie de l'enlever.

— Je l'enlève le soir quand je me couche, répondit Mary Agnes ravie.

Elle ôta la bague.

— Je la garde toujours dans le petit coffret de velours sur ma coiffeuse. Je ne voudrais pas dormir avec un bijou aussi cher, ça me ferait un drôle d'effet.

Elle tendit la bague à April : c'était un étroit anneau d'or blanc avec un petit diamant rond qui brillait au milieu, maintenu par quatre griffes dans une sorte de chaton carré qui faisait paraître le diamant plus gros. April l'examina un instant avant de le passer à son doigt. Elle avait les yeux fixés sur l'éclat bleuté de la pierre et ses lèvres remuaient imperceptiblement, comme si elle parlait à quelqu'un. Puis elle passa la bague à l'annulaire de sa main gauche et tendit le bras pour mieux la regarder.

— Bigre, fit Mary Agnes. J'avais peur que ce soit trop petit et que vous ne puissiez plus l'enlever. Vous auriez été obligée de le garder, ajouta-t-elle en riant.

— Non, dit Brenda. Il aurait suffi de lui couper le doigt !

April se tourna vers Brenda avec un petit sourire.

— Je vais la garder. Il faudra me couper le doigt.

Elles éclatèrent toutes de rire mais Caroline n'aimait guère la façon dont la bouche d'April se crispait quand elle souriait : son sourire était un peu forcé et son rire sonnait faux. April fit glisser la bague le long de son doigt et la rendit à Mary Agnes.

— Merci, dit-elle. C'est une très belle bague, Mary Agnes.

— J'ai reçu le tailleur que je mettrai pour mon voyage de noces, annonça Mary Agnes. Il est en toile bleu marine. En fait, c'est une robe sans manches avec une petite veste, si bien que je pourrai porter la robe seule pour le soir. Avez-vous reçu mes invitations ?

— Oui, fit Caroline. Elles sont très jolies.

Elles étaient comme les autres faire-part de mariages qu'elle avait reçus dans sa vie.

— Les cartes sont gravées, dit Mary Agnes. Ça se sent quand on passe le doigt dessus. Nous avons commandé le champagne, poursuivit-elle, épanouie devant son auditoire captivé. Quatre caisses ! Et nous aurons un photographe qui viendra prendre des photos et filmer le mariage, et un gâteau avec sur le dessus les deux mariés. Et tout le monde emportera un morceau de gâteau pour dormir avec.

— Et l'homme dont on rêve cette nuit-là est censé être l'homme qu'on épouse, c'est bien cela ? dit April. Je n'ai jamais eu le courage de faire l'expérience.

— Moi non plus, dit Caroline. Avec les miettes qui seraient venues me gratter le cou, j'avais peur de faire des cauchemars.

Tout le monde se mit à rire. Comment se fait-il, se demanda Caroline, que toutes les filles s'imaginent que leurs projets de mariage passionnent tout le monde alors qu'ils sont exactement semblables à tous les autres projets de mariage ?

Et puis, enfin, vint le jour du mariage. Caroline s'éveilla avec l'impression que c'était un jour particulier, et elle n'arrivait pas à se rappeler pourquoi. Puis la mémoire lui revint. Le mariage avait lieu à quatre heures, et il y avait une réception ensuite, puis un dîner.

Cela se passa comme tous les mariages : orgues, prières en latin, échange d'anneaux, tout le tremblement. Elle s'imagina un instant devant l'autel en train d'épouser Paul Landis. Mon Dieu, au dernier moment, elle se tournerait en disant : je ne peux pas, et s'enfuirait. Quand on assistait à un mariage et qu'on réalisait de quel angoissant engagement il s'agissait, il devenait impossible de s'imaginer épousant quelqu'un qu'on n'aimait pas, si gentil et si prévenant qu'il fût. Paul Landis l'aimait ; il le lui avait dit maintes fois : des allusions voilées lancées en plaisantant à moitié afin de ne pas être blessé si ses sentiments à elle ne s'avéraient pas réciproques. Ce qui était le cas. Elle l'aimait bien, mais l'épouser ? Le mariage est fait pour la personne vers qui penche votre cœur, quelqu'un comme Eddie Harris.

Elle se l'avouait maintenant et, étrangement, cela ne faisait pas mal. Au contraire, elle était envahie par l'amour qu'elle se rappelait avoir éprouvé pour Eddie, l'amour qu'elle avait ressenti pour lui tel qu'il était deux ans auparavant et tel qu'il devait sans doute être encore aujourd'hui. Je l'aime encore, se dit Caroline. Eddie, je ne cesserai jamais de t'aimer, aussi longtemps que je vivrai.

Les invités se levaient, commençaient à partir. C'était terminé. Les jeunes mariés allaient maintenant se précipiter vers l'hôtel où se dérouleraient la réception et le dîner. Nous ferions bien de nous dépêcher aussi, se dit sans entrain Caroline, sinon nous ne trouverons jamais l'hôtel. Elle se tourna vers April assise, oubliée, auprès d'elle.

— Quel est donc le nom de famille de Bill ? murmura Caroline. Je n'arrive jamais à m'en souvenir.

Elle s'arrêta, car April n'avait même pas l'air de se rendre compte qu'on lui parlait. Elle regardait dans le vide, droit devant elle, son rouge à lèvres à moitié effacé, son mouchoir roulé entre ses doigts en une boule de dentelle. Elle avait les yeux brillants, mais pas de larmes. Caroline comprit alors qu'elle n'avait pas été la seule à s'imaginer que le mariage auquel elles venaient d'assister concernait deux autres personnes.

Devant l'église stationnaient deux limousines noires étincelantes destinées aux mariés et à leur famille ainsi que d'autres voitures, bien moins récentes, appartenant à certains des invités. Caroline et April réussirent à trouver un taxi pour se rendre à l'hôtel où, dans un petit salon, les invités attendaient leur tour pour présenter leurs félicitations tandis qu'un trio, dans un coin, jouait des chansons d'amour. Avant même d'être arrivée jusqu'à l'heureux couple, Caroline se retrouva avec, dans la main, une coupe de champagne qui menaçait de déborder sur son poignet ; elle s'empressa donc de la boire pour s'en débarrasser, mais un serveur souriant de toutes ses dents la remplit aussitôt.

— Je vois le genre de réception qui nous attend, chuchota-t-elle à April.

Elles suivirent la lente progression de la file. Caroline, ayant bu son champagne, cherchait désespérément un endroit où poser sa coupe avant de serrer la main de tous ces inconnus. Lorsqu'elles parvinrent enfin jusqu'au marié, il tenait lui aussi une coupe entre deux doigts boudinés ; ses joues un peu rouges et son œil embué attestaient qu'il avait déjà atteint son quota d'alcool. Caroline lui serra la main puis, dans son élan, serra Mary Agnes dans ses bras.

— Je suis si heureuse pour vous.

— Merci, dit Mary Agnes et, baissant la voix, elle demanda tout bas : Le voile ne m'a pas trop décoiffée ?

— Non, vous êtes ravissante.

Un sourire figé la récompensa, car Mary Agnes s'était tournée pour accueillir les invités suivants qui se pressaient pour arriver jusqu'à elle.

— Quelle belle mariée ! larmoya une femme d'un certain âge en se tamponnant les yeux avec son mouchoir.

— Quel beau mariage !

— Adorable mariée !

Caroline, tenant April par la main, se hâta d'échapper à la cohue.

— Ouf !

— Vous avez entendu les noms des autres membres de la famille ? demanda April.

— Non. Et vous ?

— Pas un seul. Allons nous asseoir.

Ayant cherché en vain un siège, elles restèrent une demi-heure à la périphérie de la foule, là où on réussissait à peu près à respirer. Quelqu'un annonça sans que personne n'y prêtât attention qu'il y avait de la place dans la salle voisine. Caroline et April fendirent une fois de plus la cohue et se retrouvèrent dans une pièce beaucoup plus grande où, autour d'une piste de danse, on avait disposé des tables rondes et, au fond, comme pour un banquet, une autre toute en longueur et surmontée par un dais pour les invités de marque. Caroline et April finirent par découvrir les cartons indiquant leur place. Il y avait déjà trois personnes installées à leur table : Brenda et son mari ainsi qu'un jeune homme d'une vingtaine d'années aux cheveux rouquins ternes, avec une pomme d'Adam saillante et de grosses lunettes. Caroline constata à regret qu'il était assis entre April et elle.

— Salut, fit Brenda en agitant les bras.

Elle portait un fourreau très décolleté en brocart rose et un collier assorti en strass, rose également, comme son bracelet et ses boucles d'oreilles. Caroline n'avait jamais vu de strass rose sur une personne, seulement en vitrine.

— Voici mon mari, Lenny. April et Caroline, qui travaillent aussi chez Fabian.

Voilà donc le riche mari, se dit Caroline. Il avait un long visage ovale avec une longue mâchoire, une longue lèvre supérieure, un long nez et un front étroit encadré de cheveux bruns coupés court.

Le garçon placé entre Caroline et April se tourna vers Caroline en brandissant son marque-place.

— C'est moi, annonça-t-il. Mon prénom est Donald.

— Moi, c'est Caroline et voici April.

— April ? fit-il en se tournant vers celle-ci. C'est votre vrai nom ?

April fut si surprise qu'un instant elle en resta muette.

— Mais oui, finit-elle par dire.

— N'est-ce pas que Mary Agnes était jolie ? dit Brenda.

— Oh oui, acquiescèrent en chœur April et Caroline. Ravissante.

Un autre couple arriva : Bo et Dotty Dieu-Sait-Qui, dont Caroline ne comprit pas le nom. Bo, plus d'un mètre quatre-vingts et une carrure d'athlète, faisait par intermittence craquer les jointures de ses doigts, imitant le bruit de pétards partant les uns après les autres. Dotty portait une robe de grossesse et un chapeau avec une voilette et, chaque fois qu'elle souriait, sa lèvre inférieure charnue remontait sur sa lèvre supérieure et ses yeux disparaissaient derrière un réseau de rides d'expression et de cils couverts de mascara.

Après que les jeunes mariés eurent ouvert le bal, le père de Mary Agnes réclama une danse à sa fille, Bill fit danser sa mère et la piste fut bientôt envahie par des couples.

— On danse ? demanda Donald en se tournant vers Caroline.

— Mais certainement.

Il dansait comme on actionne une pompe, elle aurait dû s'en douter rien qu'à le regarder. Il lui plaquait solidement une main au creux des reins tandis que l'autre, brandie toute droite, montait puis descendait au rythme de la musique, comme on manœuvre le manche d'une pompe. Il ne tarda pas à transpirer.

— Je ne suis pas très bon danseur, avoua-t-il.

— Vous vous en tirez très bien.

— Vous me flattez, fit-il avec un petit rire timide.

Le morceau est presque fini et nous pourrons nous asseoir, se rassura Caroline. Mais l'orchestre enchaîna sans transition, et elle dut subir cinq minutes supplémentaires de gymnastique.

— Allons voir ce qu'on nous sert, finit-elle par suggérer.

Ils n'avaient pas terminé le consommé que Dotty faisait circuler des photos de ses deux enfants, âgés d'un et deux ans.

— N'est-ce pas qu'il est adorable ?

— Un véritable amour, appuya Brenda.

— Vous avez des enfants ?

— Pas encore, déclara Brenda en lançant à son mari un regard enjôleur. Mais ce sera pour février.

— Comme c'est charmant ! dit Dotty. Vous n'avez vraiment pas l'air… mais février, c'est dans *dix* mois !

— Je sais, répondit tranquillement Brenda.

Donald se tourna vers April.

— Voulez-vous danser ?

Ils se dirigèrent vers la piste et Caroline vit le bras de Donald s'agiter au rythme de la musique. Un monsieur d'un certain âge avec un ventre bien rond et une bouteille de champagne à la main s'approchait de leur table. Il s'arrêta en chemin pour passer un bras autour des épaules de Donald en regardant April comme un petit lutin. Donald fit les présentations, puis l'homme reprit sa route et s'arrêta devant Caroline avec un grand sourire.

— Je suis Fred, l'oncle de Mary Agnes. Et vous ?

— Je suis son amie Caroline.

— Je peux m'asseoir ? demanda-t-il en regardant les deux chaises vides.

— Bien sûr.

Il posa la bouteille de champagne devant eux sur la table et, d'une main mal assurée, retourna une chaise pour s'asseoir dessus à califourchon, les bras croisés sur le dossier.

— Vous vous amusez bien ? demanda-t-il en lorgnant Caroline.

— Beaucoup, merci.

— Vous êtes une jolie fille. Vous êtes mariée ?

— Non.

Son regard se fit plus insistant.

— Vous êtes mignonne.

Il se tourna alors vers la table et la bouteille de champagne.

— Regardez un peu ce que j'ai. Une bouteille de champ. Vous aimez le champ ?

— Eh bien, oui, hésita Caroline.

Oncle Fred, les joues rouges comme celles d'un père Noël, lui parlait et lui arrosait le visage de postillons. Il avait sans doute déjà bu pas mal de « champ ».

— Tenez.

Il prit le verre à demi plein d'eau de Caroline, en vida le contenu, glaçons compris, dans le centre de table, puis l'emplit à ras bord de champagne.

— Oh, c'est vraiment trop, protesta Caroline.

— Je vous aiderai, murmura-t-il. C'est une sorte de coupe de l'amitié.

Il porta le verre à ses lèvres et but avidement quelques gorgées.

— J'adore les mariages, pas vous ?

— Si.

— J'irai au vôtre. Vous m'inviterez ?

— Bien sûr.

— Vous êtes mignonne, redit-il en lui pinçant la joue.

— Vous ne connaissez pas les autres amis à notre table, lança Caroline, désespérée. Brenda ! Voici Fred, l'oncle de Mary Agnes. Brenda et son mari, Lenny. Et je crois que vous connaissez Dotty et Bo.

— Salut, oncle Fred, dit Dotty en agitant deux doigts.

— Salut à vous, ma petite Dotty.

Brenda et Lenny, qui étaient de l'autre côté de la table et semblaient se savoir en sûreté, saluèrent de la tête. Oncle Fred se tourna aussitôt vers Caroline.

— J'aimerais beaucoup danser avec vous, vous savez.

— Je viens juste de danser, dit-elle. Je suis très fatiguée.

— Fatiguée ! Au mariage de Mary Agnes ? En voilà une amie !

— J'ai… ôté mes chaussures, inventa-t-elle. Elles sont quelque part sous la table et je ne les retrouve plus. Peut-être plus tard.

— Eh bien, dansez sans ! Venez, on va vraiment s'amuser !

Il lui prit le bras. Soupirant, elle se laissa entraîner.

Oncle Fred était exactement de la même taille qu'elle. Quand il la serrait au rythme du fox-trot que jouait l'orchestre, son gros ventre ne cessait de heurter le sien.

— Je regrette de ne pas vous avoir connue plus tôt, déclara-t-il.

Caroline sentit son sourire se figer tandis que, par-dessus son épaule, elle regardait les autres couples. Ils avaient tous l'air de prendre du bon temps. Elle aussi peut-être. Elle sentit Oncle Fred lui postillonner sur la joue.

— Vous ne me regardez pas quand je vous parle, lui reprocha-t-il, un peu pitoyable.

Au prix d'un effort, elle tourna la tête.

— Vous n'avez probablement pas envie de me regarder, reprit-il du même ton attristé, parce que je ne suis qu'un vieil homme. Mais moi, j'aime vous regarder parce que vous êtes si jeune et si jolie.

Elle ne savait pas si elle devait le plaindre ou non, car elle se demandait s'il s'apitoyait ou non sur son sort.

— Oh, reprit-il. C'est vrai que je ne suis qu'un vieil homme. J'ai quatre filles toutes mariées. Je leur ai offert à toutes un grand mariage. Chacune en voulait un plus superbe que celui de sa sœur avant elle. Personne ne s'intéresse au vieux. Payer les factures, il n'est bon qu'à ça. Mais ça m'est égal.

La musique s'était arrêtée, la danse était terminée. Soulagée, Caroline se dégagea de l'étreinte d'Oncle Fred.

— J'ai promis la prochaine danse à Donald.

Oncle Fred la raccompagna jusqu'à la table.

— Regardez bien, prévint Donald, la mariée va couper le gâteau.

Ce qu'elle fit, telle une célébrité baptisant un navire, sous le crépitement des flashes.

— J'aimerais porter un toast, annonça un jeune homme assis sous le dais.

Il leva son verre et le silence se fit dans la salle. S'inclinant devant les mariés, il déclama un poème. Caroline n'en perçut qu'un mot çà et là, car on ne l'entendait presque pas tant il était intimidé. Mais ce n'était pas le cas de ceux qui étaient plus près et il y eut des rires et des applaudissements quand il s'assit, les oreilles toutes rouges. L'assistance dans son ensemble leva sa coupe. Oncle Fred, dont un serveur avait emporté le verre, porta à ses lèvres la bouteille de champagne et but carrément au goulot.

— Ça n'est pas le comble du luxe, ça ? demanda-t-il à Caroline en secouant la bouteille.

Enfin, après ce qui parut des heures à Caroline, il ne resta plus rien à manger et pas grand-chose à boire, les danseurs étaient épuisés et quelqu'un remarqua que Mary Agnes s'était éclipsée pour changer de tenue. Oncle Fred avait redécouvert April et placé sa chaise à côté d'elle pour pouvoir lui tapoter la joue, lui presser la main et lui proposer le reste de son champagne qu'elle ne cessait de refuser poliment.

— En rangs, les filles ! Voilà Mary Agnes, crièrent des voix excitées.

L'héroïne du jour venait en effet d'apparaître en tailleur de voyage, son bouquet de mariée à la main.

— En place pour attraper le bouquet ! s'écria Oncle Fred.

April et Caroline échangèrent un regard. Cette superstition stupide avait toujours embarrassé Caroline, d'autant plus qu'elle y croyait un peu. Elle avait saisi au vol plusieurs bouquets au mariage de quelques-unes de ses amies de Port Blair mais cela n'avait manifestement rien changé. Mary Agnes attendit que le silence se fît puis, d'un geste large, lança le bouquet qu'une des filles des premiers rangs brandit bientôt triomphalement tandis que Mary Agnes la serrait dans ses bras.

— Au revoir, au revoir, au revoir !

Quand ils furent partis, Caroline se tourna vers April.

— Je pense que nous devrions rentrer maintenant, il est tard.

— On ne devrait pas dire au revoir à Donald ?

— Vas-y, si tu veux. Moi, j'ai peur d'Oncle Fred.

— Moi aussi, avoua April avec un petit sourire. Partons comme ça. Je suis épuisée, et tout le monde se fiche que nous restions ou non.

Dehors, la nuit était douce et le bruit du vent dans le feuillage des arbres se mêlait au chuintement des pneus sur la chaussée. Elles marchèrent jusqu'au coin de la rue, écoutant le cliquetis de leurs talons sur le trottoir et les échos de l'orchestre par les fenêtres ouvertes de l'hôtel qu'elles venaient de quitter, puis tournèrent sur le Grand Concourse brillamment éclairé par les enseignes au néon. On était samedi soir et il y avait la queue devant le cinéma : des adolescentes en robe d'été pastel et ballerines assorties, des garçons aux cheveux leur tombant sur les yeux, des couples se tenant par la main ou enlacés. Des gens passaient en voiture, plus âgés ceux-là, venus passer la soirée en ville pendant que, à la maison, une babysitter veillait sur les enfants. Devant un magasin qui vendait du pop-corn et des pizzas, un groupe de teenagers sans petites amies sifflaient les filles qui passaient. D'autres personnes sortaient de la première séance, des jeunes filles d'une vingtaine d'années, sans amoureux elles aussi, qui s'étaient donné rendez-vous pour aller au cinéma de bonne heure avant de rentrer chez elles regarder la télévision.

C'était dans ce quartier que Mary Agnes et Bill étaient nés, avaient grandi avant de se rencontrer, de tomber amoureux et de se marier, là où ils allaient vivre et élever leurs enfants.

Peut-être emménageraient-ils dans un an ou deux à Levittown ou Forest Hills ou même Manhattan. Cela n'aurait aucune importance. Où qu'ils fussent, ce serait la même chose. Mary Agnes avait travaillé pendant quatre ans, deux ans de plus que Caroline, mais cela ne l'avait changée en rien. Lorsqu'elle arrivait chaque matin au Rockefeller Center, elle apportait avec elle son petit monde, qui la protégeait de l'environnement extérieur. Le bureau était un endroit où travailler et gagner de l'argent, rien de plus. Les collègues qu'elle y rencontrait passaient dans son existence à une distance suffisamment éloignée, et s'ils étaient intéressants à regarder et pouvaient faire l'objet de discussions, elle ne se sentait pas concernée par leur sort pour autant. Les choses qui lui importaient, sa vraie vie, se trouvaient chez elle à Crescent Avenue, dans le coffre en cèdre où elle rangeait son trousseau.

Ces adolescentes plantées devant la salle de cinéma rêveraient pendant des années d'un grand mariage comme celui de Mary Agnes, d'un jour où il n'y aurait qu'une star et de nombreux admirateurs, même si ce n'était que pour quelques heures. Caroline était sûre que le mariage avait coûté plus de deux mille dollars, à peu près ce que Mary Agnes gagnait dans toute une année. Peut-être plus, elle ne savait pas. Cela faisait deux ans que Mary Agnes faisait des économies, déjeunant de sandwichs, et peut-être ses parents économisaient-ils depuis vingt ans en vue de son mariage. Et voilà qu'en cinq heures c'était fini, il ne restait rien qu'un album de photos et une bobine ou deux de films, une robe qu'il faudrait garder dans un carton avec de la naphtaline et mille souvenirs confus. Caroline se rappela une annonce qu'elle avait vue un soir dans un journal, avec une photographie de mariée et cette légende : « Offrez-lui un mariage dont elle se souviendra toute sa vie. » C'était cela qu'on avait offert à Mary Agnes. « Quelle belle mariée ! avaient dit une centaine de personnes. Comme elle est jolie ! » Personne sauf son mari ne le redirait peut-être jamais, mais cela n'avait pas d'importance. Vingt-deux ans durant, Mary Agnes avait été une fille maigre et plate, et pour ce seul soir, l'apothéose de ses rêves et de ses projets, elle avait été une beauté radieuse. Elle s'en souviendrait jusqu'à la fin de ses jours.

17

Certaines jeunes filles savent qu'il y a, à New York, une cinquième saison, celle des Célibataires d'Eté. Les femmes et les enfants sont à la campagne. Du lundi soir au jeudi soir, le Célibataire d'Eté est seul, seul pour dîner au restaurant, voir des amis seuls comme lui, travailler tard à son bureau, ou peut-être se souvenir d'une fille qu'il a rencontrée l'hiver précédent et qu'il ne comptait pas revoir.

Certains se conduisent comme des collégiens en vacances, libres de boire de l'alcool et de se coucher tard, certains, travailleurs, convenables, pratiquent dans l'ennui une vertu quotidienne, d'autres enfin se laissent simplement entraîner dans des situations aussi imprévues qu'inespérées.

Un mardi après-midi, vers la fin de juillet, le téléphone sonna sur le bureau de Barbara Lemont. Elle répondit machinalement, sans que son cœur battît le moins du monde plus fort. Elle avait chassé Sidney Carter de son esprit depuis des mois.

— Allô ?

— Barbara ?

— Qui est à l'appareil ?

Mais elle avait déjà reconnu cette voix et, pendant un instant, elle fut si surprise de l'entendre qu'il n'y eut place, en elle, pour aucune autre émotion.

— C'est Sidney Carter. Vous ne vous souvenez pas de moi ?

— Si… si.

Et, brusquement, tout revint, et elle eut peine à reprendre son souffle.

— Comment allez-vous ?

— Je vais bien.

Elle eut un petit rire nerveux.

— Vous savez que vous avez oublié de m'envoyer votre parfum ?

— Je n'ai pas oublié. J'y ai pensé plusieurs fois, mais j'ai eu peur d'avoir l'air de vous courir après.

— Oh !

Elle aurait pu le penser, en effet, se dit-elle. Elle se rappela combien de matins elle avait attendu nerveusement le facteur, espérant qu'il lui apporterait ce parfum pour qu'elle puisse appeler Sidney au téléphone et le remercier.

— Que devenez-vous ? demanda-t-elle.

— Ça va.

Il ne semblait pas heureux, mais fatigué plutôt. Brusquement, l'idée vint à Barbara qu'il ne l'appelait peut-être pas du tout parce qu'il voulait lui parler, mais pour une affaire. Déjà la déception la vidait de tout espoir.

— Je… je fais régulièrement de petits articles maintenant, dit-elle. Dans la rubrique beauté. Vous les avez lus ?

— Oui, dit-il. Je les lis toujours.

— Cela n'a rien d'extraordinaire. Mais c'est une chance pour moi. J'ai mon nom dans le journal, et je gagne plus d'argent aussi, bien sûr.

— Comment va votre petite fille ?

— Bien, dit Barbara. Très bien. Et… votre fils ?

— Magnifiquement. Il est à Nantucket. Nous avons loué une petite villa sur la plage.

— Je pensais justement y aller cet été avec deux filles du bureau. Un endroit formidable pour rencontrer des garçons, paraît-il, si on est intéressé par ce genre de chose. C'est drôle : nous aurions pu nous rencontrer par hasard sur la plage.

— Nous, précisa Sidney, nous séjournons de l'autre côté de l'île, avec les gens qui viennent là depuis des années.

— Ah bon ! De toute façon, pour le moment, j'y ai renoncé.

Pourquoi se montrer désagréable alors qu'elle n'en avait pas du tout l'intention ? En réalité, elle lui en voulait et, en même temps, elle avait envie de le revoir ; il lui faisait un peu peur aussi, et elle ne savait plus très bien comment continuer.

— Vous disiez « si on est intéressé par ce genre de chose », reprit-il avec désinvolture sans relever sa dernière remarque. Que dois-je comprendre ? Vous l'êtes ou vous ne l'êtes pas ?

— Par la rencontre de garçons ?

— Oui.

— Ça m'intéresse toujours, lança-t-elle d'un ton léger. Vous connaissez quelqu'un pour moi ?

— Non, mais je vais chercher.

— Bonne idée.

Au moment où elle prononçait ces mots, elle aurait préféré se mordre la langue parce qu'ils ne traduisaient pas du tout ce qu'elle pensait.

Il y eut un silence, qui parut long à Barbara.

— Je me demandais si vous accepteriez de prendre un verre avec moi, après le bureau, dit enfin Sidney.

Il n'ajouta pas : « Je vous parlerai de Nantucket », il n'ajouta rien, il se contenta d'attendre sa réponse.

Suis-je assez forte ? songea-t-elle. Pourrai-je le supporter ? Elle l'avait chassé de son esprit, mais cette voix qu'elle entendait lui rappelait tout, le visage de Sidney, son sourire, sa douceur compréhensive. Elle avait envie de quitter son bureau en courant pour aller le rejoindre à l'instant même.

— Je veux bien, dit-elle d'un ton détaché.

— Je passerai vous prendre devant votre bureau à cinq heures.

— Très bien.

— Je serai ravi de vous revoir.

— Moi aussi, dit-elle d'une voix très polie.

Lorsqu'elle eut raccroché, elle s'aperçut que sa main tremblait à un tel point qu'elle pouvait à peine allumer sa cigarette.

Il n'y avait qu'une heure à passer jusqu'à cinq heures, mais cela parut interminable à Barbara. Elle alla se remaquiller, ce qui ne lui prit que dix minutes. Elle retourna dans son bureau et essaya de lire des épreuves, mais elle en était incapable. Elle savait qu'elle ne pourrait plus fournir le moindre travail ce jour-là. Elle téléphona à sa mère.

— Je vais prendre un verre après le bureau. Je ne sais pas si je serai rentrée pour le dîner, alors mange sans moi. Et fais manger Hillary, si tu veux bien.

— Ah ? dit sa mère. Tu as un rendez-vous ?

— Pas exactement. C'est pour affaires.

— Ah, dommage, dit sa mère gaiement. Amuse-toi quand même, si tu peux. Je reste fidèle au poste.

Lorsqu'elle sortit de son bureau à cinq heures une, Sidney l'attendait déjà. Il était devant l'entrée et il avait l'air un peu embarrassé. Cette gêne se communiqua à Barbara et elle eut envie de tourner les talons et de fuir. C'était la première fois qu'elle le voyait dépassé par les événements.

— Salut, dit-il en souriant.

Il était bronzé et, avec ses cheveux gris et son visage jeune, cela le faisait ressembler à un diplomate ou à un viveur de la haute société cosmopolite. Il portait un costume d'été noir et paraissait amaigri. Il prit Barbara par le bras, délicatement.

— Vous êtes très jolie ! lui dit-il.

Il la conduisit vers un taxi rangé au bord du trottoir.

— Merci.

Lorsqu'ils furent dans le taxi et que Sidney eut donné au chauffeur l'adresse d'un bar, Barbara se sentit mieux. Sidney était assis à l'autre bout de la banquette et il la considérait d'un air amical.

— Je suis contente que vous m'ayez appelée, dit-elle enfin.

— J'avais peur que vous ne me raccrochiez au nez.

— Non.

— J'ai pensé à vous quelquefois, chaque fois que je voyais une jeune femme brune poussant une voiture d'enfant, chaque fois que j'ouvrais un numéro de *Femmes d'Amérique*, bref, pratiquement tout le temps.

— Ah oui ? dit-elle, d'un ton plus sec qu'elle ne l'aurait voulu. C'est vrai ?

— J'avais envie de vous appeler pour vous demander comment vous alliez, si les choses s'arrangeaient pour vous. Mais je n'étais pas sûr que je pourrais ne pas vous demander en même temps de me revoir, c'est pourquoi je n'ai pas appelé.

— Jusqu'au moment où votre femme est partie en vacances, dit Barbara.

Elle n'osa même pas sourire pour faire croire qu'elle plaisantait parce que tout cela avait trop d'importance pour elle, au point qu'elle avait peur de regarder Sidney en face.

Il ne répondit pas, car le taxi s'était arrêté au bord du trottoir. Il paya la course et ouvrit la portière à Barbara. Elle descendit et Sidney la suivit, puis attendit que le taxi se fût éloigné.

— Ecoutez, dit-il, je n'avais pas envie de discuter de cette façon devant le chauffeur du taxi, mais si vous voulez, j'appelle une autre voiture et je vous ramène chez vous tout de suite. Je sais que vous pensez que je suis un roué de la plus basse espèce, et vous avez probablement raison de le penser. Mais tout ce que je puis dire, c'est que je vous ai appelée parce que vous me manquiez. Le fait que les miens soient absents n'a rien à voir là-dedans. Si je vais à

Nantucket pour les week-ends, c'est uniquement pour voir mon fils. S'il était parti dans un camp de vacances comme ma femme et moi l'aurions souhaité, je doute que nous nous soyons vus elle et moi, excepté dans les endroits où nous aurions été invités ensemble. Comme vous l'avez peut-être deviné, nous nous voyons très peu en fait. Je ne dis pas cela pour vous impressionner ou pour insinuer que ma femme et moi sommes légalement séparés, parce que ce n'est pas vrai. Je ne sors pas avec vous pour vous séduire parce que, si je voulais séduire quelqu'un, je choisirais une personne qui ait les mêmes intentions que moi. Je vous ai appelée parce que vous me plaisez. Vous me plaisez beaucoup. Voilà.

— Je vous ai dit la même chose une fois, fit remarquer Barbara doucement.

— Je m'en souviens.

Elle se mordit la lèvre.

— Nous pourrions peut-être entrer et prendre un verre.

Il faisait très sombre et frais à l'intérieur du bar. Ils s'assirent devant une petite table carrée à dessus de verre. Barbara commanda un gin avec du tonic et remplit son verre de tonic parce qu'elle ne voulait pas s'enivrer. Et pourtant, elle sentait qu'elle aurait aimé être ivre, ne plus être responsable de ses actes, pouvoir faire toutes les choses terribles qu'elle avait vraiment envie de faire et ne pas en avoir honte après. Elle voulait poser sa joue contre la main fraîche de Sidney et lui dire tout haut les paroles folles qu'elle lui avait dites dans ses rêves depuis des mois. Elle avait peine à se reconnaître.

— Je suis allé passer un moment à Haïti en février, dit Sidney. C'est beau. Vous y êtes allée ?

— Non.

— Je n'ai pas fait grand-chose. Je me suis doré au soleil, c'est tout. J'étais épuisé.

— Je déteste le mois de février, dit Barbara. Je trouve que celui qui a fait le calendrier a eu raison d'en faire le mois le plus court. Tous les ans, à cette époque-là, je me dis : si seulement j'arrive à passer février, tout ira bien.

— Qu'est-ce que vous avez fait en février cette année ?

Elle haussa les épaules et essaya de se souvenir. *J'ai pensé à vous.*

— Pas grand-chose. Je suis sortie avec quelques garçons dont je ne me rappelle plus les noms, j'ai vu des films et une ou deux pièces.

— Cela n'a pas l'air mal.

— Non, dit-elle, je me suis bien amusée.

Il lui sourit.

— Vous dites cela comme si vous alliez pleurer.

— J'aime la façon dont vous souriez.

Il ne répondit pas. Barbara prit son verre et le vida d'un trait. Elle se sentit mieux après. Elle regrettait d'avoir fait cette remarque sur le sourire de Sidney, c'était trop personnel. Elle se promit de faire plus attention.

— Voulez-vous boire autre chose ?

Elle avait compté prendre un verre avec lui et s'en aller. Mais elle avait fini ce verre en cinq minutes, alors que faire ?

— Oui, dit-elle.

Un vers d'une chanson lui revint en mémoire : *Des cocktails et des rires, mais ce qui vient après, nul ne le sait.*

— Le croiriez-vous, dit Sidney, je n'ai pas revu Art Bossart depuis le soir où je vous ai rencontrée avec lui.

— Je pensais que vous étiez amis.

— Non. Nous ne nous voyons que pour boire ensemble. Nous avons tous les deux des dizaines d'amis de ce genre.

— Moi je le rencontre quelquefois dans l'ascenseur, dit Barbara. Il me dit bonjour, comme ça…

Elle imita le geste détaché de quelqu'un qui vous connaît à peine.

— Bonjour. C'est drôle d'être allée prendre un verre avec quelqu'un après une soirée et d'avoir l'impression quand on le retrouve ensuite qu'il ne se souvient même plus de votre nom.

— Songez à celles qui couchent avec leur directeur, dit Sidney, amusé, et qui le lendemain n'ont droit qu'au même bonjour dans l'ascenseur.

— Cela me glace le sang.

Il parle déjà de coucher, songea-t-elle tristement, pour me mettre dans l'ambiance. Ils sont tous les mêmes. Mais, malgré sa méfiance, elle ne pouvait pas croire cela de Sidney, pas encore. Il la regardait attentivement.

— J'ai dit quelque chose, n'est-ce pas ? fit-il. Votre visage s'est fermé d'un seul coup ; clac. Est-ce qu'il s'agit de quelqu'un du bureau et d'une chose qui ne me regarde pas ?

— Non, bien sûr que non.

Il parut soulagé.

— Il y a quand même quelque chose.

— Non, rien.

Cette fois, elle ne versa que la moitié de la bouteille de tonic dans son gin et elle vida son verre avant d'avoir remarqué ce qu'elle faisait. Ou bien agissait-elle sous l'empire de son subconscient ? Elle se sentit mieux, cependant, plus à l'aise.

— Vous me faites un peu peur, avec votre façon de tout remarquer. Il va falloir que je fasse attention.

Elle eut un petit rire léger.

— Ce n'est pas du grand art. C'est seulement l'expérience. Quand vous aurez mon âge, vous remarquerez tout aussi.

— Quel âge avez-vous ?

— Quarante ans.

— Je crois que j'aime les hommes d'un certain âge. Au moins, quand on veut qu'ils remarquent quelque chose, ils le remarquent. Mon mari n'avait jamais la moindre idée de ce que je pensais. Je ne le lui reproche pas d'ailleurs. Moi-même, je ne le comprenais pas très bien non plus.

— Tout cela est déjà bien vieux, dit Sidney.

Ils se regardèrent et Barbara sentit presque un choc physique au moment où leurs yeux se rencontrèrent. Elle oublia complètement ce qu'elle avait eu l'intention de dire et se contenta de fixer Sidney, sans pouvoir détourner son regard. Ce fut lui qui baissa les yeux le premier.

— Voulez-vous boire autre chose ? demanda-t-il.

— Non, merci.

Il fit signe au garçon de ne renouveler qu'une seule consommation. Puis il avança la main et saisit le poignet de Barbara, très doucement, avec deux doigts.

— Ecoutez... Je dois voir des gens pour dîner. Voulez-vous venir avec moi ?

D'autres gens ; que pouvait-il y avoir de plus sûr ? Elle se sentit soulagée mais, en même temps, déçue. Elle commençait à être détendue et à l'aise et elle n'avait envie de parler avec personne d'autre que Sidney. Mais, évidemment, c'était une solution plus raisonnable.

— Oui, dit-elle, avec plaisir.

Elle fut surprise, avant tout, qu'il ne l'emmenât pas dans l'équivalent en matière de restaurant du bar pour célibataire provisoire. Il l'emmena dans un endroit connu, luxueux, bien éclairé, où allaient des gens qui pouvaient se permettre de payer de grosses additions et qui aimaient la bonne chère, un endroit qui attirait à la fois les gens arrivés et les curieux qui vivent dans leur sillage. Ils retrouvèrent un autre couple qui les attendait au bar. La femme était une ancienne actrice de cinéma qui se consacrait maintenant à ses devoirs maternels. Barbara ne l'avait jamais vue au cinéma mais une fois à la télévision, dans un vieux film. Son mari était directeur d'une agence de presse. Ils ne parurent ni surpris ni choqués de voir Sidney arriver avec une jeune femme, et ils ne donnèrent pas non plus l'impression de l'avoir déjà vu des dizaines de fois avec d'autres jeunes femmes. Barbara se sentit immédiatement à l'aise avec ces gens, bien qu'ils fussent beaucoup plus âgés qu'elle, et, au milieu du repas, elle se surprit à discuter de maquillage, de vêtements et de l'éducation des jeunes enfants avec la femme. Sidney n'avait fait aucune remarque au sujet de Barbara au moment des présentations, il n'avait pas dit qu'elle était une vieille amie, ni une relation d'affaires, et pourtant personne ne fit montre de la sollicitude exagérée qui aurait prouvé qu'on considérait sa présence comme bizarre. La situation était étrange pour Barbara : elle s'était attendue sans savoir pourquoi à ce que tout fût différent. Ce qui prouve que je suis bien provinciale, se dit-elle.

Ils achevèrent de dîner à onze heures. Bien qu'elle n'eût jamais rencontré quelqu'un qui fût assez aisé pour l'emmener dans ce restaurant, où elle avait toujours eu envie d'aller, Barbara n'avait presque rien mangé. Le vin puis le cognac qu'elle avait bus l'avaient mise dans un état un peu bizarre : elle savait qu'elle aurait dû être un peu éméchée et, pourtant, elle ne l'était pas. Elle avait l'impression qu'elle s'exprimait d'une façon parfaitement raisonnable et cependant elle devait faire attention, car ses propos pouvaient sonner différemment à l'oreille de son interlocuteur. Au moment où l'autre couple s'apprêtait à monter dans un taxi, l'actrice se pencha et embrassa Barbara.

— Je suis contente de vous avoir rencontrée, ma petite Barbara, dit-elle. Vous m'enverrez un numéro de votre magazine, j'espère ?

— Bien sûr.

Elle demeura sur le bord du trottoir avec Sidney, tandis que le taxi s'éloignait.

— Pourquoi les gens me demandent-ils toujours de leur envoyer un exemplaire de mon magazine quand ils peuvent l'acheter partout pour quelques cents ? demanda-t-elle. Non pas que cela m'ennuie.

— C'est sa façon de vous prouver que vous lui plaisez.

— Elle m'a plu aussi.

— Tant mieux.

Il lui prit la main, et cela parut à Barbara le geste le plus naturel du monde.

— Ils sont tous les deux parmi les gens que je préfère. Je les vois à peine six fois par an, cependant. J'ai rarement le temps de voir les gens que j'ai envie de voir.

— Vous travaillez presque tout le temps, n'est-ce pas ?

— Presque. Ce qu'il y a d'idiot, c'est que ce n'est pas vraiment nécessaire. On s'imagine qu'on peut rester au bureau une heure de plus, faire une chose de plus. Puis on s'embarque dans quelque chose, et on ne peut plus partir. Allons prendre un cognac quelque part.

— D'accord.

Ils longèrent la rue la main dans la main et, bien que Barbara n'eût jamais aimé marcher la main dans la main avec un garçon parce qu'elle trouvait que cela faisait gamin, elle se rendit compte qu'avec Sidney cela lui paraissait la seule chose à faire. Peu lui importait qui les voyait et ce qu'on pouvait penser d'eux. Ils remontèrent lentement la Cinquième Avenue en regardant toutes les devantures. « J'aime bien ça », disait-il, ou bien : « Je trouve ça affreux, pas vous ? », et elle était toujours d'accord. Ils s'arrêtèrent devant un étalage extrêmement voyant et éclatèrent de rire.

— Exactement ce qu'il me faut !

— J'en veux une douzaine !

D'une grande banalité tout cela – comme se tenir par la main en public – mais, avec Sidney, c'était nouveau. Elle se rappela ce qu'il avait dit le soir où il lui avait tenu la main, que c'était comme du braille que les voyants avaient inventé pour apprendre des choses qu'ils ne pouvaient pas voir, cette multitude de signaux dont les premiers rapports hésitants entre un homme et une femme étaient pleins. Même quelque chose d'aussi stupide que du lèche-vitrines à minuit en faisait partie. Barbara se souvenait des premiers rendez-vous assommants avec des garçons, où chacun passait son temps à énumérer ce qu'il aimait et ce qu'il n'aimait pas : disques, opinions politiques, livres, adresses de restaurants. Tellement machinal, tellement ennuyeux. Et ce soir, sans raison aucune, tout ce qui intéressait Sidney la fascinait.

Ils allèrent au bar du Plaza et prirent une table dans un coin.

— Depuis quelque temps, dit Barbara, quand je rencontre des gens qui sont mariés depuis longtemps, qu'ils soient heureux en ménage ou pas, je me demande toujours : comment se sont-ils rencontrés ? Qu'est-ce qui fait que deux êtres décident de passer ensemble le reste de leur vie ? J'ai l'impression qu'il y a si longtemps que je me suis mariée, et que je l'ai fait pour de si mauvaises raisons, que je cherche une formule chez les autres.

— Le mariage des autres est toujours un peu un mystère, dit Sidney. Surtout si ces autres sont heureux. On se demande comment ils y sont arrivés. On se demande ce qu'ils ont qu'on n'a jamais réussi à avoir. Moi aussi, j'y pense.

Elle le regarda dans la demi-obscurité du bar.

— Cela ne me regarde peut-être pas, et en ce cas dites-le-moi. Mais vous n'êtes pas heureux, n'est-ce pas ?

— Non, probablement pas, si je prends le temps d'y réfléchir. C'est pourquoi je n'y réfléchis pas.

— Autrement dit, cela ne me regarde pas, en effet.

Il recouvrit la main de Barbara avec la sienne.

— Je vous dirai tout ce que vous voulez savoir.

— Je ne pose jamais de questions personnelles à qui que ce soit. Je ne sais pas pourquoi je vous en ai posé une. Je dois être un peu ivre, comme toujours, j'imagine. Vous ne m'avez jamais vraiment vue dans mon état normal.

— Si nous ne nous posons pas de questions personnelles l'un à l'autre, comment parviendrons-nous à nous connaître ? Nous n'avons pas beaucoup de temps.

— Non… n'est-ce pas ?

Cela la frappa brusquement, la futilité de la situation, et tout ce qu'elle avait d'artificiel. Ils n'avaient pas beaucoup de temps parce que chacun d'eux avait sa vie propre, ou en tout cas Sidney avait sa vie propre, car celle de Barbara était loin d'être remplie. Et bientôt sa femme et son fils allaient revenir, bien qu'elle fût certaine que ce n'était pas à cela qu'il avait fait allusion. Une aventure rapide, quelques dîners, encore quelques verres, quelques soirées au lit. Que pouvaient-ils s'offrir l'un à l'autre qui serait durable, qui ne mourrait pas de sa propre impuissance ?

Barbara détourna la tête et regarda la décoration sur le mur.

— Je n'aurais pas dû dire cela, remarqua Sidney. C'était stupide de ma part.

Elle le regarda.

— Quoi donc ?

— Nous avons tout le temps nécessaire. Vous le savez, n'est-ce pas ?

— Oui.

A cet instant seulement, elle se sentit vraiment détendue, calmée, et une chaleur réelle monta en elle. Il n'était pas comme les autres hommes, elle le savait maintenant. Et elle avait envie de le voir. Il ne s'agissait pas de jouer au plus fin : elle pouvait vraiment être elle-même. Toute la soirée, il avait fait disparaître toute tension grâce aux petites choses qu'il faisait ou qu'il disait et, à présent, grâce à cette promesse finale.

— Racontez-moi, dit Barbara en se penchant en avant, comment vous avez rencontré votre femme.

— A une soirée à Greenwich Village, alors que nous avions vingt-quatre ans tous les deux. Cela ne ressemble pas au Sidney Carter que vous connaissez, n'est-ce pas ? Elle, elle était ballerine, ou du moins elle prenait des leçons de danse trois heures par jour, et moi je travaillais dans une agence de publicité. Le jour, je portais un complet de flanelle gris et le soir, et pendant les week-ends, je traînais au Village avec un groupe de copains que j'avais rencontrés à l'époque où j'étais arrivé à New York.

— Vous veniez d'où ?

— De Lebanon, en Pennsylvanie. Les garçons en question étaient d'un peu partout. Il y en avait un qui collaborait à un petit magazine, un autre qui peignait des tableaux affreux et qui ne lavait jamais la peinture qui recouvrait ses bras, un autre encore qui jouait de la guitare. Il y a toujours quelqu'un qui joue de la guitare. Cela se passait deux ans avant que la guerre n'éclate en Europe et nous étions tous très excités et pleins d'idéaux, de sorte que nous nous usions à discuter. Bref, c'est au Village que j'ai rencontré cette ravissante fille et, à la fin de la soirée, je l'ai ramenée chez elle. Elle habitait seule dans un horrible petit appartement sans eau chaude, mais c'était l'été et nous trouvions tous les deux l'endroit merveilleux. Je ne suis jamais reparti. Nous nous sentions très seuls l'un et l'autre sans vouloir l'avouer, et nous estimions que notre façon de vivre était très « bohème ». Le jour où nous avons décidé de nous marier, nous sommes allés en jean chez Cartier – c'était un samedi après-midi – pour choisir la bague de fiançailles. Je me rappelle m'être demandé ce qui se passerait si quelqu'un de mon bureau nous voyait.

— Cela ne vous ressemble pas du tout, dit Barbara. J'ai du mal à l'imaginer.

— Au bout d'un moment, tous les garçons que je connaissais se sont mariés, l'un après l'autre, et sont devenus des gens respectables. Nous-mêmes, nous devenions très respectables aussi. Après la naissance de notre enfant, ma femme abandonna définitivement la danse et nous décidâmes d'aller vivre à la campagne. C'est probablement la plus mauvaise idée que nous ayons eue. Je dois avouer que l'idée venait de moi et que je dus user de persuasion pour la faire accepter de ma femme. Parmi mes amis rangés, certains allèrent s'installer à Westchester. Nous y allâmes aussi et, au bout d'un an, je n'avais qu'une envie, revenir à New York, mais ma femme aimait sa nouvelle vie. Nous restâmes donc et, finalement, nous achetâmes la maison que nous habitons maintenant. L'ennui, c'était que j'avais un si long voyage à faire de chez moi au bureau et que je travaillais si souvent tard le soir que ma femme et moi ne nous voyions vraiment que pendant les week-ends. J'avais un groupe d'amis en ville et elle, elle en avait d'autres à la campagne. Il nous fallut dix ans pour découvrir que nous ne nous connaissions presque plus du tout.

— Pourquoi n'êtes-vous pas revenu habiter en ville avant qu'il ne soit trop tard ? demanda Barbara.

— Si j'avais été certain que tout venait de ce que nous habitions la campagne, j'aurais insisté pour revenir. Mais je n'en ai jamais été tout à fait certain. Je continue à me poser la question. Je me sentirais mieux si je savais.

— On dit qu'au bout d'un temps plus ou moins long les gens finissent par ne plus avoir grand-chose à se dire, déclara Barbara. C'est perfide ce que je viens de dire là, n'est-ce pas ? Si quelqu'un avait parlé de cette façon à mon mari pendant que nous étions mariés et si je l'avais appris…

— Ce n'était pas perfide. Je sais ce que vous avez voulu dire.

— Vous me prêtez toujours de bons sentiments, murmura-t-elle.

— Pourquoi pas ? Vous prenez-vous pour une briseuse de ménages ? Croyez-vous que notre situation soit si dramatique ?

Son sourire ôtait à ses paroles ce qu'elles pouvaient avoir de dur. Il pourrait me dire n'importe quoi en souriant de cette façon, songea-t-elle, et je l'accepterais.

— Je ne peux pas dire que je suis ravie que vous soyez marié, reconnut-elle.

— Il y a un tas d'autres raisons qui soulèvent des problèmes, reprit-il en souriant. Dites-vous simplement que le principal obstacle à notre aventure vient de ce que je suis trop vieux – ce qui mérite d'être considéré, d'ailleurs – et vous vous sentirez beaucoup mieux.

— Je sais... c'est idiot. Je sors avec des garçons dont je sais que je ne pourrai jamais les épouser, parce que je ne veux pas d'eux ou qu'eux ne veulent pas de moi. Mais si vous et moi par je ne sais quelle folie décidions de tomber amoureux, je sais que je ne vous aurai jamais, et cela me fait peur.

— Faites-moi confiance. Vous ne tomberez pas amoureuse de moi.

— C'est dangereux de dire ça à une femme, rétorqua Barbara d'un ton léger.

— Pourquoi ?

— Je ne sais pas. Ça risque de déclencher quelque chose. Encore plus dangereux serait que j'affirme : « Moi, je ne tomberai pas amoureuse de vous. »

Il resta un moment sans parler.

— Alors, je ne le dirai pas, finit-il par répondre. Mais pas pour cette raison-là.

— Je sais une chose, déclara Barbara, les hommes mariés ne divorcent pas pour une autre femme. Ils divorcent parce qu'ils ne veulent plus vivre avec leur épouse. Je ne parle pas des vieux idiots, des coureurs ou des névrosés. Je parle du genre d'homme marié dont une fille comme moi pourrait tomber amoureuse. Un homme comme vous. J'ai raison, n'est-ce pas ?

— Oui.

— Bien. Maintenant que ce point est réglé, changeons de sujet.

Il la regarda attentivement.

— Vous êtes extraordinaire.

— Pas moi, vous.

— Moi ?

— Oui, parce que vous êtes franc, dit Barbara.

Ils demeurèrent un moment silencieux, épaule contre épaule, à boire leurs cognacs. Sidney ne tenait plus la main de Barbara, et la pression de son épaule était très légère, mais Barbara n'en était pas moins consciente de ce contact. Elle savait bien qu'après leur longue séparation elle était de nouveau dangereusement prête à tomber amoureuse de Sidney Carter, mais cette fois ce ne serait plus une attirance enfantine et elle se sentait capable d'affronter tout ce qui pourrait arriver. Tomber désespérément amoureuse de lui, gâcher cette chaleur qu'elle ressentait pour tomber dans les frissons d'un problème émotionnel relèverait de la plus pure stupidité. Elle était prévenue. Mais elle savait que, malgré les meilleures intentions du monde, on atteignait parfois un point de non-retour, et il ne restait plus alors qu'à espérer un atterrissage sans casse.

Il paya l'addition et ils quittèrent lentement le bar. Au stand des journaux, dans le hall de l'hôtel, Sidney acheta un exemplaire de tous les quotidiens du matin pour lui-même et un autre de ces mêmes journaux pour Barbara.

— Je n'aurai jamais le temps de les lire tous, dit Barbara. Vous le faites, vous, avant de dormir ?

— Tous les soirs.

— Je suis contente de ne pas occuper un poste de direction.

Il rit.

— C'est une habitude de banlieusard. Il faut bien faire quelque chose dans le train. Pendant l'été, quand je n'ai plus à prendre le train, je garde mes habitudes et je lis les journaux dans ma chambre.

— Vous habitez… en ville ?

— A l'hôtel, oui. Je ne suis là que quatre nuits par semaine et je n'ai aucune envie de retourner dans ma vieille baraque tout seul.

Pourquoi tremblait-elle un peu d'apprendre qu'il habitait seul si près de là ? Craignait-elle qu'il ne l'amenât par ruse dans sa chambre et qu'il ne la séduisît ? Ou le désirait-elle au contraire ? J'ai une grande expérience des tentatives de séduction, se dit-elle, et jusqu'à maintenant, personne ne m'a encore prise au piège. Tout dépend de la femme, dans ces cas-là.

— Il se fait tard, dit-elle, il faut que je rentre chez moi.

— C'est bien là que je vous conduis.

Lorsque le taxi arriva devant la maison de Barbara, Sidney descendit de voiture et accompagna la jeune femme jusqu'à sa porte. Elle ouvrit, s'engagea dans le couloir, et il la suivit.

— Il n'y a pas d'ascenseur, dit-elle en guise d'avertissement.

Il parut amusé.

— Serais-je invité ?

— Bien sûr, vous êtes toujours invité.

Elle avait un peu honte de lui faire monter ces escaliers sinistres et de lui faire traverser ces couloirs qui sentaient encore la cuisine du dîner, car elle était sûre que cela ne ressemblait pas du tout à ce à quoi il était habitué. Il n'était plus un garçon de vingt-quatre ans, accompagnant une petite danseuse au cœur bohème dans son appartement sans eau chaude. Il avait quarante ans, il dînait dans les bons restaurants et le chou, pour lui, sentait le chou. Quant à elle, elle n'avait pas choisi de vivre là pour faire une expérience amusante, mais parce que sa famille ne pouvait se permettre mieux. L'image, déplaisante, de la pauvre jeune assistante de magazine accrochée à un cadre riche et plus âgé lui traversa alors l'esprit. Mais lorsqu'elle ouvrit la porte de son appartement, la seule image qui se présenta à eux fut celle d'une lampe qui éclairait doucement le divan et la seule odeur celle, très vague, de talc pour bébés, odeur venant de la chambre que Barbara partageait avec Hillary. Toutes les fenêtres du living-room étaient grandes ouvertes, et il régnait dans la pièce la fraîcheur de la brise nocturne. Barbara alluma le plafonnier.

— Voulez-vous boire quelque chose ?

— Non, merci. Je vous empêche de vous coucher.

Il alla jusqu'à une petite table pour regarder les deux photos qui étaient posées dessus.

— Qui est-ce ?

— Mon père.

— Et voilà votre petite fille. Elle est jolie.

— Elle est encore plus jolie maintenant.

Il prit ses journaux et les serra sous son bras.

— Je m'en vais. Je voulais simplement satisfaire un peu ma curiosité.

Il se dirigea vers la porte et Barbara le suivit. Devant la porte, il s'arrêta et dit :

— Merci de cette merveilleuse soirée.

— Merci à vous.

— Vous voulez bien dîner avec moi jeudi ?

— Oui, dit-elle doucement.

Ils demeurèrent là à se regarder, lui avec son paquet de journaux sous le bras, elle la main sur le bouton de la porte. Aucun des deux ne bougea. Barbara avait l'impression qu'elle était paralysée.

— Ecoutez, dit Sidney, tout ça est idiot.

D'un geste vif, il posa ses journaux sur un fauteuil et enlaça Barbara. D'une main, il éteignit le plafonnier derrière le dos de la jeune femme. Elle aurait pu reculer et il l'aurait lâchée, mais elle n'était pas plus capable de se forcer à faire cela que d'aller se jeter au bas de l'escalier. Lorsqu'il l'embrassa, elle eut une seconde de résistance, elle se dit : ça, c'est plus idiot encore… Puis elle mit ses bras autour du cou de Sidney et elle lui rendit son baiser, reconnaissant son propre désir comme si c'était un étranger parce qu'elle ne l'avait pas senti depuis longtemps, mais comme un vieil ami aussi parce qu'il la rendait heureuse.

Ce fut Sidney qui s'écarta le premier. Il la regarda tendrement, avec cette lueur dans les yeux qu'il avait eue le premier soir.

— Ne vous rongez pas, dit-il. Je n'ai nullement l'intention de flirter avec vous. Je veux coucher avec vous, voilà tout.

Il reprit ses journaux, ouvrit la porte et partit, non sans avoir envoyé un baiser à Barbara.

— Je vous appelle demain.

Elle demeura immobile sur le seuil, touchant ses lèvres avec ses doigts, se demandant pour la première fois quelle sensation elles avaient procurée à un autre.

Cette nuit-là, elle s'endormit immédiatement et elle plongea dans un sommeil sans rêves ; lorsque son réveil sonna, le matin, elle ne se sentit pas fatiguée, car elle avait hâte d'aller à son bureau où Sidney l'appellerait. La journée qui s'annonçait lui paraissait agréable, tout ce qui arriverait serait heureux. Pour la première fois depuis plus de deux ans, elle avait quelque chose à attendre avec impatience. Savoir que Sidney l'appellerait et qu'elle le verrait dans la soirée donnait une dimension nouvelle aux tâches les plus ennuyeuses.

Il l'appela à trois heures. Barbara avait fermé les stores dans son bureau de sorte qu'il y faisait sombre et frais ; elle était protégée aussi des autres bureaux et de leurs bruits, plongée dans une douce torpeur, comme si elle avait été au lit au milieu de l'après-midi.

— Qu'est-ce que vous faites ? lui demanda-t-il.

— Rien pour le moment. Je vais essayer d'écrire un article d'ici quelques minutes. Je n'ai pas encore eu le courage de penser au problème de l'acné juvénile si vite après le déjeuner.

Il rit.

— J'ai quatre personnes qui m'attendent dans mon antichambre, mais je voulais vous parler d'abord.

Ils étaient tous deux occupés, ils avaient tous deux des responsabilités, mais, en cet instant, le reste du monde n'existait plus.

— Je suis contente que vous ayez appelé, dit-elle.

— Moi aussi.

— A quelle heure vous verrai-je demain ?

— A cinq heures, devant votre bureau.

Elle l'y voyait déjà, en esprit, et elle était emplie de bonheur et d'excitation.

— Il faut que je vous laisse, dit-il. Je voulais seulement vous parler une minute.

— Allez travailler.

— Vous aussi…

Elle raccrocha et demeura un moment à réfléchir à leur conversation, non pas tant aux mots qu'avait prononcés Sidney qu'au ton sur lequel il les avait prononcés. Un ton empli d'affection, d'une affection sincère. Un homme occupé s'était arrêté au milieu de sa journée de travail pour dire quelques paroles dénuées de signification au téléphone parce qu'il en avait éprouvé le désir ; puis sa journée s'était poursuivie. C'était cette pause qui donnait de la valeur à tout le reste. Barbara avait le sentiment que cela avait eu autant d'importance pour Sidney que pour elle-même. Elle n'eut aucun mal, cette fois, à se mettre à sa machine à écrire pour commencer l'article sur l'acné juvénile…

Le jeudi après-midi, un orage éclata qui, en un quart d'heure, rafraîchit agréablement les rues. Barbara sortit de son bureau vêtue d'une robe de toile rouge neuve qu'elle avait achetée au début de l'été et qu'elle n'avait pas encore ressenti l'envie de porter. Elle s'était inondée de parfum Wonderful, en partie par plaisanterie, en partie parce qu'elle en aimait vraiment l'odeur. Elle s'était lavé les cheveux la veille. Le ciel était extraordinairement bleu mais il faisait encore assez frais cependant pour que Barbara pût espérer rester nette jusqu'au moment où ils entreraient dans un bar climatisé. Elle avait le cœur battant. Lorsque Sidney vint vers elle et qu'il lui prit le bras pour la conduire vers un taxi, elle eut l'impression que tout cela leur était arrivé à tous les deux non pas une seule fois mais bien des fois auparavant.

— Quelle jolie robe !

— Elle est neuve.

Il l'emmena dans un bar de l'East Side et ils s'installèrent dans un petit jardin clos, à l'ombre d'un auvent de toile rayée, les pieds sur de petits cailloux gris très propres. Les chaises et les petites tables rondes étaient en métal blanc. Tous les clients avaient un air très sophistiqué, les trois messieurs plongés dans une conversation sérieuse, la jeune femme avec son caniche attaché au pied de sa chaise et le jeune couple intimidé par un premier rendez-vous. Le jeune homme portait une cravate à rayures rouges et bleues et un costume pied-de-poule ; ses cheveux blonds étaient coupés très court, ce qui découvrait son cou rose. La jeune fille semblait sortir tout juste de son bureau car elle n'était pas très habillée mais elle ne manquait cependant pas de chic. Elle faisait de toute évidence de gros efforts pour soutenir une conversation défaillante.

— Regardez, dit Barbara. Voilà ce que j'étais avant.

— Vous connaissez ce garçon ?

— Non. Mais je peux vous dire des choses à son sujet. Il travaille sur Madison Avenue ou peut-être à Wall Street et il est déjà sorti avec cette fille, mais pas souvent.

Sidney passa la commande et Barbara en profita pour regarder le couple plus attentivement, ce qui n'était pas si facile car ils n'étaient pas tout près.

— C'est elle qui fait la conversation, si conversation il y a, mais cela ne prouve pas forcément que ce garçon lui plaît. Elle doit considérer que c'est de son devoir de parler. Et lui doit partager cette opinion, car il ne fait visiblement aucun effort.

— Tout cela me paraît assez navrant, dit Sidney.

— La robe est jolie, mais très bon marché. Douze dollars quatre-vingt-quinze, à mon avis. Je crois que cette fille est secrétaire, elle en a l'air.

Barbara but quelques gorgées de son Martini.

— Regardez comme ils ont vite fini leurs verres, dit-elle. Ils en ont bu deux pendant que nous attendions notre premier. Je comprends très bien l'état dans lequel elle est. Ça m'est déjà arrivé.

— Alors, pourquoi est-elle sortie avec lui ?

— Je parie qu'elle partage un appartement avec deux autres filles et qu'elle a envie de leur échapper un moment. Elle ne porte pas de bas, car elles lui ont probablement emprunté toutes les paires qu'elle possédait.

— Elle a de jolies jambes, observa Sidney. Sans doute une des raisons pour lesquelles il est avec elle.

— Quelles sont les autres ?

— Citez-les-moi.

— Non, vous, dit Barbara. Vous parlez au nom des hommes.

— Il semble tellement s'ennuyer pour l'instant qu'à mon avis il a juste envie de la sauter.

— La pauvre fille. Mais d'ici à un an, elle sera mariée, c'est toujours comme ça.

— Pas avec lui, en tout cas.

— C'est vrai.

— Je le plains, fit Sidney en riant. Vous n'avez aucune compassion.

— Je sais, répondit-elle en riant à son tour, je suis un monstre. Si j'éprouve actuellement ce sentiment de supériorité, c'est parce que je passe un bon moment et que je me souviens de tous ceux où ce n'était pas le cas.

— C'est le prix à payer pour que ça finisse bien. Votre mère vous l'a sûrement dit.

— En effet. Mais j'attends toujours.

Le couple au fond du jardin se leva. L'homme tint la chaise de la fille pendant qu'elle ramassait son sac et ses gants. Sidney, sous la table, donna un coup de genou à Barbara.

— Vos amis s'en vont.

— Chut.

A ce moment, le couple traversa le bar et passa devant la table de Barbara et de Sidney. Barbara les regarda avec curiosité. Ils étaient si près d'elle qu'elle sentit la fumée de la cigarette du jeune homme. La main qui tenait la cigarette avait une alliance. Surprise, Barbara regarda aussitôt les doigts de la jeune femme. Elle aussi portait une alliance, si mince qu'on ne la voyait pas de loin.

— Ils sont mariés !

Elle regarda Sidney et il la regarda, et ils se sourirent, étonnés et amusés à la fois.

— Mais ils avaient l'air tellement malheureux ensemble ! dit Barbara.

— Oui, dit Sidney dont le sourire diminua imperceptiblement, assez cependant pour que Barbara s'en rendît compte.

— Je suis idiote, dit-elle doucement. J'ai même oublié comment j'étais, moi aussi. Les gens arrivent à être tellement plongés dans leurs soucis et dans leurs problèmes qu'ils ne font plus attention au reste de l'humanité.

— C'était quand même drôle, dit-il.

Il paraissait presque aussi content que tout à l'heure, le revirement n'avait duré qu'un instant. Il est malheureux, songea Barbara, j'en suis certaine. Et bien qu'elle détestât la pensée qu'il pût souffrir, elle devait s'avouer avec une pointe de plaisir perverse qu'elle en était plutôt satisfaite. Cela voulait dire qu'il était plus accessible, qu'il… Oh ! je suis stupide, se dit-elle. Se laisser aller à de pareilles pensées, c'est le plus vieux des pièges.

Ils quittèrent le bar à huit heures pour aller dîner au restaurant. Les rues étaient maintenant désertes car c'était l'heure du dîner et que, par cette soirée estivale, tous ceux qui le pouvaient étaient soit à la campagne, soit dans une pièce climatisée. Ils avaient toute la soirée devant eux, comme des vacances. Nul ne savait où ils étaient et nul ne s'en souciait, et ils étaient ensemble. Si seulement la vie entière pouvait ressembler à cet instant, se dit Barbara. Le restaurant où la conduisit Sidney était brillamment éclairé, avec des fresques sur les murs, des fleurs sur les tables et un menu interminable.

Barbara n'avait jamais eu si peu faim de sa vie. Elle regarda autour d'elle. Comme c'était clair, comme c'était gai, comme ils semblaient insensibles, tous ces gens qui se gavaient de nourriture et qui riaient à gorge déployée.

— Une table pour deux, monsieur ? demanda le maître d'hôtel.

Sidney regarda Barbara.

— Nous allons d'abord prendre un verre au bar, dit-il d'un ton brusque.

Ils se perchèrent sur de hauts tabourets de cuir rouge glissant. Barbara contempla son Martini.

— Vous allez trouver que je suis folle, dit-elle, mais je n'ai pas envie de rester ici. Cela ne vous ennuie pas ?

Il était déjà debout.

— Partons, dit-il.

Quand ils eurent retrouvé la douceur du crépuscule, dehors, elle se sentit mieux.

— C'est simplement parce que c'était si…

— Eclairé et bruyant et pas pour nous, dit Sidney. A la minute où nous sommes entrés, j'ai senti que ce n'était pas un soir pour aller là.

— Si nous marchions un peu ?

Il lui prit le bras d'un geste protecteur et ils se mirent à marcher, sans but précis.

— Vous avez faim ? demanda-t-il.

— Non. Et vous ?

Il fit signe que non.

Ils se dirigèrent vers le fleuve. Le paysage changea, les immeubles de bureaux, les magasins et les restaurants se transformèrent en maisons assez crasseuses, puis ce furent les grands immeubles de luxe neufs, au bord de l'eau, à côté de petites masures qui attendaient encore d'être démolies. Il y avait un trottoir, un parapet, des bancs et, au-delà, l'eau noire et les lumières de l'autre rive. Ils s'appuyèrent au parapet, côte à côte, et Sidney alluma une cigarette pour lui et une autre pour elle.

— C'est drôle, dit Barbara. J'habite New York et je ne suis encore jamais venue ici.

— Cela fait des années que je n'y ai pas mis les pieds.

Elle se retourna, le dos au parapet, et regarda les appartements éclairés, là-haut. Elle était plus heureuse avec Sidney Carter qu'elle ne l'avait été de toute sa vie et, pourtant, elle se sentait nerveuse et insatisfaite, comme s'il y avait en elle une autre personne qui essayait de se libérer. Elle avait envie de faire un geste fou, n'importe lequel, se jeter à l'eau ou sauter au cou de Sidney, mais elle n'en fit rien ; elle se retourna simplement et lança sa cigarette dans l'eau.

— Vous voulez aller écouter du jazz ? demanda-t-il.

— Et vous ?

— Non.

Il alluma une autre cigarette pour elle et ils demeurèrent sans parler, sans même se toucher, les yeux fixés sur le fleuve.

— Je ne sais pas ce que j'ai, dit enfin Barbara, je suis si nerveuse.

Sidney jeta sa cigarette dans l'eau à son tour. Elle suivit la trajectoire du petit bout rougeoyant. Cela lui parut capital de l'observer, de se concentrer sur lui plutôt que sur les sentiments vagues et troublants qui la faisaient presque claquer des dents malgré la douceur de la soirée. Puis Sidney s'approcha de Barbara et mit ses bras autour d'elle, d'un geste non pas exigeant mais protecteur, et Barbara appuya son visage contre sa veste. Elle sentait son cœur battre très fort, mais Sidney ne bougea pas ni ne parla pendant un long moment, et elle aussi demeura immobile et silencieuse.

Elle ne remua que pour mettre ses bras autour de la taille de Sidney. Elle avait envie de pleurer et de rire à la fois intérieurement, mais en même temps elle était incapable de prononcer un mot. Elle se rendait compte qu'elle tremblait.

— Nous ne pouvons pas rester ici toute la nuit, dit-il doucement.

— Non.

Mais ni l'un ni l'autre ne firent un geste.

— Je ne pensais pas que ce serait comme cela, dit-il enfin.

— Et c'est « comme cela » ?
— Et pour vous ?
— … Oui.
Elle leva les yeux vers lui alors, et il baissa la tête et l'embrassa. Elle n'avait jamais embrassé personne comme elle embrassait Sidney, comme si elle voulait attirer tout son souffle vers elle, car sans lui elle étoufferait. Il la serrait si fort qu'il lui faisait mal aux côtes mais elle ne s'en souciait pas ; cette douleur faisait partie de son plaisir. Il fit un pas de côté et ils s'effondrèrent sur un banc, toujours enlacés, sans cesser de s'embrasser. Il lui embrassait la nuque, le cou, l'oreille, mais, au bout d'un moment, il s'écarta d'elle et la regarda. Leurs visages étaient tout près l'un de l'autre et elle vit ses lèvres bouger avant qu'il ne commençât à parler, comme s'il avait du mal à articuler la moindre parole.
— On va nous arrêter pour vagabondage, murmura-t-il.
— Oh…
— Venez avec moi.
— Oui.
Ils coururent alors, la main dans la main, comme des enfants, le long des rues et entre les hauts immeubles noirs, et le bruit de leurs pas retentissait dans la nuit d'été. Un portier, planté sur les marches d'un grand immeuble blanchâtre, les regarda passer, intrigué. Un taxi maraudait le long de la Première Avenue. Sidney le héla et ils y prirent place en se serrant l'un contre l'autre : chacun tenait les deux mains de l'autre tandis que le taxi roulait vers l'hôtel de Sidney. Barbara avait peur de penser, son cœur

battait à se rompre et elle gardait les yeux fermés. Lorsqu'ils traversèrent enfin le hall de l'hôtel, elle garda la tête basse et les yeux clos, rejetant toute réalité, se laissant conduire par Sidney.

Il ouvrit la porte de sa chambre et alluma la lumière. Ce n'était pas une simple chambre, d'ailleurs, c'était un appartement. Il y avait un living-room avec un petit balcon à demi dissimulé par de longs rideaux blancs agités par le vent. Il y avait aussi une immense cheminée qui paraissait n'avoir jamais servi, deux canapés et une table basse jonchée de journaux et de courrier. La juxtaposition de la froide impersonnalité de cet appartement d'hôtel avec le travail de Sidney jeté sur la table serra le cœur de Barbara. Sur un bar, installé dans un coin, se trouvaient des bouteilles et des carafes. Sidney allait et venait rapidement, allumant une lampe, éteignant dans le couloir. La pièce était doucement éclairée maintenant, pleine d'ombres bleues. Barbara déposa son sac sur l'un des canapés et s'approcha de la fenêtre ; elle sentit la brise sur son visage. Derrière son dos, elle entendit le cliquetis de cubes de glace qui tombaient au fond de verres. Elle se retourna et secoua négativement la tête.

Sidney reposa la bouteille sur le bar, sans l'ouvrir, et demeura immobile un moment, les yeux fixés sur Barbara.

— Vous voulez bien faire quelque chose pour moi ? demanda-t-il doucement.

Barbara fit signe que oui.

— Restez où vous êtes et tendez les bras.

Elle obéit. Il la regarda un instant encore, puis alla vers elle, très vite, et la prit dans ses bras.

— Mon Dieu, murmura-t-il, tout contre les cheveux de Barbara, c'est le plus beau spectacle du monde.

— C'est ce que je pense aussi de vous, dit Barbara.

Dans la chambre, il y avait des lits jumeaux, séparés par une table de nuit. Sidney et Barbara s'étaient débarrassés de leurs vêtements tout au long du living-room, avec la même hâte qui les faisait courir tout à l'heure dans la rue jusqu'au taxi. Ils s'arrêtèrent sur le seuil de la chambre, enlacés, regardèrent ces deux lits ridiculement étroits, et se mirent à sourire en même temps.

— Il faut prendre des décisions, dit Sidney, rien que des décisions.

— Oh, je vous aime.

Ils tombèrent sur l'un des lits et, cette fois, ce fut Barbara qui tendit la main et éteignit la lampe. Il venait encore assez de lumière du living-room pour qu'elle pût voir vaguement le profil de Sidney tandis qu'il se penchait sur elle. Comment n'avait-elle pas vu avant cet instant à quel point il était beau ? C'était un plaisir de regarder son visage. Oh ! je l'aime, songea-t-elle, je l'aime, vraiment. Le simple fait de savoir qu'elle l'aimait lui suffisait, même si elle n'en avait pas le droit. Elle sut que jamais auparavant elle n'avait vraiment aimé un homme.

Jamais auparavant elle n'avait éprouvé ce plaisir physique, à un tel degré, et elle comprit que c'était l'amour qui changeait tout. Elle ne savait pas qu'une telle habileté pouvait exister, et pourtant elle ne fut pas surprise car elle avait toujours pensé que Sidney Carter ferait tout bien, elle n'avait jamais eu de doute à ce sujet. La seule chose qui la surprit, ce fut sa réaction à elle : elle fut subitement une créature sans honte, faite entièrement de sensations et de mouvement, sans la moindre conscience de ce qui se passait en dehors d'elle-même et de Sidney. Elle s'entendit pousser un gémissement étranglé, mais elle s'en moquait éperdument.

Ils étaient baignés de sueur et, pourtant, cet aspect des rapports charnels qu'elle avait jadis trouvé déplaisant ne la dérangeait plus.

Après, il continua à la tenir dans ses bras un moment, jusqu'à ce que la brise qui entrait par la fenêtre leur parût froide ; il se redressa alors et remonta le drap.

— A quoi penses-tu ?

— A rien. Je pense que je suis heureuse, c'est tout.

— Moi aussi.

Mais, sous la fraîcheur du drap, elle revint à la réalité.

— Je vais probablement me retrouver enceinte, murmura-t-elle.

— Non. J'ai fait attention.

Elle saisit sa main et la serra et il serra la sienne. Ils demeurèrent un moment silencieux.

— Tu sais ? dit enfin Barbara.

— Quoi donc ?

— Je t'ai dit que je t'aimais.

— Oui, je sais. Plusieurs fois.

— Plusieurs fois !

Elle ne s'était pas rendu compte que c'était si terrible que cela.

— Cela ne t'ennuie pas ?

— Voyons ! dit-il, d'un ton presque désapprobateur. Pourquoi t'en voudrais-je ? J'aimerais pouvoir dire comme toi.

Il ferma les yeux. Sa voix, quand il parla de nouveau, était toujours tendue, presque furieuse.

— J'imagine que je t'aime, moi aussi.

— Tu n'as pas besoin de me dire ça, dit Barbara doucement. Je ne te demanderai rien.

Il était appuyé sur un coude et il caressait les cheveux de Barbara.

— Tu es Barbara Lemont, la jeune femme qui veut se marier, je ne l'oublie pas.

— Toutes les femmes veulent se marier.

— Je veux que tu te maries. Je veux que tu sois heureuse. Tu es si bonne.

— Je me marierai un jour, dit Barbara, s'efforçant de prendre un ton joyeux. Tu me l'as dit une fois et moi aussi j'ai de la mémoire.

— Avec toi, j'ai l'impression de me conduire en salaud.

— Pourquoi ? Je n'imaginais pas que je trouverais quelqu'un à aimer, et je t'ai trouvé. Il va donc de soi que je trouverai un jour quelqu'un à épouser, car c'est un miracle bien moins grand.

Il la prit dans ses bras et la serra fort sans dire un mot. Puis il la relâcha. Il avait une expression troublée.

— Habille-toi, dit-il. Nous allons descendre au bar prendre un verre.

Ils prirent deux verres au bar, en se tenant la main sous la table. Barbara se demanda si quelqu'un qui les verrait ainsi pourrait deviner qu'ils sortaient tout juste du lit. Elle jeta un coup d'œil dans une glace qui se trouvait derrière eux et elle sut qu'elle n'avait jamais été plus belle de sa vie. Elle se sentait calme, détendue et très heureuse.

A minuit et demi, il la ramena chez elle. Il monta avec elle et s'arrêta juste devant la porte de son appartement.

— Je n'entre pas, chuchota-t-il. Je ne veux pas que ta mère manque la dernière émission à cause de moi.

Barbara sourit.

— Quand te verrai-je ?

— Demain ?

— Entendu.

Il l'enlaça et demeura un instant immobile, les lèvres contre la joue de Barbara. Puis il murmura :

— Qu'allons-nous devenir ?

Elle ne pouvait pas lui répondre. Elle n'en savait rien.

Pendant toute la journée qui suivit, au bureau, une phrase stupide hanta Barbara, une phrase sortie tout droit des histoires de *Femmes d'Amérique*. *Je l'aime tant que je n'y vois plus clair*. Jamais elle n'aurait cru qu'elle penserait une chose pareille et, qui plus est, qu'elle y croirait. A l'heure du déjeuner, elle demeura enfermée dans son bureau à rêver, et elle se fit monter un sandwich. A cinq heures moins cinq, elle attendait dehors. Elle vit Sidney traverser la rue en toute hâte pour la rejoindre dès l'instant où il eut remarqué qu'elle l'attendait.

— Bonjour, dit-elle.

Elle avait l'impression que son sourire recouvrait son visage tout entier et qu'en plus elle était peut-être en train de rougir.

— Comme tu es jolie !

Il semblait troublé et il lui prit rapidement le bras.

Barbara trouva amusant que Sidney l'emmenât dans le bar pour hommes mariés où ils s'étaient rencontrés. Il y faisait très sombre et il n'y avait personne d'autre qu'eux et le barman occupé à faire briller des verres. Il était trop tôt encore pour la clientèle habituelle. Sidney commanda deux Martini.

— Il faut que je te quitte à sept heures, dit-il. J'ai un rendez-vous d'affaires.

— Ah… bon.

Elle lui saisit la main.

— Je suis contente d'avoir pu te voir quand même.

— Barbara, dit-il, ne me rends pas les choses difficiles, je t'en prie. J'ai tellement l'impression de me conduire comme un sale type. Je ne sais pas quoi te dire.

Elle retira sa main, croisa les bras et sourit.

— Je ne sais pas comment te le dire, fit-elle, imitant la solennité de la voix de Sidney, mais je suis marié. J'avais peur de te le dire de crainte que tu ne m'aimes plus.

Il lui rendit son sourire et elle vit alors combien il avait l'air las, comme quelqu'un qui souffre mais qui rit quand même parce que la plaisanterie est drôle, bien que le rire augmente sa douleur.

— Qu'est-ce qu'il y a ? demanda-t-elle.

Il leva son verre et lui fit un signe de sorte qu'elle leva aussi le sien et en but une gorgée.

— Je te prédis que l'année prochaine, à cette époque, tu boiras avec quelqu'un que tu aimes, dit-il.

— Qui ?

Mais elle savait ce qu'il voulait dire et elle ressentit un pincement douloureux d'avoir à se soumettre à une pareille discussion. Pourquoi Sidney avait-il besoin de tout gâcher ?

— Je ne sais pas encore, dit-il. Mais j'espère que tu m'avertiras quand tu l'auras trouvé.

— Bien sûr.

— Tu me téléphoneras et tu me diras : « Sidney, je suis amoureuse. »

Il lui sourit, cette fois avec son vrai sourire, plein de charme.

— Non, tu oublieras de m'avertir. Et alors, je saurai que tu l'aimes vraiment.

— Est-ce nécessaire que nous parlions de lui, quel qu'il soit ? Cela me met mal à l'aise.

— Etais-tu ivre hier soir ? demanda-t-il brusquement.

— Non. Pourquoi, j'ai fait quelque chose de stupide ?

— Non. Oh, mon Dieu, non. C'était juste pour me donner une porte de sortie pour échapper à ma conscience.

— Eh bien, je n'étais pas ivre et tu ne m'as pas séduite, récapitula Barbara, et, en l'occurrence, j'estime que tu ne devrais pas te sentir aussi coupable.

— A vrai dire, je ne me sens pas coupable.

Sans rien ajouter, il fuma sa cigarette. Quand elle fut consumée, il but son Martini et Barbara vida également son verre, presque comme un médicament, parce qu'elle sentait qu'elle en aurait besoin. Toujours sans parler, Sidney fit signe au garçon de renouveler leurs consommations.

— J'ai eu une drôle de journée aujourd'hui, dit enfin Barbara.

Elle se mit à décrire de menus incidents qu'elle pensait susceptibles d'amuser Sidney, bien que ce fût difficile de dire des choses gaies à quelqu'un qui faisait visiblement un effort pour ne pas se sentir déprimé. Ils vidèrent leurs verres, puis d'autres, tout en poursuivant une conversation qui aurait paru assez agréable à n'importe qui d'autre mais qui, en fait, Barbara s'en rendait douloureusement compte, était très tendue. Du bavardage, mais non plus cette fois entre deux êtres qui se rendent compte qu'ils vont s'aimer et qui apprennent tout l'un de l'autre. Il doit exister toutes sortes de bavardages, pensa Barbara, et le nôtre est celui qui signifie que tout est en train de mourir. Pourquoi ? *Pourquoi ?*

Sidney regarda sa montre.

— Il est sept heures moins le quart. Je ne me lèverai pas comme ça, tout simplement, pour m'en aller, tu le sais, n'est-ce pas ?

— … Oui.

— Je ne t'appellerai plus, dit-il. Mais si un jour tu as besoin de quelque chose, n'importe quoi, si tu as des ennuis ou si tu as besoin que je t'aide comme un ami qui tient beaucoup à toi, alors appelle-moi.

— Qu'est-ce que cela veut dire ? demanda Barbara, la gorge serrée.

— Cela veut dire, répondit-il en souriant, que je connais un peu plus la vie qu'une fille qui a la moitié de mon âge.

— Tu joues les pères nobles, tout à coup, dit Barbara d'un ton léger.

— La différence d'âge entre nous n'a absolument aucune importance pour moi, dit-il. Je crois que je me suis mal exprimé.

Barbara regarda ses mains. Elles paraissaient si abandonnées : elle était venue ici avec elles et bientôt elle repartirait avec elles, toujours vides.

— Il aurait mieux valu dire : « C'était très amusant, mais ainsi va la vie », dit-elle.

Elle s'efforçait de ne montrer aucune trace d'amertume sur son visage ni dans sa voix.

— N'est-ce pas ?

— Ne me mets pas en colère.

Des larmes montèrent aux yeux de Barbara.

— En colère ? En colère ? Tu me terrifies.

— J'aimerais t'embrasser maintenant, dit-il doucement. J'aimerais te prendre par la main, t'emmener dans ma chambre et t'y garder pendant un an.

Il se leva.

— Mais je vais cesser même de penser à ce genre de chose. Tu es prête ?

Elle ne se leva pas, mais demeura là, à le regarder.

— Tu aurais dû me dire tout cela hier soir, dit-elle d'un ton amer. Quand nous venions tout juste de sortir du lit et que tu m'aidais à remonter la fermeture Eclair de ma robe. Le moment aurait été mieux choisi.

Elle se leva alors, sans plus regarder Sidney, et prit son sac et ses gants. Elle suivit Sidney dehors. Le soleil de la fin de l'après-midi lui fit mal aux yeux.

— Je vais te ramener chez toi, dit-il.

— Je n'ai pas envie de rentrer tout de suite. Merci quand même. Je vais marcher un moment. J'irais bien faire des courses, mais les magasins ferment tôt aujourd'hui, c'est vendredi.

Elle leva les yeux vers lui brusquement.

— Mais oui, c'est vendredi. Je l'avais complètement oublié. Tu ne vas pas à Nantucket ?

— Je prends l'avion de huit heures, dit-il.

C'était plus dur que tout le reste. Il avait essayé de lui rendre les choses plus faciles en disant qu'il avait un rendez-vous d'affaires, mais, en réalité, il allait retrouver sa famille. Peut-être aimait-il Barbara, peut-être aurait-il plus de mal qu'elle-même à faire bonne figure au dîner, mais il allait quand même retrouver sa famille, *sa* vie, son train-train et, plus encore, une obligation. Elle se demanda quelle vertu trouver dans un devoir qui signifiait une vie sans amour, mais elle ne dit rien.

— Barbara, dit-il, je t'en prie.

— Tu m'as dit de t'appeler si j'avais besoin de toi, dit-elle. Si je t'appelle pour te dire que j'ai besoin de toi pour m'aimer, que feras-tu ?

Il ne répondit pas tout de suite.

— Je ne sortirai pas avec toi, dit-il enfin. Et tu sauras alors que je t'aime.

Elle le regardait, afin de se rappeler toujours tous les traits de son visage ; elle était incapable de supporter l'idée de le quitter et, en même temps, elle essayait de se maîtriser. Ne fais pas traîner les choses en longueur, se dit-elle, ne te rends pas ridicule. Il a visiblement envie de se débarrasser de toi. Sois aimable, dis les paroles qu'il faut, afin qu'au moins il garde de toi un bon souvenir, et non pas un souvenir désagréable.

Elle lui tendit une main immaculée dans son gant blanc très frais.

— Au revoir, dit-elle, ne manque pas ton avion.

Il lui prit les mains en hésitant.

— Si... commença-t-il, puis il se tut.

Un taxi passa et Sidney lui fit signe. La voiture s'arrêta au bord du trottoir.

— Au revoir, dit-il, et il ajouta stupidement : Embrasse ta petite fille pour moi.

— Embrasse ton fils pour moi. Et lis mes articles.

— Je n'y manquerai pas.

Il monta dans le taxi, qui s'éloigna. Barbara se mit aussitôt à marcher dans la direction opposée, afin que Sidney, si par hasard il se retournait, vît qu'elle avait déjà un endroit où aller.

Elle marcha pendant des heures, regardant les vitrines sans voir ce qu'elle avait sous les yeux, heurtant des gens et murmurant « Pardon » avec l'envie de frapper quelqu'un parmi tous ces corps insensibles. Elle souffrait tellement qu'elle avait du mal à respirer. Elle en venait presque à croire qu'on pouvait mourir d'avoir le cœur brisé. Quelle faute avait-elle commise ? Peut-être, se dit-elle, n'aurais-je pas dû coucher avec lui. Il m'a eue et c'est fini pour lui. Il y a des hommes comme ça. Mais ils ne renoncent pas après une seule nuit. Quand la partenaire leur donne satisfaction, ils reviennent, pendant un moment en tout cas. Je n'ai pas pu être aussi catastrophique au lit, j'en suis sûre. Et je ne lui ai pas demandé de m'épouser, je lui ai bien fait comprendre que j'étais seulement contente de le voir. Quelle faute ai-je commise ?

Elle avait peur de rentrer chez elle, car elle se sentait si fragile qu'elle savait que si quelqu'un lui disait quelque chose de désagréable, elle s'effondrerait. Sa mère ne l'attendait pas pour dîner et s'occuperait de Hillary. Elle passa devant un cinéma d'art et d'essai où il n'y avait pas la queue et entra. Elle s'assit à une place de côté, avec presque une rangée vide entre elle et les autres spectateurs. Elle était arrivée au milieu du film et, en regardant celui-ci, elle eut peine à distinguer les formes des acteurs et des objets. Ce n'était que du mouvement, de la blancheur et du bruit. Elle enfouit son visage dans ses mains et se mit à sangloter.

Le lundi, au bureau, Barbara essaya de se plonger dans le travail. On était sur le point de boucler un numéro et, par bonheur, tout le monde était pris par la frénésie des choses à faire à la dernière minute. Avec tant de travail, c'était plus facile de ne pas penser, mais chaque fois que le téléphone sonnait, Barbara sentait presque son cœur cesser de battre et lorsqu'elle décrochait et entendait la voix de quelqu'un d'autre que Sidney, elle avait de la peine à répondre d'un ton normal. Mais elle savait bien qu'il n'appellerait pas. Le mercredi, la directrice de la rubrique Beauté la fit venir dans son bureau.

— J'ai d'excellentes nouvelles à vous donner, Barbara.

Nous sommes deux, songea Barbara en regardant cette femme derrière son énorme bureau ; deux à aimer des hommes mariés. Maintenant, je vous comprends.

— Oui ? Lesquelles ?

— L'agence Sidney Carter a appelé pour dire qu'ils vont passer de la publicité pour le parfum Wonderful chez nous tous les deux mois pendant l'année à venir. Ils le font, disent-ils, parce qu'ils aiment beaucoup vos articles, et ce qu'ils veulent, c'est que vous vous chargiez de la publicité, une publicité rédactionnelle en somme. J'en ai parlé à Mr Bossart et il m'a dit qu'il ne voyait pas de raison pour que vous ne le fassiez pas puisque vous écrivez si bien.

— C'est de la folie, murmura Barbara. Je ne peux pas parler du même parfum tout le temps.

— C'est ce que nous avons pensé et c'est pourquoi nous avons décidé de vous donner deux articles mensuels à faire à partir du numéro de décembre. Dans l'un vous parlerez de différents produits, mais dans un style très personnel. Et l'autre sera un article d'ordre général sur la beauté, ce que vous avez fait jusqu'à maintenant. J'ai appelé Sidney Carter lui-même pour lui demander ce qu'il en pensait, et il m'a dit que c'était très bien, à condition que ce soit toujours vous qui rédigiez ces textes. Qu'est-ce que vous en dites ?

— Est-ce que je peux m'asseoir ? demanda Barbara d'une voix faible.

Elle se mit à rire.

— Bien sûr. Asseyez-vous. Et prenez une cigarette. Nous sommes tous très fiers de vous. Vous irez loin à *Femmes d'Amérique*, vous verrez.

Barbara accepta la cigarette, l'alluma et, aussitôt, la laissa tomber sur ses genoux. Elle se leva d'un bond, repoussant les étincelles.

— Je suis tellement excitée... Je crois que je ferais bien de descendre prendre un café. Je peux ?

— Allez-y, dit gaiement la directrice. D'ici quelques mois vous aurez une secrétaire qui vous apportera votre café.

Barbara descendit à la cafétéria en courant presque. Le café chaud lui brûla la langue et elle en renversa la moitié dans la soucoupe. Ainsi donc, Sidney avait fait cela pour elle. Pourquoi ? C'était un cadeau, visiblement, pour adoucir l'adieu, ou pour la remercier de leurs deux journées ensemble. Il n'était pas le genre d'homme qui envoie un manteau de vison ou un bijou ; s'il l'avait fait, elle lui aurait jeté son cadeau au visage. Il lui avait donné ce qu'il avait à donner, ce qu'il pensait qu'elle pouvait accepter le plus aisément. C'est donc ainsi que l'on avance dans la vie, songea Barbara avec amertume. J'apprends des choses. Peut-être après tout vais-je faire une brillante carrière.

C'est étrange, songea-t-elle à mesure que les jours passaient, d'être si excitée à l'idée de cette deuxième chronique, même si je sais pourquoi on me l'a donnée.

Des portes s'étaient ouvertes et, avec elles, une augmentation bienvenue et un prestige accru. Elle était plus affairée que jamais. Et quand, deux semaines plus tard, elle eut ses règles, elle eut le sentiment que cela mettait un terme à quelque chose de ténu mais d'important qu'elle avait connu avec Sidney et dont il ne restait plus rien. Physiquement, elle était exactement comme avant. Mais à bien d'autres égards, elle avait conscience d'avoir changé et elle se demandait si elle oublierait jamais cette rencontre.

18

On les voit dans l'autobus le matin : des jeunes filles qui lisent les journaux, des jeunes filles qui s'absorbent dans des romans ou d'autres qui regardent simplement dans le vide. Ce sont autant de masques, décorés avec des produits de beauté et derrière lesquels se dissimulent les pensées intimes, celles qu'on n'exhibe pas dans les transports en commun. Parmi ces jeunes filles, les unes vont à leur bureau parce que chaque jour les rapproche du succès dont elles rêvent, d'autres vont travailler parce qu'elles ont besoin d'argent pour vivre, et d'autres enfin y vont parce que c'est comme ça tous les jours de la semaine et qu'elles ne sauraient trop dire pourquoi. Elles vont vers leurs machines à écrire ou à calculer comme si c'était une antichambre où les jeunes filles attendent l'amour et le mariage. La jeune personne assise dans l'autobus et qui est si absorbée dans la lecture de son roman est peut-être en train de lire une histoire d'amour, mais peut-être ne fait-elle que regarder la page et penser à elle-même.

A l'automne de 1953, April commença à faire des préparatifs pour son mariage ; les mêmes préparatifs que Mary Agnes, et d'autres encore dont Mary Agnes n'avait même pas rêvé. D'abord, Dexter ne lui avait pas offert une bague, et il n'avait pas non plus voulu fixer de date. Ses projets étaient nébuleux au point d'être presque inexistants, mais April, qui avait toujours estimé qu'un mariage était avant tout l'affaire de la jeune fille et un ennui pour le fiancé, n'en avait pas moins déjà écrit à toute sa famille dans le Colorado pour annoncer que le grand jour ne tarderait pas et pour leur demander de lui faire savoir quand l'église serait libre.

Au cours de ce second été, elle avait vu les parents de Dexter plusieurs fois, mais brièvement : elle leur souriait à travers la salle pendant les bals du country-club de Hudson View, ou en passant devant eux sur la terrasse du club, mais elle était déçue de n'avoir pu les connaître mieux. Elle décida finalement qu'il devait y avoir un moyen et que, comme elle était plus jeune que la mère de Dexter, c'était à elle de rompre la glace.

— Ta mère m'a dit un jour qu'elle aimerait déjeuner avec moi, dit April à Dexter. Il y a très longtemps de cela. Je me sens gênée de ne jamais avoir rien fait à ce propos. Je vais lui téléphoner.

— Pour quoi faire ? demanda Dexter.

Il était occupé à lire le journal.

— Pour qu'elle déjeune avec moi. Tu crois que je peux ?

— Vas-y, dit Dexter, comme si l'idée ne lui en était jamais venue. Cela lui plaira probablement. Elle aime beaucoup les jeunes filles.

Je pourrais mettre mon tailleur vert sombre avec le petit col de vison, songea April. C'était la dernière chose qu'elle eût achetée avant qu'on lui coupât son crédit parce qu'elle n'avait pas payé sa note depuis huit mois. Elle avait eu très peur à un moment que les magasins ne viennent lui reprendre les vêtements non payés, mais ils n'en avaient rien fait et s'étaient contentés de lui envoyer des lettres de menace et de lui téléphoner pour la prévenir qu'elle serait poursuivie. Quand, enfin, elle avait touché son augmentation de l'été, April avait commencé à payer partiellement ses dettes. Elle ne voulait pas aller en prison et que la famille de Dexter s'imaginât qu'il épousait une fille malhonnête. Elle n'avait pas de sens pratique, voilà tout.

Le lendemain matin, pas trop tôt, April appela la mère de Dexter de son bureau, mais la bonne dit que Mrs Key était déjà sortie. April laissa son nom et le numéro de son bureau. A cinq heures et demie, la mère de Dexter n'avait pas encore rappelé et comme tout le monde avait quitté le bureau depuis longtemps et qu'April avait un peu peur d'y rester toute seule, elle décida de rappeler.

— Mrs Key ?

— Qui est à l'appareil ?

— April.

Il y eut une pause. La voix, à l'autre bout du fil, était un peu hésitante.

— Pardon ?

— April. L'amie de Dexter.

— Oh… oh, bien sûr, April, l'amie de Dexter. Comme je suis sotte. Bien sûr.

Mrs Key se mit à rire.

— Vous savez, quand vous avez laissé votre nom ce matin, « Miss Morrison », je ne comprenais pas de qui il pouvait s'agir. C'est pourquoi je ne vous ai pas rappelée.

Quelle femme bizarre ! se dit April. Dexter doit lui avoir parlé de moi des milliers de fois. Elle est peut-être ivre, ou malade. Ces gens de la haute société boivent comme des trous.

— Comment allez-vous ? demanda April poliment.

— Très bien, merci. Et vous-même ?

— Très bien, merci. Je suppose que vous vous demandez pourquoi je vous appelle ?

Le rire que fit entendre Mrs Key était un peu embarrassé, mais elle faisait un net effort d'amabilité.

— En effet, je me le suis demandé.

— J'aimerais que vous déjeuniez avec moi un jour de la semaine prochaine, si vous êtes libre.

— Oh ! mais… c'est gentil, ça. Y a-t-il une raison spéciale ?

— J'ai simplement pensé que nous devrions faire plus ample connaissance, dit April timidement.

— Vous êtes un ange, mon petit… vraiment. Il faut que je consulte mon agenda.

— Je ne quitte pas.

La pause fut très brève.

— Voyons, dit Mrs Key. Je suis navrée, mais la semaine prochaine, c'est pratiquement impossible. J'ai quelque chose tous les jours.

— Et la semaine d'après ? Je suis libre tous les jours.

— Est-ce que je peux vous rappeler ?

— Bien sûr, dit April, déçue. Vous n'avez pas besoin de me prévenir longtemps à l'avance, je m'arrangerai toujours pour me rendre libre...

— Je vous appelle, alors.

— Vous avez mon numéro ?

— La bonne l'a noté, il doit donc être quelque part. Je le trouverai.

— Je vais vous le redonner, dit April vivement.

Elle le fit, lentement, de façon que la mère de Dexter pût le noter.

— Je suis à ce numéro tous les jours de neuf heures à cinq heures de l'après-midi. C'est mon bureau. J'attends de vos nouvelles.

— Merci d'avoir appelé, dit Mrs Key. C'était très gentil à vous.

April raccrocha et demeura un moment la main sur l'appareil. Une pensée lui traversa l'esprit, une de ces vilaines pensées qu'il vaut mieux chasser si l'on ne veut pas être de ces gens qui se sentent toujours persécutés. *Je jurerais qu'elle ignorait qui je suis pour Dexter.* On aurait dit, à l'entendre, que je la mettais mal à l'aise. Mettre la mère de Dexter mal à l'aise ! Quelle idée !

Lorsqu'elle retrouva Dexter pour le dîner, un peu plus tard, April se demanda comment lui raconter la chose. Elle ne voulait absolument pas qu'il s'imaginât qu'elle trouvait sa mère un peu impolie ou, ce qui était pire, un peu bizarre.

— J'ai… téléphoné à ta mère, dit-elle enfin.

— Oui, dit-il, apparemment ravi et amusé, elle me l'a dit. Je l'ai appelée ce soir et elle m'a dit qu'elle trouvait cela tout à fait chou de ta part.

— Tout à fait chou… répéta April doucement.

— Tu veux plusieurs oignons dans ton cocktail ou un seul ?

— Dexter ! Est-ce que ta mère ne m'aime pas ?

— Comment veux-tu que je le sache ? demanda Dexter, irrité. Elle te connaît à peine.

April se sentit rougir.

— Je voudrais qu'elle m'aime.

Dexter sourit.

— Elle t'aimera. Un jour, je t'emmènerai à une de ses réceptions et tu feras plus ample connaissance avec elle.

— Elle ne s'est pas… fâchée, quand tu lui as dit que nous allions nous marier ?

— Fâchée ? Pourquoi se fâcherait-elle ?

— Certaines mères sont plus exclusives que d'autres, tu sais. Je pensais qu'elle pouvait t'en avoir touché un mot.

Dexter prit très soigneusement son verre, de façon à ne pas en renverser, et il but une gorgée. Il semblait passionné brusquement par le mécanisme du verre et du liquide.

— En fait, avoua-t-il d'un ton détaché, je ne lui ai rien dit.

— Dexter ! s'écria April, stupéfaite. Pourquoi ?

— Je comptais passer une agréable soirée, dit Dexter. Tu préfères qu'on se dispute, c'est ça ?

April n'aurait jamais cru qu'elle avait tant de courage, mais le choc, l'indignation et la peur la rendaient audacieuse.

— Ce dont j'ai envie, c'est de savoir si toi et moi allons nous marier.

Il la regarda droit dans les yeux un moment, puis il fronça les sourcils.

— Sache donc que non, dit-il posément.

— Dexter, ne me taquine pas, dit April d'une voix tremblante.

Elle essaya de rire, mais le son qui sortit de sa gorge était si pathétique qu'il lui parut ressembler plutôt à un miaulement de chat.

— Je n'ai pas le sens de l'humour très développé pour ces choses. Il y a trop longtemps que j'attends.

Il souriait presque.

— Cela a donc été si ennuyeux ?

— Ennuyeux, alors que tu as failli me faire périr d'une crise cardiaque ? dit April.

Elle se leva, alla vers lui et lui mit les bras autour du cou ; elle posa la tête sur son épaule.

— Je ne pourrais pas vivre sans toi, tu le sais.

Il était si raide qu'elle avait l'impression d'embrasser un étranger.

— Cela a peut-être été une erreur de continuer si longtemps, dit-il. Je ne sais pas. Mais tu savais ce que tu faisais. Je t'ai dit il y a un an que je ne forçais jamais personne à faire quoi que ce soit. Je ne veux pas avoir la sensation d'être responsable de ton malheur.

— Tu es responsable de tout le bonheur que j'ai connu, dit April. Et du reste aussi. C'est comme ça, quand les gens s'aiment, ils ont de l'influence l'un sur l'autre.

— N'importe quel homme pourrait te rendre malheureuse, dit-il. Il n'aurait qu'un geste à faire, et tu serais malheureuse.

Il parlait d'un ton un peu agressif, comme s'il essayait de se justifier.

— Tu ne connais rien à la vie.

— A la vie ?

— Oui, à la vie.

Il éleva le ton.

— La vie, ma chérie ! Tu n'y connais rien du tout.

— Je la connais très bien, dit April. Je sais tout ce que j'ai envie de savoir sur la vie.

Elle hésita un instant, puis elle dit :

— Je continue à faire des cauchemars à propos de mon enfant.

Dexter s'éloigna d'elle.

— Ce n'est pas de cela que je voulais parler, dit-il.

— Tu m'avais dit que nous nous marierions au printemps, dit April. Puis tu as dit que ce serait à l'automne. Que dois-je penser ? Je croyais évidemment que nous allions nous marier bientôt, tu me l'avais promis.

Jamais elle ne l'avait vu aussi démonté. Il semblait presque avoir peur.

— Je te l'ai promis quand ? demanda-t-il.

— Tu ne veux pas m'épouser ? *Jamais ?*

— Quel besoin avais-tu de faire cela ? demanda-t-il d'un ton larmoyant.

— Faire quoi, Dexter ?

— Tout placer sur un plan tellement émotionnel.

— *Emotionnel ?* Comment peux-tu dire cela après une année de vie commune ?

— Tu as vingt et un ans, dit Dexter. Cela compte donc tellement, une année de ta vie ?

— Oh, Dexter ! Il n'y a donc rien de sacré pour toi ?

— Tu dis toujours cela.

— C'est vrai !

— Bon, dit-il, furieux. Puisque tu prétends que c'est vrai, c'est que c'est vrai. Insulte-moi. Je suis un débauché, n'est-ce pas ?

Il était enfoncé dans un coin du divan, le visage caché par les genoux, et il tirait de grosses bouffées de sa cigarette.

— Qu'est-ce que tu as ? lui demanda April, inquiète.

— Rien.

— Tu es fâché parce que j'ai appelé ta mère ?

— Qu'est-ce que cela peut me fiche que tu appelles ma mère ou pas ? Appelle toute ma famille si cela te fait plaisir.

April le regardait en se mordillant le pouce, comme elle faisait toujours quand elle était excitée ou nerveuse, et mille pensées se bousculaient dans son esprit. Une année plus tôt, si Dexter s'était conduit de cette façon – et cela lui arrivait quelquefois –, elle aurait fait une crise de nerfs. Mais, maintenant, elle y était habituée et, qui plus est, elle-même avait changé. Surtout depuis sept mois, depuis ce qu'elle appelait secrètement la mort de son enfant. Elle n'était pas devenue plus dure, mais elle avait compris la valeur de la force, celle qui naît du désespoir même et qui permet à une femme de quarante kilos en train de se noyer de mettre en difficulté un sauveteur imprudent. Elle ne savait qu'une chose, c'était qu'elle devait survivre, et survivre, pour elle, c'était espérer et aimer. Quand Dexter parlait de mariage, elle devait le croire. Quand il remettait ce mariage, elle devait lui pardonner et garder l'esprit fixé sur la date future. C'était comme cela qu'elle survivrait. Mais les réactions de Dexter étaient si imprévisibles et elle-même était si naïve que les choses ne marchaient jamais aussi bien qu'elle l'aurait voulu.

— Dexter, dit-elle, si tu ne veux pas d'un grand mariage à l'église, nous pouvons tout simplement nous marier un jour à la mairie. Je voulais un mariage à l'église, mais j'y renoncerais volontiers pour toi.

Il lui lança un regard vide d'expression.

— J'y tenais beaucoup, continua April, qui se mit à bafouiller tant elle avait de mal à soutenir ce regard impitoyable. Mais je veux faire ce que toi tu veux. Je sais que cela représente beaucoup d'ennuis pour toi d'aller jusque dans le Colorado… et d'ailleurs, c'est une coutume idiote, au fond… Je suis assez new-yorkaise maintenant…

— De quoi parles-tu ?

— De notre mariage, dit April.

Il alluma une autre cigarette au mégot de la première.

— Tu n'as pas besoin de faire de projets si longtemps à l'avance.

— Mais nous sommes déjà en septembre.

— Je ne me marierai pas cet automne, dit Dexter.

— Pourquoi ?

— Pourquoi ? Pourquoi ? Comment cela, pourquoi ? Tu ne crois pas qu'une femme devrait laisser à l'homme le soin de faire la demande en mariage ?

— Si, bien sûr… dit April, crispant ses mains derrière son dos, mais tu l'as faite, et maintenant je ne fais que parler des détails.

— Je t'ai déjà demandée en mariage ? Tu vois une bague ?

— Tu as dit : « Nous pourrions nous marier au printemps », je m'en souviens. Voilà ce que tu as dit. Et plus tard, tu as dit que tu prenais tes vacances à l'automne et que l'Europe était un endroit parfait pour faire un voyage de noces.

— Et tout cela constitue une demande en mariage ?

Comment pouvait-il être aussi cruel ? Il était pire ce soir qu'il ne l'avait jamais été, elle avait peine à le reconnaître.

— Nous… pourrons… nous… marier… au… printemps, répéta-t-elle, refoulant ses larmes.

— J'ai dit cela il y a très longtemps. Tu sais, quand on trouve un paquet dans l'autobus et que personne ne le réclame pendant quatre-vingt-dix jours, il n'appartient plus à son propriétaire. Un bail cesse d'être valable au bout d'un certain temps. Pendant combien de temps estimes-tu que cette phrase que j'ai prononcée par hasard demeure valable ?

Il y avait eu des moments, auparavant, dans la vie d'April, où elle avait cru qu'elle était incapable de souffrir davantage, mais maintenant elle savait que c'était faux. Cette fois, c'était pire que tout et, qui plus est, elle ne comprenait pas. Le monde s'écroulait, plus rien n'avait de sens, Dexter devenait brusquement un scélérat. Son visage même avait changé et portait les stigmates de la dissimulation et de la peur. Mais, malgré la terreur, la douleur, la colère qu'elle éprouvait, April ne pouvait s'empêcher de remarquer combien ce visage était beau et combien elle l'aimait, et elle avait envie d'embrasser Dexter et de lui demander de sourire et de mettre fin à cette scène horrible.

Dexter se leva, alla dans la petite cuisine et jeta dans l'évier le reste de son cocktail.

— Tu veux sortir dîner, demanda-t-il, ou tu veux qu'on reste ici à se disputer toute la nuit ?

— Nous ne nous disputons pas. Nous parlons de notre avenir, le tien et le mien. Je… je ne suis pas le genre de fille qui peut vivre avec un homme et simplement… continuer comme ça indéfiniment. J'ai toujours pensé que nous nous marierions.

— Vivre ensemble ? Nous ne vivons pas ensemble, dit Dexter, indigné.

— Nous… nous *couchons* ensemble !

Il leva les bras au ciel.

— J'imagine que tu vas me le reprocher aussi. Comme tout ce que je fais ou dis.

April le regarda.

— Cela ne représente rien pour toi, n'est-ce pas ?

Il lui sourit alors et elle le retrouva presque.

— Bien sûr que si, mon chou, dit-il.

April reconnut sa voix mais, cette fois, elle la comprit aussi, enfin. C'était une voix ronronnante, heureuse, apaisante, mais dans laquelle il n'y avait pas d'amour et April se demanda comment elle avait pu l'écouter pendant un an sans avoir remarqué cela. Bon, Dexter ne l'aimait pas. C'était tellement énorme qu'elle n'en saisissait pas toute la portée, aussi chassa-t-elle cette pensée de ses préoccupations immédiates. Peut-être n'était-il pas capable d'aimer vraiment. Ce n'était pas à elle de comprendre. Il avait envie d'être avec elle, c'était tout ce qui comptait. C'était une forme d'amour. Si Dexter ne pouvait faire que cela, elle pouvait s'en contenter et même en être reconnaissante.

— Je ne vais plus te parler de mariage, dit-elle d'une voix tremblante pour essayer de l'apaiser. Nous en reparlerons une autre fois.

— Il n'y a rien à dire.

— Quand prends-tu tes vacances ?

— Je pensais les prendre à la fin du mois, dit Dexter. Maintenant, je crois que je les prendrai la semaine prochaine.

— Qu'est-ce que tu vas faire ?

— Je ne sais pas.

April faillit dire : Tu avais parlé d'aller en Europe, mais elle se retint. Il pourrait de nouveau prendre la mouche. Elle se contenta d'indiquer :

— J'ai toujours eu envie d'aller aux Bermudes. Une fille de mon bureau y est allée pour son… je veux dire en juin dernier, et elle m'a dit que c'était merveilleux.

Elle attendit qu'il dise une phrase quelconque qui prouverait que rien n'avait changé, qu'il avait toujours l'intention de l'emmener.

— Je ne sais pas où j'irai, dit-il.

— J'ai gardé mes vacances, dit April. J'ai deux semaines. Comme toi.

— Je prendrai peut-être un mois pour aller en Europe.

C'était comme de se faire creuser une dent chez le dentiste, au bout d'un moment cela faisait si mal qu'on ne le remarquait même plus, qu'on s'installait dans la douleur en perdant toute notion de temps et de lieu.

— Tu n'y vas pas seul ? dit April.

— Si je trouve une fille pour venir avec moi, je n'irai pas seul, dit Dexter.

Il passa dans la salle de bains et se mit à se peigner devant la glace. April l'aperçut par la porte ouverte et se rappela la première fois où elle était venue dans cet appartement, cet été, il y avait si longtemps : il s'était regardé dans la glace de la même façon après avoir tenté de l'embrasser. Et combien de fois depuis l'avait-elle regardé se coiffer après l'avoir embrassée et lui avoir fait l'amour ? Si bien que, maintenant, ce simple geste avait pour elle une grande importance sentimentale. Elle se demanda si elle serait de nouveau capable d'observer un homme en train de se repeigner devant une glace sans ressentir le même mélange de bonheur et de désespoir.

— J'ai rencontré une fille à une soirée, dernièrement, continua-t-il. Je lui demanderai peut-être de venir avec moi.

— Une… fille ?

— Oui.

— Tu emmènerais une fille que tu ne connais pas ? s'écria April.

Il était penché vers le miroir et essayait de mettre en place une ondulation dans ses cheveux avec deux doigts.

— Je lui demanderais de sortir quelque temps avec moi, avant, bien sûr, pour voir si nous nous plaisons.

— Comment peux-tu emmener une autre fille ?

C'était plus un cri de douleur qu'une question, et toutes sortes de pensées affluèrent à l'esprit d'April.

— Je ne peux pas t'emmener toi, dit-il comme si c'était la chose la plus raisonnable du monde. Tu essaierais de faire passer ça pour une fugue amoureuse qui doit se terminer à la mairie. Tu me rebattrais les oreilles sur la durée de notre relation et tu pleurerais sur le temps que je t'ai fait perdre. Si c'est le cas, mieux vaut pour toi que j'arrête tout de suite.

— Oh, Dexter, implora April, cesse de t'en prendre ainsi à moi. Je n'ai jamais dit que tu m'avais fait perdre mon temps. J'ai simplement parlé du temps que nous avons passé ensemble parce que je trouve que cela crée un lien. Maintenant arrête de parler comme ça… je t'en prie, chéri.

— Je parle sérieusement, insista-t-il.

Il sortit de la salle de bains, rajustant les pointes de sa pochette.

— Tu commencerais à sortir avec une autre fille ?

— Avec autant de filles que je pourrai en trouver.

Cette idée parut le ravir.

— Comme ça, aucune ne pourra me dire que je lui ai fait perdre une année de sa vie.

— Et moi ? demanda April d'une petite voix terrifiée.

— Je t'ai invitée à dîner ce soir.

— Et… demain ?

— Tu ferais mieux de prendre rendez-vous avec quelqu'un d'autre.

Plus tard, lorsqu'elle fut seule chez elle, April se rappela chaque mot de cette conversation. Tout ce que Dexter lui avait dit lui revint en mémoire, inexorablement ; et ses propres réponses, qui paraissaient si logiques, si intelligentes et si aimantes et qu'il n'avait pas paru comprendre du tout. Ils avaient dîné ensemble, ou plutôt ils étaient restés assis l'un en face de l'autre tandis que Dexter mangeait et qu'elle-même refoulait ses larmes et tripotait vaguement sa nourriture dans son assiette. Elle ne put même pas boire pour s'enivrer, elle était incapable d'avaler quoi que ce soit. Elle avait gardé les yeux fixés sur le visage de Dexter, essayant de le comprendre, de l'atteindre, de découvrir pourquoi ce qui les avait liés s'était effondré si brusquement et de façon si irréparable. Ce fut le repas le plus long et le pire qu'April eût jamais supporté de sa vie, et pourtant ce fut aussi le plus court car Dexter avait bien dit, sans aucun doute possible, qu'il ne comptait plus revoir April.

— Je crois que c'est plus facile ainsi, dit-il. Une rupture nette. Inutile de traîner de dispute en dispute. Je veux rompre tout de suite.

— Je t'en prie, dit April, attends après Thanksgiving. Je t'en prie. Je ne peux pas supporter l'idée de passer ces jours de vacances seule. Pour Noël, j'irai chez moi, mais pour Thanksgiving…

— C'est dans deux mois ! dit-il, indigné.

— Cela ne fait pas si longtemps.

— Non, dit Dexter. Je veux que ce soit tout de suite.

Le lendemain, elle n'eut pas le courage d'aller au bureau et elle téléphona pour dire qu'elle était malade. Ce n'était d'ailleurs pas faux ; elle était malade, en effet. Elle avait le visage blanc avec des taches rougeâtres, les yeux rouges d'avoir pleuré et ses lèvres portaient les marques de ses dents parce qu'elle les avait mordues. Elle avait la gorge douloureuse. Elle ne pouvait pas demeurer allongée sur son lit parce qu'alors elle était obsédée par ses pensées ; elle arpentait donc la chambre, toujours vêtue de la robe qu'elle avait mise pour prendre un verre et dîner la veille. A onze heures, elle appela Dexter à son bureau.

— De la part de qui, s'il vous plaît ? demanda sa secrétaire.

— Miss April Morrison.

— Je suis désolée, Miss Morrison, Mr Dexter n'est pas là.

Elle semblait désolée, en effet, elle était peut-être au courant. April appela Dexter chez lui et laissa le téléphone sonner dix fois. Elle l'appela de nouveau à son bureau à midi, à trois heures, à quatre heures et à quatre heures et demie. Chaque fois, la secrétaire semblait un peu plus désolée. Entre ces appels, April téléphona à l'appartement de Dexter. Elle n'obtint aucune réponse. Elle sut alors pourquoi la secrétaire semblait si désolée. N'importe quelle femme compatissante détesterait avoir à mentir à une autre femme si évidemment malheureuse.

19

A la fin de l'automne, Caroline Bender s'aperçut qu'elle sortait avec Paul Landis depuis un an.

Elle ne voyait là rien de sentimental, elle s'étonnait seulement de l'avoir fréquenté aussi longtemps sans noter la moindre différence dans ce qu'elle éprouvait pour lui ; tout juste se sentait-elle peut-être plus à l'aise, comme avec un vieil ami. Jamais encore elle n'était sortie régulièrement avec le même garçon pendant une si longue période, excepté avec Eddie, dont elle était amoureuse. C'est une preuve d'endurance, se dit Caroline, mais de la part de qui ? Je me le demande.

Elle dit à Paul que c'était le premier anniversaire de leur rencontre, le lendemain soir, au dîner. Il en parut beaucoup plus ému qu'elle.

— Il faut fêter cela ! dit-il, l'air excité.

Il commanda aussitôt une bouteille du meilleur champagne.

Tout en observant Paul par-dessus le rebord de sa coupe de champagne, Caroline ne put s'empêcher de penser : Jamais il n'oubliera l'anniversaire de sa femme ou celui de leur mariage. C'était un sentiment réconfortant. Et pourtant, Caroline en éprouvait une certaine peine car elle savait qu'elle ne pourrait jamais parvenir à aimer Paul suffisamment pour l'épouser, de sorte qu'elle ne profiterait jamais de tous ces petits gestes attentionnés. C'était sa deuxième année à New York et elle avait appris que les hommes attentionnés y étaient rares. Elle y avait croisé des garçons du genre de Dexter – qu'elle détestait à cause de sa conduite envers April –, beaux, charmeurs et si contents d'eux-mêmes qu'ils ne cherchaient même pas à s'en cacher ; ou bien elle était sortie avec d'autres, très nombreux, recommandés en général par une femme plus âgée et pleine de bonne volonté qui ne la connaissait pas vraiment, ni même le futur bon parti : « Il y a un gentil garçon que tu devrais rencontrer. » Pour ces marieuses amateurs, le simple fait que Caroline porte une jupe et leur protégé un pantalon semblait suffire à les jeter au cou l'un de l'autre. Et il restait la grande majorité des hommes, aussi peu intéressés par elle qu'elle par eux, qui continuaient à lui téléphoner de temps à autre pour un dîner ou un cocktail, parce qu'eux aussi voyaient le temps passer. C'était agréable d'être avec quelqu'un comme Paul, qui tenait vraiment à elle, et elle connaissait des filles qui avaient épousé des hommes comme Paul pour cette seule raison et aussi parce qu'elles avaient très envie de se marier.

De plus en plus souvent, durant cette morne période, elle s'était surprise à penser à Eddie. Si je l'avais épousé, je serais heureuse aujourd'hui, je n'aurais pas à supporter tout ça, se répétait-elle tout en ajoutant : Je n'aurais pas non plus ce merveilleux travail. Caroline savait cependant au fond de son cœur que, si le choix s'offrait de nouveau à elle, elle n'hésiterait pas à lâcher sa situation pour être l'épouse d'Eddie. Peut-être pourrait-elle continuer à travailler quelques années : Eddie serait fier d'elle et content si c'était ce qu'elle souhaitait. Paul aussi, supposait-elle ; mais il était toujours tellement plongé dans son travail et ses dossiers qu'il avait l'air de considérer ce qu'elle faisait un peu comme une distraction, surtout depuis qu'il avait déclaré tout net après avoir jeté un coup d'œil à deux ou trois Derby Books qu'il s'agissait de lecture pour demeurés.

— Il faut que nous fassions quelque chose de spécial ce soir, disait Paul. Il est trop tard pour avoir des billets de théâtre. Pourquoi ne m'avez-vous pas prévenu plus tôt que c'était l'anniversaire de notre rencontre ?

Elle eut envie de répondre qu'elle n'avait pas cru que c'était tellement important, mais elle se contenta de sourire et de hausser les épaules.

— Je serais tout aussi contente d'aller au cinéma, Paul, franchement.

— Sûrement pas. Nous allons réserver à l'Ange Bleu.

Paul lui tint la main pendant le spectacle. Caroline songea qu'elle avait toute une collection de pochettes d'allumettes d'endroits fastueux comme celui-ci, jetées çà et là sur des tables dans le petit appartement qu'elle continuait à partager avec Gregg. En les voyant, on pouvait penser qu'elle menait une vie folle. Quelle image typique pour quelqu'un qui ne connaîtrait pas New York : l'appartement d'une jeune fille qui travaille, avec des bas séchant au-dessus de la douche, des vêtements éparpillés au moment de partir pour le bureau, un bout de fromage et du jus d'orange en boîte dans le réfrigérateur et peut-être une bouteille de vin aussi, des moutons de poussière sous les divans parce qu'on ne pouvait faire le ménage que pendant le week-end, et encore, et toutes ces pochettes d'allumettes aux brillantes couleurs portant les noms de restaurants célèbres, de sorte que même si l'on ne réussissait à prendre que deux repas convenables dans la semaine, on avait de quoi allumer ses cigarettes tous les jours avec le souvenir de ces festins.

Cet appartement qui avait jadis paru si merveilleux à Caroline lui semblait maintenant trop petit. Elle rêvait d'un living-room et d'une chambre séparés afin que Gregg et elle puissent avoir un peu d'intimité. Mais elle n'était pas encore prête à vivre seule, car elle n'avait pas les moyens de payer l'appartement qu'elle aurait aimé, et aussi parce qu'à certains moments elle se sentait très seule et qu'elle était contente de trouver en rentrant quelqu'un à qui se confier. De plus, c'était plus sûr à cause de Paul. Il n'était pas homme à essayer de coucher avec elle s'il ne la sentait pas consentante, mais depuis quelque temps il se faisait tout de même de plus en plus tendre et Caroline s'efforçait de le tenir à distance comme elle le pouvait. Cela lui était plus facile de mentir et de dire :

« Gregg a quelqu'un ce soir et je crois qu'ils aimeraient être seuls », ou bien « Gregg s'est couchée tôt ce soir », et de s'en tenir ainsi à un bref échange de baisers dans le couloir. Paul habitait chez ses parents, de sorte qu'il n'avait pas de garçonnière où l'entraîner. Caroline songeait avec amusement que Paul, à vingt-sept ans, avait des idées si conventionnelles sur ce qui se fait quand on sort ensemble que, pour lui, on ne flirtait qu'à la fin de la soirée. On embrassait la fille chez elle, après lui avoir offert cocktail et dîner. C'était une espèce de marché.

Caroline l'aimait bien, vraiment, et elle avait envie d'être gentille avec lui. Mais que pouvait-elle lui donner ? De l'amour ? Du sexe ? Sa compagnie, bien sûr, deux fois par semaine, mais c'était pour lui à la fois une satisfaction et une déception. D'autres hommes trouveraient peut-être qu'elle était une garce de les « faire marcher » si longtemps. Ou alors qu'elle était le genre de jeune fille innocente qu'ils cherchaient depuis toujours. Ce que Paul pouvait penser demeurait un mystère. Il gardait ses sentiments bien cachés. Mais peut-être, se disait Caroline avec remords, les sentiments de Paul éclataient-ils depuis toujours dans ses yeux, peut-être était-ce elle qui refusait délibérément de les voir.

Quand le spectacle fut terminé, Paul paya l'addition, ils sortirent et firent quelques pas dans la nuit d'automne qui commençait à devenir fraîche.

— Vous avez froid ? demanda-t-il en la regardant. Vous semblez avoir froid.

— Non, je suis très bien.

— Vous êtes sûre ?

— Oui.

Sans qu'elle pût dire pourquoi, la sollicitude de Paul, ce soir, l'agaçait. Etait-ce parce qu'il la dorlotait trop ou parce qu'elle s'en voulait à elle-même de ne pas lui en être plus reconnaissante ? Si elle l'avait aimé, comme elle aurait été heureuse de l'entendre s'inquiéter de savoir si elle avait froid ou non. Alors qu'en fait sa seule réaction était : Je suis assez grande pour m'occuper de moi toute seule. Dans son esprit flottait l'image d'un manuscrit qu'elle avait laissé à moitié lu seulement sur son bureau lorsqu'elle était partie à cinq heures pour rejoindre Paul. C'était un roman passionnant et elle aurait beaucoup donné, en cet instant, pour pouvoir savoir ce qui se passait ensuite. Elle aurait dû l'emporter pour terminer de le lire, pelotonnée dans son lit, avant de s'endormir.

— Je peux vous donner mon manteau si vous avez froid, dit Paul. Ou bien nous pouvons prendre un taxi.

— Prenons un taxi, dit-elle.

Cela irait beaucoup plus vite que de marcher et elle serait bientôt rentrée. Elle se sentait brusquement si déprimée qu'elle avait du mal à parler.

Elle s'arrêta devant la porte, la clé dans la serrure.

— Est-ce que je peux entrer une minute ? demanda Paul.

Pourquoi pas ? Qu'il entre, qu'il retourne chez lui, qu'est-ce que cela pouvait bien faire ?

— Entrez donc, dit-elle.

Elle alluma la lumière et Paul l'aida à ôter son manteau et le suspendit dans la penderie.

— Vous avez envie de boire quelque chose ? lui demanda-t-elle.

— Volontiers, répondit Paul, ravi. Un scotch, si vous en avez. Mais avec beaucoup de soda. J'ai déjà assez bu ce soir.

Moi aussi, probablement, se dit Caroline. Je me sens tellement lasse. Elle s'affaira dans la cuisine.

— Je suis désolée. Nous n'avons plus de soda. Cela vous est égal de boire votre scotch avec de l'eau plate ?

— Ce sera très bien.

Paul s'installa sur l'un des divans et alluma une cigarette. Il avait mis la radio et tourna le bouton jusqu'au moment où il trouva un poste qui diffusait un programme de musique classique. Caroline comprit qu'il se préparait à rester un bon moment et cela ne fit que la rendre plus déprimée encore. Elle n'avait aucune envie de faire la conversation ni de se laisser embrasser pendant un quart d'heure. Elle avait envie de le renvoyer, d'éteindre la lumière pour se mettre au lit, la tête sous l'oreiller, et de pleurer.

Sans savoir pourquoi elle faisait cela, elle prépara à Paul un scotch très fort. Elle remplit la moitié du verre de scotch avant de mettre trois cubes de glace et de l'eau. Elle effectua le même dosage pour elle puis apporta les deux verres dans la pièce et s'assit sur le divan à côté de Paul.

Paul était de très bonne humeur ce soir-là, tout le contraire d'elle. Il lui ébouriffa un peu les cheveux.

— Rapprochez-vous de moi, je me sens seul.

Au lieu d'obéir, Caroline s'éloigna de lui.

— Moi aussi, je me sens seule, dit-elle.

Elle s'efforça de ne pas prendre un ton pathétique, mais le simple fait d'avoir prononcé ces mots la fit se sentir plus seule que jamais.

— Alors, venez ici.

Elle était assise tout au bord du divan, les mains croisées sur ses genoux. Elle secoua la tête pour dire non.

— Est-ce qu'il vous arrive de vous sentir déprimé ? demanda-t-elle.

— Quelquefois.

— Que faites-vous dans ces cas-là ?

Il haussa les épaules et but une gorgée du liquide couleur caramel.

— Je vais me coucher, si je peux. Je ne suis déprimé que lorsque j'ai trop travaillé.

— Vous savez, dit Caroline, quelquefois, quand Gregg rentre tard, je suis encore réveillée et nous restons là à boire du lait et à bavarder interminablement. Le temps passe avec une rapidité folle. Je regarde l'heure et il est deux heures du matin, et, tout de suite après, il est quatre heures et demie.

— Elle doit être très intéressante.

— Oh, elle a un grand sens de l'humour, mais ce n'est pas cela. A trois heures du matin, nous sommes extrêmement sérieuses toutes les deux. Nous parlons surtout de nous-mêmes et… croyez-le ou pas… de la vie.

— Et qu'apprenez-vous au sujet de la vie au milieu de la nuit ?

— Rien, dit Caroline. C'est là l'ennui.

— Vous ne serez pas fâchée si je vous dis une chose que je pense à propos de vous ? demanda Paul.

— Pas du tout.

— Vous prenez tout beaucoup trop au sérieux.

— Moi ?

Il avait presque terminé son verre et son élocution n'était pas tout à fait aussi claire et précise que d'habitude.

— Pourquoi diable avez-vous besoin de prendre les choses tellement au sérieux ? Où tout cela va-t-il vous mener ? C'est bien d'aimer son travail, il faut qu'une fille ait une occupation jusqu'à ce qu'elle se marie, mais vous, vous vivez avec à chaque instant de la journée. Vous êtes beaucoup trop ambitieuse et le pire, c'est que vous vous battez contre des moulins à vent. Si vous aviez un talent de chanteuse d'opéra, de peintre ou d'astrophysicienne, je dirais tant pis, c'est inévitable. Un artiste ou un génie ne peut pas s'empêcher de faire ce qu'il fait. Mais vous, vous vous cassez la tête pour votre petite maison d'édition de troisième ordre.

— Elle n'est pas si petite que ça, dit Caroline, vexée.

— Vous croyez sincèrement que ce que vous faites, une autre fille ne pourrait pas le faire à votre place, cinq minutes après votre départ ?

— Puisque vous êtes tellement aimable ce soir, dit Caroline, laissez-moi vous dire que vous êtes loin d'être un maître du barreau. Mais cela ne vous empêche pas de vivre avec votre travail vingt-quatre heures sur vingt-quatre et d'en parler chaque fois que vous n'êtes pas à votre bureau ou chez vous penché sur un dossier.

— C'est différent, dit Paul.

— Pourquoi ?

— Parce que c'est ma carrière, c'est une partie intégrante de ma vie. Qu'est-ce que je ferais si je ne faisais pas cela ? Je mourrais de faim ou je deviendrais un débauché, suivant mes possibilités financières. Ni l'une ni l'autre de ces perspectives ne m'attirent.

— C'est exactement pareil pour moi, dit Caroline indignée. Qu'est-ce que je ferais ? Je n'aurais plus qu'à rester chez moi à Port Blair et à me polir les ongles en attendant un mari ? Nous ne sommes plus au siècle dernier. Les jeunes filles doivent faire quelque chose, de nos jours.

— Vous pourriez vous marier si vous le vouliez, dit Paul.

Elle se mit à boire avec un air d'intense concentration, pour éviter de dire ce qu'il ne fallait pas.

— Moi-même, dit Paul, je vous épouserais bien si vous m'y poussiez ne serait-ce qu'un peu.

Le ton était ironique et sentimental à la fois, et la diction un peu imparfaite à cause du scotch trop fort. Mais, même ivre, Paul Landis demeurait précis, intelligent et prudent. Il attendait la réaction de Caroline. Si elle faisait une plaisanterie, il répondrait sur le même ton, si elle disait qu'elle l'aimait depuis toujours, il tomberait à genoux et lui demanderait sa main. Comme ce serait facile, songea Caroline, et comme tout serait facile après, pour toujours.

— Vous n'êtes pas encore mûre pour le mariage, dit Paul au bout d'un moment, voyant qu'elle ne répondait pas. Je pense que vous êtes trop heureuse de mener la vie que vous menez en ce moment.

Heureuse ? songea Caroline. Heureuse ? Oh, mon Dieu non, mais c'est que je ne vous aime pas.

— La vie de jeunes filles en dortoir continue à vous amuser, dit Paul. Mais faites attention. Ne vous y attachez pas trop, car cela deviendrait un piège.

— Bien, dit Caroline.

Elle était trop lasse pour discuter. Elle regarda sa montre et se leva.

— Il est terriblement tard.

Il se leva.

— Je partais. Il faut que je sois au bureau de bonne heure demain matin.

Ils allèrent vers la porte, Caroline se tenant assez loin de Paul pour qu'il ne puisse pas tendre le bras et l'enlacer.

— Merci pour cette agréable soirée, dit-elle.

— Tout le plaisir a été pour moi.

Devant la porte, ils s'arrêtèrent. Paul prit Caroline par la taille et l'attira vers lui, mais elle détourna la tête, de sorte qu'il l'embrassa sur une joue. Elle s'appuya contre son épaule.

— J'ai une affreuse migraine, murmura-t-elle, se demandant s'il allait accepter un tel mensonge. J'imagine que c'est la gueule de bois que je mérite, mais elle vient quelques heures trop tôt.

Il ne la lâcha pas.

— Je veux simplement vous garder contre moi une minute, dit-il d'un ton presque bourru.

Caroline mit ses bras autour de la taille de Paul et ils demeurèrent ainsi un moment, appuyés l'un contre l'autre. Lui aussi a besoin de tendresse, songea-t-elle, j'en suis sûre. Oh, Paul, je souhaiterais de tout mon cœur pouvoir vous donner cette tendresse et que vous puissiez me la donner à moi, et que cela suffise.

Il s'écarta d'elle enfin et il prit son chapeau sur la commode.

— A samedi. Je vous appellerai d'ici là, dit-il. J'ai hérité de deux places pour l'opéra. Mes parents partent pour l'Europe.

— Entendu. Bonne nuit, Paul. Dormez bien.

En refermant la porte, elle entendit Paul descendre allègrement l'escalier. Il sifflotait. Je l'envie, se dit Caroline, d'être occupé et content de la vie. La fille de ses rêves rejette sa demande en mariage ; il se dit que ce sera charmant d'aller à l'opéra. Peut-être devrais-je essayer d'être comme lui. Demain, au bureau, cela ira mieux. Demain, quelque chose de bien arrivera dans ma vie. C'est toujours comme ça, quand tout va très mal.

Ce qui arriva le lendemain, c'était une chose à quoi Caroline n'aurait jamais pensé, même en rêve. Elle était dans son petit bureau lorsqu'elle vit entrer Miss Farrow, les bras chargés de manuscrits tellement poussiéreux et coupés aux bords par les rubans de caoutchouc qui les retenaient qu'ils semblaient avoir traîné dans un coin pendant des mois.

— Je pense que vous aurez le temps de les lire, n'est-ce pas ? dit Miss Farrow.

Sans attendre une réponse, elle posa les manuscrits sur la table de Caroline.

— Qu'est-ce que c'est ?

— Des manuscrits que j'avais en lecture. Je liquide mon stock.

Miss Farrow eut un petit sourire plus satisfait que vraiment heureux.

— Je m'en vais vendredi.

— Vous vous en allez !

— On va faire passer une note de service dans les bureaux pour avertir tout le monde.

Caroline ne savait trop que dire. « Je vous félicite ! » Ou alors : « Je suis navrée ! » La première pensée qui lui vint à l'esprit, c'était que Miss Farrow avait été renvoyée, mais elle savait que c'était impossible. Elle se dit tout de suite après que Miss Farrow avait trouvé une place plus agréable, mais cela paraissait presque aussi ridicule. Caroline se décida donc pour une phrase qui était un compromis :

— Quelle surprise cela va être pour tout le monde ! dit-elle.

— Je regrette de partir si précipitamment et de laisser tout en plan, dit Miss Farrow. D'autant que j'avais enfin mis ma secrétaire au courant. Mais je ne peux pas faire autrement.

— Où… allez-vous ? risqua Caroline.

Le sourire de Miss Farrow s'accentua.

— Je vais me marier. Mon mari va transférer son usine en Californie, de sorte que je suis obligée de quitter Fabian, bien sûr.

— Mais c'est merveilleux ! s'écria Caroline, un peu abasourdie. Je vous souhaite tout le bonheur du monde.

— Merci.

— Quand vous mariez-vous ?

— Vendredi ou samedi. A la campagne probablement.

Miss Farrow avait changé d'expression, elle paraissait plus douce. Ou plutôt moins dure, moins méfiante, moins hystérique. Et puis, tout d'un coup, Caroline comprit à quoi tenait ce changement : Miss Farrow ne portait pas de chapeau, et ses cheveux roux, tirés en un chignon très chic, étincelaient sous la lumière du plafonnier. Caroline se sentit prise d'une brusque sympathie pour elle. Elle s'en allait, le monstre partait. Enfin, elle n'était plus quelqu'un à craindre et à détester, elle n'était qu'une femme qu'un homme avait trouvée assez féminine pour l'épouser. Caroline se leva et tendit la main à Miss Farrow :

— Vous allez nous manquer, dit-elle.

Miss Farrow avait une main froide et mince, avec des ongles longs et pointus.

— Je vous écrirai de temps en temps de Californie, dit-elle en souriant. Mais je vous verrai encore avant de partir.

Elles échangèrent une poignée de main, comme deux hommes, et Miss Farrow sortit.

A quatre heures et demie, la secrétaire de Mr Shalimar fit savoir à Caroline que celui-ci désirait la voir. Après avoir hâtivement vérifié son maquillage dans le miroir de son poudrier, Caroline se dirigea en hâte vers le bureau de Mr Shalimar. Elle ne l'avait pas vu depuis plus de deux mois, excepté brièvement dans le couloir, et lui aussi semblait avoir changé. Il lui sembla plus petit, moins autoritaire, moins effrayant. En fait, plus personne au bureau n'avait peur de Mr Shalimar, on le considérait comme un vieil homme plutôt pitoyable et peut-être le savait-il. L'histoire de son comportement lors de la dernière fête de Noël s'était immédiatement répandue, donnant à toutes les dactylos et employées qui avaient subi les pelotages ou les embrassades de Mr Shalimar le courage de raconter leurs mésaventures en chuchotant et en pouffant.

— Ah, Miss Bender, dit-il d'un ton presque joyeux. Asseyez-vous. Ici, près de moi.

Il désigna une chaise à Caroline qui y prit place avec circonspection.

— Je ne vous vois presque plus, dit-il.

Il lui sourit et ajouta :

— Vous devez m'éviter.

— Non, non, pas du tout, s'empressa-t-elle de dire. C'est parce que j'ai beaucoup travaillé. C'est ce que vous voulez, n'est-ce pas ?

— Tout de même, vous devriez venir me voir de temps en temps, dit Mr Shalimar. J'aime être tenu au courant de ce que font mes lecteurs préférés.

Caroline ne savait si elle devait se méfier ou être ravie. Elle trouvait l'attitude de Mr Shalimar pour le moins étrange. Elle ne dit rien.

Mr Shalimar prit une feuille dactylographiée sur sa table.

— Vous savez, bien entendu, que Miss Farrow nous quitte. J'avais d'abord pensé prendre quelqu'un pour s'occuper de ses auteurs, mais l'idée m'est venue que j'avais sur place plusieurs jeunes lectrices intelligentes qui pourraient très bien faire ce travail.

Il tendit à Caroline la feuille qu'il tenait à la main.

— Voici une liste des auteurs de Miss Farrow et des romans que certains d'entre eux ont en préparation. C'est vous qui vous en occuperez désormais.

Caroline sentit son cœur bondir de joie. Elle prit la feuille comme si c'était un document original et rare et la regarda. Les auteurs de Miss Farrow ! Le dessus du panier, pour la plupart !

— Merci, dit-elle.

— Vous aurez à travailler dur, l'avertit Mr Shalimar. Vous devrez vous tenir au courant de ce que fait chacun de ces auteurs, les encourager, leur écrire s'ils n'ont rien fait pour nous depuis un moment, revoir leurs manuscrits et même les écouter vous raconter leurs ennuis.

— J'en serai ravie !

Mais, déjà, au milieu de sa joie, une idée lui traversait l'esprit.

— Il me faudra des notes de frais pour emmener mes auteurs déjeuner.

— Vous en aurez.

— Du même montant que celles de Miss Farrow. Il ne faut pas que ces auteurs pensent que c'est une vague employée qui s'occupe d'eux désormais. Ils seraient vexés.

— Les sommes allouées à Miss Farrow étaient très faibles.

Il essaie de s'en tirer à bon compte, songea Caroline. Le menteur !

— Je sais, dit-elle, mentant à son tour, elle m'a dit de combien elle disposait.

— En ce cas, vous aurez la même chose, bien sûr.

— Merci.

Elle baissa modestement les yeux puis, rassemblant son courage, regarda de nouveau Mr Shalimar en face.

— Je pense que puisque Noël est très proche, j'aurai une augmentation en accord avec mon avancement. J'aimerais bien qu'elle soit de vingt dollars par semaine. Je sais bien que Miss Farrow touche davantage, mais cela me semble un juste compromis.

— Oh, pour l'augmentation, je ne sais pas, dit Mr Shalimar. Après tout, ce nouveau travail est un honneur pour vous. Vous aurez quelque chose, bien sûr, mais, si j'étais vous, je ne compterais pas sur vingt dollars. La maison n'est pas si riche que cela.

La vieille crapule, songea Caroline. Maintenant je sais pourquoi il estime que les « jeunes lectrices intelligentes » peuvent très bien faire le travail de Miss Farrow. A moitié prix, c'est cela qu'il veut dire.

— J'espère que vous garderez quand même ma demande d'augmentation présente à l'esprit, dit Caroline.

Elle se leva.

— Et merci encore. J'essaierai de faire du bon travail.

— Venez me voir de temps en temps, dit Mr Shalimar en lui faisant un petit salut.

De retour dans son bureau, Caroline relut avec excitation la liste de ses nouveaux auteurs. Déjà, elle en voulait moins à Mr Shalimar d'avoir essayé de la duper financièrement. Bien sûr, elle avait toujours voulu le poste de Miss Farrow mais jusqu'alors ce n'était qu'un rêve. Plus maintenant. Elle ferait du bien meilleur travail que Miss Farrow – ce ne serait pas difficile – et elle aurait une augmentation. Et des notes de frais. Elle était vraiment directrice littéraire maintenant, comme Miss Farrow, comme Mike. *Directrice littéraire !*

20

Les fêtes, dans une grande ville, ont ceci de pénible que c'est une période où tout le monde se sent contraint d'être heureux. A la campagne, dans une grande maison, on fait des préparatifs de Noël des jours et des jours auparavant. Dans une ville impersonnelle comme New York, les gens qui sont originaires d'autres lieux rêvent d'aller chez eux où les fêtes réunissent la famille et tous ceux qu'ils aiment. Ceux qui restent parce qu'ils n'ont pas de famille se serrent les uns contre les autres à mesure qu'approche la période cruciale : ils boivent, ils rient et ils chassent de leur esprit leurs souvenirs, et les plus sophistiqués d'entre eux s'exclament : « Oh, je déteste Noël ! »

Tandis que Noël approchait et que l'année se mourait lentement au milieu des lumières étincelantes, April Morrison ne se décidait pas sur ce qu'elle allait faire. Irait-elle passer les fêtes chez elle ? Elle souffrait tellement de l'abandon de Dexter et elle avait tellement honte d'affronter tous ses parents à qui elle avait dit qu'elle se marierait à l'automne qu'elle avait envie de rester à New York et de se cacher. Et puis, à New York, il y avait Dexter Key, quelque part, faisant quelque chose, vivant et, peut-être, enfin accessible. En dépit de son chagrin, elle ne pouvait s'empêcher d'être fascinée par les lumières de la Cinquième Avenue, par l'arbre de Noël gigantesque de Rockefeller Center avec ses boules énormes. Et les vitrines ! Les gens qui défilaient lentement, contenus par des cordons de velours, et qui admiraient les vitrines illuminées, tout en écoutant leurs enfants s'exclamer de joie. April aimait tout cela d'un cœur de touriste extasié, mais cela l'attristait aussi car lorsqu'elle regagnait enfin son appartement, le petit arbre de Noël qu'elle avait dressé sur la table pliante lui semblait solitaire et artificiel parce qu'il n'y avait personne qu'elle aimait pour le regarder avec elle.

Elle savait que, pour le réveillon de Noël, les parents de Dexter donnaient une grande réception. Tous leurs amis et beaucoup d'amis de Dexter y assistaient sans qu'il y eût besoin de cartons d'invitation pour cela. L'année précédente, April n'y était pas allée parce qu'elle se trouvait dans le Colorado. Mais elle connaissait l'adresse.

C'était peut-être fou, mais tant pis. L'idée de ce qu'elle allait faire rendait April heureuse pour la première fois depuis que Dexter l'avait quittée. Lorsqu'elle revêtit, le soir du réveillon, sa plus belle robe, ses mains tremblaient. Elle s'était fait coiffer, elle avait mis vingt minutes à se maquiller. Elle se dit qu'elle avait l'air de Cendrillon se rendant au bal, et c'était peut-être ce qu'elle était. En tout cas, le prince serait là.

Elle prit un taxi pour se rendre chez les parents de Dexter afin de ne pas être décoiffée par le vent en chemin. Elle arriva à onze heures moins le quart. C'était assez tard pour que personne ne remarquât son entrée et, dans le cas contraire, tout le monde serait si gai à ce moment-là qu'on serait toujours content de voir arriver une jolie fille de plus. Lorsqu'elle sortit de l'ascenseur, elle entendit le bruit de la réception sur le palier. Elle sonna.

Une femme de chambre en robe noire brillante et petit tablier blanc lui ouvrit la porte.

— Entrez, dit-elle, le vestiaire des dames est par ici.

April suivit la femme de chambre, tout en regardant autour d'elle. L'appartement semblait immense, avec des pièces hautes de plafond pleines de meubles français et de miroirs. Dans l'une des pièces, le fumoir, on avait installé un vestiaire. La bonne suspendit le manteau de cachemire d'April, son manteau de l'année dernière, entre un manteau de vison et un autre de loutre noire.

— Entrez dans le living-room, dit-elle.

Puis elle repartit vivement, laissant April seule.

Elle découvrait enfin l'appartement des Key : tout ici lui plaisait, car tout lui rappelait la présence de Dexter. Ce bureau ? Peut-être son ancienne chambre d'enfant. En passant, elle jeta un coup d'œil par les portes entrouvertes. Elle vit une pièce avec un grand lit – la chambre de ses parents peut-être –, et une chambre d'amis, ou bien la sienne autrefois ? Elle aurait voulu se précipiter à l'intérieur et contempler tous ces objets qui devaient être autant de souvenirs.

Mais elle se fraya un chemin à travers la foule jusqu'à une table où était dressée une grande coupe de punch et elle en accepta un verre de la main d'un maître d'hôtel. Près de la table, il y avait un grand arbre de Noël qui montait jusqu'au plafond et dont les basses branches étaient cachées par des monceaux de cadeaux joliment enveloppés. Cela ressemblait à l'arbre qu'April avait coutume de voir dressé chez elle, et cela lui redonna de l'espoir sur la façon dont allait se dérouler cette soirée.

Elle chercha Dexter des yeux. Tout d'abord, elle ne le vit pas dans la foule des invités puis elle l'aperçut, grand, brun, et terriblement proche. Il était debout auprès d'une fenêtre, un verre à la main, et parlait avec une jeune fille beaucoup plus petite que lui, de sorte qu'April avait du mal à la distinguer par-dessus les têtes des gens. Dexter, songea-t-elle, oh, Dexter !

Sa main tremblait tellement qu'elle faillit renverser du punch sur sa robe. Elle vida le contenu de son verre pour s'en débarrasser, sans même en remarquer l'agréable goût fruité. Il y avait de l'alcool dedans, du gin probablement. C'est peut-être exactement ce qu'il me faut, se dit April, et elle retourna chercher un autre verre, tout en surveillant Dexter du coin de l'œil. Elle avait envie de se glisser auprès de lui par-derrière et de le surprendre, comme si rien ne s'était passé entre eux, mais elle avait peur de faire un pas.

— Salut, dit quelqu'un.

Elle leva les yeux, affolée. C'était un ami de Dexter, un garçon au visage neutre et aux courts cheveux bruns.

— Oh… vous vous appelez Chet, n'est-ce pas ?

— Oui. Comment ça va, April ?

— Très bien.

Elle lui sourit nerveusement, se demandant comment elle pourrait se débarrasser de lui.

— Je ne vous ai pas vue depuis cet été, dit Chet.

Elle se le rappelait plus nettement maintenant, c'était le garçon qui lui faisait toujours de vagues avances quand Dexter n'était pas dans les parages. Elle n'avait pas réussi à déterminer s'il l'aimait bien ou s'il était simplement un peu coureur, et s'il savait pour Dexter et elle. Peu lui importait maintenant : elle avait seulement envie de mettre un terme à cette conversation de pure politesse pour s'approcher de Dexter.

— Vous êtes ici avec quelqu'un ? demanda Chet.

— Je… non… oui.

— Oui, ou non ?

Il lui souriait.

— Non, on m'a invitée simplement.

— Moi aussi, je suis seul, dit-il, ravi. Est-ce que je peux aller vous chercher à boire ?

— Pas tout de suite, merci. Il faut que je voie quelqu'un.

— Dexter ?

— Pourquoi Dexter ? demanda-t-elle vivement.

— Parce que vous étiez très amis tous les deux dans le temps.

Lui souriait-il ou se moquait-il d'elle ?

— Nous le sommes toujours, dit April, et comme il est le maître de maison, je veux lui dire bonjour. Je vous verrai tout à l'heure.

Il lui fit un petit salut.

— Moi je vous verrai, si vous ne me voyez pas. Bonne chance.

Elle s'approcha de la fenêtre, sans quitter Dexter des yeux. Puis elle fut juste devant lui, si près qu'elle sentait l'odeur de la lotion qu'il utilisait. Cette odeur l'émut au point qu'elle vacilla presque sur ses jambes.

— Dexter, dit-elle.

Il la regarda. Son visage demeura parfaitement impassible, aucune expression ne s'y peignit, ni de surprise, ni d'ennui, ni même de plaisir instinctif.

— Tiens, bonjour, dit-il.

Il se retourna vers la jeune fille avec qui il était et fit les présentations :

— Ruth Potter, April Morrison.

— Enchantée.

Les deux jeunes filles se mesurèrent un instant du regard. Ruth Potter était petite, elle avait un visage rond et une robe verte. Elle décida visiblement très vite qu'April n'était qu'une invitée parmi d'autres et non une rivale ; elle sourit donc et dit :

— Je vous verrai tout à l'heure, Dexter. Bunny me tuera si je ne vais pas lui présenter mes hommages.

Sur quoi, elle se dirigea vers un autre groupe.

— Qui est-ce ? demanda April.

— Une vieille amie.

Déjà Dexter commençait à s'éloigner.

— Il faut que j'aille chercher un autre verre.

— Tu es étonné de me voir ?

— Evidemment.

— Il… y a longtemps que je ne t'ai vu.

— Comment vas-tu ? demanda-t-il enfin, comme s'il se rappelait brusquement sa bonne éducation.

— Oh, Dexter, murmura April. Oh, Dexter… J'ai été tellement malade. Tu ne peux pas savoir.

Elle avait les yeux pleins de larmes et elle luttait pour empêcher sa voix de se briser. Elle ne voulait pas faire une scène, ce n'était pas pour cela qu'elle était venue.

— Qu'est-ce qui se passe ? demanda Dexter qui, pour la première fois, semblait légèrement préoccupé.

— C'est si épouvantable, murmura-t-elle.

— Quoi donc ? s'enquit-il d'un ton plus soucieux.

— Je ne pouvais pas dormir, je ne mangeais rien. J'ai perdu cinq kilos.

— Mais *pourquoi* ?

Elle ne trouva rien à répondre. Elle savait ce qu'il attendait, il aurait voulu l'entendre lui répondre qu'elle avait été malade, il attendait une catastrophe. Rien de moins ne le satisferait maintenant, car elle avait éveillé sa curiosité et il était inquiet. Elle ne s'en rendit compte que trop tard.

— Tu me manques tellement.

— Ah.

L'inquiétude que Dexter avait paru éprouver un instant se transforma en agacement.

— C'est *tout* ?

Elle lui toucha le poignet, essayant de lui prendre la main.

— Tu es le seul homme que j'aie jamais aimé, murmura-t-elle. Tu as été mon premier amour. Je t'aime tant. Je t'en prie, donne-moi encore une chance.

— De quoi ? demanda-t-il en retirant sa main comme un chat qui fait le gros dos face à un humain assommant qui essaie de le caresser.

— Nous pourrions recommencer, nous voir. Je ne te parlerai jamais de mariage. Je t'en prie, voyons-nous. J'ai envie de te parler…

Dexter jeta des regards furtifs autour de lui.

— Est-ce que tu comptes faire une scène devant mes amis ?

— Ne pouvons-nous aller parler quelque part ? Pour un instant seulement. Dans le fumoir…

Il la regarda avec une évidente impatience.

— Bon.

Il la précéda, souriant à des invités qui le saluaient au passage, et April le suivit aveuglément, repoussant les gens qui lui barraient la route. Ils entrèrent dans la chambre d'amis et Dexter ferma la porte derrière eux.

— Et maintenant, qu'est-ce que tu veux me dire ?

Elle ne pouvait pas parler, elle pleurait. Elle aurait tant voulu qu'il la prît dans ses bras, qu'il lui caressât les cheveux, qu'il fît n'importe quoi qui montrerait qu'elle ne lui était pas indifférente, que son chagrin l'affectait. Mais il ne fit rien de tout cela : il se contenta de rester là, son verre vide à la main, et de la regarder.

— Qu'est-ce qu'il y a ? demanda-t-il enfin.

— Je te téléphone et tu ne réponds pas, sanglota April. Je veux seulement entendre ta voix, cela me serait même égal que tu ne me demandes pas de sortir avec toi. Je ne peux pas supporter de ne pas être avec toi.

— A quoi cela servirait-il de nous parler au téléphone ? demanda Dexter. Tu finirais forcément par demander que nous nous voyions, ce que je ne veux pas.

— Mais pourquoi ?

— Je regrette de ne rien avoir apporté à boire, dit-il. Je ne peux pas supporter de continuer cette discussion stupide sans boire. C'est le réveillon, après tout. Qu'est-ce que tu essaies de faire ?

— Dexter, dit April, je vais te poser une question. Réponds-moi la vérité et je ne t'ennuierai plus.

— Qu'est-ce que c'est ?

C'était le moment terrible, celui qui n'aurait jamais dû arriver et qui était inévitable cependant.

— Est-ce que tu m'as jamais *vraiment* aimée ?

Dexter la regarda, puis haussa les épaules.

— Je ne me suis jamais posé la question, dit-il.

Que pouvait-elle dire d'autre ? C'était fini. Il avait oublié, ou alors il avait peur, ou peut-être disait-il la vérité. Peu importait. Tout était fini.

— Merci, dit April doucement.

Elle s'essuya les yeux avec son mouchoir et se moucha.

— C'est tout ce que je voulais savoir.

— Je retourne là-bas maintenant, dit Dexter. Arrange-toi et viens faire la connaissance de mes amis. Bois un peu. Puisque tu es là, tâche de t'amuser.

Il alla vers la porte et l'ouvrit.

— Dexter !

— Quoi ?

— Je veux seulement te dire une chose. Je t'aimerai toujours, aussi longtemps que je vivrai.

— Certainement pas, dit Dexter d'un ton calme.

Il sortit et ferma la porte de la chambre derrière lui.

Lorsque April émergea de la même chambre, une demi-heure plus tard, elle n'était plus la même. Elle s'était lavé le visage, remaquillée et recoiffée. Mais c'était l'expression de son visage qui la faisait paraître tellement différente. Elle pouvait, en se regardant dans la glace, se juger presque objectivement, tant elle était devenue une autre. Jolie fille, se dit-elle, mais pas tendre. Le genre de fille qui ne fait rien d'autre que d'aller à des soirées, boire et flirter, et rire, rire, rire.

Elle sortit de la chambre la tête haute et alla droit au bar où elle but deux scotchs secs. Curieusement, elle qui n'avait jamais aimé le goût de l'alcool l'appréciait, ce soir. Elle n'avait pas dîné, aussi prit-elle une cerise et une olive dans des coupes. Cela lui suffit. Elle ne regardait nulle part parce qu'elle ne voulait pas voir Dexter ; elle buvait et souriait, simplement.

Elle sentit une main se poser sur son bras.

— Je savais bien que je vous reverrais, dit Chet. Puis-je vous tenir compagnie ?

— Bien sûr.

— Qu'est-ce que vous buvez ?

— Du scotch.

— Vous avez bien raison. Boire du punch, c'est perdre son temps.

— C'est le cas de bien des occupations, dit April gaiement. Alors, on cherche quelque chose de mieux.

— Exactement, dit Chet. Exactement.

Il lui mit la main sur la taille.

— Vous avez une cigarette ?

— Voilà.

Il la lui alluma. C'était peut-être la quatrième cigarette qu'elle fumait dans sa vie, mais elle aspira profondément la fumée sans l'avaler et se sentit mieux après.

— Merci, dit-elle.

— Un autre verre ?

— Volontiers.

Ils firent s'entrechoquer leurs verres pleins et April sourit à Chet. Celui-ci lui passa un bras autour de la taille.

— Vous êtes vraiment drôle, dit-il. Je regrette que nous ne soyons jamais parvenus à mieux nous connaître.

— Pourquoi, c'est trop tard ?

— Vous croyez que c'est trop tard ?

— Quand c'est trop tard pour s'amuser, dit April gaiement, autant mourir.

— Buvons à cette vérité.

Ce qu'ils firent.

Dexter passa devant le bar avec Ruth Potter. April vit deux Dexter et deux Ruth Potter. Elle avait l'impression d'avoir les joues brûlantes. Dexter évitait de la regarder, mais elle savait qu'il était conscient de sa présence. Qu'il pense donc que tout cela lui était égal. Elle souriait si fixement qu'elle avait l'impression de grimacer.

— Il fait chaud ici, vous ne trouvez pas ? dit Chet.

— Terriblement.

— Je ne m'entends même pas parler.

— Moi non plus.

— Allons en ville dans un bistro agréable et commençons joyeusement Noël avec un grog bien chaud, dit Chet. Vous avez des visites de famille à faire demain ?

— Je n'ai pas de famille à New York.

— Parfait. Ma famille à moi ne m'attend pas avant quatre heures. Nous aurons largement le temps de soigner nos gueules de bois.

Elle alla dans le fumoir chercher son manteau pendant que Chet l'attendait devant la porte. Quand ils quittèrent l'appartement, April essaya de ne penser à rien d'autre qu'au prochain verre qu'elle boirait et qui la ferait se sentir mieux encore. Chet s'assit très près d'elle dans le taxi et elle fit comme s'il n'était pas là. Mais elle sentait sa chaleur et c'était réconfortant de sentir la chaleur d'un être humain, même s'il existait à peine pour elle. Elle entendit ses oreilles tinter.

— Joyeux Noël, dit Chet.

Il l'enlaça et se mit à l'embrasser. Il avait posé sa main juste au-dessus de son décolleté, et cette main était très froide.

21

Le soir de la Saint-Sylvestre, à neuf heures, Mary Agnes Russo De Marco s'habillait pour aller à un réveillon.

— Chéri, remonte ma fermeture Eclair, s'il te plaît, dit-elle à Bill, son mari.

Il s'exécuta, non sans effort.

— Tu grossis, dit-il tendrement.

Ils échangèrent un sourire radieux. Elle était enceinte, leur enfant devait naître en été, et Mary Agnes n'avait envie que de manger, manger sans arrêt. C'était probablement la dernière fois qu'elle pourrait entrer dans cette robe, mais cela lui était bien égal, elle avait déjà toute une garde-robe de future mère dans sa penderie et elle avait hâte de l'étrenner.

— Franchement, dit-elle, je n'aurais jamais cru que Dotty et Bo finiraient par organiser ce réveillon. Je pensais que nous n'aurions rien à faire ce soir.

— Nous aurions pu organiser un réveillon chez nous.

— Evidemment. Mais nous n'aurions pas pu faire grand-chose après tout ce que nous avons dépensé pour notre mariage et notre lune de miel.

— C'est vrai, dit-il.

Et, de nouveau, ils échangèrent un sourire radieux.

— On sera combien ?

— Une douzaine, à mon avis.

— Est-ce qu'il y aura du champagne, tu crois ?

— Je l'espère, dit Mary Agnes avec une certaine inquiétude. Je ne peux pas imaginer un réveillon du jour de l'an sans champagne. Et toi ?

— Moi non plus.

— Il faudrait peut-être leur en apporter une bouteille, dit Mary Agnes. Qu'est-ce que tu en penses ?

— Oui… pour être sûrs.

— Est-ce que nous en avons les moyens ?

— Bien sûr, dit Bill. Une bouteille seulement. Après tout, ce ne serait pas un réveillon de nouvel an, sans champagne.

Le soir de la Saint-Sylvestre, à onze heures, Gregg Adams et David Wilder Savage quittaient discrètement un appartement où le réveillon battait son plein. Ils fermèrent la porte doucement, afin que personne ne les entende, et coururent jusqu'à l'escalier, la main dans la main.

— Chut, dit David.

Ils arrivèrent hors d'haleine au rez-de-chaussée.

— Pourquoi les gens sont-ils tellement vexés quand on quitte leur réveillon ?

— Parce qu'ils s'ennuient affreusement quand il ne reste que quelques personnes ; à ce moment-là ils sont obligés de se parler.

— Oh…

Elle rit et ils coururent jusqu'à un taxi qui les emmena chez David. Celui-ci alluma le feu dans la cheminée et plaça une bouteille de champagne frappé et deux coupes de cristal sur la table basse. Il mit une pile de disques sur le phonographe et s'assit sur le divan à côté de Gregg.

— Et maintenant, dit-il, nous allons accueillir la nouvelle année en toute tranquillité.

D'une main, Gregg tenait la main de David et de l'autre elle jouait avec un petit cœur en or qu'elle portait attaché à une mince chaîne autour du cou. David le lui avait offert pour Noël et elle ne l'avait jamais enlevé depuis lors, pas même pour prendre un bain. Elle comptait ne jamais l'enlever, tant qu'elle ne serait pas mariée avec David, ou un autre. Elle avait eu terriblement envie d'une bague de fiançailles, mais David n'était évidemment pas homme à lui en donner une : il avait offert à Gregg un cadeau sentimental qui pouvait être considéré comme significatif ou comme rien du tout. Un cœur, c'était l'amour. Mais un petit cœur en or pouvait aussi n'être qu'un bijou, et peut-être le temps seul dirait-il à Gregg ce qu'elle devait en penser.

— Quel parfait réveillon, dit-elle en soupirant. J'espère que celui de 54 sera tout aussi heureux. Ou encore plus.

— Plus que parfait ?

— On ne sait jamais, dit Gregg, tant qu'on n'y est pas.

A minuit moins le quart, le soir de la Saint-Sylvestre, Barbara Lemont et sa mère écoutaient la radio dans leur living-room. Elles avaient entendu les voix de gens qui attendaient la naissance de la nouvelle année dans toutes les parties de l'Amérique et, maintenant, elles écoutaient les klaxons résonner et les gens s'amuser à Times Square.

— Pourquoi est-ce que tu n'allumes pas la télévision ? dit la mère de Barbara. Nous verrions les gens.

— Tu en as envie ?

— Bien sûr. C'est la Saint-Sylvestre, non ? Nous aurons la radio et la télévision à la fois.

Barbara alluma la télévision.

— Cela va faire un bruit d'enfer, dit-elle en soupirant.

— Je ne comprends pas tous ces gens qui vont là-bas se faire bousculer et qui y trouvent du plaisir, commenta sa mère. Je parie qu'il y a tout un tas d'ivrognes dans la foule.

Barbara haussa les épaules.

— Probablement, maman.

— Sans compter tous les voleurs de sac à main, conclut joyeusement sa mère.

Peu lui importait de ne pas sortir ce soir ; si elle l'avait fait, ce n'aurait pu être qu'avec quelqu'un qu'elle n'aimait pas. La Saint-Sylvestre, c'était une si longue soirée quand il fallait la passer avec quelqu'un d'ennuyeux, parce que tout le monde se sentait obligé de veiller très tard par principe. Bientôt, il serait minuit, puis le matin viendrait et Barbara pourrait oublier toute cette histoire de Saint-Sylvestre pour une année. Où était Sidney en ce moment, que faisait-il ? Lui arrivait-il de penser à elle ?

— Ne t'en fais pas, lui dit sa mère. Des tas de filles n'ont personne avec qui sortir ce soir. Je suis sûre que tu n'es pas la seule.

— Ça m'est égal.

— L'an prochain, cela ira mieux. Tu verras.

L'an prochain… songea Barbara. Je me demande si je penserai encore à Sidney. Personne ne garde un chagrin d'amour si longtemps, pas même une idiote comme moi. Je me demande où je serai l'année prochaine, et avec qui. Chaque Saint-Sylvestre passée toute seule ou en compagnie de quelqu'un qu'on connaît à peine ramène, semble-t-il, à toutes les autres où on se trouvait dans la même situation et où on a eu l'impression que ce serait sans fin. Sidney avait dit un jour quelque chose comme ça : quand les choses ne vont pas, avait-il déclaré, on a le sentiment qu'il en a toujours été ainsi. Oh, Sidney, si seulement je pouvais t'appeler au téléphone pour que tu me remontes le moral cinq minutes. Cela changerait tout. Mais est-ce que cela changerait vraiment quelque chose ? Est-ce que cela changerait quelque chose ?

A minuit moins une, durant les dernières secondes de 1953, à l'instant où, à travers toute la ville, les gens tendaient la main vers leurs coupes de champagne ou leurs compagnons pour se préparer à échanger des vœux et des baisers, quelqu'un, dans un appartement de la Trente et Unième Avenue où se donnait un réveillon, éteignit toutes les lumières.

— Hé là, cria quelqu'un d'autre, rallumez ! Je ne trouve pas ma petite amie !

Tout le monde rit et on ralluma. Caroline Bender se tenait devant un arbre de Noël avec Paul Landis.

— Une minute, dit celui-ci, regardant sa montre.

Elle sourit nerveusement et détourna les yeux. Quelle heure est-il à Dallas ? se demanda-t-elle.

— Minuit ! cria quelqu'un. Bonne année !

— Bonne année, dit Paul d'une voix tranquille.

Autour d'eux, les gens s'embrassaient, quelques-uns profitant au maximum de ce moment unique dans l'année. Paul semblait un peu gêné de se trouver au milieu de cette foule et il se pencha vers Caroline et déposa sur ses lèvres un baiser très chaste et rapide. Mais ce contact l'émut trop et il l'enlaça et la serra contre lui.

Caroline avait fermé les yeux. Eddie, mon chéri, songea-t-elle. Où que tu sois, bonne année, chéri. Je pense toujours à toi. Souviens-toi de moi, pendant cette seule minute. Souviens-toi de moi.

Elle se dégagea aussi doucement qu'elle put des bras de Paul.

— Bonne année, Paul.

— Cessez de flirter, les jeunes ! cria gaiement la maîtresse de maison. Surtout les gens mariés. Vous devriez avoir honte. On peut manger maintenant. Il y a du caviar ! Et encore du champagne.

— Vous venez ? demanda Paul à Caroline.

Il la prit par le bras et ils se dirigèrent ensemble vers la table où était dressé le buffet ; ils firent un détour pour ne pas déranger un couple de jeunes mariés qui se moquaient qu'il y eût du caviar ou pas.

A quatre heures et demie, le matin du jour de l'an, qui était encore la Saint-Sylvestre pour certains, April Morrison sortait du El Morocco avec un jeune homme prénommé Jeffrey, qui était un ami de Chet, lequel était un ami de Dexter. Elle était plus qu'un peu ivre et elle trébucha au moment de monter dans le taxi. Jeffrey, que l'air frais de l'aube avait un peu dégrisé, la rattrapa vivement par le bras et ils tombèrent ensemble dans la voiture, en riant et se serrant l'un contre l'autre. Ils traversèrent ainsi la moitié de la ville jusqu'à la maison où habitait April.

— Je peux entrer ? demanda Jeffrey.

Il était déjà dans l'escalier et April n'eut même pas à répondre. Ils chantèrent et rirent pendant toute la montée, s'arrêtant à chaque palier pour s'embrasser.

— On a l'air de deux ours avec nos manteaux, lança April, je ne peux même pas te serrer dans mes bras.

— Nous allons bientôt arranger ça.

Une fois dans l'appartement, April se dirigea directement vers la table pliante qui faisait désormais office de bar.

— Regarde, cria-t-elle en brandissant une bouteille de scotch, elle est vide. Que lui est-il arrivé ?

Jeffrey réfléchit un moment puis déclara gravement :

— Quelqu'un l'a bue.

— Je sais qui !

— Qui donc ?

— Moi ! Cet après-midi. (Cela la fit rire.) Non, se reprit-elle, hier. Hier après-midi. Quand je pensais n'avoir personne avec qui sortir pour le réveillon. Avant que tu appelles, j'étais si déprimée…

— Je suis content d'avoir téléphoné, dit-il.

— Moi aussi.

Jeffrey enleva son manteau et le laissa tomber par terre et April en fit autant. Il est joli garçon, se dit-elle ; pas vraiment son type parce qu'en fait elle préférait les bruns comme Dexter, mais joli garçon quand même. Ce n'était que la troisième fois qu'elle sortait avec lui et elle avait été très surprise quand il avait téléphoné pour lui demander de passer le réveillon du nouvel an en sa compagnie. Elle s'était d'abord demandé si Chet lui avait raconté ce qui s'était passé entre eux, et cela l'avait préoccupée, mais Jeffrey s'était finalement montré assez facile à manier. Il n'en avait pas été de même pour Chet. April était encore malade à la pensée de ce qu'elle avait fait avec Chet, et c'était pour cela qu'elle avait cessé de le voir.

Jeffrey regardait autour de lui. April était contente d'avoir tout rangé, d'avoir suspendu ses vêtements dans la penderie et d'avoir fait rentrer le lit dans le mur. On aurait presque dit le living-room d'un appartement de plusieurs pièces ; il y avait la cuisine et il y avait les deux portes fermées. Jeffrey pourrait même croire qu'elle était riche. Ce serait bien. Peut-être alors aurait-il une plus haute opinion d'elle que Dexter et ne la prendrait-il pas pour une petite provinciale quelconque. Il savait qu'elle était une amie de Chet et une ancienne amie intime de Dexter Key. En fait, elle pouvait être n'importe qui.

— Nous voilà plus libres de nos gestes, dit Jeffrey.

Il s'avança vers elle les bras ouverts.

— J'ai du gin quelque part, dit April vivement.

— Je n'en veux pas.

— Moi si.

Elle versa le gin dans un verre d'une main hésitante. Elle en renversa sur sa robe.

— Oh, dit-il, tu as taché ta robe.

Jeffrey essayait d'essuyer la robe avec un mouchoir et d'enlacer April en même temps, et April essayait de porter le verre de gin à ses lèvres. Jeffrey tentait de l'embrasser et elle tournait la tête pour boire ; finalement, ils trouvèrent un compromis : elle le laissa l'embrasser et il la laissa prendre une gorgée de gin jusqu'au moment où le verre fut vide.

— Ahh… murmura-t-il. Jette donc ce verre.

Il le lui prit des mains et le posa sur une table.

— Qui es-tu ?

— Jeffrey.

— Est-ce que tu m'aimes ?

— Je t'adore.

— Vraiment ?

— Oui.

Il s'efforçait d'ouvrir la fermeture Eclair de la robe.

— Moi, je ne t'aime pas, dit April.

— Ah non ?

— Non. Je te déteste.

Elle le dit sans animosité, tout simplement.

— Cela ne fait rien.

— Non ?

— Non, dit Jeffrey.

Il l'embrassa.

— Cela ne fait rien du tout.

— Ne me mords pas.

— Non.

— Je te déteste, répéta April tranquillement.

— Bon.

Elle avait froid sans sa robe.

— Ahhh… soupira Jeffrey.

Puis il souleva April dans ses bras. On aurait dit une scène de roman, songea April, le héros emportant l'héroïne vers un lit recouvert de satin. Jeffrey tourna la tête, cherchant le lit. Il n'y en avait pas, pas plus que de divan, mais il y avait une porte. Jeffrey se dirigea vers cette porte, avec April dans ses bras, et lorsqu'il fut assez près, il avança une main, tourna le bouton et fit sortir le lit encastré.

Il savait très bien ce que cachait cette porte, songea April, il ne s'y est pas trompé une seconde. S'il le savait, c'était évidemment parce que Chet le lui avait dit. April se sentit tellement humiliée qu'elle eut envie de se relever immédiatement, mais c'était trop tard ; elle se contenta donc de garder les yeux fermés et se raccrocha au sentiment que lui avait procuré le gin, ce sentiment que cela n'avait vraiment aucune importance parce que la vie était si drôle, si drôle.

22

Le printemps. Tout est plus doux ; l'air est doux de la promesse de la chaleur à venir, les arbres sont adoucis par de petites feuilles vert pâle. Les employées, traînant devant la façade ensoleillée des bureaux, à l'heure du déjeuner, n'ont pas envie de retourner à l'intérieur, elles préféreraient aller se promener dans le parc. Certaines le font d'ailleurs : elles vont déjeuner d'un hot dog acheté à un marchand ambulant et flâner dans les allées entre les buissons de forsythia pour laisser leur cœur s'emplir d'un sentiment indescriptible fait de bonheur, d'espoir et d'impatience. A Rockefeller Center, des ouvriers installent des tables à l'emplacement de la patinoire et dans le parc le bruit des patins à roulettes des enfants remplace le glissement silencieux des lames sur la glace.

Hillary, la fille de Barbara Lemont, avait quatre ans en ce printemps de 1954. Barbara elle-même en avait vingt-deux. Quand elles se promenaient toutes les deux, on ne pouvait jamais savoir si c'étaient deux sœurs ou la mère et la fille. Elles étaient exactement semblables, avec leurs cheveux raides brun clair, bien tirés derrière les oreilles, ceux de Hillary coiffés en deux nattes, ceux de Barbara retenus par une barrette, leurs petits corps minces, leurs visages doux. Ce printemps-là, elles portaient toutes deux un manteau gris, avec des boutons de nacre blancs et Hillary avait son premier sac à main, minuscule, en imitation de cuir verni rouge, juste assez grand pour son mouchoir et son rouge à lèvres de poupée.

Barbara réussissait très bien dans son métier : elle avait tous les mois deux chroniques dans son journal, avec sa signature. Elle allait à des cocktails que donnaient des fabricants de produits de beauté pour lancer une nouvelle nuance de rouge à lèvres et de vernis à ongles, ou des fabricants de parfums pour signaler un nouveau parfum et une nouvelle eau de Cologne. Elle mangeait des petits morceaux de fromage et des saucisses piquées sur des cure-dents, elle buvait des cocktails et elle regardait de grands mannequins minces prendre des bains au milieu de bulles de couleur ou se promener dans les tenues les plus étranges et les plus réduites, ce pour quoi elles étaient payées dix dollars de l'heure et elle, Barbara, rien du tout. Elle rencontrait beaucoup d'acheteurs et de journalistes vieillissants et mariés qui s'ennuyaient horriblement à ces réceptions et ne savaient souvent pas très bien pourquoi ils y avaient été conviés. Quelques-uns lui demandaient de dîner avec eux, mais elle refusait toujours. C'était un monde dans lequel Barbara avait fini par se faire une place et où elle était acceptée et même appréciée, mais auquel elle avait l'impression de n'appartenir qu'à moitié. Car à la fin de ces réceptions, Barbara rentrait chez elle, et chez elle, ce n'était pas un appartement avec terrasse, téléphone rouge et dîner aux chandelles avec trois filles excitées aux yeux très maquillés, mais un appartement dans une maison sans ascenseur, rempli de meubles respectables et vieillis par vingt ans d'usage, avec un tricycle d'enfant au milieu du living-room et un téléviseur qui racontait les rêves d'une ménagère élue « reine d'un jour ».

Barbara continuait à penser à Sidney Carter le soir quand, fatiguée, elle ne parvenait plus à censurer ses pensées ou, parfois, après le déjeuner, dans l'ascenseur où s'entassaient des chefs de service à l'haleine chargée allant à d'autres étages, vers d'autres vies, et qui ne remarquaient même pas sa présence. Elle imaginait la vie quotidienne de Sidney et cela lui apportait un certain réconfort. Maintenant, pensait-elle, il déjeune ou bien il est dans le train et lit les journaux. En ce qui concernait le train du soir, elle n'avait aucune certitude, ce qui lui faisait mal, car elle l'imaginait prenant peut-être un cocktail avec une femme sophistiquée et d'un certain âge, qui avait fait carrière, avait eu bien des aventures et l'écouterait, fascinée, mais ne tomberait jamais amoureuse d'un Sidney Carter.

Ce printemps-là, Mac, l'ancien mari de Barbara, se remaria. Ce que Barbara éprouva, quand elle apprit la nouvelle, la surprit : elle ressentit un choc, de la peur, du plaisir car elle avait vraiment envie de voir Mac heureux, mais, surtout, elle éprouva la certitude qu'une période de sa vie était finie pour toujours. Il téléphona pour demander s'il pouvait passer prendre Hillary afin de la présenter à sa nouvelle femme, et la première réaction de Barbara fut la panique. *Je n'ai qu'elle*, songea-t-elle. Puis elle comprit que Hillary avait vécu avec elle pratiquement les quatre années de sa vie, que Hillary l'aimait, aussi dit-elle : « Je t'en prie, Mac, viens. » Il estimait de toute évidence que ce serait de mauvais goût de présenter également Barbara à sa nouvelle femme, aussi Barbara ne le proposa-t-elle pas. Elle ne se croyait pas capable de rencontrer la femme d'un homme qu'elle avait aimé, cela lui rappellerait trop Sidney. Un dimanche matin, Mac arriva donc dans l'appartement, il prit Hillary par la main et l'emmena dans la rue où sa femme attendait dans leur voiture rangée le long du trottoir. Barbara éprouva un sentiment étrange : celui qu'elle était comme une pierre au milieu d'un torrent furieux, toujours à la même place, toujours la même, alors que la vie passait et changeait tout autour d'elle.

Le premier jour vraiment chaud du printemps, quand on entendit monter le bruit des voitures par les fenêtres grandes ouvertes, deux choses arrivèrent. Barbara s'en souvint par la suite comme d'un jour très bizarre, parce qu'en l'espace de quatre heures, elle qui ne croyait en rien changea au point de croire que tout dans la vie était bon. Elle déjeuna à son bureau parce qu'elle avait beaucoup de travail et, brusquement, elle décida qu'elle ne pouvait pas supporter une minute de plus l'atmosphère du bureau climatisé par cette journée de printemps ; elle ouvrit donc la fenêtre et se pencha pour regarder les gens et les taxis, en bas, et les immeubles des autres bureaux, estompés par une brume de chaleur. Elle respira profondément et son cœur se mit à battre fort. Et, brusquement, elle se mit à trembler de tout son corps, parce que c'était le printemps, parce qu'il faisait chaud, parce qu'elle était seule, et parce qu'il lui paraissait, en cet instant, que sa vie était absolument insupportable. Lorsque le téléphone sonna, ce fut à peine si elle l'entendit ; elle se retourna finalement et, d'un geste machinal, décrocha le récepteur.

Elle ne savait pas pourquoi elle avait répondu, parce qu'elle comptait raccrocher aussitôt. C'était la curiosité qui l'avait poussée à répondre, rien de plus.

— Allô.

— Barbara…

— Oh…

— Barbara… c'est Sidney.

— Oh, répéta-t-elle.

Elle s'assit, tenant le récepteur à deux mains.

— Je ne pensais même pas que vous seriez là, dit Sidney. J'ai tenté ma chance.

— Comment allez-vous ? dit-elle, étonnée de s'entendre parler d'un ton si contenu, qui ne révélait rien de ses sentiments.

— Très bien. Et vous ?

— Bien.

— Est-ce que vous avez déjà déjeuné ?

— Déjeuné ? répéta-t-elle stupidement.

— Je sais que c'est une invitation à la dernière minute, mais un déjeuner d'affaires que j'avais vient juste d'être décommandé et c'est le seul jour de cette semaine où je puisse faire ce que je veux. C'est pourquoi je vous ai appelée.

— Vous me prenez au dépourvu, dit Barbara.

— Pourriez-vous déjeuner avec moi ?

Elle tremblait.

— Oui, dit-elle d'une voix très posée. Si cela vous convient, je vous retrouverai en bas.

Elle l'attendit devant l'immeuble de son bureau, comme elle l'avait fait les deux fois précédentes, il y avait si longtemps, et elle se demandait s'il allait la trouver changée. Elle n'imaginait absolument pas pourquoi il l'avait appelée, tout à coup, mais elle ne voulait pas se perdre en suppositions. Tout ce qu'elle savait, c'était qu'un instant plus tôt elle était penchée à la fenêtre et se sentait la plus malheureuse des femmes et que, maintenant, elle avait l'impression que quelque chose d'extraordinaire allait lui arriver. Elle essaya de penser à ce qui pourrait lui arriver de pire, de façon à ne pas être déçue. Il ne veut plus que je fasse ces articles. Voilà qui serait catastrophique. Mais c'était peu probable.

A ce moment, elle le vit descendre d'un taxi : il avait si peu changé qu'elle en fut terrifiée. Elle était revenue à cet autre soir, de l'été précédent, et tout était exactement pareil. Elle savait qu'elle l'aimait encore, qu'elle n'avait jamais cessé de l'aimer, et c'était cela qui la terrifiait le plus.

Il s'approcha d'elle et lui tendit la main en souriant, comme on fait pour une relation d'affaires. Ne sachant que faire d'autre, Barbara lui serra la main.

— Bonjour, dit Sidney, vous n'avez absolument pas changé.

— C'est vrai ?

Elle souriait, si tendue par l'effort qu'elle faisait pour lui cacher ses sentiments qu'elle cessait presque d'en éprouver.

— Voulez-vous déjeuner dehors ?

— Je veux bien.

Ils se dirigèrent vers ce qui avait été une patinoire pendant l'hiver et qui était maintenant une terrasse de café avec des petites tables et des parasols.

— Vous semblez heureuse, dit Sidney, la regardant tandis qu'ils marchaient, ou plutôt extrêmement satisfaite, devrais-je dire. Votre vie vous plaît certainement.

— J'aime mon travail, répondit Barbara, il est passionnant.

— Vous avez l'air d'une femme amoureuse. J'espère que ce n'est pas seulement de votre travail.

— Je ne pense pas que ce soit mon genre, rétorqua Barbara en haussant légèrement les épaules. Peut-être suis-je simplement amoureuse du printemps. Ça arrive.

— Il y a si longtemps que je ne vous ai vue.

Ils descendirent les marches qui menaient au café et trouvèrent une table près du jet d'eau qui jaillissait de la statue de Prométhée.

— Il y a si longtemps que je ne vous ai vue, répéta Sidney. J'ai pensé que vous seriez déjà fiancée. J'ai regardé dans les journaux quelquefois, pour voir si vos fiançailles y étaient annoncées.

— C'est vrai ?

Il fit signe que oui.

— Je ne suis pas fiancée.

— Mais vous êtes amoureuse.

Elle sourit, comme si cela n'avait pas la moindre importance.

— Non, pas aujourd'hui.

Le garçon leur apporta leurs Martini et ils se mirent à boire tout en se souriant, comme deux imbéciles. Barbara avait l'impression qu'elle allait s'évanouir.

— Vous m'avez manqué, dit-il enfin.

— Pas beaucoup.

— Si, énormément.

— Vous aussi, vous m'avez manqué, murmura-t-elle.

— Barbara…

— Pourquoi m'avez-vous appelée ? demanda-t-elle.

Il répondit d'un ton très détaché, presque comme s'il avait dit : « Je vais passer mes vacances en Floride. » Il dit :

— D'ici deux semaines, je serai divorcé.

— Divorcé…

— Ce sont des choses qui arrivent.

— Oui, bien sûr.

Il continua du même ton détaché, mais très doux :

— Après le divorce, ma femme va se remarier. Avec un homme que nous connaissons depuis des années. Ce sont des choses qui arrivent aussi. J'ai voulu vous le dire pour que vous ne vous sentiez pas mal à l'aise, car vous avez une façon de vous sentir mal à l'aise pour les choses les plus bizarres.

— Mon mari s'est remarié le mois dernier, dit Barbara. Le printemps doit être la saison des mariages.

— Oui.

— C'est drôle, dit Barbara.

Du calme, ajouta-t-elle aussitôt pour elle-même, du calme, ne t'emballe pas. Ce n'est pas le moment et tu ne sais même pas s'il se présentera de nouveau.

Elle ne quittait pas Sidney des yeux, pour voir si elle disait ce qu'elle n'aurait pas dû dire, pour savoir quand s'arrêter. Comment pouvait-on s'attendre à ce que quelqu'un d'autre continue à éprouver les mêmes sentiments que soi pendant de si longs mois ? C'était trop espérer.

— Et vous avez des projets ? demanda-t-elle négligemment.

— De quel ordre ?

— Pour le printemps. Pour l'été. Pour les gens.

— Oui. Dans un sens.

— Ah ?

Le garçon s'approcha à cet instant, avec deux menus. Sidney lui fit signe de s'éloigner. Barbara se pencha en avant, les mains serrées l'une contre l'autre, pour que Sidney ne les vît pas trembler.

— Il y a si longtemps, dit Sidney.

— C'était il y a cent ans et c'était hier, dit-elle.

— Pour moi aussi.

Elle essaya de garder un ton détaché, comme si elle parlait de l'histoire d'amour de deux inconnus.

— Parfois je me disais que c'était navrant d'avoir éprouvé ces sentiments pour vous parce que c'est tellement pire de perdre quelque chose d'extraordinaire que de ne pas l'avoir eu du tout. Et puis, je me disais… mieux vaut encore l'avoir eu.

— A vous entendre, on dirait que c'est fini.

— Non, dit-elle, non, ça ne l'est pas. Pour moi du moins. Je ne crois pas que ce soit fini.

— Par moments, j'ai espéré que vous commenceriez à me détester, dit Sidney. Je pensais que je vous rendais service en agissant comme je le faisais. Et puis, j'avais peur que vous me détestiez vraiment.

— Je ne pourrais pas vous détester.

Le garçon revint, insistant, parce que c'était l'heure de grande affluence du déjeuner et que toutes les tables étaient occupées.

— Un autre verre, monsieur ?

Sidney fit signe que oui d'un geste impatient et le garçon s'éloigna avec leurs deux verres.

— Oh, dit Barbara, prenez-moi la main.

Il obéit et ce contact parut briser quelque chose qui les avait séparés. Brusquement, Barbara ne se préoccupa plus de savoir si elle disait ce qu'elle n'aurait pas dû dire. Elle parla et, ce faisant, elle entendit sa voix s'étrangler dans sa gorge, mais de cela non plus elle ne se préoccupait plus.

— Je vous aime, dit-elle. Je vous ai toujours aimé. Ne me faites plus de mal. Je venais tout juste de m'en remettre et maintenant tout est revenu, comme avant. Si vous tenez à moi, dites-le-moi maintenant, mais ne me faites plus attendre et ne m'obligez pas à deviner. Je ne veux plus avoir à me poser de questions pour personne, jamais.

Il lui tenait les mains si serrées qu'elle sentait son pouls à travers ses doigts.

— Vous n'aurez plus jamais à vous poser de questions à mon sujet, dit-il. Moi aussi, je vous aime.

Elle le répéta, parce que c'était si bon de pouvoir le dire :

— Je vous aime.

— Je vous aime, répéta-t-il doucement.

— Mon Dieu, allons-nous-en d'ici. Je vais pleurer.

— Surtout pas.

Il se leva, tira la chaise de Barbara et jeta quelques billets sur la table. En sortant, ils se heurtèrent au garçon qui apportait leurs verres et qui parut très vexé de les voir partir.

— Qu'est-ce que vous voulez faire ? demanda Barbara.

— Vous regarder. Vous parler. Vous tenir. Et vous, qu'est-ce que vous voulez faire ?

— La même chose.

— Il y a si longtemps, dit-il une fois encore.

— Oui. Et moi qui croyais que c'était moi qui dépérissais de ne plus vous voir.

— Non, chérie, dit Sidney. Est-ce que vous êtes obligée de retourner à votre bureau cet après-midi ?

Barbara fit signe que non.

— Ils ne vous feront pas de reproches ?

Elle lui sourit, pressa sa main et le sentit lui rendre cette pression aussitôt, comme il l'avait toujours fait, comme elle savait qu'il le ferait toujours désormais.

— Non, dit-elle. Et, s'ils m'en font, cela m'est égal. Cela m'est égal de ne plus jamais retourner à mon bureau.

23

C'était le troisième été que Caroline travaillait chez Fabian et elle avait l'impression d'y être depuis dix ans. Elle connaissait par cœur la routine estivale : la quête du sommeil pendant les nuits étouffantes, la ruée vers les bureaux climatisés au risque d'y attraper un rhume, le rythme de travail plus détendu, les projets pour les deux semaines de vacances (d'autant plus frénétiques qu'on savait que ce seraient les seules de toute l'année). Elle avait obtenu la petite augmentation que lui avait promise Mr Shalimar et elle gagnait maintenant quatre-vingt-dix dollars par semaine. Elle savait que cela ne représentait que cinq dollars de plus que ce que gagnait la secrétaire personnelle de Mr Shalimar et soixante dollars de moins que ce que touchait Miss Farrow pour le même travail, et, malgré elle, cela l'irritait énormément. Elle se rendait compte de plus en plus que, dans le monde du travail, on jugeait des capacités de quelqu'un par le montant de son salaire. On faisait toujours beaucoup de mystères au sujet des augmentations, chez Fabian, mais lorsque quelqu'un avait une augmentation plus importante que les autres, il y avait des jalousies. D'autant qu'il fallait attendre jusqu'à Noël pour en obtenir une autre.

Caroline avait maintenant sa secrétaire, une jeune fille qui s'appelait Lorraine et qui sortait tout juste de l'université. Elle semblait très jeune à Caroline. Elle était empressée, innocente, anxieuse de bien faire, tout comme l'était Caroline elle-même trois ans seulement plus tôt. A ses yeux, Mr Shalimar était un éditeur austère et célèbre, April incarnait l'idéal de la provinciale puisqu'elle menait maintenant une vie brillante à New York et Caroline elle-même avait « tellement de chance d'avoir cette situation merveilleuse ». Caroline se demandait combien il se passerait de temps avant que Lorraine ne se mît à la jalouser, à s'habituer à ce travail si passionnant et à se dire qu'elle-même était parfaitement capable de le faire.

April, qui était passée de patron en patron en trois ans de secrétariat, avait enfin obtenu un poste secondaire au service de publicité. Cette place lui plaisait parce que cela lui donnait plus d'indépendance et d'argent et que le travail était intéressant. Elle arrivait rarement au bureau le matin avant dix heures. Caroline savait qu'April sortait presque tous les soirs, et tous les mois elle avait un nouveau soupirant qui lui téléphonait quotidiennement au bureau et l'emmenait prendre un verre et dîner.

« Il est fou de moi », disait April, assez flattée mais nullement affectée par ailleurs ; et, au bout de quelques semaines, elle commençait à parler de quelqu'un d'autre qui était tout aussi fou d'elle. Caroline attribuait le ton détaché sur lequel April évoquait ces attentions au fait qu'elle savait parfaitement que ces hommes n'étaient pas vraiment amoureux d'elle. Elle arborait fréquemment un sourire sans chaleur, masquait ses cernes sous un peu de maquillage et s'exprimait dans un jargon qui rassemblait les dernières expressions dans le vent, avec un phrasé digne d'une mitrailleuse.

Caroline passait presque tous ses week-ends d'été à Port Blair, allongée sur le balcon devant sa chambre avec une serviette pour seul vêtement, ou sur la plage. Le samedi, Paul Landis arrivait dans sa voiture pour le déjeuner, allait à la plage avec Caroline puis l'emmenait au restaurant pour dîner et au cinéma. Ces samedis étaient tous exactement pareils et, bien qu'ils ne fussent pas désagréables et certainement moins ennuyeux pour Caroline que de rester à la maison avec ses parents, il lui arrivait parfois de ne pas supporter l'idée de recommencer une fois de plus : elle téléphonait alors à Paul et inventait un autre engagement. De temps en temps April ou Gregg venait passer le samedi ou le dimanche. Le samedi, Paul emmenait dîner Caroline et son amie. Il aimait bien April et Gregg, car elles étaient les plus proches amies de Caroline, mais il prenait toujours avec elles un ton un peu supérieur, comme s'il les plaignait.

« Elle n'a tout bonnement pas envie de se ranger, disait-il d'April. Je ne sais pas si un homme réussira un jour à la rendre heureuse. Elle se lasse si vite d'eux. »

Elle se lasse ? se demandait Caroline, en se souvenant de Dexter. Ou bien ne sait-elle pas s'y prendre avec eux ?

Caroline se rappelait une conversation qu'elle avait eue avec April pendant un week-end de cet été, une conversation qui l'avait laissée à la fois étonnée et triste. C'était par une chaude soirée de juin, April et elle étaient assises dans le jardin, avec la lumière éteinte pour ne pas attirer les moustiques. Tout était très tranquille. Par la fenêtre de la cuisine, Caroline voyait la bonne qui finissait d'essuyer la vaisselle et, par la fenêtre de la maison voisine, elle distinguait des images sur l'écran de télévision. Elle n'avait pas eu de conversation sérieuse avec April depuis bien longtemps.

« Quand je me rappelle la fille que j'étais en arrivant à New York, avait dit April, j'ai peine à y croire. Comme j'étais naïve ! Vous vous rappelez l'époque où je pensais épouser Dexter ?

— Oui, avait répondu Caroline.

— J'ai même essayé des robes de mariée.

— Je sais…

— Est-ce que je peux vous poser une question ?

— Bien sûr.

— Est-ce que vous couchez avec Paul ?

— Avec Paul ? Seigneur, non.

— Il veut vous épouser, n'est-ce pas ?

— Oui, j'en suis presque certaine.

— Et vous croyez que vous allez l'épouser ?

— Je ne sais pas, avait dit Caroline d'un ton pensif. Je crois que je ne pourrais pas.

— A cause d'Eddie ? »

Caroline avait réfléchi avant de répondre.

« Non, je ne peux pas pleurer Eddie toute ma vie. Je ne peux pas épouser Paul à cause de Paul, et de personne d'autre.

— On ne peut pas pleurer quelqu'un toute sa vie, avait répété tristement April.

— Je disais cela pour vous aussi.

— Je sais, avait dit April. Je ne pense pas que jamais je ne retomberai amoureuse. C'est simplement que je n'arrive pas à oublier ce que j'ai ressenti pour Dexter et surtout mon comportement complètement stupide. Je me suis rendue ridicule devant tout le monde. Rien que d'y penser, cela me fait souffrir.

— Une fille a le droit de se rendre ridicule si elle est amoureuse. Il n'y a aucune loi qui l'en empêche. Ce qu'il vous faut juste comprendre, c'est que tout le monde le fait. Vous devez vous pardonner. C'est ça, la loi.

— Laquelle ?

— La loi de Caroline.

— Vous y croyez vraiment ?

— Il le faut. En tout cas, j'essaie.

— Vous avez été amoureuse de Mike Rice pendant un temps, non ?

— D'une certaine manière, oui.

— Je ne vous ai jamais raconté ce que m'a dit Dexter ? C'était la dernière fois que je lui ai parlé, le soir où je suis allée chez ses parents pour le reconquérir. Les derniers mots que je lui ai dits, c'est : "Dexter, je t'aimerai toujours, aussi longtemps que je vivrai." »

April avait baissé la voix, et elle parlait tristement, comme un enfant qui fait une confession.

« Et Dexter m'a répondu : "Certainement pas."

— Il avait plus d'expérience que vous n'en aviez à l'époque. Il savait peut-être ce qu'il disait.

— C'est le soir où j'ai fait cette scène affreuse, avait dit April. J'ai pleuré, pleuré… Et puis, je me suis mise à sortir avec d'autres. Vous vous souvenez de Chet ?

— Oui… »

Elles s'étaient tues, chacune demeurant plongée dans ses pensées.

« Est-ce que je peux vous demander de me faire une confidence ? avait dit April au bout d'un moment.

— Mm-hm.

— Je vous rendrai la pareille. Nous allons compter jusqu'à trois et puis nous nous montrerons le résultat avec les doigts de la main. Comme cela, nous n'aurons pas à le dire.

— A dire quoi ?

— Avec combien de garçons chacune de nous a couché. »

C'était étrange, mais dans l'obscurité du jardin où elles se distinguaient à peine l'une l'autre, Caroline ne se sentit pas le moins du monde gênée par cette conversation. Elle avait seulement pitié d'April, April à la voix si douce et si jeune. Parce qu'elle savait que les aventures amoureuses d'April devaient lui peser beaucoup pour qu'elle en parlât de cette façon : April avait besoin d'une amie compréhensive, de quelqu'un qui la fît se sentir moins seule.

« Bien, allons-y », avait-elle dit.

Chacune d'elles avait mis une main derrière son dos. Caroline se préparait à lever un doigt, pour Mike Rice.

« Vous êtes prête ?

— Une, deux, trois, partons ! »

Elles avaient tendu leurs mains dans le rectangle lumineux qui venait de la cuisine. Caroline avait levé un doigt, April quatre. Elles étaient restées silencieuses un moment.

« Oh, j'ai honte », avait dit April doucement.

Puis elle avait souri.

« C'est qui, le vôtre ?

— Mike.

— Ah oui ? Je m'en doutais un peu.

— Et les vôtres ?

— Dexter », avait dit April.

Elle avait pris une profonde inspiration.

« Et Chet, que vous connaissez. Et... Tom Banks, le garçon qui m'emmenait à Long Island dans son avion particulier. Et Walter, l'ami de Tom, le producteur de théâtre. Avec lui, cela ne s'est passé qu'une fois, un soir où je n'arrivais pas à me débarrasser de lui. Oh ! »

Elle s'était couvert la bouche de sa main et ses yeux avaient eu une expression douloureuse et terrifiée.

« Oh ! J'en ai oublié un !

— Oublié...

— Je voulais probablement le chasser de mon esprit, alors je l'ai complètement oublié. Jeffrey. C'est un ami de Chet. Je me rappelle maintenant. C'était le soir de la Saint-Sylvestre... Ça fait cinq. »

Elle parlait d'une voix terrifiée.

« Allons, avait dit Caroline, ce n'est pas un crime.

— J'ai oublié. Comment ai-je pu ? Cela a dû être si affreux. Et j'ai oublié. Je me rappelle maintenant… Il est allé droit vers mon lit encastré. Il savait où était le lit. Je me rappelle que j'étais tellement gênée. Oh, Caroline…

— C'est fini maintenant. C'était il y a longtemps. Il y a six mois.

— Comment ai-je pu oublier une chose pareille ? »

Nous avons toutes changé, songea Caroline ce soir-là, et elle y repensa plus tard, au bureau. En deux ans et demi, c'était inévitable. Elle était la même fille que Mike Rice avait décrite deux ans auparavant, qui devait décider sur quel chemin elle engagerait sa vie, mais son existence actuelle et ce qui lui était arrivé rendaient ses choix encore plus difficiles. Mois après mois, elle se sentait de plus en plus insatisfaite, voulant retirer plus de satisfactions de sa carrière, souhaitant toujours plus de responsabilités, plus d'argent, un meilleur titre et être reconnue. Mr Shalimar ne l'impressionnait plus et jamais elle ne s'amouracherait de quelqu'un comme Paul Landis. Il est facile de voir ce qui est arrivé à April, se dit-elle, mais quelqu'un peut-il voir ce qui m'est arrivé à moi ? Ce qui m'est arrivé est invisible ; mais une vitre est invisible aussi et, quand on essaie de passer à travers, on se blesse.

Mr Shalimar avait reçu deux cartes postales de Miss Farrow, l'une de Californie et l'autre de Hawaï, où elle passait des vacances. Sa secrétaire était allée les montrer à tout le monde, de bureau en bureau, comme si toutes les filles avaient été très attachées à

Miss Farrow et qu'elles allaient être contentes de savoir que Miss Farrow ne les avait pas oubliées. C'était comme un club auquel on n'avait accès qu'une fois qu'on était parti. Maintenant que Miss Farrow n'était plus là pour mettre tout le monde mal à l'aise, on parlait d'elle avec affection. Cela ne cessait d'étonner Caroline. Mary Agnes et Brenda jouissaient du même prestige rétrospectif : Brenda avait démissionné le premier jour où elle s'était réveillée avec la nausée ; Mary Agnes, elle, avait continué à travailler jusqu'à la fin de son sixième mois de grossesse. On n'avait plus jamais eu de nouvelles de Brenda et, pourtant, les filles qui étaient là depuis aussi longtemps que Caroline et April parlaient encore d'elle à l'occasion avec amusement. Rappelez-vous Brenda, disaient-elles, la fille qui s'est fait arracher des dents quand elle s'est fiancée. Quant à Mary Agnes, on lui avait offert des cadeaux pour le futur bébé le jour où elle était partie et elle-même, à la naissance de son fils, avait envoyé un faire-part représentant une cigogne qui portait un baluchon, faire-part que ses anciennes amies du bureau s'étaient passé de main en main. Un jour de la fin juillet, elle apparut.

— Bonjour, cria-t-elle. Il y a quelqu'un ?

— Tiens, mais voilà Mary Alice ! dit Mr Shalimar avec chaleur.

Il ne la connaissait pas très bien, en fait.

Mary Agnes portait une robe bleu marine qui faisait un peu matrone mais, à part cela, elle n'avait absolument pas changé.

— Comment ça va, Caroline ? demanda-t-elle, jetant un regard inquisiteur autour d'elle. Il y a du nouveau ?

Caroline chercha ce qui pourrait intéresser Mary Agnes.

— J'ai rendez-vous avec John Cassaro vendredi, dit-elle. Nous voudrions lui demander de participer au lancement d'un livre dont on va tirer un film où il sera la vedette.

— Il est à New York ? demanda Mary Agnes.

— Il vit ici, quand il ne tourne pas, dit Caroline.

— Il m'a toujours plu.

Mary Agnes baissa la voix, comme si elle allait dire quelque chose de scandaleux.

— Vous savez, on pense rarement au côté sexy des acteurs, mais, pour moi, John Cassaro a toujours été l'acteur le plus sexy du monde.

— Pour vous et pour des millions d'autres femmes, dit Caroline en souriant.

— C'est vrai, dit Mary Agnes un peu sèchement.

Mais, là-dessus, elle eut un large sourire :

— Regardez ce que j'ai apporté !

Elle ouvrit son sac et en sortit une enveloppe blanche d'où elle tira une série de photos.

— Voilà mon fils !

Caroline prit la photo avec un mélange de curiosité et d'appréhension : il fallait toujours s'extasier sur la beauté d'un bébé, si peu attrayant qu'il fût, et elle trouvait cela plutôt embarrassant.

Le bébé de Mary Agnes était joli, d'après ce que l'on pouvait voir du petit visage rond, des petits yeux ronds et du bonnet froufroutant, aussi Caroline n'eut-elle pas de mal à s'écrier : « Oh, comme il est mignon ! » en regardant les quatre ou cinq premières photos quasi identiques et à se pâmer aussi sur les autres.

— Ce sont les dernières, dit Mary Agnes fièrement en les remettant dans son sac. A qui ressemble-t-il ?

— Qui ça ?

— Le bébé, bien sûr.

— A vous, affirma Caroline qui avait déjà oublié sa physionomie.

— Vraiment ? Je suis flattée. La plupart des gens trouvent qu'il ressemble au père de Bill. Bien sûr, vous ne connaissez pas le père de Bill. Mais c'est son portrait tout craché. Sauf les yeux. Il a mes yeux.

— C'est ce que je me disais, confirma Caroline.

Elles échangèrent encore quelques banalités puis Mary Agnes annonça :

— Je vais montrer les photos à April. Je parie qu'elle meurt d'envie de les regarder. Où est-elle ? Je ne l'ai pas vue.

— Tournez à gauche au bout du couloir, dit Caroline. April a un bureau à elle maintenant. Elle est au service de publicité.

— C'est bien, ça.

— Vous voulez emporter quelques livres en partant ?

— Des livres ? dit Mary Agnes. Je ne sais pas. Vous avez quelque chose de bien ?

Caroline désigna les ouvrages alignés sur les rayonnages.

— Prenez ce qui vous plaira.

Mary Agnes regarda le meuble, mais ne bougea pas.

— Oh, je ne vais rien prendre du tout, en fait. Merci quand même. A bientôt.

— Au revoir, dit Caroline. Merci de m'avoir montré les photos.

— De rien.

Lorsque Mary Agnes fut partie triomphalement à la recherche d'April, Caroline se sentit tout d'abord soulagée, car elle avait beaucoup de travail puis, brusquement, elle se trouva la proie d'une émotion qu'elle ne pouvait qualifier que d'envie. Mary Agnes savait ce qu'elle allait faire ce soir : elle allait se retrouver chez elle avec son mari et son enfant. Elle ne rentrerait pas dans un appartement vide pour attendre que le téléphone sonne ; elle n'aurait pas besoin de mettre quelques disques (pas trop tristes parce que ce serait dangereux) sur le phono, de nourrir le chat et de finalement se préparer un sandwich parce que c'était bête de faire la cuisine et de mettre la table pour soi toute seule. A la réflexion cependant, Mary Agnes avait peut-être ressenti une pointe d'envie vis-à-vis de Caroline en apprenant qu'elle allait déjeuner dans un grand restaurant avec un auteur et que, vendredi, elle rencontrerait son acteur de cinéma préféré. Mais, au moment où elle penserait à Caroline et à John Cassaro, Mary Agnes serait assise chez elle devant son téléviseur avec son mari, et John Cassaro ne serait alors qu'une image fugitive sur un écran, quelqu'un qui n'existait que dans ses rêveries.

J'aurais pu avoir tout cela avec Paul, se dit Caroline. Mais elle savait que c'était impossible. Elle n'était pas, elle n'avait jamais été une Mary Agnes. Etait-ce parce qu'elle était devenue plus exigeante, ou simplement parce qu'elle n'était pas amoureuse ? Un homme pouvait être bon, attentionné, fidèle et parfaitement présentable, et pourtant, pour une raison mystérieuse, il était impossible de l'aimer en retour. Bien que Paul n'en eût pas conscience, Caroline était tout aussi troublée par cet état de choses que lui-même. *Mais je vais rencontrer John Cassaro.* Son cœur se mit à battre plus fort, comme celui d'une adolescente. Elle ne pouvait s'empêcher de nourrir le genre de rêve éveillé qu'elle nourrissait déjà au sujet de John Cassaro dans les salles de cinéma quand elle avait quatorze ans. Et vendredi, elle ne le rencontrerait pas en admiratrice adolescente mais en tant qu'éditrice et que femme. Elle avait maintenant l'âge de l'intéresser et il n'était pas trop vieux pour la laisser totalement indifférente. Une rêverie encore, certes plus réaliste que lorsqu'elle avait quatorze ans, mais qu'elle ne pouvait s'empêcher de faire resurgir. Elle devait aller le retrouver dans son appartement, à l'hôtel, à onze heures trente. Elle aurait préféré arriver à la fin de l'après-midi, à une heure plus propice aux relations amicales. Mais onze heures trente du matin, c'était mieux que rien. Et, de toute façon, cela lui donnait quelque chose à quoi penser jusqu'à vendredi, ce qui était plus important que tout.

En fait, elle eut bien autre chose à quoi penser avant le vendredi, quelque chose qui mit pratiquement son petit univers du bureau en révolution. Le mercredi après-midi, à trois heures, Caroline vit Mr Shalimar revenir de déjeuner bras dessus bras dessous avec Amanda Farrow… ou plutôt Mrs X. Elle est revenue à New York, se dit Caroline, je me demande pourquoi. Est-ce pour un bref séjour ou pour de bon ? Miss Farrow ne faisait-elle que passer ou comptait-elle revenir au bureau ? Elle espérait qu'il ne s'agissait que d'une visite de courtoisie ; depuis son départ, l'ambiance était beaucoup plus calme. Une demi-heure plus tard, Mr Shalimar fit appeler Caroline à son bureau.

— Asseyez-vous, Miss Bender, dit-il en croisant les mains devant lui sur la table.

Il avait l'air plus sûr de lui que la dernière fois que Caroline était venue dans son bureau, ce qui inquiéta Caroline car elle savait que Mr Shalimar n'était sûr de lui que lorsqu'il mettait quelqu'un d'autre mal à l'aise.

— Alors, dit-il. Comment marche le travail ?

— Bien, dit Caroline en souriant.

— Vous n'êtes pas débordée ?

— Débordée ?

— Je me demandais. Je ne vous vois pas souvent. Vous passez vos journées dans votre petit bureau.

— C'est parce que je travaille, dit Caroline. J'ai quatre livres à publier ce mois-ci et j'essaie de lire le maximum des manuscrits qui nous ont été envoyés. Comme vous me l'avez toujours dit, ils sont aussi importants que nos auteurs établis, car c'est là que nous trouverons du sang neuf.

Ce dont se fichait éperdument Miss Farrow, songea Caroline, espérant que Mr Shalimar s'en souvenait.

— Très bien, dit Mr Shalimar.

Puis il ajouta, comme si cela venait de lui revenir à l'instant :

— Miss Farrow est venue me voir, tout à l'heure, j'avais oublié de vous le dire. Elle se réinstalle à New York.

— Ah oui ?

— Son mariage a été un échec, ce qui est navrant, dit Mr Shalimar. Elle divorce. J'imagine qu'elle s'ennuyait trop sans nous, vous ne croyez pas ?

Caroline eut un sourire nerveux.

— Vous savez, dit Mr Shalimar, Miss Farrow a travaillé longtemps chez nous.

— Et elle veut revenir ?

— C'est justement ce dont je voulais vous parler. Je ne vois pas ce qu'on peut faire pour elle. Vous vous débrouillez très bien avec ses auteurs et je ne tiens pas à tout bouleverser quand les choses se passent si bien.

A cet instant, Caroline comprit où il voulait en venir et elle se raidit devant l'injustice de ce qui allait peut-être se passer.

— Les auteurs aiment travailler avec moi, dit-elle, s'efforçant de contrôler sa voix. Je sais qu'ils sont tous satisfaits, et vous-même avez été satisfait de mon travail.

Mr Shalimar s'éclaircit la gorge.

— Vous avez beaucoup de travail à faire, vous le savez, dit-il comme s'il faisait une remontrance à un enfant peu raisonnable. Vous ne croyez pas que vous pourriez en laisser un peu ?

— En laisser un peu !

La voix de Caroline se brisa.

— Les auteurs sont des gens sensibles, en plus. Vous ne pouvez pas les pousser de directeur littéraire en directeur littéraire. Et moi, qu'est-ce que je deviens dans tout cela ? Miss Farrow est partie, et j'ai fait du bon travail, vous me l'avez dit. Si elle revient, elle me prendra tous mes auteurs, et moi je redeviendrai lectrice, vous le savez.

Mr Shalimar eut un petit sourire.

— Vous êtes très jeune pour être directrice littéraire. Vous savez que vous avez eu de la chance. Vous n'avez pas les années d'expérience de Miss Farrow et pourtant vous avez sa place.

Très bien, se dit Caroline. Si c'est la guerre, ce sera la guerre.

— Je n'ai pas ses années d'expérience, c'est vrai, dit-elle. Mais je ne prends pas non plus trois heures pour déjeuner, je n'arrive pas au bureau à dix heures du matin, pour en repartir à quatre, je ne me fais pas les ongles au lieu de lire des manuscrits. Je n'envoie pas ma secrétaire faire des courses idiotes dans les grands magasins alors qu'elle touche cinquante dollars par semaine pour taper du courrier. Il se passait un tas de choses ici que vous ignoriez peut-être, mais je vous les dirai s'il le faut. J'espère que je n'aurai pas à le faire.

Le sourire de Mr Shalimar s'élargit.

— Je ne les ignorais pas, dit-il.

— Alors comment pouvez-vous songer à lui donner la moitié de mon travail ?

— Je veux être juste.

— Juste ? Vis-à-vis de qui ?

— Il faut que nous soyons justes, répéta-t-il.

Cette fois, Caroline comprit. C'était Bossart qui l'avait poussé à agir ainsi, mais Bossart voulait-il voir revenir Miss Farrow ou cherchait-il simplement une bonne excuse pour pouvoir lui dire que ce retour était impossible, voilà qui n'était pas clair. Caroline s'efforça de se calmer assez pour réfléchir vite. Mr Bossart ne pouvait pas vouloir le retour de Miss Farrow, elle était nuisible à la maison. Il était directeur, avant toute chose, et il pouvait coucher avec elle sur son temps libre s'il en avait envie. Miss Farrow était partie de son plein gré, elle lui avait facilité les choses. Caroline sentit son cœur battre à grands coups. Je vais leur faciliter les choses, si c'est cela qu'ils veulent, Mr Shalimar et lui.

— Je sais que vous êtes content de mon travail, dit-elle calmement. J'estime que la maison me doit quelque chose aussi. Je n'ai pas demandé un gros salaire, je sais que je touche beaucoup moins d'argent que Miss Farrow. J'étais disposée à attendre et à faire de mon mieux. Mais si vous m'enlevez des auteurs, je m'en irai.

Mr Shalimar plissa le front, mais Caroline vit qu'il avait l'air ravi, en fait. Il ne dit rien.

Elle se leva.

— Je crois que nous pouvons nous en tenir là, dit-elle, à moins que vous n'ayez autre chose à me faire faire. Je suis en train de lire un manuscrit et je voudrais le terminer avant cinq heures pour pouvoir vous donner le rapport à emporter chez vous. Votre secrétaire m'a dit que vous aimeriez l'avoir.

Elle tourna les talons, s'apprêtant à sortir.

— Caroline…

— Oui, monsieur ?

Il eut un petit rire.

— *Monsieur*. Ne soyez donc pas si cérémonieuse. Il y a longtemps que vous êtes dans la maison. A votre place, j'attendrais avant de me mettre à ranger mes affaires dans mon bureau. Sachez que je me débarrasserais de n'importe qui avant de vous laisser filer.

— Merci.

— Prenons un verre un de ces soirs, dit-il. Prévenez-moi quand vous serez libre.

— Je n'y manquerai pas. Merci.

Elle sortit, ferma la porte derrière elle et dut se maîtriser pour ne pas courir dans le couloir tant elle était heureuse. Il l'attendrait longtemps ce verre en tête à tête, mais ça, il ne le savait pas. Pour la première fois, Caroline venait de comprendre combien on avait besoin d'elle chez Fabian. Elle ne saurait jamais si cinq minutes plus tôt elle avait été sur le point de perdre sa place, mais ces quelques instants de panique, dans le bureau de Mr Shalimar, lui avaient montré quelle importance elle attachait en fait à son travail. Cela avait commencé comme un passe-temps et c'était devenu un mode de vie.

Le jeudi après-midi, elle fit une chose qu'elle n'avait pas faite depuis des années. Elle acheta deux revues de cinéma et lut tous les articles consacrés à John Cassaro, se demandant ce qu'il y avait de vrai dans cette prose idolâtre et sucrée. L'un des articles était intitulé : « John Cassaro, le Solitaire ». Ces revues se vantaient toujours de raconter la « véritable histoire », à savoir que le clown était triste. Et alors ? Si le clown était heureux, ce serait trop simple. Dans le même ordre d'idées, bien sûr, l'homme qui avait la réputation d'être un don Juan et le fléau des starlettes à la ville était en réalité un être réservé et solitaire. Malgré tout, Caroline se sentit étrangement émue à la lecture de ces articles, comme des milliers d'autres jeunes filles, dans l'Amérique entière. Il est seul, se disaient-elles, malgré la vie dissipée qu'il mène, il n'a jamais trouvé celle qui le comprendrait vraiment. Après tout, ces danseuses de Las Vegas, ces starlettes de Hollywood, certainement plus jolies que moi mais concentrées sur leur seule carrière, ne pensent sans doute qu'à elles et non à lui, aux problèmes secrets qu'il leur confierait si elles cherchaient vraiment à le comprendre.

— Vous devriez lire l'article que *Secrets de stars* a consacré à John Cassaro il y a quelques mois, lui conseilla Lorraine. Voulez-vous que je descende vous le chercher ?

— Oui, volontiers, répondit Caroline en se disant que cette fille essayait déjà de prévenir tous ses désirs tant elle tenait à assouvir son ambition.

Lorraine se précipita dans le couloir et Caroline songea qu'elle devenait exactement comme Miss Farrow. Je n'ai aucune raison de me méfier de cette fille qui ne cherche qu'à me faire plaisir. Si je commence à avoir peur d'une nouvelle venue de dix-huit ans, je suis mal partie. Mais elle ne pouvait s'empêcher de se demander si désormais ce ne serait pas toujours comme ça, parce que c'était la vie.

Trois minutes plus tard, Lorraine était de retour.

— Merci, dit Caroline en prenant le magazine déjà ouvert à la page qu'elle voulait lire.

— Je vous en prie.

— Bonté divine, comment peuvent-ils publier de telles foutaises ?

Il y avait plusieurs photos un peu floues de silhouettes dans un sous-bois et une, plus nette, d'un luxueux palace de Las Vegas. Une autre, prise dans une boîte, montrait John Cassaro attablé avec une jolie fille qu'il regardait dans les yeux avec un sourire conquérant : sans doute une figurante payée par l'attaché de presse de la vedette, ce dont *Secrets de stars* ne disait évidemment rien. L'article, intitulé « Le soir où la mère de la jeune vierge a frappé à la porte de John Cassaro », racontait sans vraiment rien dire qu'une fille de vingt et un ans follement amoureuse de son idole était en train de boire un verre dans la suite qu'il occupait dans un hôtel quand sa mère avait surgi, pour ne rien trouver, d'ailleurs (le magazine en convenait finalement). Mais, quand on avait lu jusqu'au bout la prose pleine de sous-entendus, on gardait l'impression qu'une véritable orgie s'était déroulée.

— Je n'ai pas compris, admit Lorraine, s'ils ont fait quelque chose ou pas.

— Et *Secrets de stars* pas davantage, pesta Caroline, dégoûtée. Ils ont déniché des photos d'archives, de vieux articles de presse et mitonné leur demi-scandale en comité de rédaction.

Caroline avait souvent entendu dire que John Cassaro était censé être un amant inoubliable, mais elle se refusait à penser à lui sur ce plan, car elle trouvait cela à la fois vulgaire et puéril. C'était une personne qui avait une vie privée et c'était cette personne qu'elle allait rencontrer dans moins de vingt-quatre heures et non pas un amant imaginaire. Penser à lui autrement que comme une relation de travail serait mauvais pour elle, elle le savait, que lui la considérât comme une femme ou non.

Mais, ce soir-là, elle se lava les cheveux et se fit une mise en plis et, le vendredi matin, elle se maquilla avec beaucoup de soin, tout en se répétant à elle-même que c'était pour le bien des Derby Books. Elle arriva à l'hôtel à onze heures trente juste et, dans l'ascenseur, elle se demanda si le liftier savait où elle allait. En sonnant à la porte de l'appartement qu'on lui avait indiqué, elle se dit : Qui est John Cassaro ? Personne. Mais elle était paralysée de terreur.

Elle s'attendait à un sinistre valet oriental, mais ce fut Cassaro lui-même qui lui ouvrit la porte. Il était exactement comme sur les photos, un peu plus âgé peut-être, et un peu plus mince. Caroline savait qu'il avait quarante ans, mais il faisait beaucoup plus jeune.

— Vous êtes probablement Caroline Bender, dit-il.

— Oui.

— Entrez.

Il portait une robe de chambre de soie bleu nuit et il avait un foulard de soie autour du cou. Il était exactement tel que Caroline avait imaginé qu'il serait le matin. Tout en le suivant vers le living-room, Caroline vit qu'il était beaucoup plus grand qu'elle ne le croyait. Peut-être parce qu'il avait un visage à l'ossature très fine, elle l'avait cru petit, mais il mesurait près d'un mètre quatre-vingts.

Le living-room, comme le reste de l'appartement, était climatisé, et il y avait un piano dans un coin.

C'était une grande pièce, avec des murs et une moquette pâles, et les fenêtres étaient ouvertes et laissaient entrer le soleil d'été. Une porte, à un bout de la pièce, menait à une grande terrasse d'où l'on découvrait la ville. Il faut que je me rappelle bien tout, se disait Caroline, pour le raconter à Gregg et à April.

— Voulez-vous un café ? demanda John Cassaro.

— Volontiers.

— Je viens de me lever, dit-il.

Du café était servi sur une table basse, devant le canapé. Caroline s'était vaguement attendue à trouver un gros imprésario en train de mâchonner un cigare humide, ou des gens aux attributions mal définies, qui traîneraient là, ou encore une femme de chambre, ou un maître d'hôtel, mais il n'y avait personne. Il est tout seul, se dit-elle. Comme c'est bizarre. Il est seul avec moi.

— Ainsi, vous travaillez pour ces horribles Editions Fabian, dit-il brusquement. Je ne m'en suis rendu compte qu'hier. C'est vous qui publiez *Secrets de stars*.

— Je travaille à Derby Books, précisa Caroline. L'article sur vous paru dans *Secrets de stars* est répugnant, c'est honteux.

Elle avait parlé calmement, sans véhémence, et il esquissa un sourire.

— Je n'attache aucune importance à ce genre d'articles, dit-il, mais je suis très étonné que les Editions Fabian s'attendent à ce que je leur rende service après un coup pareil.

— Je sais, cela peut paraître grossier, compatit Caroline, mais la promotion du livre aidera celle de votre film, et c'est ce qui compte.

Il ne toucha pas à son café mais alluma une cigarette et se mit à arpenter la pièce de long en large. Il paraissait nerveux, et Caroline savait que ce n'était pas à cause de cette histoire de lancement publicitaire d'un livre, car cela n'avait aucune importance pour lui, mais que sa nervosité avait des raisons plus profondes. Elle faisait partie de sa personnalité. Elle se sentit prise de pitié pour lui. Le téléphone sonna et il alla répondre. Il grogna :

— Allô…

Caroline versa de la crème dans son café et le remua, essayant de faire comme s'il n'était pas là. John Cassaro parlait, puis écoutait, tenant le récepteur tendu à l'extrémité de toute la longueur du fil et il marchait en rond comme un animal au bout d'une chaîne. Elle n'avait encore jamais vu quelqu'un parler au téléphone de cette manière, comme si chaque instant où il ne bougeait pas était un instant perdu. Quand enfin il eut terminé sa conversation, John Cassaro revint vers Caroline.

— Vous écrivez ? lui demanda-t-il.

— Non. Je suis directrice littéraire.

— Et cela vous plaît ?

— Oui.

— Vous avez l'air si jeune.

— J'ai vingt-trois ans.

— C'est jeune, non, pour être directrice littéraire ?

— Oui.

Tandis qu'il se tenait devant elle et qu'il la regardait, Caroline sut, instinctivement, que toutes les histoires qu'elle avait entendu raconter à son sujet étaient vraies. Sa voix qui avait fait rire et rêver à la fois des millions de gens gardait encore certaines intonations de sa jeunesse dans les bas quartiers, son visage et son corps avaient la dureté de quelqu'un qui avait lutté pendant des années pour devenir le John Cassaro d'aujourd'hui. Caroline sut, tandis qu'il la regardait, que s'ils se connaissaient mieux il pourrait lui demander de faire n'importe quoi : de s'enfuir avec lui, d'aller faire une bringue courte mais gigantesque, et que ce serait exactement le genre de chose qui lui paraîtrait à elle étrange, significative et romanesque et qui, pour lui, ne voudrait rien dire du tout. Ils étaient des étrangers l'un pour l'autre et pourtant son regard à lui disait : Nous nous connaissons parfaitement, n'est-ce pas ? Et elle devait reconnaître que c'était vrai. Jamais de sa vie elle ne s'était sentie plus conventionnelle, plus bornée et plus ordinaire.

Il lui fit un petit sourire et s'assit sur le canapé à côté d'elle.

— Cigarette ?

— Merci.

Quand il eut allumé leurs cigarettes, il garda le briquet à la main, l'allumant et l'éteignant sans cesse. Il le reposa enfin sur la table.

— Bon, dit-il. Qu'est-ce que je peux faire pour vous ?

— J'ai le texte ici, car il se trouve que je l'ai écrit moi-même, dit-elle sans le regarder. J'ai pensé que cela vous épargnerait l'ennui de le faire, puisque vous êtes assez gentil pour accepter de prêter votre nom à notre campagne de publicité. Si mon texte vous plaît, vous n'aurez qu'à signer au bas de la page et tout sera dit.

Il prit la feuille de papier qu'elle lui tendait et la lut rapidement, les sourcils froncés.

— C'est vous qui avez écrit cela ?

— Oui.

— Vous avez un stylo ?

Elle lui en donna un, décapuchonné. John Cassaro se pencha sur la feuille de papier qu'il avait posée sur la table basse, après avoir repoussé les tasses à café. Il raya un mot, le remplaça par un autre, puis signa avec de grandes lettres bien espacées.

— Merci, dit Caroline.

Elle avait regardé par-dessus son épaule ce qu'il avait écrit. Il n'avait changé qu'un adjectif, un détail, mais le texte s'en trouvait amélioré.

— Et merci pour la correction, ajouta-t-elle avec un petit sourire.

Lorsqu'il tourna la tête vers elle, son visage n'était qu'à quelques centimètres de celui de Caroline. Elle eut l'impression bizarre qu'il allait l'embrasser, comme dans une banale scène de film et, brusquement, elle fut prise de vertige et comprit que si John Cassaro était capable d'un geste pareil, ce ne serait ni étrange ni banal.

Mais il ne bougea pas, se contentant de la regarder.

— Vous pouvez envoyer les mille dollars au Village d'Enfants, dit-il.

— C'est très gentil à vous. Je demanderai au comptable de l'envoyer en votre nom dès que je rentrerai au bureau.

Il regarda sa montre.

— Il faut que j'aille en ville, j'ai une répétition. Servez-vous donc quelque chose à boire et je vous déposerai en passant.

— Très bien. Merci.

— Servez-moi quelque chose aussi.

Il se leva et se dirigea vers la chambre à coucher.

— Je reviens tout de suite.

Il va à une répétition, songea Caroline, il a des dizaines d'amis et des millions d'admirateurs, et pourtant il m'a demandé d'attendre et de prendre un verre avec lui alors que c'est moi qui devrais lui être reconnaissante d'avoir accepté de signer mon texte.

Il arriva derrière elle sans bruit, vêtu d'un costume léger.

— Est-ce que vous avez envie de sortir sur la terrasse ?

— Oh oui !... Volontiers.

Il ouvrit la porte et ils sortirent ensemble. Il faisait très chaud mais, à cette hauteur, il soufflait quand même une petite brise. Un vélum donnait de l'ombre et il y avait là deux chaises longues, une table à dessus de verre et une plante verte de plus d'un mètre de haut.

John Cassaro était appuyé contre le mur de la terrasse et buvait son scotch.

— On voit les bateaux d'ici, dit-il. Regardez là-bas, c'est *l'Ile-de-France*.

— Je déteste tous les bateaux qui vont en France, dit Caroline.

— Ah oui ? Pourquoi ?

— J'étais amoureuse de quelqu'un qui a pris un bateau pour la France et qui n'est jamais revenu, dit-elle d'un ton léger.

Mais alors même qu'elle disait cela, elle se rendit compte brusquement qu'elle ne détestait pas vraiment les bateaux, que le mot Paris n'avait plus le don de la blesser et qu'elle n'avait prononcé ces phrases devant John Cassaro que pour lui montrer qu'elle avait déjà été amoureuse dans sa vie.

— Pourquoi n'est-il jamais revenu ?

— Il s'est marié.

— Ce devait au moins être avec Hélène de Troie, dit-il en jetant un coup d'œil à Caroline.

Elle sourit.

John Cassaro regarda de nouveau sa montre et dit :

— Il faut que nous partions.

Tandis qu'elle traversait le hall de l'hôtel avec lui, Caroline était consciente des regards des autres gens. Tous reconnaissaient John Cassaro, et ils se disaient probablement qu'elle était la dernière en date de ses conquêtes. La mystérieuse jeune femme. Il lui prit le bras pour l'aider à monter dans le taxi et c'était exactement le même geste qu'avaient fait des centaines de garçons qui étaient sortis avec Caroline depuis huit ans, et pourtant c'était différent. C'était entièrement différent.

Pourquoi faut-il qu'il en soit ainsi ? se dit Caroline. C'est injuste. Une main ressemble toujours à une autre main, et pourtant l'une a le pouvoir de m'attirer plus près et une autre m'agace au point que j'ai envie de m'écarter. Je ne le connais pas, il n'est rien pour moi, juste une célébrité dont j'ai entendu parler. Ce n'était pas l'amour, ce n'était pas Eddie, ce n'était même pas un ami à qui Caroline était profondément attachée. Et pourtant, si en cet instant John Cassaro avait choisi de l'embrasser, Caroline savait qu'elle aurait répondu à son baiser avec une passion qu'elle n'avait plus ressentie depuis qu'elle avait été abandonnée par Eddie Harris. C'était la première fois que Caroline se rendait compte qu'en dépit de tout ce qu'elle et ses amies croyaient et se racontaient, il existait quelque chose qui était une pure attirance sexuelle, où il n'entrait rien de sentimental, et cela la mettait mal à l'aise et la faisait se sentir vaguement coupable, au point qu'elle ne trouva rien à dire à son compagnon pendant tout le chemin qui les menait jusqu'au bureau.

Le taxi s'arrêta au bord du trottoir, devant la statue d'Atlas.

— Merci, dit Caroline.

— Bonne chance, dit John Cassaro.

Elle descendit du taxi et entra dans l'immeuble de son bureau, n'osant pas se retourner pour regarder John Cassaro de peur qu'il ne la voie et qu'il n'imagine qu'elle était impressionnée par lui. Puis elle se dit qu'elle était idiote. Qu'elle aurait dû se retourner et lui faire un petit signe d'adieu. Que cela aurait été mieux. *Mieux pour quoi ?* Elle se dit qu'elle ne pouvait qu'espérer ne jamais le revoir.

Le lendemain, quand Paul vint à Port Blair, Caroline l'obligea à aller à une longue séance de cinéma avec elle, puis, à une heure du matin, quand il essaya de l'embrasser, elle lui dit qu'elle était épuisée par une journée de soleil à la plage suivie de cette sortie et elle se réfugia dans sa chambre. Pour la première fois depuis sa première sortie avec Paul, elle eut l'impression de lui avoir échappé et fut heureuse de se retrouver seule et libre. La dernière chose à laquelle elle pensa avant de s'endormir, ce fut à l'image de John Cassaro buvant son scotch et à la forme de sa main tenant le verre. Paul était resté coucher là pour pouvoir aller à la plage avec Caroline le lendemain et quand celle-ci le vit, le matin, assis sur la véranda et occupé à lire les journaux du dimanche et à faire les mots croisés comme un membre de la famille, elle eut un sentiment d'irréalité, comme si elle vivait dans deux mondes simultanément. A dix heures et demie, April lui téléphona de New York.

— Caroline ! Devinez qui vient de se marier !

— *Qui ça ?*

— Barbara Lemont… vous savez, mon amie. Elle s'est enfuie avec Sidney Carter, de l'Agence Carter. Elle était follement amoureuse de lui depuis un an. Elle vient de m'appeler. Ils sont partis pour le week-end, et ils se sont mariés.

— C'est merveilleux ! dit Caroline.

— Si vous le voyiez, il est très beau, et c'est l'homme le plus gentil que j'aie jamais rencontré.

— Il doit être vieux.

— Non. Il a quarante ans. Ce n'est pas si vieux ?

— Non, dit Caroline, pensant à John Cassaro, c'est quelquefois le meilleur âge.

— Elle est si gentille. Je suis si contente pour elle. Elle va cesser de travailler et rester chez elle pour s'occuper de sa fille.

— Et vivre heureuse, etc., soupira Caroline. Comment se fait-il que personne n'ait encore mis le grappin sur un homme comme lui ?

— Il vient de divorcer.

— C'est peut-être ceux-là qu'il faut chercher. Mais ce n'est pas commode.

— Je ne sais pas, dit April d'un ton songeur. Je ne sais plus.

Lorsque Caroline rapporta la nouvelle à sa mère, celle-ci émit un petit rire plein de sympathie.

— Ah, la pauvre ! Bien sûr, avec sa condition, il n'y a qu'un homme plus âgé qui puisse accepter un enfant.

— Mais, maman, il a toutes les qualités qu'on puisse trouver pour un futur mari, rétorqua Caroline. Il est beau, riche et il n'a que quarante ans.

— Oui, c'est ce que je dis, elle a bien de la chance, une fille si jeune avec un enfant si âgé. Elle a de la chance d'avoir pu trouver quelqu'un, quel qu'il soit.

— Je suis d'accord, intervint Paul.

Le contraire m'eût étonnée, songea Caroline, sarcastique.

24

L'été est, à New York, la saison des touristes ; ils arrivent par centaines dans la ville brûlante, sortant des cars, des trains, des avions et des voitures particulières, chaussés de blanc et habillés de leurs costumes d'été ; ils ont avec eux l'argent qu'ils ont économisé pour ce voyage et ils sont bien décidés à ignorer la chaleur qui monte des pavés et à tout faire. Tout, c'est-à-dire aller à Radio City, et à Times Square la nuit, visiter le bâtiment des Nations unies, manger à l'Automat, faire une promenade en fiacre et voir quelques spectacles à Broadway. Certains, en visite pour la première fois, descendent dans des hôtels où les New-Yorkais n'ont jamais mis les pieds : des camions passent en grondant sous leurs fenêtres et des enseignes au néon clignotent toute la nuit ; aussi, après une semaine sans être jamais sortis d'un carré d'une dizaine de blocs, rentrent-ils chez eux en disant : Eh bien, New York est une ville qui vaut la peine d'être visitée, mais je ne voudrais certainement pas y vivre. D'autres, invités par des cousins éloignés ou des amis, logent dans le Bronx, à Flushing ou Jericho, et effectuent un pèlerinage quotidien au centre de la ville. Ceux-là décréteront : « Assurément, New York est une grande ville, mais pourquoi dire qu'elle est inamicale ? » Et une troisième catégorie, celle qui a beaucoup d'argent à dépenser, réserve une chambre au Plaza, au Waldorf ou au St Regis, dépense cinquante dollars pour un spectacle musical à Broadway et dîne dans les meilleurs restaurants (Colony ou le Pavillon) avant de boire un cocktail au Harwyn, au Little Club ou au Starlight Roof. Ces touristes-là s'exclameront une fois de retour chez eux : « Venir une fois par an est bien suffisant, cette vie trépidante est infernale ! »

Dans le courant de l'été 1954, au milieu du mois d'août, un jeune homme du nom de Ronnie Wood arriva à New York pour visiter la ville ; il y venait pour la première fois. Il avait emporté un appareil photographique dans un étui de cuir qu'il suspendait à son épaule, il était vêtu d'un costume en dacron – que l'on peut laver soi-même dans sa chambre d'hôtel – et, dans sa vieille valise en toile, il avait l'adresse d'une jeune fille nommée April Morrison, dont la mère était une amie de la tante du jeune homme qui habitait Colorado Springs. Il mesurait un mètre soixante-douze, il avait des cheveux bruns ondulés qui lui tombaient sur le front quand il remuait la tête, des yeux noirs inquisiteurs, et il bégayait un peu quand il était nerveux ou avec des gens qu'il ne connaissait pas. Il ne connaissait pas April Morrison.

Le premier jour, il descendit dans un hôtel près de Grand Central Station et, en se promenant, il arriva à Broadway, tout en prenant quelques photos ici ou là. Il observa les filles qui sortaient des bureaux pour aller déjeuner et prit encore des photos en se demandant si l'une d'elles pourrait être April Morrison. Il savait qu'elle travaillait dans le coin et, après s'être sustenté d'un hot dog et d'un gobelet de lait de coco, il se dirigea vers la Cinquième Avenue.

Apercevant deux garçons en manches de chemise, il ôta sa veste et la jeta par-dessus son épaule en la tenant avec deux doigts ainsi qu'il avait vu Gary Cooper le faire au cinéma. Il se comportait de cette façon depuis deux ans, depuis qu'il avait brièvement nourri l'ambition d'être acteur, et c'était devenu un tic. Lorsqu'il arriva devant la statue d'Atlas, au pied d'un immense immeuble de bureaux, il prit une photo de l'ensemble. C'était New York, tel qu'il se l'était imaginé. Des immeubles gigantesques, impersonnels, mais avec, tout à côté, une œuvre d'art qui personnalisait le tout. Cette April dont il avait l'adresse travaillait quelque part par là.

Il décida de lui téléphoner et chercha un drugstore. Il n'y en avait pas en vue. Il marcha un moment sans trouver de drugstore et abandonna. Il rentra donc à son hôtel, prit une douche et s'allongea sur son lit, vêtu seulement de son slip. Il était cinq heures moins dix. Pris d'une impulsion subite, Ronnie Wood décida de téléphoner quand même au bureau d'April pour lui demander de dîner avec lui. Il espérait qu'elle n'était pas affreuse, ce serait horrible de dîner avec une fille affreuse le premier soir où il se trouvait dans cette ville passionnante qu'il avait toujours rêvé de voir.

— Je suis libre ce soir, en effet, dit April Morrison, mais pour prendre un verre seulement. Vous pourriez me retrouver devant mon bureau à cinq heures et demie.

La voix, un peu haletante, lui plaisait. C'était une voix qui murmurait.

— Très bien, dit-il, s'efforçant de ne pas bégayer. J'aurai un costume gris clair.

— Moi aussi, dit April.

Elle rit.

— A tout à l'heure.

Il n'avait pas la moindre idée de l'endroit où l'on pouvait emmener une jeune fille prendre un verre à New York avant le dîner, mais il se dit qu'elle saurait. Elle avait paru assez sophistiquée, au téléphone. *Je suis libre… mais pour prendre un verre seulement*. Tant mieux, après tout. Pour sa première soirée à New York, il voulait être avec une fille aussi sophistiquée et new-yorkaise que possible. Il l'imaginait déjà. Il avait comme l'impression qu'elle ne serait pas moche du tout.

Il la vit, devant la statue d'Atlas, avec ses cheveux qui flottaient dans le léger vent qui s'était levé à la fin de la journée. La pluie menaçait. Les cheveux d'April Morrison étaient dorés, avec des reflets roux dans la lumière du soir : ils étaient courts, légers et brillants. Elle portait un tailleur gris, en effet, fait d'un tissu soyeux et mince, de sorte que Ronnie voyait bien les courbes de son corps. Et elle avait un beau visage. Quand elle le vit s'approcher d'elle, elle lui sourit.

— April ? dit-il.

— Bonjour, Ronnie Wood.

— Je suis heureux de vous rencontrer, dit-il, commençant à bégayer. Je suis heureux que vous ayez été libre ce soir.

Elle posa légèrement le bout de ses doigts sur le bras de Ronnie.

— Allons vite quelque part avant qu'il ne pleuve. Vous avez une préférence pour un endroit quelconque ?

— Moi ? Non… non. Je comptais… vous laisser choisir.

— Alors, allons vite nous abriter au Barberry Room.

Ils coururent et arrivèrent essoufflés, se souriant mutuellement. Les premières gouttes de pluie commençaient à tomber au moment où Ronnie poussa la porte de verre. Ils trouvèrent une table dans le fond.

— Oh, dit-il, il fait noir ici.

— Vous vous y habituerez.

— Que voulez-vous… boire ?

— Un vodka Martini. Avec une olive.

— Un vodka Martini. Avec une olive, répéta docilement Ronnie au garçon. Deux.

— Alors, dit April, il y a longtemps que vous êtes à New York ?

— Depuis ce matin seulement.

— Et qu'avez-vous vu ?

— J'ai fait trente-cinq kilomètres à pied, dit-il. En tout cas, je commence à en avoir l'impression.

— Ciel, dit-elle, vous êtes ambitieux.

— Oui, reconnut-il.

— Je faisais ça quand je suis arrivée à New York, raconta April. Je faisais des kilomètres. Je me suis même perdue un jour. Vous ne vous êtes pas encore perdu.

— Je ne sais pas si je m'en apercevrais, répondit-il.

Tous deux se mirent à rire.

April leva son verre.

— A votre santé, dit-elle gaiement.

— A votre santé.

— Et à vos vacances.

— Elles se présentent très bien, dit Ronnie.

— Parlez-moi de vous, dit-elle. Qu'est-ce que vous faites dans la vie ?

— Je vais travailler avec mon père, dans une agence immobilière. Je viens juste d'être démobilisé.

— Vous étiez en Corée ?

— Non. J'ai eu de la chance. J'étais en Allemagne.

— Ah oui ? Moi, je ne suis jamais allée en Europe.

— Pour mes permissions, je suis allé à Rome, dit-il. C'était beau, c'est une très belle ville. Mais je ne suis jamais allé à Paris.

— Vous retournerez peut-être en Europe un jour.

— Cela me plairait. Ce serait un endroit idéal pour un voyage de noces.

Se trompait-il, ou venait-il de voir le regard d'April s'assombrir ? Un instant, on eût dit qu'elle allait pleurer. Mais elle sourit.

— Est-ce que je peux avoir un autre verre ? demanda-t-elle gaiement.

— Bien sûr… garçon ! Deux autres… euh, vodka Martini, s'il vous plaît.

— Je préfère de beaucoup cela aux Martini normaux, dit April. Dans le temps, j'aimais bien le gin, mais je me suis réveillée un matin avec une terrible gueule de bois et depuis je ne supporte plus le goût du gin.

— Vous ne devriez pas boire au point d'avoir la gueule de bois, dit-il. Vous devriez faire plus attention.

— Mon Dieu, je crois entendre mon père.

— Excusez-moi…

— Cela ne fait rien, dit April.

Elle lui sourit.

— La plupart des filles adorent qu'un homme se préoccupe de leur santé.

Elle buvait à petites gorgées et regardait Ronnie par-dessus le bord de son verre.

— Je suis comme cela aussi. Je ne me préoccupe pas du tout de ma santé quand je suis livrée à moi-même.

— Vous devriez, pourtant, dit-il.

Quand il l'avait vue, tout à l'heure, devant la statue d'Atlas, elle lui avait paru exactement telle que devait être une fille de New York : sophistiquée, longue de jambes, belle et très équilibrée. Maintenant, il y avait des instants où elle lui apparaissait simplement comme une petite fille insupportable. Il la préférait ainsi.

— Je ne vous laisserai pas boire trop ce soir, dit-il. J'aimerais que… vous puissiez dîner avec moi.

— Je peux peut-être m'arranger.

— Vous me direz où vous voulez aller. Je suis un étranger, moi.

— Ce sera amusant.

— Voulez-vous que je… vous parle encore de moi ?

— Oui, dit-elle, très intéressée. Je vous en prie.

— Voilà… A une époque, j'ai voulu être acteur. J'ai même suivi des cours d'art dramatique, mais j'ai finalement décidé d'abandonner. J'ai estimé que je n'avais pas le tempérament nécessaire.

— Comme c'est drôle ! Moi aussi, j'ai voulu être actrice, à une certaine époque. C'est pour cela que je suis venue à New York.

— Ah oui ?

— Mais, au bout d'un moment, j'ai abandonné. C'est pour cela que je suis dans l'édition. C'est au moins un milieu artistique.

— Cela doit être passionnant.

— Oh… c'est amusant.

— Je crois que c'est cela l'important, dit Ronnie. De faire ce que l'on aime faire.

— Et vous aimez vendre des terrains ?

— Je ne sais pas encore. Si je n'aime pas cela, ou si je ne suis pas capable de le faire, je trouverai autre chose.

— Vous êtes très courageux, dit April. La plupart des garçons s'enfoncent simplement dans une ornière et y restent toute leur vie.

— Je n'ai pas envie non plus d'aller d'un travail à l'autre. Certainement pas. Mais je suis encore assez jeune pour essayer de trouver ce que je saurai faire le mieux.

— Quel âge avez-vous ?

— Vingt-quatre ans, dit-il.

— C'est jeune, en effet.

— Pourquoi ? Quel âge avez-vous ?

— Vingt-trois ans, dit April.

Il rit.

— A vous entendre, on croirait que vous êtes une vieille dame.

— J'ai quelquefois l'impression d'être une vieille dame, dit-elle d'un ton léger.

— Dînez avec moi, s'il vous plaît.

— Il faudra que je me décommande, alors.

— Vous pouvez ? Enfin… vous voulez bien ?

— Oui, dit-elle.

Ronnie fouilla dans sa poche.

— Voilà de la monnaie pour le téléphone.

— Ce n'est pas la peine. Le garçon va apporter l'appareil à notre table.

Mon Dieu, pensa-t-il, je croyais que cela ne se faisait qu'au cinéma. Mais le garçon vint et installa un appareil téléphonique à leur table et April décrocha et commença à former un numéro. Mais aussitôt, elle posa la main sur l'appareil et raccrocha.

— Dites-moi, demanda-t-elle brusquement.

— Quoi donc ?

— Est-ce que vous vous sentez seul ?

— Seul ? Pourquoi ?

— J'ai pensé que vous vous sentiriez peut-être seul, dit-elle. Pour votre première soirée à New York.

— Vous avez raison, dit Ronnie lentement. Je n'y avais pas vraiment réfléchi. Mais si vous ne dînez pas avec moi, je me sentirai seul, j'en suis certain.

— C'est tout ce que je voulais savoir, dit April.

Elle décrocha de nouveau le téléphone, forma un numéro et, tandis qu'elle attendait que la sonnerie se déclenche, elle leva la tête et sourit à Ronnie.

25

Un soir de la mi-octobre, alors que les premières gelées commençaient à se faire sentir en banlieue et que les gens reprenaient goût aux soirées à la maison, devant leur poste de télévision, Gregg Adams se trouvait dans la chambre à coucher de David Wilder Savage, occupée à fouiller les tiroirs de commode de celui-ci. Elle le faisait furtivement et aussi vite que possible, car David était sous la douche et Gregg savait qu'aussi longtemps qu'elle entendrait le bruit de l'eau, elle serait tranquille. Elle n'aurait pu expliquer ce qui l'avait poussée à faire une chose aussi impensable, sinon que David était occupé et qu'elle-même était là, dans sa chambre, et que brusquement le besoin l'avait saisie de *savoir*. Savoir quoi, elle n'en avait pas la moindre idée. Mais David était depuis si longtemps un mystère pour elle qu'elle pensait que si seulement elle pouvait découvrir un de ses secrets, des lettres, une photographie, n'importe quoi, elle le comprendrait mieux ensuite.

Au fond du tiroir du milieu, sous une pile de chemises blanches, Gregg trouva plusieurs enveloppes. Elles avaient l'air d'avoir été jetées là par quelqu'un de désordonné plutôt que dissimulées par quelqu'un de cachottier. Gregg tendit l'oreille pour s'assurer que la douche coulait encore, puis elle ouvrit les enveloppes. L'une d'elles contenait une photocopie du certificat de naissance de David Wilder Savage, ainsi que son passeport. Gregg regarda surtout la photo et elle regretta de ne pas avoir connu David à l'époque où celle-ci avait été prise. Elle était même jalouse de toutes ces années pendant lesquelles il avait vécu, travaillé, voyagé et aimé sans elle.

Parmi les autres enveloppes, trois contenaient des lettres et une des photographies. Gregg regarda d'abord ces dernières. Elles représentaient toutes la même personne, un jeune homme que Gregg ne connaissait pas mais dont le visage lui était très familier. Brusquement, Gregg comprit que c'était Gordon McKay, l'ami de David qui était mort. Ce n'étaient que des instantanés qui auraient pu être pris n'importe où : deux avaient été pris à l'intérieur d'une maison, de sorte qu'ils étaient assez flous, un autre dehors, à la campagne, et enfin, sur l'une des photos, figurait une jeune fille. Gregg se demanda qui était cette jeune fille, si elle avait compté dans la vie de David autant que Gordon, et pourquoi elle était sur la photo. C'était cela l'ennui, quand on espionnait quelqu'un, on ne pouvait jamais demander d'explications sur ce que l'on avait découvert.

Gregg en vint aux lettres. Elles étaient adressées à David et signées « Gordon ». Le cœur battant, elle lissa les feuilles de papier pliées : elle en voulait à Gordon McKay pour son écriture, si petite, presque illisible, qu'elle mettait trop de temps à déchiffrer. La première était le récit d'un voyage, et elle était fort amusante. Gregg dut s'empêcher d'éclater de rire tout haut à la lecture de certaines descriptions. Il n'y avait rien de bizarre dans le fait de garder une lettre pareille, elle en valait la peine. Elle glissa sur des passages visiblement inoffensifs et arriva à la fin. Il n'y avait pas de formule tendre, simplement : « A bientôt... Gordon. » Gregg ouvrit la seconde lettre et se mit à lire.

Elle sentit qu'il y avait quelqu'un derrière elle. C'était simplement une manifestation de ce sixième sens qui fait se dresser les poils d'un chat ou éprouver à un être humain un bizarre chatouillement dans la nuque. Elle se retourna. David Wilder Savage, mouillé et seulement drapé dans une serviette, se tenait à vingt centimètres d'elle, les bras croisés et le visage arborant une expression de colère intense. Il ne dit pas un mot, ne fit pas un geste, se contentant de regarder Gregg. Derrière lui, Gregg continuait à entendre, venant de la pièce voisine, le bruit de la douche.

— Qu'est-ce que tu fais là ? demanda-t-elle stupidement.

— Je joue à Gregg, dit-il.

Il alla vers elle et lui prit les lettres de la main. Il y jeta un coup d'œil puis les replaça dans la main glacée de Gregg, refermant les doigts de celle-ci dessus. Il ne parlait toujours pas et elle ne trouvait rien à dire. Elle l'observait, essayant de penser à une excuse, à un mot drôle qui arrangerait tout, tandis que lui ouvrait méthodiquement chaque tiroir et le vidait entièrement, par brassées, jetant vêtements, papiers et linge aux pieds de Gregg.

— Tu es fou ? demanda-t-elle enfin d'une voix tremblante.

— Tiens, dit-il. Je te facilite les choses. Tu peux tout regarder. Tu veux que je te débarrasse le haut de la penderie ?

— Arrête, s'écria Gregg, terrifiée. Arrête !

Elle s'enfonçait jusqu'aux genoux dans un amas de vêtements, des chaussettes, des chemises, des slips, et il y avait même la boîte à bijoux que David avait ouverte et dont il avait répandu les boutons de manchette et les épingles de cravate. Il acheva de vider les tiroirs de la commode, puis tourna les talons et repartit dans la salle de bains dont il claqua la porte derrière lui. Gregg était si humiliée qu'elle ne savait que faire et elle était emplie d'amour pour David. Le pauvre, il était parfaitement innocent, il ne dissimulait rien. Elle n'aurait pas dû fouiller dans ses affaires, cela avait dû l'agacer horriblement. Elle remettrait tout bien en place et alors il lui pardonnerait. Tout en rangeant les vêtements, Gregg se rasséréna un peu. Elle faisait tout cela si soigneusement, pliant certains vêtements et faisant de la place pour d'autres, qu'il serait content, en fin de compte, de ce qui était arrivé. Elle pourrait lui dire qu'en fait elle avait commencé par vouloir mettre de l'ordre et qu'elle était tombée sur les lettres, qui l'avaient tentée. Voilà ! Il la croirait sûrement.

La douche s'était arrêtée et David émergea quelques instants plus tard de la salle de bains, complètement habillé cette fois. Gregg venait tout juste de terminer ses rangements. Sans lui prêter la moindre attention, David regarda sa montre.

— Je te donne cinq minutes pour terminer ton enquête et sortir d'ici, dit-il d'un ton calme, et si, d'ici là, tu n'es pas partie, je te jetterai dehors.

— Pourquoi ? s'écria-t-elle. Pourquoi ?

— Tu ne le sais pas ?

— Non ! J'essayais simplement de ranger tes tiroirs de commode. Pour… te faire une surprise, acheva-t-elle d'une voix faible.

— J'ai une bonne pour faire ce travail, dit-il.

— Je voulais… faire quelque chose pour toi.

— Et tu as découvert un tas de choses ? Est-ce que ton sale petit esprit inquisiteur a découvert toutes sortes de secrets ? As-tu découvert que j'avais douze paires de chaussettes noires et dix paires de grises ? Sais-tu que je garde mes mouchoirs déchirés au bas de la pile au lieu de les jeter ? As-tu trouvé de vieilles lettres et des photos que j'ai oublié de placer dans un album ? Es-tu satisfaite enfin ?

Qu'aurait-elle pu répondre ?

— Pardonne-moi, s'il te plaît, dit Gregg.

— Pourquoi faut-il que tu fasses des choses pareilles ?

— Je ne sais pas…

— Je ne sais pas non plus, dit-il. Et désormais, cela m'est égal. Je suis fatigué de voir ta tête. Je ne peux plus supporter de te voir. Je veux que tu t'en ailles.

— Pardonne-moi. Je ne le ferai jamais plus.

— Je te répète que je ne veux pas avoir à te pardonner. Je t'ai pardonné mille choses… tes incursions dans ma vie privée, ta méfiance maladive, ton insensibilité, ton égoïsme. Il ne s'agit pas seulement de ce que tu viens de faire ce soir. Ce n'est que la goutte d'eau qui fait déborder le vase. Pourquoi crois-tu que je suis venu épier derrière ton dos ? Parce que je commence à être comme toi, dans un sens ; je commence à me faire toutes sortes d'idées à ton sujet. Je veux que tu quittes cette maison, comme une grande fille ; je te le demande comme un service personnel. Allons…

A l'entendre, on eût vraiment dit qu'il essayait de parler calmement à quelqu'un d'un peu dérangé.

— Allons, répéta-t-il.

Il alla prendre le manteau de Gregg dans la penderie.

— Voilà ton manteau.

— Tu me jettes dehors ?

— Oui.

Gregg se sentait si mal qu'elle avait l'impression d'avoir du sang brûlant dans les tympans.

— Tu ne peux pas me jeter dehors, dit-elle. Il est tôt.

— Voilà ton sac.

Il le regarda avant de le tendre à Gregg.

— Il est joli, murmura-t-il.

— Tu l'as déjà vu.

— Est-ce que tu avais des gants ?

— Je ne veux pas rentrer chez moi ! dit Gregg.

Elle était terrorisée par l'impassibilité totale de David. Si seulement il avait été furieux, elle aurait pu le calmer, elle aurait peut-être pleuré et il aurait pardonné. Mais ce calme total et cette détermination, c'était quelque chose qu'elle n'avait encore jamais vu sur son visage.

— Je ne veux pas rentrer chez moi ! Ne me force pas à rentrer chez moi.

— Peu m'importe où tu vas, dit-il.

— Je vais faire le tour du pâté de maisons et revenir, suggéra-t-elle.

— Je vais me coucher. Il est tard.

Elle avait peur de le toucher.

— A quelle heure te verrai-je demain ?

— Demain je suis occupé.

— Alors… quand te verrai-je ?

— Je ne veux plus te revoir.

— Pourquoi ? Qu'est-ce que j'ai fait ? s'écria Gregg. Qu'est-ce que j'ai fait ?

— Tu ne le sais donc pas ? demanda-t-il.

Il paraissait avoir réellement pitié d'elle.

— Tu ne le sais pas, non.

Il demeura un moment à la regarder, toujours calme et plein de pitié maintenant.

— Embrasse-moi… murmura Gregg.

Il se pencha et, sans la toucher avec ses mains, l'embrassa doucement sur le front.

— Sois sage, dit-il.

— Je t'appellerai demain, dit Gregg.

Elle se leva et se dirigea vers la porte.

— Bonne nuit.

— Bonne nuit, Gregg.

Elle sortit dans le couloir et il ferma la porte derrière elle. Elle entendit le cliquetis du loquet qu'on repoussait. Elle se retourna. La porte de David était fermée et il était derrière. Derrière cette porte, allant et venant, encore éveillé, se trouvait ce qu'elle avait de plus précieux au monde. Elle se rapprocha pour écouter. Elle entendit des bruits de pas, la musique d'un disque qui commençait à tourner sur le phonographe, et ces bruits la rassurèrent. Au bout d'un long moment, Gregg se fatigua d'être debout immobile sur ses talons hauts et elle chercha un endroit où s'asseoir.

L'escalier qui menait à l'étage au-dessus était juste devant la porte de David Wilder Savage et, de l'autre côté du mur, il y avait la chambre à coucher. Gregg monta jusqu'à l'avant-dernière marche de l'étage et s'assit là, près d'une petite fenêtre. Elle appuya son oreille contre le mur et n'entendit rien. Elle éprouva un moment de déception, car elle eut peur que le mur ne fût trop épais pour laisser passer un son. Mais bientôt, elle entendit des pas et un grand bruit sourd, terriblement proche. Comme si David avait jeté quelque chose par terre. Gregg comprit que si elle n'avait rien entendu jusque-là c'était que David venait tout juste d'entrer dans sa chambre.

Comme c'était étrange d'écouter dans le noir les bruits que faisait un être qu'elle connaissait si bien et qu'elle aimait tant. Elle entendit la porte de la penderie se fermer : il rangeait ses affaires, il allait se coucher. Elle regarda sa montre : minuit moins dix.

Elle l'entendit tousser tandis qu'il s'installait dans son lit. Mon Dieu, on entendait tout d'où elle était. Le téléphone sonna près du lit de David et Gregg sursauta, dressant l'oreille pour entendre. Sa voix… si seulement il savait comme elle était près de lui, et qu'elle entendait tout. C'était une conversation d'ordre professionnel. Gregg poussa un soupir de soulagement. Elle entendit David cesser de parler, aller et venir dans la pièce, fermer une porte. Puis il revint et elle comprit qu'il se couchait. Pendant un long moment, il n'y eut plus aucun bruit et Gregg sut que David dormait.

Bientôt, ce serait le matin, et elle pourrait lui téléphoner. Elle savait qu'elle pourrait l'appeler tôt parce qu'il s'était couché de bonne heure et que par conséquent elle ne le réveillerait pas. Tout allait s'arranger. Il le fallait. Il était ici auprès d'elle et elle savait ce qu'il faisait. Bientôt ce serait le matin. A trois heures du matin, elle quitta la maison de David, prit un taxi et alla se coucher. Caroline dormait paisiblement, la tête appuyée contre le mur. A huit heures, quand le réveil de Caroline sonnerait, Gregg se lèverait aussi. A cette heure-là, David n'aurait pas encore eu le temps de se lever et de s'enfuir.

Ce ne fut qu'au bout d'une semaine que Gregg comprit enfin que David pensait chaque mot de ce qu'il lui avait dit. Une semaine ! Cela paraissait une éternité. Elle lui téléphonait tous les matins, de bonne heure, et c'était une voix souvent endormie qui lui répondait, sans même l'écouter. Et chaque fois, David lui raccrochait au nez. « Je pensais ce que je t'ai dit, Gregg, disait-il. Cesse de m'appeler. Au revoir. » Elle le rappelait aussitôt, et, la première fois, il répondait, en toute innocence, puis il raccrochait. La deuxième fois, son « allô » devenait méfiant, puis il ne répondait plus du tout. Gregg prit l'habitude de téléphoner la nuit, juste pour entendre la voix de David et quand il avait dit « allô », c'était elle qui raccrochait pour ne pas qu'il le fasse avant elle. Elle l'appelait à l'heure du dîner, pour savoir s'il était chez lui, et à neuf heures pour voir s'il passait la soirée à la maison. Elle l'appelait à minuit aussi, pour savoir s'il était rentré. Mais ces coups de téléphone ne lui apprenaient rien, car il pouvait fort bien être chez lui avec une femme. S'il était seul, si par hasard il souffrait en dépit de son net refus d'accorder une autre chance à Gregg, alors elle voulait le savoir. Aussi, une semaine après que David lui eut dit au revoir, Gregg se rendit chez lui à une heure du matin.

Elle monta furtivement jusqu'à son étage puis se glissa à la place où elle s'était assise l'autre fois, en haut de l'escalier. Elle espéra que personne ne monterait à cette heure-là : on pourrait en effet la trouver bizarre. Elle se colla au mur et écouta.

— Chéri ? dit une voix.

C'était une voix féminine, légère, sophistiquée, une de ces voix qui disent « chéri » sans le penser… et l'homme à qui cela s'adressait savait bien que cela ne voulait rien dire. Gregg se raidit.

— Hmmm ?

C'était lui, elle l'avait reconnu à cette seule syllabe.

— De quel côté dors-tu ?

— Celui-ci.

— Ça t'ennuie que je le prenne ? J'ai mes petites habitudes.

Gregg serrait les poings de toutes ses forces.

Il y avait de la tendresse dans la voix de David, mais aussi une vague inquiétude.

— Ne me dis pas que tu es maniaque ? Surtout pas.

La femme rit.

— Non, chéri.

Chéri ? songea Gregg. Garce, garce, garce. Elle frissonnait d'humiliation et de chagrin, et de haine pour cette fille qu'elle n'avait jamais vue, et elle avait envie de se lever et de partir en courant, mais elle était incapable de bouger. Elle sentait comme une flamme courir de sa gorge à son estomac. Elle tremblait, mais elle ne pouvait pas s'arracher à ce mur, à ces mots familiers et à ces bruits qui lui parvenaient. Puis tout fut fini, elle entendit des pas, une porte se refermer. La garce utilisait la salle de bains de David, ses serviettes de toilette, son lit, se servait de David aussi.

Se sert de mon amour, de mon merveilleux amour, songea Gregg. Peu importait, tant que David n'aimait pas cette femme. Gregg voulait savoir. Elle était prête à tout lui pardonner à condition qu'il ne fît que se servir du corps de cette femme, sans l'aimer. Elle se demanda s'il y avait un moyen d'apprendre ces choses-là aussi, s'il y avait un moyen de savoir ce qui se passait dans cet appartement au lieu d'entendre seulement.

26

Un soir de la fin d'octobre, Caroline invita April à dîner chez elle. Elles se retrouvèrent au bureau à cinq heures et passèrent dans une épicerie avant de rentrer. Elles déposèrent leurs paquets dans la petite cuisine de Caroline, et April ôta ses chaussures et s'installa sur le divan du studio tandis que Caroline enlevait sa robe et la rangeait, puis enfilait un vieux pantalon de velours et un pull-over. Elle mit des disques sur le phonographe et s'installa sur le second divan, celui de Gregg.

— Où est Gregg ce soir ? demanda April.

— Je ne sais pas. Elle est bizarre depuis quelque temps, dit Caroline.

— C'est toujours cette histoire avec David Wilder Savage.

— Je sais…

Caroline baissa la voix, comme si Gregg se cachait sous le lit ou dans la penderie.

— Elle lui téléphone toute la soirée. Et vers minuit et demi, au moment où je me couche, elle s'en va.

— Je croyais qu'il ne voulait plus la voir.

— Non. Je ne sais pas où elle va. Enfin… si.

— Où ?

— Vous ne le répéterez pas, surtout, dit Caroline.

April ouvrit de grands yeux.

— Bien sûr que non.

— Elle serait horriblement gênée si elle savait que quelqu'un d'autre est au courant. Mais j'avais besoin de vous le dire, car cela me donne la chair de poule. Elle va dans la maison où il habite et elle s'installe derrière le mur de son appartement pour écouter. Et le pire, c'est que le lendemain elle m'appelle au bureau et qu'elle me raconte tout ce qui s'est passé.

— Avec des *femmes*, par exemple ?

— Oui.

— Dieu du ciel, dit April. La pauvre ! Comment peut-elle faire une chose pareille ? Jamais je n'ai pensé à me conduire de cette façon avec Dexter.

C'était la première fois depuis plus d'un mois qu'April prononçait le nom de Dexter. Depuis qu'elle avait rencontré Ronnie Wood, elle n'était plus la même. Ils étaient sortis ensemble tous les soirs, pendant les quinze jours qu'avaient duré les vacances du jeune homme à New York et, depuis qu'il était reparti, il écrivait à April tous les jours. Caroline n'aurait jamais soupçonné qu'April avait un tel ressort. Du jour au lendemain, la fille qui arborait un sourire faux et qui ne s'intéressait à rien était devenue quelqu'un qui aimait, un peu étonnée de ses propres sentiments mais pas aussi étonnée que l'étaient ses amis.

— Quelles nouvelles de Ronnie ? demanda Caroline pour changer de sujet.

— J'ai eu une autre lettre aujourd'hui.

— Vous lui écrivez souvent ?

— Tous les jours.

— A ce point ? Et qu'est-ce que vous trouvez à lui écrire ?

— Oh, répondit April, des choses. Ce que je pense. Je ne lui parle presque jamais de ce que je fais. D'ailleurs, qu'est-ce que je fais vraiment ? Je ne sors pas, ni rien, et tous les jours sont pratiquement les mêmes. De temps en temps, je lui envoie des livres. Il dit que je lui manque…

Caroline ne voulait pas poser la question évidente : Que croyez-vous qu'il va se passer ? Elle avait peur pour April, toujours tellement pleine d'espoir et qui se laissait faire du mal sans jamais réfléchir, et pourtant cela faisait deux mois, près de soixante lettres : c'était incroyable.

— Vous savez, j'essaie de lire entre les lignes de ses lettres, pour découvrir quelque chose qui pourrait clocher. Je me demande s'il n'est pas névrosé, égoïste, menteur. Mais il a l'air si parfait que je ne peux pas le croire. Il n'est pas névrosé du tout. Et il m'aime. C'est incroyable, dit April. Il est *normal*.

— Est-ce qu'il travaille toujours chez son père ?

— Oui. Il dit que cela lui plaît. S'il peut, il prendra d'autres vacances pour Noël et il viendra à New York. Il dit qu'il veut me voir.

Caroline attendit les mots qui allaient suivre, elle le savait : « Nous allons nous marier. » Elle les attendait en tremblant, non pas parce qu'elle se méfiait de Ronnie Wood – bien qu'en fait elle eût confiance en très peu d'hommes – mais à cause d'April. April attendait toujours tellement de la vie, et les mots : « Nous allons nous marier », dans sa bouche, avaient quelque chose de pathétique. Caroline aurait préféré entendre April lui annoncer : « Il m'a demandée en mariage. » Mais pour le moment rien de tout cela. April souriait paisiblement.

— Je suis folle de lui, dit-elle. J'aimerais qu'il m'épouse. Je crois que… *peut-être*… je pourrai l'amener à m'épouser. Je le souhaite de tout mon cœur.

Venant d'April, cela voulait dire qu'elle avait mûri de dix ans.

C'était amusant de préparer des sandwichs avec elle tout en parlant des gens du bureau, de la vie en général, et de noter au passage les nombreuses allusions à Ronnie qu'elle glissait dans la conversation. Il était évident qu'April était amoureuse de lui, mais elle semblait tellement plus sûre d'elle qu'elle ne l'avait été avec Dexter que les craintes de Caroline se dissipèrent presque.

— Je n'ai pas couché avec lui, dit April, et je ne le ferai pas davantage quand il reviendra à New York. Il se montre très respectueux avec moi. Il n'a même pas essayé, il m'a juste demandé si un soir je monterai dans sa chambre d'hôtel ; j'ai répondu que non et il ne me l'a jamais reproposé. Et pourtant, j'en meurs d'envie. Il est charmant, vous ne trouvez pas ? Vous ne trouvez pas qu'il est très joli garçon ?

— Si, dit Caroline, bien que le physique de Ronnie Wood ne l'attirât pas.

Il paraissait très jeune et peu sûr de lui. Il était probablement le genre même de garçon qui adorerait April, et c'était tout ce que Caroline espérait.

— Vous savez, déclara April, j'ai vu Dexter samedi chez Brooks Brothers, je cherchais des cravates pour l'anniversaire de mon père. Comme il ne pouvait pas m'éviter, il m'a dit : « Bonjour. Comment vas-tu ? » Je lui ai répondu : « Très bien, et toi ? » Puis il a expliqué au vendeur qu'aucune cravate ne le tentait vraiment et qu'il reviendrait un autre jour, ensuite il a filé. Cela m'a fait une drôle d'impression.

— C'est-à-dire ?

— Je ne sais pas. Je n'ai rien éprouvé du tout. Vous comprenez, je l'ai regardé et j'ai pensé que s'il essayait vraiment, il serait capable de me faire revenir. Malgré tout ce qu'il m'a fait. Et pourtant, je suis sûre que je ne l'aime plus. J'aime Ronnie, de façon différente. Plus, je crois, que je n'aimais Dexter. Après cette rencontre fortuite, je me suis dit qu'il est injuste que notre premier amour ne soit jamais le bon. Néanmoins, on ne peut l'oublier. Je ne parle pas d'une amourette lorsqu'on a seize ans. Je parle de ce premier amour où tout ce qu'on entreprend avec l'être aimé devient important parce que c'est avec lui qu'on l'accomplit. Et après, toutes ces petites choses deviennent douloureuses parce qu'on ne peut plus les faire avec lui.

— Je sais de quoi vous parlez, intervint Caroline.

— J'aurais tellement aimé que Ronnie fût mon premier amour. Nous aurions pu nous rencontrer, mais il a fallu que je vienne à New York et qu'il s'engage dans l'armée…

— Peut-être que si vous l'aviez rencontré à l'époque, vous ne seriez pas tombée amoureuse de lui. Vos aspirations auraient peut-être été différentes.

— Je crois que je l'aurais aimé à n'importe quel moment. J'en suis sûre. Bon, maintenant je vais faire la vaisselle.

— Il n'y en a pas. Laissez-moi plutôt vous montrer les chaussures que je viens d'acheter. Elles sont d'un gris très sombre, vous allez voir, elles sont formidables.

Caroline alla dans la penderie et fouilla parmi les chaussures, les siennes et celles de Gregg, qui étaient par terre ainsi qu'une taie d'oreiller pleine de linge sale que Gregg avait oublié de descendre chez le blanchisseur et une jupe qui était tombée avec son cintre de la tringle surchargée.

— Je ne trouve rien dans ce fouillis. J'aimerais vraiment avoir plus de place.

Elle vit enfin la boîte à chaussures qu'elle cherchait et ramassa la jupe de Gregg pour la remettre en place. Quelque chose tomba d'une poche.

Caroline le ramassa. Ce n'était pas « quelque chose », c'étaient trois mégots de cigarette, dont un avec des traces de rouge à lèvres, un tube de rouge à lèvres vide et un morceau de lettre déchirée. Caroline regarda ces objets avec dégoût, haussa les épaules et les remit dans la poche de la jupe de Gregg. Mais, ce faisant, elle sentit autre chose qui la fit reculer de surprise, puis remettre la main dans la poche pour regarder ce qu'elle avait senti. C'étaient deux autres mégots de cigarette, portant des traces d'un rouge plus sombre, un morceau d'enveloppe de couleur, une pochette d'allumettes vide avec le nom d'un restaurant et une épingle à cheveux noire. Caroline frissonna. Ses chaussures lui paraissaient n'avoir plus aucune importance et elle plaça la boîte sur la planche de la penderie.

Elle ne savait pas ce qui l'y avait fait penser, sinon peut-être le fait que la taie d'oreiller ne paraissait pas assez pleine pour contenir du linge et n'avait pas les bosses bien particulières que font des serviettes roulées en boule. Caroline s'agenouilla et défit lentement le nœud de la taie, puis elle regarda dedans.

— Oh, mon Dieu !

— Qu'est-ce qui se passe ? demanda April.

— Venez voir.

Caroline apporta la taie dans la pièce et la posa sur le radiateur, après avoir rejeté l'idée de la poser sur le lit ou sur la table.

— Regardez.

Elle tenait la taie grande ouverte et April jeta un coup d'œil à l'intérieur.

— Ce sont des ordures ! murmura April. Où les avez-vous prises ?

— C'est à Gregg.

— Dans une taie d'oreiller ?

— Ce que je ne comprends pas, dit Caroline, c'est que c'est dans ma taie à moi.

Ce n'étaient pas exactement des ordures comme celles que l'on trouve dans une poubelle ; c'était ce que l'on jette dans une corbeille à papier : un bas déchiré, un morceau de pochette à bas avec la taille imprimée dessus, une enveloppe qui avait contenu des billets d'avion, des bouts de lettres, de factures et de papiers, des boîtes de cigarettes vides de deux marques différentes, des pochettes d'allumettes vides et une fiole vide qui avait contenu un médicament fait sur ordonnance et qui portait encore le numéro du pharmacien et le nom de la destinataire, une certaine Miss Masson. Caroline et April regardèrent un moment toutes ces choses avec ahurissement, puis Caroline refit hâtivement le nœud au sommet de la taie.

— Je vais remettre tout ça en place immédiatement.

— Que peut-elle bien en faire ? s'étonna April. Je ne comprends pas.

— Je me demande depuis quand c'est là…

Caroline réfléchit, mais impossible de se rappeler. Gregg avait toujours été désordonnée… Ce qui était sûr, c'est que cette taie d'oreiller ne se trouvait pas là la semaine précédente, car c'était à ce moment-là qu'elle avait acheté les chaussures et rangé le carton dans la penderie.

— Caroline, dit April, est-ce que vous croyez que Gregg est folle ? C'est tout de même bizarre de ramasser toutes ces choses.

— Peut-être aime-t-elle les ordures, tout simplement, dit Caroline.

Elles se regardèrent toutes les deux et, soudain, elles furent prises de fou rire.

— Que fait votre colocataire dans la vie ? demanda April d'une voix de fausset. Mais voyons, elle ramasse les ordures. Seulement il y a un ennui. C'est qu'elle les rapporte à la maison.

Elles riaient tant, toutes les deux, qu'elles en perdaient la respiration.

— A partir de maintenant, je lui garderai les miennes, dit April.

— Non. Ce ne sont pas les vôtres qu'elle veut.

Le rire de Caroline s'éteignit brusquement.

— C'est horrible, dit-elle. D'où croyez-vous que tout cela vienne ?

— Je ne sais pas.

— Si, vous savez.

— Oui, dit April lentement, et son visage eut une expression troublée. Oui, je le sais. Pas vous ?

Elles essayèrent un moment de parler d'autre chose, mais elles pensaient à Gregg et à ce qu'il était advenu d'elle et, finalement, elles en reparlèrent.

— Elle m'a raconté, dit Caroline, tout sauf cela.

— Cela vient de chez *lui*, n'est-ce pas ? dit April.

— Evidemment.

— Comment se le procure-t-elle ?

— Elle doit attendre qu'il descende ses ordures. Ou que sa bonne le fasse, puisqu'il a une bonne. Je sais que Gregg n'entre jamais dans son appartement, elle me l'a dit.

— C'est étrange…

Lorsque April partit, à onze heures, Caroline n'était pas fatiguée. Elle pensait toujours à Gregg et aux déchets contenus dans la taie d'oreiller, parce que c'était bizarre et parce que cela la déprimait. Elle avait déjà rencontré des excentriques, mais c'étaient des femmes d'un certain âge, stupides, et des hommes dont les amis parlaient et riaient derrière leur dos et qui s'arrangeaient pour vivre en dépit de leurs manies. Mais se dire que la jeune fille qu'elle connaissait si bien et avec qui elle habitait depuis deux ans était désaxée à ce point, c'était tout autre chose. Caroline ne pouvait pas se faire à cette idée. Aucune de nous ne ferait une chose pareille, se dit Caroline. Ni April ni moi, personne. Si je racontais ça à ma mère, elle m'alerterait : « Tu ne peux pas continuer à vivre avec cette fille, elle est malade. » Et dire qu'April et moi avons ri, que nous avons trouvé cela drôle.

Elle finit par s'endormir, d'un sommeil agité, et lorsque Gregg ouvrit la porte, Caroline l'entendit et se réveilla. Gregg alluma dans la penderie et commença à enlever son manteau.

— Oh, dit-elle, la lumière vous a réveillée ?

— Non, dit Caroline.

— Je suis contente que vous ne dormiez pas. J'ai envie de parler. Vous avez sommeil ?

— Un peu.

— Mais vous pouvez parler un moment, n'est-ce pas ?

— Oui…

Caroline s'assit dans son lit et Gregg alluma dans la chambre. Elle était très pâle et ses yeux étaient cernés de noir car elle manquait de sommeil, ses longs cheveux blonds pendaient, en désordre, sur ses épaules. Elle n'avait pas enlevé son manteau et elle gardait ses mains dans les poches. Caroline voyait que ces poches étaient pleines.

— Je sais maintenant qui était cette fille, dit Gregg.

Elle s'assit au pied du lit de Caroline et celle-ci, malgré elle, eut un léger mouvement de recul.

— Il y en a deux, continua Gregg, mais c'est la seconde qu'il préfère et elle va chez lui tout le temps maintenant. La première ne vient plus. Elle avait des cheveux bruns et une peau de brune, je le sais parce qu'elle se mettait du rouge à lèvres sombre et des épingles à cheveux noires. J'ai vu les traces du rouge à lèvres sur des cigarettes qu'ils ont jetées.

C'est donc vrai, songea Caroline.

— La seconde fille n'habite pas New York. Ou alors elle vient juste de rentrer de voyage. Elle a laissé l'enveloppe d'un billet d'avion de Californie. Au début, j'ai cru que c'était une comédienne, mais depuis j'ai trouvé une fiole de médicament avec son nom dessus, or je ne connais pas de jeune comédienne qui s'appelle Masson, et vous ?

Caroline fit signe que non.

— J'ai téléphoné à la pharmacie en me faisant passer pour elle : j'ai demandé qu'on renouvelle mon ordonnance et signalé que je passerais chercher le flacon. Mais le pharmacien m'a dit qu'une nouvelle prescription était nécessaire à cause de la codéine entrant dans la préparation. Je croyais qu'il s'agissait d'un antidouleur, pas d'un somnifère parce que, des somnifères, David en a qu'il aurait pu lui donner. Elle prend des comprimés quand elle a ses règles. Je le sais parce que je l'ai entendue le dire. C'est drôle, n'est-ce pas... Je connais tout d'elle, la couleur de son rouge à lèvres, le son de sa voix, la marque de cigarettes qu'elle fume, la pointure de ses chaussures, et je ne l'ai jamais vue. Et elle ne se doute même pas que je la connais.

— Oh, Gregg... dit Caroline. Gregg, je vous en prie...

Gregg souriait, d'un petit sourire glacé.

— Vous savez comment j'ai tout appris ? Regardez !

Elle sortit ses mains de ses poches et elles étaient pleines de nouveaux indices, d'autres choses sales, que Gregg exhibait tendrement, comme si c'étaient des bijoux.

— Je vais les trier demain, dit-elle. Je les ai pris dans sa corbeille à papier. La bonne la met dans l'escalier de service et le concierge passe la ramasser. Mais, depuis quelque temps, il la trouve à peu près vide.

— Gregg, dit Caroline doucement, choisissant ses mots avec soin, à quoi tout cela vous servira-t-il ? Cela ne fait que vous rendre malheureuse. Ecoutez, je peux vous trouver une place chez Fabian pour un certain temps : vous serez occupée, vous rencontrerez des gens, vous gagnerez de l'argent et, à Noël, vous pourrez peut-être aller faire du ski quelque part. Vous aurez gagné assez d'argent. Continuer comme vous faites ne vous servira à rien.

Gregg ne paraissait même pas l'écouter. Elle avait étalé ses nouvelles trouvailles sur ses genoux et les triait, en se mordillant la langue, comme une petite fille qui fait le lit de sa poupée.

— Elle s'appelle Judy, dit-elle. Je crois qu'il l'aime beaucoup. Sa voix n'est pas la même quand il lui parle… elle est plus tendre. C'est drôle… je sais tout d'elle. Je me demande s'il va tomber amoureux d'elle, vraiment amoureux. Je me demande ce qu'elle a que je n'avais pas… Je le saurai.

27

Au début de novembre, Caroline fit un rêve qui la laissa troublée pendant des jours. Elle n'aurait pu dire si elle était endormie ou à demi éveillée lorsque c'était arrivé, de sorte que cela avait l'apparence d'un souhait plutôt que d'un rêve. Ce rêve concernait Eddie Harris. Tellement réel – jusqu'au moindre détail – qu'il semblait lui parler de l'autre bout du pays. Elle trouvait naturel de penser à Eddie et de rêver de lui à cette période de l'année : les vacances approchaient – l'époque des réunions familiales, des soirées à passer, quand on le pouvait, avec les personnes les plus chères. Avec qui, pour elle ? Avec Paul Landis ? Ou avec ceux avec qui elle sortait de temps en temps, pas plus intéressants que Paul et qui n'avaient pas si bon caractère ? Et aussi de vagues rêveries à propos de John Cassaro auxquelles elle n'attachait guère d'importance. Mais le rêve concernant Eddie résonnait avec une telle réalité que tous les sentiments toujours présents dans sa mémoire étaient revenus la hanter.

Il lui disait qu'il l'aimait. « Je t'ai toujours aimée, disait-il, je l'ai enfin compris. » Ils s'étaient regardés dans les yeux et Caroline avait su qu'Eddie ne mentait pas ; leurs mains s'étaient touchées et ils avaient compris qu'ils étaient faits l'un pour l'autre.

Le lendemain, au bureau, Caroline pensa plusieurs fois à Eddie et, le soir, le désir de lui écrire une lettre lui vint comme si c'était la chose la plus naturelle du monde. C'est idiot, se dit-elle, sous prétexte que j'ai envie de le faire, je m'invente toutes sortes d'excuses. Même si je trouvais l'adresse d'Eddie, je suis sûre qu'il ne répondrait pas à ma lettre. Et je ne saurais jamais, au cas où il la recevrait, s'il n'a pas eu envie ou oublié de répondre parce que je ne représente absolument plus rien pour lui, ou encore, tout simplement, s'il n'a jamais reçu la lettre. Je me poserais toujours la question et cela serait douloureux. Néanmoins, le lendemain, Caroline appela les renseignements et demanda l'adresse de la Lowe Oil Company, à Dallas, dans le Texas, et l'inscrivit sur un carnet. Elle était certaine qu'Eddie travaillait chez son beau-père, qu'il avait un poste brillant dans le service des relations publiques ou quelque chose de ce genre – même après tant d'années, elle le connaissait bien. Il travaillait sûrement là. Sans cela, elle ne le retrouverait jamais, car elle ne pouvait certainement pas lui écrire chez lui, même si elle n'écrivait pas poussée par un motif indigne.

Caroline finit par se rendre compte que c'était la curiosité qui la poussait, en fait. Trois années avaient passé depuis qu'Eddie avait rompu leurs fiançailles, et beaucoup de choses lui étaient arrivées à elle, de sorte qu'elle était curieuse de savoir ce qu'il était devenu. Pourquoi n'écrirais-je pas à Eddie ? se dit-elle. Je ne représente pas un danger pour lui, je ne suis qu'une amie curieuse.

Et, à la fin de la semaine, elle se décida. Elle s'installa devant la machine à écrire et tapa sa lettre sur du papier à en-tête du bureau.

« *Cher Eddie,* écrivit-elle, *je viens de me rendre compte que trois années ont passé depuis que nous ne nous sommes vus, et comme il m'est arrivé tant de choses intéressantes depuis lors, je me suis dit que j'allais t'écrire pour te les raconter. J'espère que tu me répondras pour me dire ce que tu es devenu de ton côté.* » Cela avait l'air stupide et guindé, mais Caroline ne voyait pas d'autre manière de dire la même chose. Elle relut ce qu'elle venait d'écrire plusieurs fois, puis arracha la feuille de la machine et la déchira. Elle recommença. « *Cher Eddie, l'autre jour, en regardant de vieilles photos, je suis tombée sur des clichés de toi, pris il y a des années, et cela m'a fait penser à toi. Me voici donc, voix du passé, une voix pleine de curiosité. Tant de choses intéressantes me sont arrivées depuis la dernière fois que je t'ai vu que j'ai voulu te les raconter, et j'aimerais aussi savoir ce que les ans t'ont apporté.* » Dieu du ciel, à lire cette lettre, on croirait qu'ils avaient cent ans l'un et l'autre ! Comment se faisait-il qu'elle pouvait écrire des lettres si normales et intelligentes à ses auteurs, mais que lorsqu'il s'agissait d'Eddie Harris, quelqu'un qui représentait vraiment quelque chose pour elle, elle devenait incapable d'aligner deux mots. Finalement, elle garda ce second début et continua en parlant à Eddie de son travail de directrice littéraire, essayant de lui faire croire qu'elle avait beaucoup de prestige et qu'elle menait une vie joyeuse et folle à emmener déjeuner des auteurs connus et à se rendre à des cocktails littéraires. Elle raconta qu'elle avait son appartement à New York, qu'elle partageait avec une comédienne dont il avait peut-être entendu parler (insinuant qu'il aurait dû entendre parler de la jeune et talentueuse ingénue Gregg Adams s'il était au courant des choses du théâtre) et qu'elle s'amusait beaucoup. « *Et toi, comment vas-tu ? As-tu des enfants ? Je me souviens que tu jouais si bien du piano… j'espère que tu n'as pas abandonné.* » Elle signa enfin : « *Bien à toi, Caroline.* » Cette dernière formule lui parut satisfaisante, cela pouvait signifier tout ou rien. Elle se hâta de mettre la lettre dans une enveloppe avion, avant de changer d'avis, et l'adressa à Eddie Harris, à la Lowe Oil Company, avec l'inscription : « Personnel ». Et, puisque déjà elle s'était donné tout ce mal, elle griffonna « Prière de faire suivre » au bas de l'enveloppe. Au moins, elle saurait si Eddie avait reçu sa lettre et elle ne se bercerait pas de faux espoirs et de fausses excuses s'il ne répondait pas.

Elle plaça sa lettre dans la boîte de courrier à expédier et regarda le garçon d'étage l'emporter avec les autres. C'était fait. Rien d'irrévocable cependant, puisqu'elle avait la possibilité de se précipiter tout de suite au service du courrier pour récupérer l'enveloppe et la déchirer. S'en sachant capable, elle quitta aussitôt le bureau pour rentrer chez elle et, une fois arrivée, se mit à réfléchir : il faut deux jours à une lettre pour arriver à Dallas. Disons trois, pour être absolument sûre. Une semaine encore, au maximum, pour qu'Eddie réponde, puis trois jours pour que la réponse m'arrive. Cela fait deux semaines. Donc, il ne faut plus que j'y pense pendant deux semaines à compter d'aujourd'hui.

Il y avait quelque chose d'apaisant dans le fait qu'elle avait devant elle deux semaines de répit durant lesquelles elle ne pouvait être ni blessée ni déçue, parce que rien de ce qui arriverait pendant ces deux semaines-là ne serait de sa faute. Après viendraient les doutes, mais pour le moment c'était la paix. Caroline se sentait plus heureuse qu'elle ne l'avait été de toute l'année.

Le mardi après-midi, John Cassaro l'appela à son bureau. Elle reconnut immédiatement sa voix, sans pouvoir y croire tout à fait. Un instant, elle pensa que c'était une plaisanterie idiote. Mais, d'un autre côté, elle avait toujours su au fond d'elle-même qu'ils se reparleraient

— Je n'ai eu aucun mal à vous trouver, dit John Cassaro. La standardiste a su tout de suite à qui je voulais parler. Elle m'a dit : « *Caroline*, oui, je vous la passe. »

— Elle vous a dit *Caroline* ?

— Oui.

Elle savait qu'il se moquait d'elle et cela lui faisait plaisir.

— Je suis très connue dans la maison, dit-elle gaiement.

— Vous savez, dit John Cassaro, ma plante verte s'ennuie de vous. Elle dépérit.

— C'est le froid, dit Caroline en riant.

— Pourquoi ne venez-vous pas vous-même constater les dégâts ?

— C'est que…

— Venez après le bureau prendre un verre avec moi.

Un rendez-vous avec John Cassaro, se dit Caroline. Ai-je envie de le voir ce soir ? Ou jamais ?

— Je ne peux pas, dit-elle d'un ton léger. J'ai un autre engagement.

— Ah oui ? Avec votre amoureux ?

— Je n'ai pas d'amoureux.

— Alors, envoyez-le promener et venez me voir.

— Je ne peux pas, dit Caroline d'un ton plus ferme.

— Il vous plaît, alors.

— Ce n'est pas cela. Mais si je le laissais tomber et si je lui mentais… après, si je décommandais un rendez-vous que j'aurais avec vous, vous ne me croiriez plus.

Qu'est-ce qui lui avait fait dire cela ? Elle n'avait rien à faire du tout ce soir, sinon rentrer chez elle et penser à Eddie, et pourtant elle avait dit non à John Cassaro, tout en insinuant qu'elle aimerait le voir un autre jour.

— Vous avez raison, dit John Cassaro. Vous avez cent fois raison. Vous êtes une gentille fille. Amusez-vous bien ce soir.

— Merci.

— Au revoir.

Il raccrocha le premier et Caroline reposa lentement l'appareil, constatant alors seulement combien elle était nerveuse. Elle ne regrettait pas vraiment d'avoir dit non, même si John Cassaro ne devait plus jamais la rappeler. Elle était certaine d'ailleurs qu'il ne rappellerait plus. Quand on blesse l'amour-propre d'une célébrité comme John Cassaro, il faut s'attendre à ce qu'il ne prenne pas le risque d'être éconduit une seconde fois. Il en avait fini avec elle, avant d'avoir commencé. *Mais peut-être Eddie allait-il écrire*... C'était pour cela qu'elle aurait été si malheureuse chez John Cassaro, parce que son cœur aurait été ailleurs. Elle dut enfin s'avouer à elle-même qu'elle était beaucoup plus préoccupée de savoir si Eddie pensait encore à elle, que cela l'intéressait tant qu'elle n'osait même pas y penser.

Les matins où Caroline arrivait au bureau avec dix ou quinze minutes de retard, le premier courrier l'attendait déjà, glissé sous un coin de cuir de son buvard. Lorsqu'elle arriva à son bureau à neuf heures un quart, le mercredi matin, le courrier était là, déployé comme un éventail blanc sous le buvard. Et il y avait une enveloppe avion bleue. Caroline la saisit, le cœur battant. Le nom et l'adresse étaient écrits à la main et, en même temps qu'elle reconnaissait l'écriture familière, Caroline avait déjà vu le cachet de la poste : *Dallas, Texas*.

Ne trouvant plus son coupe-papier, elle ouvrit l'enveloppe avec ses ongles, les mains tremblantes, en faisant attention à ne pas déchirer la lettre qui était à l'intérieur.

« Chère Caroline,

J'ai été très heureux d'avoir de tes nouvelles. Je pensais que tu m'avais complètement oublié. J'ai l'impression que tu mènes une vie très agréable à New York. Ces trois années qui ont passé ont peut-être été plus longues pour moi que pour toi. Je n'ai pas grand-chose à te raconter. Nous avons une fille d'un an, qui s'appelle Alexandra et que nous appelons Sandy. Je travaille chez mon beau-père, j'occupe un poste qui n'est ni de recherche ni de direction, tu vois ce que je veux dire. Je me demande parfois si mon beau-père sait exactement ce que je fais. Nous avons une maison en dehors de la ville, à une demi-heure seulement de mon bureau en voiture. Nous avons également une piscine en forme de cœur, qu'il faut voir pour y croire, et deux énormes dalmatiens, qu'il faut voir aussi pour y croire.
Je compte venir à New York en voyage d'affaires vers le 15 décembre, pour une semaine. Est-ce que je peux t'appeler à ton bureau ? J'aimerais te revoir, et si je te disais que ce n'est que pour me souvenir du bon vieux temps, ce ne serait que la moitié de la vérité. Peut-être pourrions-nous déjeuner ensemble.

Bien à toi,
Eddie. »

Caroline relut la lettre trois fois avant de la replier et de la remettre dans son enveloppe. Qu'est-ce que cela voulait dire : « Ces trois années ont peut-être été plus longues pour moi que pour toi » ? Que le temps qui passe fait oublier ? Ou qu'Eddie avait pensé à elle plus qu'elle ne pourrait croire ? Elle connaissait suffisamment Eddie pour savoir qu'il n'écrirait ni ne dirait jamais quelque chose de méchant, même par inadvertance ; il était beaucoup trop malin pour cela. Il avait donc sûrement voulu dire que le temps lui avait paru long parce qu'il pensait beaucoup à elle. *Il pense à moi !* Et s'il voulait la voir, c'était parce que… Caroline plaça hâtivement une feuille de papier dans sa machine à écrire.

« *Cher Eddie,*

Je déjeunerai très volontiers avec toi, alors appelle-moi. Voici le numéro de mon bureau… »

Elle avait un calendrier sur son bureau. Elle commença à marquer les jours. Il n'y avait qu'un peu plus de quatre semaines avant le 15 décembre.

28

Les optimistes incurables sont ceux qui disent toujours : « Demain, cela ira mieux », et qui pensent vraiment demain, ou tout au plus la semaine prochaine. Ceux qui ont un esprit plus pratique, et qui sont plus souvent dans le vrai, pensent à plus longue échéance, une année par exemple. April Morrison, qui n'avait jamais eu une philosophie de la vie à long terme et qui se disait toujours : il ne faut pas que j'y pense aujourd'hui sinon je souffrirai doublement, voyait pour la première fois les choses avec plus de mesure. On était le 10 décembre et April était en train de trier ses affaires et de faire ses valises. Il y a encore un an, se disait-elle avec extase, juste avant Noël, j'étais la fille la plus malheureuse de la terre. Et aujourd'hui, je suis la plus heureuse.

Le soir où elle s'était rendue chez les parents de Dexter Key pour lui demander s'il la reverrait lui paraissait si loin qu'elle pouvait maintenant y repenser sans en souffrir et sans se sentir humiliée. Elle avait commis une erreur – de même que toute sa liaison avec Dexter Key en avait été une –, mais une fille a le droit de se tromper. Elle considérait encore ses relations avec Dexter tantôt comme une liaison, tantôt comme une aventure selon son humeur mais, parfois, lorsqu'elle pensait à tout ce qu'il lui avait fait subir, elle se demandait comment elle avait pu être amoureuse de lui. Elle se rappelait sa façon de toujours prétendre : « Tout va s'arranger », notamment la soirée où elle lui avait annoncé qu'elle attendait un bébé. Qu'elle était heureuse ce soir-là, heureuse et effrayée, mais croyant en l'avenir. Elle comprenait vaguement maintenant que quand Dexter disait : « Tout va s'arranger », c'était pour se rassurer, lui, pas pour la rassurer, elle. Qu'importe, elle ne lui en voudrait jamais. Elle avait tellement besoin de lui alors, ç'avait été sa faute de ne pas avoir compris ce qu'il était. Et maintenant qu'elle avait Ronnie, tout le reste n'était qu'une sale période qu'elle avait traversée des années plus tôt – et des moments charmants aussi à certains égards, même si elle commençait à avoir un certain mal à se rappeler en quoi.

Elle s'était longuement demandé si elle devait tout avouer à Ronnie ou non. Il était revenu à New York la semaine précédente et ils s'étaient vus tous les jours ; ils se tenaient par la main dans la rue comme des adolescents, ils parlaient pendant des heures d'eux-mêmes et de leur avenir, assis à une petite table d'un bistro du Village, ils s'embrassaient avec émerveillement et tendresse chez April, et ils discutaient du nombre d'enfants qu'ils aimeraient avoir. Finalement, un jour, Ronnie avait dit, comme si April l'avait toujours su : « Je suis là à faire des projets à propos de notre future famille et je ne vous ai même pas demandé officiellement de m'épouser. Attendez... » Il lui avait pris la main et dit : « April, voulez-vous devenir ma femme ? »

Le bonheur avait empli le cœur et la gorge d'April, les larmes étaient montées à ses yeux et elle n'avait même pas eu le courage de répondre tant elle avait peur d'éclater en sanglots. Elle s'était donc contentée de faire oui de la tête, de poser sa joue sur la main de Ronnie et, finalement, elle avait levé les yeux vers lui et avait dit : « Oui, je le veux, bien sûr. » Ils étaient restés ainsi un moment, Ronnie avec un bras autour d'elle et elle la tête appuyée sur son épaule, et April ne pouvait penser qu'une chose : « Heureuse, Heureuse, Heureuse. » C'était comme un refrain stupide qui tournait dans sa tête. C'est alors qu'elle avait commencé à se demander si elle devait lui parler des autres.

Elle le lui devait : il apprendrait la vérité de toute façon quand ils seraient mariés. Elle était terrifiée à cette idée. Qu'allait-il penser d'elle ? Il ne saurait pas combien il y avait eu d'hommes dans sa vie mais il saurait qu'il y avait eu quelqu'un. Mais il était tellement heureux, comment pouvait-elle le lui dire ? Elle ne pouvait tout de même pas lancer négligemment : « Oh, à propos, puisque nous en parlons, j'ai pensé que je devais vous dire que j'avais eu un amant... »

Finalement, elle consulta Caroline parce que celle-ci était la fille la plus raisonnable et la plus affectueuse qu'elle connût.

— Vous seriez stupide de le lui dire, déclara Caroline avec fermeté. Qu'est-ce que vous voulez, lui tendre un couteau et lui dire de se trancher la gorge ?

— Mais garder un secret pareil…

— Justement, c'est un secret.

— Ronnie a confiance en moi. Il… m'idolâtre.

— Et il aura toutes les raisons de le faire, dit Caroline. Vous l'aimez, et vous comptez lui être fidèle et le rendre heureux jusqu'à la fin de sa vie, n'est-ce pas ?

— Bien sûr !

— Alors, qu'allez-vous faire, lui dire que vous avez des remords ? Vous croyez que lui n'a pas couché avec des filles ?

— Oh si, bien sûr, dit April. Il a été dans l'armée.

— Est-ce que vous voudriez qu'il vienne tout vous raconter en détail ?

— Non, bien sûr !

— Ce sera encore pire si c'est vous qui lui racontez tout, dit Caroline. Croyez-moi, ce sera pire. Si vous aviez rencontré Ronnie deux ans plus tôt, rien de tout cela ne vous serait arrivé. C'est simplement la malchance. Ce qui l'intéresse, c'est votre vie avec lui maintenant, à partir de maintenant, et non pas ce que vous avez fait avant qu'il vous connaisse. Si vous faites des aveux à Ronnie au sujet de Dexter et des autres, je ne vous parlerai plus jamais.

— Je ne lui dirai rien, promit April.

— Allez épouser Ronnie, dit Caroline, et quand je viendrai au mariage, voyez s'il n'a pas un ami aussi gentil que lui pour moi.

— Il ne peut pas avoir un ami aussi merveilleux que lui ! s'exclama April gaiement. Mais je chercherai quand même !

Pour le moment, elle faisait ses bagages et disait au revoir à cet appartement, à New York et à son travail qu'elle n'avait jamais aimé suffisamment pour le regretter. Comme ce serait étrange de rester au lit tous les matins jusqu'à dix heures, de pouvoir découper des recettes de cuisine dans les journaux pour faire des plats que Ronnie aimait, et de savoir qu'il y avait quelqu'un qui rentrerait à la maison pour la retrouver tous les soirs, quelqu'un qui se dirigerait vers sa maison comme un oiseau se dirige vers le sud en hiver, instinctivement, pour y trouver la chaleur, l'amour et la vie dont il a besoin. Des choses qui n'avaient jamais beaucoup intéressé April, des nappes qu'elle voyait dans des vitrines, des draps brodés, de l'argenterie, tout cela prenait un sens pour elle. Elle avait regardé ces objets pour la maison quand elle était amoureuse de Dexter, mais c'était différent alors. Dexter avait son appartement à lui, avec ses propres affaires, et quand elle avait pensé l'épouser, c'était toujours avec l'idée d'aller s'installer dans son appartement, de se jeter dans ses bras protecteurs, et non pas de partager avec lui un foyer qu'ils auraient bâti ensemble. Que préférerait Ronnie ? Des draps bleus ou blancs ? Impossible de poser ce genre de questions à Dexter qui se serait contenté de hausser les épaules, agacé par ce type de conversation qui lui faisait peur. April réalisa pour la première fois qu'il s'était montré désagréable avec elle parce qu'il avait peur.

Quand elle avait remis sa démission, les filles du bureau avaient donné un déjeuner d'adieu pour elle, et, pendant quelques minutes, elle avait eu du mal à croire à cette petite fête donnée pour elle seule alors que, pendant trois ans, elle avait contribué à en organiser pour d'autres. C'était elle maintenant qui arborait un bouquet à son corsage, un air d'étonnement feint et un sourire de bonheur qu'elle n'avait pas besoin de feindre tant elle était heureuse. Comme elles étaient gentilles, toutes ces filles, de venir à son déjeuner, de l'entourer d'attentions et de lui offrir un cadeau. Ce cadeau, April l'avait ouvert avec appréhension, se préparant à pousser des cris de ravissement tandis qu'elle défaisait le ruban argenté auquel étaient attachées de petites cloches de mariage ; elle savait par expérience qu'un cadeau de ce genre était généralement quelque chose d'assez laid qu'une des dactylos avait trouvé joli. Mais, en l'occurrence, c'était une chemise de nuit de nylon blanc, courte et plissée, avec un empiècement orné de petits boutons de roses roses et bleus, la plus jolie chemise de nuit qu'April eût jamais vue. Tandis qu'elle l'étalait pour que tout le monde la voie, April surprit le regard heureux de Caroline et elle comprit que c'était elle qui avait choisi le cadeau. Bien sûr ! Caroline savait exactement ce qu'April aimait.

Caroline lui avait, en outre, fait un cadeau personnel, un nécessaire de voyage carré en cuir blanc avec ses initiales de femme mariée en lettres dorées et assez de place, sous le plateau à maquillage, pour mettre sa chemise de nuit neuve et ses pantoufles. April caressa du doigt les petites initiales dorées,

A.M.W., comme si elle lisait du braille. C'était merveilleux, A.M.W. Cela paraissait tellement symétrique. Et tellement naturel.

Elle boucla une valise et commença à ranger son nouveau nécessaire. Caroline allait arriver d'un instant à l'autre, pour l'aider à faire ses bagages et lui dire au revoir, puis Ronnie allait sonner et ils monteraient dans son break rouge tout neuf et ils partiraient. Quand April avait appris qu'il avait acheté cette voiture simplement pour la ramener à la maison avec style, et non dans sa vieille guimbarde, elle avait failli pleurer de nouveau.

On sonna à la porte et April courut ouvrir. C'était Caroline.

— Salut, dit Caroline en l'embrassant. Je vois que tout est fait, pratiquement, qu'est-ce qui me reste à faire ?

— Rien d'autre que bavarder avec moi, dit April.

Caroline alla vers la fenêtre et regarda le jardin en bas.

— Voyez, dit-elle, quelqu'un a décidé de mettre des décorations de Noël sur l'arbre en bas. Pauvre petit arbre, il n'a plus une feuille et cela lui donne un air ridicule.

April vint regarder par-dessus son épaule.

— Il est assez minable, n'est-ce pas ? dit-elle, surprise. Quand je pense que je le trouvais tellement merveilleux.

— Il est moins bien en hiver.

— Probablement. Mais cet appartement est affreux, quand je le regarde !

Elle s'était retournée et faisait face à la chambre.

— Ce lit encastré ! Personne n'a plus de lit encastré aujourd'hui, c'est une antiquité. Et puis, il y avait un ressort cassé au milieu qui me tuait.

Caroline sourit.

— Vous vous rappelez combien vous étiez ravie de cet appartement quand vous avez emménagé ?

— Je sais… Et vous savez à quoi je pense ? Quand je serai partie, une autre fille emménagera ici, dans une semaine ou deux, et elle trouvera cela merveilleux comme moi.

— Ce sera probablement une veuve, pensionnée, avec trois ou quatre chats de gouttière, dit Caroline.

— Non, ce sera une jeune fille, je le sais, dit April. Il faut que ce soit une jeune fille, comme moi. J'aimerais lui laisser une petite lettre.

— Une petite lettre ? Pour lui dire quoi ? demanda Caroline avec étonnement.

— Je ne sais pas exactement, dit April. Quelque chose comme : « Je vous comprends. » J'aurais aimé que quelqu'un le fasse pour moi. Oh, c'est une idée comme ça.

Elle haussa les épaules.

— Vous avez raison, dit Caroline lentement. Les gens ne se doutent jamais que d'autres ont exactement les mêmes problèmes et les mêmes pensées qu'eux. On croit toujours qu'on est seul au monde.

— Oh, vous allez me manquer ! dit April. Vous allez me manquer terriblement !

— Vous me manquerez aussi, dit Caroline. Ce sera plus dur pour moi, parce que vous, vous aurez Ronnie.

— Nous nous écrirons tout le temps.

— Bien sûr.

Le téléphone sonna et April répondit.

— Chérie, dit Ronnie. Vous êtes prête ?

Comme sa voix lui était chère, comme elle était douce.

— Je n'ai plus qu'une valise à faire, dit April. Et vous, vous êtes prêt ?

— Oui. J'attends encore cinq minutes, puis je paie ma note et j'amène la voiture. Est-ce que je peux me ranger devant chez vous ?

— Bien sûr, dit April. J'ai vu des gens le faire.

L'image d'une limousine noire se présenta à son esprit, mais elle la chassa aussitôt.

— A tout de suite, chéri, dit-elle.

Elle fourra ses dernières affaires dans une valise, puis elle courut à la glace pour se mettre du rouge à lèvres et de la poudre. Elle était prête. Elle regarda autour d'elle.

— Quel trou ! dit-elle. Jamais il n'y a eu autant d'ordre ici.

La pièce semblait dépersonnalisée, dépouillée de tout caractère, et pourtant tellement de choses étaient arrivées ici qu'April se refusait à partir sans un adieu quelconque. Comme elle ne savait que faire, elle demeura sur le seuil, entourée de ses bagages, et elle regarda. D'abord Barbara, se dit-elle, et maintenant moi. Nous quittons toutes cette maison.

La sonnette de la porte retentit et April se retourna pour ouvrir à Ronnie. Il entra et l'embrassa dans le cou, d'un geste rapide et instinctif.

— Bonjour, dit-il. Bonjour, Caroline.

Il prit une valise dans chaque main.

April saisit son nécessaire de voyage et se pencha pour soulever la dernière valise.

— Non, dit Ronnie, ne faites pas cela. Je vais revenir la chercher.

— Pour remonter les deux étages ? Sûrement pas.

— Allons, allons, dit Ronnie tranquillement.

Il sortit et descendit les escaliers en courant.

— Il est tellement gentil, dit Caroline. Il vous aime énormément.

— Je sais.

Elles se sourirent. Elles n'avaient pas le courage de commencer à se dire au revoir tout de suite, aussi attendirent-elles le retour de Ronnie. Il revint au bout de quelques instants et prit la dernière valise et le nécessaire d'April.

— Allons-y, dit celle-ci.

Et elle ferma pour la dernière fois la porte de son appartement.

Ronnie entassa les valises d'April à l'arrière de la voiture, à côté des siennes. April lui tendit son manteau neuf qu'elle avait acheté pour son voyage de noces et qui était encore dans son carton, et Ronnie le plaça soigneusement sur le haut de la pile.

— Voilà, dit Caroline.

Elle échangea alors une poignée de main cordiale avec Ronnie.

— Vous êtes l'amie préférée d'April, dit-il. Vous allez me manquer à moi aussi, bien que nous nous connaissions à peine. J'espère que vous viendrez nous rendre visite un jour.

— Merci, dit Caroline. Je le ferai dès que je pourrai.

Elle se tourna vers April.

— Oh, Caroline, dit April.

En cet instant seulement, elle comprit que c'était vrai, qu'elle s'en allait, qu'elle quittait New York et ses amies, et qu'après son retour d'Europe, elle ne reviendrait peut-être jamais ici. Comment savoir ? Peut-être serait-elle enceinte dès la première année, elle se ferait de nouvelles amies, et une fois installée quelque part, on se retrouve lié à cet endroit…

Elle embrassa Caroline sur la joue.

— Au revoir.

— Au revoir, April. Voyagez bien. Et bon… bon *tout*.

— Pour vous aussi, dit April doucement. Je le pense. J'espère que vous trouverez ce que vous cherchez.

— Merci, murmura Caroline.

— Au revoir.

— Au revoir.

April passa de l'autre côté de la voiture. Ronnie lui tenait la portière ouverte et elle monta. Le soleil brillait tellement sur la vitre qu'April distinguait à peine Caroline qui lui apparaissait comme une silhouette sombre sur le trottoir. April leva la main et l'agita, et Caroline répondit à son geste. Elle se retourna alors et ferma le loquet de la portière arrière. Ronnie s'installa au volant et appuya sur le démarreur, puis il laissa le moteur chauffer un moment. Il regarda April et ne dit rien, se contentant de lui sourire. Elle sourit aussi, elle avait la gorge serrée d'amour et de bonheur.

— Hé, dit-elle doucement.

— Quoi ?

— Cette fois nous partons.

— Mm-hm.

Elle se rapprocha de lui et lui serra le bras.

Tandis que la voiture traversait la ville, April regardait défiler tous ces lieux qui avaient représenté tant de choses diverses pour elle depuis trois ans. Comme tout cela était sinistre, en hiver, mais pourtant, comme cela demeurerait toujours ensorcelant pour elle. Enfin, ce fut la route. April jeta un dernier regard par la vitre arrière aux gratte-ciel qui disparaissaient derrière eux, puis elle se retourna pour regarder le paysage devant elle et les mains gantées de Ronnie sur le volant rouge, et elle ne pensa plus du tout à New York.

29

Pour ceux que le présent favorise, il est facile d'oublier le passé, même si on n'y parvient jamais tout à fait. Lorsque l'hiver arrive, le printemps ne représente plus qu'un vague souvenir évoqué avec nostalgie ; l'hiver qui s'installe réclame aussitôt toute votre énergie. Si le printemps devait disparaître sans que rien ne vienne le remplacer, on vivrait à jamais avec des souvenirs du passé. On peut parfois en dire autant de l'amour, mais pas toujours. Certaines amours perdurent des années, même si les amants sont séparés et qu'il n'existe aucun espoir de les voir de nouveau réunis, sauf en tant qu'amis courtois et distants. Caroline Bender marquait sur le calendrier de son bureau les jours qui la séparaient du retour à New York d'Eddie Harris.

Est-ce que ce sera comme avant ? se demandait-elle. Est-ce que ce ne sera pas tout à fait différent ? Maintenant que le 15 se rapprochait, elle était tantôt pleine de circonspection, tantôt exaltée comme une fiancée. Elle se répétait que c'était ridicule, et pourtant, elle n'avait de toute sa vie éprouvé cette sensation : elle n'était pas elle-même mais une jeune fille qui attendait innocemment et amoureusement la réalisation de ses rêves. Par contre, dans les moments où la peur l'emportait en elle sur l'espoir, elle se préparait à toutes les déceptions, se disant que, après tout, Eddie était humain et qu'il ne serait peut-être rien de plus que le prototype du jeune mari, qui montre les photos de ses enfants, parle de son travail et raconte comment il s'est mis au golf. Cette image la faisait frissonner. Se rappelant leur lecture conjointe de *Tendre est la nuit* alors qu'ils étaient étudiants et amoureux, elle rechercha le livre dans les rayonnages de son appartement new-yorkais et commença à le relire. Il y avait dans le roman une scène de retrouvailles entre un homme marié et une femme qu'il avait aimée des années plus tôt, des retrouvailles qui ne finissaient pas de façon poignante mais plutôt avec une sensation bien plus dérangeante : un manque d'intérêt certain. Ils avaient tous deux changé ; en se retrouvant, ils avaient eu une brève aventure sans passion et s'étaient séparés dans une indifférence mutuelle, sans vraiment se rendre compte de ce qu'ils avaient manqué. Et si cela se passe ainsi entre moi et Eddie, se dit-elle. Oh, non… Et pourtant, ce serait peut-être un bien : elle serait délivrée de lui et pourrait aller vers l'avenir, quel qu'il fût. Si elle devait s'apercevoir qu'Eddie n'éveillait en elle que de l'indifférence, ne serait-ce pas préférable ? Elle reprendrait sa vie en admettant : Eh bien, c'est comme ça. Mais cette pensée lui donna envie de pleurer.

Tout au fond d'un tiroir de sa commode, sous ses pull-overs, elle gardait un album de photos de l'université ; elle le dissimulait parce qu'il contenait des photos d'elle et Eddie ensemble avec leurs amis d'alors. Et, à côté, dans un cadre d'argent terni par le temps, il y avait une photographie 18 × 24 d'Eddie. Elle les sortit de leur cachette pour la première fois depuis son arrivée à New York.

Elle plaça l'album sur sa table basse et la photographie sur la commode. *Eddie.* Sa présence semblait remplir la pièce. Et, tout en regardant la photo, Caroline se rappela exactement le son de la voix d'Eddie, avec chacune de ses intonations, comme si elle lui avait parlé le matin même alors qu'elle n'avait pas entendu cette voix depuis trois ans : une voix douce, un peu rauque, pleine de charme indéfinissable et d'humour.

Encore deux jours. Deux jours…

Le lendemain, Caroline alla chez Saks pendant l'heure du déjeuner et acheta du parfum, de l'eau de Cologne et des sels de bain, les mêmes que ceux qu'elle utilisait quand elle voyait souvent Eddie et dont elle ne s'était plus jamais servie depuis. Quand elle ouvrit un des flacons, à son bureau, elle fut presque prise de vertige en retrouvant ce parfum si familier, un parfum qui la prenait à la gorge, de fleurs, de souvenirs et d'ancien bonheur mêlés et qui jamais, elle en était certaine, ne pourrait produire à qui que ce fût d'autre le même effet qu'à elle. Demain. Demain…

Ce soir-là, elle se coucha à neuf heures pour avoir bonne mine le lendemain, mais elle fut incapable de dormir. Peut-être ne viendra-t-il pas demain, songeait-elle, mais seulement le jour suivant. Suis-je capable d'une attente supplémentaire ? J'ai déjà attendu si longtemps. Mais elle savait qu'elle attendrait une semaine s'il le fallait, même plus.

Gregg rentra à trois heures du matin, sur la pointe des pieds, et Caroline se retourna contre le mur et fit semblant de dormir. Elle ne voulait pas, elle ne pouvait pas entendre Gregg lui raconter quels nouveaux secrets elle avait découverts en triant les ordures de David Wilder Savage. Pas ce soir. Elle aimait beaucoup Gregg et avait pitié d'elle, mais ce soir particulièrement, alors qu'elle attendait, Caroline voulait se sentir seule, pure, loin des névroses, des cœurs brisés, des aberrations ; elle voulait attendre Eddie en tant que Caroline et non pas en tant que réceptacle des peines d'une autre. La dernière chose dont elle se souvint, ce furent les aiguilles de son réveil lumineux qui marquaient quatre heures, puis elle s'endormit.

A neuf heures, elle était à son bureau, les mains serrées sur les bras de son fauteuil, les yeux fixés sur le téléphone comme si elle pouvait le faire sonner par un simple effort de sa volonté. Elle savait que c'était idiot, qu'Eddie était probablement endormi ou qu'il n'était même pas encore arrivé, mais elle ne pouvait supporter cette attente. Elle essaya de lire un manuscrit, mais elle se surprit à relire quatre fois le même paragraphe sans en comprendre un mot, et elle renonça. Ce n'était pas juste pour les auteurs de lire dans ces conditions, alors autant souffrir sans rien faire. A onze heures moins le quart, le téléphone sonna. Caroline sursauta, machinalement, et prit le récepteur.

— Allô ?

— Caroline, dit Eddie.

Cette voix, ce seul mot étaient si proches et familiers que Caroline commença à trembler. Son cœur battait à se rompre.

— Eddie ? Eddie ? Allô ? dit-elle d'un ton enjoué.

Il parut soulagé et il parla avec plus de confiance, sur un ton plus normal, qui fit remonter un flot de souvenirs à la mémoire de Caroline, lui rendant Eddie plus proche. Elle avait les lèvres presque collées contre le récepteur, comme si c'était Eddie en personne.

— Comment vas-tu, Caroline ? demanda celui-ci et, sans même attendre la réponse, il ajouta : Très bien, j'ai l'impression.

— Et toi, Eddie, comment vas-tu ?

Il eut un petit rire.

— J'ai voyagé toute la nuit en avion. J'ai les yeux rouges et une barbe noire. Est-ce que tu veux bien déjeuner avec moi quand même ?

— Bien sûr ! A quelle heure ? Où ?

— Midi ? Ou bien préfères-tu une autre heure ?

— Non, midi, c'est très bien.

— Je suis au Plaza.

Il marqua une pause.

— Je crois qu'il vaudrait mieux… comme nous ne nous sommes pas vus depuis si longtemps et que j'ai envie de te parler tranquillement sans qu'il y ait foule autour de nous… tu ne pourrais pas venir me retrouver ici ?

— Entendu.

Elle prit un crayon et, d'une main tremblante, inscrivit le numéro de la chambre que lui indiquait Eddie.

— C'est une suite, dit celui-ci, tout au bout du couloir. Tu n'as qu'à prendre à gauche en sortant de l'ascenseur.

— Oui.

— A tout à l'heure, dit-il doucement. A midi.

— Oui…

Il avait raccroché.

Comme ils avaient paru uniquement préoccupés de détails pratiques, d'heure et de lieu, tous les deux. Et pourtant, ce désir qu'avait exprimé Eddie de la rencontrer dans un endroit tranquille, c'était un signe d'émotion, perceptible même au téléphone. Caroline alla aux toilettes où elle se lava la figure, alors qu'elle l'avait fait deux heures et demie seulement plus tôt ; elle se remaquilla complètement, y compris les yeux, mais légèrement afin que cela parût naturel. Elle vaporisa du parfum sur son cou et dans ses cheveux, bien que l'odeur du bain parfumé qu'elle avait pris le matin fût encore perceptible, puis elle vérifia pour la dixième fois que les coutures de ses bas étaient bien droites. Elle se recoiffa une quinzaine de fois devant la glace avant d'être satisfaite du résultat, tout en se disant qu'à peine serait-elle descendue du taxi que le vent de décembre détruirait ce qu'elle avait mis au point avec tant de soin. Onze heures et demie. Elle ne pouvait pas retourner à son bureau : elle était trop nerveuse. Elle alla prendre son manteau, l'enfila ainsi que ses gants et se dirigea lentement vers l'ascenseur.

Lorsqu'elle sortit de l'ascenseur du Plaza, à l'étage que lui avait indiqué Eddie, il n'était que midi moins le quart. Caroline hésita. Elle pouvait traîner là, s'asseoir sur les marches, ou alors prendre le risque de sonner tout de suite à la porte d'Eddie. Elle se mordit la lèvre, avança lentement dans le couloir en lisant les numéros de toutes les chambres, jusqu'au moment où elle arriva devant celui qu'elle cherchait. Timidement, elle leva la main et appuya sur le bouton de sonnette.

Il y eut un silence, puis Caroline entendit des bruits de pas, un ou deux seulement, comme ce que l'on entend quand quelqu'un est juste à portée de la poignée de la porte, puis Eddie lui ouvrit. Ils demeurèrent l'un en face de l'autre sans rien dire, à se regarder. Il n'avait pas changé, il n'avait pas changé du tout. Il avait toujours les cheveux coupés assez court, d'un brun clair. Il était rasé de frais et Caroline se rendit compte, en le voyant, qu'elle avait oublié à quel point il était beau. Il la regardait intensément, il la fixait presque ; il sourit enfin, et dit :

— Entre, Caroline, entre donc.

Il portait un costume de flanelle gris sombre, une chemise à très fines rayures bleues et blanches et une cravate sombre unie. Caroline notait tout cela machinalement et, tandis qu'Eddie l'aidait à enlever son manteau, elle s'efforçait de trouver quelque chose à dire.

— Je suis un peu en avance, dit-elle.

— J'en suis ravi.

— Tu n'as pas changé du tout.

— Toi non plus.

— Tu ne trouves pas que j'ai changé ?

— Absolument pas. J'avais peur du contraire. J'avais peur que tu ressembles à ces horribles femmes qu'on voit dans la Cinquième Avenue et qui ont toujours l'air de sortir tout juste de chez leur coiffeur.

— Ce qui est probablement le cas, dit-elle en riant. Elles y vont trois fois par semaine.

— Avec leur chien qu'elles attachent à leur fauteuil.

Il souriait mais, quand son regard rencontra celui de Caroline, il cessa de sourire et lui toucha le bras.

— Assieds-toi, dit-il. Assieds-toi. Je suis heureux de te voir.

— Moi aussi, je suis heureuse de te voir, Eddie, dit-elle doucement.

Le soleil entrait par la fenêtre d'où l'on avait une vue ravissante sur le parc. Devant la fenêtre, il y avait un canapé et, sur la table, une bouteille de champagne au frais dans un seau en argent.

— J'ai commandé du champagne, dit Eddie. J'ai pensé que ce serait amusant de boire du champagne pour le petit déjeuner. Oh ! mais, pour toi il est déjà tard, tu as probablement déjà pris ton petit déjeuner.

Elle fit signe que non.

— Tu te souviens de ce dimanche, alors que nous étions à l'université, nous sommes allés prendre le petit déjeuner et boire du champagne au Ritz ? évoqua-t-il gaiement. Je ne me rappelle même plus ce que nous avons mangé ensuite.

— Moi non plus ! J'étais sous la douche, je m'en souviens, quand tu as téléphoné, sur un coup de tête, pour me dire : « Allons prendre le petit déjeuner au

Ritz. » Je n'y étais jamais allée sauf pour dîner, et seulement avec mes parents.

— C'était amusant, n'est-ce pas ?

— Oui. Je crois que tout ce que nous faisions en ce temps-là nous amusait.

— Je me souviens de tout.

Son visage restait impassible, mais il y avait de la tristesse dans ses yeux comme s'ils regardaient loin dans le passé.

Il leur servit du champagne à tous les deux, dans de grandes coupes en cristal, et il en tendit une à Caroline. Il leva la sienne et la regarda droit dans les yeux :

— Buvons à, voyons… A notre réunion.

— Cela me fait penser aux toasts de l'université, classe 52, dit Caroline doucement.

— C'est vrai ?

Il baissa vivement les yeux et but.

— Tu n'es pas bruni par le soleil, dit Caroline. Je ne sais pas pourquoi, mais j'étais persuadée que je te trouverais hâlé.

— Pas l'hiver. Tu te rappelles le jour où nous avons fait un pique-nique sur la plage ?

— A Revere.

— Oui. C'était beaucoup trop tôt dans la saison, et tout le monde tremblait de froid sans oser l'avouer.

— Et nous courions sur la plage pour nous réchauffer, dit Caroline en riant. Mais c'était une journée splendide : le ciel et la mer étaient si bleus et il y avait tellement de soleil !

— Seulement, il faisait froid.

— Mais quelqu'un s'est quand même baigné. Toi !

— C'est vrai. Je m'en souviens maintenant. Dieu, comme je l'ai regretté quand je me suis retrouvé dans l'eau, mais je n'osais pas l'avouer.

Il la regarda.

— Oh, Caroline…

Leurs regards se croisèrent et Caroline crut qu'elle allait pleurer.

— Tu ne voulais jamais le reconnaître quand tu faisais une erreur, jamais, dit-elle d'une très petite voix.

— C'était il y a longtemps, dit doucement Eddie. J'étais un enfant à l'époque. Il n'y a que trois ans, mais cela fait beaucoup plus en réalité. Beaucoup plus.

— C'est ce que tu écris dans ta lettre, dit Caroline. Que veux-tu dire par là ?

Ils étaient assis côte à côte sur le canapé, lequel était tellement étroit que si Caroline bougeait de quelques centimètres, elle pouvait toucher Eddie. Elle avait tant envie de le toucher, ne fût-ce qu'avancer un doigt et le frôler au poignet pour s'assurer qu'il était vraiment auprès d'elle, enfin, qu'elle ne put se contenir : elle avança la main et toucha le dos de la sienne. Celui-ci retourna immédiatement sa main et se saisit des doigts de Caroline.

— Que voulais-tu dire par là ? répéta-t-elle dans un souffle.

— Que tu me manquais.

De sa main libre, il prit la bouteille de champagne.

— Buvons-en un autre verre, sinon il va s'éventer.

— Raconte-moi ta vie au Texas, dit Caroline d'un ton enjoué.

— Oh, je m'y suis fait beaucoup d'amis, et certains sont des gens vraiment très bien. Tu sais, d'autres… jeunes ménages.

Sa voix se brisa sur ces deux mots, comme s'il venait de comprendre, trop tard, combien il blessait Caroline. Il lui serra la main.

— C'est vrai, tu sais, dit-il doucement, la regardant dans les yeux. C'est ma vie, c'est la vie que j'ai. Et toi, tu t'amuses, n'est-ce pas ? Y a-t-il quelqu'un qui… compte pour toi ?

— Non, dit Caroline.

— J'ai toujours les lettres que tu m'as écrites quand j'étais en Europe, dit-il. C'est drôle, n'est-ce pas ? Je n'ai pas pu me décider à les jeter.

— Je ne trouve pas que ce soit drôle, dit Caroline.

— Non… dit-il. Cela ne l'est pas. Je les lis quelquefois, quand je suis seul à mon bureau et que je n'ai rien à faire. Il arrive très souvent que je n'aie rien à faire, d'ailleurs. Et quand je lis ces lettres… je me battrais d'avoir été si cruel avec toi, si stupide…

Il lâcha la main de Caroline et se cacha le visage.

— Eddie…

— Reprends du champagne, chérie, dit-il enfin en tendant la main vers la bouteille.

— Eddie, mon chéri…

— Tu m'as terriblement manqué pendant ces trois années. Quelquefois, au beau milieu de la nuit, je rêvais que je tombais du haut d'une falaise, et je me réveillais en sursaut… Ça ne t'est jamais arrivé ?

— Non.

— C'était effrayant. Je restais éveillé dans le noir des heures durant avec le terrible sentiment d'avoir perdu quelqu'un – toi, je le savais –, que tu ne m'aimerais plus jamais et que nous ne serions plus jamais ensemble.

— Je t'aime, dit Caroline.

— C'est vrai ?

— Pour toujours.

Il la prit dans ses bras.

— Mon chéri… dit-elle. Mon chéri…

Enfin, elle pouvait le toucher ; elle lui mit les bras autour du cou, elle lui caressa les cheveux, puis ils s'embrassèrent avec une intensité farouche, avec appréhension, comme si, à l'instant où l'un d'eux lâcherait l'autre, ils allaient être séparés de nouveau et se perdre comme avant. Se perdre cette fois-ci, après tout ce qui s'était passé, leur serait intolérable.

Il ne détacha qu'un instant ses lèvres des siennes pour répéter : « Je t'aime, Caroline, je t'aime », puis ils recommencèrent à s'embrasser, longuement, et quand il finit par s'écarter, Caroline posa la tête au creux de son épaule, comme elle le faisait toujours voilà si longtemps.

— Tu sens toujours comme ces petites fleurs que j'adore, chuchota-t-il. Je ne connais même pas leur nom.

— C'est le parfum que je portais à l'époque.

— Lors d'une soirée, je suis entré dans une pièce où une femme avait le même parfum. Je me suis approché, je ne sais vraiment pas pourquoi, car je savais que ce n'était pas toi, mais je lui ai touché l'épaule ; elle s'est retournée et ça a été terrible.

Caroline sourit en tournant la tête et l'embrassa.

— Partons tous les deux, murmura-t-il. Allons-nous-en quelque part. Je ne sais pas où.

— Où cela ?

— Revenons de quatre ans en arrière. Tu crois que c'est possible ? Tu crois que nous pouvons effacer tout le reste ?

— Si nous essayons vraiment…

Il lui caressait le visage et les cheveux comme s'il tentait de se familiariser de nouveau avec ses traits ; il la serra plus fortement contre lui.

— Tu es exactement telle que tu étais, dit-il.

En cet instant, Caroline se sentait, en effet, exactement telle qu'elle avait été. Rien ne s'était passé durant les trois dernières années, rien qui eût une importance quelconque. Elle était la fiancée d'Eddie Harris, comme avant, et le monde était bon. C'était leur monde à eux, parce qu'ils s'aimaient, qu'ils veilleraient l'un sur l'autre jusqu'à la fin des temps.

— Où irons-nous ? demanda-t-elle tendrement.

— Je ne sais pas. En réalité, nous ne pouvons fuir qu'en esprit.

— Pourquoi ?

— Parce que c'est la vie, dit-il tristement.

Toi, tu as changé, songea Caroline, et cette pensée la frappa douloureusement, mais un instant seulement. On ne pouvait pas s'enfuir comme ça, bien sûr, mais on pouvait faire des projets et ce qui avait été accompli en hâte et sans réflexion pouvait toujours se défaire d'une façon ou d'une autre.

— Je ne pensais pas à fuir vraiment, dit-elle, souriant à Eddie.

— Nous avons toute une semaine devant nous, dit-il.

— Oui.

— Je t'aime tant, Caroline.

— Je t'adore.

Eddie soupira.

— Il faut tout de même que je te nourrisse. Je t'ai invitée à déjeuner, tu déjeuneras donc. Qu'est-ce que tu aimerais manger ?

— Je ne sais pas.

— Un sandwich au poulet ? Un steak ?

Elle secoua la tête.

— N'importe quoi.

Il commanda leur déjeuner par téléphone et, en attendant l'arrivée du maître d'hôtel, Caroline parla à Eddie de ses amis new-yorkais, de son travail, de son appartement, de Gregg qui fouillait dans les poubelles et d'April qui avait fini par épouser un garçon de chez elle, du jour où elle-même était allée au mariage de Mary Agnes et s'était imaginé que c'était le sien avec Eddie. Elle lui raconta tout cela d'un ton léger, comme si c'était très amusant, sauf l'histoire de Gregg qui était plutôt troublante. C'était comme au temps jadis, quand ils partageaient tout, et Eddie l'écoutait intensément, lui tenant la main et ne la quittant pas des yeux. Quand le déjeuner arriva, Caroline se rendit compte qu'elle avait faim.

Le garçon poussa devant eux une table roulante recouverte d'une nappe blanche. Les steaks étaient juteux et garnis de cresson. Mais, lorsque Caroline en eut avalé deux ou trois bouchées, elle s'aperçut qu'elle était incapable de continuer tant elle était frémissante d'excitation, de bonheur et d'amour. Elle reposa sa fourchette et son couteau.

— Je ne peux pas manger, dit-elle. Je suis trop… nerveuse.

Eddie n'avait rien avalé non plus. Il repoussa son assiette.

— Moi aussi.

— Quel dommage. Ces steaks sont si chers.

— Est-ce que ton chat mange de la viande ?

— Seulement de la viande hachée pour chats.

Elle rit.

— Tu es heureuse ?

— Oui. Et toi ?

— Oui. Heureux et triste à la fois.

— Pourquoi triste ?

— Parce que tu es si belle.

— Et pourquoi cela te rend-il triste ?

— Je ne sais pas. Ce n'est qu'une phrase. Je ne suis pas vraiment triste. Je suis content que tu sois belle. Cela me rend heureux de te regarder.

— Je t'aime.

Eddie lui prit la main.

— Je t'aime aussi.

— Jamais plus nous ne devrons souffrir comme nous l'avons fait.

— Non, dit Eddie.

Lorsque Caroline revint aux Editions Fabian, à trois heures et demie, elle passa sur la pointe des pieds devant la porte fermée de Mr Shalimar et entra dans son propre bureau. Elle se laissa tomber dans son fauteuil, épuisée de bonheur, de surprise et d'émotion. A cinq heures et demie, elle devait retrouver Eddie pour dîner et passer la soirée avec lui. Caroline était incapable de faire des projets d'avenir, son esprit était plein de tout ce qui était arrivé aujourd'hui, depuis le premier mot qu'avait prononcé Eddie. Elle ne demandait qu'une chose : rester là, bien tranquille, et se rappeler tout, tout ce qu'il avait dit, tous les mots d'amour et ce qu'elle-même avait éprouvé quand il l'avait embrassée et serrée dans ses bras.

Elle réussit à quitter son bureau à quatre heures et demie afin de pouvoir courir chez elle et enfiler sa plus belle robe de cocktail pour Eddie. Elle se rendit compte que c'était la première fois, depuis qu'elle était chez Fabian, qu'elle avait passé une journée entière sans faire le moindre travail. Mais il aurait fallu ne pas être humaine pour travailler en dépit de tout ce qui arrivait, se dit Caroline avec toutefois une pointe de remords qu'elle chassa de son esprit. Elle avait attendu Eddie pendant trois ans, il était sa vie, son avenir. Qu'était-ce que cinquante pages d'un manuscrit comparé à cela ? Elle prit un autre bain parfumé aux sels qu'aimait Eddie, puis elle mit sa robe neuve de mousseline rouge, qui avait une très large jupe à trois jupons. Se regardant dans le miroir, elle songea qu'aujourd'hui elle n'était plus la jeune femme mince, habillée d'une petite robe noire et à l'air efficace et gracieux, qui avait fréquenté Paul Landis et les autres garçons. Rose d'excitation, dans une tenue colorée et fluide qui bruissait à chacun de ses pas, laissant dans son sillage une légère fragrance, elle ressemblait à la jeune fille qu'elle avait été autrefois, même si à présent elle maîtrisait mieux ses émotions et avait plus d'assurance, et surtout savait reconnaître, pour l'avoir perdu autrefois, la valeur de l'amour qu'on vous porte.

Elle retrouva Eddie dans le hall de l'hôtel.

— Tu es passée chez toi, dit-il, regardant sa robe avec admiration. Ce sera ma robe préférée, désormais.

— La mienne aussi alors, dit Caroline.

Ils sortirent ensemble dans la nuit froide et brillamment éclairée et, tandis qu'ils descendaient le large escalier blanc, Caroline sentit les regards des gens se poser sur eux, comme il arrive toujours quand des gens se croisent dans un escalier. Elle savait qu'ils formaient un beau couple parce qu'ils étaient jeunes, qu'ils étaient beaux tous les deux, qu'ils étaient heureux et amoureux.

— Je n'ai pas réussi à travailler cet après-midi, avoua Caroline.

— Moi non plus, je peux te l'assurer, fit-il en souriant. Je ne pense qu'à toi. J'avais rendez-vous avec quelqu'un dont le bureau, près de Wall Street, donne sur le fleuve. On pouvait voir les bateaux passer et, comme il avait deux paires de jumelles, nous sommes restés plantés là à observer les paquebots et les petits remorqueurs. Je pensais à toi, naturellement, et juste à ce moment-là un transatlantique est passé, étincelant au soleil, en route pour Le Havre. J'ai été pris d'un frisson, je me suis souvenu de toi sur le quai, la dernière fois que je t'ai vue quand nous nous sommes dit adieu.

— Comment imaginais-tu que je me sentais ? murmura Caroline. J'ai vu pas mal de bateaux appareiller dans ma vie et ils m'ont toujours fait penser à toi.

— Oublions tout cela, reprit-il en lui étreignant la main. Nous sommes ensemble maintenant.

Ils s'engagèrent dans la Cinquième Avenue et ils s'arrêtèrent devant chez Tiffany, dont les petites vitrines étaient éclairées la nuit : des diamants brillaient, étalés sur du velours sombre, un collier pareil à une chute d'eau et une bague ornée d'une pierre ronde d'une taille incroyable. Caroline et Eddie contemplèrent les bijoux, la main dans la main, comme d'autres amoureux le faisaient depuis des années, ceux qui avaient l'intention d'acheter et ceux qui ne le pourraient jamais mais qui formulaient des vœux. Au milieu de tous les autres bijoux splendides, il y avait là une bague de fiançailles en platine dans laquelle était serti un petit diamant en forme de cœur.

— Regarde, s'exclama Caroline. C'est la première fois que je vois un diamant en forme de cœur.

— J'aimerais pouvoir t'acheter ce collier de diamants, dit Eddie. Je te le mettrais autour du cou et tu serais belle comme la reine de Saba.

— Je ne veux pas de ce collier. Je ne veux pas être la reine de Saba. C'est cette petite bague qui me plaît.

Elle rit.

— Elle doit coûter une fortune.

Un autre couple passa et s'arrêta pour regarder la vitrine voisine. C'étaient des gens d'un certain âge. Caroline les remarqua à peine, mais Eddie se raidit.

— Va jusqu'à l'autre coin, chuchota-t-il. Vite ! Regarde une vitrine.

Et il la poussa, non pas durement, mais avec l'insensibilité de quelqu'un qui est avant tout pressé.

Caroline fut tellement prise au dépourvu qu'elle laissa Eddie la pousser et qu'elle alla jusqu'au coin de la rue. Elle se retourna pour regarder Eddie et vit qu'il s'éloignait ; il passa devant le couple, qui tourna la tête et le salua. Eddie s'arrêta pour parler à ces gens. Caroline regarda la vitrine devant laquelle elle se trouvait, et les diamants et les saphirs que contenait cette vitrine se mirent à scintiller devant ses yeux comme si c'étaient des étoiles. Elle se rendit compte qu'elle avait les yeux pleins de larmes, mais elle ne savait pas très bien pourquoi elle pleurait. Si c'étaient des gens de Dallas qu'Eddie connaissait ou des amis de sa famille de New York qui le savaient marié, il avait peut-être estimé que mieux valait la cacher. Après tout, il avait un secret à garder, le fait qu'il allait quitter sa femme pour une autre, et tant que cette séparation ne serait pas accomplie, il se devait de protéger l'autre jeune femme. C'était beaucoup plus raisonnable. Pourquoi alors Caroline se sentait-elle tellement blessée, terrifiée même ?

Eddie arriva enfin, venant de la direction opposée de la rue. Il avait fait le tour du pâté de maisons pour revenir.

— Je suis désolé, dit-il, prenant le bras de Caroline. C'étaient les meilleurs amis des parents de Helen. Je savais qu'ils étaient à New York, mais je ne me doutais pas que nous tomberions sur eux. Il faudra faire attention dorénavant.

Caroline ne savait que dire. Elle regarda Eddie. Il était si jeune, cette situation était si compliquée pour eux deux. C'était toujours difficile de changer sa vie, surtout quand il y avait d'autres gens à qui penser. Mais être de nouveau séparés, c'était pire, et cela Eddie le savait aussi.

Ils allèrent dans un petit restaurant français très tranquille du West Side où Caroline n'était encore jamais allée. Eddie commanda leur dîner dans un français parfait. Mais, lorsque les plats furent sur la table, Caroline s'aperçut qu'une fois de plus elle ne pouvait pas manger.

— Je ne peux pas, dit-elle.

Eddie éclata de rire.

— Moi non plus. Tu crois que si je reste une semaine nous finirons par mourir de faim ?

— Nous nous habituerons l'un à l'autre, dit Caroline. Pour le moment… c'est si nouveau… et si merveilleux.

Ils burent leur vin à petites gorgées, se regardant dans les yeux et se tenant la main sous la table.

— C'est nouveau, dit Eddie, et pourtant, tu as toujours fait partie de ma vie. C'est comme si nous avions passé toute notre enfance ensemble, et personne ne peut jamais tenir autant de place dans notre vie que chacun de nous pour l'autre.

— Je sais, dit Caroline. Je te connais si bien, je te connais mieux que n'importe qui au monde.

— Et pourtant, quel âge avais-tu quand nous nous sommes rencontrés ? Dix-sept, dix-huit ans ?

— Quelle différence cela fait-il ? demanda-t-elle tendrement.

— Aucune, chérie, absolument aucune.

— Je n'aimerai jamais personne comme je t'aime.

— Moi, je ne pourrai pas non plus, dit-il.

— Qu'allons-nous faire ?

— Je trouverai, dit-il. Tu verras.

Quand ils eurent dîné, ou plutôt quand ils eurent commandé plusieurs plats et qu'ils les eurent successivement goûtés et laissés presque intacts, ils allèrent chez Caroline. Ils s'assirent sur le divan et écoutèrent les vieux disques usés de Noël Coward qu'ils écoutaient au début de leur amour, ils rirent en regardant des photographies prises quatre ou cinq ans plus tôt, ils burent du cognac et, très vite, ils se retrouvèrent s'enlaçant, s'embrassant et se serrant l'un contre l'autre. Ils avaient été séparés si longtemps qu'ils étaient au fond timides l'un avec l'autre mais, surtout, l'image de la femme d'Eddie se dressait entre eux, comme un problème qui devait être résolu et ne pouvait être mis de côté. Il doit penser que je la déteste, songea Caroline, les yeux clos, la tête sur l'épaule d'Eddie. Et c'est vrai. Je la hais.

A onze heures, Eddie se leva.

— Chérie, dit-il, regardant sa montre, je n'en ai aucune envie, mais il faut que je parte. J'ai promis à des gens de prendre un verre avec eux. Ce sont les gens que je suis venu voir à New York. Je ne pouvais pas leur dire plus tard que onze heures et demie : je leur ai raconté que j'allais au théâtre.

— Oh…

Eddie sourit.

— Raconte-moi vite le sujet d'une pièce que tu as vue dernièrement, pour que je puisse en parler si on me pose des questions.

— J'aimerais pouvoir t'accompagner, dit Caroline tristement.

— Moi aussi.

— Cette journée a été la plus belle de ma vie, dit Caroline, lui mettant les bras autour du cou. Je n'aurais même pas pu imaginer qu'elle serait aussi délicieuse.

Il l'embrassa.

— Je te reverrai demain, et le jour suivant et le jour suivant encore. Je t'appellerai demain matin et nous déjeunerons ensemble.

— Oui.

— Puis nous dînerons ensemble.

— Oui.

— Pourquoi les gens se réunissent-ils toujours autour de la nourriture ? Tu te l'es déjà demandé ? Ils se retrouvent pour prendre un verre, dîner, déjeuner, prendre le café… toujours pour avaler quelque chose en tout cas.

Elle rit.

— Pas nous.

— Non, c'est vrai. Nous devons manquer de sens social.

— Tant mieux.

— Je t'aime, Caroline.

— Je t'aime, mon chéri. Je suis heureuse que tu sois revenu.

Ce ne fut qu'après le départ d'Eddie que Caroline se rendit compte combien elle était fatiguée. Elle était à bout de forces. Il lui était arrivé plus de choses en cette seule journée qu'en aucune autre circonstance durant les trois dernières années. Tandis qu'elle faisait sa toilette, elle pensa que ce serait merveilleux de pouvoir accompagner Eddie quand il irait retrouver des relations d'affaires, en tant qu'épouse, et non pas de rester à la maison à attendre. C'était si difficile d'être l'étrangère, la femme que l'on cache. C'était un rôle pour lequel elle n'était pas faite. Mais cela ne durerait pas longtemps et, bientôt, elle serait mariée à Eddie et il n'aurait plus jamais besoin de la cacher. Entre-temps, elle allait dormir, parce que demain, ils seraient de nouveau ensemble, ce qui était plus important que tout.

Ils se retrouvèrent le lendemain dans la suite d'Eddie pour déjeuner, et tout se passa comme la veille. La même excitation, les mêmes battements de cœur précédèrent le moment où Eddie ouvrit la porte, et, aujourd'hui, il y avait quelque chose de plus : la joie de savoir à l'avance que tout irait bien. Cependant, il y avait deux choses dont Eddie ne pouvait lui parler : Helen et sa fille. Elle désirait plus que tout voir une photo de l'enfant et, pourtant, elle avait peur de le demander à Eddie et elle avait peur surtout qu'il lui en montre une. L'enfant d'Eddie, qui aurait pu être le sien. Ce serait un peu comme regarder dans un miroir de l'avenir. Caroline se risqua à demander :

— Est-ce que ta fille te ressemble ?

— Tout à fait, la pauvre petite.

— Oh...

Caroline regretta d'avoir posé cette question, car la réponse lui faisait mal. Elle aurait aimé que l'enfant fût le portrait de Helen, et non celui de son père, cela lui aurait évité à elle cet étrange sentiment de nostalgie.

— J'ai envie de t'offrir quelque chose, dit Eddie. Allons faire un tour, tu veux ?

— Oui. Qu'est-ce que c'est ?

— Quelque chose de significatif et de durable. Je ne sais pas encore quoi exactement. Faisons un tour et nous verrons.

Ils prirent la Cinquième Avenue. Ils marchaient très près l'un de l'autre, mais sans se toucher : au milieu de la foule qui allait et venait dans l'avenue en cette heure de déjeuner, ils auraient pu n'être que deux employés d'un même bureau qui allaient au restaurant ensemble. Le secret plaisir de savoir qu'ils allaient faire quelque chose de beaucoup plus excitant et de plus significatif emplissait Caroline de joie. Ils passèrent devant Tiffany, puis devant Bonwit Teller et, là, Eddie s'arrêta.

— Viens, dit-il, entraînant Caroline à l'intérieur.

Ils errèrent un moment au milieu de la foule des clientes parfumées, puis Eddie s'arrêta devant le rayon où l'on vendait de vrais bijoux, des bagues, des bracelets et des épingles d'or ornées de pierres précieuses.

— Vite, va là-bas, dit-il, désignant à Caroline le rayon des foulards en face.

— Quoi, encore ?

— Je veux te faire une surprise.

Il y avait des bagues sous la plaque de verre sur laquelle s'appuyait Eddie, des bagues en or et d'autres avec des pierres. Achète-moi une bague, pensa Caroline, et elle ferma les yeux, comme si elle pouvait transmettre son vœu à Eddie par la pensée. Cela n'a pas besoin d'avoir l'air d'une bague de fiançailles, une simple bague en or vaudrait beaucoup mieux, et nous serions seuls à savoir ce qu'elle signifie jusqu'à ce que tout soit arrangé. *Je t'en prie, une bague...*

Elle attendit qu'Eddie fût revenu à côté d'elle.

— Je n'ai pas voulu qu'on l'enveloppe, murmura-t-il. Allons dans un endroit où je pourrai te l'offrir.

Ils sortirent dans la rue et marchèrent jusqu'au parc. Comme la journée était froide, ils n'eurent pas de mal à trouver un banc libre, et ils s'assirent tout près l'un de l'autre. Eddie sortit une minuscule boîte de sa poche et la tendit à Caroline.

Elle retira ses gants et ouvrit l'écrin. Il y avait d'abord une couche de coton, qu'elle enleva, et, dessous, niché dans du coton également, un tout petit cœur en or au bout d'une chaînette d'or.

— Oh... dit-elle.

Elle adorait ce bijou parce qu'il venait de lui, et parce que c'était un cœur, et parce qu'Eddie l'avait choisi lui-même, et pourtant, sans qu'elle pût s'expliquer pourquoi, elle avait presque peur de le toucher. C'était exactement le cœur que Gregg avait reçu de David Wilder Savage le Noël précédent, alors que ce que Gregg voulait, c'était aussi une bague. Oh, mais c'était idiot.

— Chéri, dit Caroline, merci.

— Il te plaît ?

— Je l'adore.

— Je vais te le mettre, dit-il. Retourne-toi.

Il ôta ses gants et elle sentit ses doigts lui frôler le cou, de sorte qu'elle oublia complètement le cœur, puis il dit :

— C'est très joli.

Elle toucha le bijou qui était contre sa gorge, petit mais solide et rassurant.

— Je ne l'enlèverai jamais, dit-elle. Jamais.

Ce soir-là, ils dînèrent dans un autre petit restaurant à l'éclairage tamisé, et ils demeurèrent pendant des heures assis devant leurs espressos à chuchoter, à la lumière d'une bougie multicolore. Caroline portait une robe décolletée pour bien montrer le cœur en or, et aucun autre bijou. De temps à autre, elle le touchait des doigts, pour s'assurer qu'il était toujours là, parce qu'il était très léger et qu'elle ne sentait pas la chaîne autour de son cou, et parce que le fait de savoir qu'il était là lui faisait penser que tout allait bien.

— Il faut que je dîne chez mes parents demain soir, dit Eddie. Ils n'ont pas été contents quand ils ont su que je descendais à l'hôtel et ils admettent très mal que je m'occupe d'affaires et pas uniquement d'eux. Ils ne m'ont pas vu depuis six mois, ils sont venus à la maison voir la petite l'été dernier. Mais j'essaierai de m'en aller de bonne heure pour venir te retrouver.

Si j'étais Helen, songea Caroline, je serais invitée aussi.

— Je me demande s'ils se souviennent de moi, dit-elle.

— Comment pourraient-ils t'avoir oubliée ?

— Et je ne peux même pas te dire de leur présenter mes respects. Je le regrette.

Il ne répondit pas.

— Je pourrai les quitter vers onze heures, dit-il au bout d'un moment.

— Eddie, pourquoi es-tu descendu à l'hôtel ?

— Quand j'ai reçu ta lettre, j'ai pensé, j'ai espéré que tu m'aimais encore. C'était un rêve éveillé. Mais j'ai voulu être à l'hôtel dans le cas improbable où rien n'aurait changé entre toi et moi, pour aller et venir comme il me plairait sans que quelqu'un organise mon emploi du temps.

Plus tard dans la soirée, ils se rendirent de nouveau chez Caroline. Gregg n'était pas rentrée et, cette fois, ils se sentirent plus proches l'un de l'autre, comme s'ils retrouvaient l'atmosphère intime de leur propre maison.

Jamais auparavant Caroline n'avait été à ce point ensorcelée. Même quand elle était loin de lui, comme elle le découvrit le lendemain matin au bureau, elle ne pouvait penser à personne ni à rien d'autre. Elle réfléchissait à une dizaine de choses qu'elle voulait lui dire et puis, quand leurs occupations professionnelles les séparaient de nouveau, elle en trouvait une dizaine d'autres. Son esprit partait dans toutes les directions mais elle gardait toujours le sentiment d'être proche d'Eddie. Personne ne l'avait comprise comme lui. Elle restait assise devant sa table, perdue dans ses rêves, caressant machinalement le petit cœur d'or à son cou, attendant l'heure où elle retrouverait Eddie, et plus rien d'autre n'avait de sens.

Ce soir-là, tandis qu'elle attendait chez elle Eddie qui avait dîné avec ses parents, Caroline prit son second bain de la journée, puis elle étala sur son divan toutes ses robes pour voir laquelle serait assez belle pour la circonstance. Comme c'était différent d'essayer de se rendre belle pour quelqu'un que l'on aimait ! Cela lui donnait plus de plaisir que tout au monde.

Quand le téléphone sonna, elle décrocha machinalement, mais elle n'avait aucune envie de parler à quiconque ne partageait pas son merveilleux secret. Au début, ce fut à peine si elle reconnut la voix à l'autre bout du fil.

— Enfin ! s'écria Paul Landis d'un ton jovial. J'ai essayé de vous joindre toute la semaine.

— Ah oui ? murmura Caroline.

Sa première réaction fut de l'agacement, car Paul aimait les longues conversations au téléphone le soir et elle n'avait pas la moindre envie de lui parler.

— Vous avez été très demandée cette semaine.

— Oui.

— Vous vous êtes bien amusée ?

— Oui.

— Tant mieux. J'ai essayé de vous joindre à votre bureau hier, mais vous étiez encore sortie pour déjeuner.

— Oh… oui.

— Des déjeuners qui durent trois heures, dit Paul d'un ton railleur. Je vous avais prévenue que vous alliez devenir comme Miss Farrow.

Elle n'avait même pas la force de répliquer.

— J'étais en train de m'habiller pour sortir.

— Encore ? Je crois qu'il vaut mieux que je me mette sur les rangs tout de suite. J'ai pensé que nous pourrions aller voir un bon film mercredi, à une première séance, quand il n'y a pas trop de monde, et puis dîner tranquillement après.

— Je suis désolée. Je suis prise.

— Jeudi alors.

— Je ne sais pas.

— Quand saurez-vous ?

L'idée n'était pas venue à Caroline de demander à Eddie quand il rentrait chez lui, elle était trop occupée à être heureuse. Mais il allait rentrer, bien sûr, il devait parler à Helen, il devait rendre compte de son voyage d'affaires et prendre des arrangements pour son travail. S'il ne restait pas marié avec Helen Lowe, il cesserait évidemment de travailler à la Lowe Oil Company, de cela Caroline était certaine, car ce serait trop gênant pour tout le monde. Il allait donc probablement retourner à Dallas le mercredi soir ou, au plus tard, le vendredi.

— Je ne sais pas, répéta-t-elle.

— Que se passe-t-il ? Vous semblez être dans une brume.

— Non…

— Vous devez être fatiguée parce que vous vous couchez trop tard tous ces temps-ci. Pourquoi ne restez-vous pas chez vous une fois de temps en temps ? dit Paul.

Il semblait un peu jaloux en même temps que sermonneur. Que ce fût l'un ou l'autre, Caroline, en fait, s'en moquait éperdument.

— C'est la saison des fêtes, badina-t-elle. Vous savez ce que c'est.

— Oui, sans doute.

— D'ailleurs, ça ne fait que deux soirs. Je ne sais pas pourquoi vous avez l'air de penser que je suis tout le temps prise.

Elle commençait à se ressaisir suffisamment pour plaisanter avec lui. Voyons, se dit-elle, c'est Paul, tu te souviens ? Ton ami. Tu l'aimes bien.

— C'est vrai que cela ne fait pas tant que ça, reconnut Paul d'un ton plus gai. Vous prendrez quand même un verre avec moi pour le nouvel an ? demanda-t-il.

— Oh, Paul, dit Caroline gentiment. Je n'avais même pas encore pensé au réveillon du nouvel an. J'ai été tellement prise par… mon travail et… des amis de province. Je ne sais même pas où je serai pour le réveillon.

— Avec moi, j'espère, dit Paul.

— Pouvez-vous… m'appeler la semaine prochaine ? Je ne peux pas vous parler plus longtemps pour le moment.

— Oh, dit Paul.

On aurait dit qu'il venait tout juste de trouver la réponse à un problème qui, jusqu'à cet instant, l'intriguait.

— Celui avec qui vous allez sortir est là.

— Oui, dit Caroline.

— Très bien. Je vous appellerai au début de la semaine. Gardez votre réveillon du nouvel an et aussi un soir avant, pour que je puisse vous donner votre cadeau de Noël.

— Entendu, dit Caroline. Je vous parlerai plus tard. Au revoir.

— Au revoir, papillon.

A peine avait-elle raccroché et traversé la pièce que Caroline avait oublié jusqu'à l'existence de Paul Landis. Tout en s'habillant, elle imagina qu'elle était vraiment dans la maison d'Eddie, et que celui-ci allait rentrer pour venir la retrouver. Mais, bientôt, elle n'eut même plus à l'imaginer, ce fut vrai. Lorsque la sonnette de la porte retentit, peu après onze heures, elle courut ouvrir à Eddie.

— Bonjour, chéri.

Eddie demeura un instant sur le seuil. Il avait des taches sombres de pluie sur les revers et sur les épaules.

— Il pleut. Je ne veux pas tout mouiller ici, dit-il.

Il essuya ses chaussures sur le paillasson.

— Cela n'a aucune importance.

Elle le prit par la main et le fit entrer.

— Qu'est-ce que tu as fait ce soir ? demanda-t-il, enlevant son manteau.

— Je ne m'en souviens pas, dit-elle joyeusement. Pas grand-chose. Je t'ai attendu.

Il s'assit sur le divan et prit sa main.

— Tu as envie d'aller quelque part ?

Elle secoua la tête.

— Cela m'est égal. Et toi ?

— Non. J'ai envie d'être seul avec toi. Je n'ai pas envie de traîner dans les bars.

— Tu veux du café ?

— Non merci, répondit-il avec un demi-sourire songeur... Il m'est arrivé quelque chose de très bizarre ce soir. Je bavardais avec mon père après le dîner en prenant un verre dans le salon et il a dit : « Eddie, est-ce que les choses vont mieux entre toi et Helen ? » J'ai demandé : « Que veux-tu dire ? » Et il a répondu : « Quand nous sommes venus vous voir l'été dernier, je n'ai rien voulu dire sur le moment, mais je savais que quelque chose n'allait pas. »

— Et que lui as-tu répondu ? demanda doucement Caroline.

Eddie haussa les épaules.

— J'ai répondu que tout allait bien, évidemment.

— Tu as dit ça ?

— Il le fallait bien. Je ne veux pas faire souffrir plus de gens qu'il n'est nécessaire. C'est une affaire entre nous, chérie ; je ne vais pas y mêler mon père.

— Tu as sans doute raison.

— Mais il savait. Je ne peux pas lui faire avaler des histoires. Tu sais comme il est malin. Il m'a juste regardé en ajoutant : « Je l'espère. » Rien de plus. J'ai compris qu'il n'était pas dupe.

— C'est vraiment étrange, constata Caroline. Les autres s'inquiètent de ta vie, ils y pensent, mais ils ne peuvent pas véritablement t'aider.

— Il m'a parlé de toi aussi.

— De moi !

— « Tu te souviens de Caroline Bender ? » m'a-t-il demandé, et j'ai acquiescé. Il a alors ajouté une chose extraordinaire qui m'a laissé pantois. Il faisait tourner son verre de whisky en l'examinant comme un expert qui s'apprête à faire une estimation et il a dit, sans même me regarder : « Je me demande parfois ce qui serait arrivé si tu l'avais épousée. »

— Oh…

— J'ai répondu : « Moi aussi. » Et on en est restés là.

— Moi aussi, murmura Caroline, je me le demande tout le temps. Non, ce n'est pas tout à fait exact, je ne me le demande pas, je le sais.

— J'aurais voulu lui parler de nous, justement. Mais je n'ai pas pu.

— Je sais.

— J'ai envie d'en parler à tout le monde.

— Moi aussi, dit Caroline. Je ne peux pas supporter de discuter avec des personnes qui ne sont pas au courant pour nous.

— Je sais, confirma Eddie en souriant.

— Tu entends la pluie ? Elle tombe fort maintenant.

Ils écoutèrent un moment en silence le bruit de la pluie qui tombait dehors.

— Dehors, dit Caroline, la pluie tombe, des gens font la conversation, des téléphones sonnent, des tas de gens nous voient et nous parlent et ne savent rien de ce qui nous arrive, à toi et à moi. Nous sommes ici comme un monde complet d'amour, enfermé dans cette seule pièce.

— Je sais.

— Tes cheveux sont complètement secs maintenant, dit Caroline tendrement.

Elle lui caressa les cheveux et Eddie la prit dans ses bras. Malgré tout le désir qu'elle avait de lui quand il n'était pas là, c'était encore mieux, toujours mieux et toujours nouveau quand elle était dans ses bras. Depuis la seconde où Eddie la toucha et où elle le toucha, Caroline perdit conscience du bruit de la pluie derrière la fenêtre et aussi de tout ce qui était dans la pièce. La lumière était allumée, une lumière assez dure, mais derrière ses paupières fermées, Caroline ne distinguait qu'une obscurité striée d'or et, lorsqu'elle ouvrit les yeux, elle vit le visage aimé et tout proche d'Eddie. Lorsque celui-ci chercha doucement la fermeture de la robe de Caroline, elle l'aida de ses mains, et lorsqu'il lui enleva sa robe pour la jeter sur le divan ou n'importe où ailleurs, elle n'eut conscience que d'un sentiment de libération et de soulagement de n'être plus enveloppée de tout ce tissu mal commode. Elle ne pouvait pas être assez près d'Eddie, elle s'accrochait à lui avec ses bras, ses mains, ses lèvres, ses genoux, chaque partie de son corps qui pouvait être plus près de son corps, afin qu'ils puissent se dissoudre ensemble dans une union parfaite.

— Je t'aime, Caroline, murmura-t-il.

— Eddie… Je t'aime, je t'aime.

Après ils demeurèrent longtemps allongés dans les bras l'un de l'autre, mais ils ne parlèrent pas de ce qu'ils venaient de faire. Caroline songea vaguement à dire quelque chose, mais elle ne voulait pas tout gâcher avec des mots, et qu'y avait-il à dire, d'ailleurs ? Elle savait seulement qu'elle était heureuse, qu'elle aimait Eddie plus que jamais et que jamais, de toute sa vie, elle ne s'était sentie aussi unie à quelqu'un.

Il s'écarta d'elle finalement et s'assit.

— Quand est-ce que ton amie revient ?

— Qui ?

— La comédienne.

Caroline sourit.

— Oh, Eddie… J'avais oublié son existence. Elle va être de retour d'un instant à l'autre. Quelle heure est-il ?

Eddie n'avait pas quitté sa montre.

— Près d'une heure.

— Oh, nous avons le temps en ce cas.

Eddie s'habillait rapidement, jamais elle n'avait vu quelqu'un s'habiller si vite.

— Habille-toi, chérie, dépêche-toi, dit-il.

Caroline avait de la peine à réfléchir. Elle regardait Eddie sans bouger ; enfin, comme une somnambule, elle se leva elle aussi, enfila sa robe à même la peau, puis roula ses dessous, son jupon et ses bas, et les fourra dans un des tiroirs de la commode. Elle glissa ses pieds dans ses chaussures.

— Maintenant, nous sommes très convenables, dit Eddie.

Il lui sourit. Il la prit par la main et la conduisit devant la glace ; il se plaça derrière elle avec les mains croisées sur la taille de Caroline et le menton sur sa tête. Caroline plaça ses mains par-dessus celles d'Eddie.

— J'aime nous voir ensemble, dit Eddie. Nous avons l'air faits l'un pour l'autre.

Caroline regarda leur double image dans la glace. On eût dit une photographie de l'ancien temps… ou plutôt non, ce n'était pas exactement cela. On aurait dit une photo de mariage.

Lorsque Gregg fut revenue et qu'Eddie fut parti, Caroline se coucha et pensa à ce qui s'était passé au cours de cette soirée. Cela semblait bizarre d'être couchée sur ce même divan où Eddie et elle s'étaient donné l'un à l'autre quelques heures plus tôt. Je suis contente d'avoir attendu Eddie, se dit Caroline. Puis elle pensa à Mike Rice. Elle se rassura : avec lui, rien ne s'était passé ; en fait, ce n'était pas la même chose. Avec Eddie, il n'y avait eu aucune sensation de douleur ou de peur, seulement de l'amour et une véritable intimité. Jamais elle n'aurait cru que coucher avec quelqu'un pût se révéler si naturel. D'ailleurs, il n'y avait qu'un mot pour décrire cette sensation : l'amour. « Coucher avec quelqu'un », voilà bien une expression stupide !

Elle revit Eddie le lendemain matin, et ensuite pendant tout le week-end. Caroline n'avait pas besoin d'aller au bureau, de sorte qu'ils avaient toute leur journée à eux. Eddie se montrait toujours très prudent et faisait très attention aux endroits où il emmenait Caroline, il ne voulait pas que quelqu'un qu'il connaissait les rencontrât ensemble, et bien que cela fît un peu de peine à Caroline, elle ne pouvait s'empêcher de reconnaître que c'était une attitude logique. Eddie ne supporterait pas l'idée du scandale. Il paraissait avoir changé, pour beaucoup de petites choses, ou peut-être était-ce parce que Caroline, étant plus âgée, le voyait avec plus de lucidité. Il avait de l'imagination et du charme, mais il était conventionnel aussi, et les apparences avaient une grande importance pour lui. Caroline était heureuse. Elle aussi, elle était conventionnelle, malgré sa liaison avec un homme marié. En fait, elle ne pouvait même pas penser à sa liaison avec Eddie comme à une « Liaison avec un Homme Marié », excepté en plaisantant, parce qu'elle savait que c'était autre chose. Cela lui semblait presque plus naturel qu'ils fussent ensemble, Eddie et elle, que de penser qu'il était marié avec Helen. Caroline ne désirait rien davantage qu'être mariée avec Eddie et être conventionnelle avec lui, avoir pour amis d'autres jeunes ménages, faire toutes les choses que font les autres, et les faire avec plaisir. Elle commençait à être agacée d'avoir à se cacher d'un petit restaurant à l'autre.

— Quand dois-tu rentrer ? demanda-t-elle le mercredi après-midi.

— Après-demain. Il faut que je sois chez moi pour le jour de Noël.

Elle essaya de se dissimuler la douleur que ces mots éveillaient en elle, mais c'était difficile. Noël : les fêtes en famille. Eddie devait être chez lui pour Noël, pas avec elle, mais chez lui.

— Tu sais, dit-elle d'un ton léger tout en lui souriant, cela me rend triste que tu me dises cela. J'aimerais tellement mieux que tu restes avec moi.

— Moi aussi.

— Mais tu seras avec moi à Noël l'année prochaine. Je peux au moins me dire ça.

— Oh, Caroline…

Il paraissait terriblement triste et son visage avait perdu toute couleur. Il prit la main de Caroline, la porta à ses lèvres, puis la serra fort.

— Qu'y a-t-il ?

Il secoua la tête et ne répondit pas. Il serra seulement la main de Caroline plus fort encore, comme s'il souffrait et que le fait de se raccrocher à quelque chose lui rendît sa douleur plus supportable.

— Chéri, répéta-t-elle, qu'y a-t-il ? Ne me regarde pas comme cela.

Elle posa son autre main sur le poignet d'Eddie.

— Quand tu me touches… dit Eddie. Tu es la seule femme au monde qui me produise cet effet. C'est…

— Je sais…

Ils étaient dans un restaurant, en train de boire leur café, et, sans un mot de plus, ils se levèrent tous deux en même temps. Eddie aida Caroline à enfiler son manteau.

— Je ne retournerai pas au bureau cet après-midi, dit-elle.

Ils sortirent, hélèrent un taxi et allèrent droit à l'appartement d'Eddie.

Elle n'avait envie que d'être près de lui, aussi près de lui que possible.

— C'est comme cela, une lune de miel ? lui demanda-t-elle après, en riant.

— Je ne sais pas, dit-il. La mienne n'a pas été comme cela.

— Oh, Eddie…

— Non. Je ne sais pas, nous n'avions pas grand-chose à nous dire quand nous étions seuls ensemble. Je faisais un effort pour trouver un sujet de conversation. Jamais je ne pourrais avoir cette impression avec toi. Je pense à des choses que j'ai envie de te dire même quand je ne suis pas avec toi.

— Moi aussi !

En décembre, les jours sont courts et dehors il faisait déjà nuit.

— Restons ici toute la soirée et faisons-nous monter un sandwich ou quelque chose, proposa Eddie. Je ne peux pas bouger.

— Je n'ai même pas envie de bouger, déclara tendrement Caroline, si c'est pour m'éloigner de toi.

Il ne leur restait plus qu'une journée à passer ensemble, après ce soir, et malgré son bonheur présent, Caroline savait qu'ils devaient faire des projets, discuter de ce qui allait se passer dans les semaines à venir, même si c'était désagréable.

— Il faudra que tu dises tout à Helen, dit-elle. Comment t'y prendras-tu ? Lui parleras-tu de moi ?

— Il ne faut pas qu'elle connaisse ton existence, jamais, dit Eddie avec fermeté.

— Et combien de temps prendra… le – elle avait du mal à le dire, mais il fallait que ce fût dit – … le divorce ?

Il lui lança un regard qui était presque dramatique. Puis il secoua la tête.

— Caroline… je ne peux… je ne *peux* pas divorcer.

— Tu ne peux pas ?

Elle le regarda, affolée.

— Comment cela, tu ne peux pas ? Pourquoi ?

Il secoua de nouveau la tête et son visage avait retrouvé cette pâleur et cet air torturé qui avaient tant déconcerté Caroline au dîner. Mais maintenant, elle savait ce que cette expression voulait dire.

— Je ne peux pas, dit-il. Je ne peux pas. Cela ferait du mal à trop de gens. Ce serait… la fin de ma vie telle qu'elle est maintenant, de tout, de mon travail, de ma famille, de mes amis, de mon foyer. J'aime mon enfant, Caroline. Je ne peux pas…

Tout d'abord, Caroline ne parvint pas à croire ce qu'il disait, puis elle sut que c'était la vérité. Ou, en tout cas, la vérité à ce moment-là. Elle ne pouvait pas croire que ce serait la vérité toujours.

— Et moi ? demanda-t-elle doucement. Tu ne songes pas au mal que tu me ferais à moi ?

— Je ne veux pas te faire de mal, chérie. Je ne pourrais pas.

— Et tu ne crois pas que tu vas m'en faire ? Eddie, tu es toute ma vie. Tu l'as toujours été.

— Je te promets, dit Eddie, que je trouverai un moyen avant de quitter New York.

— Pour m'épouser ?

— Je ne peux pas t'épouser, chérie.

— Il n'y a pas d'autre moyen, dit Caroline.

Il n'y avait pas de larmes dans ses yeux, mais sa gorge lui faisait mal comme si elle allait pleurer et elle luttait pour conserver un visage calme. C'était la première fois de sa vie qu'elle essayait de cacher ses sentiments à Eddie, mais elle ne voulait pas pleurer, elle voulait seulement comprendre et toucher Eddie, afin qu'il la comprenne.

— Je t'en prie, chérie, ne crois pas que je vais t'épouser. Je t'en prie, ne continue pas à te dire cela, dit-il d'un ton de supplication.

— Tu le savais depuis le début ?

— Oui, dit-il.

— Tu aurais dû me prévenir, dit Caroline doucement.

Sa voix se brisa. Elle ne pouvait pas ajouter un mot, car elle savait que si elle ouvrait la bouche pour parler, elle éclaterait en sanglots.

Eddie croisa les doigts et les fixa, n'osant pas regarder Caroline.

— Si quelqu'un m'avait dit il y a trois ans que je ne t'épouserais jamais, je ne l'aurais pas cru. Mais j'ai changé. Les choses étaient simples alors : on aimait, on épousait, on voulait quelque chose, on le prenait. Mais elles ne sont plus si simples. La vie n'est pas telle que je la croyais alors.

Il leva enfin les yeux vers elle.

— Ni telle que tu la crois maintenant.

— J'ai toujours été la fille paisible et équilibrée à qui tout le monde vient raconter ses ennuis, dit Caroline. Mais ça ne sera pas comme ça cette fois-ci. Pas avec toi. Cette fois, je sais que j'ai raison, parce que je crois en toi, je crois en nous. Je t'en prie, Eddie, ne m'oblige pas à cesser de croire en nous.

— Il y a des tas de choses auxquelles on cesse de croire à un moment ou à un autre, dit Eddie. Ne penses-tu pas que je serais plus heureux avec toi que je ne le suis maintenant ? Ne penses-tu pas que j'aie envie d'une femme que je puisse aimer, avec qui je serais heureux ?

— Tu dois être plus heureux avec la tienne que tu ne veux bien l'avouer, dit Caroline.

Il secoua la tête.

— Non, pas du tout.

— Alors qu'est-ce qui te plaît ? La vie tranquille, confortable ? La superbe piscine en forme de cœur ? Le bureau climatisé où tu n'as rien à faire ? Les soirées au country-club où tu joues du piano en pensant à moi ? C'est cela ?

— Ne parle pas comme ça.

— Je ne me trompe pas ?

— C'est ma vie, dit Eddie. En cela, tu ne te trompes pas.

Elle souffrait tellement qu'elle pouvait à peine parler, elle était envahie par la douleur et la stupéfaction, et elle ne pouvait même pas regarder Eddie en face, parce qu'alors c'était encore pire. Elle gardait les yeux fixés sur le mur car celui-ci était de couleur crème, inoffensif et nu, et elle attendait que la douleur s'en aille comme une poussée de fièvre. Mais la douleur ne s'en allait pas, et Caroline ne savait que faire.

— Je ne veux pas te perdre, dit Eddie. Il faudra que je pense à une solution.

— Pense à moi, murmura Caroline. Je t'en prie, pense à moi.

Le lendemain matin, au bureau, Caroline était encore engourdie, mais elle commençait à reprendre ses sens. Eddie trouverait une solution, il le lui avait promis. Peut-être trouverait-il un moyen d'avoir un droit de garde partiel pour sa fille. Caroline était prête même à aider à élever l'enfant d'une autre, et à aimer cet enfant, si cela devait rendre Eddie heureux et si cela devait l'amener à elle. Cela paraissait une grosse responsabilité et cela impliquerait beaucoup de choses auxquelles Caroline n'avait pas pensé, ou n'avait pas voulu penser, mais il devait y avoir un moyen, et s'il y en avait un, Eddie le trouverait. Dans le couloir, elle aperçut Mike Rice.

— Tiens, dit-il affectueusement, je vous ai observée ces temps-ci. Vous semblez amoureuse, ajouta-t-il en la dévisageant.

— Je le suis, répondit Caroline en essayant de sourire.

Il paraissait sincèrement content.

— Je le savais. Un jeune et charmant garçon, n'est-ce pas ?

— ... Oui, parvint-elle à répondre.

— Ça aussi, je le savais, déclara Mike. Cela me fait plaisir pour vous.

— Merci, murmura-t-elle en s'éloignant rapidement sans lui laisser le temps d'en dire davantage.

Elle rejoignit Eddie à son hôtel à midi. Il y avait sur le porte-bagages une valise en cuir ouverte et à demi remplie de vêtements.

Eddie prit Caroline dans ses bras.

— Tu m'aimes ?

— Oui.

— Vraiment ?

— Oh oui, vraiment.

— Alors, tout s'arrangera, dit Eddie en lui caressant les cheveux. Tu verras.

— Quand pars-tu ?

— Demain après-midi par l'avion de cinq heures. Je fais mes bagages maintenant parce qu'il faut que je sorte dîner ce soir. Tu m'accompagneras à l'aéroport, n'est-ce pas ?

— Oui, dit Caroline. Bien sûr, chéri. Mais après ? Que va-t-il se passer ?

— Tout est mis au point. Est-ce que tu pourrais quitter New York d'ici un mois ?

— Un mois…

Elle en perdit presque le souffle.

— Oui.

— Il faudra que tu abandonnes ton travail. Cela t'est égal, n'est-ce pas ?

— Oui, dit-elle. Oh oui.

— Je t'ai trouvé du travail à Dallas. Cela n'a pas été facile, mais j'ai eu de la chance. Je connais un homme très riche, un peu excentrique, qui commence à écrire un livre et qui a besoin d'une secrétaire susceptible de l'aider. Tu seras parfaite pour cet emploi, avec l'expérience que tu as. Je te donnerai son nom et son adresse et tu pourras lui écrire toi-même immédiatement.

— Très bien, murmura Caroline, les bras autour de la taille d'Eddie, la tête reposant sur son épaule. De toute façon, j'ai assez d'argent pour rester un moment là-bas, jusqu'à notre mariage. Je n'ai pas besoin de cet emploi.

Elle le regarda.

— A moins, bien sûr, que nous ayons besoin de l'argent. En ce cas, je travaillerai volontiers.

— Caroline… Caroline… tu m'aimes, n'est-ce pas ?

— Tu le sais bien.

— Tu sais que je ne peux pas t'épouser, je te l'ai dit. Tu le sais, n'est-ce pas ?

Elle s'écarta de lui.

— Que veux-tu dire ? demanda-t-elle, affolée et stupéfaite. Pourquoi veux-tu que j'aille à Dallas ?

— Pour que nous puissions être ensemble, chérie. Pour toujours. Est-ce que ce n'est pas ce que tu désires, toi aussi ?

— Ensemble comment ? demanda Caroline.

Elle commençait à trembler de douleur et de honte car elle savait déjà ce qu'il voulait dire, mais elle ne pouvait encore supporter de l'entendre le formuler, c'était trop terrible.

— Ensemble, dit Eddie. Tu prendras un petit appartement. Tu auras ce travail agréable, et je viendrai te rendre visite. Tu seras près de moi, et nous déjeunerons ensemble au moins deux fois par semaine – je m'arrangerai – et je me débrouillerai aussi pour passer une ou peut-être deux soirées avec toi ; nous nous parlerons au téléphone tous les jours et, quelquefois, nous réussirons même à passer un week-end ensemble. Nous pourrons prendre la voiture et aller…

— Déjeuner ensemble ! s'écria-t-elle, l'interrompant.

Elle recula d'un pas, comme si elle s'était subitement surprise en train d'embrasser, par erreur, quelqu'un qui avait l'apparence d'Eddie Harris mais qui, en fait, était un étranger qui lui ressemblait.

— Une ou deux soirées où tu auras échappé à ta femme et à tes respectables amis mariés ? Un week-end ? Et moi je continuerai à vivre ainsi pour toujours, seule, à t'attendre, sans me montrer ? Que veux-tu que je sois ?

Il était très pâle.

— Je veux que tu sois avec moi.

— Quand ? Lorsque tu auras une soirée de libre ?

— Caroline, je te verrai presque tout le temps, je te verrai…

Elle ne voulait pas prononcer le mot, non par peur de faire mal à Eddie, mais parce qu'en le disant cela le rendrait vrai brusquement, et que cela, elle ne se sentait pas le courage de le supporter. Mais elle devait le prononcer, ce mot, cependant, elle devait le lui faire entendre et, en même temps, se dire à elle-même, une fois pour toutes, que c'était bien cela qu'Eddie avait pensé. Et aussi, elle s'en rendait bien compte, parce que, tout au fond d'elle-même, elle espérait farouchement qu'il nierait.

— Tu veux que je sois ta maîtresse, n'est-ce pas ?

— Ne dis pas cela, murmura-t-il. Ça paraît si laid.

— C'est laid, en effet, dit Caroline.

Elle s'éloigna encore davantage ; en même temps elle mourait d'envie de se jeter dans ses bras en le suppliant de la rassurer, de lui dire qu'il l'aimait et que toute cette discussion n'était qu'une affreuse plaisanterie.

— C'est ce que tu voulais dire ? fit-elle en reculant encore d'un pas.

— Ce ne le sera pas pour nous, dit Eddie calmement. Nous ferons en sorte que… cela ne le soit pas.

— Voilà donc ta solution. Voilà ton plan pour nous rendre heureux tous les deux. Et dans vingt ans d'ici, je serai encore dans le petit appartement de Dallas et j'attendrai que tu viennes déjeuner avec moi, j'attendrai que tu viennes me faire l'amour le soir avant de retourner chez ta femme, et j'aurai quarante-trois ans et je n'aurai jamais eu d'enfants, ni une vraie maison, ni quelqu'un pour m'aimer ni s'inquiéter de ce qui m'arrive... et tout cela parce que toi, tu n'auras voulu faire de mal à personne.

Eddie ne répondit pas. Il se mordit la lèvre, regarda Caroline, puis se détourna.

— Tu me donnes envie de... pleurer, dit-il.

— Je n'ai rien fait, dit Caroline. Je t'ai seulement dit ce que tu sais déjà.

Et soudain, ce fut elle qui pleura, sans pouvoir se contrôler, debout au milieu de la pièce, le visage enfoui dans les mains, trop malheureuse pour faire un geste, s'asseoir ou sortir de la pièce en courant. En trois pas, Eddie fut près d'elle ; il la prit dans ses bras et, quand elle put enfin le regarder, elle vit qu'il avait les yeux fermés et que son visage était mouillé de larmes.

— Je t'en prie... murmura-t-elle, mais ce fut tout ce qu'elle put articuler.

— Ne pleure pas... murmura-t-il. Ne pleure pas, chérie... Je t'aime...

— Et qu'est-ce que tu aimes tant que le fait de m'aimer moi n'y change rien ? demanda-t-elle. C'est la seule chose que je veux savoir.

Il ne répondit pas, et alors elle comprit.

Au bout d'un moment, elle alla dans la salle de bains et se lava la figure, mais elle était trop lasse pour se maquiller et d'ailleurs peu lui importait. Elle retourna lentement dans le living-room et s'assit sur le canapé où ils s'étaient assis la première fois qu'ils s'étaient revus, elle croisa ses mains sur ses genoux et s'efforça de respirer calmement, sans sangloter ; elle aurait été incapable de dire ce qu'elle allait faire, fût-ce une heure plus tard.

Eddie s'assit auprès d'elle sans la toucher et la regarda tristement.

— Tu y réfléchiras ? demanda-t-il. Ne dis pas oui ou non tout de suite, réfléchis simplement. Tu pourras me donner la réponse demain matin, quand nous nous retrouverons. Je t'en prie, réfléchis, fais-le pour moi.

Elle ne put répondre.

— Caroline, tu me le promets ?

— Bien, dit-elle enfin. Je réfléchirai.

Mais elle savait déjà que cela ne pouvait pas marcher, qu'elle ne pouvait pas vivre comme il l'avait projeté. Et pourtant, vivre sans lui alors qu'ils avaient été de nouveau ensemble, c'était comme une seconde mort. Elle regarda Eddie. Même maintenant, en dépit de ce qu'il lui avait fait, elle l'aimait. Cet homme qui venait de lui demander de devenir sa maîtresse pour la vie n'était pas Eddie, mais un inconnu cruel et fou, se dit-elle. Ce devait être cela. Pourtant, elle en avait parfaitement conscience, il s'agissait bien d'Eddie et de sa façon de voir les choses.

— Tu as un air si dramatique, dit-elle en soupirant.

— Ah oui ?

Elle eut un pâle sourire parce qu'elle l'aimait encore et parce que son cœur s'ouvrait à lui chaque fois qu'elle le regardait ou qu'elle entendait sa voix en dépit de tout ce qu'il avait révélé sur lui-même.

— Oui.

— C'est bien involontaire, fit-il en souriant à son tour.

— Je sais bien, répondit-elle d'une voix très douce et pleine d'amour.

— Je pense à ce que ce sera de rentrer là-bas demain, dit Eddie, en sachant qu'aussi longtemps que j'attende, tu ne viendras jamais. Je ne peux pas le supporter.

— Mais tu le supporteras, dit Caroline doucement. C'est moi qui ne le supporterai pas. C'est moi qui mourrai lentement à l'intérieur.

— Si tu ne viens pas à moi, dit Eddie, lui prenant enfin la main, je reviendrai ici l'été prochain faire un séjour auprès de toi. Je peux le faire. Je resterai une semaine, et alors au moins nous serons ensemble.

— Deux fois par an ? dit-elle. Est-ce pour cela que je dois vivre ?

— Peut-être viendras-tu à Dallas.

Elle secoua la tête.

— Tu veux savoir la différence entre toi et moi ? dit-elle. Je vais te la dire. Toi tu vas partir demain et tu vas retrouver Helen, tes amis, ton travail, ta belle vie bien remplie, et moi je vais rester ici. Et dans cinq ans, Helen et toi vous irez en voyage dans un endroit romantique, comme Rio de Janeiro par exemple. Et un soir, à Rio, dans ton luxueux hôtel, ce sera l'heure du dîner, et pendant que ta femme s'habillera, tu descendras au bar. Tu commanderas un verre et tu l'emporteras sur la terrasse, parce qu'il y a toujours une terrasse dans ces endroits-là. Et tu contempleras la belle nuit tropicale, tout en écoutant la musique qui viendra du bar, et tu boiras ton verre à petites gorgées, et alors tu penseras à moi et tu te sentiras agréablement triste. C'est tout. Agréablement triste.

30

Gregg Adams, assise dans l'ombre de l'escalier, pelotonnée contre le mur de l'appartement de David Wilder Savage, avait l'air d'une enfant de douze ans qui a encore peur du noir. Elle avait les genoux rabattus contre le menton, les bras noués autour des genoux, et ses cheveux blonds lui pendaient devant la figure. Elle avait froid dans son imperméable, et elle était incapable de se souvenir pourquoi elle l'avait enfilé au lieu de passer son manteau d'hiver. Elle n'avait même pas remarqué qu'elle l'avait sur le dos, jusqu'au moment où elle avait glissé sur une plaque de verglas devant l'immeuble de David et constaté qu'elle frissonnait dans le vent de la nuit. Elle se souvint aussi qu'elle avait oublié de dîner, mais cela lui était égal car elle se sentait trop malade pour avoir faim. Il était là, dans son appartement, avec cette fille.

Elle entendit de la musique, très fort, comme toujours. Elle collait sa joue contre la paroi et entendait à travers le mur de la chambre bien que la chaîne hi-fi fût dans le living-room. Sur le mur, non loin de l'endroit où elle appuyait sa tête, quelqu'un avait griffonné une inscription au crayon. On lisait : « Je déteste Johnny. » Gregg trouva ça drôle, et elle sourit, en fermant les yeux. Je déteste Johnny. Qui donc détestait Johnny ? Sans doute une femme, songea Gregg. Une femme que Johnny avait mal traitée ou que peut-être il ignorait. Je déteste Johnny, se dit-elle. Je déteste David. Non, je l'aime, je l'aime. Je déteste Gregg.

Elle ouvrit les yeux en entendant un bruit de pas incertains. Quelqu'un montait l'escalier et son cœur se mit à battre. Qui pouvait venir à cette heure, à minuit passé ? Sans doute un ivrogne, ou pire encore. Elle se recroquevilla contre le mur, en espérant que l'intrus ne la remarquerait pas et passerait son chemin.

Allez-vous-en, pensa-t-elle, allez-vous-en, allez-vous-en. Si elle le pensait assez fort, l'inconnu s'en irait. Allez-vous-en, je vous déteste. Laissez-moi tranquille. Rentrez chez vous. Mais elle aperçut le sommet d'un crâne rond, parsemé de rares cheveux noirs, qui montait l'escalier, et elle entendit des pas, un souffle rauque. Avant même de sentir le whisky, elle devina que l'homme était ivre.

Il arriva sur le palier et s'arrêta là un moment, hors d'haleine, avant de s'engager sur la partie de l'escalier où elle était assise. Tout d'abord, il ne la vit pas. Il était de taille moyenne, mais il avait l'air très grand, car elle était tassée en boule, essayant de se cacher, et il paraissait presque aussi large que l'escalier. Son manteau était déboutonné, ainsi que sa veste, et il avait une manche déchirée comme s'il était tombé.

Elle vit d'abord son visage, un visage blême et stupide, la bouche entrouverte aspirant goulûment l'air. Il avait une marbrure de saleté sur la joue. Il reprit son ascension, se cramponnant à la rampe, puis tout à coup il l'aperçut et s'arrêta.

— Hé… dit-il.

Gregg ne répondit pas.

— Hé ! Hé, petite !

Elle avait le cœur qui battait si fort que des traînées rouges dansaient devant ses yeux. Allez-vous-en, pensa-t-elle, allez-vous-en, fichez-moi la paix.

Il reprit sa marche, mais cette fois il se dirigeait vers elle car il savait qu'elle était là. Que pouvait-elle faire ? Il n'était plus qu'à quatre marches d'elle et sa ceinture était au niveau des yeux de Gregg. Elle vit sa chemise blanche, soutenant sa large panse comme un parachute, et, dessous, le pantalon sans ceinture. Au-dessus de la fermeture Eclair, un bouton maintenait le pantalon fermé, et on apercevait sa doublure blanche. Gregg contemplait cette doublure, fascinée, horrifiée. Allez-vous-en, se dit-elle, affolée, allez-vous-en, allez-vous-en… satyre !

— Qu'est-ce qui se passe ? demanda-t-il. Vous avez perdu votre clé ?

Ce fut à peine si elle l'entendit. Elle se leva, d'un bond, et essaya de le pousser pour passer, pour descendre l'escalier, pour gagner l'appartement de David, pour s'échapper. Elle se heurta à la masse de ce corps immobile qui lui barrait le passage.

— Laissez-moi passer, dit-elle en sanglotant, se glissant dans le petit espace demeuré libre entre lui et le mur.

A cet instant son pied manqua une marche et elle trébucha. Elle eut l'horrible impression qu'elle perdait l'équilibre, qu'elle tombait. Elle ne savait pas si c'était sa propre voix ou celle de l'homme qu'elle entendait crier. Elle eut seulement l'impression que le monde lui sautait à la figure, que le monde bondissait, dans sa gorge, dans sa tête, tandis qu'elle cherchait frénétiquement une rampe, une main, n'importe quoi, et qu'elle ne trouvait rien.

31

— Vraiment, dit Paul Landis joyeusement, c'est une très agréable surprise. Je suis ravi que vous m'ayez appelé ce soir. J'étais justement en train d'essayer de me détendre après une horrible journée au bureau, et je ne connais pas de meilleure façon de passer une soirée qu'avec vous.

Caroline lui sourit, mais ne répondit pas. Elle lavait une laitue pour faire une salade parce que cela lui donnait quelque chose à faire de ses mains, mais elle avait à peine conscience de ce qu'elle faisait. Elle se disait qu'Eddie était en train de dîner avec ces gens et que, bientôt, il rentrerait à son hôtel et se coucherait. Peut-être aurait-il du mal à s'endormir parce qu'il se demanderait si, demain, elle allait dire oui ou non. Quant à elle, elle se demandait si elle pourrait encore s'endormir facilement un jour.

Elle acheva de préparer la salade, mit les steaks dans la poêle, puis retourna dans la pièce s'asseoir sur le divan, en face de Paul. Elle alluma une cigarette et l'écrasa presque immédiatement car elle ne pouvait en supporter le goût.

— Je suis ravi que vous m'invitiez à dîner, dit Paul. Il y a longtemps que je n'ai pas mangé ici.

— Je ne suis pas bonne cuisinière, croyez-moi, dit Caroline.

Elle alluma une autre cigarette.

— Pour moi, si.

Elle lui sourit faiblement et écrasa sa cigarette dans le cendrier. Souris, parle, réagis, continue à vivre, se dit-elle. Les gens continuent à vivre, ils y sont bien forcés. Elle était contente d'avoir demandé à Paul de venir car elle avait besoin de la présence de quelqu'un qui l'aimait bien. Paul était un réconfort. Il l'empêcherait de trop penser. Et, de cela, elle lui était reconnaissante.

— Je suis contente que vous ayez été chez vous quand j'ai appelé, dit-elle.

Comme cela avait l'air de lui faire plaisir ! Son visage s'éclaira quand il entendit ces paroles, et Caroline se sentit plus attachée à lui qu'elle ne l'avait jamais été.

— Je vous ai apporté votre cadeau de Noël, dit Paul, cherchant dans sa poche.

Il lui tendit un petit paquet, enveloppé dans un papier de Noël de grand magasin.

— Je peux l'ouvrir maintenant ? demanda-t-elle.

— Je vous en prie.

Elle l'ouvrit et vit, sur un lit de coton blanc, une breloque d'or rectangulaire représentant le calendrier du mois de décembre, avec un minuscule rubis à la date du 25.

— Oh, c'est ravissant ! dit-elle.

— J'ai remarqué que vous aviez un bracelet à quoi l'attacher, dit Paul.

— En effet. Je vais le faire poser tout de suite.

— En fait, je l'ai acheté avec une arrière-pensée, dit Paul.

— Laquelle ?

— Je me suis dit que cette date pourrait peut-être être plus pour vous qu'un Noël comme les autres.

Si seulement vous saviez, songea Caroline. J'espère que jamais plus je n'aurai de Noël comme celui-ci.

— Vraiment ? Dans quel sens ? demanda-t-elle.

— Du point de vue sentimental.

— Il faut que j'aille retourner les steaks, s'empressa de dire Caroline.

Elle se leva.

La fumée qui montait de la viande en train de griller lui fit venir les larmes aux yeux. Ou peut-être n'était-ce pas la fumée.

Elle revint s'asseoir sur le divan et regarda son cadeau de Noël. C'était si gentil, et si généreux, comme tout ce qui venait de Paul. Elle songea qu'il n'aurait pas dû dépenser autant d'argent, même si elle soupçonnait qu'il l'avait fait avec plaisir pour elle. Cette pensée lui enleva un peu de la culpabilité qu'elle ressentait de n'éprouver rien de particulier en recevant ce présent.

— Ce que je voulais dire par sentimental, continua Paul en la regardant attentivement, c'est que j'ai pensé que cette année vous auriez peut-être une raison toute particulière de vous souvenir de Noël.

Taisez-vous, songea-t-elle, faisant un effort pour refouler les larmes qui se pressaient maintenant derrière ses yeux. Je vous en prie…

— Ce que je veux dire, disait Paul. Je voudrais… Bref, mieux vaut que je le dise carrément.

Il eut un sourire un peu embarrassé.

— Je ne fais jamais de plaidoiries et je ne suis pas bon orateur. Je voudrais que ce Noël-ci soit le jour où nous aurons décidé de nous fiancer.

— Oh, Paul… dit Caroline doucement, et elle secoua la tête.

— Ne dites pas non, lança-t-il d'un ton léger. Vous ne savez pas quel bon parti je suis.

Et il sourit pour faire comprendre à Caroline qu'il ne prenait ce ton que parce qu'il attachait une grande importance à sa réponse.

— Vous êtes un bon parti, dit-elle. Un très bon parti. Vous rendrez une jeune fille très, très heureuse.

— Pourquoi pas vous ? demanda-t-il sans cesser de sourire. Vous êtes la seule jeune fille que j'aie vraiment envie de rendre heureuse.

— Vous me rendez heureuse, dit-elle, essayant de parler sur le même ton que lui, mais incapable de le regarder. Mais je ne veux pas me marier.

— Mais si.

— Un jour, oui. Mais pas maintenant. Je… ne suis pas encore prête pour le mariage.

— N'attendez pas trop longtemps, dit Paul.

Elle lui sourit ; elle se sentait enfin capable de le regarder en face car ce qu'il venait de dire l'avait blessée suffisamment pour lui faire surmonter le remords qu'elle éprouvait de l'avoir repoussé.

— Est-ce que je peux garder mon cadeau de Noël quand même ?

— Evidemment. Il vous fera peut-être changer d'avis. Vous avez encore toute une journée jusqu'au 25.

— Il faut que je surveille les steaks, dit-elle avant de courir vers le fourneau.

Paul avait apporté du vin en plus de son cadeau et ils le burent en mangeant. Caroline mit un disque sur le phono, un disque de jazz très bruyant qui ne lui rappellerait pas Eddie. Elle avait ôté son portrait de la commode et l'album de photos de la table basse. Mais elle n'avait besoin de rien pour lui rappeler Eddie, elle était engourdie de stupéfaction et de tristesse. Elle avait besoin de toutes ses forces pour simplement répondre, parler, paraître normalement vivante à Paul. Elle était deux personnes à la fois : la Caroline qui lui demandait s'il voulait encore du vin, s'il préférait du café normal ou un espresso et la Caroline qui se cramponnait à ces pensées simples comme à un ultime refuge dans son désespoir. Paul se mit à lui raconter en détail une affaire qu'il avait eue à traiter. Hébétée de douleur, elle se mit en pilotage automatique : sourire, acquiescer, enlever le plat principal, apporter un cendrier, sourire, acquiescer... Elle ne se rendit compte qu'ils étaient en fin de repas qu'au moment où elle débarrassa les assiettes à dessert.

Après le dîner, ils s'assirent de nouveau sur le divan et burent beaucoup de café ; Paul en but, en tout cas, car Caroline touchait à peine au sien, se contentant de regarder Paul, de l'écouter parler quand elle parvenait à comprendre ce qu'il disait, et de se lever de temps en temps pour mettre un autre disque.

— Vous avez l'air fatiguée, dit Paul.

Il regarda sa montre.

— Le croiriez-vous ? Il est minuit passé. Je commence vraiment à me détendre. Et vous, est-ce que vous ne vous sentez pas détendue ?

— Si, murmura-t-elle.

Elle était si tendue qu'elle en avait mal au dos, et quand le téléphone sonna, à côté du lit, elle sursauta et poussa un petit cri.

— Vos amis appellent vraiment à n'importe quelle heure, dit Paul d'un ton enjoué.

Eddie… songea-t-elle. Oh ! Eddie… Elle avait presque peur de répondre, peur qu'en entendant la voix d'Eddie elle ne se mette à pleurer. Elle savait que c'était Eddie, il le fallait.

— Allô, articula-t-elle avec peine.

— Caroline ?

Ce n'était pas Eddie.

— Oui ?

— Ici David Wilder Savage.

— Oh… Comment allez-vous ?

— Pouvez-vous venir tout de suite ? Il est arrivé quelque chose à Gregg.

Paul accompagna Caroline jusqu'à l'adresse que lui avait donnée David Wilder Savage. Une voiture de police noire et une ambulance étaient rangées sur le trottoir, devant la maison. Deux hommes sortaient un brancard de l'ambulance et Caroline entra en courant dans la maison devant eux et appuya frénétiquement sur la sonnette.

— La porte est ouverte, dit Paul, lui entourant les épaules de son bras.

Il la conduisit à l'intérieur. Elle monta l'escalier en courant, Paul sur ses talons. Elle ne savait pas à quel étage habitait David Wilder Savage, mais elle le sut vite en voyant les gens massés sur le palier. Elle se fraya un chemin à travers le groupe. Gregg était étendue par terre au pied d'un escalier et elle semblait sans connaissance. Un policier saisit Caroline par le bras.

— Qu'est-ce qui s'est passé ? s'écria Caroline.

— Ne la touchez pas, dit le policier. Elle est morte.

Elle ne pouvait pas le croire, elle regarda le policier, puis Gregg.

— Elle n'est pas morte ! C'est impossible !

David Wilder Savage était devant sa porte à demi ouverte, en peignoir de bain, et à demi cachée derrière lui se tenait une jeune fille qui regardait la scène avec une expression troublée. Troublée, rien de plus. Elle était en peignoir de bain, elle aussi.

— Voici Caroline Bender, la jeune fille qui habite avec Miss Adams, dit David Wilder au policier.

Celui-ci lâcha le bras de Caroline, mais il ne la laissa pas aller complètement, comme s'il s'attendait à ce qu'elle se livrât à quelque geste de désespoir.

— Pardonnez-moi, dit-il.

— Gregg ? murmura Caroline. Gregg…

Elle s'agenouilla à côté de son amie, qui semblait avoir seulement perdu connaissance, et ce fut alors qu'elle vit que sa tête était bizarrement penchée sur ses épaules. Ses longs cheveux blonds étaient étalés sur le sol, sur la boue qui s'y trouvait, là où des gens avaient marché avec leurs chaussures ; sans réfléchir à ce qu'elle faisait, Caroline tendit les bras vers Gregg.

— Ne la touchez pas ! dit le policier en la tirant en arrière.

— Vous ne pouvez pas la laisser ici, dit Caroline. C'est tellement sale.

Et alors, elle se mit à pleurer car elle comprit que le fait que le plancher fût sale ou non n'avait plus aucune importance pour Gregg.

Il y avait un homme appuyé contre le mur. Il avait le visage gris et on avait l'impression qu'il tomberait s'il cessait de prendre appui sur le mur.

— Elle est tombée, murmura-t-il. D'un coup. Elle est descendue en courant et elle est tombée.

— C'est bien, dit le policier. Nous savons.

— D'un coup… répéta l'homme comme dans un rêve. Elle a dévalé l'escalier. J'ai cru qu'elle avait perdu sa clé.

Les ambulanciers arrivèrent avec un brancard, et la foule s'écarta. Il y avait deux policiers, plusieurs personnes en pyjama, manifestement des voisins, l'homme qui avait été témoin de la scène, et David Wilder Savage avec cette fille qu'il tenait par la taille, sans dire un mot. Paul mit son bras autour de Caroline et dit doucement :

— Ne regardez pas !

Mais Caroline ne put s'empêcher de regarder. Elle suivit des yeux les infirmiers quand ils placèrent le corps de Gregg sur le brancard et qu'ils lui firent descendre l'escalier, très doucement, comme si Gregg était encore vivante.

— Il faut prévenir sa famille, dit Caroline.

Elle regarda David Wilder Savage qui était toujours là dans son peignoir de bain et qui avait passé un bras protecteur autour des épaules de la jeune fille qui était avec lui, comme si c'était sa femme ; brusquement, alors qu'elle savait bien que ce qui était arrivé n'était pas de la faute de cet homme, Caroline lui en voulut.

— Je ne sais pas où vivent ses parents, dit-elle, regardant David en face. Ils ne lui écrivaient jamais et Gregg n'en parlait pas. Il faut que quelqu'un retrouve sa famille.

— Nous les retrouverons, dit le policier.

— C'est quelque part à Dallas, dit Caroline.

— On les trouvera, dit Paul doucement. Venez.

Caroline regardait toujours David. Il n'avait pas dit un mot de plus et son visage pâle était calme : un peu malheureux, un peu saisi, mais calme. La jeune fille qui était à côté de lui semblait hébétée. Elle avait vingt ans à peine. C'est Judy Masson, se dit brusquement Caroline comme si elle la connaissait. Est-ce que cela ne vous fait rien ? avait envie de leur crier Caroline à tous les deux.

— Il n'y a rien d'autre ? demanda David Wilder Savage.

— Non, c'est tout, dit le policier. Vous pouvez tous rentrer chez vous.

Caroline laissa Paul l'emmener ; elle sentait ses mains douces, habiles, lui entourer les épaules. Elle regarda une fois encore derrière elle et vit David

Wilder Savage faire rentrer Judy Masson dans son appartement, avec les mêmes gestes protecteurs, et refermer la porte derrière eux. Personne n'aime personne, pensa Caroline, nous pourrions tous mourir, qui s'en soucierait ? Qui aime vraiment qui ici-bas ? Quand elle se retrouva dans un taxi avec Paul, elle posa la tête sur son épaule et pleura sans retenue, reconnaissante d'avoir Paul pour la réconforter. Pour qui est-ce que je pleure, en fait ? se demanda-t-elle. Pour Gregg ? Pour moi ? Pour toutes les filles qui ont voulu être aimées ?

— Nous allons rentrer chez vous, dit Paul.

Ce fut à peine si elle l'entendit. Je refusais d'écouter, se disait-elle, quand Gregg voulait me parler au milieu de la nuit.

Quand elle fut dans l'appartement – cet appartement qu'elle avait partagé avec Gregg –, Caroline laissa Paul lui enlever son manteau puis la conduire doucement vers le divan. Elle s'allongea et il lui enleva ses chaussures et mit son manteau sur elle pour la couvrir ; il lui versa un petit verre de cognac.

— Buvez, dit-il. Je ne veux plus que vous pensiez à tout cela ce soir.

— Vous êtes une véritable infirmière.

Elle but son cognac et Paul s'agenouilla par terre auprès d'elle et lui caressa les cheveux.

— Vous ne pouvez pas rester ici cette nuit, dit-il.

— Non…

— Voulez-vous venir chez moi ? Mes parents sont là, c'est donc possible.

Elle secoua la tête.

— Je veux rester ici.

— Je ne crois pas que ce soit bien.

— Vous resterez avec moi ?

Il parut soucieux un instant, puis il sourit.

— Je resterai, si vous voulez.

— Je ne veux pas être seule, murmura Caroline.

Il continuait à lui caresser les cheveux, doucement, d'un geste hypnotique.

— Je ne veux pas que vous soyez seule, murmura-t-il. Je veux prendre soin de vous. Vous n'aurez jamais besoin d'être seule.

Caroline avait fermé les yeux. Elle savait à peine ce qu'elle disait. Tout ce qu'elle savait, c'était qu'elle ne voulait pas être comme Gregg, elle ne voulait même pas être comme Caroline, elle ne voulait pas être seule.

— Est-ce que vous m'aimez ? demanda-t-elle. Vous ne me l'avez jamais dit.

— Oui, dit Paul. Je vous aime.

— Beaucoup ?

— Beaucoup.

— Je veux que quelqu'un m'aime, murmura-t-elle.

— Je vous aime.

— Est-ce que vous voulez toujours m'épouser ?

— Oui.

— Moi aussi, je veux vous épouser, dit Caroline.

Paul se leva et s'assit sur le divan à côté d'elle. Il mit son visage contre le sien, joue contre joue, et, pendant un moment, il demeura silencieux. Puis il dit :

— Je vous rendrai heureuse.

— Je le sais.

Il l'embrassa sur la bouche. Elle ne bougea pas. Heureuse, songeait-elle. Heureuse. C'était ce qu'elle avait dit à Eddie.

Il y avait tout juste la place pour eux deux sur le divan étroit. Paul ne dérangea pas le manteau qui recouvrait Caroline, mais il lui passa un bras autour de la taille par-dessus le manteau et la serra contre lui.

— Caroline... dit-il.

De nouveau, il l'embrassa sur la bouche. Eddie, songea-t-elle, et elle lutta pour chasser cette pensée de son esprit. Je suis avec Paul, mon fiancé. Mon fiancé. Il m'aime tant. Et moi, je l'aime bien aussi, je l'aime bien. Je l'aime. Elle garda les yeux fermés tandis que Paul l'embrassait de nouveau, avec plus de chaleur cette fois, puis elle sentit ses mains qui déplaçaient le manteau et lui touchaient l'épaule. Elle ne bougea pas, elle osait à peine respirer. Il descendit la main juste au-dessous du sein, et elle le laissa faire. Elle essaya de se persuader qu'elle tenait beaucoup à lui, si bon, si gentil, si honnête.

— Comment vous sentez-vous ? demanda-t-il.

— Bien, murmura-t-elle.

— Marions-nous le plus vite possible, dit-il. Nous nous connaissons depuis si longtemps. Il y a si longtemps que je vous attends.

Il toucha sa poitrine et elle sut alors ce qu'il voulait dire. *Eddie*. Cela lui vint à l'esprit comme un cri, si fort et si désespéré qu'elle se demanda si Paul lui-même ne l'avait pas entendu. Oh ! Je vous en prie, je vous en prie, mon Dieu, faites que tout soit bien.

Elle ouvrit les yeux et regarda Paul. Il était appuyé sur un coude, et, de son autre main, il commençait à caresser sa poitrine. Il la regardait et lui souriait tendrement. Elle se rendit compte alors qu'il avait enlevé ses lunettes et qu'il les avait soigneusement repliées et posées sur la table basse auprès du divan. C'était la première fois que Caroline le voyait sans lunettes et elle en éprouva un petit choc car il lui sembla nu ainsi. C'est comme cela qu'il sera quand nous serons mariés et qu'il viendra se coucher avec moi, songea Caroline. Elle fut prise brusquement de nausée et de terreur, et elle s'assit sur son lit.

— Qu'est-ce qui se passe, chérie ? demanda Paul.

Elle avait enfoui son visage dans ses mains et elle secouait la tête. Eddie, Eddie, Eddie, pensait-elle, et elle sut alors que c'était inutile d'essayer plus longtemps avec Paul.

— Je vous en prie, dit-elle. Je vous en prie. Rentrez chez vous maintenant.

— Vous ne voulez pas que je reste ? Je coucherai sur le lit de Gregg, ou même sur le fauteuil si vous voulez.

— Je vous en prie, Paul, rentrez chez vous. Ne vous inquiétez pas pour moi. Ça va aller maintenant.

— Vous êtes sûre ?

— Oui.

Il se leva et remit ses lunettes. Il sourit, sans vraiment comprendre ce qui se passait.

— Dormez. Je vous appellerai demain matin. Et... Caroline...

— Oui ?

— Arrangez-vous pour être libre lundi à l'heure du déjeuner. Nous irons choisir votre bague.

Elle secoua la tête, mais elle ne répondit pas. Elle était incapable de dire la vérité à Paul tout de suite. Je lui dirai demain, pensa-t-elle, au téléphone.

Lorsqu'il fut parti, elle se leva lentement, comme quelqu'un qui vient d'être longtemps malade et n'est pas sûr que ses jambes le porteront. Elle ferma la porte à clé. Puis elle alla vers la commode, ouvrit le tiroir dans lequel elle avait caché la photographie d'Eddie et la ressortit. Elle posa la photographie sur le plateau de marbre et la regarda un moment.

Elle n'aurait pu dire combien de temps elle resta assise au bord de son lit, les yeux perdus dans le vide. Elle pouvait appeler Eddie tout de suite, ou ne pas le faire. Il la retrouverait demain, et elle pouvait dire oui à sa proposition, ou elle pouvait dire non. Elle n'essaya même pas de prendre une décision, elle essaya de ne penser à rien du tout.

Elle n'avait même plus envie de pleurer. Elle avait sangloté tout son saoul et maintenant c'était fini. Je vais rester assise ici pour toujours, songea-t-elle avec une grande lassitude, et ne plus jamais penser. Tout sera facile ainsi. Si demain arrive et que je n'ai plus jamais à parler à Eddie, je suis capable de continuer. Le visage d'Eddie, sa voix, ses paroles, tout cela représentait tant de conflits qui la déchiraient qu'elle se sentait tout à fait incapable d'y penser. Elle ne pouvait pas dire oui et renoncer à sa vie pour mener à jamais une pauvre petite existence. Tout ce qu'elle savait, au fond d'elle-même, c'était qu'elle ne voulait plus jamais avoir mal comme ces dernières heures.

Le téléphone sonna quatre fois avant qu'elle répondît, bien que l'appareil fût à quelques centimètres seulement de sa main.

— Oui, dit-elle.

— Caroline... c'est bien vous ?

— Qui est à l'appareil ?

— Vous ne devinez pas ?

— Je n'ai pas envie de deviner.

— John Cassaro.

— Oh, dit-elle.

Elle sortit un peu de sa torpeur, car cet appel était une surprise. Elle ne ressentait rien, mais elle était surprise, ce qui était déjà quelque chose.

— Comment m'avez-vous trouvée ? demanda-t-elle.

— Il existe une extraordinaire institution en Amérique qui s'appelle l'annuaire du téléphone. Cette année, mon petit, vous y êtes.

Elle sourit malgré elle.

— Je n'avais pas pensé à ça.

— Je vous ai sûrement réveillée, dit John Cassaro d'un ton compatissant.

— Non... Quelle heure est-il ?

— Une heure.

Elle regarda sa montre. Il était deux heures moins vingt-cinq. Qu'importait, après tout ?

— Est-ce que vous appelez toujours les gens au milieu de la nuit ?

— Mes amis, oui.

— Oh.

— Je ne vous ai pas réveillée ?

— Non, dit Caroline. Vous ne m'avez pas réveillée.

— Quelquefois je me sens seul la nuit, dit John Cassaro. Cela ne vous arrive jamais ?

— Si.

— A quoi bon recevoir un coup de téléphone de plus dans la journée, quand on est occupé ? Ce sont les heures de nuit qui sont terribles.

— Oui, dit Caroline.

Elle commençait à se sentir un peu mieux. Elle ne croyait pas un mot de ce que disait John Cassaro, c'étaient sûrement des mensonges, mais pourtant c'étaient aussi des vérités en l'occurrence.

— La nuit, c'est le temps de l'attente, dit-il.

Il parlait d'une voix basse, confidentielle, une voix d'après minuit, celle d'une personne seule qui s'adresse à une autre personne seule.

— Qu'est-ce que vous faites, Caroline ?

— Maintenant ?

— Oui.

— Rien, dit-elle.

— Vous êtes habillée ?

— Oui.

— Est-ce que vous avez une valise, une robe du soir et un maillot de bain ?

— Oui, dit-elle, perplexe.

— Alors rassemblez le tout, et prenez un taxi jusqu'à mon hôtel. Je vous attendrai en bas et je paierai la course. Nous allons à Las Vegas pour Noël.

— Qui « nous » ? Pas moi, dit Caroline.

Mais elle se surprenait à sourire devant l'audace et la folie de cet homme. Il avait un ton un peu espiègle aussi, comme si cette idée de voyage à Las Vegas venait de lui traverser l'esprit pendant qu'il parlait au téléphone avec Caroline.

— « Nous », c'est vous, moi et quatre de mes amis. Ne vous inquiétez pas, nous allons prendre un avion de ligne régulier. Il part à quatre heures et demie, alors dépêchez-vous.

— Las Vegas… dit-elle.

— Je ne travaille pas demain. C'est le réveillon de Noël. Je vous ramènerai à temps lundi matin. Maintenant, dites-moi. Vous avez quelque chose de mieux à faire pour Noël ?

— Je… je ne sais pas.

Il était en train d'essayer de la persuader, à sa façon. John Cassaro, qui n'avait qu'à demander pour avoir n'importe quelle femme. Quelle importance pour lui qu'elle vienne ou pas ? Il pourrait trouver une dizaine de filles sur place. Elle continuait à ne pas avoir confiance en lui, mais cela lui plaisait qu'il tînt tellement à sa compagnie, même si elle n'avait nullement l'intention d'accepter.

— Qu'est-ce que vous ferez de mieux demain soir ? demanda-t-il. Vous mettrez vos chaussures devant la cheminée avec ce type ?

— Quel type ? Ne soyez pas insolent.

— Le type que vous ne vouliez pas décommander la dernière fois que je vous ai appelée.

— Je ne me rappelle même pas qui c'était.

— Moi si, dit John Cassaro. Je me rappelle mieux vos sorties que vous-même. Quelle fille vous faites !

Il parlait d'un ton si gentil qu'elle avait du mal à se fâcher. Il se moquait d'elle, il ne cherchait pas à l'insulter, c'était très clair. Elle avait envie de lui raccrocher au nez, parce qu'il l'avait appelée à une heure insensée, pour lui faire une proposition irrévérencieuse, et, pourtant, elle ne pouvait pas. Sa voix était gaie et rassurante, et, tout en l'écoutant, Caroline se disait des choses comme « Qu'est-ce que je vais lui répondre ? » et cela l'amusait, c'était comme si la providence lui avait envoyé quelqu'un pour la distraire un peu de sa solitude et de sa peine.

— Je ne sais pas… dit-elle. Je ne suis jamais allée à Las Vegas.

— Raison de plus pour venir. Vous aimez jouer ? Moi j'ai de la chance.

— J'en suis persuadée.

— J'aimerais que vous connaissiez mes amis, dit-il encore. Ils vous plairont beaucoup.

John Cassaro me supplie, se dit-elle. Peut-être que je lui plais vraiment. J'imagine que c'est ce qu'ont pensé toutes les autres : Je plais vraiment à John Cassaro. Après quoi elles ne l'ont jamais revu. Mais on m'offre trois jours entiers. Cela doit vouloir dire quelque chose. Tout au fond d'elle-même, Caroline savait que cela ne voulait rien dire du tout, qu'elle était en train de se raconter des histoires parce que, en cet instant, la voix insouciante, fascinante et inattendue de John Cassaro était miraculeusement capable de l'égayer un peu.

— Je suis contente que vous m'ayez appelée, dit-elle. J'étais déprimée.

— Moi aussi. A quoi cela sert-il d'être déprimé ?

— A rien, je pense.

— Vous avez raison. Ecoutez, ajouta-t-il, si vous voulez être déprimée à Las Vegas, ne vous gênez pas. Broyez du noir tant que vous voudrez. Ça m'est égal. Mais je suis prêt à vous parier que vous ne serez plus déprimée dix minutes après être montée dans l'avion.

— Vous croyez ?

— Vous voulez parier ?

— Vous m'avez dit que vous aviez de la chance au jeu, dit Caroline.

Il y eut une pause. Caroline entendit le déclic d'un briquet et elle sut que John Cassaro était en train d'allumer une cigarette.

— C'est vrai, dit-il.

— Que vous avez de la chance ?

— Mm-hm.

— Moi, j'en aurais besoin, dit Caroline. Tout a été affreux pour moi ces derniers temps.

— Je ne peux pas vous promettre que vous aurez de la chance, dit John Cassaro. Mais en tout cas vous vous amuserez. Quelquefois, je trouve qu'il faut déjà toute la chance du monde rien que pour s'amuser.

Elle sourit, tout en sachant qu'il ne pouvait la voir.

— Hé, Caroline…

— Quoi donc ?

— Venez.

Il hésita puis ajouta :

— S'il vous plaît.

Quelque chose en elle s'agita, très doucement, comme une feuille qui tombe d'un arbre. Elle le sentit à peine, mais cela lui fit une impression très bizarre.

— Il va me falloir un moment pour m'organiser, dit-elle.

La voix de John Cassaro était plus intime, apaisante, presque affectueuse.

— Cela ne fait rien. Nous attendrons tous.

— Très bien, dit-elle doucement. A tout à l'heure.

Elle raccrocha et regarda autour d'elle, comme si c'était la première fois qu'elle voyait cette pièce. Elle allait sortir d'ici, s'en aller, s'échapper, et le plus tôt serait le mieux. John Cassaro l'attendrait, il la ferait rire et penser à autre chose. C'était un clown, il était drôle, charmant et séduisant. Il ne l'empêcherait pas de se souvenir, ni même de penser, mais il pourrait l'y aider. Il la divertirait. Peut-être même la sauverait-il.

Si quelqu'un savait, songea-t-elle, alarmée. Mes parents seraient horrifiés. Mais elle s'était tellement éloignée d'eux depuis trois ans, sa vie était si différente de ce qu'ils avaient souhaité pour elle, qu'elle ne pouvait pas espérer qu'ils la comprendraient un jour. Elle n'avait personne vers qui se tourner pour expliquer ce qu'elle ressentait en cet instant. April était partie, Gregg était partie, elles étaient toutes parties. Toutes ces filles qu'elle avait connues, elles étaient parties comme des ombres, Mary Agnes, Barbara Lemont, des filles du bureau, des amies d'enfance, toutes parties. Et moi, je ferais mieux de faire ma valise, parce que je pars pour Las Vegas !

Le chat de Gregg sortit silencieusement de la salle de bains et vint se frotter contre sa cheville tandis qu'elle faisait sa valise. Elle se pencha et le prit, le serrant doucement contre son visage, embrassant son doux pelage, tout en pensant à Gregg. Elle se rappela qu'Eddie lui avait donné à manger, et la douleur revint. Quelqu'un allait devoir s'occuper du chat de Gregg, dorénavant.

— Gentil petit chat de gouttière, répéta-t-elle, employant les mêmes mots qu'Eddie, puis elle le reposa par terre.

Elle alla dans la petite cuisine et ouvrit deux boîtes de pâtée. Elle avait entendu dire que les chats étaient capables de se rationner quand c'était nécessaire : on pouvait leur laisser à manger pour trois jours et ils prenaient juste ce qu'il fallait chaque jour. Caroline plaça la nourriture dans deux assiettes et elle laissa aussi deux assiettes d'eau froide et une de lait. Eddie avait aimé ce chat. Elle s'en occuperait donc, désormais.

32

Le vendredi après-midi, la veille de Noël, Eddie Harris régla sa note au Plaza, prit sa valise des mains du chasseur et attendit sur le trottoir le taxi qui allait le conduire à l'aéroport. Il regarda plusieurs fois sa montre, car il était nerveux : il aurait tout juste le temps d'attraper son avion et il se demandait s'il pourrait encore essayer une fois d'appeler Caroline. Il lui avait téléphoné ce matin dès son réveil, en espérant qu'elle pourrait venir prendre le petit déjeuner avec lui, mais elle n'avait pas répondu. Il avait laissé le téléphone sonner beaucoup plus longtemps que nécessaire, puis il avait demandé à la standardiste de refaire son appel. Pas de réponse. Il avait essayé à son bureau, mais on lui avait dit que les bureaux étaient fermés. Il avait encore essayé de l'appeler chez elle à midi, puis à trois heures. Maintenant, il lui fallait partir ou bien manquer son avion ; alors il partit.

Pour gagner du temps, il prit un taxi jusqu'à l'aéroport au lieu d'aller simplement à l'aérogare, et quand il arriva, il s'aperçut qu'il avait encore quinze minutes devant lui. Il laissa sa valise à la consigne puis se dirigea vers la cabine téléphonique la plus proche et composa de nouveau le numéro de Caroline. Il pourrait toujours lui dire au revoir. En écoutant la sonnerie de son téléphone retentir inlassablement, l'idée lui vint pour la première fois qu'elle était peut-être malade. Peut-être avait-elle été prise dans la nuit d'une crise d'appendicite, ou bien renversée par une voiture en rentrant de son hôtel ce matin. Bien sûr, tout cela semblait ridicule, mais c'étaient quand même des choses qui arrivaient. Ou bien peut-être, pensa-t-il tout à coup, peut-être était-elle bien chez elle, mais ne voulait-elle pas lui parler.

Il écarta pour l'instant toutes ces interrogations, sachant que cela ne l'avancerait à rien. S'il était arrivé quelque chose à Caroline, ce qui était extrêmement improbable, il l'apprendrait et, si elle était en colère contre lui, il le découvrirait aussi.

Il revint lentement vers la porte d'embarquement qui conduisait à son avion, regardant autour de lui, comme si, Dieu sait pourquoi, Caroline avait pu décider de venir à l'aéroport et comme si elle allait arriver en courant, hors d'haleine, pour se jeter dans ses bras. Mais il savait qu'elle ne viendrait pas, il soupira, en essayant de ne pas se demander où elle était.

Il se souvint qu'il n'avait rien à lire, et il retourna une fois de plus sur ses pas pour aller jusqu'au kiosque à journaux où il acheta un quotidien du soir et quelques magazines. Une fois dans son fauteuil, il jeta un rapide coup d'œil aux gros titres, puis regarda le bas de la page. Il y avait une photographie de John Cassaro avec une jeune femme. On venait de lui remettre une citation à comparaître devant un tribunal pour déposer.

Quelque chose dans le visage de la jeune femme retint son attention. Elle était belle, avec des cheveux sombres, un visage très pâle et de grands yeux au regard terrifié. Elle ressemblait à Caroline. Peut-être désormais toutes les femmes pour lui ressembleraient-elles à Caroline. Il sourit et lut la légende de la photographie : *John Cassaro et la charmante éditrice des Editions Fabian.*

L'article était à droite de la photo. Il le parcourut rapidement. Son sourire s'effaça.

Au luxueux Pharaoh Hotel, Cassaro en compagnie de la ravissante Caroline Bender, une jeune femme de vingt-quatre ans qui occupe les fonctions de directrice littéraire aux Editions Fabian, qui publient notamment Secrets de stars. *Comme un journaliste demandait si Miss Bender effectuait un reportage pour* Secrets de stars, *Cassaro lui a donné un coup de poing et a dû être maîtrisé par deux de ses amis. Cassaro a déclaré par la suite qu'il s'agissait d'une « vieille amie ». Miss Bender s'est refusée à toute déclaration, n'a pas voulu poser pour les photographes et s'est enfermée dans sa chambre, qui est contiguë à celle de Cassaro.*

Bon sang ! se dit Eddie. Il n'en croyait pas ses yeux. Qu'est-ce qui l'avait poussée à partir avec Cassaro ?

L'avion se mit à rouler sur la piste. Eddie, assis dans son fauteuil, emprisonné par sa ceinture, regardait toujours la photographie de Caroline. C'était bien elle. Dire qu'elle couchait avec ce type ! Eddie examina plus attentivement le cliché. Caroline portait une robe avec un décolleté en pointe et, sur sa gorge, il apercevait le petit cœur en or qu'il lui avait offert la semaine dernière. Elle le portait toujours. Elle le portait pour s'en aller avec Cassaro.

Il n'arrivait pas à comprendre ce qui poussait les femmes à agir ainsi. D'accord, John Cassaro était une célébrité mais, des gens connus, Caroline en rencontrait des tas, c'était son métier. Elle n'était pas une collégienne qui se pâmait devant une vedette de cinéma. C'était une femme raisonnable, intelligente, douce et aimante. Aimante… songea Eddie, la gorge serrée. Il avait un peu mal au cœur. Le signal *Défense de fumer* venant de s'éteindre, il alluma une cigarette et en tira une profonde bouffée. Par le hublot, il apercevait le sol et les gratte-ciel comme sur une maquette. Aimante… Elle a refusé de venir à Dallas avec moi et la voilà partie avec John Cassaro. Ah, Caroline…

Au fond, songea Eddie, je ne l'ai jamais connue aussi bien que je le croyais. Trois ans, c'est long. Je m'imaginais la connaître par cœur. Je l'avais si longtemps aimée, et j'étais persuadé que je la connaissais vraiment.

Il replia le journal. Il n'avait plus envie de lire. Quand l'hôtesse passerait, il lui demanderait à boire. C'était un des avantages de voyager en première classe, on pouvait au moins trouver des consommations buvables. Et bientôt, il serait chez lui. Demain, il passerait Noël avec Helen et leur petite fille. Il avait acheté pour Helen une veste de vison, le premier cadeau vraiment coûteux qu'il eût jamais offert à une femme, et demain il lui en ferait la surprise. Cela lui ferait plaisir. *Ma femme*, songea Eddie. C'était agréable de pouvoir offrir un manteau de fourrure à sa femme, même s'il ne s'agissait que d'une veste. On avait l'impression de savoir qu'on était sur la bonne voie. On pouvait envisager l'avenir, faire des projets, améliorer sa situation au fur et à mesure que les années s'écoulaient. C'était drôle, mais maintenant qu'il était sur le chemin du retour, il s'aperçut que Helen lui manquait.

— Mademoiselle… est-ce que je pourrais avoir un scotch ? Un double scotch même.

Il ne comprendrait jamais Caroline. Il n'essaierait même plus. On ne pouvait jamais savoir ce qu'une femme allait faire, et une fois qu'elle l'avait fait, on n'arrivait jamais à trouver une explication logique car elle ne savait probablement pas elle-même ce qui l'avait poussée. John Cassaro ! Seigneur, un des athlètes en chambre les plus réputés de Hollywood. Elle allait être connue elle aussi maintenant, elle serait la fille qui était avec John Cassaro à Las Vegas. Eddie secoua la tête.

Allons, mon vieux, se dit-il. Tu n'es plus dans le coup. Ça vaut peut-être mieux pour toi. Les choses ne se seraient pas arrangées, tu étais simplement trop romantique. Maintenant, tu sais où tu en es, tu as fait ton choix. Et tu as bien fait. Quelquefois, la vie est quand même simple… juste au moment où on croit qu'elle ne le sera plus jamais.

[illegible]

— Mademoiselle [illegible]

[illegible] plus [illegible]

[illegible] dans [illegible]

PAPIER À BASE DE FIBRES CERTIFIÉES

Le Livre de Poche s'engage pour l'environnement en réduisant l'empreinte carbone de ses livres. Celle de cet exemplaire est de :
700 g éq. CO_2
Rendez-vous sur www.livredepoche-durable.fr

Composition réalisée par FACOMPO (Lisieux)

Achevé d'imprimer en août 2012 en France par
MAURY Imprimeur – 45330 Malesherbes
N° d'imprimeur : 174834
Dépôt légal 1re publication : septembre 2012
LIBRAIRIE GÉNÉRALE FRANÇAISE – 31, rue de Fleurus – 75278 Paris Cedex 06